중국시율학 1

The Prosody of the Chinese Poetry

지은이 왕력(王力, 1900~1986)은 중국의 유명한 언어학자로서 자(字)는 요일(了一)이며, 1900년 8월 10일에 광서장족자치구(廣西壯族自治區) 박백현(博白縣)에서 태어났다. 1927년 프랑스 파리대학으로 유학하여 1931년에 논문 「박백방음실험록(博白方音實驗錄)」으로 문학박사 학위를 취득하였고, 1932년 귀국 후에 청화대학(淸華大學) 중문과 교수, 북경대학(北京大學) 중문과 교수 등을 역임하였다. 왕력은 장기간 중국어 연구와 교육에 종사하면서 중국언어학 관계 전문서 30여 종을 출간하고 120여 편의 논문을 발표하여 중국어 어법 체계의 창건과 중국어 어법이론의 발전에 기여하였고, 현대어음이론(現代語音理論)을 이용하여 중국어 음운 연구에 대한 기존의 연구성과를 정리해내었으며, 고대중국어 운부(韻部)의 분부(分部)와 어음(語音)의 재구(再構), 중국어발전사와 중국언어학사에 대한 연구 및 고대중국어 교육체계의 건립 등에 모두 중대한 공헌을 하였다. 또한 중국의 시율(詩律) 연구에 힘써 『한어시율학(漢語詩律學)』을 썼는데, 이 책은 중국 시가의 격률과 작법 방면에서 현재까지 세계에서 가장 큰 영향력을 끼치고 있는 연구저작이다.

옮긴이 송용준(宋龍準)은 1952년에 태어나 1971년 서울대학교 문리과대학 중어중문학과에 입학하였고, 졸업 후 서울대학교 대학원에서 중국 고전시가를 전공하면서 석사학위와 박사학위를 받았다. 공군사관학교 중국어교관, 영남대학교 문과대학 중어중문학과 교수를 역임하였고, 미국 스탠포드대학과 중국사회과학원 등에서 연구하였으며, 현재 서울대학교 인문대학 중어중문학과 교수로 있으면서 중국 고전시가를 강의하고 있다. 『송시사(宋詩史)』(공저), 『송시선(宋詩選)』(공편), 『소순흠시역주(蘇舜欽詩譯註)』, 『고계시선(高啓詩選)』, 『진관사 연구(秦觀詞研究)』, 『회해사역주(淮海詞譯注)』, 『당송사사(唐宋詞史)』(공역), 『중국어어법발전사』(공역), 『현대중국어문법의 제문제』 등의 저역서와 「송시형성과정연구」, 「북송사론연구(北宋詞論研究)」, 「이색(李穡)시의 송시 수용과 그 극복」 등 다수의 논문이 있다.

중국시율학(中國詩律學) 1

1판 1쇄 발행 2005년 09월 20일
1판 2쇄 발행 2007년 09월 30일

지은이 / 왕력
옮긴이 / 송용준
펴낸이 / 박성모
펴낸곳 / 소명출판
출판고문 / 김호영
등록 / 제13-522호
주소 / 137-878 서울시 서초구 서초동 1621-18 (란빌딩 1층)
대표전화 / (02) 585-7840
팩시밀리 / (02) 585-7848
somyong@korea.com / www.somyong.co.kr

값 43,000원

ISBN 89-5626-169-5 93820
ISBN 89-5626-168-7 93820(전4권)

중국시율학 1
The Prosody of the Chinese Poetry

왕력(王力) 저 / 송용준(宋龍準) 역

소명출판

일러두기

1. 저자 왕력(王力)의 『한어시율학(漢語詩律學)』은 1958년 1월 신지식출판사(新知識出版社)에서 처음 출판하였다. 그 후 1962년에 제5장을 제외한 나머지 부분이 상해교육출판사(上海敎育出版社)에 의해 출판되었고, 1979년에는 제5장을 회복하고 부주(附注)를 대폭 증가한 증정본(增訂本)이 다시 상해교육출판사에서 나왔다. 역자가 번역에 사용한 텍스트는 2002년 9월 상해교육출판사에서 이 증정본에 약간의 교정을 보아 새로 펴낸 책이다.

2. 왕력의 원서는 수많은 예문을 인용하면서 의거한 판본을 밝히지 않았다. 역서에서는 가능한 한 원서에 나온 글을 그대로 두었지만, 권위 있는 교주본(校注本)이나 대다수의 판본과 다른 글자는 바꾸어 쓰고 그것을 역주에 명기하였다. 또한 오자(誤字)로 판단되는 것은 글자를 바꾸어 수록하고 역주를 달아 텍스트에 수록된 원문을 밝혀 놓았다.

3. 역자는 독자들의 이해를 돕기 위해 이 책에 나오는 여러 가지 용어와 개념어에 역주를 달아 설명하였고, 상세한 설명이 필요한 곳에는 역자의 해설을 덧붙였으며, 저자의 주장이 일반적인 지지를 받지 못하는 곳에도 역주를 달아 그 이유 또는 이견을 밝혀놓았다.

4. 왕력의 원서에는 부주(附註)가 책의 맨 뒤에 부록으로 실려 있는데, 역자는 독자들의 편의를 위해 이를 각주로 처리하고 저자의 부주임을 밝혀놓았으며, 제5장에서 저자는 근현대 서양 작가들의 작품을 인용하면서 그들의 생졸연대를 밝혀놓았는데, 1958년의 초판본 이후 이 부분에 대한 보완이 없어서 1958년 이후에 죽은 작가들의 경우에는 역자가 이를 보충하였다.

5. 원서에서는 시가를 인용할 때 운각을 행(行) 나누기의 기준으로 삼았고, 60자 이상의 장편에서는 편폭을 줄이기 위해 대개 행을 나누지 않았지만, 번역서에서는 한글 번역문의 병기 문제 때문에 제1장과 제2장에서는 이를 반영하지 않았다. 또한 원서는 시의 작가와 제목을 시의 상단에 수록했는데, 이 또한 번역문의 병기 문제 때문에 역서에서는 번역문 뒤에 수록하였다.

6. 책 속의 약호는 다음과 같이 사용되었다. ( )는 음이 같은 한자를, [ ]는 음이 다르지만 뜻이 같은 한자를 표시한다. " "는 대화나 인용문을, ' '는 강조나 개념어 또는 인용문 속의 인용을 표시한다. 『 』는 책의 제목을, 「 」는 편명을 각각 표시한다.

　역자가 왕력(王力)의 『한어시율학(漢語詩律學)』을 처음 접한 것은 대학
원 석사과정에 다닐 때인 1975년이었다. 그때는 중국의 도서가 우리나
라로 들어오는 것이 엄격하게 제한되어 있어서 역자가 본 것은 대만에
서 『시사곡작법연구(詩詞曲作法研究)』라는 제목으로 서명(書名)을 바꾸어
복사 출판한 책이었다(당시는 대만에서도 중국 대륙의 책을 수입하거나 영인 출
판할 수 없었다). 이 책에는 『한어시율학』 초판본에 들어있던 제5장 「백화
시(白話詩)와 유럽화시」가 빠져 있긴 했지만 역자는 이 책을 통해 근체시
(近體詩), 고체시(古體詩), 사(詞), 곡(曲) 등 중국 고전시가의 각종 체재에 대
해 보다 깊이 있게 이해하고 그 작법을 파악하게 되었다.

　대학에 들어와 중어중문학을 전공하면서부터 교수님들의 강의를 통
해 조금씩 중국 고전시가의 형식을 알게 되기는 했지만 그 속에 그렇게
오묘한 규율이 내재해 있을 줄은 미처 몰랐는데, 이 책은 나에게 그 규
율을 친절하고 명쾌하게 알려주었다. 그 당시의 나에게 이 책은 '중국
고전시가의 작법'이라는 비밀의 방에 들어가는 열쇠 같은 것이었다. 그
러나 저자가 규율의 설명과 증명을 위해 동원한 예문이 워낙 방대하여

해독이 되지 않는 것이 많았을 뿐만 아니라 인내심이 없이는 책을 끝까지 읽어낼 수가 없었다. 당시의 나로서는 저자의 설명도 훌륭하지만 그것을 증명하기 위해 그렇게 많은 예문을 동원할 수 있었던 저자의 학문적 역량이 감탄스러울 뿐이었다.

그로부터 적지 않은 세월이 지난 뒤 역자는 운 좋게도 대학의 강단에서 학생들에게 중국 고전시가를 가르치게 되었다. 옛날과 달리 중국 책의 수입이 어렵지 않게 되어 『한어시율학』을 교재로 삼아 가르치긴 했지만 방대한 예문이 학생들을 괴롭히는 것은 마찬가지였다. 지난날 내자신이 이 때문에 고충을 겪었는데 수십 년이 지난 지금에 와서도 후학들이 똑같이 불편과 고통을 호소하는 걸 보면서 나는 마음속으로 이 책의 번역이 쉽진 않겠지만 한 번 시도해보아야겠다고 다짐했다. 그게 약 10년 전의 일이다. 그러나 막상 번역에 착수해보니 뜻대로 진도가 나가지 않았다. 역자의 타고난 게으름이 가장 큰 원인이고 대학교수가 강의와 연구에만 전념할 수 없는 현실이 두 번째 원인이지만 『한어시율학』 자체의 원인도 있었다. 저자가 설명과 증명을 위해 예문을 인용한 것인만큼 전문(全文)을 인용한 것보다는 부분을 인용한 것이 많아 번역이 쉽지 않으리라는 것은 예상을 했었는데, 막상 번역을 위해 부분 인용문의 전문(全文)을 찾아 대조해보니 판본상의 차이에 의해 글자가 다른 것이 적지 않았고, 오자(誤字)까지 간간이 섞여 있어서 원문(原文)의 확정에 시간과 노력이 엄청나게 소요되는 것이었다. 그런 연유로 본의 아니게 번역작업이 지지부진하고 있었는데, 2002년 한국학술진흥재단에서 이 책을 동서양 학술명저 번역 지원 대상도서로 선정하여 번역에 박차를 가할 수 있었다.

『한어시율학』은 중국 시가의 격률과 작법 방면에서 현재까지 세계에서 가장 큰 영향력을 끼치고 있는 연구 저작이다. 저자는 이 책에서 용운(用韻), 평측(平仄), 요구(拗救), 점대(黏對), 대장(對仗), 구식(句式), 어법(語法) 등의 각 방면으로부터 근체시(近體詩), 고체시(古體詩), 사(詞), 곡(曲), 백화시

(白話詩), 유럽화시의 체재상의 특징과 격률에 대해 체계적으로 분석하고 설명하였다. 특히 그는 이 책을 통해 중국인들이 오랫동안 모호하게 알고 있거나 소홀히 다루어오던 격률상의 많은 문제들을 제기하는 한편 이를 풍부한 예문을 통해 명쾌하고 상세하게 분석하고 귀납하여 학계와 일반 독자들의 호평을 받았다. 따라서 이 책은 언어의 각도에서 문체상의 특징을 연구한 중국 제일의 저서라고 말할 수 있다.

왕력은 이 책을 1945년 8월부터 약 2년 동안 집필하여 탈고하였지만 정작 출판은 1958년 1월 신지식출판사(新知識出版社)에 의해 이루어졌다. 그 후 1962년에 제5장을 제외한 나머지 부분이 상해교육출판사(上海教育出版社)에 의해 출판되었고, 1979년에는 제5장을 회복하고 부주(附註)를 대폭 증가시킨 증정본(增訂本)이 다시 상해교육출판사에서 나왔다. 역자가 번역에 사용한 텍스트는 2002년 9월 상해교육출판사에서 이 증정본에 약간의 교정을 보아 새로 펴낸 책이다.

이 책의 원명(原名)이 『한어시율학』인데 번역서의 제목을 『중국시율학』으로 바꾼 이유를 설명할 필요가 있을 것 같다. 우리가 보통 중국어라고 부르는 것을 중국인들은 한어(漢語)라고 한다. 중국은 한족(漢族)이 약 92%를 차지하지만 한족 외에도 몽고족(蒙古族), 회족(回族), 장족(藏族), 위그르족, 조선족 등의 55개 소수민족이 있어서 다민족국가라고 할 수 있다. 또한 그 많은 민족들은 대부분 자신의 고유한 언어가 있어서 중국인들이 사용하는 언어인 중국어는 그 수많은 언어를 포괄하는 개념이 된다. 이런 연유로 중국인들은 우리가 중국어라고 부르는 것을 한족이 사용하는 언어라는 뜻에서 한어(漢語)라고 한다. 따라서 『한어시율학』은 한족의 언어인 한자로 씌어진 시가의 법식에 관한 연구인 셈이다. 그러나 우리나라 독자들에게 한어라는 말이 일반화되지 않아 생소하므로 독자들이 책의 내용을 쉽게 알 수 있도록 번역본의 제목을 『중국시율학』으로 바꾸었다.

역자는 중국 시와 한국 한시에 관심이 있는 독자라면 누구나 이 책을 읽고 이해할 수 있도록 하기 위해 ① 원서에 인용된 시가의 출전을 확인하여 전후 맥락 속에서 번역함으로써 정확한 번역이 되도록 하고, ② 상세한 주석을 달아 친절한 번역이 되도록 하고, ③ 우리말 표현에 유의하여 독자들이 편안하고 분명하게 이해할 수 있도록 노력하였다. 그렇기는 하지만 역자의 역량이 부족하여 잘못되거나 미흡한 점 또한 적지 않을 것이다. 현명한 독자 여러분의 아낌없는 비판과 질정을 기대한다.

이 번역서가 나오기까지 여러 분의 도움이 있었다. 제1장 근체시와 제2장 고체시 부분은 서울대학교 대학원 박사과정에 재학 중인 강민호 동학(同學)과 양선혜 동학이 역자의 초고를 읽고 역자가 채택할 만한 좋은 의견을 많이 제시해주었고, 제4장 곡 부분은 서울대학교에서 강의하는 문성재 박사가 역자의 초고에 대해 교정을 보아주었고, 제5장 백화시와 유럽화시 부분에서 영시의 번역은 서울대학교 TEPS 사업본부장으로 있는 이종일 박사가 도와주었고, 불시의 번역은 한국교육과정평가원의 이근님 박사가 도와주었다. 또한 한국학술진흥재단은 이 책이 나올 수 있도록 연구비와 출판비를 지원해주었고, 소명출판 편집부에서는 역자의 볼품없는 원고를 깔끔한 모습으로 바꾸어주었다. 역자로서는 여간 고마운 일이 아니다. 이 자리를 빌려 깊은 감사의 뜻을 전한다.

2005년 7월 13일
송용준 삼가 씀

중국어판 서문

1944년에 나는 어법에 관한 3권의 책 —『중국현대어법(中國現代語法)』·『중국어법이론(中國語法理論)』·『중국어법강요(中國語法綱要)』— 을 완성한 후, '시법(詩法)'을 연구하려고 했다. 당시 나는 '시법'을 시의 운율을 포함한 '시의 어법'으로 이해했다. 나는 연구를 진행하는 한편 곤명(昆明)의 서남연합대학(西南聯合大學 : 이것은 중일전쟁 기간 중 北京大學·淸華大學·南開大學의 세 대학이 연합한 조직이다)에서 고학년 학생들을 위해 '시법' 강좌를 개설하였다. 이것은 한 학기 과정이었다. 한 학기의 강좌를 끝낸 후 1945년 8월 1일에 이르러서야 이 책의 집필에 착수했다. 따라서 이 책의 내용은 당시의 강의 내용과 크게 다르다. 다룬 범위가 크게 확대되었고, 부문에 따라 관찰의 깊이도 더해졌다.

본서의 서설과 제1장(근체시)·제2장(고체시)·제5장(백화시와 유럽화시)은 1945년 8월 1일부터 1946년 4월 28일까지 쓴 것이고, 제3장(사)과 제4장(곡)은 1946년 후반기부터 1947년 봄까지 쓴 것이다. 애초에는 사(詞)와 곡(曲)을 다룰 생각이 없었는데, 나중에 다시 생각해보니 사곡에 대한 언급 없이 근체시·고체시에서 바로 백화시로 건너뛰면 사람들이 그 갑작

스러움에 의아해할 것 같았다. 또 사와 곡도 사실상 시의 일종이므로 나는 결국 사와 곡에 관한 두 장을 보충해 썼다.

섭성도(葉聖陶) 선생께서 '시법'이라는 명칭이 적당하지 않다고 지적하여 나는 책의 제목을 '중국시율학(中國詩律學)'으로 바꾸었는데, 인쇄에 부치기 전에 다시 '한어시율학(漢語詩律學)'으로 개칭하였다. 여기서의 시율학은 대략 영어의 versification과 러시아어의 СТИХОСЛОЖеНИе에 해당된다. 『후한서(後漢書)』「종호전(鍾皓傳)」에 "종호가 밀산(密山)에 은신하여 문도 천여 인에게 시율을 가르쳤다"라고 하였고, 두보(杜甫) 시에 "詩律群公問(시율을 諸公이 물었다)"이라고 하였으니, 이것이 '시율학' 명명의 유래이다.

이 책은 십 년 전의 원고를 인쇄에 부치기 전에 약간 손질을 가한 것이다. 십 년 전에 나는 이것이 미정고(未定稿)인 만큼 좀더 깊이 있게 연구하고 여러 고명한 학자에게 두루 자문을 구한 다음에 수많은 독자들에게 선을 보일 생각이었다. 그러나 뜻밖에도 한 번 손을 놓으니 십 년이 훌쩍 지나가 시종 지난날의 작업을 다시 정리하지 못하였다. 공화국 수립(1949) 전에도 몇몇 친구에게 가르침을 청하긴 했지만 공화국 수립 이후에는 선배와 친구들이 모두 바빠져서 여러 고명한 학자에게 두루 자문을 구한다는 꿈은 물거품이 되고 말았다. 그래서 이 미정고를 출판하여 수많은 독자들의 비평을 받아보자고 생각을 바꾸었다. 그렇게 되면 고명한 학자가 내가 아는 선배와 친구에 국한되지 않아 가르침을 받는 범위가 더욱 넓어질 것이다.

이 책은 중국 시율의 일반상식과 저자 자신의 연구 성과를 한 데 뒤섞어놓은 것이어서 그것이 하나의 결점이라고 생각하는 친구들도 있었다. 그래서 나는 한때 다시 쓸 것을 고려해보기도 했지만 장고 끝에 다시 쓰는 것이 쉽지 않은 일임을 깨달았다. 내가 이 책을 쓰게 된 동기가 본래 가르치기 위한 것이었으므로 먼저 상식적인 것을 소개하였다. 대학의 고학년 학생들이 학년은 높지만 종전의 각종 수업에 시율 강의가 없었기 때문에 적지 않은 학생들이 아직도 '평평측측평평'이 무엇인지 모를 것이었다. 사정이 이러므로 상식적인 것부터 이야기하는 것이 필요한 것 같았다.

이 책에는 상식적인 것 외에도 비교적 수준 높은 지식이 들어 있다. 그것은 전인(前人)의 연구 성과이지, 저자 자신의 연구 성과가 아니다. 그러나 일반인들은 중국어 시율에 그렇게 많은 내용이 담겨 있는 줄 모른다. 예를 들어 말하면 동문환(董文渙)의 『성조사보도설(聲調四譜圖說)』을 보기 전에는 나 자신도 시율 중에 '요구(拗救)'가 있다는 것을 몰랐고(좀 더 정확하게 말하면 나는 전에 '요(拗)'가 있는 줄은 알았지만 '구(救)'가 있는 줄은 몰랐다), '상미(上尾)'가 있다는 것을 몰랐다. 그런데 이 '요구' 등은 전인들이 연구해낸 믿을 만한 시율이다. 다시 말해서 상식과 비상식 사이에 명확한 경계를 설정하는 것도 쉬운 일이 아니다. 돌이켜보면 내가 어렸을 때 외삼촌께서 나에게 시를 지을 때 "고평(孤平)을 범하지 말라"고 가르치셨다. 그는 초시(初試) 합격생이었으므로 '고평'을 피하는 것이 과거시대(科擧時代)의 일반상식이었음을 알 수 있다. 그러나 지금은 어떤가? 구시(舊詩)를 즐겨 짓는 많은 사람들이 고평을 범하고 있다. 본서가 소개하는 그와 같은 '비상식'적인 것들이 상식적인 것보다 훨씬 많아서 이 책의 주된 부분이라고 말할 수 있다.

이 책 속에서 저자의 연구 성과로 칠 수 있는 것은 주로 구식(句式)과 어법이다. 그밖에 운율 방면에서도 저자 자신의 견해를 첨가했다. 예를 들면 '평평측평측'이 명목은 요(拗)이지만 실제로는 요가 아니라는 것(제9절), 율시의 수구(首句)에 인운(鄰韻)을 사용한 것은 송대(宋代) 시인들의 기풍이었다는 것(제5절), 곡(曲)의 성조(聲調)는 평성과 상성이 한 부류이고 거성이 따로 한 부류이며, 상성은 종종 평성을 대체할 수 있다는 것(제54절) 등등이다. 이것은 이 책의 또 다른 주요 부분이다.

책의 전체 내용을 개괄해보면 상식적인 것부터 비교적 수준 높은 지식까지 서술하였고, 전인의 연구 성과와 저자 자신이 심득한 것을 함께 수록하였다. 이와 같은 학습용 참고서는 대학 고학년의 (중국시율학에 관련된) 전공과정에 아마도 조금은 도움이 될 것이다.

나는 이 자리에서 풍지(馮至) 교수, 포강청(浦江淸) 교수, 변지림(卞之琳) 교수, 양종대(梁宗岱) 교수에게 감사드린다. 내가 이 책을 쓸 때 이 분들의 도움을 받았다.

왕력(王力)

1957년 설날 5일 후 북경대학에서

이 책은 원래 신지식출판사(新知識出版社)에서 출판되었는데, 1962년 상해교육출판사(上海敎育出版社)에서 개정판을 내면서 제5장을 빼어버렸다. 이제 제5장(백화시와 유럽화시)을 회복시켜 상해교육출판사에서 다시 출판한다. 이번의 개정판에는 크게 수정한 것이 없고, 다만 부주(附註)를 증가시켰다(원래 5개의 부주가 있었는데, 32개를 늘려 37개로 하였다). 새로 증가시킨 부주가 이 책에 대한 수정과 보충이다.

왕력

1978년 2월 21일 북경대학에서

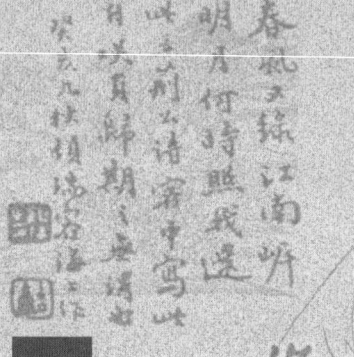

차례

중국시율학 1

중국시율학 2

차례

중국시율학 3

차례

3장

사(詞) __ 17

중국시율학 4

차례

서설

1. 운어(韻語)의 기원과 그 변천

1.1 시가의 기원은 일반인들이 상상할 수 없을 정도로 이르다. 어떤 사람들은 산문이 먼저 있었고 운문은 나중에 나왔다고 생각하지만 그것은 믿을 수 없는 주장이다. 왜냐하면 인류가 문자를 창조했을 때에는 문화의 발전이 이미 상당한 수준에 도달했기 때문에 당연히 운문과 산문이 동시에 등장했을 것이다. 운문은 운어를 기초로 하는데, 운어의 탄생은 문자가 탄생하기 훨씬 전일 것으로, 이는 의심의 여지가 없다. 요(堯)임금 때 지어졌다고 전해지는 「강구가(康衢歌)」를 보자.

立我蒸民,　　　우리 백성에게 양식을 주신 것은
莫匪爾極;　　　당신의 은덕이 아닌 것이 없도다.

不識不知,	알지도 못하고 깨닫지도 못하지만
順帝之則.	하늘의 법도를 따르며 살아간다.

—『열자(列子)』「중니편(仲尼篇)」

「격양가(擊壤歌)」한 수를 더 보자.

日出而作,	해가 나오면 밭에서 일하고
日入而息;	해가 들어가면 집에서 쉰다.
鑿井而飲,	우물을 파서 그 물을 마시고
耕田而食.	밭을 갈아 식량을 마련하니
帝力何有於我哉?	임금의 위력이 내게 무슨 상관이 있으랴?

—『제왕세기(帝王世紀)』「격양가(擊壤歌)」

우리는 물론 이 두 수의 시가 요임금 때의 민가라고 믿지 않는다. 전자는『시경(詩經)』「주송(周頌)」「사문(思文)」의 두 구절과『시경』「대아(大雅)」「황의(皇矣)」의 두 구절을 합성한 것이지만 잠시 그런 문제는 따지지 않도록 한다. 후자도 풍격을 보면 전국시대 이후인 것 같지만 아주 후대의 것일 리는 없다. 왜냐하면 이 시가 사용한 운은 고운(古韻)의 '之'부(部)로서 '息'·'食'·'哉'를 운자(韻字)로 썼는데, 이와 같은 고운은 한대(漢代) 이후의 사람이 위조할 수 있는 것이 결코 아니기 때문이다. 추측컨대 이 작품은 아마도 전국시대의 극히 혼란했던 시기에 요·순의 태평성대를 흠모했던 사람이 가탁한 것일 것이다. 순임금이 지은 것이라고 전해지는 「남풍가(南風歌)」도 누군가가 가탁한 작품이다.

南風之薰兮,	남쪽 바람이 훈훈하게 불어오니
可以解吾民之慍兮;	우리 백성의 화를 풀 수 있겠다.
南風之時兮,	남쪽 바람이 시의적절하게 불어오니
可以阜吾民之財兮.	우리 백성의 재산을 불릴 수 있겠다.

—「성증론(聖證論)」에서「시자(尸子)」를 인용한 것,
『공자가어(孔子家語)』「변락편(辯樂篇)」

이 작품의 출전이 오래된 것이 아니라고 해서 작품 자체도 오래된 것이 아닐 것이라고 의심할 필요는 없다. 이러한 시가는 오랜 기간에 걸쳐 구전되어 내려왔을 가능성이 매우 크다. 왜냐하면 이 작품은 '時'와 '財'를 운자로 사용하고 있는데, 이와 같은 고운은 한대 이후의 사람이 위조할 수 있는 것이 결코 아니기 때문이다. (고운의 위조는 극히 어려운 일이었다. 왜냐하면 명대(明代) 말엽의 진제(陳第) 이전에는 고금의 음운이 다르다는 것을 의식한 사람이 없었기 때문이다.) 결론적으로 말하면 요순시대에 이와 같은 풍격의 시가 있었다고 확언할 수는 없지만, 역사상 요순시대라는 것이 존재했다면 그 시기에 시가가 존재하기는 했을 것이다.

1.2 운어(韻語)는 상고시대에 이미 크게 발달하여 후대가 미치지 못할 정도였다. 여기서의 이른바 운어는 시가 외에도 격언·속담 및 운이 있는 모든 문장을 포괄한다. 예를 들어 후대의 탕두가결(湯頭歌訣 : 한약의 처방과 조제를 위한 노래 형식의 구결)과 육언고시(六言告示 : 한 구절이 6언으로 이루어진 포고문)는 운어이지만 시가는 아니다. 고인이 이론을 밝힌 저서 중에는 『노자(老子)』처럼 전부 운어를 사용한 것도 있다. 또 부분적으로 운어를 사용한 것으로는 『순자(荀子)』·『장자(莊子)』·『열자(列子)』·『문자(文子)』·『여씨춘추(呂氏春秋)』·『회남자(淮南子)』·『법언(法言)』 등이 있다. 문고(文告 : 아랫사람에게 禮樂敎化를 깨우쳐주는 글)와 복역(卜易)·명각(銘刻 : 金石 등의 기물 위에 주조하거나 새긴 문자) 등에도 운어가 섞여 있는데, 예를 들어 『상서(尙書)』·『역경(易經)』과 주대(周代)의 금석문자(金石文字)가 그러하다. 수많은 '가언(嘉言 : 선하고 아름다운 말)'은 운을 빌려 전래되었다. 예를 들어 『맹자(孟子)』 「등문공(滕文公) 상」에 인용된 방훈(放勳 : 요임금)의 말을 보자.

勞之, 來之,　　그들을 독려하고, 그들을 따라오게 하고,
匡之, 直之,　　그들을 바로잡아 주고, 그들을 곧바르게 하고,

輔之, 翼之,   그들을 도와주고, 그들을 보좌하여
使自得之;   그들 스스로 마땅한 바를 얻게 하라.
又從而振德之. 또 나아가 그들을 구하고 은덕을 베풀라.

여기서 '來'·'直'·'翼'·'得'·'德'은 압운(押韻)[1]한 것이다. 격언과 속담은 더욱 운이 있는 것이 보통이다. 다음 예를 보자.

畏首畏尾,   머리가 어찌될까 두려워하고 꼬리가 어찌될까 두려워한다면
身其餘幾!   몸 전체 중 걱정되지 않는 부분이 얼마나 되겠는가?
('尾'와 '幾'가 압운자이다—역주)

　　　　　　　　　　　　　　　　　　—『좌전(左傳)』「문공(文公) 17년」

雖有智慧,   비록 지혜가 있다고 해도
不如乘勢;   형세를 타는 것만 못하고
雖有鎡基,   비록 호미가 있다고 해도
不如待時.   농사 때를 기다리는 것만 못하다.
('慧'와 '勢'가 압운자로서 고운(古韻)의 '祭'부에 속하고, '基'와 '時'가 압운자로서 고운의 '之'부에 속한다—역주)

　　　　　　　　　　　　　　　　　　—『맹자(孟子)』「공손추(公孫丑) 상」

『삼략(三略)』·『육도(六韜)』와 같은 병법서와 『영추(靈樞)』·『소문(素問)』과 같은 의학서는 모두 대부분 운어로 이루어져 있다. 이 책들은 선진시대(先秦時代)의 서적은 아니지만 적어도 선진의 풍격을 모방하여 지은 것이어서 이로부터 운어가 상고시대에 얼마나 우세를 차지했는지 알 수 있다.

---

1) 詩歌와 賦 등에서 정해진 위치(보통은 句末이지만 어쩌다 句中인 경우도 있다)에 同韻字를 사용하여 노래하거나 낭송할 때 성음의 조화를 기하는 것을 말한다. '同韻字'란 기본적으로 韻이 같은 글자를 말하는데, 韻이 같다는 것은 韻母의 韻頭·韻腹·韻尾 세 부분 가운데 韻腹과 韻尾가 같다는 뜻이다. 韻書의 출현 이후에는 같은 韻部에 속해 있는 글자들을 '同韻字'라고 하였다.

1.3 시가 및 기타 운문의 용운 기준은 대략 다음과 같이 세 시기로 나눌 수 있다.

당(唐) 이전이 제1기이다. 이 시기에는 완전히 구어에 의거해서 압운하였다.

당 이후 5·4운동 이전까지가 제2기이다. 이 시기에는 사곡과 속문학을 제외하면 운문의 압운은 반드시 운서(韻書)에 의거해야 했으며, 전적으로 구어를 기준으로 삼을 수 없었다.

5·4운동 이후가 제3기이다. 이 시기에는 구체시(舊體詩)를 제외하면 제1기의 기풍으로 돌아가 완전히 구어를 기준으로 삼는다.

1.4 이제 제1기부터 말해보자. 이른바 완전히 구어에 의거하여 압운한다는 것은 물론 당시의 구어를 기준으로 삼는 것이다. 고금의 어음이 다르다는 것은 청대(淸代) 이후의 음운학자들이 공인한 것이다. 그러므로 우리들이 상고의 시가를 읽을 때에는 반드시 각 글자의 고음이 무엇인지 가정한 다음에 읽어야 운각의 조화를 느낄 수 있을 것이다.『시경』「진풍(秦風)」「겸가(蒹葭)」를 예로 들어본다.

蒹葭采采,	갈대는 더부룩이 자랐고
白露未已;	흰 이슬은 멎지 않는데
所謂伊人, 在水之涘.	바로 그녀는 강물 건너 기슭에 있다.
遡洄從之, 道阻且右;	물길 거슬러 그녀를 따르려니 길이 험해 가기 어렵고
遡游從之, 宛在水中沚.	물길 따라 그녀를 따르려니 강안의 모래섬에 있는 것 같다.

우리는 '采'자의 음을 ts‘ə로, '已'자의 음을 ďiə로, '涘'자의 음을 ʤ‘ə로, '右'자의 음을 ɣǐwə로, '沚'자의 음을 tɕiə로 가정한 다음에야 이 시를 음이 어울리게 읽을 수 있을 것이다. 물론 이 다섯 자의 고음을 각각 ts‘ai, ďiai, ʤ‘iai, ɣiai, tiai로 가정하거나 또는 다른 음으로 가정할 수도 있

을 것이다. 어쨌든 이 글자들의 상고음은 주요원음(主要元音)²⁾이 반드시 같을(적어도 비슷할) 것이다. 만약 오늘날의 어음에 의거하여 이 시를 읽는다면 그야말로 운각이 없는 시가 되고 말 것이다.

1.5 한대(漢代)의 용운은 폭이 넓은 편이었다. 이에는 두 가지 원인이 있을 수 있다. 첫째는 압운을 비슷하게만 추구하고 엄격하게 음이 어울리는 것을 추구하지는 않았을 가능성이다. 둘째는 우연히 고운을 모방한 결과 고대에 압운할 수 있었던 글자로도 압운하고 당대(當代)의 구어에 의해서도 압운하여 운이 자연히 폭이 넓어졌을 가능성이다. 육조(六朝) 시대에 이르러 용운은 다시 점차 엄격해졌다. 이것은 시대의 기풍이며, 실제 구어의 운부(韻部)³⁾가 몇 가지였는가와는 상관이 없다.

이제 제2기를 말해보자. 이등(李登)의 『성류(聲類)』, 여정(呂靜)의 『운집(韻集)』, 하후해(夏侯該)의 『운략(韻略)』 등의 운서는 압운의 기준이 되고 싶었겠지만 개인적인 저작이었기 때문에 사람들에게 반드시 따르라고 강요할 수는 없었다. 수(隋) 육법언(陸法言)의 『절운(切韻)』도 당대(唐代)의 과거(科擧)가 밀어주지 않았다면 『성류』 등의 책과 같은 운명에 처했을 것이다. 그 후 『절운』은 『당운(唐韻)』으로 개칭되면서 관찬운서(官撰韻書)로 변했다고 말할 수 있어 압운의 기준이 되었고, 더욱이 '근체시' 압운의 기준이 되었다. 『당운』에는 전부 206운⁴⁾이 있지만 당 왕조는 몇몇 운을 '동용(同用)'⁵⁾할 수 있도록 규정하여, 하나의 운처럼 함께 사용되는 두 개 또는 세 개의 인접한 운을 작시자가 하나의 운으로 간주할 수 있

---

2) 음운학 용어로 韻腹이라고도 한다. 韻母는 통상 韻頭·韻腹·韻尾의 세 부분으로 나누어지는데, 韻頭와 韻尾는 경우에 따라 없을 수도 있지만 韻腹은 반드시 있어야 하는 元音이어서 主要元音이라고 한다.
3) 同韻에 속하는 글자(同韻字)를 하나의 부류에 귀속시켜 놓은 것.
4) 여기서 206韻이라고 한 것은 206가지 韻部라는 뜻이다.
5) '同用'과 '獨用'은 음운학 용어이다. 운서상에는 다른 韻部로 나누어져 있지만 당시의 실제 어음으로는 同韻字로 볼 수 있는 두세 개의 韻部를 하나의 韻部처럼 함께 사용하는 것을 同用이라고 하고, 한 韻部를 다른 韻部와 同用하지 않고 독립시켜 사용하는 것을 獨用이라고 한다.

었기 때문에 실제로는 112운만이 있었을 뿐이다. 송(宋) 왕조에 이르러 『당운』은 『광운(廣韻)』으로 개칭되었는데, 그 중의 '文'운과 '欣'운, '吻' 운과 '隱'운, '問'운과 '焮'운, '物'운과 '迄'운은 동용이어서 실제로는 108운이 남게 되었다. 원대(元代) 말엽에 이르러서는 206운의 흔적을 아예 없애버리고 동용의 운을 모두 합병시켰는데, 여기에 더해 아무런 이유도 없이 '逈'운과 '拯'운, '徑'운과 '證'운을 합병시켜 결국 106운만이 남게 되었다. 이 106운이 바로 통상적으로 일컫는 '시운(詩韻)'으로서 지금까지 줄곧 연용되고 있다.

1.6 당(唐) 왕조 초년(이른바 '初唐')에 시인들의 용운은 아직 육조(六朝) 와 마찬가지로 운서를 기준으로 삼지 않았다. 대략 개원(開元 : 713~741) · 천보(天寶 : 742~755) 이후에야 용운이 완전히 운서에 의거하게 되었다. 어떻게 그것을 알 수 있을까? 이를테면 『당운』에는 '支' · '脂' · '之' 세 운이 '동용(同用)'이라고 주석을 달아 밝혀놓았지만, 초당의 실제 어음을 살펴보면 '脂'운과 '之'운은 서로 섞이는 반면에 '支'운은 아직 상당한 독립성을 지니고 있어서 초당의 시는 왕왕 '脂'운과 '之'운은 동용하였지만 '支'운은 독용(獨用)하였다(盛唐의 杜甫도 그러하였다). 또한 '江'운은 진(陳) · 수(隋)시대의 실제 어음상 '陽'운과 서로 섞였기 때문에 진(陳) · 수(隋)의 시인들은 '江'운과 '陽'운을 한 운처럼 함께 사용하여 압운하였다. 그러나 성당 이후에는 용운이 엄격해져서 '江'운과 '陽'운은 절대로 혼용할 수 없게 되었는데, 이는 분명 운서의 제약을 받은 것이다. 이외에도 '元'운과 '先仙'운, '山'운과 '先仙'운은 육조시대에는 서로 통했었는데, 개원 · 천보 이후의 '근체시'에서는 통용을 허용하지 않았다. 이모든 것은 당 이후 시가의 용운 상황이 더 이상 순수하게 자연에 맡기지 않고 운서를 기준으로 삼았음을 말해준다. 비록 그와 같은 제약에 반발한 사람도 있긴 했지만 결국 과거제도의 세력에 굴복하고 말았다.

1.7 사곡(詞曲)은 과거제도의 제약을 받지 않았기 때문에 용운은 구어를 기준으로 삼았다. 사는 이른바 '시여(詩餘)'이고, 곡도 사여('詞餘)'라

고 일컫는 사람들이 있었다. 본서에서 다루는 시율은 광의의 시를 대상
으로 하므로 사율(詞律)과 곡률(曲律)에 대해서도 언급할 것이다.

1.8 마지막으로 제3기를 말해 보겠다. 신시(新詩)는 자연스러울 것을
요구하는 만큼 당연히 우선적으로 운서의 제약에서 벗어났다. 그러나
이렇게 되자 방음(方音)의 문제가 생겨났다. 전에는 운서에 의거하여 강
제적인 기준을 마련했으므로 그것으로 그만이었다. 그러나 지금은 용운
에 있어서 구어를 기준으로 삼는다고 했는데, 중국어의 방음이 복잡다
단하니 도대체 어떤 지방의 어음을 기준으로 삼아야 한단 말인가? 오늘
날 우리는 보통화(普通話)[6]가 북경어음을 표준음으로 삼는 것을 인정하
고 있지만 당시에는 이러한 규정이 없었다.

작가가 북방인이 아닌 경우 그의 시는 종종 자신도 모르게 방음을 사
용하여 압운했기 때문에 우리가 북경음으로 읽으면 음이 잘 어울리지
않는 곳이 있게 마련이다. 예를 들어 '眞'운과 '庚'운은 서남관화(西南官
話)[7]와 오(吳) 방언[8]에 의거하면 '동용'할 수 있지만 북방화에 의거하면
음이 어울리지 않는다. '屋'운과 '鐸'운, '歌'운과 '模'운은 오 방언에 의
거하면 대부분 통용될 수 있지만 북방화에 의거하면 음이 어울리지 않
는다.

1.9 이로부터 볼 때 방언의 백화시(白話詩)를 쓰는 것이 아니라면 일
종의 새로운 시운을 기준으로 삼아야 할 것이다. 이 새로운 시운과 옛
시운은 성질이 다르다. 옛 시운은 강제적인 것이었지만(최초에는 강제성이
작았을 테지만 송대 이후에는 구어와 크게 어긋났다), 새로운 시운은 현대 북경
의 실제 어음을 표준으로 삼는다. 그래야만 이도 저도 아닌 어정쩡한 운
어를 모면할 수 있을 것이다.

---

6) 표준말. 北京語音을 표준음으로 하고 北方話를 기초방언으로 하며 모범적인 현대
백화문 저작을 어법규범으로 하는 漢 민족 공동의 언어를 가리킨다.
7) 중국의 남서쪽에 위치하고 있는 四川·雲南·貴州·西藏 지역의 方言을 가리킨다.
8) 上海·江蘇省 남동부와 浙江省 대부분의 지역에서 사용하는 方言을 가리킨다.

2. 평측과 대장(對仗)

2.1 평측(平仄)과 대장(對仗)은 근체시에서 가장 주의를 기울이는 두 가지 사항이다. 고체시도 이 두 가지 사항을 완전히 무시할 수는 없었다. 신시는 일체의 제약을 벗어 던지긴 했지만 중국어를 가지고 말하면 자음(字音)이 있는 한 평측이 없을 수 없고, 단음사(單音詞)가 많으니 만큼 가지런한 대장이 쉽게 형성된다. 신시가 평측과 대장의 제약을 받지는 않지만 많은 시인들이 융통성 있게 이들을 운용한다. 따라서 시율을 설명하기 전에 먼저 평측과 대장이 무엇인지 설명하는 것도 쓸모가 없지는 않을 것이다.

2.2 평측은 일종의 성조 관계를 따지는 것이다. 전하는 바에 의하면 심약(沈約 : 441~513)이 최초로 중국어 속에 4개의 성조가 있음을 발견했다고 하는데, 바로 평성·상성·거성과 입성이 그것이다.[9] 또한 '측성'이라는 명칭도 심약에게서 시작되었다고 전해진다. 누군가가 '측(仄)'은 바로 '측(側)'이고, '측(側)'은 평평하지 않다는 의미라고 말하였다. 측성은 평성과 대립되는데, 바꾸어 말하면 측성은 상·거·입 3성을 통틀어 일컫는 명칭이다. 근체시의 규칙에 의거하면 두 글자씩을 하나의 절주단위로 삼아 평성과 측성을 번갈아 쓴다. 즉, 시의 한 구절 속에서 첫 번째 글자와 두 번째 글자가 모두 평성이라면 세 번째 글자와 네 번째 글자는 측성이어야 하고, 첫 번째 글자와 두 번째 글자가 모두 측성이라면 세 번째 글자와 네 번째 글자는 평성이어야 한다(제6절에서 상세히 다룰 것임).

2.3 이제 우리는 두 가지 문제를 검토해보려고 한다. 한 가지는 무엇 때문에 상·거·입 3성을 측성 한 종류로 합치고, 평성이 독자적으

---

9) 중국어 字音의 聲調 분별은 옛날부터 있었지만 六朝 이전에는 四聲의 명칭이 없었다. 南朝 齊·梁 시기에 沈約·周顯 등이 '平'·'上'·'去'·'入' 4字를 성조 명으로 삼아 총칭하여 四聲이라고 하였는데, 그것이 지금까지 연용되고 있다.

로 한 종류가 되었을까 하는 문제이다. 또 한 가지는 무엇 때문에 평성과 측성을 번갈아 사용하는 것이 시의 절주방식으로 구성될 수 있었을까 하는 문제이다.

2.4 첫 번째 문제의 해결을 위해 우리는 먼저 성조의 성질을 알아야 하겠다. 성조는 물론 '음고(音高, Pitch)'가 주(主)인 특징을 지니고 있지만 장단과 승강도 관계가 있다. 중고성조(中古聲調)의 상황에 의거해 보면 상고의 성조는 대략 평성과 입성 두 종류만이 있었다. 중고의 상성은 평성에서 변한 것이 대부분이고, 입성에서 변한 것은 매우 적다. 중고의 거성은 입성에서 변한 것이 대부분이고, 평성에서 변한 것은 많지 않다 (혹은 평성에서 상성을 거쳐 거성으로 바뀌었다). 평과 입 두 성조가 평·상·거·입의 네 성조로 진화하는 과정이 완성되었을 때 우리가 추측하기로는 평성은 길고 상승하거나 하강하지 않는 반면에, 상·거·입 세 성조는 모두가 짧고 상승하거나 하강했을 것이다.[10] 그리하여 자연스럽게 평과 측 두 종류로 나누어졌을 것이다. '평(平)'자가 가리키는 것은 상승하거나 하강하지 않는다는 것이고, '측(仄)'자가 가리키는 것은 '평평하지 않음'이니(울퉁불퉁한 산길 같은 것) 바로 상승하거나 하강하는 것이다. ('상(上)'자는 상승을 가리키고, '거(去)'자는 하강을 가리키고, '입(入)'자는 특별히 짧고 급함을 가리킬 것이다. 옛 사람들은 '평'·'상'·'거'·'입'이 대표자(代表字)일 뿐 의미가 없을 것이라고 생각했지만 지금 생각해 보면 반드시 그렇지는 않을 것이다.) 만약 우리의 추측이 틀리지 않는다면 평성과 측성을 번갈아 쓴다는 것은 장단을 번갈아 쓰고, 평조(平調)와 승강조(升降調)나 촉조(促調)를 번갈아 쓴다는 뜻일 것이다.

2.5 두 번째 문제는 장단을 번갈아 쓰는 것과 밀접한 관계가 있다.

---

10) 王力은 여기서 平聲은 길고 仄聲인 上·去·入 세 성조는 짧다고 추측하였지만 확실한 증거가 있는 것은 아니다. 참고로 우리말 漢字音에는 지금은 거의 사라져 가고 있지만 원래 長短이 있어서 王力의 추측과는 달리 平聲字는 짧게 읽고 仄聲字는 길게 읽었다. 예를 들어 '前期'의 '前'은 평성자여서 짧게 읽었으며, '電氣'의 '電'은 측성자여서 길게 읽었다. 실제로 우리 선조들은 漢字音의 長短을 통해 平仄을 구분하였다.

영시(英詩)에는 이른바 경중률(輕重律)과 중경률(重輕律)이 있다. 영어는 경음(輕音)과 중음(重音)을 요소로 하는 언어이므로 자연히 경음과 중음을 번갈아 쓰는 것을 시의 절주방식으로 삼고 있다. 그리스어와 라틴어 같으면 장음(長音)과 단음(短音)을 요소로 하므로 시가는 자연히 경중률이나 중경률을 중시하지 않고 단장률(短長律)이나 장단률(長短律)을 중시한다. (그리스인은 一短一長律을 iambus라 칭하고, 一長一短律을 trochee라 칭하고, 二短一長律을 anapest라 칭하고, 一長二短律을 dactyl이라 칭하는데, 영국인들이 이 네 개의 용어를 차용하여 경중률과 중경률로 호칭한 것은 매우 불합리한 것이다.) 이로부터 볼 때 중국 근체시의 '측측평평'은 일종의 단장률이고, '평평측측'은 일종의 장단률이다. 중국의 시율과 서양의 시율이 물론 다 같을 수는 없지만 절주의 원칙은 마찬가지이다.

2.6 오언고시는 평측을 크게 따지지는 않지만 오평조(五平調)나 사평조(四平調)는 가능한 한 피한다. 그렇지 않으면 매우 단조롭게 되기 때문이다. 오측조(五仄調)나 사측조(四仄調)는 비교적 흔히 보이는데, 왜냐하면 측성에는 상·거·입의 구별이 있어서 그것들이 상승하거나 하강하거나 특별히 짧고 급하여 그다지 단조롭지 않기 때문이다(제28절을 참조할 것).

2.7 근체시는 평성을 운각으로 삼기를 좋아하는데, 왜냐하면 평성이 장음이므로 목소리를 길게 뽑아 노래 부르기에 편리하기 때문이다. 이것은 영시에 경중률이 중경률보다 많고, 그리스 시와 라틴 시에 단장률이 장단률보다 많은 것과 흡사하다. 영시 또는 그리스 시·라틴 시에서 어떤 작품들은 본래 중경률이나 장단률을 사용했는데도 '불완전률'이라 하여 중음이나 장음으로 마무리짓기를 좋아하는데, 아마도 그렇게 하는 것이 목소리를 길게 뽑아 노래 부르는 데 편리했기 때문일 것이다.

역사의 변천에 따라 근대 성조의 실제 음고(音高) 또한 중고 시기와 같을 수 없기 때문에 사람들의 구두창작은 실제 어음에 의거할 수 있을 뿐, 더 이상 중고의 평측을 연용할 수 없었다. 현대의 신시도 평측을 운용해야 한다면 자연 현대의 실제 어음을 기준으로 삼을 수밖에 없을 것이다. 예를 들어 북경어음에는 입성이 없고 평성은 음평(陰平)과 양평(陽平)의 두 종류로 나누어졌고 또한 일종의 경성(輕聲)이 있다. 이에 따라 별도의 절주규율을 마련해야 할지 어떨지는 현대의 시인들이 연구해야 할 문제이다.

2.8 대장(對仗)은 대략적으로 말하자면 언어의 짝 배치이다. '仗'자의 의미는 '의장(儀仗)'에서 나왔다. '의장'이 둘씩 짝을 이루므로 둘씩 짝을 이루는 어구를 '대장'이라고 한다. 대장이 짝 배치의 일종이므로 먼저 짝 배치를 이야기해보자. 언어가 출현한 이래로 짝 배치가 존재하였는데, 왜냐하면 인사와 물정은 수많은 것이 자연적으로 짝을 이루고 있기 때문이다. 고금과 동서양을 막론하고 짝 배치의 언어는 수없이 많다. 다음에 영시를 예로 들어본다.

One shade the more, one ray the less,
......
The smiles that win, the tints that glow.
그늘이 하나라도 많은 만큼, 빛은 하나라도 적고
......
마음을 끄는 미소에, 발그레한 빛깔.

— Byron(바이런)

My boat is on the shore,
And my bark is on the sea.
나의 나룻배는 바닷가에
나의 돛단배는 바다 위에.

— Byron(바이런)

Some had shoes, but all had rifles.
신발을 신은 자는 일부였으나, 소총을 멘 자는 모두였다.

— Henley(헨리)

2.9 그러나 중국어의 짝 배치는 한 가지 특성이 있다. 중국어가 단음어(單音語)이기 때문에 짝으로 배열할 때 대단히 가지런하게 1음 대 1음으로 딱 맞아떨어지게 할 수 있다. 이와 같은 특성이 있기 때문에 중국어의 짝 말은 대단히 발달했다. 운문이건 산문이건 간에 그 예는 무수히 많다. 다음 예를 보자.

就其深矣, 方之舟之;　깊은 물에 닥치면 뗏목이나 배타고 건너고
就其淺矣, 泳之游之.　얕은 물에 닥치면 자맥질이나 헤엄쳐 건넜지요
　　　　　　　　　　　　—『시경』「패풍(邶風)」「곡풍(谷風)」

誰謂爾無羊, 三百維羣;　누가 그대에게 양이 없다던가? 삼백 마리의 떼가
　　　　　　　　　　　있는데.
誰謂爾無牛, 九十其犉.　누가 그대에게 소가 없다던가? 커다란 소가 아흔
　　　　　　　　　　　마리나 되는데.
　　　　　　　　　　　　—『시경』「소아(小雅)」「무양(無羊)」

用之則行, 舍之則藏.　등용되면 나가고, 버려지면 들어앉는다.
　　　　　　　　　　　　—『논어(論語)』「술이(述而)」

食不厭精, 膾不厭細.　밥은 곱게 찧은 쌀로 지은 것을 싫어하지 않으셨
　　　　　　　　　　　고, 회는 잘게 썬 것을 싫어하지 않으셨다.
　　　　　　　　　　　　—『논어』「향당(鄉黨)」

이처럼 같은 글자를 피하지 않은 짝 말은 고서 중에 이루 다 들 수 없을 정도로 많다고 할 수 있다. 그 후 점차 같은 글자를 피하는 방향으로 나아갔고, 더욱이 근체시의 대장은 반드시 같은 글자를 피해야 했다. 그러나 같은 글자를 피한 짝 말도 상고시대에 적지 않게 있었다. 예를 들면 다음과 같다.

喓喓草蟲, 趯趯阜螽.　　베짱이는 울고, 메뚜기는 뛰논다.
　　　　　　　　　　　　　—『시경』「소남(召南)」「초충(草蟲)」

覯閔旣多, 受侮不少.　　근심 걱정 많다보니, 수모도 적지 않다.
　　　　　　　　　　　　　—『시경』「패풍(邶風)」「백주(柏舟)」

青青子衿, 悠悠我心.　　푸르고 푸른 학생의 옷깃이, 오래 내 마음에 간직
　　　　　　　　　　　　되어 있다.
　　　　　　　　　　　　　—『시경』「정풍(鄭風)」「자금(子衿)」

南山崔崔, 雄狐綏綏.　　남산은 높다란데, 숫여우가 어슬렁거린다.
　　　　　　　　　　　　　—『시경』「제풍(齊風)」「남산(南山)」

在其板屋, 亂我心曲.　　오랑캐 판잣집에 계시다니, 내 마음이 어지럽다.
　　　　　　　　　　　　　—『시경』「진풍(秦風)」「소융(小戎)」

乘肥馬, 衣輕裘.　　살진 말을 타고, 가벼운 모피 옷을 입는다.
　　　　　　　　　　　　　—『논어』「옹야(雍也)」

草木暢茂, 禽獸繁殖.　　초목이 무성하여, 금수가 번성하다.
　　　　　　　　　　　　　—『맹자(孟子)』「등문공(滕文公) 상」

上食槁壤, 下飲黃泉.　　위에서는 마른 흙을 먹고, 아래서는 땅속의 샘물
　　　　　　　　　　　　을 마신다.
　　　　　　　　　　　　　—『맹자』「등문공 하」

2.10 육조시대에 이르러서는 변려(駢儷)의 기풍이 더욱 성해졌다. 부(賦)와 변체문(駢體文)은 같은 글자를 피하는 짝 말과 같은 글자를 피하지 않는 짝 말이 동시에 병용되었다. 다만 같은 글자를 피하지 않는 경우는 '之'·'而'·'以'·'於' 등의 허자(虛字)에 국한되었다. 다음 예를 보자.

遵四時以歎逝, 瞻萬物而思紛; 悲落葉於勁秋, 喜柔條於芳春; 心懍懍以懷霜, 志眇眇而臨雲; 詠世德之駿烈, 誦先人之清芬(네 계절을 좇아 세월이 흘러 감을 탄식하고, 만물을 바라보니 사념이 많아진다. 싸늘한 가을 녘의 떨어지는 낙엽을 바라보곤 슬픔에 잠기고, 꽃피는 봄날의 부드러운 가지를 보고는 즐거워한다. 마음속에는 차갑게 서리를 품고, 뜻은 아득히 구름에 오른다. 덕 있는 이의 훌륭한 업적을 되새기고, 선인의 아름다운 문장을 음미해본다).

— 육기(陸機), 「문부(文賦)」

夫百節成體, 共資榮衛; 萬趣會文, 不離辭情(백 개에 달하는 골절이 인체를 구성하려면 혈맥의 유통에 의지해야 하고, 갖가지 생각이 문장을 구성하려면 문사와 사상 감정을 떠날 수 없다).

— 유협(劉勰), 『문심조룡(文心雕龍)』 「용재편(熔裁篇)」

한(漢)·위(魏)·육조(六朝)의 고시도 부·변체문과 마찬가지로 같은 글자를 피하는 경우도 있고, 피하지 않는 경우도 있었다. 다음 예를 보자.

齊心同所願,   한결같은 마음으로 바라는 바 같지만
含意俱未伸.   속에 담긴 뜻을 다 펴내지는 않는다.

— 「고시십구수(古詩十九首)」 「今日良宴會」

去者日以疏,   가버린 청춘은 날이 갈수록 멀어지고
來者日以親.   다가올 노년은 날이 갈수록 가까워진다.

— 「고시십구수」 「去者日以疏」

昔爲鴛與鴦,   지난날에는 한 쌍의 원앙이었는데
今爲參與商.   지금은 삼성(參星)과 상성(商星)이 되었다.[11]

— 소무(蘇武)시

---

11) 參星은 서쪽에 있고 商星은 동쪽에 있어서 둘 중의 하나가 나타나면, 나머지 하나는 사라지고 말아 영원히 함께 만날 수가 없다고 한다.

長裾連理帶,　긴 옷자락의 연리지(連理枝)를 수놓은 허리띠[12]
廣袖合歡襦.　넓은 소매의 기쁨을 함께 하는 저고리.[13]
　　　　　　　　　　　—신연년(辛延年),「우림랑(羽林郞)」시

君若淸路塵,　그대가 길 위의 맑은 먼지와 같다면
妾若濁水泥.　소첩은 물 속의 탁한 진흙과 같답니다.
　　　　　　　　　　　—조식(曹植),「칠애(七哀)」시

著論準過秦,　논설을 짓는 것은「과진론」을 표본 삼고
作賦擬子虛.　부를 짓는 것은「자허부」를 본뜬다.
　　　　　　　　　　　—좌사(左思),「영사(詠史)」시

孤鴻號外野,　외로운 기러기는 바깥 들판에서 부르짖고
朔鳥鳴北林.　북방의 새는 북녘 숲을 향해 운다.
　　　　　　　　　　　—완적(阮籍),「영회(詠懷)」시

당(唐) 이후의 고체시는 자연히 모두 이 규칙에 따랐다(제33절을 참조할 것). 그러나 근체시의 대장은 고체시의 짝 말과 다른 점이 많다.

2.11 근체시의 대장이 보통의 짝 말과 다른 것은 다음의 두 가지 특징이 있기 때문이다. 첫째 근체시의 대장은 같은 글자를 피해야 해서, "去者日以疏, 來者日以親"처럼 같은 글자를 쓸 수 없다. 둘째 근체시의 대장은 평측상대(平仄相對 : 평대측, 측대평)를 중시하여 "著論準過秦, 作賦擬子虛"처럼 할 수 없다.[14] 예를 들면 다음과 같다.

共載皆妻子,　측측평평측

---

12) 連理枝는 두 나무의 가지가 서로 연결되어 있는 것으로, 이것을 수놓은 허리띠는 남녀간의 애정을 상징한다.
13) 合歡襦는 대칭형 꽃무늬를 수놓은 저고리로, 남녀간의 화합과 기쁨을 상징한다.
14) "著論準過秦, 作賦擬子虛"는 "仄仄仄仄平, 仄仄仄仄平"이어서 전혀 平仄相對가 아니다.

同遊即弟兄.　　평평측측평
같이 타면 모두가 처자이고
함께 노닐면 바로 형제이다.

— 백거이(白居易)시

門前巷陌三條近,　　평평측측평평측
牆內池亭萬境閑.　　평측평평측측평
문 앞의 골목길은 삼거리가 가깝고
담 안의 못과 정자 온 주변이 한적하다.[15]

— 유우석(劉禹錫), 「題王郎中宣義里新居」시

2.12　대장에는 '관대(寬對)'와 '공대(工對)'의 구별이 있다. 관대는 명사 대 명사, 동사 대 동사, 형용사 대 형용사로 짝을 짓기만 하면 성립되는 것이고, 공대는 사물을 몇 종류로 분류하여 두고 같은 종류에 속하는 단어를 사용하여 대를 이루도록 한 것을 가리킨다(제13절을 참조할 것).

근체시의 대장을 설명한 김에 '대련(對聯)'(보통으로는 이른바 '對子')을 이야기해보자. '대련'은 기실 근체시의 대장에서 나온 것이지만 보다 더 공대를 지향한다. 이외에도 대련의 절주는 변화가 더욱 많고, 글자 수도 임의로 늘일 수 있으며, 가끔 같은 글자를 피하지 않기도 한다. 예를 들어 전인이 왕희지(王羲之 : 303~379)의 「난정서(蘭亭序)」에서 집자(集字)한 대련을 보자.

絲竹放懷春未暮;　　현악기 관악기로 마음 펴니 봄은 아직 저물지 않았고
淸和爲氣日初長.　　맑고 따뜻한 날씨가 되니 해가 처음으로 길어졌다.
靜坐不虛蘭室趣;　　고요히 앉아 있으니 난실의 정취가 헛되지 않고
淸游自帶竹林風.　　맑은 나들이는 저절로 대나무 숲의 바람을 띤다.
(이상은 근체시의 절주에 의거한 것이다.)[16]

---

15) '門'과 '牆'은 둘 다 平聲이지만 칠언율시에서 第1字는 可平可仄이어서 平仄相對의 규칙에 어긋나지 않는다.
16) 근체시 5언구의 기본적인 절주방식은 2—3이고, 7언구의 기본적인 절주방식은 2—2

得趣-在-形骸-以外;　형체 밖에서 정취를 얻고

娛懷-於-天地-之初.　천지의 끝에서 마음을 즐긴다.

寄興-在-山亭-水曲;　산의 정자와 물굽이에서 흥취를 기탁하고

懷人-於-日暮-春初.　초봄의 해 저물녘에 사람을 그리워한다.

淸氣-若蘭,-虛懷-當竹;　맑은 기운은 난과 같고, 빈 가슴은 대와 같다,

樂情-在水,-靜趣-同山.　즐거운 감정은 물에 있고, 고요한 정취는 산과 같다.

(이상은 근체시의 절주에서 벗어난 것이다.)

다음 예는 한 부인이 남편의 죽음을 애도하며 지었다고 전해지는 것이다.

二十年貧病交加,　20년 동안 가난과 병이 교차하며 덮쳐서,

縱我留君生亦苦;　내가 당신을 머물게 했어도 삶 또한 고달팠겠지요

七千里翁姑待葬,　칠천 리 밖에서 시부모님이 장례를 기다리시니,

因君累我死猶難.　그대로 인해 나에게 연루되어 죽기도 어렵답니다.

(앞쪽의 두 구절은 '年'과 '里'에서 끊어지고, 다시 '病'과 '姑'에서 끊어져서 근체시의 절주에서 벗어난 반면에, 뒤쪽의 두 구절은 완전히 근체시의 절주에 의거하였다.)

다시 위응물(韋應物 : 737~약 789)의 사당에 있는 대련을 보자.

唐史傳偏遺,　당사에 열전이 유독 남아 있어,

合循吏儒林,　선량한 관리와 선비에 합당하고,

讀書不礙中年晚;　독서는 중년이라 늦었다고 거리끼지 않았다.

蘇州官似諡,　소주에서의 관직이 시호처럼 되어,

本淸才明德,　맑은 재능과 밝은 덕에 의거하였고,

臥理能敎末俗移.　누워서 다스려도[17] 세속 사람들을 교화할 수 있었다.

(앞쪽의 두 구절과 뒤쪽의 두 구절은 완전히 근체시의 절주에 의거하였지만,

-3이다.

17) '臥理'는 '臥治'와 같다. 政事가 맑고 간명하여 '無爲以治'를 이룬다는 말이다.

중간의 두 구절은 '吏'와 '才'에서 끊어져서 근체시의 절주에서 벗어났다.)

2.13 앞 절에서 설명한 운어는 인류 시가의 공통적인 성질이다. 본 절에서 설명한 평측과 대장은 중국어 시가의 특성이다. 다음 절에서 설명하는 시구(詩句)의 글자 수를 보면 중국어의 시율에 대해 하나의 윤곽을 얻게 될 것이다.

3. 시구(詩句)의 글자 수

3.1 중국어는 각 글자가 하나의 음절로 이루어져 있어서 중국어에서 시구의 글자 수는 바로 시구의 음수(音數)이다. 서양에서 시구의 음수는 지극히 중시된다. 영시는 매 구절이 일반적으로 8음 또는 10음이고, 프랑스 시는 매 구절이 종종 많게는 12음에 이른다. 엄격히 말해서 서양 시에서는 '구(句)'를 논해서는 안 되고 '행(行)'을 논해야 할 것이다. 왜냐하면 매 구는 반드시 한 행만을 차지하는 것이 아니며(구가 끝나지 않았는데도 달리 행을 시작하는 것을 '跨行(enjambement)'이라고 한다), 매 행도 반드시 한 구만을 용납하는 것은 아니다. 매 행의 마지막 음절에 압운하므로 서양의 시론에서 '구'를 논하는 것은 별다른 의미가 없다. 중국어 시에서는 압운이 언제나 구말(句末)에 있고 '과행'이 없다. 비록 두 구의 뜻을 합해야 완전해지는 예도 있긴 하지만 한인(漢人)의 심리 속에서는 여전히 두 구로 간주되는 것이다. 그러므로 중국어 시는 '구'를 논해야 할 것이다.

3.2 일반적인 견해에 따르자면 중국어 시는 4언·5언으로부터 7언에 이르기까지 변화 발전하였다. 중국어 시구의 글자 수가 적게는 2언

으로부터 많게는 11언에까지 이르지만 4언보다 적거나 7언보다 많은 구절은 4언 시·5언 시 또는 7언 시에 어쩌다 삽입될 뿐이어서 전체가 일률적으로 2언 또는 3언, 9언 또는 11언인 경우는 없다. 전편에 걸쳐 3언을 사용한 시가는 교사가(郊祀歌) 등의 한대 가요만이 있을 뿐이다. 『한서(漢書)』「예악지(禮樂志)」에 수록된 「천마가(天馬歌)」를 예로 들어본다.

太一況, 天馬下.   태일신께서 하사하시어, 천마가 내려왔다.[18)
霑赤汗, 沫流赭.   몸은 붉은 땀으로 젖어, 땀방울이 튀고 흐른다.
志俶儻, 精權奇.   지닌 뜻이 범상치 않고, 정신이 뛰어나 잘 달린다.
籋浮雲, 晻上馳.   뜬구름을 힘껏 밟고서, 어두운 하늘 향해 달린다.[19)
體容與, 迣萬里.   몸은 조용하고 유유하게, 만 리 길을 간다.
今安匹, 龍爲友.   지금은 무엇을 짝으로 삼고 있나? 용이 벗이란다.

그러나 어기를 돕는 허자를 글자 수에 포함시키지 않는다면 『시경』에서도 3언 시의 예를 찾을 수 있다.

月出皎兮;   달이 떠 환하게 비치니
佼人僚兮.   아름다운 임의 얼굴 떠오른다.
舒窈糾兮,   아리따운 그대여
勞心悄兮!   그리움에 내 마음 근심에 찬다!

月出皓兮;   달이 떠 하얗게 비치니
佼人懰兮.   아름다운 임의 얼굴 그립다.
舒懮受兮,   얌전한 그대여
勞心慅兮!   그리움에 내 마음 시름겹다!

月出照兮,   달이 떠 밝게 비치니

---

18) 텍스트에는 '況'이 '貺'으로 되어 있는데, 誤字이다. 그러나 여기서 '況'은 '貺'의 뜻으로 쓰였다.
19) 텍스트에는 '晻'이 '腌'으로 되어 있는데, 誤字이다.

佼人憭兮.　　아름다운 임의 얼굴 보는 듯.
舒夭紹兮,　　몸매 고운 그대여
勞心慘(懆)兮!　그리움에 내 마음 애처롭다.
　　　　　　　　　　—『시경』「진풍(陳風)」「월출(月出)」

4언 시 속에 2언구와 3언구가 섞여 있는 것은 『시경』 속에 매우 많다.
예를 들어 본다.

魚麗于罶,　　물고기가 통발에 걸렸는데
鱨鯊;　　　　날치와 모래무지 같은 걸세.
君子有酒,　　군자에게 술이 있는데
旨且多.　　　맛이 좋고도 풍성하네.
　　　　　　　　　　—『시경』「소아(小雅)」「어려(魚麗)」

冬之夜, 夏之日;　겨울 밤, 여름날이여!
百歲之後, 歸於其室.　백 년 뒤 그의 무덤 속에서라도 함께 살리.
　　　　　　　　　　—『시경』「당풍(唐風)」「갈생(葛生)」

牆有茨, 不可埽也;　담장에 찔레가 났는데, 쓸어버릴 수도 없다.
中冓之言, 不可道也.　방안의 이야기는, 말할 수도 없는 것.
所可道也, 言之醜也.　말할 수 있다 해도, 말해봤자 더러운 것일 뿐.
　　　　　　　　　　—『시경』「용풍(鄘風)」「장유자(牆有茨)」

祈父, 亶不聰;　기보님! 정말로 귀가 어두우십니다.
胡轉予于恤,　왜 나를 근심으로 몰아넣어,
有母之尸饔.　모친이 손수 음식을 차리게 하시나요?
　　　　　　　　　　—『시경』「소아」「기보(祈父)」

椒聊之實, 蕃衍盈升;　산초나무 열매가, 알알이 열어 한 됫박이 넘겠다.
彼其之子, 碩大且朋.　우리 님은, 위대하기 이를 데 없다.

椒聊且,　　　　　산초야
遠條且!　　　　　가지가 길게 뻗었구나!
—『시경』「당풍(唐風)」「초료(椒聊)」

3.3 『시경』은 4언 위주지만 작품에 따라서는 5언구·6언구와 7언구가 섞여 있다. 다음 예를 보자.

揚之水, 不流束薪;　　잔잔한 물결은, 나무다발도 떠내려 보내지 못한다.
彼其之子, 不與我戍申.　집사람을 멀리 두고, 나는 신 땅에 수자리 산다.
懷哉, 懷哉,　　　　그립고 그립구나.
曷月予還歸哉!　　어느 달에야 나는 돌아가게 되는 건가!
—『시경』「왕풍(王風)」「양지수(揚之水)」

哀哉爲猶, 匪先民是程,　슬프다 계획이여, 옛 분들을 본뜨는 것도 아니며
匪大猶是經;　　　위대한 도를 법으로 삼는 것도 아니요
維邇言是聽,　　　오직 경박한 말만 듣고
維邇言是爭.　　　경박한 말로 다투고 있다.
如彼築室於道謀,　집을 지으려는 사람이 길가는 사람과 의논함과 같으니
是用不潰於成.　　그래서 끝내 이루지 못하는 것이다.
—『시경』「소아(小雅)」「소민(小旻)」

『초사(楚辭)』에는 5언구·6언구와 7언구가 많이 보인다(8언 이상의 구는 두 구로 나누어 읽을 수 있다). 만약 '兮'자를 계산에 넣지 않는다면 5언은 4언으로, 6언은 5언으로, 7언은 6언으로, 8언은 7언으로 간주할 수 있다. 그렇다고 『초사』가 5언 시와 7언 시의 시작이라고 말할 수는 없다. 첫째 '兮'자라는 난제가 있기 때문이고, 둘째 대다수 시편의 구절 길이가 일률적이지 못하여 예를 들면 7언 중에 5언이 섞여 있고, 8언 중에 6언이 섞여 있는 등의 문제가 있기 때문이다.

3.4 일반 사람들은 5언 시가 이릉(李陵 : ?~B.C.74)과 소무(蘇武 : ?~B.C.60)

의 시에서 시작되었다고 여긴다. 바꾸어 말하면 서한에서 시작되었다고 믿는 것이다. 어떤 사람은 고시십구수(古詩十九首)가 매승(枚乘 : ?~B.C.140)이 지은 것이어서 이 또한 서한 때 지어졌다고 말하기도 한다. 그러나 사람에 따라서는 이릉의 시는 다른 사람이 사칭한 것이며, 고시십구수도 매승이 지은 것이 아닐 것이라고 의심한다. 이런 상황을 고려하면 전편이 5언구로 이루어진 진정한 5언 시는 아마도 동한 시대인 서기 1세기 내지 2세기 사이에 출현했을 것이다.

3.5 7언 시도 사람에 따라서는 서한 때 출현했다고 말한다. 전해지는 바에 의하면 「백량시(柏梁詩)」는 한 무제(武帝)와 여러 신하들 간의 연구(聯句)이다. 원문을 적어보면 다음과 같다.

日月星辰和四時.	해와 달과 별들이 네 계절과 화합하도다.
驂駕四馬從梁來.	네 필의 말이 끄는 수레 타고 양나라에서 왔습니다.
郡國士馬羽林材.	온 나라의 군대가 근위군의 인재들이다.
總領天下誠難治.	천하를 다스리는 것은 참으로 어렵다.
和撫四夷不易哉.	사방의 오랑캐를 위무하는 일은 쉽지 않다
刀筆之吏臣執之.	문서를 관장하는 관리는 제가 담당합니다.
撞鐘伐鼓聲中詩.	종을 두드리고 북을 치니 소리가 시와 어울립니다.
宗室廣大日益滋.	종실은 광대하여 나날이 더욱 번성한다.
周衛交戟禁不時.	근위대는 창을 엇걸고 항상 황궁을 지킨다.
總領從官柏梁臺.	백량대에서 시종관을 거느립니다.[20]
平理請讞決嫌疑.	바르게 다스리고 사심 없이 평의하여 혐의를 처결한다.[21]
修飾輿馬待駕來.	수레와 말을 장식하고 준비하여 행차를 기다린다.
郡國吏功差次之.	나라 안 관리들의 공은 등급에 따라 서열을 정한다.
陳粟萬石揚以箕.	묵은 곡식 만 섬을 키로 까부른다.
徼道宮下隨討治.	길과 궁 아래를 순찰하며 따라가 벌주고 다스린다.

---

20) 텍스트에는 '官'이 '宗'으로 되어 있는데, 誤字이다. 漢 楊惲 「報孫會宗書」 : "總領從官, 與聞政事"를 참조할 것.
21) 텍스트에는 '請'이 '淸'으로 되어 있는데, 誤字이다.

三輔盜賊天下危.	경기 지역의 도적은 천하를 위태롭게 한다.
盜阻南山爲民災.	남산을 가로막고 도적질하는 것은 백성들의 재앙이다.
外家公主不可治.	외척과 공주들은 다스릴 수 없도다.
椒房率更領其材.	황후전의 率更令은 휘하의 인재들을 거느린다.22)
蠻夷朝賀常會期.	오랑캐들이 와서 경하하며 항상 만날 것을 기약한다.23)
柱枅欂櫨相枝持.	기둥과 가로보와 두공이 서로 떠받치고 있다.
枇杷橘栗桃李梅.	비파나무, 귤, 밤, 복숭아, 자두, 매화를 준비한다.
走狗逐兔張罘罳.	사냥개 몰아 토끼를 쫓고 덫을 놓는다.
齧妃女脣甘如飴.	후궁의 입술을 깨물면 달기가 엿과 같다.
迫窘詰屈幾窮哉.	아무리 해도 뜻을 펼 수 없으니 얼마나 곤궁한가!

이 시도 위작이라고 의심하는 사람이 있다. 그러나 압운의 상황을 가지고 말하면 '之'와 '哈'가 같은 운부로 사용된 것은 바로 선진의 고운이어서 이 작품이 비록 무제 시대에 나오지 않았다고 할지라도 시기적으로 큰 차이는 없을 것이다. 이 작품에서는 '危'자만이 출운(出韻)24)의 현상을 보이고 있다. '危'자는 선진 시기에 '支'부 또는 '脂'부에 속하는 글자였다. 이것으로 '支'·'脂'·'之' 세 운부는 한대에 이미 음치(音值)가 점차 근접하여 약간 무리하게나마 '동용'되었다는 것을 입증해주고 있다. 한대의 7언 시에도 약간의 예가 있다.

秋素景兮泛洪波,	가을의 해맑은 햇빛 아래 넓은 물결에 배를 띄우고
揮纖手兮折芰荷;	고운 손을 내밀어서 마름과 연을 꺾는다.
涼風凄凄揚棹歌,	서늘한 바람 쓸쓸히 불어 노를 저으며 노래 부르니
雲光開曙月低河,	구름 사이로 새벽빛 열리고 달은 강 아래 잠겨 있다.
萬歲爲樂豈云多!	만년토록 즐겁다 한들 어찌 많다고 하랴!

— 한 소제(昭帝), 「淋池歌」

---

22) 椒房은 황후가 거처하는 椒房殿을 가리키고, 率更令은 시각을 관장하는 관리이다.
23) 텍스트에는 '會期'가 '舍其'로 되어 있는데, 誤字이다.
24) 압운할 때 정해진 韻部를 벗어나서 사용된 韻.

天長地久歲不留,	천지는 장구한데 세월은 머물지 않고
俟河之淸祇懷憂.	황하가 맑기를 기대하며 그저 근심만 품을 뿐.
願得遠渡以自娛,	원컨대 멀리 나들이 나가 스스로 즐기며
上下無常窮六區.	위아래 사방으로 끝없이 노닐었으면 한다.
超踰騰躍絶世俗,	초연히 날아올라 세속과 단절하고
飄遙神擧逞所欲.	표연히 정신의 날개를 펴서 하고자 하는 바를 따르리.
天不可階仙夫稀,	하늘에 오르기 어렵고 신선은 드문 것인데
柏舟悄悄吝不飛.	잣나무 배 타고 근심에 잠겨 날지 못함을 탄식한다.
松喬高跱孰能離,	赤松子와 王喬는 고고하여 누가 능히 가까이할 수 있을까?
結精遠游使心携.	정신을 모아 멀리 나가고자 해도 마음만 이끌릴 뿐.
迴志揭來從玄謀,	뜻을 되돌려 가고 오며 현묘한 계책을 따르고
獲我所求復何思!	내가 구하는 바를 얻었으니 다시 무엇을 생각하랴!

— 장형(張衡), 「思玄賦」 계사(系辭)

近世雙笛從羌起,	근대의 쌍피리는 羌人들로부터 시작되었는데
羌人伐竹未及已.	그들의 대나무 벌채는 아직 끝나지 않았다.
龍鳴水中不見己,	용이 물 속에서 울 때 자신을 드러내지 않아
截竹吹之聲相似.	대를 잘라 그것을 불면 소리가 서로 비슷하다.
剡其上孔通洞之,	위쪽의 구멍을 뚫어 대 마디를 통하게 해서
裁以當䇲便易持.	재단하여 채찍으로 삼으면 휴대하기 편하다.
易京君明識音律,	易經에 능통한 京房은 음률에 정통해서[25]
故本四孔加以一.	본래 네 구멍이었던 것에 하나를 더 보태었다.
君明所加孔後出,	京房이 구멍을 하나 더 보탠 것이 나오니
是謂商聲五音畢.	이것을 商聲이라 하여 五音이 갖추어지게 되었다.

— 마융(馬融), 「長笛賦」 찬사(讚詞)

이 몇 편의 시도 고운에 합치된다. '娛'·'區'·'離'·'携'가 한운(漢韻)
으로 인정될 수 있는 것을 제외하면('娛'는 고운의 '魚'부에 속하고, '區'는 고

---

25) 텍스트에는 '君明'이 '明君'으로 되어 있는데, 誤字이다. 君明은 京房의 字이다. 그
는 당시 『易經』에 능통했다고 한다.

운의 '侯'부에 속하고, '離'자는 '歌'부에 속하고, '攜'자는 '支'부에 속한다) 그 나머지는 모두 선진의 운부에 부합된다. ('稀'·'飛'는 '微'부에 속하고, '謀'·'思'는 '之'부에 속하는 만큼, '稀'·'飛'·'離'·'攜'·'謀'·'思'는 전운(轉韻)한 것으로 보아야 하며, 통운(通韻)한 것으로 볼 수 없다. '起'·'已'·'己'·'似'·'之'·'持'는 '之'부에 속하고, '律'·'出'은 '物'부에 속하고, '一'·'畢'은 '質'부에 속한다.) '歌'부와 '微'부의 통운은 『초사』 중에 흔히 나타나는 것이므로 이 두 편의 시는 반드시 위작이 아님을 알 수 있다.

3.6 이로부터 볼 때 7언 시의 기원은 5언 시보다 이른 것 같고, 적어도 5언 시와 동시인 것 같아 매우 이상한 일이다. 기실 이 방면에는 하나의 매우 중요한 문제가 있어서 반드시 명확하게 분별해야 한다. 원래 운문의 요소는 '구'에 있는 것이 아니라 '운'에 있다. 운각이 있어야 운문의 절주는 하나의 안정된 마침이 있게 된다. 운각이 없으면 구를 이룬다 해도 시의 절주는 끝나지 않은 것이 된다. 이 견해에 의거하면 우리가 시구를 연구할 때 운각이 있는 곳을 한 구의 종결로 삼아야 하는데, 서양의 시식(詩式)에 의한다면 바로 한 행의 종결이다. (본서에서는 시가를 인용할 때 이를 분행(分行)의 기준으로 삼았다.[26] 다만 60자 이상의 장편에서는 편폭을 줄이기 위해 대개 행을 나누지 않았다.) 그렇다면 고시십구수 같이 한 구절씩 건너서 운을 단 것은 10자를 한 구로 삼은 것과 같다. 다음 예를 보자.

涉江采芙蓉,	강을 건너 연꽃을 따고,
蘭澤多芳草.	난초 핀 못에는 향긋한 풀이 많다.
采之欲遺誰,	연꽃을 따서 누구에게 주나?
所思在遠道.	그리운 사람 먼 곳에 있는데.
還顧望舊鄉,	뒤돌아 고향 쪽을 바라보니,

---

26) 그러나 역서에서는 한글 번역어의 병기 문제 때문에 이를 반영하지 않았다.

長路漫浩浩.	머나먼 길 끝없이 펼쳐 있다.
同心而離居,	마음은 함께 하건만 떨어져 사니,
憂傷以終老!	시름 속에 생을 마치나보다!

— 「涉江采芙蓉」

한대의 7언 시는 구마다 운을 달아 결과적으로 일곱 자가 한 구가 되어 한 구절씩 건너서 운을 단 5언 시보다 오히려 짧게 보인다. 이러한 7언 시가 5언 시 전에 출현했다고 해도 조금도 이상할 것이 없다. 사실상 「백량시(柏梁詩)」부터 위(魏) 문제(文帝)의 「연가행(燕歌行)」에 이르기까지 7언 시는 모두 구마다 운을 달았다. 위 문제의 「연가행」은 다음과 같다.

秋風蕭瑟天氣涼,	가을바람 쓸쓸히 불어와 날씨가 서늘해지고
草木搖落露爲霜,	초목은 시들어 떨어지고 이슬이 서리로 바뀌니
群燕辭歸雁南翔;	제비들은 돌아가고 기러기도 남쪽으로 날아간다.
念君客遊思斷腸,	나그네 된 그대를 생각하면 단장의 고통이 이는데
慊慊思歸戀故鄕.	돌아오고픈 생각 간절하여 고향 그리울 텐데.
何爲淹留寄他方?	무엇 때문에 오래도록 타향에 머물러 있는가?
賤妾煢煢守空房,	보잘것없는 저는 고독 속에 빈방을 지키며
憂來思君不敢忘,	근심 속에 그대 그리워하며 잊을 수 없어
不覺淚下霑衣裳.	나도 모르게 눈물이 흘러 옷깃을 적신다.
援琴鳴絃發淸商,	거문고를 끌어다 줄을 퉁기며 청상곡을 타니
短歌微吟不能長.	음절이 촉급하고 소리가 낮아 이어갈 수 없다.
明月皎皎照我牀,	밝은 달빛 새하얗게 나의 침상을 비추는데
星漢西流夜未央,	은하수 서쪽으로 흐르고 밤은 아직 깊어서
牽牛織女遙相望;	견우성과 직녀성이 멀리서 서로 바라본다.
爾獨何辜限河梁!	너희는 유독 무슨 죄로 다리가 없어 떨어져 있는가!

현존하는 사료를 가지고 관찰해보면 포조(鮑照 : 약 414~466)에 이르러서야 한 구절씩 건너서 운을 단 7언 시가 출현하였다. 다음 예를 보자.

奉君金卮之美酒,　　그대에게 바칩니다, 황금 잔의 좋은 술
瑇瑁玉匣之雕琴,　　대모 장식 옥 상자 속 아름다운 거문고
七綵芙蓉之羽帳,　　일곱 색깔 연꽃을 아로새긴 새 깃 휘장
九華葡萄之錦衾;　　아홉 빛깔 포도를 수놓은 비단 이불.
紅顏零落歲將暮,　　붉은 얼굴 시들시들 한 해도 저물고
寒光宛轉時欲沈.　　차가운 빛 뉘엿뉘엿 하루도 끝나가오
願君裁悲且減思,　　그대여 슬픔일랑 훌훌 털어버리고
聽我抵節行路吟;　　장단 맞춰 부르는 내 「행로난」들어보소
不見柏梁銅雀上,　　백량 동작 누대 위의 성대한 연회
寧聞古時淸吹音!　　그 옛날 맑은 노래 어찌 다시 듣겠소![27]

― 포조, 「擬行路難」

　이로부터 볼 때 진정한 7언 시(唐代 7언 시의 常體 같은 것)는 약 5세기
경에 남북조(南北朝)에서 시작되었다고 하겠다.
　3.7　서양 시는 일반적으로 매 행 8음 내지 12음이고, 중국어 시는
매 구 4언 내지 7언이어서 양자를 비교해보면 서양 시의 '기(氣)'가 중국
어 시의 '기'보다 긴 것 같다. 그러나 실제로는 정반대이다. 한 운이 한
행이라는 견해에 의하면 한 구절 건너서 운을 다는 중국어 시는 4언이
면 8음이 한 행인 것과 같고, 5언이면 10음이 한 행인 것과 같고, 7언이
면 14음이 한 행인 것과 같아서, 7언 시의 '기'는 서양의 12음 시(알렉산
더 식)의 '기'보다 좀더 길다.
　3.8　마지막으로 잡언시, 즉 장단구(長短句)에 대해서 말해보겠다. 중
국어 시이건 서양 시이건 간에 매 구 또는 매 행의 음수(音數)가 같은 것
은 어쨌건 정체(正體)로 치고, 음수가 같지 않은 것[장단구]은 변체(變體)로
친다. 그러나 중국어 시의 장단구는 기원이 일러서 『시경』에도 그 예가
있다. 이를테면 앞에서 든 「어려(魚麗)」·「동지야(冬之夜)」·「장자(牆茨)」·
「기보(祈父)」·「초료(椒聊)」·「양지수(揚之水)」·「애재위유(哀哉爲猶)」　등이

---

27) 이 번역문은 송영정, 『鮑照詩選』(문이재, 2002)의 것을 옮겨 적은 것이다.

모두 그렇다. 이외에 한 수를 더 들어본다.

式微, 式微,　　쇠미하고 쇠미해졌거늘
胡不歸?　　　어째서 돌아가시지 않나요?
微君之故,　　　임금님 때문이 아니라면
胡爲乎中露?　　어째서 이슬 맞으며 지내십니까?

　　　　　　　　　　　　　―『시경』「패풍(邶風)」「식미(式微)」

　당 이후의 잡언시는 대략 두 종류로 나눌 수 있다. 하나는 7언 시 속에 우연히 약간의 5언구 또는 3언구가 섞인 것이고, 다른 하나는 7언 시 속에서 뜻에 따라 3언·4언·5언·6언 심지어 적게는 2언 많게는 8언·9언·11언까지 운용하며 변화의 묘를 최대한 살린 것으로 '운이 있는 산문'이라고 부를 수 있을 것이다(제23절을 참조할 것). 한 가지 주의할 것은 형식을 분류하여 수록한 수많은 시집에 '잡언'이라는 항목이 없다는 점이다. 앞에서 서술한 두 종류의 잡언시도 일률적으로 모두 '7언'이라고 칭해진다.

　3.9 이상에서 말한 것이 '서설'인 셈이고, 다음 글부터가 '본론'이 될 것이다. 본론은 각각 ① 근체시, ② 고체시, ③ 사, ④ 곡, ⑤ 백화시와 유럽화시의 5장으로 나누어 서술하고자 한다.

제 **1** 장

근체시

제1절 율시

1.1 근체시는 금체시(今體詩)라고도 하며 고체시와 대립된다. 당대(唐代)에 들어와 과거시험이 시행되면서부터는 그 영향으로 시의 형식이 점차 획일화되어 평측·대장과 시편(詩篇)의 글자 수에 대해 엄격한 규정이 있게 되었다. 이와 같이 엄격한 규율에 따라 쓰인 시는 당대 이전에는 없던 것이었기 때문에 후세에 근체시라고 부르게 되었다. 근체시는 크게 ① 율시(律詩), ② 배율(排律), ③ 절구(絶句)의 세 종류로 나눌 수 있다. 이 세 종류를 각각 나누어 서술하기로 하고 먼저 율시에 대해 말해보자.

1.2 율시는 "일정한 격률에 의거하여 쓰인 시"라는 의미를 갖는다. 율시의 격률에서 가장 중요한 것은 다음의 두 가지이다. ① 가능한 한 한 구(句) 속에서는 평측이 번갈아가며 나타나게 하고, 한 연(聯) 속에서

는 앞 구의 평측과 뒷 구의 평측이 상반되게 한다. ② 가능한 한 대장을 많이 사용하여 첫 두 구와 마지막 두 구를 빼놓고는 모두 대장을 사용하는 것이 원칙이다. 이 두 가지 요점을 가지고 살펴보면 제(齊)·량(梁)의 시는 이미 점차 율시에 접근해 있었다. 다음 예를 보자.

樂宮多暇豫,	측 평 평 측 측
望苑暫迴輿.	측 측 측 평 평
鳴笳陵絶浪,	평 평 평 측 측
飛蓋歷通渠.	평 측 측 평 평
桂亭花未落,	측 평 평 측 측
桐門葉半疎.	평 평 측 측 평
荷風驚浴鳥,	평 평 평 측 측
橋影聚行魚.	평 측 측 평 평
日落含山氣,	측 측 평 평 측
雲歸帶雨餘.	평 평 측 측 평

長樂宮에는 한가한 시간이 많아서
博望苑에서 잠시 수레를 돌린다.
피리소리는 물결을 가르며 넘어오고
수레는 나는 듯이 도랑을 통해 지나간다.
계수나무 정자에는 꽃이 아직 지지 않았고
오동나무 문에는 잎이 반은 성글어졌다.
연잎에 바람 불어 물놀이하던 새가 놀라고
다리 그림자에 지나가던 물고기 모여든다.
태양은 지면서 산 기운을 머금고 있고
구름은 돌아가며 비의 여운을 띠고 있다.

— 유신(庾信), 「奉和山池」

이 시에서 2·3·4 연 중의 어느 하나를 없애면 초당(初唐)의 오언율시와 매우 흡사할 것이다. 율시는 오언율시와 칠언율시 두 종류로 나누어진다.

1.3 (甲) 오언율시 - 오언율시는 평측과 대장의 규율 외에도 두 가지 규율이 더 있다.

a. 한 수의 시는 8구로 이루어지고, 각 구는 5글자씩이므로 모두 40글자로 되어 있다.

b. 첫째, 셋째, 다섯째, 일곱째 구에는 압운하지 않고, 둘째, 넷째, 여섯째, 여덟째 구에는 압운한 것이 정례(正例)이다. 그러나 첫째 구에 압운한 경우도 있는데, 이것은 변례(變例)이다. (이와 같은 정례와 변례의 구분은 당인(唐人)의 오언율시를 통계 처리하여 다수에 속하는 것을 정례로 하였고, 소수에 속하는 것을 변례로 하였다.)

다음에 몇 수의 시를 예로 들어본다.

(子) 첫째 구에 압운하지 않은 것.

長歌游寶地,　크게 노래 부르며 보배로운 이 절에 와서
屧倚對珠林.　걷고 기대며 주옥같은 이 절을 마주한다.[1]
雁塔風霜古,　불탑은 바람과 서리에 고색창연하고
龍池歲月深.　九龍潭은 세월만큼이나 깊숙하다.
紺園澄夕霽,　검푸른 園林은 비 개인 저녁에 해맑고
碧殿下秋陰.　푸른빛 불전에는 가을 그림자 드리운다.
歸路煙霞晚,　돌아가는 길에는 저녁놀이 눈부시고
山蟬處處吟.　산 속에선 매미가 여기저기서 울어댄다.[2]

— 심전기(沈佺期), 「游少林寺」

西陸蟬聲唱,　가을이라 매미소리 더욱 처량하여
南冠客思侵.　옥에 갇힌 남쪽사람 고향생각 간절하다.
那堪玄鬢影,　어찌 견딜까 검은 머리의 매미가
來對白頭吟.　백발의 나에게 울어대는 저 소리를.

---

1) 텍스트에는 '屧'가 '徙'로 되어 있는데, 誤字이다.
2) 이 시의 韻字는 '林'·'深'·'陰'·'吟'으로, 下平聲(12) '侵'韻을 사용하였다.

露重飛難進,　이슬 쌓이니 이제는 날 수도 없는 신세
風多響易沈.　바람이 거세어 소리조차 잦아든다.
無人信高潔,　너의 고결함을 믿어주는 이 없으니
誰爲表予心.　누가 나를 위해 내 마음을 드러내주리!3)

　　　　　　　　　—낙빈왕(駱賓王),「在獄詠蟬」

火樹銀花合,　불 나무와 은빛 꽃이 서로 이어져 있고
星橋鐵鎖開.　별빛 잠긴 다리는 자물쇠가 열려 있다.
暗塵隨馬去,　말발굽 따라 살포시 먼지가 일어나고
明月逐人來.　밝은 달은 오가는 사람을 뒤쫓아온다.
游妓皆穠李,　나들이 나온 기녀는 모두가 아름다운데
行歌盡落梅.　지나가며 모두들 「梅花落」을 부른다.
金吾不禁夜,　오늘밤은 경비병들의 통금도 없으니
玉漏莫相催.　물시계는 시간을 재촉하지 말거라!4)

　　　　　　　　　—소미도(蘇味道),「正月十五夜」

別業臨靑甸,　공주의 별장은 푸른 교외에 임해 있고
鳴鑾降紫霄.　수레 방울 울리며 황제가 궁궐에서 내려오신다.
長筵鵷鷺集,　연회 자리에는 조정의 관리들이 모여 있고
仙管鳳凰調.　악사들의 빼어난 연주는 봉황의 가락이로다.
樹接南山近,　나무들은 가까이 남산에 이어져 있고
煙含北渚遙.　안개는 멀리 북쪽 물가를 머금고 있다.
承恩咸已醉,　은혜를 입어 모두들 이미 취했건만
戀賞未還鑣.　멋진 자리에 미련이 남아 돌아갈 줄 모른다.5)

　　　　　　　　　—이교(李嶠),「長寧公主東莊侍宴」

共有尊中好,　둘 다 술 마시기를 좋아하여
言尋谷口來.　곡구로 그를 찾아갔다.6)

---

3) 이 시의 韻字는 '侵'·'吟'·'沈'·'心'으로, 下平聲(12) '侵'韻을 사용하였다.
4) 이 시의 韻字는 '開'·'來'·'梅'·'催'로, 上平聲(10) '灰'韻을 사용하였다.
5) 이 시의 韻字는 '霄'·'調'·'遙'·'鑣'로, 下平聲(2) '蕭'韻을 사용하였다.

薜蘿山徑入,　　薜荔와 女蘿 우거진 산길로 들어가니
荷芰水亭開.　　연과 마름 흐드러진 물가 정자가 나타난다.
日氣含殘雨,　　햇빛이 비의 여운을 머금고 있더니
雲陰送晚雷.　　구름이 저물 녘 우레 소리를 보내온다.
洛陽鐘鼓至,　　저녁을 알리는 낙양성 종소리가 들려오지만
車馬繋遲迴.　　수레와 말을 묶어놓고는 돌아갈 줄 모른다.7)
　　　　　　　　　　　─ 두심언(杜審言), 「夏日過鄭七山齋」

(丑) 첫째 구에 압운한 것.

烽火照西京,　　전쟁을 알리는 봉화가 長安城을 비추니
心中自不平.　　사람들의 마음은 저절로 격동되었다.
牙璋辭鳳闕,　　군대는 명을 받들고 황궁을 떠나서
鐵騎繞龍城.　　정예의 기병들이 용성을 에워쌌다.8)
雪暗凋旗畫,　　눈이 쏟아져 내려 깃발의 그림 바래고
風多雜鼓聲.　　거세게 부는 바람 속에 북소리 섞여 있다.
寧爲百夫長,　　차라리 백 명을 통솔하는 장교가 되는 것이
勝作一書生.　　들어앉아 문서나 작성하는 서생보다 낫다.9)
　　　　　　　　　　　─ 양형(楊炯), 「從軍行」

戍鼓斷人行,　　수자리 북소리에 사람 발길 끊어지고
邊秋一雁聲.　　변방의 가을에는 한 마리 기러기 소리.10)
露從今夜白,　　이슬은 오늘밤부터 하얗게 변하고
月是故鄉明.　　달은 고향에서도 똑같이 밝으리라.
有弟皆分散,　　아우들이 있으나 모두 뿔뿔이 흩어져

---

6) '谷口'는 漢代의 고결한 隱士 鄭璞이 은거하던 곳이다. 시인은 여기서 그 지명을 빌려 鄭七의 山齋를 지칭하였으며, 동시에 鄭七의 高潔함을 비유하였다.
7) 이 시의 韻字는 '來'·'開'·'雷'·'迴'로, 上平聲(10) '灰'韻을 사용하였다.
8) '龍城'은 漢代에 匈奴가 하늘에 제사지내던 곳으로, 여기서는 적의 본거지를 가리킨다.
9) 이 시의 韻字는 '京'·'平'·'城'·'聲'·'生'으로, 下平聲(8) '庚'韻을 사용하였다.
10) 텍스트에는 '邊秋'가 '秋邊'으로 되어 있는데, 잘못된 것이다.

無家問死生.　이제는 생사를 물어볼 집조차 없다.

寄書長不達,　편지를 부쳐도 배달되지 않는지 오랜데

況乃未休兵!　하물며 전쟁이 아직 끝나지 않았음에랴!11)

　　　　　　　　　　　— 두보(杜甫),「月夜憶舍弟」

1.4 (乙) 칠언율시 — 칠언율시도 평측과 대장의 규율 외에 두 가지 규율이 더 있다.

a. 한 수의 시는 8구로 이루어지고, 각 구는 7글자씩이므로 모두 56글자로 되어 있다.

b. 첫째, 둘째, 넷째, 여섯째, 여덟째 구에는 압운하고, 셋째, 다섯째, 일곱째 구에는 압운하지 않은 것이 정례이다. 그러나 첫째 구에 압운하지 않은 경우도 있는데, 이것은 변례이다.

다음에 몇 수의 시를 예로 들어본다.

(子) 첫째 구에 압운한 것.

盧家少婦鬱金香,　울금향 배어 있는 노씨 댁 젊은 아낙

海燕雙棲玳瑁梁.　해연 한 쌍이 둥지를 튼 대모의 들보

九月寒砧催木葉,　늦가을 다듬이 소리가 낙엽을 재촉하니

十年征戍憶遼陽.　십 년을 수자리 사는 요양의 임이 그립다.

白狼河北音書斷,　백랑하 북쪽의 임의 소식 끊겼는데

丹鳳城南秋夜長.　단봉성 남쪽에는 가을밤이 길기만 하다.12)

誰謂含愁獨不見,　누가 말했던가 슬픔에 잠겼는데 홀로 보지 못한다고13)

更教明月照流黃.　더욱이 밝은 달빛이 비단 휘장을 비추고 있으니!14)

　　　　　　　　　　　— 심전기(沈佺期),「古意」

東望望春春可憐,　동쪽으로 망춘궁을 바라보니 봄이 사랑스럽고

---

11) 이 시의 韻字는 '行'·'聲'·'明'·'生'·'兵'으로, 下平聲(8) '庚'韻을 사용하였다.

12) '丹鳳城'은 盧家少婦가 살고 있는 長安城을 가리킨다.

13) 텍스트에는 '誰謂'가 '誰爲'로 되어 있는데, 誤字이다.

14) 이 시의 韻字는 '香'·'梁'·'陽'·'長'·'黃'으로, 下平聲(7) '陽'韻을 사용하였다.

更逢晴日柳含煙. 　더욱이 날이 개어 버들이 안개를 머금고 있다.
宮中下見南山盡, 　궁궐 안에서는 아래로 남산이 다 보이고
城上平臨北斗懸. 　궁성 위에서는 북두성이 눈높이에 매달려 있다.
細草偏承迴輦處, 　풀들은 기어코 임금님 수레를 받들고 있고
飛花故落舞觴前. 　꽃잎은 일부러 술잔 앞으로 춤추며 떨어진다.
宸游對此歡無極, 　임금님의 나들이 이를 대해 기쁨이 끝없는데
鳥弄歌聲雜管絃. 　새들도 관현악 연주에 맞추어 노래를 부른다.15)
　　　　　　　— 소정(蘇頲), 「奉和春日幸望春宮應制」

江上巍巍萬歲樓, 　강가에 우뚝 높이 솟아 있는 만세루
不知經歷幾千秋. 　몇 천 년이나 버텨왔는지 모른다.
年年喜見山長在, 　해마다 그대로 있는 산 즐겁게 보지만
日日悲看水獨流. 　날마다 홀로 흐르는 물 슬피 바라본다.
猿狖何曾離暮嶺, 　원숭이는 언제 저녁의 고개를 떠났는지?
鸕鶿空自泛寒洲. 　가마우지는 공연히 찬 모래 섬에 떠있다.
誰堪登望雲煙裏, 　안개 속 누각에 올라 차마 바라볼 수 없구나
向晚茫茫作旅愁. 　저물 녘 아득하게 나그네의 슬픔이 솟는다.16)
　　　　　　　— 저광희(儲光羲), 「萬歲樓」

兵戈不見老萊衣, 　전란의 세월이라 老萊子의 색동옷 볼 수 없고
嘆息人間萬事非. 　인간세상의 온갖 일이 그릇되어 탄식만 나온다.
我已無家尋弟妹, 　나는 이미 아우와 누이들 찾을 집이 없는데
君今何處訪庭闈. 　그대는 지금 어디서 부모님 계신 집을 찾으려는가?
黃牛峽靜灘聲轉, 　여울소리 돌아드는 황우협을 지나려는 그대
白馬江寒樹影稀. 　백마강가 낙엽 진 곳에서 그대를 보내는 나
此別應須各努力, 　이번에 이별하면 응당 각자 노력해야 하고
故鄕猶恐未同歸. 　고향으로 함께 돌아가지 못하여 걱정이 된다.17)
　　　　　　　— 두보, 「送韓十四江東省覲」

---

15) 이 시의 韻字는 '憐'·'煙'·'懸'·'前'·'絃'으로, 下平聲(1) '先'韻을 사용하였다.
16) 이 시의 韻字는 '樓'·'秋'·'流'·'洲'·'愁'로, 下平聲(11) '尤'韻을 사용하였다.
17) 이 시의 韻字는 '衣'·'非'·'闈'·'稀'·'歸'로, 上平聲(5) '微'韻을 사용하였다.

(丑) 첫째 구에 압운하지 않은 것.

帝子遠辭丹鳳闕,	제왕의 자식이 멀리 황궁을 떠나시니
天書遙借翠微宮.	황제의 조서가 멀리 취미궁에 하달되었다.
隔窗雲霧生衣上,	창 너머에선 운무가 옷 위로 피어오르고
卷幔山泉入鏡中.	휘장을 걷어 올리니 샘물이 거울에 든다.
林下水聲喧語笑,	숲의 물소리가 담소 소리에 섞여 들고
巖間樹色隱房櫳.	바위 사이 나무 빛이 창안으로 잠겨든다.
仙家未必能勝此,	신선의 집도 이보다 낫기는 어려울 텐데
何事吹簫向碧空.	어찌하여 푸른 하늘 향해 피리를 부는가?18)

—왕유(王維),「敕借岐王九成宮避暑應教」

歲暮陰陽催短景,	세모인지라 날이 금방 저물어서19)
天涯霜雪霽寒宵.	하늘가엔 서리와 눈이 차가운 밤을 비춘다.
五更鼓角聲悲壯,	오경의 북소리 뿔피리소리 비장하고
三峽星河影動搖.	삼협의 은하수 물에 잠겨 흔들거린다.
野哭千家聞戰伐,	들판의 수많은 통곡소리에 섞여 전쟁소리 들리고
夷歌幾處起漁樵.	변방의 가락 속에 어디선가 어부와 나무꾼의 노래 실려온다.
臥龍躍馬終黃土,	諸葛亮과 公孫述도 결국 황토에 묻혔으니
人事音書漫寂寥.	교유도 소식도 적막한 대로 내버려두라지!20)

—두보,「閣夜」

1.5 오언율시의 첫째 구와 칠언율시의 첫째 구는 서로 반대여서 전자는 압운하지 않는 것이 보통이고 후자는 압운하는 것이 보통이다. 그러나 이 두 가지 상반된 상황은 각기 그 배경을 가지고 있다. 오언시는 예

---

18) 이 시의 韻字는 '宮'·'中'·'櫳'·'空'으로, 上平聲(1) '東'韻을 사용하였다.
19) 텍스트에는 '歲暮'가 '歲莫'로 되어 있는데, 대부분의 판본에 의거하여 바꾸어 썼다.
    단, '莫'는 '暮'의 古字여서 '歲莫'로 써도 의미는 같다.
20) 이 시의 韻字는 '宵'·'搖'·'樵'·'寥'로, 下平聲(2) '蕭'韻을 사용하였다.

부터 한 구씩 건너서 압운하였으니 예를 들어 고시십구수의 첫째 구는 모두 압운하지 않았다. 칠언시의 경우 고대에는 구마다 압운하였기 때문에 당인(唐人)의 일반적인 칠언시가 한 구씩 건너서 압운하는 것으로 바뀌기는 했어도 첫째 구는 옛날의 규칙을 그대로 따른 것이다. 우리들의 대략적인 조사에 의하면 오언시의 변례가 칠언시의 변례보다 많다(첫째 구에 압운한 오언율시의 비율이 첫째 구에 압운하지 않은 칠언율시의 비율보다 높다).

1.6 오언율시와 칠언율시 모두 예외적으로 '삼운소율(三韻小律)'이 있다. 삼운은 바로 여섯 구이다(첫째 구에 압운하여도 이것은 계산에 넣지 않는다). 따라서 오언소율은 30글자로 이루어지고, 칠언소율은 42글자로 이루어진다. 다음 예를 보자. ´

題是臨池後, 시를 쓰는 것은 못을 검게 물들인 후이고
分從起草餘. 직분은 문서를 기초하는 일부터 시작했다.
免尖鍼莫並, 토끼털 붓끝은 가늘기가 바늘보다 더하고
繭淨雪難如. 비단종이는 깨끗하기가 눈보다 더하다.
莫怪殷勤謝, 마음으로부터의 감사를 나무라지 마시게
虞卿正著書. 우경이 이 종이와 붓으로 책을 쓸 것이요[21)]
— 한유(韓愈), 「李員外寄紙筆」

將軍出使擁樓船, 장군이 원정 차 출진하여 전함에 오르니
江上旌旗拂紫煙. 깃발이 보랏빛 안개 피어오르는 강물 위에 나부낀다.
萬里橫戈探虎穴, 호랑이 굴 찾아가는 만 리 길이라 창 비껴놓고
三杯拔劍舞龍泉. 술 세 잔을 들이켜고 용천검 뽑아 춤을 춘다.
莫道詞人無膽氣, 시인이라 담력과 기백이 없다고 말하지 마시요
臨行將贈繞朝鞭. 당신의 출발에 임해 요조의 말채찍을 드리겠소[22)]
— 이백(李白), 「送羽林陶將軍」

---

21) '虞卿'은 곤궁한 처지에서 『虞氏春秋』를 지은 사람이다. 여기서는 시인 자신을 가리킨다. 이 시의 韻字는 '餘'·'如'·'書'로, 上平聲(6) '魚'韻을 사용하였다

22) 이 시의 韻字는 '船'·'煙'··'泉'··'鞭'으로, 下平聲(1) '先'韻을 사용하였다.

1.7 오언율시와 칠언율시 외에 또한 예외적으로 육언율시가 있어서 48글자로 이루어진다. 다음 예를 보자.

把酒留君聽琴,	그대 붙들고 거문고 들으며 술잔을 기울이니
誰堪歲暮離心.	세모에 이별하는 마음을 누가 감당할 수 있을까?
霜葉無風自落,	서리 맞은 잎은 바람이 없는데도 저절로 떨어지고
秋雲不雨空陰.	가을 구름은 비가 내리지 않는데도 잔뜩 찌푸렸다.
人愁荒村路細,	황량한 마을 좁은 길에서 사람은 슬프고
馬怯寒溪水深.	차가운 개울 깊은 물에서 말은 겁을 내겠지.
望盡靑山獨立,	바라보면 아득히 청산 홀로 우뚝 솟아 있으니
更知何處相尋.	어느 곳에서 그대를 찾을 수 있을지 알 수 없다.23)

— 노륜(盧綸), 「送萬臣」

5·7언 삼운소율과 육언율시는 모두 드물게 보이는 형식이지만 스스로 하나의 격식을 이루고 있는 만큼 간략하게 언급하였다.

1.8 여기서 시인들의 몇몇 용어를 덧붙여 설명하겠다. 서로 짝을 이루고 있는 두 구절을 합쳐서 '연(聯)'이라고 한다. 첫째 구와 둘째 구를 합쳐서 수련(首聯)이라고 하고(이러한 의미에서는 반드시 대장을 이루고 있어야 '연'이라고 하는 것은 아니다), 셋째 구와 넷째 구를 합쳐서 함련(頷聯)이라고 하고, 다섯째 구와 여섯째 구를 합쳐서 경련(頸聯)이라고 하고, 일곱째 구와 여덟째 구를 합쳐서 미련(尾聯)이라고 한다. 각 연의 앞 구를 '출구(出句)'라고 하고, 뒷 구를 '대구(對句)'라고 한다. 다음부터는 때때로 편리를 위해 이 용어들을 사용하겠다.

---

23) 이 시의 韻字는 '琴'·'心'·'陰'·'深'·'尋'으로, 下平聲(12) '侵'韻을 사용하였다.

제2절 배율(排律)

2.1 배율은 10구 이상으로 구성된 율시이다. 배율도 율시의 일종이므로 본래는 별개의 종류로 구분할 필요가 없다. 그러나 편리를 위해 이같이 나누어도 무방하겠다. 상식에 의해 추측해보면 오언배율의 기원이 일반적인 오언율시보다 이를 것이다. 왜냐하면 율시는 오언고시에서 점차 변화되어 나온 것인데, 오언고시는 대다수가 8구를 초과하기 때문이다. 앞 절에서 예로 든 유신(庾信)의 「봉화산지(奉和山池)」는 이미 배율과 흡사하다. 기실 유신에 앞서 사령운(謝靈運 : 385~433)의 일부 시도 이미 배율과 흡사하다. 다음 예를 보자.

朝旦發陽崖,	아침 밝아올 때 남쪽 언덕에서 출발하여
景落憩陰峯.	해질 무렵에 북쪽 산봉우리에서 쉬고
舍舟眺迥渚,	배에서 나와 멀리 모래섬을 바라보다가[24]
停策倚茂松.	지팡이 멈추고 무성한 소나무에 기댄다.
側逕既窈窕,	구불구불한 산의 오솔길은 그윽하고
環洲亦玲瓏.	둥글둥글한 물 속의 모래섬은 영롱하다.
俛視喬木杪,	내려다보면 큰 나무의 가지 끝이 보이고
仰聆大壑灇.	고개를 들면 깊은 계곡의 물소리 들린다.
石橫水分流,	바위가 계곡을 가로막아 물이 갈라져 흐르고
林密蹊絶蹤.	숲이 빽빽하여 산길의 종적이 끊어졌다.
解作竟何感,	봄이 되어 비가 내리니 만물이 소생하고
升長皆豊容.	초목이 자라나 모든 것이 풍성하다.
初篁苞綠籜,	갓 나온 대나무는 푸른 껍질에 싸여 있고
新蒲含紫茸.	새 부들은 자줏빛 꽃망울을 머금고 있다.
海鷗戲春岸,	갈매기는 봄의 강 언덕에서 노닐고 있고

---

24) 텍스트에는 '迥渚'가 '迴渚'로 되어 있는데, 誤字이다.

天雞弄和風,	금계는 봄바람 맞으며 날개를 퍼덕인다.
撫化心無厭,	만물에 동화되니 마음에 지루함이 없고
覽物眷彌重.	사물을 바라보니 나도 모르게 감정이 이입된다.
不惜去人遠,	옛날의 은자들 멀리 사라진 건 아쉽지 않지만
但恨莫與同.	나와 마음을 같이 할 사람이 없어서 한스럽다.
孤遊非情歎,	혼자만의 나들이는 내 본마음이 아니라 안타깝지만
賞廢理誰通.	산수의 완상을 그만두면 오묘한 이치를 누구와 통할까?[25]

— 사령운, 「於南山往北山經湖中瞻眺」

2.2 그러나 흡사하다는 것이 결코 같다는 말은 아니다. 사령운의 이 시는 거의 모든 곳에서 대장을 사용하고 있기 때문에 배율과 흡사하다고 한 것이다(배율은 줄곧 대구를 해 내려간다는 뜻인데, 다만 마지막 두 구는 대장을 사용할 필요가 없고 첫 두 구도 대장을 사용하지 않을 수 있다). 그렇기는 하지만 근체시의 평측규율에 맞지 않기 때문에(다음의 제6절을 참조할 것), 배율로 인정할 수 없는 것이다: 결론적으로 배율은 일반적인 율시의 연장이어서 배율에 대한 일체의 규율은 일반적인 율시를 표준으로 삼아야 할 것이다.

2.3 배율의 운수(韻數)에 관해서는 일반적으로 십 배수를 좋아하여 이를테면 10운, 20운, 30운, 40운, 50운, 60운 등이 있다. 60운이 넘어가면 왕왕 아예 100운(200구, 1000자)으로 만든다.[26] 이와 같이 십 배수를 추

---

25) 이 시의 韻字 중 '峯'·'松'·'蹤'·'容'·'茸'·'重'은 上平聲(2) '冬'韻을 사용하였고, '瓏'·'瀧'·'風'·'同'·'通'은 上平聲(1) '東'韻을 사용하여 근체시의 詩韻에 의거하여 보면 一韻到底가 아니지만 이 시가 南朝 宋의 시인이 지은 작품임을 감안하면 당시의 口頭音으로는 같은 韻이었을 것이다.

26) 杜甫에게 百韻排律 한 수가 있는데, 제목이 「秋日詠懷奉寄鄭監李賓客一百韻」이다. 仇兆鰲는 『杜詩詳注』에서 "詩에 近體가 있게 되면서 古體의 기풍이 시들해졌다. 근체에 배율이 있게 되면서 시인들은 고체로부터 더욱 멀어졌다. 唐人의 배율을 살펴보면 처음에는 오직 6韻 내외였을 뿐이다. 장편의 배율은 두보에게서 시작되어 많게는 100韻에까지 이르렀는데, 이것이 사실상 후인들에게 단초를 열어주었다. 元稹·白居易의 문집에서 왕왕 이를 찾아볼 수 있는데, 사용한 韻字의 수가 많음을 과시하고 화려함을 다투었을 뿐 기세가 완만하고 구성이 느슨함을 모면치 못하였다[詩有近體, 古意衰矣. 近體而有排律, 去古益遠矣. 考唐人排律, 初惟六韻左右耳. 長篇排律, 起於少陵, 多至

구하는 기풍만을 가지고 논하면 이 또한 오언고시에는 없는 것이다. 다음 예를 보자.

上客能論道,	귀빈께서는 도를 논할 수 있으시고
吾生學養蒙.	몽매한 나는 도의 수양을 배운다.
貧交世情外,	세상인심을 벗어난 가난한 사귐
才子古人中.	옛날 사람 중의 재능 있는 사람.
冠上方簪豸,	관에는 이제 해태 장식을 꽂았고
車邊已畫熊.	수레에는 이미 곰을 그려 넣었다.
拂衣迎五馬,	옷을 털어 다섯 마리의 말을 맞으니
垂手憑雙童.	손을 드리우고 두 동자에게 의지한다.
花醑和松屑,	맑은 꽃 술은 송화 가루와 어울리고
茶香透竹叢.	차의 향기는 대나무 숲을 투과한다.
薄霜澄夜月,	옅은 서리에 밤의 달빛 맑게 비치고
殘雪帶春風.	남아 있는 눈은 봄바람을 띠고 있다.
古壁蒼苔黑,	낡은 벽에는 이끼가 검게 덮여 있고
寒山遠燒紅.	멀리 싸늘한 산에서는 붉게 따비밭을 태운다.
眼看東候別,	(엄무가) 동쪽 돈대로 떠나는 것을 보니
心事北山同.	마음속의 시름은 〈북산〉과 같다.27)
爲學輕先輩,	지금 배우는 이들은 선배들을 가벼이 여기니
何能訪老翁.	어떻게 이 늙은이를 찾아올 수 있을까?
欲知今日後,	이미 알겠다 오늘 이후로 즐겁지 않으면
不樂爲車公.	車胤公 같은 당신이 없어서라는 사실을.28)

— 왕유(王維),「河南嚴尹弟見宿弊盧訪別人賦十韻」

百韻, 實爲後人濫觴. 元白集中, 往往疊見, 不免誇多鬪靡, 氣緩而脈弛矣]"라고 말하였다. ≪附註一≫

27) 텍스트에는『文苑英華』를 따라 '北川'으로 되어 있지만『王右丞集箋注』에 의거하여 '北山'이라고 하였다. '北山'은 大夫가 行役을 나가 부모를 봉양할 수 없게 된 시름을 비유한다.

28) 이 시의 韻字는 '蒙'·'中'·'熊'·'童'·'叢'·'風'·'紅'·'同'·'翁'·'公'으로, 上平聲(1) '東' 韻을 사용하였다. 또한 마지막 두 구를 제외하고는 완벽하지는 않지만 모두 對仗을 사용하였다.

鳳曆軒轅紀,　　책력이 헌원의 시대를 기록한 후

龍飛四十春.　　용이 날아 사십 번의 봄이 되었다.

八荒開壽域,　　사방의 거친 땅에 태평성대 열리고

一氣轉洪鈞.　　만물의 원기가 하늘을 움직인다.29)

霖雨思賢佐,　　장맛비에 어진 신하를 생각하고

丹靑憶老臣.　　단청은 옛 신하를 추억케 한다.

應圖求駿馬,　　그림에 응하여 준마를 구하고

驚代得麒麟.　　세상을 놀라게 하는 기린을 얻었다.

沙汰江河濁,　　江河의 흐린 것을 싹 쓸어내고

調和鼎鼐新.　　가마솥 안의 새것을 맛들게 한다.

韋賢初相漢,　　위현이 갓 한나라의 재상이 된 듯하고

范叔已歸秦.　　범숙이 이미 진나라로 간 듯하나니

盛業今如此,　　성대한 업적은 지금 이와 같고

傳經固絶倫.　　경서를 전함은 진실로 출중하였다.

豫章深出地,　　예장의 뿌리는 깊이 땅에서 자라 나오고

滄海闊無津.　　푸른 바다는 드넓어 끝이 없다.

北斗司喉舌,　　북두성이 목구멍과 혀를 맡고

東方領搢紳.　　동방의 홀을 꽂은 귀인들을 거느렸다.

持衡留藻鑒,　　저울로 밝게 살펴 사람을 선택하고

聽履上星辰.　　신발소리 들으며 별자리에 오른다.

獨步才超古,　　독보적인 재주는 옛 사람을 초월하고

餘波德照鄰.　　넘치는 덕망은 이웃을 환히 비춘다.

聰明過管輅,　　총명하기는 관로보다 뛰어나고

尺牘倒陳遵.　　편지 글은 진준을 압도한다.

豈是池中物?　　어찌 아직 연못 속의 교룡이겠는가?

由來席上珍.　　예로부터 자리 위의 보물이었도다.

廟堂知至理,　　조정에서는 지극한 다스림을 알게 되었고

風俗盡還淳.　　풍속은 모두 순박함으로 돌아가게 되었다.

才傑俱登用,　　재주 있는 인걸은 모두 등용되어도

---

29) 텍스트에는 '洪鈞'이 '鴻鈞'으로 되어 있는데, 『杜詩詳注』에 의거하여 바꾸었다.

愚蒙但隱淪.　어리석은 자는 홀로 숨어 지낸다.
長卿多病久,　사마상여는 오랫동안 병이 많았고
子夏索居頻.　자하는 홀로 거처하는 적이 많았다.
回首驅流俗,　고개를 돌려 세속을 좇아 달려가니
生涯似衆人.　삶이 뭇 사람들과 비슷해진다.
巫咸不可問,　무함에게 묻지 않으려니와
鄒魯莫容身.　孔孟은 몸이 받아들여지지 않는다.
感激時將晚,　때가 늦어지려 하니 감정은 격하고
蒼茫興有神.　아득히 흥이 일어 신이 깃든다.
爲公歌此曲,　공을 위하여 이 노래를 부르려니
涕淚在衣巾.　눈물이 옷과 수건에 떨어진다.[30]

― 두보, 「上韋左相二十韻」

往時中補右,　지난날 그대는 右補闕에 보임되었고
扈蹕上元初.　紀元 초에는 황제를 따라 長安으로 귀환하였다.
反氣凌行在,　반란의 기운이 황제가 계신 鳳翔을 엄습하여
妖星下直廬.　요사스런 티베트가 신하들의 숙직장소를 덮쳤다.
六龍瞻漢闕,　수레 위의 황제는 한나라 궁전을 바라보시고
萬騎略姚墟.　만 명에 달하는 기병이 漢中 땅으로 달려갔다.
玄朔迴天步,　靈武에서 즉위한 肅宗은 국운을 만회하시고
神都憶帝車.　수도 사람들은 모두 제왕의 수레를 고대하였다.
一戎纔汗馬,　한 번 출정하여 혁혁한 전공을 세워서
百姓免爲魚.　백성들이 물 속의 고기 됨을 면하게 하셨다.
通籍蟠螭印,　그 당시 李秘書는 황제의 行宮에 출입하면서
差肩列鳳輿.　대신들과 어깨를 나란히 하며 황제를 뒤따랐다.
事殊迎代邸,　代王을 舊邸에서 황제로 맞은 것과는 일이 다르고
喜異賞朱虛.　封地를 하사 받은 朱虛侯와는 기쁨이 다르다.
寇盜方歸順,　도적들이 바야흐로 조정에 귀순하니

---

30) 이 시는 上平聲(11) '眞'韻을 사용하였고, 처음 두 구절과 마지막 두 구절을 제외하면 모두 對仗을 사용하였다. 이 시의 번역문은 이영주 외, 『두보 초기시 역해』, 솔, 1999, 626~628면의 번역문을 기초로 다듬은 것이다.

乾坤欲晏如.	천하에도 태평의 조짐이 나타나기 시작했다.
不才同補袞,	무능한 내가 당신과 함께 조정의 직책을 맡아
奉詔許牽裾.	황제의 명을 받듦에 직언을 자부하였다.
鵷鷺叨雲閣,	나는 주제넘게 拾遺가 되어 朝臣의 행렬에 들고
騏驎滯石渠.	기린 같은 文才의 당신은 秘書에 발탁되었다.31)
文園多病後,	나는 司馬相如처럼 병 때문에 관직을 떠난 후
中散舊交疏.	嵇康처럼 지난날의 교류가 소원해졌다.
飄泊哀相見,	이제 처량한 떠돌이 되어 그대를 만나니
平生意有餘.	평생 품어온 감정이 끊임없이 흘러나온다.
風煙巫峽遠,	멀리 바람불고 안개 낀 무협에 거처하니
臺榭楚宮虛.	옛 초나라 궁전의 누각들이 공허하기만 하다.
觸目非論故,	눈앞의 사람들은 함께 옛일을 말할 자 아닌데
新文尙起予.	당신의 새 작품은 여전히 나를 일깨워준다.
淸秋凋碧柳,	쓸쓸한 가을이라 강변의 푸른 버들 시들고
別浦落紅蕖.	이별의 포구에는 붉은 연꽃이 떨어진다.
消息多旗幟.	들리는 소식은 도처에 전쟁의 깃발 휘날리니
經過嘆里閭.	지나는 마을마다 그 황폐함에 탄식이 나온다.
戰連唇齒國,	전쟁이 촉 땅에서 끊임없이 이어지니
軍急羽毛書.	긴급을 알리는 전령이 여기저기 치닫는다.
幕府籌頻問,	杜相公은 군막에서 빈번히 작전을 세우고
山家藥正鋤.	李秘書는 요즈음도 호미로 약재를 심는다.
臺星入朝謁,	重臣께서 당신과 함께 황제를 알현하여
使節有吹噓.	응당 촉 땅의 형세를 보고 드리리라.
西蜀災長弭,	서촉의 이 재앙을 영원히 끝내준다면
南翁憤始攄.	늙은 나의 분개가 비로소 사라지리라.
對揚抗士卒,	황제께 아뢰시게 사병들 사기 꺾이고32)
乾沒費倉儲.	창고의 군량미도 바닥이 났다는 사실을.
勢藉兵須用,	형세로는 군대를 동원해야 하겠지만

---

31) 텍스트에는 '石渠'가 '玉除'로 되어 있는데, 『杜詩詳注』에 의거하여 바꾸었다.
32) 텍스트에는 '抗'이 '抗'으로 되어 있는데, 잘못된 것이다.

功無禮忽諸.　　공을 가로채는 무례한 장수들을 어찌 그냥 넘기리?

御鞍金腰褭,　　황제께서 금빛 안장의 좋은 말과

宮硯玉蟾蜍.　　옥 두꺼비 아로새긴 벼루를 하사하시리니

拜舞銀鉤合,　　힘차고 맵시 있는 필체를 휘날리고[33]

恩波錦帕舒.　　비단 덮개를 말 등에 펼치겠지.

此行非不濟,　　이번 행차는 세상을 구제하기 위한 것인데

良友昔相於.　　다만 가까운 좋은 친구가 나를 떠나는구려.

去棹依顔色,　　배타고 떠나가는 당신의 안색을 떠올려보고[34]

沿流想疾徐.　　물길 따라 유유히 노 저어 갈 배를 그려본다.

沈綿疲井臼,　　나는 여전히 타향의 초가에서 병에 지쳐서

倚薄似樵漁.　　어부와 나무꾼처럼 힘겹게 살아가고 있다오

乞米煩佳客,　　쌀을 구걸하느라 좋은 벗을 번거롭게 하고

鈔詩聽小胥.　　아전들이 나의 시 베끼도록 내버려둔다.

杜陵斜晚照,　　내 고향 두릉에는 지는 햇빛 붉게 비치고

滻水帶寒淤.　　흉수는 차가운 모래섬을 두르고 흐르겠지.

莫話淸溪髮,　　장안에 가거든 내 이야길랑 꺼내지 마시게

蕭蕭白映梳.　　맑은 시냇물에 비치는 건 백발의 꺼칠한 노인.[35]

　　　　　　　　　　　　— 두보, 「贈李八秘書別三十韻」

昔罷河西尉,　　지난날 나는 河西縣尉에 취임하지 못했고

初興薊北師.　　안록산의 반란군이 쳐들어오기 시작했다.

不才名位晚,　　재능이 없어서 명성과 지위가 늦었는데

敢恨省郞遲.　　만년에야 관리가 되었다고 어찌 감히 원망하랴?

扈聖崆峒日,　　일찍이 鳳翔에서 황제의 수레를 뒤따랐는데

端居灔澦時.　　지금은 夔州에서 은둔자처럼 지내고 있다.

萍流仍汲引,　　떠도는 중에도 이끌어준 은혜 잊지 않고

楛散尙恩慈.　　한가한 날에도 皇恩을 가슴에 새기고 있다.

---

33) 텍스트에는 '合'이 '落'으로 되어 있는데, 『杜詩詳注』에 의거하여 바꾸었다.
34) 텍스트에는 '棹'가 '旆'로 되어 있는데, 『杜詩詳注』에 의거하여 바꾸었다.
35) 이 시는 上平聲(6) '魚'韻을 사용하였고, 첫 두 구와 마지막 두 구를 제외하고는 모두 對仗을 사용하였다.

遂阻雲臺宿,	다시는 조정으로 돌아가 봉직할 수 없겠지만
常懷湛露詩.	언제나 감사의 마음으로 「湛露」시를 읊는다.
翠華森遠矣,	황제의 의장은 위엄 있게 먼 곳에 있는데
白首颯凄其.	병 든 백발의 이 몸은 쓸쓸히 지내고 있다.
拙被林泉滯,	천성이 우둔하여 황량한 촌구석에 눌려 있고
生逢酒賦欺.	벼슬길에서 실족하니 술과 시에 그르쳤다.
文園終寂寞,	司馬相如같이 끝내 적막한 처지가 되었고
漢閣自磷緇.	揚雄처럼 스스로 무덤을 판 꼴이 되었다.
病隔君臣議,	병든 몸이라 군신간의 논의에 끼지 못하니
慚紆德澤私.	지난날 입었던 皇恩을 생각하면 부끄럽다.36)
揚鑣驚主辱,	황제께서 陝西로 몽진가시니 놀란 마음에
拔劍撥年衰.	연로함을 돌아보지 않고 검을 뽑아들었다.
社稷經綸地,	숙종께서 종묘사직을 위해 기병 하시니
風雲際會期.	군주와 신하들이 만나 나라를 구하였다.
血流紛在眼,	군사들이 흘린 피가 눈 안에 섞여들고
涕灑亂交頤.	백성들의 눈물이 얼굴 가득히 흐른다.
四瀆樓船汎,	네 군데 큰 강에는 전함이 떠 있고
中原鼓角悲.	중원에는 북소리 뿔피리소리 슬프다.
賊壕連白翟,	반군의 참호는 鄜州와 延州까지 뻗어 있고
戰瓦落丹墀.	황궁은 도처에 깨어진 기와와 무너진 담이로다.
先帝嚴靈寢,	황제께서는 먼저 寢廟를 보수하셨고
宗臣切受遺.	임종시에는 宗臣 郭子儀가 遺詔를 받았다.
恒山猶突騎,	항산 일대는 여전히 오랑캐 기병이 출몰하였고
遼海竟張旗.	요해 지방에는 적의 깃발이 다투어 펼쳐졌다.
田父嗟膠漆,	농민은 활과 화살 만드느라 고통에 한숨쉬고
行人避蒺藜.	피난민은 쇠 가시 피하느라 어쩔 줄 모른다.
總戎存大體,	총사령관은 국면의 요점을 파악하였지만
降將飾卑詞.	항복한 장수들은 겸손한 말로 속마음을 가렸다.
楚貢何年絶,	영남의 공물을 언제나 끊어버릴 수 있을까?

---

36) 텍스트에는 '私'가 '滋'로 되어 있는데, 誤字이다.

堯封舊俗疑.　　항복한 장수들은 조정에 딴마음 품고 있다지.
長吁翻北寇,　　북쪽 오랑캐의 침입에 길게 탄식하였는데
一望卷西夷.　　다시 바라보니 서쪽 오랑캐가 쳐들어온다.
不必陪玄圃,　　崑崙山의 신선 거처를 추구할 것 없고
超然待具茨.　　具茨山 仙境에 대한 기대도 부질없는 짓.
凶兵鑄農器,　　어찌하여 병기를 녹여 농구를 만들지 않고
講殿闢書帷.　　漢 文帝의 검소한 행위를 본받지 않는가?
廟算高難測,　　조정의 뜻은 너무 높아 헤아리기 어려워
天憂實在兹.　　이에 내 마음은 언제나 기우에 싸여 있다.
形容眞潦倒,　　안타깝게도 나는 참으로 노쇠하여
答效莫支持.　　조정을 위해 힘껏 봉사할 수가 없다.
使者分王命,　　사자들은 각기 나누어 왕명을 받들고
群公各典司.　　지방의 관리들도 직책을 맡아 호응한다.
恐乖均賦斂,　　염려되는 건 군역이 나날이 무거워지고
不似問瘡痍.　　관리들이 백성의 고통에 무관심한 현실.
萬里煩供給,　　만 리 길을 수고롭게 군수품을 운송하니
孤城最怨思.　　외로운 기주성에는 원한이 충만해 있다.
綠林寧小患,　　녹림의 도적들이 어찌 작은 근심일까?
雲夢欲難追.　　雲夢澤의 일을 당하면 후회해도 소용없다.
卽事須嘗膽,　　지금의 상황은 조정이 와신상담해야 하며
蒼生可察眉.　　백성들의 형편을 살피고 돌봐야 할 것이다.
議堂猶集鳳,　　조정엔 인재들이 많아 봉황이 모인 듯하니
貞觀是元龜.　　太宗의 貞觀之治를 거울삼아 받들 수 있다.[37]
處處喧飛檄,　　곳마다 급히 오가는 공문서 소리에 시끄럽고
家家急競錐.　　집집마다에서 서둘러 작은 이익을 다툰다.
蕭車安不定,　　蕭育이 온다 해도 시국을 안정시킬 수 없고
蜀使下何之.　　司馬相如같은 사신이라도 어디로 갈 것인가?
釣瀨疏填籍,　　여울에서 낚시하던 嚴子陵이 되어 독서에 소홀하고
耕巖進弈棋.　　바위 아래 밭 갈던 鄭子眞이 되어 바둑에 정진하리.

---

37) 텍스트에는 '貞'이 '正'으로 되어 있는데, 誤字이다.

地蒸餘破扇,	대지가 찌는 듯이 더우면 해진 부채를 들 것이고
冬暖更纖絺.	겨울이 따뜻할 땐 갈포 옷으로 갈아입으면 되리.
豺遘哀登楚,	난세를 만난 슬픔에 登樓賦를 지은 王粲이 생각나고
麟傷泣象尼.	기린이 잡히자 눈물로 옷을 적셨던 孔子가 생각난다.
衣冠迷適越,	월 땅으로 가고 싶지만 어찌해야 할지 모르겠고
藻繪憶遊睢.	꿈 많았던 젊은 시절에 가보았던 수 땅이 그립다.
賞月延秋桂,	가을 계수나무를 대하고 달빛을 감상하고 있지만
傾陽逐露葵.	이슬 맺힌 해바라기처럼 마음은 대궐로 향해있다.
大庭終反樸,	언젠가는 풍속이 순박한 태평성대로 돌아가겠지만
京觀且僵尸.	지금은 반도들을 무찔러 국위를 선양해야 할 때.
高枕虛眠晝,	할 일 없이 높은 베개 베고 낮잠 자고 있으니
哀歌欲和誰.	슬픈 노래 불러도 누가 나에게 화답해줄까?
南宮載勛業,	南宮 雲臺에 중흥 28장수의 그림이 걸려 있으니
凡百愼交綏.	장수들이여 임전불퇴의 정신으로 적을 무찌르길!38)

— 두보, 「夔府書懷四十韻」

西漢開支郡,	서한 때에 변방의 武陵郡을 새로 열었고
南朝號戚藩.	남조 때에는 皇親이 藩王을 지냈다고 한다.
四封當列宿,	사방에는 여러 星宿들이 늘어서 있고
百雉俯淸沅.	武陵城은 맑은 沅水를 굽어보고 있다.
高岸朝霞合,	높은 강둑은 아침노을과 합쳐지고
驚湍激箭奔.	놀란 여울은 화살처럼 세차게 달려간다.
積陰春暗度,	쌓인 구름은 봄 하늘에 소리 없이 지나가고
將霽霧先昏.	날이 개기에 앞서 안개로 먼저 어두워진다.
俗尙東皇祀,	사람들은 天神을 높여 제사지내고
謠傳義帝冤.	민요는 義帝의 사무친 한을 전한다.
桃花迷隱跡,	桃花源은 자취를 감추어 찾을 수 없고
楝葉慰忠魂.	檀香木은 충성스런 혼백을 위로한다.

---

38) 이 시는 上平聲(4) '支'韻을 사용하였고, 또한 마지막 두 구를 제외하고는 완벽하지는 않지만 모두 對仗을 사용하였다.

戶算資漁獵,　어로와 수렵에 의해 집집마다 세금을 거두고
鄕豪恃子孫.　마을의 유지들은 자손에게 의지한다.
照山畬火動,　화전 일구는 불길이 산을 환히 비추고
踏月俚歌喧.　달빛 밟으며 부르는 민가가 크게 울린다.
攏楫舟爲市,　노를 잡고 배 위에서 교역을 하고
連甍竹覆軒.　용마루에 이어 대나무로 지붕을 덮었다.
披沙金粟見,　모래를 헤쳐서 사금을 일구고
拾羽翠翹翻.　비취새 날개를 주워서 날린다.
茗拆蒼溪秀,　차 싹이 움트는 푸른 시내 아름답고[39]
蘋生枉渚暄.　네가래가 돋아나는 枉水는 따뜻하다.
禽驚格磔起,　새들은 놀라서 지저귀기 시작하고
魚戲喁喁繁.　물고기는 장난치며 빈번히 뻐끔거린다.
沈約臺榭故,　심약이 머물렀던 누대는 허물어졌고
李衡墟落存.　이형이 가꾸었던 옛터는 그대로 있다.
湘靈悲鼓瑟,　슬픔에 겨워 거문고를 타는 湘水의 신령
泉客泣酬恩.　눈물로 진주를 떨어뜨려 은혜에 보답하는 鮫人.
露變蒹葭浦,　갈대 우거진 물가엔 이슬이 서리로 변하고
星懸橘柚村.　귤과 유자 열린 마을엔 별이 총총 달려 있다.
虎咆空野震,　범이 포효하니 텅 빈 들판이 진동하고
鼉作滿川渾.　악어가 움직이니 온 내가 흐려진다.
鄰里皆遷客,　이웃 마을은 모두가 좌천되어 온 관리
兒童習左言.　아이들은 이민족의 언어를 익힌다.
炎天無冽井,　무더운 날씨라 시원한 우물이 없고
霜月見芳蓀.　새하얀 달빛 아래 향초가 보인다.
淸白家傳遠,　멀리까지 전해진 청렴결백한 집안
詩書志所敦.　시경과 서경을 향한 뜻을 돈독히 하였다.
列科叨甲乙,　과거에서 주제넘게 첫째 둘째를 차지했고
從宦出丘樊.　비천한 출신임에도 관리가 되었다.
結友心多契,　벗을 사귐에는 마음이 의기투합하였고

---

39) 텍스트에는 '拆'이 '折'로 되어 있는데, 誤字이다.

馳聲氣尙呑.　명성이 높아 기개가 사방을 삼킬 듯했다.

士安曾重賦,　일찍이 皇甫謐은 三都賦를 훌륭하게 여겼고[40]

元禮許登門.　李膺은 龍門에 오르는 것을 허락하였다.[41]

草檄嫖姚幕,　霍去病의 막부에서 격문을 기초하였고[42]

巡兵戊已屯.　서역의 屯田軍에서 병사를 순찰하였다.

築臺先自隗,　燕 昭王은 黃金臺를 쌓고 郭隗부터 시작하였고

送客獨留髡.　주인은 손님들을 다 보내고 淳于髡만 남겨두었다.

遂結王畿綬,　마침내 경기 지역의 관리가 되었고

來觀衢室罇.　황제께 자신의 의견을 아뢰게 되었다.

鳶飛入鷹隼,　솔개가 날아올라 매가 되었고

魚目儷璵瑤.　물고기 눈알이 옥과 짝하게 되었다.

曉燭羅馳道,　새벽의 촛불이 대로에 늘어서 있고

朝陽闢帝閽.　아침 햇빛이 대궐의 문을 연다.

王正會夷夏,　정월 元旦에 황제는 사방 신하들의 하례를 받고

月朔盛旗幡.　매월 초하루엔 조상 사당에 고하는 깃발 성하다.

獨立當瑤闕,　황제를 알현하기 위해 北闕에 홀로 서서

傳呵步紫垣.　호출을 받고 황궁 안으로 걸어 들어간다.

按章淸犴獄,　규정대로 조사하여 감옥을 청결하게 하고

視祭潔蘋蘩.　제사를 살피고 네가래와 부평초를 깨끗이 한다.

御曆昌期遠,　황제가 등극하신 후 번창의 시기는 멀지만

傳家寶祚蕃.　대대로 이어지는 황제의 지위는 번성하다.

繇文光夏啓,　점괘에 따라 하계가 계승하여 정치를 빛내고

神敎畏軒轅.　天命의 말이 黃帝를 두렵게 하였다.

內禪因天性,　자제에게 제위를 전한 것은 천성에 따른 것

雄圖授化元.　웅대한 포부를 천하의 사직에 수여하였다.

繼明懸日月,　明德을 이어받아 해와 달을 걸어놓은 듯하고

出震統乾坤.　황제에 즉위하시니 하늘과 땅을 거느린다.

大孝三朝備,　크나큰 효도에 삼대의 제왕이 갖추어지고

---

40) '士安'은 晉 皇甫謐의 字이다.

41) '元禮'는 漢 李膺의 字이다.

42) 漢代의 霍去病은 嫖姚校尉를 지낸 적이 있다. 여기서 霍去病은 杜佑를 가리킨다.

洪恩九族惇.	넓은 은혜에 조상과 자손의 관계가 도탑다.
百川宗渤澥,	온갖 하천은 渤海로 흘러 들어가고
五岳輔崑崙.	다섯 개의 명산은 곤륜산을 보좌한다.43)
何幸逢休運,	얼마나 다행인가 좋은 시운을 만나서
微班識至尊.	낮은 관직이지만 황제를 알게 되었다.
校緡資笇椎,	돈 계산에 밝은 것은 專賣官의 밑천이고
復土奉山園.	棺을 넣고 흙을 덮어 황제의 陵園을 돌본다.44)
一失貴人意,	하루아침에 귀인의 뜻을 잃어버리고45)
徒聞太學論.	다만 태학에서 논의하는 것을 들었다.
直廬辭錦帳,	숙직하는 처소에서는 비단 휘장을 사양했고
遠守愧朱輀.	지방관일 때는 고급 수레를 부끄러워하였다.46)
巢幕方猶燕,	지금은 천막 위에 둥지를 튼 제비처럼 위태롭지만
搶楡尙笑鯤.	겨우 느릅나무에 오르는 것이라도 大鵬을 비웃는다.47)
遭回過荊楚,	이리저리 배회하며 남쪽 땅을 지나고
流落感涼溫.	떠도는 가운데 추위와 더위를 느낀다.
旅望花無色,	나그네 되어 바라보니 꽃은 광채를 잃고
愁心醉不惛.	근심 속에 술에 취해도 정신이 말짱하다.
春江千里草,	봄 강물 따라 아득히 펼쳐진 초원
暮雨一聲猿.	저녁 비 내리는데 한 마디 원숭이 소리.
問卜安冥數,	점괘를 보고 정해진 운명에 따라야 하고
看方理病源.	처방에 따라 병의 근원을 치료해야 하는 법.
帶賖衣改製,	허리띠가 헐거워져 옷을 새로 지어야 하고
塵澁劍成痕.	검에는 먼지가 쌓여 자국을 만들어놓았다.
三秀悲中散,	靈芝草는 嵇康을 슬프게 하였고
二毛傷虎賁.	흰머리는 潘岳을 가슴 아프게 했다.

---

43) 五嶽은 嵩山·泰山·華山·衡山·恒山을 가리킨다.
44) '復土'는 '覆土'와 같다.
45) 이 구절은 王叔文 집단의 정치혁신이 실패로 돌아간 일을 가리킨다.
46) 텍스트의 '朱幡'은 '朱輀'으로 보는 것이 옳다. 『劉禹錫詩集編年箋注』, 山東大學出版社, 1997, 48면 참조.
47) 이 구절은 王叔文 혁신파를 꺾은 승리집단에 대한 멸시를 우회적으로 표현하였다.

來憂禦魑魅,	돌아가면 도깨비 막을 일이 염려되니
歸願牧雞豚.	원컨대 닭과 돼지 기르며 살고 싶다.
就日秦京遠,	황제께 다가가자니 진나라 서울이 멀고
臨風楚奏煩.	바람 앞에서 초나라 음악이 심난하다.
南登無灞岸,	남쪽에는 오를 수 있는 灞陵岸이 없어[48]
旦夕上高原.	아침저녁으로 높은 언덕에 오른다.[49]

— 유우석(劉禹錫), 「武陵書懷五十韻」

節應寒灰下,	절기는 갈대 재가 律管에서 내려오는 것에 따르고
春生返照中.	봄은 저무는 햇빛 속에서 태어난다.
未能消積雪,	쌓인 눈이 아직 사라지지 않았지만
已漸少迴風.	이미 점차 회오리바람이 잦아든다.
迎氣邦經重,	春神에 제사지내는 것은 나라의 법이라
齋誠帝念隆.	경건히 재계하니 황제의 마음 극진하다.
龍驤紫宸北,	용이 자신궁 북쪽으로 솟구쳐 가고
天壓翠壇東.	취단 동쪽에서 하늘이 누른다.
仙仗搖佳彩,	황제의 의장에서 아름다운 무늬가 나부끼고
榮光答聖衷.	영화로운 빛이 황제의 마음에 화답한다.
便從威仰座,	문득 위앙좌에서 나타나더니
隨入大羅宮.	마침내 대라궁으로 들어간다.
先到璇淵底,	먼저 연못 바닥에 도달하더니
倏穿玳瑁櫳.	몰래 대모 우리를 뚫고 들어간다.
館娃朝鏡晚,	미인은 아침거울 보는 것이 늦어지고
太液曉冰融.	太液池의 새벽 얼음이 녹기 시작한다.
撩摘芳情徧,	여기저기서 봄기운을 따고는
搜求好處終.	끝내 좋은 곳을 찾아 구한다.
九霄渾可可,	하늘이 흐려 어슴푸레해지면

---

48) 이 구절은 長安을 바라볼 수 없다는 말이다. 王粲, 「七哀詩」 : "南登灞陵岸, 回首望 長安."

49) 이 시는 上平聲(13) '元'韻을 사용하였고, 마지막 두 구를 제외하면 기본적으로 對仗 을 이루고 있다.

萬姓尙忡忡. 만백성들은 근심에 젖게 된다.

晝漏頻加箭, 낮에는 화살처럼 비가 퍼붓더니

宵暉欲半弓. 밤이 되자 반달이 빛을 내뿜는다.50)

驅令三殿出, 겨울을 내몰아 황궁이 드러나게 하고

乞與百蠻同. 모든 이민족과 함께 하기를 바란다.

直自方壺島, 곧장 神山 方壺島에서 달려와서

斜臨絶漠戎. 먼 사막의 오랑캐 땅까지 임한다.

南巡暖珠樹, 남쪽으로 가서 珠樹를 따뜻하게 하고51)

西轉麗崆峒. 서쪽으로 돌아 崆峒山을 아름답게 한다.

度嶺梅甘坼, 고개를 넘어와 매화가 꽃망울 터뜨리고

潛泉脈暗洪. 샘에 스며들어 수맥이 남몰래 넓어진다.

悠悠鋪塞草, 유유히 변방의 풀들이 퍼지게 하고

冉冉著江楓. 서서히 강변의 단풍나무 드러나게 한다.

蠶役投筐妾, 누에를 치느라 광주리를 안은 아낙네

耘催荷篠翁. 김을 매느라 삼태기를 둘러멘 늙은이

旣蒸難發地, 꽃 피기 어려운 땅을 따뜻하게 데우고

仍送懶歸鴻. 돌아가기 싫어하는 기러기를 전송한다.

約略環區宇, 아마도 온 천하를 도는 것 같고

殷勤綺鎬酆. 살며시 鎬땅과 酆땅을 화려하게 한다.

華山靑黛撲, 화산은 푸른 눈썹먹을 갖게 되었고52)

渭水碧沙蒙. 위수는 파란 모래를 입게 되었다.

宿露淸餘靄, 밤 지샌 이슬은 아지랑이를 맑게 하고

晴煙塞逈空. 안개가 맑게 갠 하늘을 가득 채웠다.

燕巢纔點綴, 제비는 이제 둥지를 장식하기 시작하고

鶯舌最惺惚. 꾀꼬리의 지저귀는 소리는 맑기 그지없다.

膩粉梨園白, 배꽃 동산은 분가루처럼 새하얗고

胭脂桃徑紅. 도화 꽃 길은 연지처럼 발그스름하다.

---

50) 텍스트에는 '宵暉'가 '霄暉'로 되어 있는데, 誤字이다.
51) 텍스트에는 '暖'이 '曖'로 되어 있는데, 의미상으로 볼 때 '暖'이 좋을 듯해서 『全唐詩』의 "暖一作曖"에 의거하여 바꾸었다. '珠樹'는 신화·전설 속에 나오는 仙樹이다.
52) 텍스트에는 '撲'이 '接'으로 되어 있는데, 『全唐詩』에 의거하여 바꾸었다.

鬱金垂嫩柳,　버들 싹이 울금처럼 노랗게 드리웠고
罣畫委高籠.　채색 덮인 새장이 높다랗게 걸려 있다.
地甲門闌大,　땅이 으뜸이라 문틀이 커다랗고
天開禁掖崇.　하늘이 열리니 궁정이 높다랗다.
層臺張舞鳳,　층층 누대에서는 봉황의 춤이 펼쳐지고
閣道架飛虹.　복도 위에 무지개가 나는 듯이 걸려 있다.
麴蘗調神化,　누룩은 자연의 조화로 술을 빚어내고
鵁鸘竭至忠.　원추새와 난새는 지극한 충성을 다한다.
歌鐘齊錫宴,　황제가 내린 잔치에 노래 소리 가지런하고
車服奬庸功.　수레 예복으로 공훈 세우기를 장려한다.
俊造欣時用,　걸출한 인재는 때 맞는 등용에 기뻐하고
閭閻賀歲豐.　마을 사람들은 풍년이 들기를 기원한다.
倡樓妝爛爛,　기루의 여인들은 화장을 곱게 하였고
農野綠芃芃.　농촌의 들판은 푸른빛이 넘쳐흐른다.
貴主驕矜盛,　존귀한 공주는 성대함을 자랑하고
豪家恃賴雄.　세도가는 뛰어난 인물에 의지한다.
偏憘打球彩,　채색 공 치는 것을 독차지하여
頻得鑄錢銅.　자주 주조한 동전을 얻는다.
專殺擒楊若,　오로지 양약을 사로잡아 죽이고
殊恩赦鄧通.　특별한 은혜로 등통을 사면하였다.
女孫新在內,　손녀가 새롭게 안채에 있게 되었고
嬰稚近封公.　갓난아이는 봉공에게 다가간다.53)
游衍關心樂,　신나게 노는 것은 마음에 즐겁고
詩書對面聾.　시경과 서경은 마주하여도 어둡다.
盤筵饒異味,　잔치자리에는 별미가 풍부하고
音樂斥庸工.　음악은 평범한 연주자를 물리친다.
酒愛油衣淺,　술을 좋아하여 기름 바른 옷이 가볍고
杯誇瑪瑙烘.　술잔을 자랑하려고 마노를 부각시킨다.
挑鬢玉釵鬓,　쪽진 머리를 받치려고 옥비녀를 꽂고

---

53) '封公'은 자손이 존귀해진 덕분에 영전을 받은 사람을 가리킨다.

刺繡寶裝攏.	자수를 놓아 옷차림을 멋지게 꾸민다.
啓齒呈編貝,	입을 벌리니 가지런한 치아가 드러나고
彈絲動削蔥.	현악기를 연주하니 섬섬옥수가 움직인다.
醉圓雙媚靨,	한 쌍의 예쁜 보조개는 도취될 듯 둥글고
波溢兩明瞳.	두 개의 맑은 눈동자는 물결처럼 넘실댄다.
但賞歡無極,	그러나 다만 끝없는 환락만 즐길 뿐이니
那知恨亦充.	가슴에 가득 쌓인 한을 어찌 알 수 있으랴?
洞房閑窈窱,	규방은 깊숙하게 들어앉아 한가롭고
庭院獨蔥蘢.	정원의 새 생명들은 유달리 파릇파릇하다.
謝砌縈殘絮,	사씨 댁 섬돌은 남은 눈으로 얼룩져 있고
班窗網曙蟲.	班婕妤의 창은 새벽 벌레가 거미줄에 걸렸다.
望夫身化石,	남편을 기다리던 여인은 몸이 돌로 변했고
爲伯首如蓬.	伯夷와 叔齊는 머리가 쑥대처럼 더부룩하다.
顧我沉憂士,	나를 돌아보니 깊은 근심에 싸여 있는 선비
騎他老病驄.	늙고 병든 靑驄馬라서 다른 말에 타려 한다.
靜街乘曠蕩,	고요한 거리는 점차 시야가 드넓어지더니
初日接曈曨.	막 떠오른 태양이 환하게 모습을 드러낸다.
飮敗肺常渴,	술에 상했는데도 마음은 항상 목마르고
魂驚耳更聰.	혼백이 놀라니 귀는 더욱 밝아진다.
虛逢好陽艷,	눈부신 아름다움을 헛되이 만났으니
其那苦昏憁.	그 어리석음이 얼마나 고달픈가!
俛勉還移步,	힘써 다시금 발걸음을 옮기지만54)
持疑又省躬.	의심을 품고는 다시 자신을 살핀다.
慵將疲領質,	게으름은 바탕을 피로하고 초췌하게 하고
漫走倦贏僮.	끝없이 달림은 아이를 지치고 야위게 한다.
季月行當暮,	겨울의 마지막 달도 흘러가 저물어서
良辰坐歎窮.	좋은 때를 맞았건만 앉아서 곤궁을 한탄한다.
晉悲焚介子,	晉에서는 불에 타죽은 介子推를 슬퍼하였고
魯願浴沂童.	魯에서는 아이들과 함께 沂水에서 목욕하기를 원했다.

---

54) 텍스트에는 '勉'이 '俯'로 되어 있는데, 誤字이다.

燧改鮮姸火,　　부싯돌로 곱고 아름다운 불을 바꾸었고

陰繁晻澹桐.　　그늘이 어슴푸레한 오동을 번성하게 했다.

瑞雲低唈唈,　　상서로운 구름이 낮게 드리우더니

香雨潤濛濛.　　향긋한 비가 촉촉이 내려 매끄럽다.

藥漑分窠數,　　약초에 물을 대니 움푹 팬 곳이 자주 나뉘고

籬栽備幼沖.　　울타리 아래 재배하니 어린 싹이 모두 솟는다.

種莎憐見葉,　　향부자를 심으니 잎이 사랑스럽고

護筍冀成筒.　　죽순을 보호하니 대롱이 되기를 바란다.

有夢多爲蝶,　　꿈속에서는 대부분 나비가 되었고

因蒐定作熊.　　봄 사냥을 나가니 필경 곰을 일으켰다.

漂沈隨壞芥,　　떠돌고 가라앉고는 썩은 초개를 따르고

榮茂委蒼穹.　　꽃 피고 무성하고는 푸른 하늘에 달렸다.

震動風千變,　　벼락이 치니 바람이 수도 없이 변하고

晴和鶴一沖.　　날이 개어 화창하니 학이 솟아오른다.

丁寧搴芳侶,　　정녕 꽃다운 짝을 뽑아 올리려면

須識未開叢.　　반드시 아직 피지 않은 떨기를 알아야 하리.55)

　　　　　　　　　　　　　　　─ 원진(元稹), 「春六十韻」

憶在貞元歲,　　貞元의 해를 추억해보면56)

初登典校司.　　처음으로 典校司에 올랐다.57)

身名同日授,　　명예로운 직책에 함께 임명되어

心事一言知.　　마음속의 일도 말 한마디면 서로 알았다.

肺腑都無隔,　　마음속에 격의라고는 전혀 없었고

形骸兩不羈.　　몸과 뼈 둘 다 얽매임이 없었다.

疏狂屬年少,　　젊은 나이라서 자유분방하였고

閑散爲官卑.　　관직이 낮아 일도 한산하였다.

---

55) 이 시는 上平聲(1) ‘東’韻을 사용하였고, 마지막 두 구를 제외하고는 대체로 對仗을
　　이루고 있다.
56) ‘貞元’은 唐 德宗의 年號(785~804)이다.
57) 白居易는 貞元 중에 元稹과 함께 과거에 합격하였고, 둘 다 秘書省 校書郞에 임명
　　되어 비로소 서로 알게 되었다.

分定金蘭契,	함께 金蘭之交의 우정을 굳게 맺었고
言通藥石規.	말은 쓴 약과 같은 충고와 통한다.
交賢方汲汲,	현명한 사람과의 사귐에 급급하고
友直每偲偲.	곧은 사람과 벗하여 서로 격려한다.
有月多同賞,	달이 있으면 대부분 함께 감상하며
無杯不共持.	함께 들지 않는 술잔이라곤 없었다.
秋風拂琴匣,	가을바람이 불면 거문고 갑을 털었고
夜雪卷書帷.	밤눈이 내리면 서재 장막을 걷어 올렸다.
高上慈恩塔,	높이 자은사 탑에 올라갔는가 하면
幽尋皇子陂.	살며시 황자의 언덕을 찾기도 하였다.58)
唐昌玉蕊會,	唐昌觀에 玉蕊花 필 때 서로 만났고
崇敬牡丹期.	崇敬寺에 모란꽃 필 때 함께 기약했다.
笑勸迂辛酒,	웃으며 고지식한 辛立度에게 술을 권하고
閑吟短李詩.	한가히 키가 작은 李紳의 시를 읊었다.59)
儒風愛敦質,	劉敦質은 선비의 풍도가 있어 좋았고
佛理賞玄師.	庾玄師가 佛理를 말하면 들을 만하였다.60)
度日曾無悶,	하루를 보냄에 일찍이 무료함이 없었고
通宵靡不爲.	밤새도록 뭔가를 하지 않는 적이 없었다.
雙聲聯律句,	쌍성의 律句를 이어 불렀고
八面對宮棋.	팔면의 바둑을 마주 앉아 두었다.
往往游三省,	종종 中書·尙書·門下의 三省에 갔었고
騰騰出九逵.	보무당당하게 도성의 대로로 나갔다.
寒銷直城路,	直城의 길에는 추위가 사라졌고
春到曲江池.	曲江의 연못에 봄이 도착하였다.
樹暖枝條弱,	날이 따뜻하니 가지가 새로 나오고
山晴彩翠奇.	맑게 갠 산에는 초록이 선명하다.
峰攢石綠點,	봉우리에는 공작석이 점점이 모여 있고

---

58) 皇子陂는 長安 남쪽에 있다. 비탈 북쪽 언덕에 秦나라 皇子의 무덤이 있다고 한다.
59) 당시 辛立度는 성품이 고지식한데다 술을 좋아하였고, 李紳은 키가 작지만 시를 잘
지었다고 한다. 그로 인해 당시 迂辛·短李의 호칭이 있었다.
60) 텍스트에는 '賞'이 '尙'으로 되어 있는데, 誤字이다.

柳惹麴塵絲.	버드나무는 연두 빛 실가지가 하늘거린다.
岸草煙鋪地,	강변의 풀은 안개처럼 땅에 퍼졌고
園花雪壓枝.	동산의 꽃은 눈처럼 가지를 누른다.
早光紅照耀,	이른 아침의 햇빛이 붉게 비쳐들고
新溜碧逶迤.	새 봄의 여울이 파랗게 구불구불 흘러간다.
幄幕侵堤布,	방죽을 침범하여 천막을 치고
盤筵占地施.	땅을 차지하여 대자리를 깐다.
徵伶皆絶藝,	연주자를 부르니 모두가 절세의 예인이고
選伎悉名姬.	歌妓를 뽑으니 모두가 이름난 여인이로다.
粉黛凝春態,	흰 분과 눈썹먹이 봄 자태에 맺혀 있고
金鈿耀水嬉.	금비녀는 물놀이에 따라 반짝인다.
風流誇墮髻,	멋스런 사람은 墮馬髻를 자랑하고
時世鬪啼眉.	당시의 유행은 啼眉妝을 다툰다.
密坐隨歡促,	둘러앉은 모임은 환락을 따라 재촉하고
華尊逐勝移.	아름다운 술잔은 명승을 따라 이동한다.
香飄歌袂動,	노래하는 소매에 따라 향기가 풍겨오고
翠落舞釵遺.	춤추는 비녀에 따라 푸른빛이 떨어진다.61)
籌挿紅螺椀,	붉은 조개 주발에 산가지를 꽂아가며62)
觥飛白玉卮.	백옥 술잔을 이리저리 돌린다.
打嫌調笑易,	抛打曲은 調笑令으로 바꾸기가 싫고
飲訝卷波遲.	飮酒曲은 卷白波를 느릿느릿 맞는다.
殘席喧嘩散,	와자지껄 떠들며 술자리를 마치고
歸鞍酩酊騎.	크게 취하여 돌아가는 말에 오른다.
酡顔烏帽側,	취해 붉어진 얼굴에 관은 삐딱하게 쓰고
醉袖玉鞭垂.	흐느적거리는 소매 아래로 채찍이 늘어졌다.
紫陌傳鐘鼓,	長安의 시가에서는 종소리 북소리 들려오고
紅塵塞路岐.	한길과 곁길 모두가 붉은 먼지에 뒤덮였다.
幾時曾暫別,	일찍이 언제 잠시나마 떨어져 있었던가?

---

61) 텍스트에는 '翠落'이 '醉落'으로 되어 있는데, 誤字이다.
62) '籌'는 '酒籌'로서, 술을 마실 때 술을 마신 술잔 수를 세는 데 쓰는 산가지이다.

何處不相隨.　어느 곳엔들 서로가 따르지 않았던가?
荏苒星霜換,　세월이 흘러 성상이 바뀌고
迴環節候推.　되돌아와 기후가 바뀌었다.
兩衙多請假,　아침저녁의 두 관아에 여러 번 휴가를 청해[63]
三考欲成資.　세 번의 고과평정에 도움이 되고자 하였다.[64]
運啓千年聖,　나라의 운이 천 년의 태평성대를 열었고[65]
天成萬物宜.　하늘은 만물이 마땅함을 얻도록 하였다.
皆當少壯日,　우리 모두 젊고 씩씩한 때를 맞아
同惜盛明時.　함께 태평의 시기를 소중히 여겼다.
光景嗟虛擲,　세월을 헛되이 보낸 것을 한탄하며
雲霄竊暗窺.　남몰래 저 높은 하늘을 엿보았다.
攻文朝矻矻,　문장에 전심하여 아침에 부지런했고
講學夜孜孜.　학문을 익히려고 밤에도 열심이었다.
策目穿如札,　책략을 모은 목록이 패를 엮은 듯하고
毫鋒銳若錐.　붓끝은 뾰족하기가 송곳과 같았다.
繁張獲鳥網,　새를 잡는 망을 빈번히 펼치고
堅守釣魚坻.　낚시하는 물가를 굳건히 지켰다.
幷受夔龍薦,　함께 舜의 신하 夔와 龍의 천거를 받았고
齊陳晁董詞.　같이 晁錯와 董仲舒의 글 솜씨를 펼쳤다.
萬言經濟略,　萬言의 글은 經世濟民의 책략이었고
三策太平基.　세 가지 대책은 태평성대의 기초였다.
中第爭無敵,　과거시험 합격을 위해 다투니 적이 없었고
專場戰不疲.　시험장을 독점하니 싸워도 피로하지 않았다.
輔車排勝陣,　덧방나무와 수레처럼 함께 승리의 진을 치고
掎角搴降旗.　함께 적을 挾擊하여 항복의 깃발을 들게 했다.[66]

---

63) ‘兩衙’는 아침과 저녁의 두 관아를 가리킨다. 아침과 저녁 두 차례에 걸쳐 관리들을 소집하여 사무를 보는 것을 말한다.
64) ‘三考’는 고대에 관리들을 考課評定하던 제도로서, 세 차례에 걸쳐 고과를 평정하여 昇降과 賞罰을 결정하였다.
65) 텍스트에는 ‘啓’가 ‘偶’로 되어 있는데, 誤字이다.
66) 텍스트에는 ‘掎角’이 ‘犄角’으로 되어 있는데, 誤字이다.

雙闕紛容衛,　대궐 앞에는 儀仗과 侍衛가 어지럽게 늘어섰고

千僚儼等衰.　문무백관들이 등급에 따라 정연히 도열해 있다.

恩隨紫泥降,　은혜가 詔書를 따라 내려왔고

名向白麻披.　명단이 하얀 麻紙에서 펼쳐졌다.67)

旣在高科選,　科擧에 우수한 성적으로 합격했으니

還從好爵縻.　또한 좋은 관직으로 연결되었다.

東垣君諫諍,　門下省에서 그대는 간언에 힘썼고

西邑我驅馳.　서쪽 도읍에서 나는 일에 몰두했다.68)

再喜登烏府,　그대가 御史府에 올랐으니 또 다시 기뻤고

多慙侍赤墀.　나는 대궐에서 복무하게 되어 부끄러웠다.69)

官班分內外,　관직의 등급이 안과 밖으로 나뉘어서

游處遂參差.　가는 곳이 마침내 흩어지게 되었다.

每列鵷鸞序,　매번 朝臣들이 차례로 늘어설 때면

偏瞻獬豸姿.　기어코 御史冠을 쓴 모습을 바라보았다.

簡威霜凜冽,　탄핵문의 위력은 서릿발처럼 지엄하고

衣彩繡葳蕤.　옷은 채색을 입혀 수가 드리워져 있다.

正色摧强禦,　정색을 하고는 세도가를 꺾어버리고

剛腸嫉喔咿.　굳은 마음으로 억지웃음 짓는 자를 미워했다.

常憎持祿位,　봉급과 직위 지키는 것을 언제나 미워하고

不擬保妻兒.　처자를 보호하겠다고 마음먹지 않았다.

養勇期除惡,　용기를 기르는 것은 악을 제거하기 위함이고

輸忠在滅私.　충성을 바치는 것은 사사로움을 없애는 데 있다.

下鞲驚燕雀,　팔찌를 끼어서 제비와 참새를 놀라게 하고

當道懾狐狸.　길에 임하여 여우와 살쾡이를 두렵게 했다.

南國人無怨,　남쪽 사람들은 원망하는 일이 없었고

東臺吏不欺.　東都御史臺의 관리는 속이지 않았다.

理冤多定國,　원통한 일의 처리는 于定國보다 많았고

---

67) '白麻'는 白麻紙로서, 翰林學士가 기초한 중요한 詔書를 가리킨다.
68) 元和 元年(806)에 두 사람이 함께 制科에 합격하여 元稹은 拾遺에 임명되었고 白居易는 盩厔尉에 임명되었다.
69) 元和 4年(809)에 元稹은 다시 監察에 임명되었고 白居易는 拾遺學士가 되었다.

切諫甚辛毗.　　간언의 절실함은 辛毗보다 심했다.[70]
造次行於是,　　잠시의 행위도 이에 의거하였고
平生志在玆.　　평생의 지향도 여기에 있었다.
道將心共直,　　걷는 길은 마음과 함께 곧았고
言與行兼危.　　하는 말은 행동과 함께 올바랐다.
水闇波翻覆,　　물이 어두우면 파도가 요동치고
山藏路險巇.　　산이 깊으면 길이 위험한 법이다.
未爲明主識,　　현명하신 군주가 알아보기도 전에
已被倖臣疑.　　이미 총애 받는 신하의 의심을 받았다.
木秀遭風折,　　나무가 수려하면 바람을 만나 꺾이고
蘭芳遇霰萎.　　난초가 향기로우면 싸라기에 시든다.
千鈞勢易壓,　　삼만 근의 무게로 누르기는 쉽지만
一柱力難支.　　기둥 하나의 힘으로는 지탱하기 어렵다.
騰口因成痏,　　입을 벌려 말을 뱉으면 약점을 잡히게 되고
吹毛遂得疵.　　주머니를 털면 먼지가 나오게 마련이다.
憂來吟貝錦,　　근심에 차서 「巷伯」편을 노래 부르고[71]
謫去詠江蘺.　　좌천되어 가며 「離騷」편을 읊조렸다.[72]
邂逅塵中遇,　　기약도 없었는데 먼지 속에서 만나
殷勤馬上辭.　　다정한 눈빛으로 말 위에서 헤어졌다.
賈生離魏闕,　　賈誼는 좌천되어 대궐을 떠나야 했고
王粲向荊夷.　　왕찬은 난리를 피해 荊州로 향했었다.
水過淸源寺,　　물길 따라 청원사를 지나갔고
山經綺里祠.　　산길 따라 綺里季의 사당을 거쳐 갔다.
心搖漢皐佩,　　마음으로는 漢皐의 패옥을 흔들고
淚墮峴亭碑.　　눈물을 峴山亭의 비석에 떨구었다.
驛路緣雲際,　　역말 길은 구름 사이로 뻗어 있고

---

70) '辛毗'는 三國時代 魏 文帝의 신하이다.
71) 『詩經』「小雅」「巷伯」의 첫머리에 "萋兮斐兮, 成是貝錦(알록달록 아름답게 조개 무
늬 비단이 짜였다)"라고 하였다.
72) '江蘺'는 香草 이름이다. 『楚辭』「離騷」에 "扈江蘺與辟芷兮, 紉秋蘭以爲佩(궁궁이
와 白芷를 몸에 걸치고, 가을 난을 꼬아서 허리띠로 삼았다)"라고 하였다.

城樓枕水湄. 성루는 물길을 베고 누운 듯하다.

思鄕多繞澤, 고향 생각에 자주 못 주위를 돌고

望闕獨登陴. 대궐을 바라보고자 홀로 성가퀴에 오른다.

林晚靑蕭索, 저물 녘 파란 숲은 쓸쓸하게 보이고

江平綠渺瀰. 평평한 푸른 강은 넓고 아득히 흐른다.

野秋鳴蟋蟀, 가을 들판에서는 귀뚜라미가 울고 있고

沙冷聚鸕鷀. 차가운 모래밭에는 가마우지가 모여든다.

官舍黃茅屋, 관사는 누른 띠풀을 이어 만든 집

人家苦竹籬. 인가는 苦竹으로 울타리를 엮었다.

白醪充夜酌, 하얀 막걸리로 밤 술잔을 채우고

紅粟備晨炊. 해묵은 쌀로 아침 취사를 준비한다.

寡鶴摧風翮, 짝 잃은 학은 바람에 날개를 꺾이고

鰥魚失水鬐. 짝 잃은 물고기는 지느러미를 잃었다.

闇雛啼渴旦, 어둠 속에서 새 새끼는 아침을 갈망하여 울고

涼葉墜相思. 서늘한 날씨에 나뭇잎은 그리움에 떨어진다.

一點寒燈滅, 한 점 차가운 등불은 가물가물 깜박이고

三聲曉角吹. 새벽에 뿔피리는 세 번을 불어댄다.

藍衫經雨故, 쪽 빛 적삼은 비를 맞아 바랬고

驄馬臥霜羸. 청총마는 서리 위에 누워 파리해졌다.

念涸誰濡沫, 물마를 것이 염려되나 누가 물방울로 적셔주려나?

嫌醒自歠醨. 깨어나는 것이 싫어 혼자서 묽은 술을 들이킨다.

耳垂無伯樂, 귀가 늘어졌지만 伯樂은 없고

舌在有張儀. 혀가 붙어 있으니 張儀가 있다.

負氣衝星劍, 기개가 있으니 검은 별에 부딪치고

傾心向日葵. 해 향한 해바라기처럼 마음이 기운다.

金言自銷鑠, 진귀한 언어는 스스로 약화되지만73)

玉性肯磷緇. 꿋꿋한 성품이야 어찌 변하겠는가?

伸屈須看蠖, 몸을 펴고 굽히는 것은 자벌레를 봐야 하고

窮通莫問龜. 곤궁과 형통은 거북점을 치지 말라.

---

73) 텍스트에는 이 구절부터 4구가 빠져 있다.

定知身是患,　　이 몸이 환부임을 분명히 알았으니

應用道爲醫.　　도를 사용하여 이 몸을 치료해야 하리.

想子今如彼,　　그대가 지금 그와 같음을 생각하고

嗟予獨在斯.　　나 홀로 여기에 있음을 탄식한다.

無憀當歲杪,　　의지할 곳 없이 歲暮를 맞이하니

有夢到天涯.　　꿈속에서 하늘가까지 다다른다.

坐阻連襟帶,　　앉아 있자니 기가 꺾여 옷깃과 띠를 잇고

行乖接履綦.　　가는 것이 어그러져 신발장식을 잇는다.

潤銷衣上霧,　　옷 위의 안개는 윤기가 사라졌고

香散室中芝.　　방안의 지초는 향기가 흩어졌다.

念遠緣遷貶,　　먼 곳을 생각하는 것은 좌천되었기 때문이고

驚時爲別離.　　세월의 흐름에 놀라는 것은 이별 때문이다.

素書三往復,　　그대와 편지를 세 차례 주고받으니

明月七盈虧.　　밝은 달이 일곱 번 차고 이지러졌다.

舊里非難到,　　옛 마을에 이르기가 어렵지는 않겠지만

餘歡不可追.　　기쁨은 더 이상 추구할 수 없게 되었다.

樹依興善老,　　나무는 興善寺에 기대어 늙어가고

草傍靜安衰.　　풀은 靜安坊 곁에서 시들어 가리라.[74]

前事思如昨,　　지난 일을 생각하면 어제 일 같은데

中懷寫向誰.　　마음에 품은 생각을 누구에게 쓰리?

北村尋古柏,　　북촌으로 함께 오래된 잣나무를 찾았고

南宅訪辛夷.　　남쪽의 그대 집으로 목련을 찾아갔었다.

此日空搔首,　　오늘 이렇게 그저 머리만 긁고 있으니

何人共解頤.　　누구와 더불어 활짝 웃을 수 있을까?

病多知夜永,　　병이 깊으니 밤이 길다는 것을 알겠고

年長覺秋悲.　　나이가 드니 가을이 슬픔을 느낀다.

不飮長如醉,　　술을 마시지 않아도 언제나 취한 것 같고

加餐亦似飢.　　밥을 들어도 배가 고픈 듯하다.

狂吟一千字,　　아무 거리낌 없이 일천 자 시를 지어

---

74) 元稹의 집이 靜安坊 서쪽의 興善寺 가까이에 있었다.

因使寄微之.　내친김에 이 시를 元稹에게 부친다.[75]

　　　　　　　　— 백거이(白居易), 「代書詩一百韻寄微之」

2.4 물론 배율이라고 해서 모두 다 운이 10의 배수인 것은 아니다. 예를 들어 유우석(劉禹錫)의 「송육시어귀회남사부(送陸侍御歸淮南使府)」시는 5운을 사용하였고, 두보의 「풍질주중복침서회(風疾舟中伏枕書懷)」시는 36운을 사용하였고, 원진(元稹)의 「범강완월(泛江玩月)」시는 12운을, 「화동천이상공(和東川李相公)」시는 16운을, 「수단승여제기류회숙폐거견증(酬段丞與諸墓流會宿弊居見贈)」시는 24운을 각각 사용하였다. 그러나 이런 예는 아무래도 소수를 점하고, 또한 36과 24 같은 숫자는 옛날 사람들의 안목으로는 10의 배수와 마찬가지로 또 다른 종류의 갖춰진 수였다. 이러다 보니 시의 제목에 운수(韻數)를 명기한 것은 배율이라고 오해하는 사람도 있는데, 그것은 그렇지 않다. 예를 들어 두보의 「봉증위좌승장이십이운(奉贈韋左丞丈二十二韻)」, 유종원(柳宗元)의 「유남정야환서지칠십운(遊南亭夜還叙志七十韻)」, 백거이(白居易)의 「유오진사시일백삼십운(遊悟眞寺詩一百三十韻)」 등등은 모두 '고풍(古風)'이지 배율이 아니다.

2.5 중당(中唐) 이후로 시첩시(試帖詩)[76]는 모두 오언배율이고, 또한 모두 12구를 사용하는 것으로 한정되었다.[77] 다음 예를 보자.

御苑春何早,　임금님 동산에 봄이 어찌나 일찍 찾아왔는지
繁華已繡林!　수많은 꽃이 벌써 원림을 화려하게 수놓았다.

---

75) 이 시가 사용한 韻은 上平聲(4) '支'韻이고, 첫 두 구와 마지막 두 구를 제외하고는 모두 對仗을 사용하였다.

76) 詩體名으로, '賦得體'라고도 한다. 唐 高宗 永隆 年間(680)에 시작되었으며, '帖經'·'試帖'의 영향을 받아 탄생하여 科擧 시험에 채택되었다. 대체로 5言 6韻으로 이루어진 排律로서 古人의 詩句나 成語를 제목으로 하는데, 앞머리에 '賦得' 두 字를 붙이며 韻脚을 제한한다. 주제는 頌聖·詠史·寫景·賦物 등에서 벗어나지 않는다.

77) 그렇다고 12句짜리 五言排律이면 바로 試帖詩인 것은 아니다. 예를 들어 杜甫의 「傷春」 5首, 「春歸」 한 수는 모두 12句짜리 五言排律일 뿐이지 試帖詩가 아니다. ≪附註二≫

笑迎明主仗,　　꽃들은 웃으며 영명한 군주의 의장을 맞고

香拂美人簪.　　향기는 아름다운 여인의 비녀를 스친다.

地接樓臺近,　　땅은 누대에 근접해 있고

天垂雨露深.　　하늘은 깊숙하게 비와 이슬 드리웠다.

晴光來戲蝶,　　해맑은 빛은 나비를 희롱하러 오고

夕景動棲禽.　　저녁 햇빛은 둥지의 새를 건드린다.

欲托凌雲勢,　　구름을 뛰어넘는 기세에 의탁하고자

先開捧日心.　　먼저 태양을 받드는 마음을 연다.

方知桃李樹,　　비로소 알았네 복숭아와 자두나무가

從此別成陰.　　이제는 따로 그늘을 이루리라는 것을.[78]

　　　　　　　　　　　　　　　　— 왕표(王表),「賦得花發上林」

與月轉鴻濛,　　달과 함께 드높은 하늘을 돌면서

扶疎萬古同.　　무성한 것이 만고에 변함이 없다.

根非生下土,　　뿌리는 흙 속에서 생긴 것이 아니고

葉不墜秋風.　　잎은 가을바람에도 떨어지지 않는다.

結蕊圓時足,　　둥글 때는 꽃봉오리 맺은 것이 풍족하고

低枝缺處空.　　이지러진 곳은 가지 아래가 비어 있다.

影超群木外,　　그림자는 여러 나무 밖으로 뛰어넘고

香滿一輪中.　　향기는 둥근 달 전체에 가득 풍긴다.

未種丹霄日,　　눈부신 하늘의 태양에 심기지 못했으니

應虛白兎宮.　　옥토끼의 궁전이 텅 비었으리라.

如何同片玉,　　어떻게 하면 한 조각 옥과 같이[79]

散植在堂東.　　흩어져 전당의 동쪽에 심어질 수 있을까?[80]

　　　　　　　　　　　　　　　　— 장교(張喬),「華州試月中桂」

---

78) 이 시가 사용한 韻은 下平聲(12) '侵'韻이고, 첫 두 구와 마지막 두 구를 제외하고는
모두 對仗을 사용하였다.

79) '片玉'은 여러 賢人 중의 하나를 비유하는 말이다.

80) '東堂'은 皇宮 또는 官舍를 가리키고, '東堂桂'는 과거시험에 급제하는 것을 일컫는
말이다. 이 시가 사용한 韻은 上平聲(1) '東'韻이고, 첫 두 구와 마지막 두 구를 제외하
고는 모두 對仗을 사용하였다.

오언배율도 오언율시와 마찬가지로 첫 구에 운을 달지 않은 것이 정례이고 운을 단 것이 변례이다. 다만 오언배율의 변례가 오언율시의 변례보다 훨씬 적다.

2.6 통상적으로 말하면 배율은 5언에 국한된다.[81] 그런데 두보의 「기잠가주(寄岑嘉州)」를 칠언배율이라고 생각하는 사람이 있었다(董文渙의 『聲調四譜圖說』을 보라). 다음은 그 시이다.

不見故人十年餘,	옛 친구 못 본 것이 벌써 십 여 년인데
不道故人無素書.	뜻밖에도 친구에게서 편지 한 통 없다.
願逢顏色關塞遠,	만나고 싶지만 멀리 변방에 떨어져 있어
豈意出守江城居.	그대가 嘉州刺史로 부임하게 될 줄 몰랐다.
外江三峽且相接,	외강과 삼협은 여전히 서로 이어져 있건만
斗酒新詩終自疏.	말술을 들며 시를 짓는 모임은 끝내 멀어졌다.
謝朓每篇堪諷誦,	사조와 같은 그대는 시는 모두 암송할 만하지만[82]
馮唐已老聽吹噓.	나는 이미 늙어 寒暖의 변화를 듣는 풍당이지.
泊船秋夜經春草,	가을밤 배를 정박한 후로 봄이 지나갔건만
伏枕青楓限玉除.	青楓江 가에 와병하여 조정의 반열에 들지 못했다.
眼前所寄選何物,	눈앞의 물건 중 그대에게 보낼 만한 것이 없어서
贈子雲安雙鯉魚.	그저 운안에서 이 시를 편지로 부칠 뿐이다.

—杜甫, 「寄岑嘉州」

그러나 그것은 오해였다. 「기잠가주(寄岑嘉州)」의 대장이 제법 배율 같긴 하지만 배율의 대장처럼 깔끔하지는 않다. 더구나 이 시의 평측이 율시의 평측 규칙에 부합하지 않기 때문에(이 점이 가장 중요하다) 이 시는 7언의 '고풍'일 뿐이다. 그렇다고 진정한 칠언배율이 없는 것은 아니어서

---

81) 또한 오언배율은 平韻에 국한되고, 仄韻은 없다. 仇兆鰲가 『杜詩詳注』의 杜甫 「行宮張望補稻畦水歸」에서 張遠의 주를 인용하여 이 작품이 측운배율이라고 생각한 것은 잘못이다. 이 시는 律句를 사용하지 않았고 對仗을 사용하지 않았으므로 배율이라고 할 수 없다. ≪附註三≫

82) 텍스트에는 '諷誦'이 '諷詠'으로 되어 있는데, 誤字이다.

두보에게도 두 수가 있다. 여기에 그 중 한 수를 소개한다(나머지 한 수는
「한우조행시원수(寒雨朝行視園樹)」이다).

台州地闊海冥冥,　　台州는 황량하고 어두컴컴한 바다에 접한 곳
雲水長和島嶼靑.　　구름과 물 아득히 푸른 도서와 이어져 있다.
亂後故人雙別淚,　　전란 후 우리는 함께 이별의 눈물을 흘렸는데
春深逐客一浮萍.　　봄 깊은 지금 그대는 부평초처럼 쫓겨난 나그네.
酒酣懶舞誰相拽,　　술 얼근하여 춤추기 싫을 때 누가 나를 끌어줄까?
詩罷能吟不復聽.　　시 완성하여 읊조려도 그대 다시는 듣지 못한다.
第五橋邊流恨水,　　제5교 밑으로 흐르는 것은 내 원한의 눈물이고
皇陂岸北結愁亭.　　황자피 북쪽 정자에 맺혀 있는 것은 나의 슬픔이다.
賈生對鵩傷王傅,　　가의는 복조를 바라보며 자신의 좌천을 아파했고
蘇武看羊陷賊庭.　　소무는 적의 궁정에서 붙들려 양을 돌봐야 했다.
可念此翁懷直道,　　안타깝게도 그대는 충직한 마음을 품었지만
也露新國用輕刑.　　뜻밖에도 새 정부에 의해 가벼운 징계를 받았다.
禰衡實恐遭江夏,　　예형처럼 강하 태수를 만날까 참으로 염려되고
方朔虛傳是歲星.　　동방삭은 세성이었음에도 잘못 전해지고 말았다.
窮巷悄然車馬絶,　　그대의 궁벽한 옛집은 적막하여 수레와 말 끊기고
案頭乾死讀書螢.　　책상에는 책을 밝혀주었던 반딧불이 말라죽어 있다.[83]
　　　　　　　　　　　　　　　― 「題鄭十八著作丈故居」[84]

2.7 중당(약 780~840)에 이르러 백거이와 원진도 칠언배율을 썼다. 다
음에 예를 들어본다.

煙渚雲帆處處通,　　안개 어린 물가의 돛단배는 곳곳으로 통하여
飄然舟似入虛空.　　배는 표연히 허공 속으로 들어가는 것 같다.

---

83) 이 시가 사용한 韻은 下平聲(9) '靑'운이며, 첫 두 구와 마지막 두 구를 제외하고는
모두 對仗을 사용하였다.
84) 이 제목이 텍스트에는 「題鄭十八著作虔」으로 되어 있다. '鄭十八著作丈'은 鄭虔을
가리킨다.

玉杯淺酌巡初匝,	옥 술잔 한가로이 기울이며 한 순배 돌아도[85]
金管徐吹曲未終.	금피리 서서히 불어 악곡이 끝나지 않는다.
黃夾縹林寒有葉,	무늬 있는 노란 숲은 차갑게 잎이 있고
碧琉璃水淨無風.	유리 빛 푸른 물은 바람이 없으니 맑다.
避旗飛鷺翩翻白,	깃발 피해 나는 백로는 하얗게 날갯짓하고
驚鼓跳魚撥刺紅.	북소리에 놀라 뛰는 고기는 붉게 발랄하다.
澗雪壓多松偃蹇,	눈에 눌린 시냇가 소나무는 높이 솟아 있고
巖泉滴久石玲瓏.	샘물이 떨어지는 바위는 영롱하게 빛난다.
書爲故事留湖上,	경치 이야기를 써서 호숫가에 남겨 놓았고
吟作新詩寄浙東.	새 시를 지어서 절강성 동쪽에 부쳤다.
軍府威容從道盛,	군부의 위용은 길을 따라 성대하고
江山氣色定知同.	강산의 기색은 정녕 知府와 똑같다.
報君一事君應羨,	임금님께 보답하는 일을 선망하고 있을 그대
五宿澄波皓月中.	5일 밤 동안 흰 달빛 아래 맑은 물결 일었다.[86]

                          — 백거이(白居易),「泛太湖書事寄微之」

知君夜聽風蕭索,	그대는 밤에 쓸쓸한 바람 소리를 듣고
曉望林亭雪半糊.	새벽에 눈 덮인 숲 속의 정자를 바라보겠지.
撼落不教封柳眼,	눈을 흔들어 떨어뜨려 버들눈을 막지 못하게 하고
埽來偏盡附梅株.	눈을 쓸어서 매화 줄기에만 모두 붙어 있게 한다.
敲扶密竹枝猶亞,	빽빽한 대나무를 두드려서 가지를 낮게 드리우고
煦暖寒禽氣漸蘇.	겨울새를 따뜻하게 하여 기운을 점차 돋게 한다.
坐覺湖聲迷遠浪,	호수 소리가 먼 물결 속으로 사라지는가 했는데
回驚雲路在長途.	구름길이 아득함에 다시 놀란다.
錢塘湖上蘋先合,	전당호 위에서는 먼저 네가래와 합쳐지고
梳洗樓前粉暗鋪.	소세루 앞에서는 몰래 흰 분을 깔아놓았다.
石立玉童披鶴氅,	바위에 선 동자에게 학의 깃털을 입히고
臺施瑤席換龍鬚.	누대에 깐 자리를 용의 수염으로 바꾸었다.

---

85) 텍스트에는 '匝'이 '匣'으로 되어 있는데, 誤字이다.
86) 이 시가 사용한 韻은 上平聲(1) '東'韻이며, 첫 두 구와 마지막 두 구를 제외하고는 모두 對仗을 사용하였다.

滿空飛舞應爲瑞,　하늘 가득히 휘날리니 상서로운 징조이고
寡和高歌只自娛.　노래에 화답할 이 없어 혼자 즐길 뿐이다.
莫遣擁簾傷思婦,　주렴을 끌어안아 그리움에 젖은 여인을 아프게 하지 말고
且將盈尺慰農夫.　한 자 높이로 쌓여서 농부를 위로하려무나.
稱觴彼此情何異,　잔 들어 축원하는 것은 서로의 마음 무엇이 다르랴?
對景東西事有殊.　설경을 대하고 동과 서로 일에 다름이 있다.
鏡水遶山山盡白,　거울 같은 물이 산을 돌아 흘러 온통 하야니
琉璃雲母世間無.　유리와 운모가 되어 빛나 세상에는 없는 광경이다.[87]

— 원진(元稹), 「酬樂天雪中見寄」

山容水態使君知,　산과 물의 자태를 그대가 알게 하고자
樓上從容萬狀移.　누대 위에 조용히 있으니 만상이 바뀐다.
日映文章霞細麗,　해가 대지를 비추니 놀이 세밀하게 곱고
風驅鱗甲浪參差.　바람이 물고기를 모니 물결이 이리저리 인다.
鼓催潮戶凌晨擊,　뱃사공은 조수를 재촉하려 새벽에 북을 치고
笛賽婆官徹夜吹.　바람의 신에게 보답하고자 밤을 새워 피리를 분다.
喚客潛揮遠紅袖,　손님을 부르려고 멀리서 붉은 소매를 날리고
賣壚高掛小靑旗.　술을 팔려고 푸른 깃발을 높이 매달았다.
臘鋪床席春眠處,　여전히 자리가 깔려 있어 봄잠을 자는 곳
乍捲簾帷月上時.　문득 발을 걷어 올리니 달이 떠오르는 때.
光景無因將得去,　이 광경은 이유 없이 사라져버리겠지만
爲郎抄在和郎詩.　그대 위해 그대의 시에 화답하는 시를 쓴다.[88]

— 원진, 「和樂天重題別東樓」

洞庭漫漫接天迴,　동정호는 넘실거려 하늘에 닿아 있고
一點君山似措杯.　한 점 군산은 술잔을 놓은 것 같다.
暝色已籠秋竹樹,　어스름은 가을의 대와 나무를 뒤덮었는데

---

87) 이 시가 사용한 韻은 上平聲(7) '虞'韻이며, 첫 두 구와 마지막 두 구를 제외하고는 모두 對仗을 사용하였다.
88) 이 시가 사용한 韻은 上平聲(4) '支'韻이며, 첫 두 구와 마지막 두 구를 제외하고는 모두 對仗을 사용하였다.

夕陽猶帶舊樓臺.	석양은 아직도 오래된 누대를 띠고 있다.
湘南賈伴乘風信,	상강 남쪽의 상인들은 바람 소식을 타고
夏口篙工厄泝洄.	하구의 뱃사공은 역행을 재앙으로 안다.
後侶逢灘方拽答,	뒤의 일행은 여울을 만나 바를 끌고 있고
前宗到浦已眠桅.	선두는 포구에 도착해 벌써 돛대를 거두었다.
俄驚四面雲屛合,	갑자기 놀랍게도 사방을 구름이 뒤덮더니
坐見千峰雪浪堆.	수많은 봉우리에 물보라 쌓이는 것이 보인다.
罔象睢盱方逞怪,	망상은 눈을 부릅뜨며 기괴함을 과시하고
石尤翻動忽成災.	석우풍이 휘몰아치니 갑자기 재난을 이룬다.
勝陵豈但河宮溢,	언덕보다 크니 어찌 河神의 궁만 넘칠 것이며
坱軋渾憂地軸摧.	오르락내리락 요동치니 지축이 꺾일까 두렵다.
疑是陰兵致昏黑,	신의 병기가 암흑을 만든 것인가 의심스럽고
果聞靈鼓借喧豗.	시끄럽기가 六面鼓 소리를 듣는 듯하다.
龍歸窟穴深潭漩,	용이 굴로 돌아가느라 깊은 못이 소용돌이치고
蜃作波濤古岸隤.	이무기가 파도를 만들어 옛 둑을 무너뜨리나 보다.
水客暗游燒野火,	들불이 타오를 때 어부는 살며시 물로 나가고
楓人夜長吼春雷.	봄 우레 칠 때 단풍나무 옹두리는 밤에 자란다.
浸淫沙市兒童亂,	사주에 선 장에 물이 들자 아이들이 우왕좌왕하고
汩沒汀洲雁鶩哀.	모래섬이 물에 잠기니 기러기와 오리가 슬퍼한다.
自嘆生涯看轉燭,	바람에 흔들리는 등불을 보며 내 생애를 탄식하고
更悲商旅哭沈財.	상품이 물에 잠겨 통곡하는 상인들이 더욱 슬프다.
檣烏矵折頭倉掉,	장대 위의 까마귀 휘었고 뱃머리가 요동하며
水狗斜傾尾纜開.	물총새가 기우뚱하며 선미의 닻줄이 풀렸다.
在昔詎慚橫海志,	지난날 바다를 가로지를 뜻을 어찌 부끄러워했으랴?
此時甘乏濟川才.	지금은 강을 건널 재주가 없음을 달갑게 여긴다.
歷陽舊事曾爲鼈,	역양의 옛일은 일찍이 자라가 되었고
鮫穴相傳有化能.	곤어의 구멍은 변화의 기능이 있다고 전해진다.
閉目唯愁滿空電,	눈을 감으니 하늘 가득한 번개가 근심스럽고
冥心眞類不然灰.	잡념을 없애니 참으로 타지 않는 재와 같다.
那知否極休徵至,	어찌 알랴 액운이 끝나면 길한 징조가 옴을
漸覺宵分曙氣催.	밤이 지나가고 새벽이 다가옴을 점차 느낀다.

怪族潛收湖黯湛,	괴물들이 밑으로 숨어드니 호수가 어두워지고
幽妖盡走日崔嵬.	어둠의 요물이 다 달아나니 해가 환히 빛난다.
紫衣將校臨船問,	자주색 옷을 입은 장교가 배에 임하여 묻고
白馬君侯傍柳來.	백마를 탄 군후가 버드나무 곁으로 온다.
喚上驛亭還酩酊,	불러서 역참의 정자에 올라 다시 취하려니
兩行紅袖拂樽罍.	두 줄 붉은 소매의 여인들이 술잔을 치켜든다.[89]

— 원진, 「遭風二十韻」

그러나 원진과 백거이의 시집에서 칠언배율은 극히 적은 부분을 차지할 뿐이다(백거이가 더욱 적다). 이런 관계로 종류를 나누어 시를 수록한 대부분의 시선(詩選)과 총집(總集)에 오언배율만 있고 칠언배율의 항목은 없는 것이다.

2.8 근대 문인들의 '연구(聯句)'는 대부분 장편의 배율로 이어 짓기를 좋아한다(물론 오언배율이다). 전하기로는 연구가 백량시(柏梁詩)에서 시작되었고(머리말 제3절을 보라), 당 중종(中宗) 경룡(景龍) 3년(709)에도 백량을 모방하여 군신(君臣)이 연구를 지었는데, 칠언이었고 각 사람이 한 구씩 지었다고 한다. 근대의 연구는 이와는 사뭇 달라져서 시작하는 사람이 첫 번째 구를 말하면 그 다음에는 각 사람이 두 구씩 말하여(이를테면 두 번째 구와 세 번째 구), 마지막 사람은 단구(單句)만을 말하여 끝을 맺는다. 이렇게 함으로써 뒷사람이 앞사람의 구에 대장을 맞추어야 하니 더욱 교묘한 구상을 볼 수 있는 것이다.

---

89) 이 시가 사용한 韻은 上平聲(10) '灰'韻이며, 첫 두 구와 마지막 두 구를 제외하고는 모두 對仗을 사용하였다.

제3절 절구

3.1 절구의 글자 수는 공교롭게도 율시의 절반과 같아서 율시는 8구이고 절구는 4구에 불과하다. 따라서 오언절구는 20글자로, 칠언절구는 28글자로 이루어진다. 다음 예를 보자.

嶺外音書斷,　　고개 너머의 소식은 끊겼는데
經冬復歷春.　　겨울이 가고 다시 봄을 지내게 되었다.
近鄕情更怯,　　고향이 가까워지니 마음 더욱 초조해져서
不敢問來人.　　다가온 사람에게 감히 묻지도 못한다.

　　　　　　　　　　　—송지문(宋之問),「渡漢江」

誰家玉笛暗飛聲?　　은은한 피리 소리가 어느 집에서 나는 것일까?
散入東風滿洛城.　　봄바람에 실려 洛陽城 가득히 들려온다.
此夜曲中聞折柳,　　이 밤에「折楊柳」곡을 듣게 되었으니
何人不起故園情?　　누구인들 고향 생각이 솟구치지 않으리?

　　　　　　　　　　　—이백(李白),「春夜洛城聞笛」

3.2 '절구(絕句)'의 의미는 율시의 의미처럼 쉽게 해답을 찾을 수 없다. 절구의 기원에 관해서도 여러 가지 서로 다른 견해가 있다.[90] 예를 들어『현용설시(峴傭說詩)』는 다음과 같이 생각했다.

절구는 율시의 반을 절취한 것이다. 수련과 미련 두 연을 절취하기도 하고, 앞쪽 반을 절취하기도 하고, 가운데 두 연을 절취하여 이루기도 한다(『대경당시화(帶經堂詩話)』도 이와 유사하게 설명하였다).

---

90) 仇兆鰲는『杜詩詳注』에서 范梈의 말을 인용하여 "絕句는 句를 자른 것이다. 앞이 對를 이루었건, 뒤가 對를 이루었건, 앞뒤 모두 對를 이루었건, 앞뒤 모두 對를 이루지 않았건 간에 어쨌든 율시에서 4구를 잘라낸 것이다"라고 하였다. 附註三十三을 참고하라. ≪附註四≫

이것은 '絶'이 '截'의 뜻이므로 '절구(絶句)'는 '절구(截句)'라고도 하며, 율시 후에 나왔다는 설명이다. 그러나 『성조사보(聲調四譜)』는 다음과 같이 설명했다.

절구의 명칭은 당 이전부터 있었다. 서릉(徐陵)이 『옥대신영(玉臺新詠)』을 편찬하면서 절구를 따로 한 권으로 엮었으니, 절구는 실로 고시의 한 지파이다. 당에 이르러 절구는 격률을 따름이 더욱 엄격해져서 율체와 다르게 되었을 뿐만 아니라 고체와도 다르게 되었다. 절구를 '截句' 또는 '斷句'라고도 칭한다.[91] 세상에서는 많은 사람들이 율시를 반으로 나눈 것이 절구라고 하는데, 그렇지 않다. 절구를 증가시켜 율시를 이룬 것이지, 율시를 줄여서 절구를 이룬 것이 아니다. 절구라고 한 것은 다음과 같은 이유에서이다. 단구는 구인데, 구는 시가 될 수 없다; 두 구가 연이 되는데, 연은 대(對)를 낳는다. 두 연이 되면 압운을 하게 되는데, 이렇게 되면 연과 연 사이에 점(黏)이 생겨난다.[92] 구법과 평측이 각기 서로 중복되지 않으므로 율체와 고체를 막론하고 '점(黏)'·'대(對)'·'연(聯)'·'운(韻)'은 반드시 네 구를 이룬 다음에야 갖추어지게 된다; 이런 까닭에 '絶'이라고 한 것이다. 이로부터 점차 늘여 가면 100운도 가능할 것이다. 따라서 절단해도 더 이상 줄일 수 없다는 뜻이다.[93]

이것은 더 이상 줄일 수 없을 때까지 줄인 것을 '절구'라고 하며, 절구가 율시보다 먼저 나왔다는 설명이다. 우리는 이 두 가지 상반된 설명에 대해 어느 한 쪽에도 완전히 찬동하지 않지만 앞 쪽의 설명을 채용하는 쪽으로 기울어져 있다. 이제 먼저 "율시를 반으로 나눈 것이 절구이다"라는 설명에 의거하여 절구를 분석한 다음에 우리가 이 설명을 지지한 이유를 밝히겠다.

---

91) 또한 절구를 '短句'라고도 칭한다. (原註)
92) '黏'에 대해서는 제6절을 볼 것. (原註)
93) 絶句之名, 唐以前卽有之. 徐東海撰『玉臺新詠』, 別爲一卷, 實古詩之支派也. 至唐而法律愈嚴; 不惟與律體異, 卽與古體亦不同. 或稱'絶句', 或稱'斷句'. 世多謂分律詩之半卽爲絶句, 非也. 蓋律由絶而增, 非絶由律而減也. 絶句云者 : 單句爲句, 句不能成詩; 雙句爲聯, 聯則生對; 雙聯爲韻, 韻則生黏; 句法平仄各不相重, 無論律古, 黏對聯韻必四句而後備, 故謂之'絶'. 由此遞增, 雖至百韻可也; 而斷無可減之理.

3.3 『현용설시(峴傭說詩)』의 설명에 덧붙여 우리는 "또는 뒤쪽 반을 절취한 것" 한 구절을 넣고 싶다. 왜냐하면 실제로 그렇게 한 것이 있기 때문이다. 그렇다면 절구는 다음과 같이 네 종류로 나눌 수 있다.

① 율시의 수련과 미련 두 연을 절취한 것.
② 율시의 뒤쪽 반을 절취한 것.
③ 율시의 앞쪽 반을 절취한 것.
④ 율시의 가운데 두 연을 절취한 것.

이 네 종류 중에서 ①의 경우가 가장 흔히 보인다. 율시의 수·미 두 연은 모두 대장을 사용하지 않을 수 있는데, 절구는—특히 칠언절구는—대장을 사용하지 않은 것이 다수를 차지한다. ②와 ④의 경우가 그 다음을 차지하고, ③의 경우가 제일 적다. 그렇다면 무엇 때문에 첫째 셋째 두 연이나 둘째 넷째 두 연을 절취한 경우는 없는가? 이것도 본래는 가능한 방법이다. 그러나 근체시의 평측 규율에 의거하여 논하면 그럴 경우 '실점(失黏)'의 현상이 나타날 수 있다(제6절을 참조할 것). 실점의 현상을 무시한다면 그렇게 할 수도 있겠지만 원칙적으로 실점은 피해야 하는 것이다. 이제 이 네 종류에 대해 각각 예를 들어본다.

3.4 ① 율시의 수련과 미련 두 연을 절취하여 이루어진 것(전체에 대장을 사용하지 않음).

(甲) 오언절구

山中多法侶,	산 속에는 불가의 반려가 많아서
禪誦自爲群.	坐禪과 誦經에 스스로 무리를 이룬다.
城郭遙相望,	성곽 쪽을 아득히 바라보지만
唯應見白雲.	오직 흰 구름만 보일 뿐이다.[94]

　　　　　　　　　　　　　　　—왕유(王維), 「山中寄諸弟妹」

諸侯分楚郡,　제후들이 초군을 나누어 차지하고
飲餞五溪春.　봄날 오계에서 송별의 술을 마신다.
山水淸暉遠,　산과 물에 맑은 빛 아득한데
俱憐一逐臣.　함께 좌천되는 한 신하를 아쉬워한다.[95]
　　　　　　― 왕창령(王昌齡),「武陵田太守席送司馬盧谿」

(乙) 칠언절구

蕭條獨向汝南行,　쓸쓸히 혼자서 여남으로 가는데
客路多逢漢騎營.　여로에서 여러 번 한나라 기병의 병영을 만났다.
古木蒼蒼離亂後,　고목은 울창한데 난리를 피해 떠난 후
幾家同住一孤城!　외로운 성에는 몇 집이나 함께 거주하려나![96]
　　　　　　― 유장경(劉長卿),「新息道中作」

昨夜秋風入漢關,　어제 밤 가을바람이 한나라 관문에 드니
朔雲邊月滿西山.　북방의 구름과 변방의 달이 서산에 가득하다.
更催飛將追驕虜,　飛將軍 李廣이 교만한 오랑캐 추격하길 재촉하니
莫遣沙場匹馬還.　사막에서 필마만 돌아오도록 하지 말라.[97]
　　　　　　― 엄무(嚴武),「軍城早秋」

百戰沙場碎鐵衣,　사막에서의 수많은 전투에 쇠 갑옷은 해졌는데
城南已合數重圍.　성 남쪽은 이미 적에게 몇 겹으로 포위되었다.
突營射殺呼延將,　병영으로 돌진하여 흉노의 장군을 쏘아 죽이고[98]
獨領殘兵千騎歸.　남은 병사 천 기를 이끌고 혼자 돌아온다.[99]
　　　　　　― 이백,「從軍行」

---

94) 이 시의 韻字는 '群'·'雲'이며, 上平聲(12) '文'韻에 속한다.
95) 이 시의 韻字는 '春'·'臣'이며, 上平聲(11) '眞'韻에 속한다.
96) 이 시의 韻字는 '行'·'營'·'城'이며, 下平聲(8) '庚'韻에 속한다.
97) 이 시의 韻字는 '關'·'山'·'還'이며, 上平聲(15) '刪'韻에 속한다.
98) '呼延'은 匈奴의 성씨이다. 흉노의 성씨는 '呼延氏'·'卜氏'·'蘭氏'·'喬氏'의 네
　　가지가 있는데, 그 중에서 '呼延氏'의 신분이 가장 높다.
99) 이 시의 韻字는 '衣'·'圍'·'歸'이며, 上平聲(5) '微'韻에 속한다.

危冠廣袖楚宮妝,　높은 관과 넓은 소매의 초궁 단장을 한 아가씨가
獨步閑庭逐夜凉.　홀로 조용한 정원을 거닐며 서늘한 밤기운을 쫓는다.
自把玉釵敲砌竹,　스스로 옥비녀를 뽑아 섬돌 아래의 대를 두드리며
淸歌一曲月如霜.　맑은 노래 한 곡 부르니 달빛은 서리처럼 하얗다.100)
　　　　　　　　　　— 고적(高適),「聽張立本女吟」

※ 주의 : 이 종류는 칠언절구가 비교적 많다. 왜냐하면 오언절구는 첫 구에
운을 달지 않은 것이 정례이며 수련에 대장을 사용한 것이 비교적 흔히 보이기
때문이다.

3.5 ② 율시의 뒤쪽 반을 절취하여 이루어진 것(수련에 대장을 사용함).

(甲) 오언절구

萬里人南去,　만 리 길 멀리 그대가 남쪽으로 간 후
三春雁北飛.　세 봄이나 기러기가 북쪽으로 날아갔다.
未知何歲月,　알 수 없구나 얼마나 세월 지나야
得與爾同歸.　그대와 함께 고향으로 돌아갈 수 있을지.101)
　　　　　　　　　　— 위승경(韋承慶),「南行別弟」

日暮蒼山遠,　날은 저무는데 푸른 산은 멀고
天寒白屋貧.　찬 하늘 아래 하얀 집 가난하다.
柴門聞犬吠,　사립문에서 개 짖는 소리 들리니
風雪夜歸人.　눈보라 치는 밤 사람이 돌아오는가 보다.102)
　　　　　　　　　　— 유장경(劉長卿),「逢雪宿芙蓉山主人」

衆鳥高飛盡,　뭇 새들은 높이 날아가 사라지고
孤雲獨去閑.　외로운 구름은 홀로 한가로이 떠간다.
相看兩不厭,　아무리 바라보아도 싫지 않은 것은

---

100) 이 시의 韻字는 '妝'·'凉'·'霜'이며, 下平聲(7) '陽'韻에 속한다.
101) 이 시의 韻字는 '飛'·'歸'이며, 上平聲(5) '微'韻에 속한다.
102) 이 시의 韻字는 '貧'·'人'이며, 上平聲(11) '眞'韻에 속한다.

惟有敬亭山.	오로지 경정산이로다.[103]

― 이백, 「獨坐敬亭山」

功蓋三分國,	삼국을 정립시킨 절세의 공을 세웠고
名成八陣圖.	군사적 명성은 팔진도로 이루어졌다.
江流石不轉,	강물은 흘러가도 돌은 구르지 않지만
遺恨失呑吳.	오나라를 평정치 못하여 한을 남겼다.[104]

― 두보, 「八陣圖」

(乙) 칠언절구

圖畵風流似長康,	그림과 풍류는 장강과 같고
文詞體格效陳王.	문사와 풍격은 진왕을 닮았다.
蓬萊對去歸常晩,	봉래를 향해 가니 돌아오는 것이 항상 늦어서
叢竹閑飛滿夕陽.	석양빛 가득한 대나무 떨기가 한가롭게 나부낀다.[105]

― 이가우(李嘉祐), 「訪韓司空不遇」

遠壁秋聲蟲絡絲,	멀리 벽에서는 베짱이의 가을 소리 들리고
入簷新影月低眉.	눈썹 같은 달은 나지막이 처마에 그림자 지운다.
牀帷半故簾旌斷,	침상과 휘장은 반만 남고 발과 기는 끊어졌는데
仍是初寒欲夜時.	한기 찾아들고 어둠이 내려오려고 한다.[106]

― 백거이, 「舊房」

※ 주의 : 이 종류는 오언절구가 비교적 많다. 왜냐하면 칠언절구는 첫 구에 운을 단 것이 정례이며(다음 글을 보라), 또한 수련에 대장을 사용하지 않은 것이 정례이기 때문이다.

3.6 ③율시의 앞쪽 반을 절취하여 이루어진 것(마지막 연에 대장을 사용함).

---

103) 이 시의 韻字는 '閑'·'山'이며, 上平聲(15) '刪'韻에 속한다.
104) 이 시의 韻字는 '圖'·'吳'이며, 上平聲(7) '虞'韻에 속한다.
105) 이 시의 韻字는 '康'·'王'·'陽'이며, 下平聲(7) '陽'韻에 속한다.
106) 이 시의 韻字는 '絲'·'眉'·'時'이며, 上平聲(4) '支'韻에 속한다.

(甲) 오언절구

九日龍山飮,　　重陽節에 용산에 올라 술을 마시니
黃花笑逐臣.　　노란 국화가 쫓겨난 신하를 비웃는다.
醉看風落帽,　　취하여 바람에 떨어지는 모자를 보며
舞愛月留人.　　사람을 붙드는 달빛에 취하여 춤춘다.107)

　　　　　　　　　　　　　　　—이백, 「九日龍山飮」

翻經人已去,　　불경을 번역하던 사람은 세상을 떠났는데
誰爲立幽亭?　　누구 위해 이 그윽한 정자를 세웠을까?
一望野雲白,　　바라보니 들판의 하얀 구름이
半藏山骨靑.　　산의 푸른 바위를 반쯤 감추었다.108)

　　　　　　　　　　　　—곽상정(郭祥正)(宋), 「客兒亭」

(乙) 칠언절구

春水初生乳燕飛,　　눈 녹아 봄물 흐르니 어린 제비 날고
黃蜂小尾撲花歸.　　노란 벌은 작은 꼬리로 꽃을 치고 돌아간다.
窗含遠色通書幌,　　봄빛은 멀리서 창문을 통해 서재로 들고
魚擁香鉤近釣磯.　　고기는 향긋한 낚시를 감싸고 낚시터로 다가온다.109)

　　　　　　　　　　　　—이하(李賀), 「南園」(제8수)

※ 주의 : 이 종류의 오언절구와 칠언절구는 모두 드물게 보이는 편이다.

3.7　④ 율시의 가운데 두 연을 절취하여 이루어진 것(전체에 대장을 사용함).

(甲) 오언절구

州縣才難適,　　주와 현에선 인재를 만나기 어렵고

---

107) 이 시의 韻字는 '臣'·'人'이며, 上平聲(11) '眞'韻에 속한다.
108) 이 시의 韻字는 '亭'·'靑'이며, 下平聲(9) '靑'韻에 속한다.
109) 이 시의 韻字는 '飛'·'歸'·'磯'이며, 上平聲(5) '微'韻에 속한다.

雲山道欲窮.	구름 낀 산은 길이 끝나려고 한다.
揣摩慚黠吏,	헤아려보면 교활한 관리에게 부끄럽고
棲隱謝愚公.	은둔해 살자니 우공에게 부끄럽다.110)

— 고적(高適), 「封丘作」

遲日江山麗,	나른한 날 강산이 아름답고
春風花草香.	봄바람에 화초가 향기롭다.
泥融飛燕子,	진흙이 녹으니 제비가 날고
沙暖睡鴛鴦.	모래 따뜻해 원앙새 잠든다.111)

— 두보, 「絶句二首」(제1수)

落日松風起,	해는 지는데 솔바람 일고
還家草露稀.	귀향길에 풀과 이슬 드물다.
雲光侵履跡,	구름 빛이 발자취에 스미고
山翠拂人衣.	푸른 산 빛이 옷에 스친다.112)

— 왕유(王維), 「華子岡」

白日依山盡,	하얀 해는 산에 의지하여 져가고
黃河入海流.	누런 강물은 바다에 들어가려 흐른다.
欲窮千里目,	천리 먼 곳을 눈으로 다 보고자
更上一層樓.	다시 오른다 한 층 더 높이 누각을.113)

— 왕지환(王之渙), 「登鸛雀樓」

(乙) 칠언절구

| 踏閣攀林恨不同, | 누각에 올라도 숲에 가도 함께 있지 못하고 |
| 楚雲滄海思無窮. | 초 땅과 동해로 떨어져 그리움만 끝이 없다. |

---

110) 이 시의 韻字는 '窮'·'公'이며, 上平聲(1) '東'韻에 속한다.
111) 이 시의 韻字는 '香'·'鴦'이며, 下平聲(7) '陽'韻에 속한다.
112) 이 시의 韻字는 '稀'·'衣'이며, 上平聲(5) '微'韻에 속한다.
113) 이 시의 韻字는 '流'·'樓'이며, 下平聲(11) '尤'韻에 속한다.

數家砧杵秋山下,　　가을 산 아래 인가에선 다듬이 소리 들리고
一郡荊榛寒雨中.　　군 일대의 가시덤불은 찬 비 속에 덮여 있다.114)

　　　　　　　　　　　　　　— 위응물(韋應物), 「登樓寄王卿」

蕭關隴水入官軍,　　소관과 농수에 관군이 들어와서
青海黃河卷塞雲.　　청해와 황하의 戰雲을 쓸어버렸다.
北極轉愁龍虎氣,　　朝廷은 오히려 禁軍을 염려했지만
西戎休縱犬羊群!　　개떼 같은 오랑캐를 놓아두지 마소서.115)

　　　　　　　　　　— 두보, 「喜聞盜賊總退口號五首」(제1수)116)

※ 주의 : 이 종류에는 오언절구가 많아서 그 수가 대략 ②의 오언절구와 비슷
하다. 칠언절구는 비교적 적게 보이는데, 이 종류에 속하는 칠언절구의 일부는
수구(首句)에 운을 달지 않았다. (다음 글을 보라.)

3.8　오언절구의 수구도 오언율시의 수구와 마찬가지로 운을 달지
않은 것이 정례이기 때문에 대장을 이루기에 적당해서 ②와 ④는 오언
절구가 칠언절구보다 많다(왜냐하면 이 두 종류의 수련은 대장을 사용하기 때문
이다). 본 절의 앞에서 든 오언절구는 모두 정례이다. 이제 수구에 운을
단 변례의 시를 두 수 들어보겠다.

月黑雁飛高,　　달 어두운데 기러기 높이 날고
單于遠遁逃.　　선우는 도망쳐 멀리 달아났다.
欲將輕騎逐,　　경기병을 시켜 뒤쫓으려 하니
大雪滿弓刀.　　활과 칼에 함박눈이 가득하다.117)

　　　　　　　　　　　　　　— 노륜(盧綸), 「塞下曲」

---

114) 텍스트에는 '寒雨'가 '楚雨'로 되어 있는데, 誤字이다. 이 시의 韻字는 '同'·'窮'·
　　'中'이며, 上平聲(1) '東'韻에 속한다.
115) 이 시의 韻字는 '軍'·'雲'·'群'이며, 上平聲(12) '文'韻에 속한다.
116) 텍스트에는 이 시의 제목이 「喜聞盜賊蕃寇總退」로 되어 있는데, 『杜詩詳注』에 의
　　거하여 바꾸었다.
117) 이 시의 韻字는 '高'·'逃'·'刀'이며, 下平聲(4) '豪'韻에 속한다.

八月邊風高,　팔월이라 변방의 가을바람 높은데
胡鷹白錦毛.　변방의 매 깃털이 흰 비단 같다.
孤飛一片雪,　홀로 날아오르니 한 조각 백설인데
百里見秋毫.　백 리 밖에서도 그 깃털이 보인다.118)

　　　　　　　　　　　　　　　　　—이백, 「觀放白鷹二首」(제1수)

3.9 칠언절구의 수구도 칠언율시의 수구와 마찬가지로 운을 단 것
이 정례이고, 운을 달지 않은 것이 변례이다. 그러나 칠언절구의 변례가
오언절구의 변례보다 다소 많다. 왜냐하면 절구가 비록 반드시 대장을
사용해야 하는 것은 아니지만 대장을 사용하는 경우에는 수련에 사용하
는 것을 좋아하는데(두 번째와 네 번째 두 종류), 만약 수구에 운을 달면 운
에 구속되어 대장을 이루기가 쉽지 않기 때문에 사람들은 수구에 운을
달지 않는 것을 선호하였다. 다음 예를 보자.

岐王宅裏尋常見,　기왕의 저택 안에서 자주 만났고
崔九堂前幾度聞.　최구의 집 앞에서 노래를 들었지요
正是江南好風景,　마침 강남의 아름다운 풍경
落花時節又逢君.　꽃 지는 시절에 다시 그대를 만났구려.119)

　　　　　　　　　　　　　　　　　—두보, 「江南逢李龜年」

宿昔朱顏成暮齒,　지난날 붉었던 얼굴이 만년이 되어
須臾白髮變垂髫.　늘어진 더벅머리가 순식간에 백발이 되었다.
一生幾許傷心事,　일생 겪어온 수많은 가슴 아픈 일들을
不向空門何處銷?　佛法에 의지하지 않으면 어디서 풀리?120)

　　　　　　　　　　　　　　　　　—왕유, 「歎白髮」

藍橋春雪君歸日,　봄눈 내리는 남교에서 그대가 돌아가던 날

---

118) 이 시의 韻字는 '高'·'毛'·'毫'이며, 下平聲(4) '豪'韻에 속한다.
119) 이 시의 韻字는 '聞'·'君'이며, 上平聲(12) '文'韻에 속한다.
120) 이 시의 韻字는 '髫'·'銷'이며, 下平聲(2) '蕭'韻에 속한다.

秦嶺秋風我去時.　　가을바람 날리는 진령에서 내가 가던 때
每到驛亭先下馬,　　역참의 정자에 이를 때마다 말에서 내려
循墻繞柱覓君詩.　　담과 기둥을 돌며 그대의 시를 찾았다.121)
　　　　　　　　　　— 백거이(白居易),「藍橋驛見元九詩」

京華不啻三千里,　　서울은 여기서 삼천리도 더 되니
客淚如今一萬雙.　　나그네 눈물 지금까지 수없이 흘렀다.
若個最爲相憶處,　　그대 그리는 마음 가장 깊은 곳은
靑楓黃竹入袁江.　　푸른 단풍 노란 대가 원강에 드는 곳.122)
　　　　　　　　　　— 이가우(李嘉祐),「袁江口憶王司勳」

山圍故國周遭在,　　산이 옛 성 주위를 두르고 있고
潮打空城寂寞回.　　조수가 빈 성을 때리고 적막 속에 돌아온다.
淮水東邊舊時月,　　회수의 동쪽에 뜬 옛날의 그 달이
夜深還過女墻來.　　깊은 밤 또 다시 성가퀴를 넘어 온다.123)
　　　　　　　　　　— 유우석(劉禹錫),「石頭城」
　　　　　　　　　　(이상은 두 번째 종류에 속한다.)

江月去人只數尺,　　강 속의 달은 불과 몇 자 거리에 있고
風燈照夜欲三更.　　배의 등불은 삼경이 가까운 밤을 비춘다.
沙頭宿鷺聯拳靜,　　모래톱의 백로는 무리 지어 조용히 잠들고
船尾跳魚撥剌鳴.　　선미에는 물고기 튀어 올라 소리를 낸다.124)
　　　　　　　　　　— 두보,「漫成」

金杯緩酌淸歌轉,　　맑은 노래 흐르는 가운데 천천히 금잔을 들고
畫舸輕移豔舞回.　　요염한 춤 펼치며 채색 배는 가볍게 이동한다.
自歎鶺鴒臨水別,　　스스로 탄식한다 할미새가 물가에서 이별하며

---

121) 이 시의 韻字는 '時'·'詩'이며, 上平聲(4) '支'韻에 속한다.
122) 이 시의 韻字는 '雙'·'江'이며, 上平聲(3) '江'韻에 속한다.
123) 이 시의 韻字는 '回'·'來'이며, 上平聲(10) '灰'韻에 속한다.
124) 이 시의 韻字는 '更'·'鳴'이며, 下平聲(8) '庚'韻에 속한다.

不同鴻雁向池來.　기러기와 함께 靈雲池로 오지 못하는 것을.125)

　　　　　　　　　　　　　　— 왕유, 「靈雲池送從弟」

蜀國曾聞子規鳥,　촉국에서 일찍이 두견새 소리 들었는데
宣城還見杜鵑花.　선성에서 다시 두견화를 보게 되었다.
一叫一迴腸一斷,　한 번 울 때마다 장이 한 번씩 끊어지며
三春三月憶三巴.　暮春 삼월에 고향 삼파가 마냥 그립다.126)

　　　　— 이백(또는 杜牧의 작품이라고도 함), 「宣城見杜鵑花」
　　　　　　　　　　　　　　(이상은 네 번째 종류에 속한다.)

간혹 대장을 사용하지도 않았는데 수구에 운을 달지 않은 것도 있지
만 이런 것은 매우 드물게 보인다. 예를 들면 다음과 같다.

獨在異鄉爲異客,　나 홀로 타향에서 낯선 나그네 되니
每逢佳節倍思親.　가절을 맞을 때마다 가족 생각이 배가된다.
遙知兄弟登高處,　생각해보면 형제들 함께 높은 곳에 올라
遍揷茱萸少一人.　모두들 수유를 꽂았는데 나 한 사람 빠졌겠지.127)

　　　　　　　　　　　　　　— 왕유, 「九月九日憶山東兄弟」

石榴未坼梅猶小,　석류는 아직 터지지 않고 매화 역시 작아서
愛此山花四五株.　이 산 꽃 네다섯 그루를 좋아한다.
斜日庭前風裊裊,　석양 비치는 정원 앞 바람 앞에서 살랑거리는
碧油千片漏紅珠.　수많은 푸른 잎 사이에 드러난 붉은 구슬.128)

　　　　　　　　　　　　　　— 장우(張祐), 「櫻桃」

3.10　이제 앞에서 보류해두었던 문제로 돌아가 보자. 도대체 절구

---

125) 이 시의 韻字는 '回'·'來'이며, 上平聲(10) '灰'韻에 속한다.
126) 이 시의 韻字는 '花'·'巴'이며, 下平聲(6) '麻'韻에 속한다.
127) 이 시의 韻字는 '親'·'人'이며, 上平聲(11) '眞'韻에 속한다.
128) 이 시의 韻字는 '株'·'珠'이며, 上平聲(7) '虞'韻에 속한다.

가 율시보다 먼저일까? 아니면 율시보다 나중일까? 이 선후의 문제가 해결된다면 '絶'자의 의미도 쉽게 결정될 수 있을 것이다. 우리의 견해로는 절구는 고체절구와 근체절구 두 종류로 나누어야 한다.

① 고체절구는 율시보다 먼저 생겨서 평성운과 측성운 모두 있으며(측성운이 아마 다소 많을 것이다), 구(句) 안의 평측도 율시 평측 규율의 제한을 받지 않는다.

② 근체절구는 율시보다 나중에 생겨서 원칙적으로 평성운만을 사용하며(측성운은 드물게 보인다), 구 안의 평측은 율시 평측 규율의 제한을 받는다.129)

이렇게 보면 고체절구는 가장 간단한 고시에 불과하다. 당 이후의 시인들이 고체에 따라 지은 절구를 단편의 '고풍' 또는 '고의(古意)'라고 칭할 수 있다(제32절 참조). 손해제(孫楷第) 선생의 견해에 의하면 절구는 애초에 악부(樂府)의 1해(解)였을 뿐이다. 한 편의 악부 속에는 약간의 해가 있는데, 이제 한 해만을 취했으므로 절구라고 했다는 것이다(『學原』제1권 4기). 근체절구의 경우는 분명히 율시의 영향을 깊이 받았다. '絶'자의 원 뜻이 '율시 한 수의 반을 절취한 것'이건 아니건 간에 적어도 당 이후의 시인들은 그와 같은 느낌을 갖고 있었다.

3.11 실제에 있어서 근체시와 고체시의 한계는 매우 분명한 것이다. 그러나 근체시의 주된 조건이 무엇인지를 분명히 인식하지 못한다면 그 한계가 없어지게 된다. 그런데 그 주된 조건이란 바로 평측의 엄격한 규율이다. 이를테면 '고풍'도 일반적으로 대장이 있지만 근체시의 평측을 따르지 않았으면 '배율'로 인정할 수 없다. 또한 가장 심각한 오해는 글자 수에 미혹되는 것이다. 예를 들어 8구 40자 짜리를 보면 오언율시로

---

129) 그러나 근간에는 오언절구와 칠언절구가 각각 漢代와 西晉의 민간가요에서 기원하였고, 오언절구는 南朝 齊 때 律化되기 시작하였고 칠언절구는 南朝 梁 중엽에 律化되기 시작했다고 보는 견해가 우세하다(葛曉音, 「初盛唐絶句的發展」, 『詩國高潮與盛唐文化』, 北京大學出版社, 1998 참조).

보고, 8구 56자 짜리를 보면 칠언율시로 보는 것이다. 그러나 40자 짜리 오언고시와 56자 짜리 칠언고시도 없으란 법이 없다(제32절 참조). 마찬가지 이유로 4구 20자 짜리를 보면 근체시의 오언절구에 귀속시키고, 4구 28자 짜리를 보면 근체시의 칠언절구에 귀속시켜서는 안 될 것이다. 분명히 어떤 것들은 '고풍'에 귀속시켜야 할 것이다. 예를 들어 두조(杜詔)의 『중만당시고탄집(中晚唐詩叩彈集)』은 맹교(孟郊)의 「고원(古怨)」시를 고풍에 귀속시켰다.

試妾與君淚,　소첩과 님의 눈물을 보면
兩處滴池水.　두 곳에서 못물에 떨어지겠지요
看取芙蓉花,　아름다운 부용화는
今年爲誰死?　올해는 누구 때문에 죽는 걸까요?

이것은 대단히 합리적인 분류이다. 이렇게 해야만 수많은 갈등을 없앨 수 있을 것이다.

3.12 『성조사보(聲調四譜)』는 절구를 ① 율절(律絶), ② 고절(古絶), ③ 요절(拗絶)의 세 종류로 나누었다. 이 중에서 이른바 '요절'은 사실상 실점(失黏) 실대(失對)의 고절이거나 실점 실대의 율절이므로 실제로는 '율절'과 '고절' 두 종류로 나눌 수 있을 것이다. 이와 같은 분류법은 우리가 고체절구와 근체절구 두 종류로 나눈 것과 같다. 한 가지 아쉬운 점은 저자는 절구가 율시보다 먼저 나왔다는 주장을 견지하면서도 '고절'이 율시보다 먼저인 것은 그렇다 치더라도 '율절'이 율시보다 나중임은 설명하지 않았다. 그러나 그는 "당에 이르러 절구는 격률을 따름이 더욱 엄격해졌다"라고 말했다. 기실 "격률을 따름이 더욱 엄격해졌다"는 말은 고절이 율절로 전환된 관건이다.

3.13 절구가 비록 고체와 근체 두 종류로 나누어지긴 하지만 일반적으로 모두 그것을 근체에 귀속시키는 만큼 우리도 임기응변하여 근체

절구를 절구로 약칭해도 무방하겠다. 고체절구에 대해서는 그것을 아예 고풍에 귀속시키고 따로 항목을 세우지 않겠다.

제4절 근체시의 용운

4.1 우리는 서설(1.5~6)에서 당(唐)·송(宋)의 시인들이 운을 사용할 때 근거한 운서는 『절운(切韻)』 또는 『당운(唐韻)』인데, 운서에 '동용'이라고 밝힌 운은 동운(同韻)으로 인정할 수 있다고 말한 바 있다. 그런데 원말 (元末)에 이르러서는 동용의 운을 아예 합병시켜 106운으로 만드는 변통 을 가했다. 이 106운이 바로 후대의 이른바 평수운(平水韻)이며, 또한 명 (明)·청(淸)시대에 일반적으로 '시운(詩韻)'이라고 부른 것이다. 이로부터 볼 때 당·송 시인들이 평수운에 의거하여 운을 사용했다고 말한다면 역사적으로는 말이 안 되지만 운부상으로는 대체로 들어맞는다. 이제 이 106운을 표로 열거하고 아울러 『당운』 원래의 운목을 부기하면 다음 과 같다.

平聲130)

(上平)

一東(東)	二冬(冬鍾)	三江(江)	四支(支脂之)
五微(微)	六魚(魚)	七虞(虞模)	八齊(齊)
九佳(佳皆)	十灰(灰咍)	十一眞(眞諄臻)	十二文(文欣)
十三元(元魂痕)	十四寒(寒桓)	十五刪(刪山)	

---

130) 平聲이 上平과 下平으로 나뉜 것은 平聲字가 많아서 上·下 두 권으로 나누어 수록
했기 때문이다. 따라서 上平은 平聲 上卷에 해당되고 下平은 平聲 下卷에 해당되며,
平聲의 聲調가 분화되어 나타난 개념인 陰平·陽平과는 개념이 다르다.

(下平)

一先(先仙)　　二蕭(蕭宵)　　三肴(肴)　　四豪(豪)

五歌(歌戈)　　六麻(麻)　　七陽(陽唐)　　八庚(庚耕淸)

九靑(靑)　　十蒸(蒸登)　　十一尤(尤侯幽)　　十二侵(侵)

十三覃(覃談)　　十四鹽(鹽添嚴)　　十五咸(咸銜凡)

上聲

一董(董)　　二腫(腫)　　三講(講)　　四紙(紙旨止)

五尾(尾)　　六語(語)　　七麌(麌姥)　　八薺(薺)

九蟹(蟹駭)　　十賄(賄海)　　十一軫(軫準)　　十二吻(吻隱)

十三阮(阮混很)　　十四旱(旱緩)　　十五潸(潸産)　　十六銑(銑獮)

十七篠(篠小)　　十八巧(巧)　　十九皓(皓)　　二十哿(哿果)

二十一馬(馬)　　二十二養(養蕩)　　二十三梗(梗耿靜)　　二十四迥(迥拯等)

二十五有(有厚黝)　　二十六寢(寢)　　二十七感(感敢)　　二十八儉(琰忝儼)

二十九豏(豏檻范)

去聲

一送(送)　　二宋(宋用)　　三絳　　四寘(寘至志)

五未(未)　　六御(御)　　七遇(遇暮)　　八霽(霽)

九泰(泰)　　十卦(卦怪夬)　　十一隊(隊代廢)　　十二震(震稕)

十三問(問焮)　　十四願(願恩恨)　　十五翰(翰換)　　十六諫(諫襇)

十七霰(霰線)　　十八嘯(嘯笑)　　十九效(效)　　二十號(號)

二十一箇(箇過)　　二十二禡(禡)　　二十三漾(漾宕)　　二十四敬(映諍勁)

二十五徑(徑證嶝)　　二十六宥(宥候幼)　　二十七沁(沁)　　二十八勘(闞)

二十九豔(豔栝梵)　　三十陷(陷鑑梵)

入聲

一屋(屋)　　二沃(沃燭)　　三覺(覺)　　四質(質術櫛)

五物(物迄)　　六月(月沒)　　七曷(曷末)　　八黠(黠鎋)

九屑(屑薛)　　十藥(藥鐸)　　十一陌(陌麥昔)　　十二錫(錫)

十三職(職德)　　　十四緝(緝)　　　十五合(合盍)　　　十六葉(葉怗業)
十七洽(洽狎乏)

4.2 어떤 글자가 어떤 운에 귀속하는지에 관하여 현재로서는 암기하는 것말고는 별다른 뾰족한 방법이 없다. 그러나 암기에 도움을 줄 수 있는 방법이 하나 있으니, 그것은 글자의 성부(聲符 : 諧聲偏旁)를 기억해두는 것이다. 예를 들어 '今'자가 '侵'운에 속한다는 것을 안다면 '今'으로부터 소리를 얻은 '吟'·'琴'·'衾' 등도 모두 '侵'운에 속한다고 미루어 알 수 있다. 이로부터 유추해 가면 '飢'와 '饑'가 동운이 아님을 알 수 있는데, 왜냐하면 '几'로부터 소리를 얻은 '肌'가 '支'운에 속하므로 '飢'도 '支'운에 속할 것이고, '幾'로부터 소리를 얻은 '機'·'磯'가 '微'운에 속하므로 '饑'도 '微'운에 속할 것이기 때문이다. 다만 이와 같은 유추법도 백발백중일 수는 없으니, 예를 들어 '盧'·'臚'·'驢'는 '魚'운에 속하지만 '盧'·'鑪'·'蘆'·'鱸'·'轤'·'濾'는 '虞'운에 속하고, '才'·'財'·'材'·'孩'·'該'는 '灰'운에 속하지만 '豺'·'骸'는 '佳'운에 속하므로 이런 것들은 여전히 암기에 의존할 수밖에 없다.

4.3 『광운(廣韻)』 속의 '蒸'·'登'과 짝을 이룬 상성의 '拯'·'等'은 후인에 의해 '逈'운에 합병되었고, 거성의 '證'·'嶝'은 후인에 의해 '徑'운에 합병되었는데, 이것은 매우 불합리한 처사였다. 그러나 근체시는 측성운을 사용하는 경우가 거의 없으므로 별 상관은 없다. 다만 평성 '欣'운의 경우 『당운』에는 본래 독용으로 밝혀 놓았고, '文'운과 동용할 수 있다고 인정하지 않았다. (이는 대동원(戴東原 : 戴震)의 고증에 의거한 것이고, 지금 우리가 보는 『광운』에는 동용으로 되어 있다.) 중당 이전(약 780년 이전)에 시인들은 '欣'운에 속하는 글자 수가 적었고 또한 그 소리가 대략 '眞'운에 가까웠기 때문에 왕왕 '欣'운과 '眞'운을 동용하였다(※ 주의 : 당시에는 결코 '文'운과 동용하지 않았다). '欣'운에 속하는 상용자로는 '欣'·'殷'·'勤'·'芹'·'斤'·'筋'·'垠'·'狺' 등이 있다. 다음에

두 가지 예를 들어본다.

愛汝玉山草堂静,　　그대의 고요한 옥산초당을 좋아하나니
高秋爽氣相鮮新.　　가을의 높고 상쾌한 기운과 어울려 신선하다.
有時自發鐘磬響,　　때때로 山寺에서 종과 풍경소리 들려오고
落日更見漁樵人.　　저녁에는 귀가하는 어부와 나무꾼이 보인다.
盤剝白鴉谷口栗,　　소반에는 잘 깎은 白鴉谷 어구의 밤이 있고[131]
飯煮青泥坊底芹.　　밥에는 함께 익힌 青泥坊의 미나리가 들어 있다.
何爲西莊王給事,　　어찌하여 서쪽 별장의 王維 給事中은
柴門空閉鎖松筠?　　사립문을 닫아 소나무와 대나무를 가둬 놓았을까?[132]
　　　　　　　　　　　　　　　　— 두보, 「崔氏東山草堂」

小兒弄筆不能嗔,　　아이가 붓장난을 해도 야단칠 수 없으니
涴壁書窓且當勤.　　담을 더럽히고 창에 글씨를 써도 열심히 하면 되리.
聞彼夢熊猶未兆,　　아들을 낳을 징조가 있다는 말 아직 듣지 못했으니
女中誰是衛夫人?　　딸아이 중에서 누가 위부인 같은 명필이 되려나?[133]
　　　　　　　　　　　　　　　　— 유우석(劉禹錫), 「答前篇」

대략 만당(晩唐) 이후에 '欣'운이 점차 '眞'운과 '文'운 사이로 이동했다가 마지막에 이르러 『광운』 속의 순서가 '欣'운이 '文'운에 가깝기 때문에 '文'운으로 섞여 들어갔다.

4.4 근체시의 용운은 매우 엄격하여 절구·율시·배율을 막론하고 반드시 일운도저(一韻到底)[134]여야 하며 통운(通韻)[135]을 허용치 않는다. 제4절부터 제6절까지에서 든 예시(例詩)는 모두 이에 대한 증거로 삼을 수 있다. 각 운부가 포괄하는 글자 수는 각양각색이어서 어떤 운부는 포

---

131) 텍스트에는 '栗'이 '粟'으로 되어 있는데, 誤字이다.
132) 이 시에 사용된 韻字 중 '新'·'人'·'筠'은 上平聲(11) '眞'韻에 속한다.
133) 이 시에 사용된 韻字 중 '嗔'·'人'은 上平聲(11) '眞'韻에 속한다.
134) 시의 押韻에 처음부터 끝까지 하나의 韻部로 일관하는 것.
135) 시의 押韻에 두 개 또는 그 이상의 이웃한 韻部를 하나의 운부처럼 통해서 쓰는 것.

괄하는 글자 수가 많고(寬), 어떤 운부는 포괄하는 글자 수가 적다(窄). 관운(寬韻)은 사용하기가 자유롭지만 착운(窄韻)은 사용에 거북함을 느낄 수 있다. 그러나 재간이 있는 사람은 때때로 일부러 착운을 사용하여 솜씨를 뽐낸다. 운부에 포괄된 글자 수가 많고 적음에 따라 시운은 대략 다음과 같이 네 종류로 나누어진다(平韻을 들어 仄韻을 포괄시킴).

① 관운(寬韻):
　　支　先　陽　庚　尤　東　眞　虞

② 중운(中韻):
　　元　寒　魚　蕭　侵　冬　灰　齊　歌　麻　豪

③ 착운(窄韻):
　　微　文　刪　靑　蒸　覃　鹽

④ 험운(險韻):
　　江　佳　肴　咸

4.5 이러한 분류는 자연히 어느 정도의 독단성을 띠게 되어 반드시 모든 사람의 동의를 얻을 수 있는 것은 아니다. 게다가 '微'·'文'·'刪' 세 운부는 글자 수가 적긴 하지만 쓰기에 대단히 알맞았기 때문에 시인들이 즐겨 썼다.

4.6 '출운(出韻)'136)은 근체시의 커다란 금기이므로 험운을 피해 쓸망정 출운을 허용하지는 않았다. 『홍루몽(紅樓夢)』 제48회에 다음과 같은 말이 있다.

---

136) 시를 지을 때 押韻이 격률에 어긋나는 것으로, 구체적으로는 押韻字에 同韻部의 글자를 사용하지 않은 것을 가리킨다. '失韻', '落韻', '走韻'이라고도 하며, 근체시에서는 큰 禁忌이다.

탐춘이 창 너머에서 웃으며 말했다. "룽아가씨, 여유 있게 하세요(그러나 향 룽은 "'閒'字로 하세요"라는 뜻으로 알아들었음)."

향룽은 얼이 빠져서 대답했다. "'閒'자는 상평성(15) '刪'운에 속하여 운이 틀 리네요."137)

예전 사람들은 확실히 그와 같은 엄격한 구속을 받았다. 과거시험에 서 시에 출운이 나타나면('落韻'이라고도 함) 시의 내용이 아무리 훌륭해도 불합격 처리될 수밖에 없었다. 이제 험운시의 예를 몇 개 들어보자. 험 운시도 출운할 수 없었으니 다른 운부의 경우는 미루어 짐작할 수 있을 것이다.

①'江'운

對月那無酒,	달을 대하고서 어찌 술이 없겠는가?
登樓況有江.	하물며 누각에 올라 강이 펼쳐짐에랴.
聽歌驚白髮,	노래를 들으니 이 백발노인을 놀라게 하고
笑舞拓秋窻.	웃고 춤추며 가을 창문을 열어 제친다.
尊蟻添相續,	잇달아 술을 부어 계속 들이키노라니
沙鷗并一雙.	모래밭 갈매기 한 쌍이 눈에 들어온다.
盡憐君醉倒,	그대들 마음껏 마시고 취해 쓰러지게나.
更覺片心降.	다만 내 한 조각 마음 가라앉음을 느낀다.

— 두보, 「季秋蘇五弟纓江樓夜宴崔十三評事韋少府姪三首」(제2수)

連璧本難雙,	병렬의 美玉은 본래 짝지어 있기 어려우니
分符刺小邦.	부절 나누어 받고 작은 고을의 刺史가 되었다.
崩雲下灘水,	흩어진 구름은 灘水로 내려가고
劈箭上瀧江.	쪼개진 화살은 瀧江으로 올라간다.
負弩啼寒狖,	화살 통 멘 자는 가여운 원숭이를 울리고
鳴枹驚夜尨.	북채 치는 자는 밤 개를 놀라게 한다.

137) 探春隔窗笑道 : "菱姑娘, 你閒閒罷." 香菱怔怔答道 : "閒字是十五刪的, 錯了韻了."

遙憐郡山好,　　멀리 고을의 산 경치 좋아하지만
謝守但臨窗.　　謝靈運 태수는 다만 창가에 기대어 있다.

— 유종원(柳宗元), 「答劉連州邦字」

※ 주의 : '陽'운과 혼동하지 말 것.

②'佳'운

郊原飛雨至,　　성밖 들판에 휘날리는 비가 이르러
城闕淫雲埋.　　온 성궐을 습한 구름이 뒤덮었다.
迸點時穿牖,　　흩날리는 빗방울이 때때로 창문을 뚫고
浮漚欲上堦.　　차오르는 빗물이 섬돌에 오르려 한다.
偏滋解籜竹,　　유달리 꺼풀 벗는 대나무를 자라게 하고
倂灑落花槐.　　아울러 꽃 떨어진 홰나무에 비를 뿌린다.
晚潤生琴匣,　　저녁에 윤기가 거문고 갑에서 생겨나고
新涼滿藥齋.　　새롭게 서늘한 기운이 藥齋에 가득하다.
從容朝務退,　　조용히 오전 근무를 마치고 물러나오니
放曠披曹乖.　　관공서에서 멀어져 가슴이 탁 트인다.
盡日無來客,　　종일토록 찾아오는 손님이 없어서
閑吟感此懷.　　한가히 읊조리며 이 느낌을 적어본다.

— 장적(張籍), 「和李僕射雨中寄盧嚴二給事」

風弄花枝月照階,　　바람은 꽃가지를 희롱하고 달은 섬돌을 비추는데
醉和春睡倚香懷.　　취하여 향긋한 품에 기대 봄잠을 잔다.
依稀似覺雙鬟動,　　어렴풋이 양쪽의 쪽 머리가 움직이는가 했는데
潛被蕭郎卸玉釵.　　살그머니 소랑에 의해 옥비녀가 떨어졌다.

— 원진, 「襄陽爲盧竇紀事」

謝公最小偏憐女,　　謝公은 막내딸을 유달리 사랑하여
自嫁黔婁百事乖.　　검루에게 시집간 후로는 만사가 어그러졌다.
顧我無衣搜畫篋,　　내가 옷이 없음을 보고는 채색 상자를 찾았고[138]
泥他酤酒拔金釵.　　다른 이에게 졸라서 술을 사고 금비녀를 뽑았다.

野蔬充膳甘長藿,　　야채로 배를 채우며 긴 콩잎도 달게 먹었고
落葉添薪仰古槐.　　낙엽을 땔감에 보태며 옛 홰나무를 우러러보았다.
今日俸錢過十萬,　　오늘날 나의 봉급이 십만 전을 넘으니
與君營奠復營齋.　　그대에게 제사 음식을 차려 영혼을 제도하련다.
　　　　　　　　　　　　　　　　　　—원진, 「遣悲懷」

※ 주의 : '灰'운과 혼동하지 말 것.

③ '肴'운

背郭堂成蔭白茅,　　성곽을 등지고 흰 띠를 덮은 초당이 지어지니
緣江路熟俯青郊.　　강 따라 길이 된 곳에서 푸른 교외가 내려다보인다.
榿林礙日吟風葉,　　오리나무 숲에선 잎이 해를 가리고 바람에 소리 내고
籠竹和煙滴露梢.　　籠葱竹은 가지 끝이 안개에 젖어 이슬방을 떨어뜨린다.
暫止飛烏將數子,　　까마귀는 새끼들 데리고 날아와 잠시 머물고
頻來語燕定新巢.　　제비는 수시로 날아와 새 둥지 지을 곳을 상의한다.
旁人錯比揚雄宅,　　주변 사람들은 이곳을 양웅의 집에 잘못 견주는데
嬾惰無心作解嘲.　　게으른 탓에 양웅처럼 「解嘲」를 지을 마음이 없다.
　　　　　　　　　　　　　　　　　　—두보, 「堂成」

此堂存古製,　　越公堂은 옛 건축양식을 그대로 보존하고
城上俯江郊.　　白帝城 위에서는 강 주변이 내려다보인다.
落構垂雲雨,　　퇴락한 처마에는 구름비가 낮게 드리우고
荒堦蔓草茅.　　황량한 섬돌에는 풀과 띠가 덩굴져 있다.
柱穿蜂溜蜜,　　기둥에 뚫린 구멍에선 벌꿀이 흘러내리고
棧缺燕添巢.　　잔교 훼손된 곳엔 제비가 새로 집을 지었다.
坐接春杯氣,　　자리에 앉아 봄 술을 마시고 있으니
心傷艶蕊梢.　　가지 끝의 꽃을 보며 마음이 아파 온다.
英靈如過隙,　　한 때의 영웅호걸은 순간에 불과한 것
宴衎願投膠.　　잔치 즐기며 그대들과 깊은 우정 맺고 싶다.

---

138) 텍스트에는 '畫'가 '盡'으로 되어 있는데, 誤字이다.

莫問東流水,　강물 따라 동쪽으로 갈 것인지 묻지 마시게

生涯未卽抛.　이곳에서의 생활을 아직 포기하지 않았다오

　　　　　　—두보,「陪諸公上白帝城頭宴越公堂之作」

官借江邊宅,　官에서 강변에 집을 빌려주었는데

天生地勢坳.　자연적으로 지세가 움푹 팬 곳이다.

欹危饒壞構,　무너진 서까래 많아 기울어 위태롭고

迢遞接長郊.　아득히 기나긴 성밖으로 이어져 있다.

怪鵬頻棲息,　기괴한 올빼미가 빈번히 서식하고

跳蛙頗混殽.　팔딱거리는 개구리가 제법 섞여 있다.

總無籬繳繞,　주위를 둘러싼 울타리는 전혀 없어서

尤怕虎咆哮.　호랑이의 포효를 들으면 더욱 겁난다.

停潦魚招獺,　고인 물의 물고기는 수달을 부르고

空倉鼠敵貓.　빈 창고의 쥐는 고양이를 대적한다.

土虛煩穴蟻,　흙은 푸석거려 구멍의 개미를 괴롭히고

柱朽畏藏蛟.　기둥은 썩어서 숨은 교룡을 두렵게 한다.

蛇虺吞簷雀,　살무사는 처마의 참새를 집어삼키고

豺狼逐野麃.　승냥이는 들판의 노루를 뒤쫓는다.

犬驚狂浩浩,　개는 놀라서 미친 듯이 짖어대고

雞亂響嘐嘐.　닭은 어지럽게 돌며 꼬꼬댁거린다.

濩落貧甘守,　몰락하여 가난을 달갑게 지키고

荒涼穢盡包.　황량하여 거친 것을 다 끌어안는다.

斷簾飛熠燿,　끊어진 발 사이로 반딧불 날아다니고

當戶綱蟏蛸.　지게문에는 납거미가 거미줄을 쳤다.

曲突翻成沼,　굽은 굴뚝은 무너져 내려 늪이 되었고

行廊卻代庖.　행랑이 오히려 주방을 대신하고 있다.

橋橫老顛躄,　가로놓인 다리는 끝과 밑동이 썩어가고

馬病裛芻茭.　말은 병이 들어 건초가 젖어간다.

一一床頭點,　침대 머리에 한 방울씩 떨어지는 물방울

連連砌下泡.　계속해서 섬돌 아래로 물거품을 만든다.

辱泥疑在絳,　진창에 애를 먹으니 絳州에 있는 듯하고

避雨想經嶠.	비를 피하니 嶠山을 지나던 것이 생각난다.
相顧憂爲鼈,	내 모습 살펴보면 근심에 자라목이 되었으니
誰能復繫匏?	누가 나를 위해 다시 박을 매달 수 있을까?
誓心來利往,	마음에 맹세하니 이익에 따라 오고 가며
卜食過安爻.	안전의 점괘를 보고 나서 사는 곳을 택하리.
何計逃昏墊,	무슨 수로 이 재난의 함정에서 빠져나와
移文報舊交?	문서를 보내 옛 친구들에게 보답할 수 있을까?
棟梁存伐木,	용마루와 들보는 나무를 베어야 있는 것이고
苫蓋愧分茅.	이엉 덮개는 띠를 나누는 것을 부끄러워한다.
金琯排黃荻,	황금빛 피리는 노란 갈대를 물리치고
琅玕裊翠梢.	琅玕樹는 비취빛 가지 끝이 낭창거린다.
花磚水面鬪,	꽃무늬 벽돌은 수면에서 서로 부딪치고
鴛瓦玉聲敲.	원앙 기와는 두드리면 옥 소리를 낸다.
方礎荊山採,	네모진 주춧돌은 형산에서 캔 것이고
修椽郢匠鉋.	긴 서까래는 영의 목수가 대패질한 것이다.
隱錐雷震蟄,	감추어진 송곳은 우레가 치면 숨은 곳에서 떨쳐 나오고
破竹箭鳴骹.	대를 가르는 화살은 살촉 이음새에서 운다.
正寢初停午,	자리에 누우려니 이제 겨우 정오이고
頻眠欲轉脬.	자주 졸음이 와 오줌을 참아야 한다.
困圓收薄祿,	둥근 곳집에 빈약한 녹봉을 털어 넣고
廚廠備嘉肴.	낡은 주방에 맛좋은 안주를 갖추어 놓았다.
各各人寧宇,	사람은 누구나 집을 편안히 여기고
雙雙燕賀巢.	제비도 쌍쌍이 둥지를 고마워한다.
高門受車轍,	훌륭한 저택은 수레의 행차를 받아들이고
華廐稱蒲捎.	화려한 마구간은 준마 蒲捎에 어울린다.
尺寸皆隨用,	하잘것없는 것도 다 쓰임새가 있으니
毫釐敢浪抛?	털끝만한 것도 어찌 감히 마구 버리리?
篾餘籠白鶴,	대껍질이 남으면 백학이 들 새장을 만들고
枝賸架靑鵁.	나뭇가지가 남으면 해오라기의 횃대로 한다.
製榻容筐篚,	걸상을 만드니 광주리를 받아들일만하고
施關拒斗筲.	빗장을 만들어 소인배의 출입을 막는다.

欄干防汲井,　난간을 세워 우물물 긷는 것을 막고
密室待持膠.　밀실을 만들어 절친한 친구를 기다린다.
庭草佣工薙,　정원의 풀은 사람을 사서 깎고
園蔬稚子掐.　텃밭의 푸성귀는 아이를 시켜 모아들인다.
本圖閑種植,　본래 한가롭게 농사지을 생각이었으니
那要擇肥磽.　기름진 땅과 척박한 땅을 어찌 가리리?
綠柚勤勤數,　푸른 유자는 부지런히 숫자를 세고
紅榴箇箇抄.　붉은 석류는 하나하나 따 들인다.
池淸漉螃蟹,　못물이 맑아서 방게를 걸러 잡고
瓜蠧拾蟹蝥.　오이가 벌레 먹어 진딧물과 모충을 잡는다.
曬簑看沙鳥,　누워 볕을 쬐며 모래밭의 새를 보고
磨刀綻海鮫.　칼을 갈아서 바다의 상어를 가르련다.
羅灰修藥竈,　재를 체 쳐서 약 부뚜막을 수리하고
築垛閱弓弰.　살받이 터를 쌓아 활고자를 살펴본다.
散誕都由習,　거리낌이 없는 것은 모두 습성에 기인하고
童蒙剩懶敎.　아이들이 무지한 것은 가르치는 데 게을러서이다.
最便陶靜飮,　가장 좋기는 조용히 술 마시는 것을 즐기며
還作解愁嘲.　다시 슬픔과 조소를 푸는 글을 짓는 것이다.
近浦聞歸楫,　가까운 포구에서 돌아가는 뱃소리 들리고
遙城罷曉鐃.　멀리 성에서는 새벽의 징 소리 끝이 났다.
王孫如有問,　왕손께서 나에게 안부를 물으신다면
須爲倂揮鞘.　모름지기 함께 칼집을 휘둘러야 하리.

—원진, 「江邊四十韻」

※ 주의 : '蕭'·'豪' 두 운과 혼동하지 말 것.

④ '咸'운

鑪峰絶頂楚雲銜,　香鑪峰 꼭대기는 남녘 구름 머금고 있고
楚客東歸棲此巖.　남녘 객은 동으로 돌아가다 이 바위에 깃들었다.
彭蠡湖邊香橘柚,　팽려호 가의 향긋한 귤나무와 유자나무
潯陽郭外暗楓杉.　심양 성곽 밖의 울창한 단풍나무와 삼나무.

青山不斷三湘道,　　청산은 세 湘水의 길까지 끊이지 않고

飛鳥空隨萬里帆.　　새는 만 리 길 돛배를 무심히 뒤따른다.

常愛此中多勝事,　　그 가운데 명승지 많음을 늘 좋아했으니

新詩他日佇開緘.　　훗날 새 시를 넣은 편지 뜯기를 기다린다.

— 유장경(劉長卿),「送孫逸歸廬山得帆字」

同宿高齋換時節,　　고아한 서재에서 같이 자며 시절이 바뀌었고

共看移石復栽杉.　　옮겨놓은 바위를 함께 보고 삼나무를 심었다.

送君江浦已惆悵,　　강의 포구에서 그대를 보내려니 이미 슬퍼서

更上西樓看遠帆.　　다시 서루에 올라가 멀어진 돛배를 바라본다.

— 위응물(韋應物),「送王校書」

※ 주의 : 원칙상 '咸'운은 '覃'·'鹽'운과 통운(通韻)해서는 안 된다. 더구나 '元'·'寒'·'刪'··'先' 네 운은 절대로 '咸'운과 동용(同用)할 수 없다.

4.7 성당(약 713~779) 이전에는 앞에서 언급한 '欣'운의 경우를 제외하면 근체시에는 절대로 출운이 없었는데,[139] 중당(약 780~840) 이후에는 어쩌다 출운의 현상이 나타나기도 하였다. 다음 예를 보자.

漢家天馬出蒲梢,　　漢朝에서는 천마로 蒲梢가 나와서

---

[139] 완벽하게 절대적이라고 말할 수는 없다. 杜甫의 율시에 出韻이 있는 시가 한 수 있다.「雨晴」: "天外秋雲薄, 從西萬里風. 今朝好晴景, 久雨不妨農. 塞柳行疏翠, 山梨結小紅. 胡笳樓上發, 一雁入高空."('風, 紅, 空'은 東韻에 속하지만 '農'은 冬韻에 속한다) 어떤 시는 出韻 같지만 사실은 그렇지 않다. 杜甫의 다음 시를 보자.「北風」: "北風破南極, 朱鳳日威垂. 洞庭秋欲雪, 鴻雁將安歸. 十年殺氣盛, 六合人烟稀. 吾慕漢初老, 時淸猶茹芝."('垂, 芝'는 支韻에 속하고 '歸, 稀'는 微韻에 속한다) 仇兆鰲는『杜詩詳注』에서「北風」에 胡應麟의 말을 인용하여 "이 시는 首聯과 尾聯에 '四支'운을 사용하였고 중간의 두 연에 '五微'운을 사용하였다. 이 두 운이 고체에는 통용되었으므로 出韻이 아니다. 율시 중에 출운한 것은 「玉山」시에서 '芹'자가 출운이고,「雨晴」시에서 '農'자가 출운이다. 배율 중에 출운한 것은 「贈王侍御契」에서 '勤'자가 출운이다. 점검을 조금 소홀히 하면 작가도 출운을 면할 수 없다"라고 하였다. 내 생각에 胡應麟이「北風」을 율시가 아니고 古詩라고 본 것은 옳다. '北風'句, '鴻雁'句, '十年'句, '六合'句, '吾慕'句, '時淸'句는 모두 拗句이므로 율시가 아니다. 그 외에「玉山」시의 '芹'자,「贈王侍御契」의 '勤'자는 모두 欣韻字여서 出韻으로 치지 않는다(본서 4. 3을 볼 것). 오직「雨晴」시의 '農'자만은 출운으로 볼 수 있다. ≪附註五≫

苜蓿榴花徧近郊.　　거여목과 석류화가 근교에 널려 있었다.
內苑只知含鳳嘴,　　안 동산에서는 봉취 풀을 머금을 줄만 알았었는데140)
屬車無復揷雞翹.　　황제의 수레는 더 이상 행차의 깃털을 꽂지 않게 되었다.
玉桃偸得憐方朔,　　仙桃를 훔쳐 얻은 동방삭을 어여뻐하였고
金屋修成貯阿嬌.　　황금 집을 지어서 아교가 살게 하였다.141)
誰料蘇卿老歸國,　　누가 알았으랴 蘇武가 늙어서 귀국하니
茂陵松柏雨蕭蕭.　　무릉에 송백만이 빗속에 쓸쓸히 서 있다.
('梢'·'郊'는 '肴'운에 속하고, '翹'·'嬌'·'蕭'는 '蕭'운에 속한다.)

　　　　　　　　　　　　　　　　　　　— 이상은(李商隱),「茂陵」

曾作關中客,　　일찍이 관중의 나그네 되어
頻經伏毒巖.　　빈번히 伏毒寺 바위를 지나갔다.
晴煙沙苑樹,　　갠 날 안개 어린 沙苑의 나무들
晚日渭川帆.　　황혼에 渭水를 지나가는 돛배.
昔是青春貌,　　지난날에는 청춘의 모습이었는데
今悲白雪髥.　　지금은 백설 같은 수염이 슬프다.
郡樓空一望,　　郡의 텅 빈 누각에서 바라보고자
含意卷高簾.　　뜻을 머금고 높은 주렴을 걷는다.
('巖'·'帆'은 '咸'운에 속하고, '髥'·'簾'은 '鹽'운에 속한다.)

　　　　　　　　　　　　　　　— 유우석(劉禹錫),「貞元中侍郎舅氏……」142)

4.8　다른 예를 들어보면 두목(杜牧)의「제목란묘(題木蘭廟)」는 '兒'·
'眉'·'妃'를 운자로 썼고('支'·'微'운), 이상은(李商隱)의「무제(無題)」(鳳尾香
羅薄幾重)는 '重'·'縫'·'通'·'紅'·'風'을 운자로 썼고('冬'·'東'운), 이원

---

140) '鳳嘴'는 끊어진 활시위를 이을 수 있는 仙人의 풀이라는 전설이 있다. 漢 武帝가 華
　　林苑에서 호랑이를 쏘려고 했을 때 시위가 끊어지자 서방의 使者가 봉취 풀을 입에 넣
　　어 적셔서 시위를 이었다는 이야기가 있다.
141) 텍스트에는 '修成'이 '妝成'으로 되어 있는데, 誤字이다.
142) 이 시의 정식 제목은「貞元中, 侍郎舅氏牧華州, 時余再忝科第, 前後由華觀謁, 陪
　　登伏毒寺屢焉, 亦曾賦詩題于梁棟. 今典馮翊, 暇日登樓, 南望三峰, 浩然生思, 追想昔
　　年之事, 因成篇題舊寺」이다.

(李遠)의 「유고왕부마지정(游故王駙馬池亭)」은 '瓏'·'通'·'風'·'紅'·'濃'을 운자로 썼고('東'·'冬'운), 조당(曹唐)의 「소유선시(小遊仙詩)」는 '飛'·'稀'·'詩'를 운자로 썼고('微'·'支'운), 최각(崔珏)의 「수정침(水晶枕)」[143]은 '冰'·'勝'·'凝'·'簪'·'襟'을 운자로 썼고('蒸'·'侵'운), 사공도(司空圖)의 「양류지수궁사(楊柳枝壽宮詞)」는 '簾'·'函'·'衫'을 운자로 썼고('鹽'·'覃'·'咸'운), 유겸(劉兼)의 「촉도춘만감회(蜀都春晚感懷)」는 '披'·'追'·'泥'·'隄'·'啼'를 운자로 썼고('支'·'齊'운), 「만루우회(晚樓寓懷)」는 '還'·'闌'·'寒'·'顏'·'竿'을 운자로 썼는데('刪'·'寒'운), 모두 출운한 경우이다. 송인(宋人)에게도 어쩌다 출운한 경우가 있다. 다음에 예를 들어본다.

繞郭雲煙匝幾重,　　성곽을 빙 둘러 구름과 안개가 겹겹 둘러쌌으니
昔年曾此感懷嵩.　　지난해 일찍이 이렇게 懷嵩樓를 느꼈었다.
霜林落後山爭出,　　서리에 숲이 낙엽 진 후 산이 다투어 나타나고
野菊開時酒正濃.　　들판에 국화가 피었을 때 술이 참으로 진했다.
解帶西風吹畫角,　　허리띠를 풀고 가을바람 맞으며 뿔피리를 불고
倚闌斜日照青松.　　난간에 기대서니 석양이 푸른 소나무를 비춘다.
曾須乘醉攜嘉客,　　이때를 틈타 멋진 손과 함께 취해야 할 것이라
踏雪來看群玉峰.　　눈을 밟고 와서 군옥봉을 바라본다.
('重'·'濃'·'松'·'峰'은 모두 '冬'운에 속하지만, '嵩'은 '東'운에 속한다.)
　　　　　　　　　　── 구양수(歐陽修), 「懷嵩樓新開南軒」

微官共有田園興,　　말단관직이지만 전원의 흥취를 공유하여
老罷方尋退隱廬.　　늙어 그만두고 은거할 집을 찾아다닌다.
栽種成陰百年事,　　심어서 무성하게 가꾸는 것은 평생의 일이라
倉皇求買萬金無.　　서둘러 구매하려 해도 살 돈이 없다.
先生卜築臨清濟,　　선생은 맑은 濟源 가에다 초당을 짓고
喬木如今似畫圖.　　교목이 지금에 이르러는 그림과 같다.
鄰里亦知偏愛竹,　　이웃 마을 사람들도 대를 편애함을 알아서

---

143) 텍스트에는 '水晶'이 '水精'으로 되어 있는데, 誤字이다.

春來相與護龍雛.　　봄이 오면 함께 용추 대나무를 보호한다.

('無'·'圖'·'雛'는 모두 '虞'운에 속하지만, '廬'는 '魚'운에 속한다.)

— 소식(蘇軾), 「傅堯兪濟源草堂」

이것들은 '고풍(古風)'의 관운(寬韻)을 사용하여 율시를 쓴 것이라고 말할 수도 있다(소식의 시는 고풍 식의 율시로 인정할 수 있다). 그러나 다음의 두 시 같은 경우는 용운(用韻)이 지나치게 규범에서 벗어난 혐의가 있다.

戰國蒼茫難重尋,　　전국시대는 아득히 멀어 다시 찾기 어렵고

此中蹤跡想知音.　　그 가운데 종적을 더듬으며 知音을 생각한다.

强停別騎山花曉,　　억지로 떠나는 말을 세우니 산꽃에 동이 트고144)

欲弔遺魂野草深.　　죽은 넋을 조상하려니 들풀이 무성하다.145)

浮世近來輕駿骨,　　세상에서는 요즈음 뛰어난 인재를 경시하니

高臺何處有黃金?　　높다란 누대 어디에 황금이 있겠는가?146)

思量郭隗平生事,　　곽외가 평생 동안 했던 일을 생각해보면

不殉昭王是負恩.　　소왕을 위해 죽지 않은 건 은혜를 저버린 것이다.147)

('尋'·'音'·'深'·'金'은 모두 '侵'운에 속하지만 '恩'은 '元'운에 속한다.)

— 나은(羅隱 : 晚唐), 「燕昭王墓」

霏霏三日雨,　　주룩주룩 삼 일 동안 비가 내리니

藹藹一園春.　　만물이 무성하여 온 뜰이 봄이다.148)

霧澤含元氣,　　안개 낀 못은 원기를 머금고 있고

風花過洞庭.　　바람은 눈꽃을 싣고 동정호를 지난다.

地偏寒浩蕩,　　땅이 외져서 추위가 끝이 없었는데

春半客竛竮.　　봄이 한창인데도 나그네는 외롭다.

---

144) 텍스트에는 '曉'가 '晚'으로 되어 있는데, 誤字이다.

145) 텍스트에는 '遺魂'이 '遺墟'로 되어 있는데, 誤字이다.

146) 燕 昭王은 黃金臺를 쌓아 천하의 인재를 초치했다고 한다.

147) '恩'자가 『全唐詩』와 『羅隱集校注』에는 모두 '心'으로 되어 있다. 그런데 '心'자라면 '侵'운에 속하여 出韻한 것으로 볼 수 없다.

148) '春'자가 『全宋詩』와 『陳與義集校箋』에는 모두 '青'으로 되어 있다. 그런데 '青'字는 당연히 '青'운에 속하여 出韻한 것으로 볼 수 없다.

多少人間事,　세상의 일 수없이 많아서

天涯醉又醒.　하늘가에서 취했다 깼다를 반복한다.

('庭'·'蠐'·'醒'은 모두 '靑'운에 속하지만 '春'은 '眞'운에 속한다.)

　　　　　　　　　　　—진여의(陳與義 : 宋), 「雨」

　4.9　당으로부터 청에 이르기까지 근체시는 물론 본운을 사용하도록 제한되어 있었지만 고체시도 어쩌다 인운(隣韻)을 사용했을 뿐이다. '先'운이 '元'·'寒'·'刪'운의 인운으로 인정될 수 있었고 '江'운이 억지로 '陽'운의 인운으로 인정될 수 있었던 것 말고는 상평성과 하평성은 서로 통용될 이유가 전혀 없었다(측성운도 평성운의 경우를 미루어 유추할 것). 예를 들어 현대북방화에 따르면 '侵'운은 '眞'운과 통하고 '覃'운은 '寒'운과 통하고 '鹽'운은 '先'운과 통할 수 있고, 서남관화(西南官話)에 따르면 '眞'운은 '庚'·'靑'·'蒸'운과 통할 수 있고, 皖·湘·滇 방언에 따르면 '陽'운은 '寒'운과 통할 수 있고, 오어(吳語)에 따르면 '歌'운은 '虞'운과 통할 수 있는 등('蒲'·'都'·'孤' 등과 같은 일부분의 글자) 대략 이런 상황이어서 근체시의 규율과 서로 용납되지 않을 뿐만 아니라 고체시의 규율과도 합치되지 않는다.

　4.10　결론적으로 말해서 송대 이전의 근체시 가운데 출운이 있는 것은 천 수에 하나 둘도 되지 않아 물론 이를 본보기로 삼아서는 안 된다.[149] 게다가 천 수백 년을 거쳐 오며 손에서 손으로 베끼는 과정에서 착오를 면하기도 어려웠을 것이다. 예를 들어 앞의 제2절에서 든 백거

---

149)『切韻』시대에 '支, 脂, 之'는 각기 다른 세 韻部였는데, 平水韻에 이르러 '支' 한 韻으로 병합되었다. 杜甫 시에서는 '支'운은 늘 獨用되었고, '脂'와 '之'는 同用되었다. 예를 들어 「紫宸殿退朝口號」는 '垂, 儀, 移, 知, 池'를 협운하였는데 전부 '支'운자이고 '脂, 之'운자를 섞지 않았다. 또 「夔府書懷」는 '師, 遲, 時, 慈, 詩, 其, 欺, 緇, 私, 衰(仇註 : 所追切), 期, 頤, 悲, 埋, 遺, 旗, 藜, 詞, 疑, 夷, 茨, 帷, 玆, 持, 司, 痍, 思, 追, 眉, 龜, 錐, 之, 棋, 絲, 尼, 睢, 葵, 尸, 誰, 綏'를 협운하였고, 「蘇大侍御訪江浦賦八韻記異」는 '之, 詩, 時, 絲, 芝, 悲, 遲(實祇七韻)'를 협운하였는데, 두 시 모두 '脂, 之'운자를 사용하였고 '支'운자를 섞지 않았다. ≪附註六≫

이의 백운배율(百韻排律)에 "荏苒星霜換, 迴環節候推"연이 있는데, 한 판본에서는 '推'자를 '催'자로 썼다. 이는 물론 베끼는 과정에서의 착오였다고 단정할 수 있다. 왜냐하면 100운 중 99개의 '支'운자를 구사할 수 있으면서 구태여 한 글자를 출운시킬 하등의 이유가 없기 때문이다. 또 두보 「우제(偶題)」의 "漫作潛夫論, 虛傳幼婦碑"연에서 한 판본은 '碑'자를 '詞'자로 썼는데, 이것도 베끼는 과정에서의 착오이다. 왜냐하면 두보의 시대에 『당운』 중의 '支'운은 아직 '脂'・'之'운과 섞이지 않았는데, 두보가 이 시에서 '知'・'垂'・'斯'・'爲'・'規'・'疲'・'奇'・'兒'・'虧'・'碑'・'移'・'枝'・'螭'・'危'・'卑'・'池'・'麾'・'支'・'羆'・'宜'・'陂'・'離'의 22개 운각을 모두 '支'운자로 썼으면서 구태여 한 글자만 '之'운에 속하는 '詞'자를 골라 썼을 리가 없기 때문이다. 이런 것들은 모두 식견 없는 사람이 제멋대로 고친 것임을 몰라서는 안 될 것이다.

4.11 근체시는 평성운을 사용한 것이 정격이어서 측성운을 사용한 경우는 극히 드물다. 측성운을 사용한 율시는 고풍과 흡사하여 측성운을 사용한 시가 율시인지 아닌지는 그것이 율구의 평측을 사용했는지의 여부를 기준으로 판단할 수밖에 없다. 다음은 측성운을 사용한 율시의 예이다.

1. 오언율시

秋月照瀟湘, 가을달이 소수와 상수를 비추어
月明聞蕩槳. 밝은 달빛 아래 노 젓는 소리 듣는다.
石橫晩瀨急, 바위 가로놓여 저녁 물살 급하고
水落寒沙廣. 물 떨어지는 곳에 찬 모래 드넓다.
衆嶺猿嘯重, 뭇 고개에선 여기저기 원숭이 소리 들리고
空江人語響. 텅 빈 강에선 도란도란 사람 말소리 울린다.
淸暉朝復暮, 아침저녁으로 맑은 햇빛 반짝이니
如待扁舟賞. 감상해줄 일엽편주를 기다리나보다.[150]

(10수 중 5수가 평운 오율인 만큼 나머지 5수는 자연히 측운 오율로 짐작할
수 있는데, 평측 역시 율시에 부합한다.)
                                    ― 유장경(劉長卿), 「湘中紀行十首」(제9수) 「浮石瀨」

濚渟幽壁下,   그늘진 담 아래 조그맣게 있고
深淨如無力.   깊고 깨끗하여 무력한 듯하다.
風起不成文,   바람이 일어도 물결치지 않고
月來同一色.   달빛이 들어도 색깔이 그대로다.
地靈草木瘦,   땅이 기이하여 초목이 파리하고
人遠煙霞逼.   인적이 멀어 안개와 놀이 접근한다.
往往疑列仙,   종종 의심스럽다 여러 신선들이
圍棋在巖側.   바위 옆에서 바둑 두는 건 아닌지.151)
(10수 가운데 5수는 평성운을 사용하고 5수는 측성운을 사용하여 유장경 「湘
中紀行」의 경우와 같다.)
                                    ― 유우석(劉禹錫), 「海陽十詠」(제7수) 「蒙池」

2. 칠언율시

絶代佳人何寂寞!   절세의 미인은 얼마나 적막한가!
梨花未發梅花落.   배꽃이 피기도 전에 매화는 진다.
東風吹雨入西園,   봄바람에 실려 비는 서쪽 정원에 들고
銀線千條度靈閣.   천 가닥 은빛 선이 영각을 넘는다.
臉粉難匀蜀酒濃,   촉주 진하여 분이 얼굴에 고루 퍼지지 않고
口脂易印吳綾薄.   고운 비단 얇아서 입술연지는 바르기 쉽다.
嬌嬈意緒不勝羞,   교태의 마음 있지만 수줍음을 이기지 못해
願倚郎君永相着.   낭군 옆에 기대 언제나 함께 있길 원한다.152)
                                          ― 한악(韓偓), 「意緒」

---

150) 이 시가 사용한 韻은 上聲(22) '養'운이다.
151) 이 시가 사용한 韻은 入聲(13) '職'운이다.
152) 이 시가 사용한 韻은 入聲(10) '藥'운이다.

측성운을 사용한 근체 오절은 비교적 많이 보인다. 다음에 예를 들어
본다.

孤雲將野鶴,　　외로운 구름이 들판의 학을 데리고
豈向人間住?　　어찌하여 속세에 거주하려는 것일까?
莫買沃洲山,　　제발 옥주산일랑 사지 마시게
時人已知處.　　속세 사람들이 이미 알고 있는 곳일세.[153]

— 유장경, 「送方外上人」

悠悠南國思,　　끝없이 펼쳐지는 남국에 대한 그리움
夜向江南泊.　　밤에 이르러 강남에 정박하였다.
楚客斷腸時,　　강남의 나그네 단장의 슬픔이 일 때
月明楓子落.　　밝은 달빛 아래 단풍 씨가 떨어졌다.[154]

— 고황(顧況), 「憶鄱陽舊遊」

측성운을 사용한 근체 칠절은 거의 보이지 않아 여기서도 예를 들지
않겠다.

4.12 측성운을 사용한 율시와 절구는 근체시와 고체시의 접경지역
이라고 말할 수 있다. 근체시와 고체시의 한계는 매우 분명한데, 다만 측
성운을 사용한 율시와 절구는 '입률(入律)한 고풍'으로 인정할 수도 있다
(제31절을 참조할 것). 왜냐하면 근체시는 결국 평성운 위주이기 때문이다.

4.13 내친김에 마지막으로 '한운(限韻)'과 '화시(和詩)'에 대해 이야기
해보자.

한운에는 두 가지 경우가 있다. 첫째는 과거 시험장의 한운이고, 둘째
는 시인들 모임에서의 한운이다. 또 한운의 성질에 의해 두 종류로 나눌

---

153) 이 시는 평측이 平平平仄仄, 仄仄平平仄. 仄仄仄平平, 平平仄平仄으로 율격에 부
　　합하긴 하지만, 押韻에 있어서 '住'는 去聲(7) '遇'운에 속하고 '處'는 去聲(6) '御'운에
　　속하여 '遇'운과 '御'운을 通韻한 셈이 되므로 古風으로 보는 것이 좋을 듯하다.
154) 이 시가 사용한 韻은 入聲(10) '藥'운이다.

수 있다. 첫째는 운만 제한하고 글자는 제한하지 않는 것이다. 예를 들어 당(唐) 정원(貞元) 진사(進士)의 시제(試題)는 「부득춘풍선미화(賦得春風扇微和)」였는데, 대략 '東'운 또는 '眞'운을 사용하는 것으로 제한되어 있었다(『全唐詩』권13을 보라). 둘째는 운과 함께 글자도 제한하는 것인데, 이는 다시 두 종류로 세분할 수 있다. 일종은 한 글자만 지정해두고 나머지 운각은 마음대로 골라 쓰는 것이다. 예를 들어 앞에서 든 유종원의 「답유련주방자(答劉連州邦字)」와 유장경의 「송손일귀여산득범자(送孫逸歸廬山得帆字)」는 시 중에 반드시 '邦'자・'帆'자를 운각으로 써야 한다는 뜻이다. 시의 제목에 '得某字'라고 되어 있는 것은 모두 이 종류에 속한다. 다른 일종은 전시(全詩)의 운각을 모두 미리 지정하는 것이다.155) 예를 들어 양(梁) 조경종(曹景宗)이 개선하여 무제(武帝)를 모시고 연회를 가졌을 때 운자(韻字)를 미리 지정하여 시를 짓게 되었다. 여러 신하들이 사용할 수 있는 운자를 다 써버리고 '競'・'病' 두 글자만 남게 되자 조경종은 "去時兒女悲, 歸來笳鼓競. 借問行路人, 何如霍去病?(떠나갈 때는 아이들이 슬퍼했지만, 돌아오니 피리소리 북소리 요란하다. 길가는 사람에게 묻기를, "곽거병과 비교하여 어떤가?")"라고 시를 지었다.

4.14 화시(和詩)는 애초에는 한 사람이 선창하면 다른 사람이 화답하는 것으로 반드시 상대방의 원운(原韻) 또는 원래의 운자를 사용할 필요가 없었다. 예를 들어 한찰(韓察)・최공(崔恭)・육전(陸瀍)과 호증(胡證)은 모두 장홍정(張弘靖)의 「산정회고(山亭懷古)」에 화답하였다. 장홍정이 원시(原詩)에 사용한 운은 '支'운이었는데, 한찰이 사용한 운은 '先'운이었고, 최공이 사용한 운은 '東'운이었고, 육전과 호증 두 사람은 장홍정과 마찬가지로 '支'운을 사용하긴 했지만 원시와 같은 운자는 한 글자도 없었다(『전당시』권13). 그러나 당인은 어쩌다 원운의 사용을 좋아하기도 했는데, 예를 들어 유우석과 백거이는 원진의 「심춘(深春)」20수에 화답하

---

155) 『紅樓夢』제37회에서 探春 등이 「海棠」시를 읊을 때 각자 다 칠언율시 한 수를 '門, 盆, 魂, 痕, 昏' 다섯 자를 운각으로 사용해 짓기로 하였다. ≪附註七≫

면서 똑같이 '家'·'花'·'車'·'斜' 네 운을 썼다고 주를 달아 밝혔다. 송대 이후 화시는 거의 언제나 원운을 따랐으니, 이를 '차운(次韻)' 또는 '보운(步韻)'이라고 하였다. 예를 들어 소식(蘇軾)에게 「차운조보기학천시배신아(次韻曹輔寄壑泉試焙新芽)」시가 있다. 이렇게 하여 화시를 쓰는 사람은 운각을 제한 받는 것으로 변해버렸다.

4.15 이외에도 이른바 '용운(用韻)'156)이란 것이 있다. 이것은 고인이 쓴 시의 원운을 사용하는 것인데, 실은 고인의 시에 대한 화시를 쓰는 것과 같다. 또한 이른바 '첩운(疊韻)'이란 것이 있다. 이것은 자신이 쓴 시의 원운을 사용하는 것인데(만약 여러 번 이어서 첩운시를 쓴다면 '再疊'·'三疊' 등으로 일컫는다), 실은 자신의 시에 대한 화시를 쓰는 것과 같다. 이런 시들에 대해서는 더 이상 자세히 서술하지 않겠다.

제5절 수구(首句)에 운을 쓰는 문제

5.1 앞 절에서 근체시는 반드시 일운도저(一韻到底)이어야 하며 통운할 수 없다고 설명하였다. 그러나 중·만당의 시 더구나 송시를 읽은 사람들이라면 누구나 통운한 것 같은 근체시에 주목하였을 것이다. 이 시들은 일견 인운과 동용할 수 있는 것처럼 보인다. 그러나 실은 인운의 차용은 수구에 한정된다. 전대흔(錢大昕)은 이 점에 주목하여 『십가재양신록(十駕齋養新錄)』에서 "오·칠언근체시의 제1구에 옆의 운을 차용하는 것을 차운(借韻)이라고 한다"라고 말했다. 이제 수구에 운을 쓰는 문제에 대해 이야기해보자.

---

156) 和詩를 쓸 때 原詩의 韻字를 반드시 사용해야 하지만 순서는 같지 않아도 되는 것을 말한다.

5.2 원래 시의 수구에는 운을 쓸 필요가 없어서 수구에 운을 다는 것은 군더더기였다. 이런 연유로 고인은 오·칠언율시를 사운시(四韻詩)로 칭했고, 10운·20운 등의 배율은 수구에 운을 달았어도 그것을 운수(韻數)로 계산하지 않았다. 그래서 시인들은 이 여분의 운각에 얼마간의 자유를 요구하여 우연히 인운을 차용하는 방법을 구사하게 되었다. 성당 이전에는 이런 경우가 드물었는데(다음에 이기(李頎)·두보·유장경·왕유의 시 각 한 수씩만을 예로 든다),[157] 중·만당부터 점차 많아졌다. 그러나 일단 이렇게 되자 뜻밖에도 이것이 하나의 기풍을 이루고 말았다. 송인의 경우 의도적으로 수구에 인운을 사용한 것 같고, 거의 일종의 유행이었다고 말할 수 있을 만큼 갈수록 많아졌다. 이제 어떤 운과 어떤 운이 인운인가에 따라 몇 종류로 나누어 예를 들어보도록 하겠다. 예로 든 시에서 수구에 단 운은 인운이지 동운이 아니므로 '덧붙인 운'이라고 하겠다.

5.3 1) '東'운과 '冬'운

(甲) '冬'운을 '東'운에 덧붙인 것

知君官屬大司農,	그대는 관직이 대사농에 속하고
詔幸驪山職事雄.	조서가 여산에 임하여 직무가 컸다.
歲發金錢供御府,	수확기에는 금전을 징발하여 황제의 곳집에 대고
晝看仙掖注離宮.	낮에는 中書·門下省이 별궁으로 향함을 보았다.
千巖曙雪旌門上,	수많은 바위의 새벽 눈이 황제의 깃발 위에 내리고
十月寒花輦路中.	시월의 추위 속에 핀 꽃이 황제의 수레 길을 반겼다.
不覩聲明與文物,	이제 문명과 제도의 성대함을 보지 못하게 되었으니

---

157) 李白의 시 한 수를 보충하여 예로 들 수 있다. 「訪戴天山道士不遇」: "犬吠水聲中, 桃花帶露濃. 樹深時見鹿, 溪午不聞鐘. 野竹分靑靄, 飛泉挂碧峰. 無人知所去, 愁倚兩三松." 이 시는 上平2 '冬'운을 사용하면서 首句에 隣韻 上平1 '東'운에 속하는 '中'자를 썼다. ≪附註八≫

自傷流滯去關東.	관동을 떠나 머물게 된 것에 스스로 마음 아프다.

— 이기(李頎), 「送李回」

桃時杏日不爭濃,	복숭아와 살구 필 때 농염을 다투지 않고
葉帳陰成始放紅.	잎의 장막이 그늘을 이루면 붉은 꽃 피운다.
曉艶遠分金掌露,	새벽의 예쁜 꽃이 멀리 金掌의 이슬을 나누어 받고
暮春深惹玉堂風.	늦은 봄에 깊숙이 玉堂의 바람을 일으킨다.
名移蘭杜十年後,	명성이 난초와 두약으로 옮겨간 지 십 년 후
貴擅笙歌百醉中.	생황 노래 들으며 취하는 중에 귀함을 독차지하였다.
如夢如仙忽零落,	꿈같고 신선 같다가 갑자기 떨어지니
暮霞何處綠屏空.	푸른 병풍 비었는데 저녁놀은 어디에 있는가?

— 한종(韓琮), 「牡丹」

油壁香車不再逢,	향긋한 채색 수레는 다시 만날 수 없고
峽雲無迹任西東.	巫峽의 구름 종적 없어 찾을 길 없다.
梨花院落溶溶月,	배꽃 만발한 정원의 하얗게 빛나는 달
柳絮池塘淡淡風.	버들 솜 날리는 연못의 가볍게 부는 바람
幾日寂寥傷酒後,	며칠 동안 적막하여 크게 술 취한 뒤
一番蕭索禁煙中.	한식 기간이라 한 차례 쓸쓸함만 더한다.
魚書欲寄何由達?	물고기 통해 이 내 마음 전하려 해도
水遠山長處處同.	곳마다 산과 물 아득하니 어찌 전하나!

— 안수(晏殊), 「寓意」

滄浪獨步亦無悰,	창랑정을 혼자 걸어도 즐거움이라곤 없어
聊上危臺四望中.	잠시 높은 누대에 올라 사방을 바라본다.
秋色入林紅黯淡,	가을이 숲에 드니 붉은 빛 희미하고
日光穿竹翠玲瓏.	햇빛이 대나무에 비쳐 푸른 빛 영롱하다.
酒徒漂落風前燕,	술친구는 바람 앞의 제비처럼 떠돌고
詩社凋零霜後桐.	시 모임은 서리 후의 오동처럼 시들해졌다.
君又暫來還徑去,	그대 또한 잠시 왔다가 서둘러 가버리니
醉吟誰復伴衰翁.	누가 다시 쇠약한 이 몸과 술 마시고 시 읊어줄까?

月明如晝露華濃,　　달이 대낮같이 밝고 이슬 짙은데
錦帳名郎笑語同.　　비단 휘장 안의 名郎들 웃음소리 똑같다.158)
金地夜寒消美酒,　　사원의 밤이 추워 맛 좋은 술 마시는데
玉人春困倚東風.　　옥 같은 사람은 봄이라 노곤한지 봄바람에 기대섰다.
紅雲燈火浮滄海,　　붉은 구름과 등불은 창해 위에 떠있고
碧水樓臺浸遠空.　　푸른 물과 누대는 먼 하늘에 스며든다.
白髮蹉跎歡意少,　　백발이 되어 허송세월하니 기쁜 일 적은데
強顏猶入少年叢.　　억지로 환한 낯하고 젊은이들 속에 끼어들었다.
　　　　　— 증공(曾鞏), 「錢塘上元夜祥符寺」159)

原上烟蕪淡復濃,　　들판 풀 위의 안개는 옅었다 짙었다 하는데
寂寥佳節思無窮.　　적막 속에서 절기를 맞아 그리움 끝이 없다.
竹林近水半邊綠,　　물 가까이 대숲이라 반쪽이 푸르고
桃樹連村一片紅.　　마을로 이어진 복숭아나무로 한 조각 붉다.
盡日解鞍山店雨,　　비 때문에 안장을 풀고 종일 산 속 주막에 있으니
晩天回首酒旗風.　　저녁에 고개를 돌려 바람에 나부끼는 酒旗를 본다.
遙知幕府淸明飮,　　생각해보니 막부에서는 청명이라 술을 마시며
應笑馳驅羈旅中.　　나그네 되어 말을 몰고 있을 나를 비웃겠지.
　　　　　— 사마광(司馬光), 「寒食許昌道中寄幕府諸君」

故園相見略雍容,　　꿈에 고향 정원에서 형을 만나니 온화했는데
睡起南牕日射紅.　　잠에서 깨어나니 남창에 붉은 햇빛이 듭니다.
詩酒一年談笑隔,　　일 년이나 시와 술을 곁들이며 담소하지 못했지만
江山千里夢魂通.　　천 리 떨어진 강산이라도 꿈속의 혼은 통합니다.
河天月暈魚生子,　　달무리 비쳐든 강에서는 고기들이 알을 낳고
槲葉風微鹿養茸.　　미풍 속의 떡갈나무 잎은 녹용을 길러줍니다.

---

158) '名郎'은 宋代 禮部郎中의 別稱이다.
159) 이 시의 원 제목은 「錢塘上元夜祥符寺陪咨臣郎中丈燕席」이다.

幾度白沙靑影裏,　몇 번이었던가 흰 모래밭과 푸른 숲 그늘에서
審聽嘶馬自搘笻.　귀 기울여 말 울음소리 듣고는 죽장을 짚고 일어난 것이!
　　　　　　　　　　　　　　　　— 황정견(黃庭堅),「夏日夢伯兄寄江南」

雪花遣霰作前鋒,　눈꽃이 싸라기로 바뀌어 앞에서 찌르고
勢頗張皇欲暗空.　기세가 등등하여 하늘을 어둡게 하려고 한다.
篩瓦巧尋疎處漏,　기와 틈을 뚫고 묘하게도 성긴 곳을 찾아 새고
跳階誤到暖邊融.　섬돌에서 튀어 따뜻한 가로 잘못 들어가 녹는다.
寒聲帶雨山難白,　찬 소리가 비를 동반하여 산은 하얗기 어렵고
冷氣侵人火失紅.　냉기가 사람에 침입하여 불도 붉은빛을 잃었다.
方訝一冬暄較甚,　모처럼 한 겨울을 제법 따뜻하게 지내나 했더니
今宵敢歎臥如弓.　오늘밤 탄식 속에 몸을 활처럼 오그리고 누웠다.
　　　　　　　　　　　　　　　　— 양만리(楊萬里),「霰」

十二巫山見九峰,　열 두 무산에 아홉 봉우리 보이고
船頭彩翠滿秋空.　뱃머리엔 가을하늘 가득히 울긋불긋하다.
朝雲暮雨渾虛語,　아침 구름과 저녁 비가 모두 거짓말이었는지
一夜猿啼明月中.　밤새도록 달 밝은 중에 원숭이 울었다.
　　　　　　　　　　　　　　　　— 육유(陸游),「三峽歌」

羅衫葉葉繡重重,　비단적삼 조각조각 겹겹이 수를 놓아서
金鳳銀鵝各一叢.　금빛 봉새 은빛 거위가 각기 무리를 이루었다.
每徧舞時分兩向,　매번 군무를 출 때 양쪽으로 늘어서면
太平萬歲字當中.　한가운데 있는 것은 太平萬歲 네 글자.
　　　　　　　　　　　　　　　　— 왕건(王建),「宮詞」

(乙) '東'운을 '冬'운에 덧붙인 것

金殿香銷閉綺櫳,　황금 궁전에 향은 꺼지고 창은 닫혔는데[160]

---

160) 텍스트에는 '籠'으로 되어 있는 것을 의미상 '櫳'으로 바꾸었다(『李商隱詩集疏注』.
『玉谿生詩集箋注』 참조).

玉壺傳點咽銅龍.　　玉壺에서 물방울 전해져 銅龍이 오열한다.

狂飇不惜蘿陰薄,　　광풍에 담쟁이 그늘 옅어지는 것은 아깝지 않고

淸露偏知桂葉濃.　　맑은 이슬에 계수나무 잎 짙어지는 것만을 안다.

斑竹嶺邊無限淚,　　반죽령 옆에서 흘리는 끝없는 눈물

景陽宮裏及時鐘.　　경양궁 속에서 때맞춰 울리는 종소리.

豈知爲雨爲雲處,　　어찌 알았으랴 비와 구름 찾아오는 곳이

只有高唐十二峰!　　다만 고당의 열 두 봉우리뿐이라는 것을!

—이상은(李商隱), 「深宮」

行穿翠靄中,　　푸른 안개 속을 뚫고 지나가니

絶澗落疎鐘.　　깊숙한 계곡 물에 멀리서 종소리 떨어진다.

數里踏亂石,　　몇 리인가 어지럽게 솟은 바위를 밟고 들어가니

一川環碧峯.　　내 하나가 푸른 봉우리를 둘러싸고 있다.

暗林糜養角,　　깊은 숲에서는 순록이 뿔을 갈고

當路虎留蹤.　　길에는 호랑이가 자취를 남겨두었다.

隱逸何曾見,　　왕유 같은 은자를 언제나 볼 수 있을까?

孤吟對古松.　　고송을 대하고 홀로 시를 읊조린다.

—소순흠, 「獨遊輞川」

五丁力盡蜀山通,　　다섯 장사 힘을 다해 촉산의 길을 뚫으니

千古成都綠酎醲.　　오랜 옛날부터 成都는 술맛이 진하였다.

白帝倉空蛙在井,　　白帝倉은 비었고 우물 안의 개구리와 같지만

靑天路險劍爲峰.　　하늘에 오르는 길보다 험하고 봉우리는 날카롭게 솟아 있다.

漫傳西漢祠神馬,　　서한 때에 神馬에 제사지내는 것이 널리 전해졌고

已見南陽起臥龍.　　이미 남양에서 臥龍이 일어난 것을 보았다.

張載勒銘堪作戒,　　張載가 새긴 「劍閣銘」은 훈계로 삼을 만 했으니

莫矜函谷一丸封.　　한 알의 진흙으로 函谷關에 봉했다고 자랑하지 말라.

—양억(楊億), 「成都」

孤城縱目盡南東,　　외로운 성에서 눈을 크게 뜨고 남동을 바라보니

山轉溪回翠萬重.　산과 계곡 돌아들며 푸름이 만 겹을 둘러쌌다.
雲際靜浮濱漢水,　구름 끝에 고요히 漢水 가가 떠 있고
林端淸送上方鐘.　숲 끝에서 절의 종소리가 맑게 들려온다.
今時漢北無雛鳳,　지금 漢北에는 龐統같은 인재가 없고[161]
當日襄南有臥龍.　당시 襄南에는 諸葛亮이 있었다.
萬事廢興無足問,　인간만사의 흥망은 물을 것이 못되니
登臨吾樂正從容.　올라와 바라보는 내 즐거움 넉넉하다.
—팽여려(彭汝礪),「城上」

洛陽城裏見秋風,　낙양성에 선뜩 가을바람 부는데
欲作家書意萬重.　집으로 보낼 편지 쓰자니 생각이 꼬리를 문다.
復恐匆匆說不盡,　새삼 서둘러 할 말 다 못했나 싶어
行人臨發又開封.　인편 떠나려는데 다시 봉투를 뜯는다.[162]
—장적(張籍),「秋思」

五度溪頭蹲躅紅,　오도계 가에서 붉은 꽃에 머뭇거렸고
嵩陽寺裏講時鐘.　숭양사에서 佛法을 강설할 때 종소리 들었다.
春山處處行應好,　봄 산 곳곳을 다니는 것이 응당 좋을 테지만
一月看花到幾峰?　꽃을 보려고 한 달에 몇 봉우리나 갈 수 있을까?
—장적,「寄李渤」

燈前飛入玉階蟲,　등불 앞으로 옥섬돌의 벌레가 날아들고
未臥常聞半夜鐘.　눕기 전에 언제나 한밤의 종소리 듣는다.
看着中元齋日到,　보아하니 中元節의 齋戒日이 다가와서
自盤金線繡眞容.　금실을 받쳐 들고 참된 모습을 수놓는다.
—왕건(王建),「宮詞」

---

161) 諸葛亮과 함께 劉備의 밑에서 이름을 날렸던 龐統은 號가 鳳雛였다.
162) 이 번역문은 李炳漢 · 李永朱,『唐詩選』, 서울대 출판부, 1998의 것을 옮겨 적은 것이다.

5.4 2) '江'운과 '陽'운

南徐城古樹蒼蒼,　　남서성 오래 되고 나무 울창한데
衙府樓臺盡枕江.　　관공서의 누대는 강을 베고 있다.
甘露鐘聲淸醉榻,　　감로종 소리가 취한 평상에 맑게 들리고
海門山色滴吟牕.　　해문의 산 빛이 시 읊는 창에 듣는다.
直廬久負題紅藥,　　숙직처는 오랫동안 작약시 짓기를 저버렸고
出鎭何妨擁碧幢.　　진지를 나서면 푸른 깃발 매단들 어떠리?
聞說秋來自高尙,　　듣자니 가을이 오면 절로 고상해진다는데
道裝筇竹鶴成雙.　　길에서 죽장을 짚고 서니 학과 쌍을 이뤘다.

　　　　　　　— 왕우칭(王禹偁), 「寄獻潤州趙舍人」

葦篷疏薄漏斜陽,　　갈대 덮개 성기고 얇아 석양빛이 새들어오는데[163]
半日孤吟未過江.　　반나절을 외롭게 읊어도 아직 강을 건너지 못했다.
惟有鷺鷥知我意,　　오직 백로만이 나의 뜻을 아는지
時時翹足對船牕.　　때때로 발을 치켜들고 선창을 대한다.

　　　　　　　— 왕우칭, 「泛吳松江」

　※ 주의 : 성당 때에는 '江'운과 '陽'운이 절대로 상통하지 않아서 수구에도 인운으로 사용할 수 없었다. 만당 이후에도 '江'운과 '陽'운이 상통한 예는 드물게 보인다.

5.5 3) '支'운과 '微'운

(甲) '微'운을 '支'운에 덧붙인 것

延英面奉入春闈,　　延英殿에서 직접 명을 받고 春試를 거행하니
亦選功夫亦選奇.　　그동안 닦은 실력과 奇才를 선발하는 것이다.
在冶只求金不耗,　　야금에는 다만 쇠가 소모되지 않기를 구하고

---

163) 텍스트에는 '篷'이 '蓬'으로 되어 있는데, 誤字이다.

用心空學秤無私.　　마음 씀은 공평무사의 외침을 헛되이 배웠다.
龍門變化人皆望,　　龍門에 오르는 변화를 사람마다 다 바라지만
鶯谷飛鳴自有時.　　계곡의 꾀꼬리가 날아오르는 건 다 때가 있다.
獨喜至公誰是證,　　홀로 지극한 공정을 좋아하지만 누가 증명하나?164)
彌天上人與新詩.　　기개 넘치는 고상한 분이 내게 새 시를 주셨다.
　　　　　　　　　—왕애(王涯), 「廣宣上人以詩賀放榜和謝」

君王多感放東歸,　　군왕은 동쪽으로 돌아가는 것에 감개가 많으니
從此秦宮不復期.　　이로부터 진나라 궁궐은 다시 기약할 수 없다.
春景自傷秦喪主,　　秦이 주군을 잃어 봄 경치도 스스로 상심한 듯
落花如雨淚胭脂.　　낙화가 연지 빛 눈물을 비 내리듯이 뿌린다.
　　　　　　　　　—심아지(沈亞之), 「題宮門」

蜂黃蝶粉兩依依,　　노란 벌과 흰나비 둘 다 떠나려 하지 않고
狎宴臨春日正遲.　　臨春宮에서의 호탕한 연회에 날이 더디다.
密旨不敎江令醉,　　밀지도 江令을 취하게 만들지 못하자
麗華微笑認皇慈.　　麗華가 미소 지어 황제의 자애를 알아본다.
　　　　　　　　　—한악(韓偓), 「侍宴」

萬里憐君蜀道歸,　　만 리 길 蜀으로 돌아가는 그대를 아쉬워했는데
相逢似喜語還悲.　　꿈에서 만나니 기쁜 듯하면서도 말은 여전히 슬프다.
江淮別業依何處?　　江淮 지역의 별장은 어디에 의지하였소?
日月新阡卜幾時?　　세월은 가는데 새 묘지 길은 언제 정하오?
自說曲河猶未穩,　　스스로 말하길 曲河가 아직 안정되지 않아서
卽尋溢水去猶疑.　　바로 溢水를 찾아가는 것은 여전히 저어되오
茫然却是陳橋夢,　　망연자실한 것은 오히려 陳橋의 꿈이었으니
昨日春風馬上思.　　어제 봄바람 맞으며 말 위에서 그리웠다오
　　　　　　　　　—왕안석(王安石), 「夢張劍州」

---

164) '至公'은 '지극한 公正'이라는 뜻과 함께 과거시험의 主考官에 대한 敬稱으로도 쓰였다. 여기서는 이 뜻도 포함하고 있다.

團團淸鏡吐淸輝,　둥글고 맑은 거울이 맑은 빛을 토하고 있으니
今夜何如昨夜時.　오늘밤이 어젯밤에 비하여 어떤가?
只恐月光無好惡,　다만 두려운 것은 달에는 좋아함과 미워함이 없는데
自憐人意有盈虧.　사람 마음에만 차고 이지러짐이 있음을 애석해 하는 것.
風摩露洗非常潔,　바람이 불어와 이슬을 씻으니 너무나 깨끗하고
地闊天高是處宜.　땅 넓고 하늘 높으니 곳곳이 다 마땅하다.
百尺曹亭吾獨有,　백 자 높이의 曹亭을 내가 독차지하였으니
更敎玉篦倚欄吹.　난간에 기대어 옥피리를 불어야겠다.165)

　　　　　　　— 공평중(孔平仲),「八月十六日翫月」

(乙) '支'운을 '微'운에 덧붙인 것

武牢關下護龍旗,　武牢關 아래서 황제의 龍旗를 호위하고
挾槊彎弓馬上飛.　창을 끼고 활을 당기며 말을 몰아 달렸다.
漢業未興王霸在,　漢나라의 대업을 일으키기 전에 王霸가 있었고
秦兵纔散魯連歸.　秦나라 군대가 흩어지자 魯仲連이 돌아갔다.
墳穿大澤埋金劍,　무덤에는 큰 못을 뚫어 황금 검을 묻었고
廟枕長流挂鐵衣.　긴 강을 베고 있는 사당엔 쇠 갑옷이 걸려 있다.
欲奠忠魂何處問?　충성스런 혼백을 제사지내려 해도 어디다 묻나?
葦花楓葉雨霏霏.　갈대꽃과 단풍잎 위로 비만 부슬부슬 내린다.

　　　　　　　— 허혼(許渾),「題衛將軍廟」

爲客自堪悲,　나그네 되어 스스로 슬픔을 견디는데
風塵日滿衣.　바람과 먼지가 날마다 옷에 가득하다.
承明無計入,　承明廬에는 들어갈 방법이 없고166)
舊隱但懷歸.　옛 隱士들은 다만 돌아갈 것을 생각한다.
雪積孤城暗,　눈이 쌓여 외로운 성은 어둡고
燈殘曉角微.　등불 꺼져 가고 새벽의 뿔피리 소리 희미하다.
相逢喜同宿,　서로 만나 함께 자게 된 것이 기쁘니

---

165) 텍스트에는 '篦'이 '籚'로 되어 있는데, 誤字이다(『全宋詩』十六 참조).
166) '承明廬'는 漢 承明殿의 곁채로, 侍臣들이 머물던 곳이다.

此地故人稀.　　　　이곳은 옛 친구가 드문 곳이다.

　　　　　　　　　　　　　　—마대(馬戴), 「答鄜時友同宿見示」

會面却生疑,　　　　얼굴을 맞대고서도 생시인가 의심스럽고
居然似夢歸.　　　　마치 꿈속에서 돌아온 것만 같다.
寒深行客少,　　　　추위가 깊어 다니는 사람들 적고
家遠識人稀.　　　　집이 멀어 아는 사람이 거의 없다.
戰馬分旗牧,　　　　전마들은 깃발을 나누어 방목하고
驚禽曳箭飛.　　　　놀란 새들은 화살을 끌고 난다.
將軍雖異禮,　　　　장군은 비록 예가 다르긴 하지만
難便脫麻衣.　　　　대하기 어려워 麻衣를 벗는다.

　　　　　　　　　　　　　—장빈(張蠙), 「雲朔逢山友」

輕鬢叢梳闊掃眉,　　가벼운 머리 묶어 빗질하고 눈썹 화장하니
爲嫌風日下樓稀.　　바람과 햇빛이 싫어 누대 내려갈 일 드물다.
畵羅金縷難相稱,　　채색 비단과 금실이 어울리지 않아서
故著尋常淡薄衣.　　일부러 평범하게 담백하고 얇은 옷을 입는다.

　　　　　　　　　　　　　—장적(張籍), 「倡女詞」

芳原綠野恣行**時**,　방초 우거진 들판을 마음껏 다니니
春入遙山碧四圍.　　봄이 먼 산에 들어 사방이 푸르다.
興逐亂紅穿柳巷,　　흥에 겨워 흐드러진 꽃 따라 버들 골목에 들고
困臨流水坐苔磯.　　흐르는 물에 막혀 이끼 긴 물가 바위에 앉는다.
莫辭盞酒十分醉,　　술잔을 사양하지 말고 흠뻑 취해야지
只恐風花一片飛.　　다만 바람에 꽃잎 흩날릴까 걱정이다.
況是淸明好天氣,　　더구나 청명 시절이라 날씨가 좋아서
不妨游衍莫忘歸.　　마음껏 나들이하고 돌아가는 걸 잊지 말아야지.

　　　　　　　　　　　　　—정백자(程伯子), 「郊行卽事」

悠悠東去欲何之?　유유히 동쪽으로 떠나 어디로 가려는가?
草草西還可是歸.　황급히 서쪽으로 귀환했다가 돌아가는 것이다.

殘日兩竿荒戍遠,　　두 장대에 석양 비치고 황량한 수자리 먼데
青山滿眼故園非.　　눈 가득히 들어오는 청산은 고향이 아니다.
江田經雨菰蔣熟,　　강가의 밭은 비 지나간 뒤 줄이 익었고
石路無風蟻蠓飛.　　돌길에는 바람이 없어 눈에놀이가 난다.
回羨耕夫閑勝我,　　돌아보면 나보다 한가한 농부가 부러우니
蚤收鷄犬閉柴扉.　　일찌감치 닭과 개 불러들여 사립문을 닫았다.

　　　　　　　　　　　　— 하주(賀鑄),「烏江東鄉往還馬上作」

去歲瀟湘重九時,　　지난해 瀟湘에서 중양절을 맞았을 때
滿城寒雨客思歸.　　온 성에 찬 비 내려 나그네는 고향이 그리웠다.
故山此日還佳節,　　고향의 산도 이 날 다시 가절을 맞이하여
黃菊淸罇更晚暉.　　석양 속에 노란 국화 보며 맑은 술 마시겠지.
短髮無多休落帽,　　짧은 머리 많지 않아 모자 떨어질 일 없고
長風不斷且吹衣.　　거센 바람 끊임없이 옷에 불어온다.
相看下視人實小,　　아래를 내려다보니 인간세상 작아서
祇合從今老翠微.　　이제부터는 청산에서 늙어야 하겠다.

　　　　　　　　　　　　— 주희(朱熹),「九日登天湖」

5.6 4) '魚'운과 '虞'운

(甲) '虞'운을 '魚'운에 덧붙인 것

秋野日疏蕪,　　가을의 들판은 날로 황량해가고
寒江動碧虛.　　찬 강물은 푸른 하늘빛을 출렁인다.
繫舟蠻井絡,　　나는 옛 楚 땅의 물가에 배를 대고
卜宅楚村墟.　　이곳 마을에 터를 잡아 집을 정했다.
棗熟從人打,　　대추가 익으면 남이 따가도록 하고
葵荒欲自鋤.　　해바라기의 잡초를 스스로 제거한다.
盤餐老夫食,　　이 몸이 먹을 소반에 담긴 음식물을

分減及溪魚.　시내의 물고기에게 나누어 던져준다.

　　　　　　　　　　　　　　—두보,「秋野五首」(제1수)

疊石爲山伴野夫,　　돌을 쌓아 산을 만들려는 촌부와 짝하고
自收靈藥讀仙書.　　직접 영약을 수확하고 神仙書를 읽었다.
如今身是他鄕客,　　지금은 이 몸이 타향의 나그네가 되어
每見靑山憶舊居.　　청산을 볼 때마다 옛집이 생각난다.

　　　　　　　　　　　　　　—장적(張籍),「憶故州」

塵容已似服轅駒,　　얼굴은 티끌에 찌들어 끌채를 단 망아지 같지만
野性猶同縱壑魚.　　야성은 오히려 웅덩이에 놓아진 물고기와 같소
出入巖巒千仞表,　　우뚝 솟은 천 길 바위산에 출입하고
較量筋力十年初.　　근력을 따져보면 여전히 십 년의 차이가 나오
雖無窈窕驅前馬,　　아리따운 아가씨의 앞 수레를 몰 수는 없지만
還有鴟夷挂後車.　　뒤 수레엔 아직 술이 담긴 가죽부대가 있다오
莫笑吟詩淡生活,　　시를 읊음에 冷淡生活이라 한다고 비웃지 마오
當令阿買爲君書.　　응당 阿買를 시켜 그대를 위해 쓰게 할 것이오

　　　　　　　　　　　　—소식(蘇軾),「遊廬山次韻章傳道」

十里靑山蔭碧湖,　　십 리의 청산이 푸른 호수를 그늘 지우고
湖邊風物盡難如.　　호숫가 풍물은 모두가 독특하고 기이하다.
夕陽第舍客沽酒,　　석양 아래 주막에서 나그네는 술을 사고
明月小橋人釣魚.　　달빛 아래 다리에서 누군가 낚시를 한다.
舊卜草莊臨水竹,　　지난날 물가 대숲에 초가집을 마련하고
來尋野叟問耕鋤.　　들판의 노인을 찾아 농사에 대해 물었다.
他年待掛衣冠後,　　훗날 사직하여 의관을 걸어놓은 뒤에
乘興扁舟取次居.　　신나게 편주를 타고 와 마음껏 거처하리.

　　　　　　　　　　　　—왕십붕(王十朋),「題湖邊莊」

(乙) '魚'운을 '虞'운에 덧붙인 것

野水從橫漱屋除,	개울물 콸콸 흘러내리며 섬돌을 씻어내고
午牕殘夢鳥相呼.	창가의 낮 꿈 깨려하니 새들이 지저귄다.
春風日日吹香草,	봄바람은 날마다 향긋한 풀 위로 불어와
山北山南路欲無.	산 북쪽에도 남쪽에도 길을 없애려 한다.

— 왕안석(王安石), 「悟眞院」

5.7 5) '齊'운과 '支'운

(甲) '支'운을 '齊'운에 덧붙인 것

古寺蕭條偶宿期,	쓸쓸한 낡은 절에 어쩌다 묵게 되었는데
更深雪壓竹枝低.	깊은 밤 눈 무게에 대 가지 낮게 휘었다.
長天月影高窗過,	끝없는 하늘에서 달은 높은 창을 지나고
疎樹寒鴉半夜啼.	성긴 나무에서 겨울 까귀 한밤에 운다.
池水竭來龍已去,	못의 물이 말라붙어 용은 이미 떠났고
老松枯處鶴猶棲.	노송이 마른 곳에는 학이 깃들어 있다.
傷心可惜從前事,	가슴 아프고 안타까운 지난 옛일들
寥落朱廊墮粉泥.	퇴락한 붉은 복도에는 분칠이 떨어져 있다.

— 유창(劉滄), 「題古寺」

天光不動晚雲垂,	하늘빛 움직이지 않고 저녁구름 드리웠는데
芳草初長襯馬蹄.	방초는 이제 막 자라나 말발굽을 받쳐준다.
新月已生飛鳥外,	초승달은 이미 날아가는 새 뒤에 나와 있고
落霞更在夕陽西.	저녁놀은 더욱이 석양의 서쪽에 남아 있다.
花開有客時携酒,	꽃 피어 사람들은 술을 들고 나들이 갔는데
門冷無車出畏泥.	쓸쓸한 집이라 수레가 없어 진창이 겁난다.
修禊洛濱期一醉,	修禊日 맞아 洛水 가에서 취하고자 나갔더니
天津春浪綠浮隄.	天津橋의 봄 물결이 둑으로 푸름을 떠올린다.

— 장뢰(張耒), 「和周廉彦」

(乙) '齊'운을 '支'운에 덧붙인 것

洞庭之東江水西,	동정호의 동쪽 양자강의 서쪽
簾旌不動夕陽遲.	뉘엿뉘엿 지는 석양 아래 바람 한 점 없다.
登臨吳蜀橫分地,	굽어보니 吳와 蜀이 땅을 나누었던 곳이고
徙倚湖山慾暮時.	지금껏 거쳐 왔던 山河엔 황혼이 깃든다.
萬里來遊還望遠,	만 리 떠돌아온 곳 다시 멀리 바라보고
三年多難更憑危.	다난했던 삼 년을 뒤로하고 다시 난간에 기댄다.
白頭弔古風霜裏,	백발의 몸으로 서릿바람에 옛 일을 생각하니
老木蒼波無限悲.	고목과 푸른 물결이 무한한 슬픔을 일으킨다.

— 진여의(陳與義), 「登岳陽樓二首」(제1수)

(丙) '齊'운을 '微'운에 덧붙인 것

小雪晴沙不作泥,	작은 눈은 해맑은 모래밭에 진창을 만들지 않고
疎簾紅日弄朝暉.	성긴 발은 붉은 해를 가리고 아침빛을 희롱한다.
年華已伴梅梢晚,	세월은 이미 매화 가지를 데리고 저물어 가는데
春色先從柳陰歸.	봄빛이 먼저 버드나무 그늘로부터 돌아온다.

— 황정견(黃庭堅), 「春近」

緩鞁青絲馬不嘶,	청사 재갈을 느슨하게 맨 말은 울지 않고
春山草長靜柴扉.	풀 길게 자란 봄 산은 사립문이 조용하다.
迸林新筍斑斑出,	숲에서는 여기저기 새 죽순이 솟아 나오고
隔水幽禽款款飛.	개울 건너에서는 새가 지저귀며 천천히 난다.
雨過泉聲鳴嶺背,	비 지나간 뒤 샘물은 고개 뒤에서 소리 내고
日長花氣撲人衣.	긴긴 낮 꽃향기가 사람의 옷을 스친다.
雲藏遠岫茶煙起,	구름 숨긴 먼 산구멍에서 차 연기가 이니
知有僧居在翠微.	스님의 거처가 저 푸른 산 속에 있는가보다.

— 왕정규(王庭珪), 「春日山行」

5.8 6) '佳'운과 '灰'운

凌晨更直九門開,	숙직을 선 뒤 이른 새벽에 아홉 문을 열고
驅馬悠悠望禁街.	유유히 말을 몰며 서울의 거리를 바라본다.
霜後樓臺明曉日,	서리 내린 후 누대는 새벽에 선명히 보이고
天寒煙霧著宮槐.	날씨가 차 연무는 궁궐의 홰나무에 붙어 있다.
山林未去猶貪寵,	산림에 은거하지 않고 오히려 총애를 탐하니
罇酒何時共放懷?	언제나 술잔 들며 함께 회포를 풀 수 있을까?
已覺蕭條悲晩歲,	이미 쓸쓸함을 느껴 만년이 된 것을 슬퍼하고
更憐衰病怯淸齋.	쇠약하고 병들어 심신을 깨끗이 하기가 겁난다.

— 구양수(歐陽修), 「內直晨出便赴奉慈齋」

5.9 7) '眞'운과 '文'운

(甲) '文'운을 '眞'운에 덧붙인 것

吟霜與吟雲,	서리를 읊고 구름을 읊고 하니
此興亦甘貧.	이 감흥에 가난도 달게 느껴진다.
吹箭落翠羽,	화살을 날려 푸른 깃털을 떨어뜨리고
垂絲牽錦鱗.	낚시를 내려 비단 비늘을 끌어당긴다.
滿湖風撼月,	호수 가득한 바람이 달을 흔들어대고
半日雨藏春.	반나절 내린 비는 봄을 감추고 있다.
却笑縈簪組,	벼슬에 얽매여 사는 것을 비웃나니
勞心字遠人.	마음을 써 멀리 있는 사람을 위무한다.

— 방간(方干), 「湖上言事」

仙山靈雨濕行雲,	신선 산의 영험한 비가 지나는 구름을 적셔[167]
洗遍香肌粉未勻.	향긋한 피부를 씻었지만 분은 고루 퍼지지 않았다.

---

167) 텍스트에는 '行'이 '竹'으로 되어 있는데, 誤字이다.

明日來投玉川子,　밝은 달은 와서 玉川子 盧仝의 집에 투숙하고
清風吹破武林春.　맑은 바람 불어와 무림산에 봄을 일깨운다.
要知玉雪心腸好,　눈같이 하얀 차 잎이 심장에 좋은 것이니
不是膏油首面新.　기름으로 표면을 신선하게 한 것은 아니다.
戲作小詩君一笑,　장난삼아 小詩를 보내니 그대 한 번 웃게
從來佳茗似佳人.　예부터 좋은 차는 가인과 같다고 하였네.

― 소식(蘇軾), 「次韻曹輔寄壑源試焙新芽」

(乙) '眞'운을 '文'운에 덧붙인 것

適賀一枝新,　때마침 과거에 급제한 것을 축하했더니
旋驚萬里分.　다시 만 리 길 이별에 놀라게 되었다.
禮闈稱獨步,　예부의 시험에서 독보라 일컬어졌고
太守許能文.　태수는 문장에 능하다고 인정하였다.
征馬望春草,　길 떠나는 말은 봄풀을 바라보고
行人看暮雲.　길 가는 사람은 저녁구름을 바라본다.
遙知倚門處,　멀리 문에 기대어 서 있는 곳에는
江樹正氛氳.　강가 나무가 무성하다는 것을 알리라.

― 유장경(劉長卿), 「松孫瑩京監擢第歸蜀省觀」

錦幃初卷衛夫人,　비단휘장 걷어 올리니 위부인이 드러나고
繡被猶堆越鄂君.　수 이불은 아직 월악군을 감싸고 있다.
垂手亂翻雕玉佩,　垂手舞를 추듯이 패옥이 어지럽게 흔들리고
折腰爭舞鬱金裙.　折腰舞를 추듯이 鬱金 치마가 다투어 휘날린다.168)
石家蠟燭何曾翦,　石崇 댁의 촛불처럼 심지를 잘라낼 필요 없고
荀令香爐可待熏.　荀令君의 향로를 기다려 향을 쪼일 필요 없다.
我是夢中傳彩筆,　나는 江淹처럼 꿈속에서 彩筆을 전해 받아
欲書花葉寄朝雲.　모란 꽃잎에 시를 써서 朝雲에게 부치련다.

― 이상은(李商隱), 「牧丹」

---

168) 텍스트에는 '折'이 '招'로 되어 있으나, 의미상으로 보아 『玉谿生詩集箋注』에 의거
하여 바꾸었다.

雕陰寒食足遊人,　　雕陰縣의 한식은 나들이하기에 족하여
金鳳羅衣濕麝熏.　　금빛 봉황 수놓은 옷은 사향에 젖어 있다.
腸斷入城芳草路,　　단장의 슬픔 안고 성에 드니 방초 우거진 길엔
澹紅香白一群群.　　붉은 옷 흰 옷 걸친 사람들 무리지어 있다.
　　　　　― 위장(韋莊), 「丙辰年鄜州遇寒食城外醉吟五首」(제2수)

棲棲滄海一耕人,　　영락하여 쓸쓸히 바닷가에서 밭가는 사람
詔遣江邊作使君.　　長江 가로 조서를 보내 태수가 되었다.
山頂雨餘靑到地,　　산꼭대기에 비가 충분하여 푸름이 땅에 이르고
濤頭風起白連雲.　　파도 끝에 바람이 일어 흰빛이 구름에 이어진다.
詩成客見書墻和,　　시가 완성되니 객이 보고 담에 써서 화답하고
藥熟僧來就鼎分.　　약이 익으니 스님이 와서 솥에다 나눈다.
珍重來章相借問,　　보내온 진귀한 시를 보고 누구냐고 물으니
芳名未識已曾聞.　　훌륭한 이름 알진 못하지만 일찍이 들었다.
　　　　　― 요합(姚合), 「酬薛奉禮」

西風掠面不勝塵,　　가을바람 얼굴을 스쳐 먼지를 감당키 어려운데
老欲從君自濯薰.　　늙어서 그대를 따르고자 스스로 심신을 수양한다.
兩意未成還忤俗,　　두 사람의 뜻 이루지 못하고 세속을 거슬렀는데
一飢相迫又離群.　　굶주림이 핍박하여 다시 무리를 떠났다.
只今參佐須孫楚,　　지금 속료로는 반드시 孫楚여야 하는데
何日公卿屬范雲?　　언제나 范雲같은 公卿이 될 수 있을까?
節物關心那可別?　　계절의 풍물이 마음을 끄니 어떻게 이별하나?
斷紅疎綠正春分!　　붉은 꽃 지고 푸른 잎 성긴 바로 춘분인 것을!
　　　　　― 주부(周孚), 「送辛幼安」

蒼龍觀闕啓槐宸,　　창룡의 두 누대는 황제의 궁전을 열고
白玉階除振鷺群.　　백옥의 섬돌에선 백로 무리가 떨치고 일어난다.
仗外諸峰獻松雪,　　의장대 뒤의 여러 봉우리엔 눈 쌓인 소나무
霜前一雁度宮雲.　　서리 앞의 기러기 한 마리 궁전 구름을 넘는다.
舍人就日宣麻制,　　舍人은 황제의 뜻을 받들어 詔書를 선포하고

丞相瞻天進表文.　　승상은 하늘 우러러보며 表文을 바친다.

夙退自欣還自笑,　　일찍 물러나 스스로 기뻐하고 미소 지으니

素餐便當策殊勳.　　소찬을 들며 마땅히 수훈을 서책에 기록한다.

　　　　　　　　── 양만리(楊萬里),「赴文德殿聽麻仍拜表」

5.10 8) '元'운과 '眞'운

(甲) '眞'운을 '元'운에 덧붙인 것

闇澹緋衫稱老身,　　빛바랜 붉은 비단적삼이 늙은 몸에 어울려

半披半曳出宮門.　　반은 걸치고 반은 끌며 궁궐 문을 나섰다.

袖中吳郡新詩本,　　소매 속에는 吳郡의 새로운 詩本이 들었고

襟上杭州舊酒痕.　　옷깃에는 杭州에서 묻은 술 자국이 남아 있다.

殘色過梅看向盡,　　남은 색은 장마를 지나며 거의 사라졌지만169)

故香因洗嗅猶存.　　배어 있는 냄새는 아무리 씻어도 그대로 있다.

曾經爛熳三年着,　　전에는 빛깔이 고왔던 옷이라 삼 년을 입은 후

欲棄空箱似少恩.　　빈 상자에 넣어두려니 은혜가 부족한 것 같다.

　　　　　　　　── 백거이,「故衫」

相對莫辭貧,　　상대함에 가난을 사양하지 말지니

蓬蒿任塞門.　　쑥대가 문을 가리고 있다고 하여도

無情是金玉,　　무정한 것은 금과 옥 같은 보석이니

不報主人恩.　　주인의 은혜에 보답할 줄 모른다.

　　　　　　　　── 육구몽(陸龜蒙),「有示」

(乙) '元'운을 '眞'운에 덧붙인 것

朝騎小蹇出煙村,　　아침에 말 타고 약간 절면서 마을을 나섰더니

---

169) '梅'는 梅雨期(장마 시기)의 뜻이다.

擁路爭看八十身. 길을 에워싸고 다투어 팔십 늙은이를 쳐다본다.
似我猶爲一好漢, 나 같은 사람은 오히려 사내대장부이니
問君曾見幾閑人. 전에 한가한 사람을 몇이나 보았느냐고 묻는다.
楊梅線紫開園晚, 자색 가지의 소귀나무는 뜰에서 늦게 피었고
蓴菜絲長入市新. 길게 자란 순채는 시장에 새로 들어왔다.
莫笑堅頑推不倒, 단단해서 밀어도 넘어지지 않는다고 비웃지 말라
天敎日日享常珍. 하늘이 날마다 음식을 맛있게 먹도록 해주었다.

— 육유(陸游), 「出近村歸偶作」

(丙) '文'운을 '元'운에 덧붙인 것

江南別日醉言醺, 강남에서의 이별 일에 취하여 말이 훈훈하고
貪愛青天帶水痕. 물이 돋을 것만 같은 푸른 하늘을 좋아한다.
忘却碧山歸路直, 푸른 산의 귀로가 곧은 것을 망각하고
誤投浮世俗塵昏. 어두운 세속의 먼지 속으로 잘못 들어갔다.
終期散髮江邊釣, 종신토록 산발하고 강변에서 낚시질하며
當有漁舟日擊門. 응당 고깃배 있어 날마다 문을 두드린다.
但恨故人猶喜仕, 다만 원망스러운 건 옛 친구가 벼슬을 좋아하는 것
他時胸腹未堪論. 훗날 만나도 흉금을 털어놓고 이야기하지 못하리.

— 왕령(王令), 「思京口戲周器之」

(丁) '元'운을 '文'운에 덧붙인 것

霜秋自斷魂, 서리 내린 가을이라 절로 넋이 나가는데
楚調怨離分. 초나라 가락에 이별이 원망스럽다.
魄散瑤臺月, 요대의 달빛 아래 혼백은 흩어지고
心隨巫峽雲. 마음은 무협의 구름을 따라간다.
蛾眉誰共畵? 나의 눈썹은 누구와 함께 그리나?
鳳曲不同聞. 아름다운 곡도 같이 들을 수 없다.
莫似湘妃淚, 湘妃처럼 눈물 뿌리지 말아야지
斑斑點翠裙! 푸른 치마에 점점이 얼룩이 질라!

— 노동(盧仝), 「感秋別怨」

5.11 9) '刪'운과 '元'·'寒'운

(甲) '元'운을 '刪'운에 덧붙인 것

秋色滿郊原,　가을빛이 교외 들판에 가득 찼는데
人行禾黍間.　사람이 벼와 기장 사이로 걸어간다.
雉飛橫斷澗,　꿩이 시냇물을 날아서 횡단하고
燒響入空山.　불사른 냄새가 빈 산에 들어간다.
野水蒼烟起,　들판의 시냇물 위로 푸른 안개가 일고
平林夕鳥還.　저녁이라 평지 숲으로 새가 돌아간다.
嵩風久不見,　숭산의 바람을 오랫동안 보지 못했는데
寒碧更屛顏.　차고 푸른 모습이 더욱 높이 솟아 있다.

　　　　　　　— 구양수(歐陽修), 「又行次作」

娟娟雲月稍侵軒,　아름다운 구름 속의 달빛이 창문에 비쳐들고
潋潋星河半隱山.　넘실거리는 은하가 반쯤 산에 가려 있다.
魚鑰未收淸夜永,　빗장을 아직 걸지 않았는데 맑은 밤 길고
鳳簫猶在翠微間.　봉새는 아직도 푸른 산중에서 울고 있다.
凄風瑟縮經絃柱,　찬바람이 쏴아 소리 내며 絃柱를 지나가고
香露凄迷着鬢鬟.　이슬이 처량하게 쪽진 머리에 내려앉는다.
共喜使君能鼓樂,　사또가 북을 잘 쳐서 함께 기뻐하며
萬人爭看火城還.　사람들은 다투어 횃불 행렬의 귀환을 구경한다.

　　　　　　　— 소식(蘇軾), 「與述古自有美堂乘月夜歸」

(乙) '寒'운을 '刪'운에 덧붙인 것

滄江萬景對朱欄,　창강의 온갖 경물이 붉은 난간을 대하고
白鳥群飛去復還.　백조가 무리지어 날아갔다 다시 온다.
雲捧樓臺出天上,　구름이 받쳐 든 누대는 하늘 위로 솟아 있고
風飄鐘磬落人間.　바람에 풍경소리 실려와 속세에 떨어진다.
銀河倒瀉分雙月,　은하수가 거꾸로 쏟아져 두 개의 달로 나누고

錦水西來轉幾山.　비단 강물이 몇 개의 산을 돌아 서쪽에서 온다.
今古冥冥難借問,　지금과 옛날 아득하여 묻기 어려워서
且持玉爵破愁顔.　옥 술잔을 들어 슬픔에 찬 얼굴을 편다.

　　　　　　　　—양반(楊蟠),「甘露上方」

客舍無烟野水寒,　객사에 연기 피어오르지 않고 들판의 물 찬데
競船人醉鼓闌珊.　배 경주에 사람이 취하여 북소리가 잦아든다.[170]
石門柳綠淸明市,　석문에 버들 푸르러 화창한 날에 장이 섰고
洞口桃紅已上山.　마을 어귀의 붉은 복사꽃이 산 위로 이어졌다.
飛絮着人春共老,　날리는 버들 솜이 사람에 붙으니 봄이 함께 늙고
片雲將夢晚俱還.　조각구름이 꿈을 싣고 느지막이 함께 돌아온다.
明朝遮日長安道,　아침녘 장안 가는 길에 해가 가려서
慚愧江湖釣手閒.　부끄럽게도 강호에서 한가롭게 낚시를 한다.

　　　　　　　　—범성대(范成大),「暮春上塘道中」

槐影西淸舞翠鸞,　홰나무 그림자 서쪽으로 맑아 비취 난새가 춤추고
竹宮高接五雲環.　죽궁은 높이 오색구름 두른 곳에 접해 있다.
職陪溫洛圖書地,　관직은 洛水를 따뜻하게 할 도서지에 임명되었고
名在元封卜祝間.　이름은 元封 시기의 점술인 제사인 사이에 있다.
畫舫未承龍閣問,　채색 배는 아직 龍圖閣의 하문을 받들지 못했고
晨香猶廁羽衣班.　새벽 향기는 오히려 道士의 반열에 끼어들었다.
祠官到處無公事,　사당 관직은 도처에 공무가 없으니
且聽松聲老此山.　솔바람 소리 들으며 이 산에서 늙어야겠다.

　　　　—악가(岳珂),「九月十三日始就郊墅拜寶謨閣直學士」

只知逐勝忽忘寒,　명승지 쫓아다니느라 갑자기 추위를 잊고
小立春風夕照間.　잠시 봄바람 맞으며 석양 아래 섰다.
最愛東山晴後雪,　맑게 갠 후 눈 쌓인 동산이 가장 좋으니
軟紅光裏湧銀山.　연홍색 햇빛 속에 은빛 산이 솟아 있다.

　　—양만리(楊萬里),「雪後晚晴四山皆靑惟東山全白」

---

170) 텍스트에는 '闌'이 '蘭'으로 되어 있는데, 誤字이다.

(丙) '刪'운을 '寒'운에 덧붙인 것

成紀星郞字義山,　　成紀의 郞官이며 字는 義山인데
適歸黃壤抱長歎.　　마침내 길게 탄식하며 황천으로 돌아갔다.
詞林枝葉三春盡,　　詞林의 신하로서 삼 년을 다 하였고
學海波瀾一夜乾.　　학술계의 파란을 한 밤에 잠재웠다.
風雨已吹燈燭滅,　　비바람 몰아쳐 등불 촛불 다 꺼지니[171]
姓名長在齒牙寒.　　이름 영원히 남았지만 칭송이 인색하다.
只應物外攀琪樹,　　다만 속세를 떠나 仙界의 玉樹로 올라가
便着霓裳上絳壇.　　무지개 옷을 입고 붉은 단에 올라야 하리.[172]

　　　　　　　　　　　　　—최각(崔珏),「哭李商隱」(제1수)

繚繞西行入亂山,　　구불구불 서쪽으로 가 험한 산에 드니
白雲深處據征鞍.　　흰 구름 깊은 곳을 말안장에 의지한다.
蕎花着雨相爭秀,　　메밀꽃은 비를 맞아 수려함을 다투고
棗頰迎陽一半丹.　　대추는 햇볕을 쪼여 반쯤 붉게 되었다.
軱掌未能逃物役,　　직무가 바빠 일에서 벗어날 수 없으니
乾坤何處託身安.　　하늘 아래 어디에 편히 몸을 의탁할까?
莒臺東嚮情無限,　　거대 동쪽으로 정이 끝없이 솟구치는데
那更秋風作暮寒.　　가을바람에 저녁 추위 닥치니 어찌하나?

　　　　　　　　　　　　　—공평중(孔平仲),「西行」

疊疊重重兩岸山,　　첩첩이 늘어선 양쪽 강가의 산들
鉤連秀色上琅玕.　　빼어난 빛이 이어져 대나무에 오른다.
孤亭四壁面烟雨,　　외로운 정자는 사방 안개비가 둘렀는데
人與白鷗分暮寒.　　사람과 흰 갈매기가 저녁추위를 나눈다.

　　　　　　　　　　　　　—이미손(李彌遜),「次韻林冲和筠莊」

---

171) 텍스트에는 '吹'가 '催'로 되어 있는데, 誤字이다.
172) 텍스트에는 '絳'이 '降'으로 되어 있는데, 誤字이다.

5.12 10) ‘先’운과 ‘刪’·‘寒’·‘元’운

(甲) ‘刪’운을 ‘先’운에 덧붙인 것

北闕望南山,   북쪽 대궐에서 남산을 바라보니
明嵐雜紫烟.   밝은 산 기운이 보랏빛 안개에 섞여 있다.
歸雲向嵩嶺,   돌아가는 구름은 숭령을 향하고
殘雨過伊川.   그쳐가는 비는 이천을 지나간다.
樹繞芳隄外,   나무가 풀 덮인 제방 밖을 두르고
橋橫落照前.   다리는 낙조를 받으며 가로놓여 있다.
依依半荒苑,   반쯤 황량한 동산에서 머뭇거리며
行處獨聞蟬.   홀로 가자니 매미 소리가 들려온다.
　　　　　　　— 구양수(歐陽修), 「雨後獨行洛北」

今年寒食在商山,   금년의 한식을 상산에서 맞이하니[173]
山裏風光亦可憐.   산마을 풍광 또한 정겹기만 하다.
稚子就花拈蛺蝶,   아이들은 꽃밭에서 나비를 잡고[174]
人家依樹繫鞦韆.   집안에선 나무에다 그네를 맨다.
郊原曉綠初經雨,   새벽 들판 비 갠 뒤라 더욱 푸르고
巷陌春陰乍禁烟.   봄 그늘 드리운 거리는 잠시 밥 짓는 연기 멎었다.
副使官閑莫惆悵,   부사 벼슬 한직이라고 낙담할 것 없으니
酒錢猶有撰碑錢.   비문이나 써주면 술값이 들어온다.
　　　　　　　— 왕우칭(王禹偁), 「寒食」

黑雲翻墨未遮山,   먹 쏟은 검은 구름이 산을 채 덮기 전에
白雨跳珠亂入船.   흰 빗방울이 튀어 오르며 배에 난입한다.
卷地風來忽吹散,   바람이 땅을 쓸며 와 비구름 몰아내니
望湖樓下水如天.   망호루 아래 호수가 하늘과 같다.
　　　　　　　— 소식, 「六月二十七日望湖樓醉書五絶」(제1수)

---

173) 텍스트에는 ‘商山’이 ‘西山’으로 되어 있는데, 誤字이다.
174) 텍스트에는 ‘拈’이 ‘穿’으로 되어 있는데, 誤字이다.

(乙) '先'운을 '刪'운에 덧붙인 것

綠樹繞伊川,	푸른 나무가 이천을 두르고 있는데
人行亂石間.	사람이 어지럽게 솟은 바위 사이를 지나간다.
寒雲依晚日,	찬 구름이 저무는 해에 의지하여 있고
白鳥向靑山.	흰 새는 푸른 산을 향해 날아간다.
路轉香林出,	길은 향긋한 숲을 돌아 나오고
僧歸野渡閑.	스님 돌아간 들판의 나루는 한가하다.
巖阿誰可訪,	산굽이를 누가 찾아갈 수 있을까?
興盡復空還.	감흥이 다하면 다시 그저 돌아온다.

— 구양수, 「伊川獨遊」

漢使入幽燕,	한나라 사신이 幽州와 燕 땅으로 가니
風煙兩國間.	바람과 안개가 두 나라 사이에 자욱하다.
山河持節遠,	산과 강 넘어 부절을 지니고 멀리 가니
亭障出疆閑.	변방 보루가 국경에 한가히 나타나겠다.
征馬聞笳躍,	길 떠나는 말은 호드기 소리에 뛰어오르고
雕弓向月彎.	조각한 활은 달을 향해 힘껏 당겨졌다.
禦寒低便面,	추위를 막기 위해 얼굴가리개를 낮게 하고
贈客解刀環.	칼과 고리를 풀어 나그네에게 준다.
鼓角雲中壘,	구름 속 보루에서는 북과 뿔피리소리 울리고
牛羊雪外山.	소와 말은 눈 내린 산에서 돌아다닌다.
穹廬鳴朔吹,	유목민의 파오에서는 북풍이 몰아치고
凍酒發朱顔.	얼어붙은 얼굴이 술기운에 붉어진다.
寒草生侵磧,	추위에 풀이 돋아 사막에 침입하고
春楡綠滿關.	봄 느릅나무 푸르러 山關에 가득하다.
應須雁北向,	응당 기러기가 북쪽으로 향해 갈 때
方値使南還.	사신은 남쪽으로 귀환하겠지.

— 구양수, 「送謝希深學士北使」

(丙) '寒'운을 '先'운에 덧붙인 것

老夫上下蓼花灘,	노부가 여뀌꽃 핀 여울을 오르내리며
每過君家輒繫船.	그대 집을 지날 때마다 배를 대게 된다.
尊酒燈前山入座,	등불 앞에서 술을 들면 산이 자리에 들고
孤鴻月底水連天.	달 아래 외로운 기러기와 하늘에 이어진 물.
暄涼書問二千里,	이천 리 떨어진 곳에 편지로 안부를 묻고
場屋聲名三十年.	과거에서 명성 날린 지 삼십 년이 지났다.
競秀主人文似豹,	競秀亭의 주인은 문장이 표범과 같아서
不應霧隱萬峰邊.	수많은 봉우리 가 안개에 숨겨선 안 되리.

— 양만리(楊萬里), 「寄題曾子與競秀亭」

(丁) '先'운을 '寒'운에 덧붙인 것

禁署沈沈玉漏傳,	궁중의 관서 적막하여 물시계 소리 들려오고
月華雲表溢金盤.	달빛이 하늘에서 황금쟁반 밖으로 넘쳐 나온다.
纖埃不隔光初滿,	달빛 가득하여 가는 먼지도 다 비추고
萬物無聲夜向闌.	만물은 소리 없이 밤이 깊어간다.
蓮燭燒殘愁夢斷,	연꽃 촛불 꺼져 가는데 꿈 끊어져 슬프고
蕙爐薰歇覺衣單.	혜초 난로의 온기 다하여 홑옷임을 느낀다.
水精宮鎖黃金闕,	수정궁과 황금 대궐 안에 갇혀 있어서
故比人間分外寒.	인간 세상에 비해 유달리 춥다.

— 구양수, 「內直對月寄子華舍人持國廷評」

烏菱白芡不論錢,	검은 마름과 흰 가시연은 돈으로 따질 수 없는데
亂繫青菰裹玉盤.	푸른 줄로 마구 매어 옥쟁반에 쌌다.
忽憶嘗新會靈觀,	갑자기 생각난다 회령관에서 새로 맛보았던 일이
滯留江海得加餐.	지금은 江海에서 체류하니 마음껏 먹을 수 있겠다.

— 소식, 「六月二十七日望湖樓醉書五絶」(제3수)

(戊) '先'운을 '元'운에 덧붙인 것

衆芳搖落獨暄妍,　모든 꽃 다 졌는데 홀로 곱게 피어나
占盡風情向小園.　작은 동산의 아름다운 풍광을 독차지하였다.
疏影橫斜水淸淺,　맑은 개울물 위로 희미한 그림자 드리우고
暗香浮動月黃昏.　그윽한 향기는 황혼의 달빛 속에 번져온다.
霜禽欲下先偸眼,　하얀 새는 내려앉기 전에 눈길 먼저 주고
粉蝶如知合斷魂.　흰나비도 안다면 넋을 잃고 감탄하리.
幸有微吟可相狎,　다행히 시 읊으며 서로 친할 수 있으니
不須檀板共金尊.　노래판과 술자리가 무슨 소용 있으랴!

― 임포(林逋), 「山園小梅」

海山兜率兩茫然,　바다의 蓬萊山과 兜率天 둘 다 아득하고
古寺無人竹滿軒.　옛 절에 사람은 없고 대만 누각에 가득하다.
白鶴不留歸後語,　백학은 돌아간 뒤 소식을 남기지 않고
蒼龍猶是種時孫.　창룡 같은 대나무는 여전히 심었을 때의 자손이다.
兩叢却似蕭郞筆,　두 떨기 대나무는 蕭悅이 그린 그림 같고
千畝空懷渭上村.　渭上村에 심었던 천 무의 대숲이 생각난다.
欲把新詩問遺像,　새 시를 지어 白居易의 遺像에 물어보아도
病維摩詰更無言!　병든 유마힐처럼 더욱 아무 말이 없다.

― 소식, 「竹閣」

綠桑高下映平川,　푸른 뽕나무 아래로 평야가 펼쳐 있고
賽罷田神笑語喧.　밭 신에 제사지낸 후 웃음소리 시끄럽다.
林外鳴鳩春雨歇,　숲 밖에서 비둘기가 울어 봄비 그친 후
屋頭初日杏花繁.　지붕 위로 해 떠올라 살구꽃 흐드러졌다.

― 구양수, 「田家」

5.13 11) '蕭'운과 '豪'운

來逢春雨長魚苗,	올 때는 봄비를 만나 치어가 자랐는데
去見秋風擘蟹螯.	갈 때는 가을바람을 만나 게를 뜯는다.
久矣歸心到鄉國,	고향으로 돌아가고픈 마음 오래 되었지만
依然水宿伴漁舠.	여전히 물가에서 고깃배 짝하며 잠을 잔다.
一天如許皆明月,	하늘이 이렇게 온통 달 밝은 밤이면
二客所須惟濁醪.	두 나그네에게 필요한 건 오로지 탁주.
今夜四更潮有信,	오늘 밤 사경의 조수는 믿을 만하니
更須留眼看銀濤.	다시 기다리며 은빛 파도를 보아야 하리.

— 소과(蘇過), 「偕陳調翁龍山買舟待夜潮發」

5.14 12) '麻'운과 '佳'운

賜宴初逢禊節佳,	화창한 上巳節을 맞아 연회를 베푸니
昆池新漲碧無涯.	昆明池에 물이 불어 끝없이 푸르다.
九門寒食多遊騎,	황궁에 한식이 오면 나들이 많은데
三月春陰正養花.	삼월의 봄 그늘이 꽃을 기르고 있다.
共喜流觴修故事,	함께 기뻐 술잔 띄우며 옛 이야기 나누고
自憐霜鬢惜年華.	흰 머리 가여워 지난 세월을 애석해한다.
鳳城殘照歸鞍晚,	서울의 석양 속에 말 탄 귀로 길 늦으니
禁籞無風柳自斜.	황궁 뜰에 바람 없는데 버들 혼자 기운다.

— 구양수, 「三日赴宴口占」

(두보의 「희청(喜晴)」과 유우석의 「송기주이낭중부임(送蘄州李郎中赴任)」에서 볼 수 있듯이 당인에게는 '佳'자와 '麻'운을 통압하는 경우가 있었다. 그러나 '佳'자 이외에 '佳'운에 속하는 다른 글자들을 '麻'운과 통압하는 경우는 없었다. 이로부터 볼 때 아마도 '佳'자는 본래 '佳'·'麻' 두 운에 나누어 속해 있었던 것 같아서 '麻'운과 '佳'운을 인운으로 인정해야 할지는 아직 문제가 있다.)

5.15 13) '庚'운과 '靑'·'蒸'운

(甲) '靑'운을 '庚'운에 덧붙인 것

明到衡山與洞庭,　　앞으로 형산과 동정호에 도착하게 되면
若爲秋月聽猿聲!　　가을 달 아래 원숭이 소리를 어찌 들을까!
愁看北渚三湘近,　　三湘에 가까워지면 北渚를 보기가 슬플 것이고[175]
惡說南風五兩輕.　　五兩이 가볍게 남풍을 가리키는 것이 싫으리라.[176]
靑草瘴時過夏口,　　푸른 풀에 瘴氣 충만할 때 夏口를 지나고[177]
白頭浪裏出溫城.　　長江에 흰 파도 출렁일 때 溫城을 떠나겠지.
長沙不久留才子,　　長沙에 현자를 오래 머물게 할 리 없으니[178]
賈誼何須弔屈平?　　賈誼처럼 辭賦로 屈原을 추모할 필요 없다네.

— 왕유, 「送楊少府貶郴州」

昔日居鄰招屈亭,　　지난날 이웃의 招屈亭에 거처했는데
楓林橘樹鷓鴣聲.　　단풍 숲 귤나무에 자고새 소리 들렸다.
一辭御苑靑門去,　　일단 황궁 동산의 靑城門을 떠난 후
十見蠻江白芷生.　　십 년 동안 남쪽 강에 白芷 돋는 것을 보았다.
自此曾沾宣室召,　　여기서 일찍이 宣室의 부름을 받았었는데
如今又守闔閭城.　　지금은 다시 합려성을 지키고 있다.
何人萬里能相憶?　　누가 만리 밖에서 나를 기억할 수 있을까?
同舍仙郎與外兄.　　동료 崔員外郎과 任十四兄이다.

— 유우석(劉禹錫), 「酬朗州崔員外」[179]

芳草知煙暖更靑,　　방초는 안개 속에서 따뜻하고 푸르러

---

175) 텍스트에는 '近'이 '遠'으로 되어 있는데, 『王右丞集箋注』에 의거하여 바꾸었다.
176) 五兩은 古代에 사용되던 일종의 風向儀이다.
177) 텍스트에는 '瘴'이 '漲'으로 되어 있는데, 誤字이다.
178) 賈誼는 한 때 長沙王太傅로 좌천되었었다.
179) 이 시의 정식 제목은 「酬朗州崔員外與任十四兄侍御同過鄙人舊居見懷之什, 時守
吳郡」이다.

閒門要路一時生.　　한가한 문과 要路에서 일시에 돋아난다.
年年檢點人間事,　　해마다 인간세상의 일을 점검하는데
唯有春風不世情.　　오로지 봄바람만이 세태를 모른다.
　　　　　　　　　　　　　　　— 나업(羅鄴),「春遊」

大城小城柳已靑,　　큰 성과 작은 성에 버드나무 이미 푸르고
東臺西臺雪正晴.　　동쪽 누대와 서쪽 누대에 눈이 막 개었다.
鶯花又作新年夢,　　앵두꽃은 다시 새해의 꿈을 꾸고
絲竹常聞靜夜聲.　　고요한 밤 언제나 현악·관악소리 들린다.
廢苑煙蕪迎馬動,　　안개 긴 황폐한 동산은 오는 말을 맞고
淸江春漲拍堤平.　　맑은 강물 봄에 불어 제방을 넘실거린다.
尊中酒滿身强健,　　잔에 술을 가득 채워도 이 몸 건강하니
未恨飄零過此生.　　떠돌며 이렇게 인생 보내도 원망스럽지 않다.
　　　　　　　　　　　　　　　— 육유(陸游),「成都書事」

竹邊臺榭水邊亭,　　대숲 가의 누대와 물가의 정자
不要人隨只獨行.　　따르는 사람 마다하고 혼자서 걷는다.
乍暖柳條無氣力,　　갑자기 따뜻하여 버들가지 힘이 없고
淡晴花影不分明.　　옅게 날이 개어 꽃 그림자 희미하다.
一番過雨來幽徑,　　한 차례 비 지난 뒤 그윽한 길에 오니
無數新禽有喜聲.　　수많은 새들이 기뻐 지저귀는 소리 새롭다.
只欠翠紗紅映肉,　　다만 푸른 잎이 붉은 꽃을 비추지 못하니
兩年寒食負先生.　　두 해의 한식이나 선생을 저버렸구려.
　　　　　　　　　　　　　　　— 양만리(楊萬里),「春晴懷故園海棠」

天涯亭畔擁提屛,　　하늘 가 정자 주변은 병풍을 둘렀는데
丹荔黃柑滿去程.　　붉은 여지와 노란 감귤이 가는 길에 가득하다.
皁蓋却迎新別駕,　　검은 우산이 새로 떠나는 수레를 맞는데
碧幢應憶老先生.　　푸른 깃발이 응당 노선생을 기억하리라.
象蹄印雨歸蠻國,　　코끼리가 비에 발자국 남기며 蠻國으로 돌아가고
鯨鬣掀潮撼海城.　　고래는 수염으로 조수를 치켜들어 海城을 흔든다.

曾是鄕賢分守處,　　일찍이 향리의 현자로 직분을 지키던 곳에서
試尋醉石共題名.　　醉石을 찾아 함께 이름을 적어보세나.
　　　　　　　　— 악뢰발(樂雷發), 「送廣州劉叔治倅欽州兼守事」

春陰垂野草青靑,　　봄 구름 들판을 뒤덮고 풀은 파릇파릇한데
時有幽花一樹明.　　때마침 그늘 속에 꽃 피어 온 나무가 환하다.
晚泊孤舟古祠下,　　해 저물어 외로운 배를 옛 사당 아래 대고
滿川風雨看潮生.　　온 들판 비바람 속에서 밀려드는 조수를 바라본다.
　　　　　　　　— 소순흠(蘇舜欽), 「淮中晚泊犢頭」

梨花淡白柳深靑,　　배꽃 담백하고 버드나무 짙푸른데
柳絮飛時花滿城.　　버들 솜 흩날릴 때 온 성에 꽃이 만발했다.
惆悵東欄一株雪,　　동쪽 난간 한 그루 눈꽃 나무에 슬퍼지니
人生看得幾淸明?　　살아가며 몇 번이나 청명을 볼 수 있을까?
　　　　　　　　— 소식(蘇軾), 「和孔密州東欄梨花」

春風永巷閉娉婷,　　봄바람이 깊은 골목에 불어 미인을 가리니
長使靑樓誤得名.　　언제나 靑樓가 이름을 잘못 얻게 하는구나.
不惜捲簾通一顧,　　주렴 걷고 직접 보아도 애석하지 않으니[180)]
怕君着眼未分明.　　그대가 눈으로 분명히 못 볼까 두렵다오
　　　　　　　　— 진사도(陳師道), 「小放歌行」

鬱鬱層巒夾岸靑,　　울창한 산이 양쪽 강변을 푸르게 끼고 있고
春山綠水去無聲.　　봄 산의 파란 물이 소리 없이 흘러간다.
煙波一棹知何許?　　안개 물결 헤치며 배 저어 어디로 가는가?
鷣鴂兩山相對鳴.　　양쪽 산의 접동새가 호응하며 울어댄다.
　　　　　　　　— 주희(朱熹), 「水口行舟」

---

180) 텍스트에는 '顧'가 '笑'로 되어 있는데, 誤字이다.

(乙) '庚'운을 '靑'운에 덧붙인 것

簪裾皆是漢公卿,	비녀와 의상은 모두 漢나라 公卿의 것인데
盡作鋒鋩劍血腥.	예리한 병기 만들어 칼에는 온통 피비린내.
顯負舊恩歸亂主,	옛 은혜 저버리고 어지러운 군주에게 돌아가
難敎新國用輕刑.	새 나라가 가벼운 형벌 사용하기 어렵게 했다.
穴中狡兔終須盡,	구멍 속의 토끼도 결국은 목숨을 다하는데
井上嬰兒豈自寧?	우물 위의 어린애가 어찌 스스로 편안할까?
底事亦疑懲未了,	어찌하여 징계가 끝나지 않았다고 의심하고
更疑書罪在泉扃!	더욱이 저승에서 죄를 썼다고 의심하는가!

— 한악(韓偓), 「八月六日作」

山深地忽平,	산 깊은데 땅 갑자기 평평하여
縹緲見殊庭.	아득히 빼어난 정원이 보인다.
瀑近春風濕,	폭포가 가까워 봄바람 축축하고
松多曉日靑.	소나무가 많아 새벽이 푸르다.
石壇遺鶴羽,	석단에는 학의 깃털이 남아 있고
粉壁剝龍形.	흰 벽에는 용의 형상이 벗겨졌다.
道士王靈寶,	도사 왕령보는
輕强滿百齡.	백 살이 되었는데도 민첩하고 강건하다.

— 조사수(趙師秀), 「桐柏觀」

(丙) '庚'운을 '蒸'운에 덧붙인 것

玉榼酒頻傾,	옥 술통을 자주 기울여 마시고
論功笑李陵.	공을 따지면 이릉을 비웃는다.
紅韁跑駿馬,	붉은 고삐로 준마를 달리게 하고
金鏃掣秋鷹.	금 화살촉으로 가을 매를 당긴다.
塞逈連天雪,	먼 변방은 하늘까지 눈이 쌓였고
河深徹底冰.	깊은 강은 바닥까지 얼어 있다.
誰言提一劍,	누가 말했던가 검을 집어 들고

勤苦事中興.　　부지런히 애쓰며 중흥에 종사한다고

— 마대(馬戴), 「邊將」

狂來有意與春爭,　　豪氣가 들면 봄과 다툴 뜻이 있었는데
老去心情漸不能.　　늙어가며 마음이 점차 그럴 수 없게 되었다.
世味惟存詩淡泊,　　세상 재미는 다만 담박한 시에 남아 있고
生涯半爲病侵陵.　　생애의 반은 병에 괴롭힘을 당하였다.
花明曉日繁如錦,　　꽃은 선명하여 새벽에 비단처럼 흐드러졌고
酒撥浮醅綠似澠.　　술을 저으니 탁한 술이 떠올라 승강처럼 푸르다.
自是少年豪橫過,　　본래 젊은 시절에는 호쾌함이 지나쳤었는데
而今癡鈍若寒蠅.　　지금은 어리석고 둔하여 겨울의 파리 같다.

— 구양수(歐陽修), 「病告中懷子華原父」

5.16　14) '蒸'운과 '侵'운

天入虛樓倚百層,　　하늘이 공중누각에 들어 백층 높이에 의지하고
四方遙謝此登臨.　　사방 멀리서 이곳에 올라 바라보며 감사한다.
驚風借壑爲寒瀨,　　놀란 바람은 골짜기를 빌려 찬 여울을 만들고
落日容雲作暝陰.　　지는 해는 구름을 받아들여 어두운 그늘을 만든다.
峴井北抛王粲宅,　　현산의 우물은 북으로 왕찬의 집에 던져지고
楚衣南逐女嬃砧.　　楚衣는 남으로 여수의 다듬잇돌을 따른다.
十年不識長安道,　　십 년 동안 장안으로 가는 길을 몰랐는데
九籥宸開紫氣深.　　대궐의 문이 열리니 자주 빛 기운이 깊다.

— 송기(宋祁), 「擬杜子美峽中意」

('蒸'운을 '侵'운에 덧붙인 예는 매우 드물게 보인다.)

5.17 15) '覃'운과 '鹽'·'咸'운

(甲) '鹽'운을 '覃'운에 덧붙인 것

燕子低飛入壞簷,	제비가 낮게 날아와 무너진 처마에 들고
柳條輕拂綠毿毿.	버들가지에 바람 스치니 푸름이 아른거린다.
故園更在北山北,	고향 동산은 더욱이 북쪽 산의 북쪽에 있고
佳節可憐三月三.	좋은 절기는 사랑스럽게도 삼월 삼일이다.
萬古愁多憑濁酒,	만고에 슬픔 많아서 탁주에 의지하고
九京事往落淸談.	九原의 일 지나가 淸談거리로 떨어졌다.
都門別恨終難寫,	도성 문에서의 이별의 한 끝내 적기 어려워
滿眼風光思不堪.	눈앞의 풍광 바라보며 그리움 견디지 못한다.

— 왕질(王銍), 「別張自彊」

(乙) '咸'운을 '覃'운에 덧붙인 것

斷雲一葉洞庭颿,	한 조각 구름이 동정호로 달려가는데
玉破鱸魚金破柑.	농어는 옥같이 희고 감귤은 황금처럼 노랗다.
好作新詩寄桑苧,	새 시를 지어 桑苧翁에게 부치기 좋고
垂虹秋色滿東南.	垂虹亭의 가을빛이 동남쪽에 가득하다.

— 미불(米芾), 「垂虹亭」

5.18 앞에서 든 수구에 인운을 사용한 근체시(율시·절구와 배율 포함)의 작가를 시기별로 살펴보면 왕유·이기(李頎)·유장경·두보가 성당에 속하고, 한종(韓琮)·왕건(王建)·이상은(李商隱)·장적(張籍)·왕애(王涯)·심아지(沈亞之)·한악(韓偓)·허혼(許渾)·마대(馬戴)·장빈(張蠙)·유창(劉滄)·방간(方干)·요합(姚合)·위장(韋莊)·백거이·최각(崔珏)·나업(羅鄴)이 중당 또는 만당에 속하며, 그 나머지는 모두 송대에 속한다. 이것으로 그와 같은 기풍이 성당에서 시작되었고 중·만당에 이르러 점차 유행하다가 송대에 들어서 더욱 발전하였음을 증명할 수 있다.

5.19　이른바 '인운'은 '江'운과 '陽'운, '佳'운과 '麻'운, '蒸'운과 '侵'운이 드물게 보인다는 특례를 제외하면 대체로 시운의 순서에 따라 가까이 배열되어 있으면서 발음이 유사한 운을 가리킨다. 이른바 "서로 가깝다"는 것은 상평성과 하평성의 경계 때문에 간격이 있는 것은 아니다. 따라서 서로 가까운 운을 다음과 같이 8종류로 나눌 수 있다.

①'東'과 '冬'이 한 종류이다.

②'支'·'微'·'齊'가 한 종류인데, '支'와 '微'가 비교적 가깝고 이 둘과 '齊'는 비교적 멀다.

③'魚'와 '虞'가 한 종류이다.

④'佳'와 '灰'가 한 종류이다.

⑤'眞'·'文'·'元'·'寒'·'刪'·'先'의 6운이 한 종류인데, '眞'과 '文'이 가깝고, '元'과 '文'이 가깝고, '寒'과 '刪'이 가깝고, '刪'과 '先'이 가깝고, '先'은 또 '元'과 가깝다. '眞'과 '元', '寒'과 '先', '元'과 '刪'은 비교적 멀다. '眞'과 '寒', '寒'과 '元', '文'과 '寒'·'先', '先'과 '眞'·'文'은 원칙상 인운으로 인정할 수 없다.

⑥'蕭'·'肴'·'豪'가 한 종류이다.

⑦'庚'·'青'·'蒸' 3운이 한 종류인데, '庚'과 '青'이 비교적 가깝고 이 둘과 '蒸'이 비교적 멀다.

⑧'覃'·'鹽'·'咸'이 한 종류이다.

5.20　이상에서 서술한 것을 종합해보면 다음과 같은 결론을 얻을 수 있다.

①근체시는 통운할 수 없고, 다만 수구에 인운을 사용할 수 있다. 현대시인이 율시와 절구를 지으면서 임의로 통운하는 것은 당송 시인의 격률에 부합하지 않는다.181)

---

181) 唐人에게도 어쩌다 通韻처럼 보이는 시가 있지만 그 안에 반드시 특수한 이유가 있다. 『韻學要指』에서 다음과 같이 말했다. "8'庚'의 '清'은 '青'部와 구분하지 않기 때문

②수구에 인운을 사용하는 것은 본절에서 든 같은 종류의 운에 한정된다. 현대시인이 '眞'운과 '庚'운을 통압하고, '刪'운과 '咸'운을 통압하는 따위는 비록 수구에 사용했다고 하더라도 당송 시인의 옛 규율에는 맞지 않는 것이다.

에 '淸'부 중의 偏旁은 대부분 '靑'을 따르고 '令'을 따르는데, 지금 '屛, 熒, 聲' 諸字는 '淸, 靑' 두 部에 모두 있다. 宋韻은 중복된 글자를 없애라는 명령을 받들어 '靑'부의 '聲'자를 없앴지만 唐詩에 자주 보이므로 이것을 증가시켜 넣어야 할 것이다. 지금 唐詩 중에 '聲'자를 운으로 사용한 것을 들어보면 李白의 短律 : '胡人吹玉笛, 一半是秦聲. 五月南風起, 梅花落敬亭', 杜甫의 「客舊館」 五律 : '重來梨葉赤, 依舊竹林靑. 風幔何時卷? 寒砧昨夜聲', 李建勛의 「留題愛敬寺」 五律 : '空爲百官首, 但愛千峰靑. 斜陽惜歸去, 萬壑鳥啼聲', 喩鳧의 「酬王摅見寄」 五律 : '夜月照巫峽, 秋風吹洞庭. 竟晚蒼山咏, 喬枝有鶴聲', 裵硎의 「題石室」 七律 : '文翁石室有儀刑, 庠序千秋播德聲. 古柏尙留今日翠, 高山猶靄舊時靑' 등이 있어서 증거로 삼을 수 있다." 『緗素雜記』에서는 다음과 같이 말했다. "鄭谷은 승려 齊己·黃損 등과 함께 今體詩의 격률을 정하여 '시의 用韻에는 葫蘆, 轆轤, 進退의 몇 가지 격식이 있다. 葫蘆韻은 先二後四이고, 轆轤韻은 雙出雙入이고, 進退韻은 一進一退이다. 이를 상실하면 잘못된 것이다'라고 말하였다. 내 생각은 이렇다. 『倦游雜錄』에는 唐介가 臺官이었을 때 조정에서 재상의 失政을 상소했다가 仁宗의 노여움을 사 英州別駕로 좌천된 일이 실려 있다. 그때 조정의 사대부 중에 시로써 그를 전송한 사람이 꽤 많았는데, 유독 李師中 待制의 시 한 편이 사람들에게 전송되었다. 시 全文은 '孤忠自許衆不與, 獨立敢言人所難. 去國一身輕似葉, 高名千古重於山. 幷游英俊顔何厚! 未免奸諛骨已寒! 天爲吾君扶社稷, 肯敎夫子不生還?'인데, 이것이 바로 이른바 진퇴격이다. 『韻略』에 따르면 '難'자는 제25운이고, '山'자는 제27운이고, '寒'자는 다시 제25운이고, '還'자는 다시 제27운이다. 一進一退하여 참으로 격식에 맞으니 어찌 경솔히 처단하겠는가? 근자에 『冷齋夜話』를 보니 唐介와 李師中의 對答이 실려 있는데, 이 시를 落韻詩로 여기었다. 아마도 그가 鄭谷이 정한 詩格에 進退說이 있음을 모르고서 허튼소리를 한 것일 것이다." 내 생각에 이 책이 풀이한 진퇴가 鄭谷의 본뜻에 반드시 부합하는 것은 아니다. 다만 『冷齋夜話』에서 이 시를 落韻詩로 여긴 것으로부터 고인들이 落韻을 엄중한 과실로 간주했음을 알 수 있다. ≪附註九≫

제6절 평측의 격식

6.1 근체시의 평측에 관한 일반적인 격식은 다음과 같다.

1) 오언율시

(甲) 측기식(仄起式)

측측평평측,　평평측측평.
평평평측측,　측측측평평.
측측평평측,　평평측측평.
평평평측측,　측측측평평.
(수구에 운을 달면 "측측측평평"이 된다.)

(乙) 평기식(平起式)

평평평측측,　측측측평평.
측측평평측,　평평측측평.
평평평측측,　측측측평평.
측측평평측,　평평측측평.
(수구에 운을 달면 "평평측측평"이 된다.)

6.2 출구가 측두(仄頭)이면 대구는 반드시 평두(平頭)이고, 출구가 평두이면 대구는 반드시 측두이어야 하는데, 이것을 '대(對)'라고 한다.[182] 앞 연의 대구가 평두이면 뒤 연의 출구도 반드시 평두이고, 앞 연의 대구가 측두이면 뒤 연의 출구도 반드시 측두이어야 하는데, 이것을 '점 (黏)'이라고 한다('점'에는 광의와 협의가 있다. 광의의 점은 일체의 평측이 모두 격

---

182) 한 聯의 앞 句를 出句라고 하고, 뒤 句를 對句라고 한다. 한 句의 平仄에서 平聲으로 시작하는 것을 平頭라고 하고, 仄聲으로 시작하는 것을 仄頭라고 한다. 그러나 첫 글자는 可平可仄인 경우가 많아 주로 두 번째 글자의 平仄에 의거하여 平頭와 仄頭를 판정한다.

식에 맞는 것으로, 맞지 않으면 '失黏'이라고 한다. 협의의 점은 여기서 서술하는 바와 같은데, 어긋나는 경우에는 역시 '실점'이라고 한다. 제10절을 참조할 것).

6.3 제2절에서 말한 것과 같이 오언배율은 오언율시의 연장이므로 오언배율의 평측은 오언율시의 평측에 의거하여 '점'·'대'의 규칙을 위반하지 않도록 주의하며 연장해 내려가면 된다. 제3절에서 말했듯이 오언절구는 오언율시를 반으로 줄인 것과 같으므로 오언절구의 평측도 오언율시의 평측에 의거하여 '점'·'대'의 규칙을 위반하지 않도록 주의하면 될 것이다.

6.4 2) 칠언율시

(甲) 평기식

평평측측평평,　　측측평평측측평.
측측평평측측,　　평평측측평평.
평평측측평평측,　　측측평평측측평.
측측평평평측측,　　평평측측평평.
(수구에 운을 달지 않으면 "평평측측평평측"이 된다.)

(乙) 측기식

측측평평측측평,　　평평측측평평.
평평측측평평측,　　측측평평측측평.
측측평평평측측,　　평평측측평평.
평평측측평평측,　　측측평평측측평.
(수구에 운을 달지 않으면 "측측평평평측측"이 된다.)

6.5 칠언율시의 '점'·'대'는 오언율시의 '점'·'대' 규칙과 똑같다. 칠언배율은 칠언율시의 연장이고 칠언절구는 칠언율시를 반으로 줄인 것과 같으므로 이것들의 평측도 칠언율시의 평측에 의거하여 '점'·'대'

의 규칙을 위반하지 않도록 주의하면서 각각 연장하거나 반으로 줄이면 될 것이다.

6.6 기억하고 이해하기 편하도록 하기 위해서 우리는 근체시의 평측에 대해 좀더 상세한 분석과 새로운 설명을 하고자 한다. 근체시 평측의 원칙은 다만 단조롭지 않을 것을 요구하는 것이다. 단조롭지 않도록 하기 위해서 ① 평성과 측성이 번갈아 바뀌어야 하고, ② 한 연 속에서는 앞 구와 뒤 구의 평측이 상반되어야 한다. 그러나 각 연의 평측이 같으면 결국 다시 단조롭게 변하기 때문에 ③ 뒤 연 출구의 평측이 반드시 앞 연 대구의 평측과 비슷한 유형의 평측으로 연결되어야 한다. 이렇게 함으로써 이웃한 두 연의 평측이 똑같아지지 않게 될 것이다.

6.7 평성과 측성을 번갈아 바꾸는 것에 관해서 먼저 다음과 같이 4언의 두 가지 평측 형식을 가정해보도록 하겠다.

　　① 평평측측
　　② 측측평평

오언율시에는 평각(平脚)과 측각(仄脚) 두 종류의 구가 있으므로 다음의 네 가지 방법에 따라 위의 4언구에 한 글자를 보태어 5언으로 만들어보자.

　　① '평평측측'의 4언을 측각의 5언으로 바꾸고자 할 때는 중간에 평성자 하나를 삽입하여(평성자 뒤에 평성자를 붙인다) '평평평측측'을 만든다.
　　② '평평측측'의 4언을 평각의 5언으로 바꾸고자 할 때는 구말(句末)에 평성자 하나를 삽입하여(측성자 뒤에 평성자를 붙인다) '평평측측평'을 만든다.
　　③ '측측평평'의 4언을 평각의 5언으로 바꾸고자 할 때는 중간에 측성자 하나를 삽입하여(측성자 뒤에 측성자를 붙인다) '측측측평평'을 만든다.
　　④ '측측평평'의 4언을 측각의 5언으로 바꾸고자 할 때는 구말에 측성자 하나를 삽입하여(평성자 뒤에 측성자를 붙인다) '측측평평측'을 만든다.

이것을 다시 간단히 줄여 말하면 다음과 같다.

①측각이 여전히 측각일 때는 중간에 평성자를 삽입한다.
②측각이 평각으로 바뀔 때는 말미에 평성자를 붙인다.
③평각이 여전히 평각일 때는 중간에 측성자를 삽입한다.
④평각이 측각으로 바뀔 때는 말미에 측성자를 붙인다.

6.8 이상과 같이 오언율시는 8구로 이루어졌지만 평측의 변화는 다음의 네 가지 형식에서 벗어나지 않는다.

①측측평평측
②측측측평평
③평평평측측
④평평측측평

이것을 다시 기호화하여 ①을 a, ②를 A로 하고(둘 다 측두이다), ③을 b, ④를 B로 하면(둘 다 평두이다) 앞에서 든 오언율시의 평측격식은 다음과 같이 간단하게 표시될 수 있을 것이다.

(甲) 측기식
　1. 수구에 운을 달지 않은 것 : aB, bA, aB, bA.
　2. 수구에 운을 단 것 : AB, bA, aB, bA.

(乙) 평기식
　1. 수구에 운을 달지 않은 것 : bA, aB, bA, aB.
　2. 수구에 운을 단 것 : BA, aB, bA, aB.

6.9　칠언율시의 구는 오언율시 구의 연장이므로 측두에는 평성자 두 개를 구수에 덧붙여 평두로 만들고, 평두에는 측성자 두 개를 구수에

덧붙여 측두로 만들면 다음과 같은 네 가지 형식이 된다.

① 평평측측평평측(a)
② 평평측측측평평(A)
③ 측측평평측측(b)
④ 측측평평측측평(B)

따라서 앞에서 든 칠언율시의 평측격식도 다음과 같이 간단하게 표시할 수 있다.

(甲) 평기식

　1. 수구에 운을 단 것 : AB, bA, aB, bA.
　2. 수구에 운을 달지 않은 것 : aB, bA, aB, bA.

(乙) 측기식

　1. 수구에 운을 단 것 : BA, aB, bA, aB.
　2. 수구에 운을 달지 않은 것 : bA, aB, bA, aB.

6.10 근체시 구의 절주는 두 개의 음이 각각 한 절이 되고 마지막의 한 음이 독자적으로 한 절이 된다. 평성이 차지하는 시간은 대략 측성의 두 배여서 이를 도표화하면 다음과 같다.

오언시는 각 구가 3절로 이루어진다.

측― 측― ‖평―― 평―― ‖측―
평―― 평―― ‖측― 측― ‖평――
평―― 평―― ‖평―― 측― ‖측―
측― 측― ‖측― 평―― ‖평――

칠언시는 각 구가 4절로 이루어진다.

평—— 평—— ‖측— 측— ‖평—— 평—— ‖측—

측— 측— ‖평—— 평—— ‖측— 측— ‖평——

측— 측— ‖평—— 평—— ‖평—— 측— ‖측—

평—— 평—— ‖측— 측— ‖측— 평—— ‖평——

6.11 서술의 편의를 위해 마지막 절주를 '각절(脚節)'이라고 하고, 각절 앞의 것을 '복절(腹節)'이라고 하고, 복절 앞의 것을 '두절(頭節)'이라고 하고, 두절 앞의 것을 '정절(頂節)'이라고 하겠다. 5언의 시구는 3절뿐이므로 정절이 없다. 이와 같은 명칭은 앞글에서 말한 "칠언율시의 구는 오언율시 구의 연장이다"라는 이론과 부합된다. 다만 이른바 덧붙이는 것이 머리 위에 모자를 얹는 것이지, 발에 신을 신기는 것이 아니다.

6.12 다음에 몇몇 실례를 들어 근체시의 평측을 증명해 보이겠다. 여기서는 다만 율시와 절구의 예만 들도록 하겠다. 배율은 이로부터 유추할 수 있을 것이다.

6.13 1) 오언율시

(甲) 측기식

① 수구에 운을 달지 않은 것.

日下崦嵫外,　　측측평평측 (a)

秋生沆碭間.　　평평측측평 (B)

淸江無限好,　　평평평측측 (b)

白鳥不勝閑.　　측측측평평 (A)[183]

雨過雲收嶺,　　측측평평측 (a)

天空月上灣.　　평평측측평 (B)

歸鞍侵調角,　　평평평측측 (b)

回首六朝山.　　**평측측평평 (A)**

---

183) '勝'은 '감당하다'는 뜻으로 사용될 경우에 下平聲(10) '蒸'운에 속한다.

태양은 엄자산 너머로 져가고
가을은 흰 기운 가득한 사이에서 생긴다.
맑은 강물 끝없이 좋은데
백조는 한가함을 이기지 못한다.
비 지나가니 구름이 고개를 거두고
하늘에선 달이 물굽이 위로 떠오른다.
말 탄 귀가 길에 호각소리 들려와
머리 돌려 육조산을 바라본다
(전체에서 '回'자만 평측격식에 부합되지 않는다.)

— 왕안석(王安石), 「江亭晚眺」

② 수구에 운을 단 것.

絶域眇難躋,　측측측평평 (A)
悠然信馬蹄.　평평측측평 (B)
風塵經跋涉,　평평평측측 (b)
搖落怨暌攜.　평측측평평 (A)
地出流沙外,　측측평평측 (a)
天長甲子西.　평평측측평 (B)
少年無不可,　측평평측측 (b)
行矣莫淒淒.　평측측평평 (A)

絶域이라 아득하여 오르기 어려운데
유유히 말발굽에 의지하여 떠나간다.
바람과 먼지 맞으며 힘든 길을 가야 하니
영락하여 헤어짐을 원망한다.
땅은 사막 너머로 나와 있고
하늘은 끝없이 서쪽으로 뻗어 있다.
젊은이에겐 불가능한 것이 없으니
가면서 너무 쓸쓸해하지 마시게.
(전체에서 '搖'·'少'·'行' 세 글자만 평측격식에 부합되지 않는다.)

— 고적(高適), 「送裴別將之安西」

(乙) 평기식

① 수구에 운을 달지 않은 것.

高樓聊引望,　　평평평측측 (b)
杳杳一川平.　　측측측평평 (A)
野水無人渡,　　측측평평측 (a)
孤舟盡日橫.　　평평측측평 (B)
荒村生斷靄,　　평평평측측 (b)
古寺語流鶯.　　측측측평평 (A)
舊業遙淸渭,　　측측평평측 (a)
沉思忽自驚.　　평평측측평 (B)
높은 누대에서 멀리 바라보니
아득히 광야가 펼쳐져 있다.
들판의 강에는 건너는 사람이 없어
배만 외로이 종일토록 매여 있다.
황량한 마을에선 안개가 피어오르고
낡은 절에선 꾀꼬리 소리 흘러나온다.
머나먼 고향 위수 가의 옛 가업
회상에 잠겨 있다가 놀라 깨어난다.
(전체가 평측격식에 부합된다.)

— 구준(寇準), 「春日登樓懷歸」

② 수구에 운을 단 것.

蟬聲未發前,　　평평측측평 (B)
已自感流年.　　측측측평평 (A)
一入凄涼耳,　　측측평평측 (a)
如聞斷續絃.　　평평측측평 (B)
晴淸依露葉,　　평평평측측 (b)
晚急畏霞天.　　측측측평평 (A)

何事秋卿咏,　평측평평측 (a)

逢時亦悄然.　평평측측평 (B)

매미 소리 새로 들리기 전에

이미 스스로 흐르는 세월을 느꼈다.

일단 처량한 그 소리 귀에 들어오니

끊겼다 이어지는 현 소리를 듣는 것 같다.

갠 날에는 이슬 맺힌 잎에서 맑게 울고

저녁에는 노을이 두려워 급하게 운다.

무슨 일로 刑部長官께서 읊조리셨는지

때를 만나니 역시 가슴이 아픕니다.

(전체에서 '何'자만 평측격식에 부합되지 않는다.)

— 유우석(劉禹錫), 「答白刑部聞新蟬」

6.14　2) 오언절구

(甲) 측기식

① 수구에 운을 달지 않은 것.

往歲貪奇覽,　측측평평측 (a)

今年遂考槃.　평평측측평 (B)

門前溪一髮,　평평평측측 (b)

我作五湖看.　측측측평평 (A)[184]

지난 세월에는 기이한 유람을 탐했었는데

금년에 마침내 은거하게 되었다.

문 앞의 조그만 시내 한 가닥에서

나는 五湖를 만들어 보게 되었다.

(전체가 평측격식에 부합된다.)

— 나공승(羅公升), 「溪上」

---

184) '看'은 上平聲(14) '寒'운과 去聲(15) '翰'운 두 가지로 사용된다. 여기서는 '寒'운으로 쓴 것이다.

② 수구에 운을 단 것.

秋晚稻生孫,　　평측측평평 (A)
催科不到門.　　평평측측평 (B)
人閑牛亦樂,　　평평평측측 (b)
隨意過前邨.　　평측측평평 (A)
만추가 되니 벼가 자손을 낳았는데
세금 독촉이 아직 문에 이르지 않았다.
사람이 한가하니 소 역시 즐거워하며
마음 내키는 대로 앞마을을 지나간다.
(전체에서 '秋'·'隨' 두 글자만 평측격식에 부합되지 않는다.)

　　　　　　　　　　　　　　　— 장효상(張孝祥),「野牧園」

(乙) 평기식
① 수구에 운을 달지 않은 것.

寒川消積雪,　　평평평측측 (b)
凍浦暫通流,　　측측측평평 (A)
日暮人歸盡,　　측측평평측 (a)
沙禽上釣舟.　　평평측측평 (B)
찬 개울에 쌓였던 눈이 녹고
언 포구에 잠시 물이 흐른다.
해가 지자 사람들 다 돌아가니
모래밭 새가 낚시 배에 오른다.
(전체가 평측격식에 부합된다.)

　　　　　　　　　　　　　　　— 구양수(歐陽修),「晚過水花」

② 수구에 운을 단 것.

江南綠水多,　　평평측측평 (B)

顧影逗輕波.　　측측측평평 (A)

落日秦雲裏,　　측측평평측 (a)

山高奈若何!　　평평측측평 (B)

강남이라 푸른 물 많은데

그림자 돌아보며 잔물결에 머문다.

해는 지는데 秦雲 속에서

산이 높으니 어쩌면 좋을까!

(전체가 평측격식에 부합된다.)

— 이가우(李嘉祐),「白鷺」

6.15　3) 칠언율시

(甲) 평기식

① 수구에 운을 단 것.

新年草色遠萋萋,　　평평측측측평평 (A)

久客將歸失路蹊.　　측측평평측측평 (B)

暮雨不知滇口處,　　측측측평평측측 (b)

春風只到穆陵西.　　평평측측측평평 (A)

城孤盡日空花落,　　평평측측평평측 (a)

三戶無人自鳥啼.　　평측평평측측평 (B)[185]

君在江南相憶否?　　평측평평평측측 (b)

門前五柳幾枝低.　　평평측측측평평 (A)

새해 들어 풀이 멀리까지 우거져 있어

오래된 나그네가 돌아갈 길을 잃겠다.

저녁 비는 滇口에 머무를 줄 모르고

봄바람은 穆陵關 서쪽으로만 간다.

외로운 성에선 종일토록 꽃 떨어지고

세 집에는 사람 없고 새만 혼자 운다.

---

185) 텍스트에는 '自'가 '白'으로 되어 있는데, 誤字이다.

그대는 강남에서 기억하고 있는가?

문 앞의 다섯 버들 몇 가지나 드리웠는지.

(전체에서 '不'·'三'·'君' 세 글자만 평측격식에 부합되지 않는다.)

— 유장경(劉長卿), 「使次安陸寄友人」

②수구에 운을 달지 않은 것.

留春不住登城望,	평평측측평평측 (a)
惜夜相將秉燭遊.	측측평평측측평 (B)
風月萬家河兩岸,	**평측측평평측측** (b)
笙歌一曲郡西樓.	평평측측측평평 (A)
詩聽越客吟何苦,	평평측측평평측 (a)
酒被吳娃勸不休.	측측평평측측평 (B)
從道人生都是夢,	**평측평평평측측** (b)
夢中歡笑亦勝愁.	**측평평측측평평** (A)

봄을 붙들어도 머물지 않아 성에 올라 보니

밤이 아쉬워 서로 권하며 촛불을 잡고 논다.

강 양쪽으로 수많은 집에서 風月을 즐기고

고을 서쪽 누각에서는 생황 노래가 들려온다.

시를 들으니 越客의 읊조림이 너무나 슬프고

吳 땅의 아가씨는 쉬지 않고 술잔을 권한다.

도를 따르는 인생은 모두가 한갓 꿈이러니

꿈속의 즐거움이라도 역시 슬픔보다 낫다.

(전체에서 '風'·'萬'·'從'·'歡' 및 두 번째 '夢'자만 평측격식에 부합되지 않는다.)

— 백거이, 「城上夜宴」

(乙) 측기식

①수구에 운을 단 것.

水玉簪頭白角巾,　　측측평평측측평 (B)

瑤琴寂歷拂輕塵.　　평평측측측평평 (A)

濃陰似帳紅薇晚,　　평평측측평평측 (a)

細雨如煙碧草新.　　측측평평측측평 (B)

隔竹見籠疑有鶴,　　측측**측**평평측측 (b)

卷簾看畵靜無人.　　평평측측측평평 (A)

南窗自有忘機友,　　평평측측평평측 (a)186)

谷口徒稱鄭子眞.　　측측평평측측평 (B)

머리에 水晶 비녀 꽂고 白角巾을 쓰고서

정적 속에서 가볍게 옥 거문고 먼지를 턴다.

짙은 녹음 장막 같고 붉은 장미 늦었는데

가랑비는 안개 같고 푸른 풀빛 새롭다.

대숲 너머 새장이 보여 학이 있는가 했는데

주렴 걷으니 그림만 보이고 아무도 없다.

남쪽 창에 본래 속세를 잊은 벗이 있는데

谷口에서는 그저 정자진이라고 부른다.

(전체에서 '見'자만 평측격식에 부합되지 않는다.)

― 온정균(溫庭筠),「題李處士幽居」

② 수구에 운을 달지 않은 것.

五歲優游同過日,　　측측평평평측측 (b)

一朝消散似浮雲.　　**측**평평측측평평 (A)

琴書酒伴皆抛我,　　평평측측평평측 (a)

雪月花時最憶君.　　측측평평측측평 (B)

幾度聽雞過白日,　　측측평평평측측 (b)187)

亦曾騎馬詠紅裙.　　**측**평평측측평평 (A)

吳娘暮雨蕭蕭曲,　　평평측측평평측 (a)

---

186) '忘'은 下平聲(7) '陽'운에 속한다.
187) '過'는 여기서 下平聲(5) '歌'운으로 사용되었다.

自別江南更不聞.　　측측평평측측평 (B)
다섯 살 때는 함께 뛰놀며 날을 보냈는데
하루아침에 흩어지니 뜬구름 같이 되었다.
거문고와 책과 술친구들은 다 나를 버려
눈과 달과 꽃필 때 그대가 가장 생각난다.
얼마나 닭 울음소리 들으며 낮을 보냈던가?
일찍이 말을 타고 붉은 치마를 노래했었다.
吳娘이 저녁 비 내릴 때 부르던 쓸쓸한 노래
이별해 강남으로 온 뒤엔 다시 듣지 못했다.
(전체에서 '一'·'消'·'亦'·'騎' 네 글자만 평측격식에 부합되지 않는다.)

— 백거이, 「寄殷協律」

6.16 4) 칠언절구

(甲) 평기식

① 수구에 운을 단 것.

憶過瀘戎摘荔枝,　　측측평평측측평 (B)
青楓隱映石逶迤.　　평평측측측평평 (A)
京中舊見無顏色,　　평평측측평평측 (a)[188]
紅顆酸甛只自知.　　평측평평측측평 (B)
瀘州와 戎州를 지날 때 여지를 땄었는데
푸른 단풍 은은하고 돌길은 구불거렸다.
서울로 진상된 뒤엔 원래의 맛을 잃으니
붉은 과육 새콤달콤한 것은 양귀비만 알리.
(전체에서 '紅'자만 평측격식에 부합되지 않는다.)

— 두보, 「解悶十二首」(제10수)

② 수구에 운을 달지 않은 것.

---

188) 텍스트에는 '無'가 '君'으로 되어 있는데, 誤字이다.

傷心欲問當時事,　　평평측측평평측 (a)

惟見江流去不回.　　평측평평측평평 (B)

日暮東風春草綠,　　측측평평평측측 (b)

鷓鴣飛上越王臺.　　측평평측측평평 (A)

상심하여 당시의 일을 묻고자 했는데

長江만 보일 뿐 가고는 돌아오지 않는다.

저녁 하늘 봄바람 불어 봄풀은 푸른데

자고새가 월왕대 위로 날아간다.

(전체에서 '惟'‥'鷓'‥'飛' 세 글자만 평측격식에 부합되지 않는다.)

— 두공(竇鞏),「南遊感興」

(乙) 측기식

① 수구에 운을 단 것.

鑿落秋江水石明,　　측측평평측측평 (B)

高楓老柳兩灘橫.　　평평측측측평평 (A)

君看疊巘雲容變,　　평평측측평평측 (a)[189]

又有中宵雨意生.　　측측평평측측평 (B)

가을 강에서 술잔을 드니 물과 바위 선명하고

키 큰 단풍과 늙은 버들이 여울 양쪽에 늘어섰다.

보시게 첩첩 봉우리에 구름 형태 수시로 변하고

다시 한밤중에 비 내릴 기운 생기는 것을.

(전체가 평측격식에 부합된다.)

— 범성대(范成大),「題畵卷」

② 수구에 운을 달지 않은 것.

十載飄然繩檢外,　　측측평평평측측 (b)

尊前自獻自爲酬.　　평평측측측평평 (A)

---

189) '看'은 여기서 上平聲(14) '寒'운으로 사용되었다.

秋山春雨閒吟處,　　평평평측평평측 (a)
偏倚江南寺寺樓.　　측측평평측측평 (B)
십 년 동안 떠돌며 예법에서 벗어나 지내
술잔을 앞에 두고 스스로 따라 마셨다.
가을 산 봄 비 속에 한가히 읊조리던 곳
강남 사원의 누대를 두루 찾아 기대었다.
(전체에서 '春'자만 평측격식에 부합되지 않는다.)

— 두목(杜牧), 「念昔遊」

6.17 이상 본 절에서 든 각 시는 평측을 가지고 볼 때 모두가 근체시 중의 표준적인 시이다. 비록 소수의 글자가 평측격식에 부합되지 않았지만 그 자리들은 본래 변통이 가능한 곳이다. 변통의 조건에 대해서는 다음 절에서 설명하겠다.

6.18 마지막으로 측운 근체시의 평측에 대해 이야기해보자. 근체시에 측운을 사용하는 것은 본래 정격이 아니다(앞 글 제7절을 볼 것). 어쩌다가 측운을 사용할 때에는 매 연의 대구를 a식 또는 b식으로 바꾸면 된다(A식이나 B식을 사용하지 않음). 성당인의 규칙에 따르면 오율 측운시에서 각 연 출구의 마지막 글자는 평측이 서로 교차되어야 한다. 앞 글 제4절에서 든 유장경과 유우석의 측운 오율은 모두 이 규칙에 들어맞는다. 이제 두 가지 예를 다시 들어본다.

以我越鄉客(측),　　측측측평측 (a)
逢君謫居者.　　　　평평**측**평측 (b)
分飛黃鶴樓(평),　　평평**평**측평 (B)
流落蒼梧野.　　　　평측평평측 (a)
驛使乘雲去(측),　　측측평평측 (a)
征帆沿溜下.　　　　평평평측측 (b)
不知從此分(평),　　**측**평**평**측평 (B)
還袂何時把?　　　　평측평평측 (a)

고향 떠나 나그네 된 이 몸이
좌천되어 사는 그대를 만났다.
황학루에서 날아가 헤어진 뒤
창오 들판을 실의한 채 헤맸다.
公文 전달자는 구름 타고 가버리고
떠나는 배는 급류 따라 내려간다.
지금 우리 서로 헤어지고 나면
언제 다시 소매를 잡을 수 있을까?
('越'자・'謫'자와 '黃'자를 拗字라고 하며, 수련 대구와 미련 출구는 특수형
식으로, 다음의 제7・8・9절을 참조할 것.)190)

— 맹호연(孟浩然), 「江上別流人」

山色無定姿(평),　　평측평측평 (B)
如煙復如黛.　　　평평측평측 (a)
孤峰夕陽後(측),　　평평측평측 (a)
翠嶺秋天外.　　　측측평평측 (b)
雲起遙蔽虧(평),　　평측평측평 (B)
江迴頻向背.　　　평평평측측 (a)
不知今遠近(측),　　측평평측측 (a)
到處猶相對.　　　측측평평측 (b)
산색에는 정해진 자태가 없어서
안개 같다가는 다시 눈썹먹을 칠한 것 같다.
석양 이후의 외로운 봉우리
가을 하늘 너머의 푸른 고개.
구름이 일어나 멀리 고개를 가리고
강이 굽이쳐서 자주 뒤를 향한다.
지금은 멀고 가까움을 알 수 없어서
곳곳이 오히려 마주 보는 듯하다.

---

190) 이외에도 '居'・'流'・'不'・'從'・'還'자를 拗字로 볼 수 있다. 참고로 『孟浩然集校
注』(人民文學出版社)에서는 이 시를 五言古詩 부분에 수록하였다.

(수련 대구와 함련 출구는 모두 특수형식으로, 다음의 제9절을 참조할 것. 경련 출구의 "평측평측평"은 고식(古式)인데, 유장경은 이 고식을 측운 오율에 즐겨 사용하였다.)191)

― 유장경(劉長卿), 「秋雲嶺」192)

평측이 서로 교차되어야 하는 이 규칙은 중당인은 이미 완전히 준수할 수 없게 되었고(이를테면 유우석 같은 경우), 만당에 이르러서는 출구에 아예 일률적으로 평각을 사용하여 대구의 측각과 대를 이루도록 하였다. 다음 예를 보자.

仗劍夜巡城(평),	측측측평평 (A)
衣襟滿霜霰.	평평**측평측** (b)
賊火徧郊坰(평),	측측측평평 (A)
飛燄侵星漢.	**평측**평평측 (a)
積雪似空江(평),	측측측평평 (A)
長林如斷岸.	평평평측측 (b)
獨憑女墻頭(평),	측평측평평 (A)193)
思家起長歎.	평평**측평측** (b)

검을 차고 밤에 성을 순시하니
옷깃이 서리와 싸라기로 덮였다.
도적의 불길이 교외 들판에 퍼져서
화염이 날아올라 은하수에 침입한다.
눈이 쌓여서 강은 텅 빈 것 같고
길게 뻗은 숲은 끊어진 언덕 같다.
홀로 성가퀴 꼭대기에 기대 섰자니
고향 생각이 솟구쳐 길게 탄식한다.
(수련 대구와 미련 대구는 특수형식으로, 제9절을 보라. 이 시는 실점ㆍ실대

---

191) 이 시 각 구의 평측은 번역문 옆에 제시한 것과 같아서 (Ba) (ab) (Ba) (ab) 식으로 보기 어렵다. 이 시는 아무래도 五言古詩로 보는 것이 좋을 것 같다.
192) 이 시는 「湘中紀行十首」 중의 第6首이다.
193) "仄平仄平平"을 A식으로 볼 수 있는지는 의문이다.

하여 고풍과의 경계가 불분명한 점에 주의할 것.)

— 한악(韓偓), 「乾寧三年在奉天重圍作」

秋雨五更頭(평),	평측측평평 (A)
桐竹鳴騷屑.	**평측평평측 (a)**
却似春殘間(평),	측측평평평 (A)
斷送花時節.	측측평평측 (a)
空樓雁一聲(평),	평측측측평 (B)
遠屏半明滅.	**측평측평측 (b)**
繡被擁嬌寒(평),	측측측평평 (A)
眉山正愁絶.	**평평측평측 (a)[194]**

五更 초에 가을비가 부슬부슬 내려
오동과 대나무가 쏴아 하고 소리낸다.
오히려 봄이 사라져 가고 있어서
꽃 피는 시절을 보내는 것만 같다.
텅 빈 누각에는 외마디 기러기 소리
멀리서 병풍이 희미하게 명멸한다.
예쁜 아가씨 추위에 수 이불 껴안고
눈썹이 마침 지극한 슬픔에 젖어 있다.
(경련 대구와 미련 대구는 특수형식이며, 실대와 실점하였다.)

— 한악, 「五更」

6.19 오언절구에 측운을 사용한 것은 오언율시에 비해 비교적 흔히 보인다. 오언절구의 출구에 평각을 사용하는지 또는 측각을 사용하는지는 일정하지 않다. 그렇기는 하지만 서로 비교해보면 평측이 서로 교차되는 것이 가장 많으며, 그 중에서도 먼저 측각을 사용하고 나중에 평각을 사용한 것이 많다. 다음 예를 보자.

---

194) 이 경우는 a식으로 보기 어렵고, 오히려 b식의 특수형식으로 보아야 한다.

荒凉野店絶(측),　　　평평측측측 (b)
迢遞人煙遠.　　　평측평평측 (a)
蒼蒼古木中(평),　　　평평측측평 (B)
多是隋家苑.　　　평측평평측 (a)

황량한 들판에 가게는 없고
인가의 연기는 아득히 멀다.
울창하고 오래된 나무들 중
대부분은 隋 왕조 동산의 것.

　　　　　— 유장경(劉長卿), 「茱萸灣北答崔載華問」

6.20　칠언 근체시에 측운을 사용한 것이 가장 드물게 보인다. 제7절에서 든 한악(韓偓)의 칠언 측률은 제1구에 입성운 관계로 측각을 사용해야 했던 것 외에 나머지 각 연의 출구에는 모두 평각을 사용했는데, 이것은 그의 오언 측률의 규칙과 대체로 같다고 말할 수 있다. 이제 그의 칠언 측률 한 수를 더 들어본다.

莊南縱步遊荒野(측),　　　평평측측평평측 (a)
獨鳥寒煙輕惹惹.　　　측측평평평측측 (b)
傍山疎雨濕秋花(평),　　　측평평측측평평 (A)
僻路淺泉浮敗果.　　　측측측평평측측 (b)
樵人相聚指驚麞(평),　　　평평평측측평평 (A)
牧童四散收嘶馬.　　　측평측측평평측 (a)
一壺傾盡未能歸(평),　　　측평평측측평평 (A)
黃昏更望諸烽火.　　　평평측측평평측 (a)

마을 남쪽 걸음 내키는 대로 황야로 가니
새 한 마리 찬 안개 속에 경쾌하게 난다.
인접한 산의 부슬비가 가을꽃을 적시고
후미진 길 얕은 샘에 썩은 과일이 떠있다.
나무꾼들이 모여서 놀란 노루를 가리키고
목동은 사방으로 흩어져 우는 말을 거둔다.

한 병을 다 기울여 마셔도 돌아갈 수 없어
황혼에 다시 여러 봉화를 바라본다.

— 한악, 「閒步」

※ 주의 : 이 시는 실점·실대한 데다 '歌'운과 '麻'운을 통운하고 있어서 고
풍과 섞여 있다.

6.21 측운 칠언절구는 대단히 드물게 보인다. 이제 한 예를 들어보
겠는데, 제3구에 평각을 사용한 것에 주의하기 바란다.

僧家亦有芳春興,　　　평평측측평평측 (a)
自是禪心無滯境.　　　측측평평평측측 (b)
君看池水湛然時,　　　평평평측측평평 (A)
何曾不受花枝影?　　　평평측측평평측 (a)

스님들에게도 봄의 감흥이 있지만
본래 참선의 마음이지 얽매임이 아니다.
그대가 맑은 못물을 보았을 때
언제 꽃 그림자를 받아들이지 않았던가?

— 여온(呂溫), 「戲贈靈澈上人」

제7절 '일삼오불론(一三五不論)'에 관하여

7.1 근체시의 평측격식에 관하여 전해 내려오는 두 개의 구결(口訣)
이 있다.

① 一三五不論(제1, 3, 5자의 평측은 따지지 않는다)
② 二四六分明(제2, 4, 6자의 평측은 분명해야 한다)

이 두 구결의 의미는 매 구 제1자·제3자와 제5자의 평측은 구애받지 않아도 되고, 제2자·제4자와 제6자의 평측은 반드시 격식에 따라야 해서 평성을 써야 할 때 측성을 쓸 수 없고 측성을 써야 할 때 평성을 쓸 수 없다는 말이다. 이것은 칠언시를 두고 한 말인데, 제7자를 언급하지 않은 까닭은 제7자가 구말(句末)에 놓여 있어 더욱 분명해야 하기 때문에 말할 필요가 없었던 것이다. 이로부터 유추하면 근체의 오언시는 응당 "一三不論, 二四分明"이 될 것이다.

7.2 이 두 개의 구결을 누가 만들어낸 것인지는 알 수 없지만(『切韻指南』 뒷면에 이 구결이 실려 있다), 매우 경박한 관찰에 불과하여 사실과 부합하지 않는다. 사실상 제1자·제3자·제5자의 평측도 반드시 구애받지 않을 수 있는 것은 아니고, 제2자·제4자·제6자의 평측도 반드시 분명한 것은 아니다. 따라서 이 구결이 우선은 사람들에게 간단 명쾌하다는 느낌을 주겠지만 실제에 있어서는 시 짓기를 처음 배우는 사람들에게 오해를 불러일으키기 아주 쉽다. 이제부터 '불론(不論)'과 '분명(分明)'의 규율을 상세히 서술하여 근체시의 평측이 그리 간단하지 않다는 것을 명료하게 이해하도록 하겠다.

7.3 우선 칠언시는 오언시의 앞에 두 개의 글자를 덧붙여 만든 것임을 기억해야 하겠다. 따라서 오언의 제1자는 칠언의 제3자와 같고, 오언의 제3자는 칠언의 제5자와 같다. 바꾸어 말하면 오언의 제1자 중 평측을 구애받지 않을 수 있는 곳은 칠언의 제3자도 구애받지 않을 수 있고, 오언의 제3자 중 평측을 구애받지 않을 수 있는 곳은 칠언의 제5자도 구애받지 않을 수 있다. '분명(分明)'인 곳도 이로부터 유추할 수 있을 것이다. 다음에 이야기할 수많은 특수형식도 모두 이 이론의 기초 위에서 나온 것이므로 이것은 대단히 중요한 초보적 인식이다.

7.4 (1) 칠언시구 제1자(頂節上字)의 평측은 어떤 경우에도 모두 구애받지 않을 수 있다. 왜냐하면 이것은 구미(句尾)에서 거리가 가장 멀어

지위의 중요도가 가장 낮기 때문이다. 이것은 절주점(제2·제4·제6자는 절주점에 있다)에 있지 않을뿐더러 오언시구에도 이것과 지위가 같은 글자는 전혀 없다. 따라서 평성을 써야 할 곳에 측성을 쓸 수 있고, 측성을 써야 할 곳에 평성을 쓸 수 있다. 예를 들면 다음과 같다(例句는 모두 앞 절에서 나왔던 것들이다. 다음도 마찬가지이다).

① 평성을 써야 할 곳에 측성을 쓴 것

突營射殺呼延將,　　병영으로 돌진하여 흉노의 장군을 쏘아 죽이고

　　　　　　　　　　　　　　　　—이백(李白),「從軍行」

一生幾許傷心事,　　일생 겪어온 수많은 가슴 아픈 일들을

　　　　　　　　　　　　　　　　— 왕유(王維),「歎白髮」

小兒弄筆不能嗔,　　아이가 붓장난을 해도 야단칠 수 없으니

　　　　　　　　　　　　　　　　— 유우석(劉禹錫),「答前篇」

雪花遣霰作前鋒,　　눈꽃이 싸라기로 바뀌어 앞에서 찌르고

　　　　　　　　　　　　　　　　— 양만리(楊萬里),「霰」

② 측성을 써야 할 곳에 평성을 쓴 것

魚擁香鉤近釣磯.　　고기는 향긋한 낚시를 감싸고 낚시터로 다가온다.

　　　　　　　　　　　　　　　　—이하(李賀),「南園」

潮打空城寂寞回.　　조수가 빈 성을 때리고 적막 속에 돌아온다.

　　　　　　　　　　　　　　　　— 유우석,「石頭城」

彭蠡湖邊香橘柚,　　팽려호 가의 향긋한 귤나무와 유자나무

　　　　　　　　　　　　　　— 유장경(劉長卿),「送孫逸歸廬山得帆字」

從道人生都是夢,　도를 따르는 인생은 모두가 한갓 꿈이러니

— 백거이(白居易), 「城上夜宴」

7.5 (2) 오언시구 제1자와 칠언시구 제3자(頭節上字)의 평측은 B식을 제외하고는 구애받지 않을 수 있다. 예를 들면 다음과 같다.

① 평성을 써야 할 곳에 측성을 쓴 것

少年無不可,　젊은이에겐 불가능한 것이 없으니

— 고적(高適), 「送裴別將之安西」

暗塵隨馬去,　말발굽 따라 살포시 먼지가 일어나고

— 소미도(蘇味道), 「正月十五夜」

隔竹見籠疑有鶴,　대숲 너머 새장이 보여 학이 있는가 했는데

— 온정균(溫庭筠), 「題李處士幽居」

水客暗游燒野火,　들불이 타오를 때 어부는 살며시 물로 나가고

— 원진(元稹), 「遭風二十韻」

② 측성을 써야 할 곳에 평성을 쓴 것

回首六朝山.　머리 돌려 육조산을 바라본다.

— 왕안석(王安石), 「江亭晚眺」

搖落怨睽攜.　영락하여 헤어짐을 원망한다.

— 고적, 「送裴別將之安西」

何事秋卿咏,　무슨 일로 刑部長官께서 읊조리셨는지

— 유우석, 「答白刑部聞新蟬」

西陸蟬聲唱,　가을이라 매미소리 더욱 처량하여
— 낙빈왕(駱賓王),「在獄詠蟬」

鸂鷘空自泛寒洲.　가마우지는 공연히 찬 모래 섬에 떠 있다.
— 저광희(儲光羲),「萬歲樓」

君家何處訪庭闈.　그대는 어디서 부모님 계신 집을 찾으려는가?
— 두보,「送韓十四江東省覲」

秋山春雨閒吟處,　가을 산 봄 비 속에 한가히 읊조리던 곳
— 두목(杜牧),「念昔遊」

紅雲燈火浮滄海,　붉은 구름 아래 등불이 창해 위에 뜨고
— 증공(曾鞏),「錢塘上元夜祥符寺」

7.6　그러나 B식 시구에서 오언이라면 제1자의 평측이 반드시 분명해야 하고, 칠언이라면 제3자의 평측이 반드시 분명해야 한다. 바꾸어 말하면 B식의 두절상자(頭節上字)는 반드시 규정대로 평성을 써야 한다. 바로 다음과 같다.

①오언의 "평평측측평"을 "측평측측평"으로 바꿀 수 없다.
②칠언의 "측측평평측측평"을 "측측측평측측평"으로 바꿀 수 없다.

만약 근체시에서 이 규율을 위반하면 "고평(孤平)을 범했다"고 한다. 왜냐하면 운각의 평성자가 고정되어 있으니 이것을 제외하면 구중(句中)에는 오직 한 개의 평성자만 남게 되기 때문이다. '고평'은 시가(詩家)의 커다란 금기이다.[195] 이로부터 알 수 있듯이 "一三五不論"의 구결은 믿

---

195) 趙執信은『聲調譜』에서 "율시의 平平仄仄平은 제2구의 정격이다. 이를 仄平平仄平으로 하면 변격이지만 여전히 율격에 맞는다(이것은 孤平拗救로, 본서 8.7을 참조할

을 수 없는 것이다. 이와 같은 상황에서 오언 제1자와 칠언 제3자의 평성은 따지지 않을 수 없다.

7.7 이제 제1절과 제2절에서 든 예 중에서 모든 B식 구를 찾아 초록하여 증거로 삼고자 한다.

① 오언(五言)

龍池歲月深 평평측측평 / 山蟬處處吟 평평측측평

— 심전기(沈佺期), 「游少林寺」

南冠客思深[196] 평평측측평 / 風多響易沈 평평측측평

— 낙빈왕(駱賓王), 「在獄詠蟬」

것). 仄平仄仄平은 古詩句이다(律句가 아님). 이 격식을 모르는 사람이 많다. '一三五不論' 두 마디 말은 잘못된 것이다"라고 말하였다. 趙執信의 이 말은 네 가지 문제를 설명하고 있다. 첫째, 平平仄仄平이 정격이다. 둘째, 仄平平仄平은 변격(拗救)이다. 셋째, 仄平仄仄平은 古詩句여서 율시의 평측에 맞지 않는다. 넷째, '一三五不論, 二四六分明'의 두 마디 말은 잘못된 말이다. 개중에는 杜甫의 율시에서 孤平의 예를 찾아내어 반증으로 삼으려는 사람도 있었는데, 기실 고평처럼 보이는 예들이 사실은 고평이 아닌 경우가 많다. 예를 들어 「秦州雜詩」의 '應門幸有兒'와 「獨坐」의 '應門試小童'의 '應'은 평성으로 읽어서('膺'으로 쓰기도 한다. 『詩韻合璧』蒸韻을 보라), 고평을 범한 것이 아니다. 杜甫의 「寄贈王十將軍承俊」 시 : '將軍膽氣雄, 臂懸兩角弓. 纏結靑驄馬, 出入錦城中. 時危未授鉞, 勢屈難爲功. 賓客滿堂上, 何人高義同?'에서 '臂懸兩角弓'은 孤平句이지만 首聯과 頷聯이 모두 失對를 범하였고 제3구와 제5구는 失黏을 범했으며 '難爲功'은 3개의 평성을 잇달아 쓴 것이어서 분명히 古風 식의 율시이다(拗體律詩로, 율시의 정격이 아님).

『錢箋杜詩』는 李(因篤?)의 말을 인용하여 "'臂'자는 평성을 써야 하는데 측성이어서 응당 제3자에 평성을 써야 하는데도 그렇게 하지 않았고, 또한 失黏을 범했으므로 拗體이다. 集 중에 이 한 수뿐인 만큼 사람들이 구실로 삼아서는 안 된다"라고 하였다. 이씨의 이 말은 세 가지 문제를 설명한 것이다. 첫째, 제1자는 평성을 써야 한다. 이로부터 오언 平起平脚의 律句 제1자는 평성을 쓰지 않으면 안 됨을 알 수 있다. 둘째, 만약 제1자가 측성이면 제3자에 평성을 써야 하는데 그것이 拗救이다. 셋째, 이것은 拗體인 만큼, 고평을 썼다고 해서 사람들이 이것을 구실로 삼아서는 안 된다. ≪附註十≫

196) 텍스트의 앞(1.3) 인용 시에는 '深'자가 '侵'자로 되어 있다. 이것은 판본에 따른 차이인데, 두 글자 모두 下平聲(12) '侵'운에 속한다.

鳴鑾降紫霄 평평측측평 / 煙含北渚遙 평평측측평
　　　　　　　　— 이교(李嶠), 「長寧公主東莊侍宴」

言尋谷口來 평평측측평 / 雲陰送晚雷 평평측측평
　　　　　　　　— 두심언(杜審言), 「夏日過鄭七山齋」

心中自不平 평평측측평 / 風多雜鼓聲 평평측측평
　　　　　　　　— 양형(楊炯), 「從軍行」

邊秋一雁聲 평평측측평 / 無家問死生 평평측측평
　　　　　　　　— 두보, 「月夜憶舍弟」

分從起草餘 평평측측평 / 虞卿正著書 평평측측평
　　　　　　　　— 한유(韓愈), 「李員外寄紙筆」

吾生學養蒙 평평측측평 / 車邊已畫熊 평평측측평 / 茶香透竹叢 평평측측평 /
寒山遠燒紅 평평측측평[197] / 何能訪老翁 평평측측평
　　　　　　　　— 왕유(王維), 「河南嚴尹弟見宿弊盧訪別人賦十韻」

龍飛四十春 평평측측평 / 丹青憶老臣 평평측측평 / 調和鼎鼐新 평평측측평 /
傳經固絶倫 평평측측평 / 東方領搢紳 평평측측평 / 餘波德照鄰 평평측측평 /
由來席上珍 평평측측평 / 愚蒙但隱淪 평평측측평 / 生涯似衆人 평평측측평 /
蒼茫興有神 평평측측평
　　　　　　　　— 두보, 「上韋左相二十韻」

妖星下直廬 평평측측평 / 神都憶帝車 평평측측평 / 差肩列鳳輿 평평측측평 /
乾坤欲晏如 평평측측평 / 騏驎滯石渠 평평측측평 / 平生意有餘 평평측측평 /
新文尙起予 평평측측평 / 經過嘆里閭 평평측측평 / 山家藥正鋤 평평측측평 /
南翁慎始攄 평평측측평 / 功無禮忽諸 평평측측평 / 恩波錦帕舒 평평측측평 /

---

197) '燒'자는 여기서 去聲(18) '嘯'운에 속한다.

沿流想疾徐 평평측측평 / 鈔詩聽小胥 평평측측평198) / 蕭蕭白映梳 평평측측평

— 두보, 「贈李八秘書別三十韻」

初興薊北師 평평측측평 / 端居灔滪時 평평측측평 / 常懷湛露詩 평평측측평 /
生逢酒賦欺 평평측측평 / 慚紆德澤私 평평측측평 / 風雲際會期 평평측측평 /
中原鼓角悲 평평측측평 / 宗臣切受遺 평평측측평 / 行人避蒺藜 평평측측평 /
堯封舊俗疑 평평측측평 / 超然待具茨 평평측측평 / 天憂實在茲 평평측측평 /
群公各典司 평평측측평 / 孤城最怨思 평평측측평 / 蒼生可察眉 평평측측평 /
家家急競錐 평평측측평 / 耕巖進弈棋 평평측측평 / 麟傷泣象尼 평평측측평 /
傾陽逐露葵 평평측측평 / 哀歌欲和誰 평평측측평199)

— 두보, 「夔府書懷四十韻」

南朝號戚藩 평평측측평 / 驚湍激箭奔 평평측측평 / 謠傳義帝冤 평평측측평 /
鄕豪恃子孫 평평측측평 / 連薨竹覆軒 평평측측평 / 蘋生枉渚喧 평평측측평 / 李
衡墟落存 측평평측평200) / 星懸橘柚村 평평측측평 / 兒童習左言 평평측측평 / 詩
書志所敦 평평측측평 / 馳聲氣尙吞 평평측측평 / 巡兵戍己屯 평평측측평 / 來觀
衢室罇 평평평측평201) / 朝陽闢帝閽 평평측측평 / 傳呵步紫垣 평평측측평 / 傳家
寶祚蕃 평평측측평 / 雄圖授化元 평평측측평 / 洪恩九族惇 평평측측평 / 微班識
至尊 평평측측평 / 徒聞太學論 평평측측평202) / 搶楡尙笑鯤 평평측측평 / 愁心醉
不惛 평평측측평 / 看方理病源 평평측측평203) / 二毛傷虎賁 측평평측평204) / 臨
風楚奏煩 평평측측평

— 유우석(劉禹錫), 「武陵書懷五十韻」

---

198) '聽'자는 여기서 去聲(25) '徑'운에 속한다.
199) '和'자는 去聲(21) '箇'운에 속한다.
200) '李'자는 上聲(4) '紙'운에 속하여 仄聲韻이다. 따라서 작가는 孤平을 피하기 위해
    제3자를 平聲字로 썼다('墟'자는 上平聲(6) '魚'운에 속한다).
201) '衢'자는 上平聲(7) '虞'운에 속하여 平聲字이다. 따라서 이 구의 제3자는 拗字이다.
202) '論'자는 여기서 동사로 쓰여 上平聲(13) '元'운에 속한다.
203) '看'자는 여기서 上平聲(14) '寒'운에 속한다.
204) '二'자는 去聲(4) '寘'운에 속하여 仄聲韻이다. 따라서 작가는 孤平을 피하기 위해
    제3자를 平聲字로 썼다('傷'자는 下平聲(7) '陽'운에 속한다).

春生返照中 평평측측평 / 齋誠帝念隆 평평측측평 / 榮光答聖衷 평평측측평 /
儵穿玳瑁櫳 평평측측평 / 搜求好處終 평평측측평 / 宵暉欲半弓 평평측측평 / 斜
臨絶漠戎205) 평평측측평 / 潛泉脈暗洪 평평측측평 / 耘催荷蓧翁 평평측측평 / 殷
勤綺鎬酆 평평측측평 / 晴煙塞迥空 평평측측평 / 胭脂桃徑紅 평평평측평206) / 天
開禁掖崇 평평측측평207) / 鴟鷺竭至忠 평평측측평 / 閭閻賀歲豐 평평측측평 / 豪
家恃賴雄 평평측측평 / 殊恩赦鄧通 평평측측평 / 詩書對面聾 평평측측평 / 杯誇
瑪瑙烘 평평측측평 / 彈絲動削蔥 평평측측평 / 那知恨亦充 평평측측평208) / 班窗
網曙蟲 평평측측평 / 騎他老病驄 평평측측평 / 魂驚耳更聰 평평측측평 / 持疑
又省躬 평평측측평 / 良辰坐嘆窮 평평측측평 / 陰繁晻澹桐 평평측측평 / 籬栽
備幼沖 평평측측평 / 因蒐定作熊 평평측측평 / 晴和鶴一沖 평평측측평

— 원진(元稹), 「春六十韻」

初登典校司 평평측측평 / 形骸兩不羈평평측측평 / 言通藥石規 평평측측평 /
無杯不共持 평평측측평 / 幽尋皇子陂 평평평측평209) / 閑吟短李詩 평평측측평 /
通宵靡不爲 평평측측평 / 騰騰出九逵 평평측측평 / 山晴彩翠奇 평평측측평 /
園花雪壓枝 평평측측평 / 盤筵占地施 평평측측평 / 金鈿耀水嬉 평평측측평 /
華尊逐勝移 평평측측평 / 舼飛白玉巵 평평측측평 / 歸鞍酩酊騎 평평측측평 /
紅塵塞路岐 평평측측평 / 迴還節候推 평평측측평 / 天成萬物宜 평평측측평 / 雲
霄竊暗窺 평평측측평 / 毫鋒銳若錐 평평측측평 / 齊陳晁董詞 평평측측평210) / 專
場戰不疲 평평측측평 / 千僚儼等衰 평평측측평 / 還從好爵縻 평평측측평 / 多
慙恃赤墀 평평측측평 / 偏瞻獬豸姿 평평측측평 / 剛腸嫉喔咿 평평측측평 / 輸
忠在滅私 평평측측평 / 東臺吏不欺 평평측측평 / 平生志在茲 평평측측평 / 山
藏路險巇 평평측측평 / 蘭芳遇霰萎 평평측측평 / 吹毛遂得疵 평평측측평 / 殷
勤馬上辭 평평측측평 / 山經綺里祠 평평측측평 / 城樓枕水湄 평평측측평 / 江
平綠渺瀰 평평측측평 / 人家苦竹籬 평평측측평 / 鱍魚失水鬐 평평측측평 / 三聲

---

205) 텍스트에는 '臨'자가 '陽'자로 되어 있는데, 誤字이다.
206) '桃'자는 下平聲(4) '豪'운에 속하여 平聲字이다. 따라서 이 구의 제3자는 拗字이다.
207) '禁'자는 去聲(27) '沁'운에 속한다.
208) '那'자는 下平聲(5) '歌'운에 속한다.
209) '皇'자는 下平聲(7) '陽'운에 속하여 平聲字이다. 따라서 이 구의 제3자는 拗字이다.
210) 텍스트에는 '晁'가 '晃'으로 되어 있는데, 誤字이다. '晁'자는 下平聲(2) '蕭'운에 속
하여 平聲字이다. 따라서 이 구의 제3자는 拗字이다.

曉角吹 평평측측평 / 嫌醒自斟釃 평평측측평211) / 傾心向日葵 평평측측평 / 嗟予
獨在斯 평평측측평 / 行乖接履綦 평평측측평 / 驚時爲別離 평평측측평 / 餘歡
不可追 평평측측평 / 中懷寫向誰 평평측측평 / 何人共解頤 평평측측평 / 加餐
亦似飢 평평측측평

— 백거이(白居易), 「代書詩一百韻寄微之」

② 칠언(七言)

海燕雙棲玳瑁梁 측측평평측측평 / 丹鳳城南秋夜長평평측평평측평212)

— 심전기(沈佺期), 「古意」

東望望春春可憐 평측측평평측평213) / 城上平臨北斗懸 평측평평측측평 / 鳥
弄歌聲雜管絃 측측평평측측평

— 소정(蘇頲), 「奉和春日幸望春宮應製」

江上巍巍萬歲樓 평측평평측측평 / 日日悲看水獨流 측측평평측측평 / 向晚茫
茫作旅愁 측측평평측측평

— 저광희(儲光羲), 「萬歲樓」

嘆息人間萬事非 측측평평측측평 / 白馬江寒樹影稀 측측평평측측평

— 두보, 「送韓十四江東省覲」

卷幔山泉入鏡中 측측평평측측평 / 何事吹簫向碧空 평측평평측측평

— 왕유, 「敕借岐王九成宮避暑應敎」

三峽星河影動搖 평측평평측측평 / 人事音書漫寂寥 평측평평측측평

— 두보, 「閣夜」

---

211) '醒'자는 下平聲(9) '靑'운과 上聲(24) '逈'운 두 韻部에 속하여 여기서는 평성운으로
    사용되었다.
212) 7.4에서 설명했듯이 칠언율시의 제1자는 평측에 구애받지 않고, 제5자는 평성자로서
    拗字에 속한다.
213) 이 구의 제3자 '望'이 측성자이므로 孤平을 피하기 위해 제5자를 평성자로 쓴 것이다.

江上旌旗拂紫煙 평측평평측측평

—이백, 「送羽林陶將軍」

煙渚雲帆處處通 평측평평측측평 / 金管徐吹曲未終 평측평평측측평 / 驚鼓跳
魚撥剌紅 평측평평측측평214) / 吟作新詩寄浙東 평측평평측측평 / 五宿澄波皓
月中 측측평평측측평

—백거이, 「泛太湖書事寄微之」

曉望林亭雪半糊 측측평평측측평 / 煦暖寒禽氣漸蘇 측측평평측측평215) / 梳
洗樓前粉暗鋪 평측평평측측평 / 寡和高歌只自娛 측측평평측측평 / 對景東西事
有殊 측측평평측측평

—원진(元稹), 「酬樂天雪中見寄」

樓上從容萬狀移 평측평평측측평 / 笛賽婆官徹夜吹 측측평평측측평 / 乍捲簾
帷月上時 측측평평측측평

—원진, 「和樂天重題別東樓」

一點君山似措杯 측측평평측측평 / 夏口篙工厄泝洄 측측평평측측평 / 坐見千
峰雪浪堆 측측평평측측평 / 坱軋渾憂地軸摧 측측평평측측평 / 蜃作波濤古岸隤
측측평평측측평 / 汩沒汀洲雁驚哀 측측평평측측평 / 水狗斜傾尾纜開 측측평평
측측평 / 鮫穴相傳有化能 측측평평측측평 / 漸覺宵分曙氣催 측측평평측측평 /
白馬君侯傍柳來 측측평평측측평

—원진, 「遭風二十韻」

7.8 이상에서 든 오언 169구와 칠언 38구 모두 고평을 범하지 않았
다. "李衡墟落存"·"二毛傷虎賁"·"東望望春春可憐" 세 구가 다음의
제8절에서 별도의 해석을 필요로 하는 외에는 나머지 B식 모두 앞에서
말한 것처럼 오언 제1자와 칠언 제3자를 반드시 평성으로 썼다. 당송 시

---

214) '跳'는 下平聲(2) '蕭'운에 속한다.
215) 텍스트에는 '煦'가 '胞'로 되어 있는데, 誤字이다.

인들은 차라리 "제2·제4·제6자의 평측에 구애받지 않을지언정" B식 오언의 제1자와 칠언의 제3자는 결코 임의로 측성자를 사용하려고 하지 않았다. 현재 일반 사람들은 "고평을 피해야 한다"는 사실을 잘 모른다. 이처럼 중요한 규율(거의 요지부동한 규율이라고 말할 수 있다)조차 소홀하게 다루어진 것은 "一三五不論"이란 구결에 죄를 돌릴 수밖에 없다.

7.9 (3) 오언시구 제3자와 칠언시구 제5자(腹節上字)의 평측은 평측격식에 따르는 것이 정례이고, 평측격식에 따르지 않는 것이 변례이다.216) 이제 변례의 예를 들어보겠다.

①b식(평평평측측; 측측평평평측측)

端居不出戶.   평평**측**측측
평상시에는 문밖을 나서지 않는다.

— 왕유(王維), 「登裴迪秀才小臺作」

浮雲一別後.   평평**측**측측
뜬구름이 되어 한 번 이별한 후

— 위응물(韋應物), 「淮上喜會梁川故人」

林花掃更落.   평평**측**측측
숲 속의 꽃은 쓸어도 다시 떨어진다.

— 맹호연(孟浩然), 「晚春」

---

216) 시론가들은 平平平仄仄의 격식에서 제3자를 측성자로 바꾸어 쓸 때 제1자는 반드시 평성을 써야 하며, 제1자와 제3자를 모두 측성으로 할 수는 없다고 본다(칠언의 경우는 제3자와 제5자). 趙執信은 『聲調譜』에서 "上句에 平平仄仄仄을 쓰고 下句에 仄仄仄平平을 쓰는 것은 율시에 흔히 보인다. 만약 仄平仄仄仄을 쓴다면 落調가 된다. 뒤에 3仄을 쓰면 앞에는 반드시 2平을 써야 한다"라고 말했다. 내 생각에 조집신의 말이 옳다. 盛唐 이후의 시를 조집신의 말에 의거하여 조사해보면 예외가 거의 없다. 盛唐 이전에도 仄平仄仄仄의 예는 드물게 보인다. 본서 7.7.1에 보이는 14개의 예 중에 예외는 하나밖에 없다. ≪附註十一≫

微升古塞外.　평평측측측

옛 요새 너머에서 조금씩 떠오른다.

—두보,「初月」

清晨入古寺.　평평측측측

맑은 새벽에 古寺로 들어간다.

—상건(常建),「破山寺後禪院」

親朋盡一哭.　평평측측측

친척과 벗 모두 통곡하였다.

—두보,「送遠」

孤城向水閉.　평평측측측

외로운 성이 물을 향해 닫혀 있다.

—유장경(劉長卿),「餘干旅舍」

春歸定得意.　평평측측측

봄이 돌아갈 때면 반드시 뜻을 이루리라.

—이가우(李嘉祐),「送張惟儉秀才入擧」

幸因腐草出.　측평측측측

다행히 썩은 풀로 인해 나온다.

—두보,「螢火」

妖氛擁白馬.　평평측측측217)

요사스런 기운이 백마를 에워싼다.

—두보,「觀兵」

秋水纔深四五尺.　평측평평측측측

---

217) '擁'은 上聲(2) '腫'운에 속하여 측성자이다.

가을 물이 비로소 사 오자 깊이가 되었다.

—두보, 「南隣」

走覓南隣愛酒伴.　　측측평평측측측
걸어서 남쪽 이웃의 애주가 벗을 찾아간다.

—두보, 「江畔獨步尋花」

悵望千秋一灑淚.　　측측평평측측측
천 년 후 슬피 바라보며 한바탕 눈물 뿌린다.

—두보, 「詠懷古跡五首」(제2수)

爽氣遙分隔浦岫.　　측측평평측측측
상쾌한 기운이 멀리 포구 건너 산봉우리에서 나온다.

—이가우, 「晚登江樓有感」

初過重陽惜殘菊.　　평측평평측평측
처음 중양절을 보내니 시들어가는 국화가 애석하다.

—이가우, 「遊徐城河」

回首靑山獨不語.　　평측평평측측측
머리 돌려 청산을 바라보아도 유독 말이 없다.

—이가우, 「晚發咸陽」

朝罷須裁五色詔.　　평측평평측측측
조회를 마치면 오색 조서를 마름질해야 한다.

—왕유, 「和賈舍人早朝」

②B식(평평측측평, 측측평평측측평)

禪房花木深.　　평평평측평
선방에는 꽃과 나무 우거져 있다.

—상건, 「破山寺後禪院」

田園春雨餘.　평평평측평
봄비 넉넉히 내린 뒤의 전원.

— 위응물(韋應物), 「春日郊居」

知君才望新.　평평평측평
그대의 재능과 명망이 새로워졌음을 알겠다.

— 고적(高適), 「別劉大校書」

看隨秋草衰.　평평평측평
바라보니 가을 풀 따라 시들어간다.

— 유만(劉灣), 「卽席賦露中菊」

余亦扁舟湘水陰.　평측평평평측평
나 또한 편주를 타고 상수 남쪽으로 가야겠다.

— 유장경(劉長卿), 「送宇文遷明府」

坐臥閒房春草深.　측측평평평측평
한가히 방에 누워 있으니 봄풀이 무성하다.

— 이기(李頎), 「題璿公山池」

事簡魚竿私自親.　측측평평평측평
일이 간략하니 낚싯대가 절로 가까워진다.

— 이가우(李嘉祐), 「晚登江樓有懷」

錦里先生烏角巾.　측측평평평측평
錦里 선생이 쓴 흑색 두건.

— 두보, 「南隣」

處處征胡人漸稀.　측측평평평측평
곳곳이 오랑캐 정벌에 나서 사람이 점차 드물다.

— 이가우, 「題靈臺縣東山村主人」

極目傷神誰爲攜?218) 측측평평평측평
멀리 바라보고 있자니 가슴 아프지만 누가 보내줄까?

—두보, 「野望」

未厭門前鄱水淸.　측측평평평측평
문 앞의 파수가 맑은 것에 물린 적 없다.

—이가우, 「承恩量移宰江邑」

知掩山扉三十秋.　평측평평평측평
산의 문짝을 닫고 산지 삼십 년이 되었다.

—위응물, 「答秦十四校書」

③a식(측측평평측; 평평측측평평측)

明月隱高樹.　평측측평측
밝은 달이 높은 나무에 숨어 있다.

—진자앙(陳子昻), 「春夜別友人」

白髮老閒事.　측측측평측
백발의 늙은이라 일이 한가롭다.

—고적, 「醉後贈張九旭」

我有一瓢酒.　측측측평측
나에게는 한 표주박의 술이 있다.

—위응물, 「簡盧陟」

未有桂陽使.　측측측평측
계양의 사또가 아직 없다.

—위응물, 「對韓少尹所贈硯有懷」

---

218) 텍스트에는 '極目'이 '目極'으로 되어 있는데, '極目'이 옳다.

季弟念離別.　측측측평측

막내아우가 이별을 생각한다.

―고적, 「送蔡十二之海上」

洛城一別四千里.　측평측측측평측

낙양성에서 한번 헤어지니 사천 리 떨어졌다.

―두보, 「恨別」

④A식(측측측평평; 평평측측측평평)

漠漠秋雲低.　측측평평평

자욱이 가을 구름 낮게 드리웠다.

―두보, 「秦州雜詩」

醉裏開衡門.　측측평평평

취하여 누추한 문을 연다.

―고적, 「酬衛八雪中見寄」

相問良殷勤.　평측평평평

서로 은근히 안부를 묻는다.

―위응물(韋應物), 「路逢崔元二侍御」

主人爲卜林塘幽.　측평측측평평평

주인이 나를 위해 숲과 못 그윽한 곳에 집을 지어주었다.

―두보, 「卜居」

將軍帳下來從容.　평평측측평평평

장군의 막사 아래에서 조용히 온다.

―장위(張謂), 「送皇甫鹷宰交河」

7.10 앞에서 든 예를 가지고 볼 때 b식과 B식의 변례가 제법 많은

데 비해 a식과 A식의 변례는 매우 적다. 왜냐하면 a식의 변례는 마지막 세 글자가 "측평측"이 되고, A식의 변례는 마지막 세 글자가 "평평평"이 되는데, 이 두 가지는 모두 고체시의 표준적인 평측격식이며, 더욱이 후자는 근체시가 극력 피해야 하는 것이다(제28절과 제29절을 보라). 두보와 고적은 고시의 평측을 사용하여 율시 짓기를 좋아했기 때문에 그들에게는 A식의 변례가 비교적 많은 편이다. 유장경의 율시는 표준적인 율시로 인정될 정도여서 그의 율구에는 a식과 A식의 변례가 전혀 없다.

7.11 일반적으로 평측격식에 부합되지 않는 글자를 '요(拗)'라고 한다. 전인의 이른바 '요'는 "二四六"의 요 외에 오언 제3자와 칠언 제5자의 평측이 격식에 부합되지 않을 때와 B식 오언 제1자와 칠언 제3자에 측성을 사용했을 때에만 요라고 했고, B식 이외의 오언 제1자와 칠언 제1자·제3자는 평측을 따지지 않으므로 평측이 격식에 부합되지 않아도 요라고 하지 않았다. 그러나 여기서는 독자들이 쉽게 이해할 수 있도록 글자의 위치에 상관없이 평측이 격식에 부합되지 않으면 모두 요라고 하겠다. 본 절의 앞에서 서술한 것에 따라 제1자·제3자·제5자의 요는 세 가지 종류로 나눌 수 있다.

① 칠언 제1자(頂節上字) 및 A a b 세 식의 오언 제1자, 동식의 칠언 제3자(頭節上字)의 요는 갑종요(甲種拗)라고 칭할 수 있다. 시인은 갑종요를 피하지 않아도 되며, 또한 구(救)하지 않아도 상관없다.

② 오언 제3자 및 칠언 제5자(腹節上字)의 요는 을종요(乙種拗)라고 칭할 수 있다. 시인은 을종요를 가능한 한 피하고 피하지 않았을 경우에는 가능한 한 구해 준다.

③ B식 오언 제1자와 칠언 제3자(頭節上字)의 요(즉 고평)는 병종요(丙種拗)라고 칭할 수 있다. 시인은 병종요를 반드시 피해야 하고 부득이 피하지 못했을 경우에는 반드시 구해주어야 한다.

7.12 이러한 요구(拗句)를 구(救)해주는 것에 관해서는 다음 절에서

설명하도록 하고 여기서는 제2자·제4자·제6자의 요에 대해 이야기해 보겠다. 제2자·제4자·제6자는 바로 절주점에 해당되므로 본래 요를 사용해서는 안 된다. 그러나 요를 사용할 수 있는 두 가지 특수형식이 있다(제9절을 보라). 이외에도 몇몇 시인들은 때때로 율구 평측의 구속을 받기 싫어서 일부러 고고(高古)한 격조를 구하기 위해 절주점에 요를 사용하기도 했다. 예를 들면 다음과 같다.

離堂思琴瑟,　　평평평**평측**(b),
別路繞山川.　　측측측평평(A)
이별의 자리에서 금슬을 생각하고,
이별의 길은 산천을 돌아든다.

　　　　　　　　　　　　　　　　—진자앙(陳子昂), 「春夜別友人」

坐閣獨成悶,　　측측측평평(A),
行塘閱淸輝.　　평평**측**평평(B).
누각에 앉아 홀로 번민하고,
못을 거닐며 맑은 빛을 본다.

　　　　　　　　　　　　　　　　—위응물(韋應物), 「社日寄崔都水」

鄭公經綸日,　　**측**평평**평측**(b),
隋氏風塵昏.　　평**측**평평평(A).
정공이 경륜을 쌓은 나날 동안,
수씨는 풍진에 시달렸다.

　　　　　　　　　　　　　　　　—고적(高適), 「三君詠」

二月湖水淸,　　측측평측평(A),
家家春鳥鳴.　　평평**평측**평(B).
이월이라 호수가 맑고,
집집마다 봄새가 지저귄다.

　　　　　　　　　　　　　　　　—맹호연(孟浩然), 「晚春」

鄭縣亭子澗之濱,　　　**측측평측측평평**(A),
戶牖憑高發興新.　　　측측평평측측평(B).219)
정현의 정자는 시냇가에 있는데,
올라가 창문에서 내다보니 감흥이 새롭다.

　　　　　　　　　　　　　　　—두보,「題鄭縣亭子」

錦官城西生事微, 측평평평평측평(B),
烏皮几在還思歸. 평평측측평평평(A).
금관성 서쪽의 초당이 보잘것없긴 하지만,
오피궤가 있어 그래도 돌아가고 싶다.

　　　　　—두보,「將赴成都草堂途中有作先寄嚴鄭公五首」(제5수)

梅花欲開不自覺, **평평측평측측측**(b),
棣萼一別永相望. **측측측측측평평**(A).
매화가 피려고 해도 자각하지 못하지만,
형제는 이별하고 나니 끝내 그립다.

　　　　　　　　　　　　　　　　　—두보,「至後」

新亭舉目風景異, 평평측목풍경측측(a),
茂陵著書消渴長. 측평측평평측평(B).
새 정자에서 눈을 들어 바라보지만 풍경은 고향과 다르고,
司馬相如처럼 병마와 싸우며 저서에 몰두한 지 오래되었다.

　　　　　　　　　　　　—두보,「十二月一日三首」(제2수)

三十未有二十餘, 평측측측측측평(A),
白日長饑小甲蔬. 측측평평측측평(B).
서른 살도 되지 않은 이십 여 세에,
어린 채소도 없이 날마다 계속 굶주린다.

　　　　　　　　　　　　—이하(李賀),「南園十三首」(제4수)

---

219) '發興'이 텍스트에는 '興發'로 되어 있는데, '發興'이 옳다.

7.13 결론적으로 말해서 앞에서 든 것과 같은 제2자·제4자·제6자에 요를 사용한 것은 율구의 정칙이 아니다. 이것들은 고풍 식의 율시에 아주 가까우므로 초학자들은 마땅히 평측의 분명함을 구해야 하며, 평측을 잘못 사용하고 나서 이를 구실로 삼아서는 안 될 것이다.

제8절 요구(拗救)

8.1 시인들은 요구(拗句)에 대해 왕왕 '구(救)'를 사용한다. 요를 행하고서 이를 구할 수 있으면 '병(病)'으로 여기지 않는다. 이른바 '요구(拗救)'는 앞에서 평성을 써야 할 곳에 측성을 썼기 때문에 뒤에서 측성을 써야 할 곳에 평성을 씀으로써 일종의 보상으로 삼는 것이다. 만약 앞에서 측성을 써야 할 곳에 평성을 썼다면 뒤에서 평성을 써야 할 곳에 측성을 씀으로써 보상한다. 요구(拗救)는 대략 두 종류로 나눌 수 있다.

① **본구자구(本句自救)** : 예를 들어 하나의 구 안에서 제1자에 평성을 써야 하는데 측성을 썼다면 제3자에 측성 대신 평성을 쓴다.[220]

② **대구상구(對句相救)** : 예를 들어 출구 제3자에 평성을 써야 하는데 측성을 썼다면 대구 제3자에 측성 대신 평성을 쓴다.

다음에 갑·을·병 세 가지 요구에 대한 시인들의 처리 방법을 서술한다.

---

220) 이것은 7언구를 가지고 말한 것이며, 5언구는 그렇게 하지 않는다. 갑종요는 갑종의 위치에서 구하고, 을종요는 을종의 위치에서 구하는 것이 상례이다.

8.2 (1) 시인들은 갑종요에 대해서 물론 구해주지 않아도 된다. 그러나 많은 시인들이 알게 모르게 요구(拗救)의 국면을 조성하였다. 그렇게 함으로써 성조 방면에서 더욱 아름답게 울린다고 느끼게 되는 것이다. 예를 들면 다음과 같다.

① 본구자구

(子) 칠언 제1자에 평성을 써야 하는데 측성을 쓴 후 제3자에 측성 대신 평성을 쓴 것.

夕陽城上角偏愁.　　　**측평평측측평평(A)**.
석양 아래 성 위의 호각소리 더욱 슬프다.
　　　　　　　　　　　— 이가우(李嘉祐), 「同皇甫冉登重玄閣」

夜鐘殘月雁歸聲.　　　**측평평측측평평(A)**.
조각달 아래 종은 울리는데 돌아가는 기러기 소리 들린다.
　　　　　　　　　　　— 고적(高適), 「夜別韋司士」

更吹羌笛關山月.　　　**측평평측평평측(a)**.
더욱이 關山의 달빛 아래 피리를 분다.
　　　　　　　　　　　— 왕창령(王昌齡), 「從軍行」

葉心朱實看時落.　　　**측평평측평평측(a)**.
나뭇잎 사이의 붉은 과일이 볼 때마다 떨어진다.
　　　　　　　　　　　— 왕창령, 「從軍行」

(丑) 칠언 제1자에 측성을 써야 하는데 평성을 쓴 후 제3자에 평성 대신 측성을 쓴 것.

亭臯太高君莫拆.　　　**평측측평평측측(b)**.

정자 용마루가 너무 높다고 그대 자르지 마오

— 백거이(白居易), 「高亭」

猶賴德全如醉者.   평측측평평측측(b).

오히려 덕이 온전한 자는 취한 사람 같다.

— 유우석(劉禹錫), 「秘書崔少監見示墜馬長句」

同作逐臣君更遠.   평측측평평측측(b).

함께 쫓겨난 신하가 되었지만 그대가 더욱 멀구려.

— 유장경(劉長卿), 「重送裴郎中貶吉州」

西學已行秦博士.   평측측평평측측(b).

小學에서는 이미 진의 박사직을 맡았다.

— 장적(張籍), 「送楊少尹赴鳳翔」

※ 주의 : 이런 종류의 본구자구는 칠언 A·a·b식에 한정된다.

② 대구상구

(子) 칠언에서 대구의 제1자로 구하는 것[頂節上字相救].

㉠ 평성의 요를 측성으로 구하는 것

閒遣靑琴飛小雪,   평측평평평측측(b),

自看碧玉破甘瓜.   측평측측측평평(A).

한가히 거문고 뜯어 작은 눈 날리게 하고,

흰 치아로 단 오이 깨무는 것을 본다.

— 포용(鮑溶), 「夏日懷杜悰駙馬」

唯對松篁聽刻漏,   평측평평평측측(b),

更無塵土翳虛空.   측평평측측평평(A).

솔과 대숲 마주하니 오직 물시계 소리 들리는데,

허공을 가리는 먼지 한 점 없다.

— 한악(韓偓), 「雨後月中玉堂閒坐」

※ 주의 : A식 제1자가 측성이면 제3자는 응당 평성이 되어서 "自看碧玉破甘瓜" 같은 예는 매우 드물다.

ⓒ 측성의 요를 평성으로 구하는 것

甕頭竹葉經春熟,　　**측평측측평평측(a),**
階底薔薇入夏開.　　**평측평평측측평(B).**
단지 속의 죽엽주는 봄을 지나며 익었고,
섬돌 아래 장미는 여름에 들며 핀다.
　　　　　　　　　　— 백거이(白居易), 「薔薇正開春酒初熟」

乍牽玉勒辭金棧,　　**측평측측평평측(a),**
催整花鈿出繡閨.　　**평측평평측측평(B).**
잠시 옥 재갈을 끌어 금빛 우리를 떠나,
꽃 비녀를 추슬러 규방에서 나오길 재촉한다.
　　　　　　　　　　— 장호(張祜), 「愛妾換馬」

(丑) 오언에서 대구의 제1자로 구하는 것과 칠언에서 대구의 제3자로 구하는 것[頭節上字相救].

遠山籠宿霧,　　**측평평측측(b),**
高樹影朝暉.　　**평측측평평(A).**
먼 산은 간밤의 안개에 덮여 있고,
키 큰 나무는 아침 햇빛에 그림자 드리웠다.
　　　　　　　　　　— 원진(元稹), 「早歸」

蝶翎朝粉盡,　　**측평평측측(b),**
鴉背夕陽多.　　**평측측평평(A).**
나비 날개는 아침에 분가루 다하고,
까마귀 등에는 석양 빛 많다.

　　　　　　　　　　— 온정균(溫庭筠), 「春日野行」

井轉轆轤千樹曉,　　측측측평평측측(b),
門開閶闔萬山秋.　　평평평측측평평(A).

우물에 두레박 도니 천 그루 나무에 새벽이 찾아오고,
창합문이 열리니 만첩 산중에 가을이 찾아왔다.

— 허혼(許渾), 「秋日候扇」

馬上折殘江北柳,　　측측측평평측측(b),
舟中開盡嶺南花.　　평평평측측평평(A).

말 위에서 강북의 버들가지를 꽤 꺾고,
배에 있는 동안 영남의 꽃이 다 피었다.

— 허혼, 「南康阻涉」

※ 주의 : 이런 종류에는 측성의 요를 평성으로 구하는 것밖에 없다. 왜냐하면 평성의 요를 측성으로 구하면 고평을 범하는 것이 되기 때문이다.

③ 본구자구하면서 동시에 대구상구한 것

金闕曉鐘開萬戶,　　평측측평평측측(b),
玉階仙仗擁千官.　　측평평측측평평(A).[221]

금빛 대궐에 새벽 종 울려 온갖 문 다 열리고,
옥섬돌엔 황제의 의장이 모든 관리 에워싼다.

— 잠삼(岑參), 「和賈至舍人早朝大明宮之作」

樓上鳳皇飛去後,　　평측측평평측측(b),
白雲紅葉屬山雞.　　측평평측측평평(A).

누대 위의 봉황이 날아간 후,
흰 구름과 붉은 잎은 산닭의 것이 되었다.

— 왕건(王建), 「九仙公主舊莊」

將謂獨愁猶對雨,　　평측측평평측측(b),

---

221) '擁'은 上聲(2) '腫'운에 속하여 측성자이다.

不知多興已尋山.　　측평평측측평평(A).

홀로 슬픔에 잠겨 비를 대한다고 말하려 했는데,

나도 모르게 흥이 일어 이미 산을 찾아갔다.

— 백거이(白居易),「雨中赴劉十九二林之期」

波上馬嘶看櫂去,　　평측측평평측측(b),

柳邊人歇待船歸.　　측평평측측평평(A).

물결 위에서 말이 울며 노 저어 가는 것을 보고,

버드나무 곁의 사람은 돌아가는 배를 기다리며 쉰다.

— 온정균(溫庭筠),「利州南渡」

嵐翠暗來空覺潤,　　평측측평평측측(b),

澗茶餘爽不成眠.　　측평평측측평평(A).

푸른 산안개가 몰래 스며들어 물기를 느끼게 하고,

계곡 차의 상쾌함이 남아 있어 잠을 이루지 못한다.

— 온정균,「和趙嘏題岳寺」

南苑草芳眠錦雉,　　평측측평평측측(b),

夾城雲暖下霓旄.　　측평평측측평평(A).

남쪽 동산 풀밭에는 비단 꿩이 잠들어 있고,

겹성엔 따뜻한 구름이 무지개 깃발로 내려온다.

— 두목(杜牧),「長安」

千歲鶴歸猶有恨,　　평측측평평측측(b),

一年人住豈無情.　　측평평측측평평(A).

천 년 후 학이 돌아와도 오히려 한이 있는데,

사람이 일 년 거주했으니 어찌 정이 없겠는가?

— 두목,「得替後移居罾溪館」

清露已凋秦塞柳,　　평측측평평측측(b),

白雲空長越山薇.　　측평평측측평평(A).

맑은 이슬은 이미 진새의 버들을 시들게 했고,
흰 구름은 부질없이 월산의 고비를 자라게 했다.

— 허혼(許渾), 「臥病」

鸜鵒未知狂客醉, 평측측평평측측(b),
鷓鴣先讓美人歌. 측평평측측평평(A).
구관조는 아직 광객이 취한 것을 모르고,
자고새는 먼저 미인에게 노래를 양보한다.

— 허혼, 「韶州韶陽樓夜宴」

城帶夕陽聞鼓角, 평측측평평측측(b),
寺臨秋水見樓臺. 측평평측측평평(A).
석양을 띤 성에선 북과 뿔피리 소리 들리고,
가을 물 곁의 사원에선 누대가 보인다.

— 허혼, 「潁州從事西湖亭讌餞」

絲柳向空輕宛轉, 평측측평평측측(b),
玉山看日漸徘徊. 측평평측측평평(A).
버들가지는 하늘 향해 가볍게 하늘거리고,
옥산은 해를 보며 점차 배회한다.

— 포용(鮑溶), 「人日陪宣州范中丞宴」

紅旆路幽山翠溼, 평측측평평측측(b),
錦帆風起浪花飄. 측평평측측평평(A).
붉은 깃발 그윽한 길에 푸른 산은 젖어 있고,
비단 돛에 바람 이니 물보라 날린다.

— 요합(姚合), 「送唐中丞開淘西湖夏日遊泛」

空廄欲摧塵滿棧, 평측측평평측측(b),
小池初涸草侵沙. 측평평측측평평(A).
빈 마구간은 무너지려 하고 말구유엔 먼지만 쌓였는데,

작은 못도 물이 말라 풀이 모래밭을 침범했다.

— 요합, 「廢宅」

江對楚山千里月,　　**평측측평평측측**(b),
郭連漁浦萬家燈.　　**측평평측측평평**(A).
강물은 초산을 마주하고 천리에 걸쳐 달 떠있고,
성곽은 고기잡이 포구에 이어져 만가에 등불 켜 있다.

— 이신(李紳), 「過鐘陵」

知愛魯連歸海上,　　**평측측평평측측**(b),
肯令王翦在頻陽.　　**측평평측측평평**(A).[222]
魯仲連이 바닷가로 돌아간 것을 좋아하였으니,
어찌 왕전이 빈양에 있도록 하겠는가?

— 양거원(楊巨源), 「贈張將軍」

人在定中聞蟋蟀,　　**평측측평평측측**(b),
鶴從棲處挂獼猴.　　**측평평측측평평**(A).
사람은 참선 중에 귀뚜라미 소리를 듣고,
학은 서식처에서 원숭이를 홀금거린다.

— 가도(賈島), 「早秋寄題天竺靈隱寺」

(이 종류의 요구(拗救)는 출구와 대구의 평측이 글자마다 대를 이루어 지극히 조화롭기 때문에 시인들이 가장 즐겨 써서 예를 일일이 다 들 수 없을 정도이다. 그러나 bA식만 쓸 수 있고, aB식은 쓸 수 없다. 만약 aB식을 쓰면 고평을 범하게 된다.)

8.3 앞에서 든 여러 예를 보면 제6절에서 서술한 평측격식이 다만 정연함을 추구한다는 것을 알 수 있는데, 실제에 있어서 당인의 시식(詩式)에 의거해보면 보충 설명할 것이 더 있다. 칠언율시에서 출구와 대구가 bA식이라면 평측격식은 다음의 두 가지 방식 중에 임의로 한 가지를

---

222) '令'은 여기서 下平聲(8) '庚'운에 속하여 平聲韻으로 사용되었다.

선택하여 썼다고 할 수 있다.

> (甲) 측측평평평측측, 평평측측측평평;
> (乙) 평측측평평측측, 측평평측측평평.

실제 사용에 있어서 乙의 경우가 결코 甲보다 적지 않으며, 심지어는 甲보다 많다고도 할 수 있다. 더욱이 중·만당 이후에는 乙이 대략 일종의 풍조가 되었다(許渾이 이 방법에 가장 신경을 썼다). 만약 이와 같은 견해에 따른다면 乙의 경우를 요라고 생각할 필요가 없을 것이다.

8.4 (2) 시인들은 을종요에 대해서 가능한 한 '구'해 주었다. 앞 절에서 예로 든 여러 을종요 중에서 요를 사용하고도 구해주지 않은 것은 매우 드물다. 반면에 요를 사용하고 나서 구해준 것은 비교적 흔히 보이며, 아울러 대구상구를 사용하였다. 바꾸어 말하면 오언의 제3자 또는 칠언의 제5자에서 출구에 평성을 써야 하는데 측성을 썼을 경우 대구에 측성 대신 평성을 쓴 것이다. 다음 예를 보자.

① aB식

> 落日鳥邊下,　　측측측평측,
> 秋原人外閒.　　평평평측평.
> 석양은 돌아가는 새들 옆에서 져가고,
> 가을 들판은 사람 보이지 않아 한가롭다.
>
> ― 왕유(王維), 「登裴迪秀才小臺作」

> 挂席幾千里,　　측측측평측,
> 名山都未逢.　　평평평측평.[223]
> 돛을 달고 수천 리를 달려왔지만,

---

223) 텍스트에는 '逢'이 '還'으로 되어 있는데, 誤字이다.

명산은 아직 보이지 않는다.

— 맹호연(孟浩然), 「晚泊潯陽望廬山」

萬籟此俱寂,　　측측측평측,
唯聞鐘磬音.　　평평평측평.
온갖 소리 여기서 다 멎었는데,
오직 종소리 편경소리 들려온다.

— 상건(常建), 「破山寺後禪院」

促織甚微細,　　측측측평측,
哀鳴何動人!　　평평평측평.
귀뚜라미 소리 몹시 가냘프지만,
슬픈 울음이 얼마나 사람을 감동시키는가!

— 두보, 「促織」

虎氣必騰上,　　측측측평측,
龍身寧久藏!　　평평평측평.
범의 정기가 반드시 솟아오를 것이고,
용이 어찌 오래도록 숨어 있겠는가?

— 두보, 「蕃劍」

搖落暮天迥,　　측측측평측,
青楓霜葉稀.　　평평평측평.
……
渡口月初上,　　측측측평측,
隣家漁未歸.　　평평평측평.
초목은 시들어 저녁 하늘 아득하고, 푸른 단풍잎 서리 맞아 드물다.
나루에 달이 막 떠오르고, 이웃집 고기잡이배는 아직 돌아오지 않았다.

— 유장경(劉長卿), 「餘干旅舍」

倚馬見雄筆,　　측측측평측,

隨身唯寶刀.　　평평평측평.
말에 기대서니 웅건한 필력이 보이고,
몸을 따르는 건 오직 보도 한 자루.

― 고적(高適), 「送蹇秀才赴臨洮」

鳥下見人寂,　　**평측측평측,**
魚來聞餌馨.　　**평평평측평.**
사람 고요하니 까마귀 내려오고,
미끼 냄새 맡고 물고기 몰려든다.

― 한유(韓愈), 「獨釣」

江上幾人在?　　**평측측평측,**
天涯孤棹還.　　**평평평측평.**
강가에 몇 사람이 있는가?
하늘 끝에서 외로운 배가 돌아온다.

― 온정균(溫庭筠), 「送人東遊」

物外趣多別,　　**측측측평측,**
塵中心枉勞.　　**평평평측평.**
속세 밖에는 특별한 흥취가 많고,
속세 안에선 마음이 헛되이 수고롭다.

― 허당(許棠), 「野步」

夫子且歸去,　　**평측측평측,**
明時方愛才.　　**평평평측평.**
그대는 이제 돌아가지만,
밝은 세상이 오면 인재를 아낄 것이오

― 잠삼(岑參), 「送桂佐下第」

謁帝向金殿,　　**측측측평측,**
隨身唯寶刀.　　**평평평측평.**

황제를 알현하러 황금 궁전을 향하니,
몸을 따르는 건 오직 보도 한 자루.

—잠삼,「陝州月城樓送辛判官入秦」

塔影挂清漢,　측측측평측,
鐘聲和白雲.　평평평측평.
탑은 그림자를 맑은 하늘에 걸어놓고,
종소리는 흰 구름과 어울린다.

—기무잠(綦毋潛),「題靈隱寺山頂院」

恨望日千里,　측측측평측,
如何今二毛!　평평평측평.
천리 길 여정을 슬피 바라보니,
어찌하나 지금 벌써 흰 머리 났으니!

—고적,「送蹇秀才赴臨洮」

吾愛孟夫子,　측측측평측,
風流天下聞.　평평평측평.
나는 맹호연 선생을 좋아하니,
그의 풍류는 천하에 알려졌다.

—이백(李白),「贈孟浩然」

地即帝王宅,　측측측평측,
山爲龍虎盤.　평평평측평.
지형은 제왕의 주택이고,
산세는 용과 호랑이가 웅거할 곳이다.

—이백,「金陵三首」(제1수)

帶甲滿天地,　측측측평측,
胡爲君遠行?　평평평측평.
갑옷 입은 병사가 천지에 가득한데,

어찌하여 그대는 멀리 떠나려는가?

— 두보, 「送遠」

雨中草色綠堪染,　　측평측측측평측,
水上桃花紅欲然.　　측측평평평측평.
빗속에 풀빛 푸르러 물들 것만 같고,
물가의 도화 붉어 불타오를 듯하다.

— 왕유(王維), 「輞川別業」

身無拘束起長晩,　　평평평측측평측,
路足交親行自遲.　　측측평평평측평.
몸이 구속받지 않아 출발이 마냥 늦어지고,
길은 친교에 족하여 가는 것이 절로 늦어진다.

— 유우석(劉禹錫), 「和留守令狐相公答白賓客」

盡抛今日貴人樣,　　측평평측측평측,
復振前朝名相家.　　측측평평평측평.
오늘날 귀인의 모양 다 버리고,
前朝 명재상의 집안을 다시 떨쳤다.

— 유우석, 「和僕射牛相公寓言二首」(제1수)

誰言宰邑化黎庶?　　평평측측측평측,
欲別雲山如弟兄!　　측측평평평측평.
누가 고을의 首長을 서민으로 바꾼다고 말했던가?
운산과 이별하려니 형제와 같다.

— 이가우(李嘉祐), 「承恩量移宰江邑」

歌聲裊裊出清漢,　　평평측측측평측,
月色娟娟當翠樓.　　측측평평평측평.
간드러진 노래 소리 하늘에서 나오고,
고운 달빛이 翠樓에 와 닿는다.

— 두목(杜牧), 「南樓夜」

遙知楊柳是門處,　　평평**평측측**평측,
似隔芙蓉無路通.　　측측**평**평**평**측평.
멀리 버들 늘어진 곳이 대문임을 알겠는데,
연꽃이 가로막아 통하는 길이 없는 듯하다.

— 유위(劉威),「遊東湖」

②bA식

可憐白雪曲,　　**측**평측측측,
未遇知音人!　　측측**평**평평.
백설곡 사랑스럽지만,
음을 알아주는 이 만나지 못했다.

— 위응물(韋應物),「簡盧陟」

草色全經細雨溼,　　측측평평측측측,
花枝欲動春風寒.　　평평측측**평**평평.
풀빛은 가랑비 맞아 촉촉하지만,
꽃이 움트려는데 봄바람 차갑다.

— 왕유,「酌酒與裴迪」

※ 주의 : 을종요구(乙種拗救)의 bA식은 특히 드물다. 왜냐하면 A식에서 제3
자를 측성 대신 평성을 쓰게 되면 삼평조(三平調)가 되어 고풍의 구식(句式)과
섞이기 때문이다.

8.5 송인에 이르러서는 을종요에 대하여 요를 행하고서 구하지 않
는 경우가 점차 많아지긴 했지만 시인에 따라서는 여전히 당인의 전통
을 이어받아 가능한 한 구하였다. 예를 들면 다음과 같다.

①aB식

曉雨暗人日,　　측측측평측,
春愁連上元.　　평평평측평.

새벽비가 정월 7일을 어둡게 하여,
봄의 슬픔이 대보름까지 이어졌다.

— 소식(蘇軾), 「新年」

古寺滿修竹,　　측측측평측,
深林聞杜鵑.　　평평평측평.
오래된 절에는 長竹이 가득하고,
깊은 숲에선 두견새 소리 들려온다.

— 소식, 「遊鶴林招隱」

流水伴遲日,　　평측측평측,
野花留晚香.　　측평평측평.
흐르는 물은 뉘엿뉘엿 지는 해를 동반하고,
들꽃은 저녁 향기를 남긴다.

— 장뢰(張耒), 「建平途次」

涓涓泣露紫含笑,　　평평측측측평측,
燄燄燒空紅佛桑.　　측측평평평측평.
방울방울 이슬 흘리는 자색 含笑,
불꽃이 되어 하늘을 태우는 붉은 佛桑.224)

— 소식, 「正月二十六日偶與數客野步」

我行日夜向江海,　　측평측측측평측,
楓葉蘆花秋興長.　　평측평평평측평.
내가 밤낮으로 강과 바다를 향해 가니,
단풍잎과 갈대꽃 늘어서 가을의 정취 이어진다.

— 소식, 「出穎口初見淮山是日至壽州」

家藏玉牒幾千卷,　　평평측측측평측,

---

224) '含笑'와 '佛桑'은 모두 꽃 이름이다.

手校韋編三十秋.　　측측평평평측평.
집에는 귀한 서첩 수천 권이 있고,
손수 삼십 년 동안 易經을 교정했다.

—사일(謝逸), 「寄隱居士」

行人半出稻花上,　　평평측측측평측,
宿鷺孤明菱葉中.　　측측평평평측평.
행인은 반쯤 벼꽃 위로 드러나 있고,
해오라기 홀로 마름 잎 속에서 선명하다.

—범성대(范成大), 「初歸石湖」

青山缺處日初上,　　평평측측측평측,
孤店開時鶯亂啼.　　평측평평평측평.
청산의 틈새에서 해는 떠오르고,
외딴 가게 문을 열 때 꾀꼬리 소리 요란하다.

—육유(陸游), 「上虞逆旅見舊題歲月感懷」

暄涼書問二千里,　　평평평측측평측,
場屋聲名三十年.　　측측평평평측평.
이천 리 떨어진 곳에 편지로 안부를 묻고,
과거시험에서의 명성은 삼십 년이 되었다.

— 양만리(楊萬里), 「寄題曾子與競秀亭」

②bA식

故人越五嶺,　　측평측측측,
旅雁留三湘.　　측측평평평.
옛 친구는 오령을 넘어갔고,
여로의 기러기는 삼상에 머물러 있다.

—하주(賀鑄), 「登烏江柏子岡」

8.6 일반적으로는 출구에서 요를 행하고 대구에서 구해주게 되지만, 때로는 시인이 대구의 요자(拗字) 때문에 일부러 출구에 요자를 배치하여 이를 구해주는 경우도 있다(두 개의 요로 상쇄하면 정격이 되므로). 이를테면 앞에서 든 예 중 "雨中草色綠堪染"에서 '綠'자는 본래 '靑'자를 써서 평측격식에 부합되도록 할 수 있었지만 대구 "水上桃花紅欲然" 속의 '紅'자를 다른 글자로 대치할 수 없었기 때문에 출구에서 일부러 '綠'자를 씀으로써 평측을 상응시켰던 것이다. 비록 왕유가 당시에 반드시 그와 같은 구상 과정을 거치지 않았을지는 몰라도 후대에 요구(拗救)를 중시했던 시인들은 반드시 이 점에 주의해서 시구의 평측을 처리했을 것이다.

8.7 (3) 시인들은 병종요에 대해서 반드시 구하였다. 그렇지 않으면 앞 절에서 말한 바와 같이 고평을 범하게 된다. 구하는 방법은 본구자구이다.[225] 오언의 B식 구에서 제1자에 평성을 써야 하는데 측성을 썼다면 제3자에 반드시 평성을 써서 구해주어야 한다(그렇게 함으로써 운각 외에도 두 개의 평성자가 있게 되어 고평을 범하지 않게 된다). 칠언의 B식 구에서는 제3자에 평성을 써야 하는데 측성을 썼다면 제5자에 반드시 평성을 써서 구해주어야 한다. 칠언의 제1자에 평성을 쓰는 것은 무의미한데, 왜냐하면 그 지위가 너무나 경미하기 때문이다. 앞 절에서 우리는 다른 것을 설명하는 가운데 이미 고평 요구(拗救)의 예를 세 개 들어 놓았다.

李衡墟落存.   측평평측평.
이형이 가꾸었던 옛터는 그대로 있다.

　　　　　　　　　　　　　　　　　　　— 유우석(劉禹錫),「武陵書懷五十韻」

---

225) 두 개의 예를 더 들어본다. "恐驚天上人"(李白,「夜宿山寺」), "月光明素盤"(李白,「宿五松山下荀媼家」). ≪附註十二≫

二毛傷虎賁.　　측평평측평.
흰머리는 潘岳을 가슴 아프게 했다.

— 유우석, 「武陵書懷五十韻」

東望望春春可憐.　　평측측평평측평.
동쪽으로 망춘궁을 바라보니 봄이 사랑스럽다.
('望'자는 본래 평성과 측성 두 가지로 읽을 수 있다. 만약 평성으로 읽는다면 구(救)해주지 않아도 된다.)

— 소정(蘇頲), 「奉和春日幸望春宮應製」

이제 몇 가지 예를 더 들어서 증거로 삼고자 한다.

欲歸翻旅遊.　　측평평측평.
돌아가고자 여행길을 되돌린다.

— 고적(高適), 「別韋五」

亂山爲四隣.　　측평평평측평.
어지럽게 늘어선 산이 사방을 둘렀다.

— 저사종(儲嗣宗), 「贈隱者」

酌酒與君君自寬.　　측측측평평측평.
술 따라 그대에게 주니 마음을 푸시게.

— 왕유(王維), 「酌酒與裴迪」

傴僂丈人鄕里賢.　　측측측평평측평.
등 굽은 어른이 마을의 현자이다.

— 왕유, 「輞川別業」

江上女兒全勝花.　　평측측평평측평.
강가의 아가씨가 모든 점에서 꽃보다 낫다.

— 왕창령(王昌齡), 「浣紗女」

黃草峽西船不歸.　　평측측평평측평.
황초협 서쪽에서 배는 아직 돌아오지 않았다.

—두보, 「黃草」

何日雨晴雲出溪?　　평측측평평측평.
언제나 비가 개어 흰 구름이 시내에 나타날까?

—두보, 「中丞嚴公雨中垂寄見憶」

遠在劍南思洛陽.　　측측측평평측평.
멀리 검남에서 낙양을 그리워한다.

—두보, 「至後」

眼見客愁愁不醒.　　측측측평평측평.226)
눈으로 나그네의 슬픔을 보겠지만 슬픔에서 벗어나지 못한다.

—두보, 「絶句漫興九首」(제1수)

君向白田何日歸?　　평측측평평측평.
그대 백전을 향해 가면 언제나 돌아올까?

—이가우(李嘉祐), 「送皇甫冉還安宜」

羅綺點成苔蘚斑.　　평측측평평측평.
비단옷에 점점이 이끼 얼룩이 끼었다.

—엄언(嚴邸), 「望夫石」

魚鑰獸環斜掩門.　　평측측평평측평.
물고기 자물쇠와 짐승 고리가 비스듬히 문을 닫고 있다.

—조광원(趙光遠), 「題北里伎人壁」

長笛一聲歸島門.　　평측측평평측평.

---

226) '醒'은 여기서 下平聲(9) '靑'운에 속하여 평성으로 사용되었다.

피리 소리 길게 울리며 도문으로 돌아온다.

— 담용지(譚用之), 「秋宿湘江」

嫁得五陵輕薄兒.　　측측측**평평**측평.
오릉의 경박한 아이에게 시집갈 것을!

— 시견오(施肩吾), 「代征婦怨」

滿地月明何處砧?　　측측측**평평**측평.
온 땅에 달 밝은데 어디서 들려오는 다듬이소리인가?

— 설능(薛能), 「秋夜旅懷」

半夜對吹驚賊圍.　　측측측**평평**측평.
한밤중에 마주해 불어 에워싼 도적들을 놀라게 한다.

— 장효표(章孝標), 「聞角」

徐孺宅前湖水東.　　평측측**평평**측평.227)
서유의 집 앞, 호수 동쪽에 있다.

— 내붕(來鵬), 「寒食山館」

8.8 병종요구(丙種拗救)는 왕왕 을종요구(乙種拗救)와 동시에 병용된다. 그렇게 되면 대구의 복절상자(腹節上字)는 두 가지 직무를 겸임하게 된다. 즉, 본구의 고평을 구하는 동시에 출구에서 평성을 써야 하는데 측성을 쓴 것을 구하는 것이다.228) 다음 예를 보자.

久客得無淚,　　측측측**평**측,
故妻難及晨.　　**측평평**측평.
오래된 나그네가 어찌 눈물 흘리지 않을까?

---

227) '孺'는 去聲(7) '遇'운에 속하여 측성자이다.
228) 다시 예 하나를 더 들어본다. "兒童相見不相識, 笑問客從何處來."(賀知章, 「回鄉偶書」) ≪附註十三≫

아내도 심난하여 밤새도록 잠을 못 이룬다.

― 두보, 「促織」

爲惜故人去,　　　평측측평측,
復憐嘶馬愁.　　　측평평측평.
옛 친구 떠나는 것을 애석해 하고
말도 슬피 우는 것이 안쓰럽다.

― 고적(高適), 「送魏八」

世上謾相識,　　　측측측평측,
此翁殊不然.　　　측평평측평.
세상 사람들은 아는 이를 속이지만
이 분은 달라서 그렇지 않다.

― 고적, 「醉後贈張九旭」

嘗讀遠公傳,　　　평측측평측,
永懷塵外蹤.　　　측평평측평.
일찍이 원공의 전기를 읽었는데
늘 세속을 벗어난 자취가 그립다.

― 맹호연(孟浩然), 「晚泊潯陽」

古戍落黃葉,　　　측측측평측,
浩然離故關.　　　측평평측평.
옛 수자리에는 누런 잎 떨어지는데
툭 털어버리고 옛 요새를 떠난다.

― 온정균(溫庭筠), 「送人東游」

嗜酒漸思渴,　　　측측측평측,
讀書多欲眠.　　　측평평측평.
술 좋아하여 점차 갈증을 느끼고
책을 읽으면 자주 졸음이 온다.

― 사공서(司空曙), 「江園書事」

美酒易傾盡,   측측측평측,
好詩難卒酬.   측평평측평.
不覺入關晩,   측측측평측,
別來林木秋.   측평평측평.
맛좋은 술은 쉽게 다 없어지고
좋은 시는 응대하기가 어렵다.
어느새 저녁 늦게 潼關에 들었는데
이별 후 숲에 가을이 찾아왔구려.

　　　　　　　　　　　　　—가도(賈島), 「酬姚校書」

百年將半仕三已,   측평평측측평측,
五畝就荒天一涯.   측측측평평측평.
백 년의 반을 살아가는데 벼슬은 세 번 그만두었고
다섯 무의 땅 황폐해가건만 하늘 한 끝에 있다.

　　　　　　　　　　　　　—고적, 「重陽」

山齋留客掃紅葉,   평평평측측평측,
野艇送僧披綠莎.   측측측평평측평.
산재에서 붉은 낙엽을 쓸어 손을 머물게 하고
들에서 거룻배로 푸른 사초 걸친 스님을 보낸다.

　　　　　　　　　　　　　—허혼(許渾), 「贈茅山高拾遺」

溪雲初起日沈閣,   평평평측측평측,
山雨欲來風滿樓.   평측측평평측평.
계곡의 구름 일어 해는 누각에 가라앉고
산비 내리려는지 바람이 누각에 가득하다.

　　　　　　　　　　　　　—허혼, 「咸陽城東樓」

水聲東去市朝變,   측평평측측평측,
山勢北來宮殿高.   평측측평평측평.
물소리 동으로 가면서 시장과 조정이 변했고

산세는 북에서 내려와 궁전이 드높다.

— 허혼, 「登故洛陽城」

三秋木落半年客,　　평평측측측평측,
滿地月明何處砧?　　측측측평평측평.
가을 내내 낙엽은 지고 반년의 나그네 되어
온 땅에 달 밝은데 어디서 들려오는 다듬이소리인가?

— 설능(薛能), 「秋夜旅懷」

8.9 송대의 시인들은 당인의 격률을 충실히 지켜서 절대로 고평을 범하지 않았다. 다음은 송시에서 가져 온 고평요구(孤平拗救)의 예이다.

(甲) 병종요구(丙種拗救)를 독용한 것

寵深還若驚.　　측평평측평.
총애가 깊지만 그래도 놀랄 것만 같다.

— 왕우칭(王禹偁), 「五更睡」

擧頭閑望睞.　　측평평측평.
머리 들어 물끄러미 바라보니 아득하다.

— 진여의(陳與義), 「金潭道中」

數花搖翠藤.　　측평평측평.
푸른 등나무에서 몇 송이 꽃이 흔들린다.

— 조사수(趙師秀), 「巖居僧」

水上禹書寒磬清.　　측측측평평측평.
물가에서 山海經 읽는 소리와 경쇠 소리가 맑다.

— 매요신(梅堯臣), 「送樂職方知泗州」

二客所須惟濁醪.　　측측측평평측평.

두 나그네에게 필요한 건 오직 탁주이다.

— 소과(蘇過), 「偕陳調翁經山賈舟待夜潮發」

日暮擁階黃葉深.　　측측측평평측평.
해가 지니 섬돌을 에워싼 누런 낙엽이 깊다.

— 한구(韓駒), 「和李上舍冬日書事」

臨老避兵初一遊.　　평측측평평측평.
늘그막에 전란 피해 처음으로 떠났다.

— 진여의, 「巴邱書事」

隔岸一聲黃栗留.　　측측측평평측평.
강 건너에서 소리 났지만 누런 밤은 그대로 달려 있다.

— 양만리(楊萬里), 「和昌英叔夜雨」

(乙) 병종요구와 을종요구를 병용한 것

日暮倦行役,　　측측측평측,
解鞍初息肩.　　측평평측평.
해가 지니 여행길에 지쳐서
안장을 풀고 비로소 어깨를 쉰다.

— 여정(余靖), 「晚至松門僧舍」

及送故人盡,　　측측측평측,
亦嗟歸跡留.　　측평평측평.
옛 친구를 모두 보내고 났지만
돌아간 자취가 남아서 탄식한다.

— 매요신(梅堯臣), 「依韻和子聰見寄」

吳客獨來後,　　평측측평측,
楚橈歸夕曛.　　측평평측평.

오 땅의 나그네가 홀로 온 뒤에
초의 나룻배가 석양에 돌아간다.

　　　　　　　　　　　　　—매요신,「金山寺」

翠壁虎牙石,　　측측측평측,
素花狼尾灘.　　**측평평측평.**
푸른 암벽에 범 이빨 바위
흰 꽃 핀 이리꼬리 여울.

　　　　　　　　　　—사마광(司馬光),「送峽州陳簾秘丞」

衆几坐淸晝,　　측측측평측,
博山凝妙香.　　**측평평측평.**
맑은 대낮에 책상에 앉아 있으니
博山爐에 맺힌 향기가 묘하다.

　　　　　　　　　—황정견(黃庭堅),「呻吟齋睡起」

時改客心動,　　평측측평측,
鳥鳴春意深.　　**측평평측평.**
시절이 바뀌어 나그네 마음 움직이고
새가 지저귀니 봄기운 깊다.

　　　　　　　　　　—진여의(陳與義),「寒食」

明日受降處,　　평측측평측,
甲齊熊耳高.　　**측평평측평.**
내일 항복을 받을 곳에
갑옷 가지런하여 곰은 귀를 쫑긋거린다.

　　　　　　　　　　—육유(陸游),「小出塞曲」

老樹有餘韻,　　측측측평측,
別花無此姿.　　**측평평측평.**
늙은 나무에는 여운이 있지만

다른 꽃에는 이 자태가 없다.

— 장도흡(張道洽), 「詠梅」

長堤凍柳不堪折,　　평평측측측평측,
窮臘使君單騎行.　　평측측평평측평.229)
길게 뻗은 둑의 버들가지 얼어 꺾지 못하는데
세모에 사또가 말 한 필에 의지하여 간다.

— 매요신(梅堯臣), 「送樂職方知泗州」

檣帆落處遠鄕思,　　평평측측측평측,230)
砧杵動時歸客情.　　평측측평평측평.
돛대 멈춘 곳에서 머나먼 고향생각 일고
다듬이와 절구 소리에 歸客의 마음 움직인다.

— 매요신, 「和韓欽聖學士聞喜亭」

野桃含笑竹籬短,　　측평평측측평측,
溪柳自搖沙水淸.　　평측측평평측평.
들의 복사꽃 미소 짓고 대 울타리 낮은데
시냇가 버들 하늘거리고 모래 위의 물 맑다.

— 소식(蘇軾), 「新城道中」

相知四海孰靑眼?　　평평측측측평측,
高臥一麾今白頭!　　평측측평평측평.
이 세상 아는 이 중에 누가 반갑게 보아줄까?
외직을 맡아 높이 누웠더니 지금 벌써 백발!

— 사일(謝逸), 「寄隱居士」

溪聲獨帶夜來雨,　　평평측측측평측,

---

229) ‘騎’는 여기서 명사로 사용되어 去聲(4) ‘寘’운에 속한다.
230) ‘思’는 여기서 명사로 사용되어 去聲(4) ‘寘’운에 속한다.

山色漸分雲外霞.　　**평측측평평측평.**

시냇물 소리 홀로 간밤의 비를 대동하고

산색이 점차 구름 너머의 놀빛으로 분명하다.

　　　　　　　　　　　　　　　—이미손(李彌遜),「渡橫溪」

故園更在北山北,　　**측평측측측평측**

佳節可憐三月三.　　**평측측평평측평.**

고향 동산은 더욱이 북쪽 산의 북쪽에 있고

좋은 절기는 사랑스럽게도 삼월 삼일이다.

　　　　　　　　　　　　　　　—왕질(王銍),「別張自强」

夕陽茅店客沽酒,　　**측평평측측평측,**

明月小橋人釣魚.　　**평측측평평측평.**

석양의 초가 가게에서 나그네는 술을 사고

달빛 드는 작은 다리에서 누군가 낚시를 한다.

　　　　　　　　　　　　　　　—왕십붕(王十朋),「題湖邊莊」

8.10　당송 시인의 시를 자세히 관찰해보면 고평요구(孤平拗救)를 독용한 것은 비교적 적고 을종요구와 병용한 것은 비교적 많은데, 또한 다음 절에서 서술할 축류특수형식(丑類特殊形式)과 병용한 것도 매우 많다. 대략 고평 요구를 독용한 것은 부득이하여 사용하는 방법이지만 을종요구 또는 축류특수형식과 병용하는 것은 스스로 하나의 격식을 형성하여 고고한 격조를 나타낼 수 있기 때문에 당송 시인들이 이의 사용을 꽤 좋아하였다.

8.11　앞 절에서 말했듯이 고평은 시인들의 큰 금기이다. 우리는 일찍이 『전당시』에서 고평을 범한 시구를 찾아보았는데, 겨우 두 개의 예를 찾을 수 있었다.

醉多適不愁.　　**측평측측평.**

크게 취하면 슬프지 않을 수 있다네.

— 고적(高適), 「淇上送韋司倉往滑臺」

百歲老翁不種田.　　측측측평측측평.
백세의 늙은이는 밭 갈지 않는다.

— 이기(李頎), 「野老曝背」

설사 우리가 빠트린 것이 있다고 하더라도 고평을 범한 시구를 거의 찾을 수 없는 정도인 것만으로도 그것이 시인들이 극력 기피했던 형식임을 족히 증명할 수 있다(附註三을 참조할 것). 고적(高適)과 이기(李頎)는 아마도 잠시 이를 소홀히 했거나 일부러 고시에서 허용하는 평측을 사용했을 것이다(고적과 이기는 성당 초기의 사람으로, 당시에 시율이 아직 상세히 정착되지 않은 것도 한 원인일 수 있다). 결론적으로 당송의 수천수만 수의 시 중에서 겨우 이 두 개의 예외만 찾을 수 있었다는 것은 근체시의 고평이 확실히 시인들의 큰 금기였다는 사실을 증명하고도 남는다.

제9절 평측의 특수형식

9.1 여기서 말하는 평측상의 특수형식은 오언 b식의 제4자 또는 칠언 b식의 제6자에 측성을 써야 하는데 평성을 쓴 것과, 오언 a식의 제4자 또는 칠언 a식의 제6자에 평성을 써야 하는데 측성을 쓴 것을 가리킨다. 오언의 제4자와 칠언의 제6자는 중요한 절주점이어서 평측이 맞지 않으면 평측의 규율을 크게 위반한 것 같이 되어 '二四六分明'의 구결에 어긋나기 때문에 우리는 이것을 평측상의 특수형식이라고 부르는 것이다. 서술의 편의를 위해 전자를 자류특수형식(子類特殊形式)으로, 후

자를 축류특수형식(丑類特殊形式)으로 칭하겠다.

9.2 (1) 자류특수형식은 "평평평측측"으로 써야 할 오언구를 "평평측평측"으로 바꾸고, "측측평평평측측"으로 써야 할 칠언구를 "측측평평측평측"으로 바꾼 것이다. 바꾸어 말하면 복절(腹節) 두 글자의 평측을 뒤바꿔서 본래 "평측"이던 것을 "측평"으로 한 것이다.231) 이 경우에 두절상자(頭節上字)는 측성을 피하는 것이 원칙이다(측성을 피하지 않는다면 일반적인 형식을 사용해야 마땅하다.232) 附註十四를 참조할 것). 다음 예를 보자.

言陪柏梁宴,　　평평**측평측**,
新下建章來.　　평측**측평평**.233)

---

231) 仇兆鰲는 "칠언율시 중에는 평측이 조화롭지 않아 구 안에서 스스로 조절한 것이 있다. 賈幼鄰의 시: '劍佩聲隨玉墀步'에서 '玉墀' 두 자를 仄平으로 상호 조절하였고, 杜少陵의 시: '西望瑤池降王母'에서 '降王' 두 자 역시 仄平으로 상호 조절한 것이다. 이것은 어쩌다 변통의 방법을 사용한 것일 뿐이다"라고 하였다. 내 생각에 칠언율시뿐만 아니라 오언율시도 마찬가지이다. 그리고 평측이 조화롭지 않은 것이 아니라 또 하나의 평측 격식이며, 어쩌다 사용한 변통의 방법이 아니라 상용된 律句이다. ≪附註十四≫

232) 반드시 그런 것은 아니다. 唐代의 시인들 중에는 子類特殊形式을 사용했으면서도 頭節上字에 측성을 사용한 경우가 가끔 있다. 다만 그 경우 평측의 조화를 고려하여 對句의 頭節上字에 평성을 사용하였다. 다음에 든 예는 모두 出句와 對句의 평측이 '仄平仄平仄, 平仄仄平平'이다. 孟浩然,「過故人莊」首聯 "故人具鷄黍, 邀我至田家",「田家元日」頷聯 "我年已强仕, 無祿尙憂農"; 杜甫,「過宋員外之問舊莊」首聯 "宋公舊池館, 零落首陽阿",「陪鄭廣文游何將軍山林十首」(第10首) 尾聯 "只應與朋好, 風雨亦來過"('過'자는 여기서 평성임),「奉答岑參補闕見贈」尾聯 "故人得佳句, 猶贈白頭翁",「除架」首聯 "束薪已零落, 瓠葉轉蕭疏"('瓠'자는 여기서 평성임),「送裴五赴東川」首聯 "故人亦流落, 高義動乾坤",「入宅三首」(第1首) 頷聯 "客居愧遷次, 春色漸多添",「入宅三首」(第3首) 尾聯 "只應與兒子, 飄轉任浮生",「暮春題瀼西新賃草屋五首」(第1首) 首聯 "壯年學書劍, 他日委泥沙",「更題」首聯 "只應踏初雪, 騎馬發荊州",「登岳陽樓」首聯 "昔聞洞庭水, 今上岳陽樓"; 張籍,「宿臨江驛」頷聯 "月明見湖上, 江靜覺鷗飛",「涇州塞」尾聯 "道邊古雙堠, 猶記向安西"; 賈島,「寄山友長孫栖嶠」首聯 "此時氣蕭颯, 琴院可應關."(韓成武,『杜詩藝譚』, 河北敎育出版社, 2002, 204~210면 참조)

233) 텍스트에는 '來'가 '臺'로 되어 있는데, 誤字이다.

柏梁臺의 연회를 수행하고
새로이 建章宮에서 내려온다.

— 왕유(王維), 「奉和聖製賜史供奉曲江宴應制」

垂銀棘庭印,　　평평**측**평측,
持斧栢臺綱.　　평측측평평.
公卿의 은빛 인끈을 드리우고
御史臺의 권능을 손에 쥐었다.

— 원함(苑咸), 「送大理正攝御史」

閶門折垂柳,　　평평**측**평측,234)
御苑聽殘鶯.　　측측측평평.235)
창문에서 드리워진 버들가지를 꺾고
임금님 동산에서 꾀꼬리 소리를 듣는다.

— 이기, 「送人尉閬中」

落花滿春水,　　**측**평측평측,
疎柳映新塘.　　**평**측측평평.
떨어진 꽃이 봄물에 가득하고
성긴 버들이 새 못에 비친다.

— 저광희(儲光羲), 「答王十三維」

鄕園碧雲外,　　평평**측**평측,
兄弟淥江頭.　　**평**측측평평.
고향 동산은 푸른 구름 너머에 있고
형제는 맑은 강가에 있다.

— 상건(常建), 「江行」

---

234) 閶門은 江蘇省 蘇州市 城西에 있는 城門 이름이다.
235) '聽'은 여기서 去聲(25) '徑'운에 속하여 측성이다.

朝遊茂陵道,　　평평**측**평**측**,
夜宿鳳凰城.　　**측측측**평평.
아침에는 무릉도에 나들이 나가고
밤에는 봉황성에서 묵는다.

—이억(李嶷),「少年行」

愁來理弦管,　　평평**측**평**측**,
皆是斷腸聲.　　**평측측**평평.
슬퍼서 현악기 관악기를 타면
모두가 애를 끊는 소리이다.

—최긍(崔亘),「春怨」

小園足生事,　　**측**평**측**평**측**,
尋勝日傾壺.　　**평측측**평평.
작은 동산이 생계에 족하여
명승을 찾아 날마다 술병 기울인다.

—양안(楊顏),「田家」

停車傍明月,　　평평**측**평**측**,
走馬入紅塵.　　**측측측**평평.
수레를 멈추어 밝은 달 곁에 두고
말 달려 홍진 속으로 들어간다.

—왕인(王諲),「十五夜觀燈」

猶聞有知己,　　평평**측**평**측**,
此去不徒然.　　**측측측**평평.
오히려 지기가 있다고 들었으니
이번에 가는 것이 헛되지 않으리.

—주만(周萬),「送沈芳謁李觀察」

寧知武陵趣,　　평평**측**평**측**,

宛在市朝間.　　측측측평평.
차라리 무릉도원의 흥취를 알아
시장과 조정 사이에 있는 것 같다.

— 조영(祖詠), 「題韓少府水亭」

長江一帆遠,　　평평**측**평측,
落日五湖春.　　측측측평평.
저 멀리 있는 장강의 돛배 한 척
해 저무는 오호의 봄.

— 유장경(劉長卿), 「餞別王十一南遊」

簷飛宛溪水,　　평평**측**평측,
窗落敬亭雲.　　**측**측측평평.
처마에는 완계의 물이 나는 듯하고
창문에는 경정의 구름이 떨어진다.

— 이백, 「過崔八丈水亭」

朱實初傳九華殿,　　평**측**평평**측**평측,
繁花舊雜萬年枝.　　평평**측**측측평평.
붉은 열매가 구화전에 처음 전해졌는데,
전에는 흐드러진 꽃이 만년지에 달렸었다.

— 최흥종(崔興宗), 「和王維敕賜百官櫻桃」

山壓天中半天上,　　평**측**평평**측**평측,
洞穿江底出江南.　　**측**평평측측평평.
산은 하늘 위에 우뚝 솟았고,
물구멍은 강바닥을 뚫고 강남으로 나온다.

— 왕유, 「送方尊師歸嵩山」

欲問吳江別來意,　　측측평평**측**평측,
青山明月夢中看.　　평평평측측평평.

오강에서 이별한 뜻을 묻고 싶었는데,
청산 명월을 꿈속에서 본다.

　　　　　　　　　　　— 왕창령(王昌齡), 「李四倉曹宅夜飮」

聞說桃源好迷客,　　평측평평측평측,
不如高臥眄庭柯.　　측평평측측평평.
도원은 나그네를 홀리기 좋아한다니,
차라리 편히 누워 정원수를 보리라.

　　　　　　　　　— 배적(裴迪), 「春日與王右丞過新昌里」

寒樹依微遠天外,　　평측평평측평측,
夕陽明滅亂流中.　　측평평측측평평.
쓸쓸한 나무는 먼 하늘 너머로 어렴풋이 보이고,
석양은 어지러운 흐름 속에 명멸한다.

　　　　　　　　　　　— 위응물(韋應物), 「自鞏洛舟行入黃河」

日色悠揚暎山盡,　　측측평평측평측,
雨聲蕭颯渡江來.　　측평평측측평평.
해는 뉘엿뉘엿 산을 비추며 지고,
빗소리가 쓸쓸히 강을 건너온다.

　　　　　　　　　　　　— 백거이(白居易), 「百花亭晚望」

蜀客帆檣背歸燕,　　측측평평측평측,
楚山花木急啼鵑.　　측평평측측평평.
촉객의 돛은 돌아오는 제비를 등지고,
초산의 꽃나무에는 두견새 우는 소리 급하다.

　　　　　　　　　　　　　— 이영(李郢), 「江亭春霽」

9.3 이 특수형식은 미련의 출구에 많이 나타나는데, 이 또한 시인들
의 풍조였다고 할 수 있다. 앞에서 든 예 중에서 최긍(崔亘)·주만(周萬)·

조영(祖詠)·왕창령(王昌齡)·배적(裴迪)의 시구는 모두 미련에 사용된 것이다. 다음에 다시 온전한 시를 예로 들어 전모를 보이고자 한다.

絶塞臨光祿, 측측평평측　머나먼 변새에 光祿大夫가 임하여
孤營佐貳師. 평평측측평　외로운 병영에서 李廣利 장군을 보좌한다.
鐵衣山月冷, 측평평측측　산에 뜬 달빛 아래 쇠 갑옷은 차갑고
金鼓朔風悲. 평측측평평　북풍은 몰아치는데 쇠북 소리 구슬프다.
都護征兵日, 평측평평측　도호가 병사들을 이끌고 원정하는 날
將軍破虜時. 평평측측평　장군이 오랑캐를 격파하는 때이다.
揚鞭玉關道, 평평측평측　玉門關 길에서 채찍을 높이 들고
回首望旌旗. 평측측평평　머리 돌려 사신의 깃발을 바라본다.
　　　　　　　　—이화(李華), 「奉使朔方贈郭都護」

宋玉東家女, 측측평평측　송옥의 동쪽 이웃집 여인은
常懷物外多. 평평측측평　언제나 세속 바깥에 관심이 많았다.
自從圖渤海, 측평평측측　스스로 발해 지도를 그려놓고는
誰爲覓湘娥? 평측측평평　누구를 위해 상아를 찾으려 하나?
白鷺栖脂粉, 측측평평측　백로가 연지와 분에 깃들고
赬鮒躍綺羅. 평평측측평　붉은 방어가 비단에서 뛰어오른다.
仍憐轉嬌眼, 평평측평측　아름다운 눈동자 구르는 것이 사랑스러운데
別恨一橫波. 측측측평평　이별의 한에 눈물이 고인다.
　　　　　　　　—양굉(梁鍠), 「觀王美人海圖障子」

韋曲花無賴, 평측평평측　위곡에는 믿을 만한 꽃이 없어서
家家惱殺人. 평평측측평　집집마다 사람을 번뇌케 한다.
綠尊須盡日, 측평평측측　푸른 술동이로 날을 다 보내야 하니[236]
白髮好禁春. 측측측평평　백발로 봄을 잘 견디려는 것이다.
石角鉤衣破, 측측평평측　돌 모서리는 옷을 당기어 찢고
藤枝刺眼新. 평평측측평　등나무 가지는 눈을 찌를 듯 새롭다.

---

236) 텍스트에는 '須'가 '雖'로 되어 있는데, 의미상 『杜詩詳注』에 의거하여 바꾸었다.

何時占叢竹? 평평측평측   언제나 대나무 숲을 차지하고서
頭戴小烏巾. 평측측평평   머리에 작은 검은 두건을 쓰고 있으려나[237]
('占'은 '佔'과 같아서 거성이다.)

— 두보, 「奉陪鄭駙馬韋曲二首」(제1수)

野寺垂楊裏, 측측평평측   들의 절은 수양버들 속에 있고
春畦亂水間. 평평측측평   봄의 밭두둑은 흐르는 물 사이에 있다.
美花多映竹, 측평평측측   아름다운 꽃들이 대나무에 비치고
好鳥不歸山. 측측측평평   어여쁜 새들은 산으로 돌아가지 않는다.
城郭終何事? 평측평평측   성곽에는 도대체 무슨 일이 있는가?
風塵豈駐顏? 평평측측평   풍진 속에서 어찌 얼굴 머물게 하리?
誰能共公子, 평평측평측   누가 公子와 더불어
薄暮欲俱還! 측측측평평   해질녘에 함께 돌아가고자 할 수 있으리!

—「奉陪鄭駙馬韋曲二首」(제2수)

青陽振蟄初頒曆,   봄이 와 벌레들이 깨어나니 막 새 달력을 반포했는데
白首銜寃欲問天!   백두의 늙은이는 원한을 품고 하늘에 묻고 싶다.
絳老更能經幾歲?   絳縣의 노인은 몇 살이나 더 살 수 있을까?
賈生何事又三年?   賈誼는 무슨 일로 다시 삼 년이나 좌천되었을까?
愁占蓍草終難決,   슬픔 속에 기초로 점을 쳐도 끝내 해결하기 어렵고
病對椒花倍自憐.   병중에 초화를 대하니 스스로의 가련함이 배가된다.[238]
若道平分四時氣,   네 계절의 기운을 공평히 분배하는 것이라면
南枝爲底發春偏?   남쪽 가지는 어찌하여 봄빛을 편중하여 받는가?
(若道平分四時氣 : 측측평평측평측)

— 유장경(劉長卿), 「歲日見新曆因寄都官裴郎中」

支離東北風塵際,   동북의 전란 속에 제각기 흩어져서
漂泊西南天地間.   서남의 천지에서 떠돌아다녔다.
三峽樓臺淹日月,   삼협의 누대에서 오랜 세월 보내고

---

237) 텍스트에는 '小'가 '白'으로 되어 있는데, 誤字이다.
238) 여기서 椒花는 정월 초하루를 가리킨다.

五溪衣服共雲山.　　오계의 옷을 입은 사람들과 구름 산을 함께 하였다.
羯胡事主終無賴,　　갈호의 군주 섬김이 끝내 교활했으니
詞客哀時且未還.　　시인은 시절이 슬퍼서 아직 돌아오지 못했다.
庾信平生最蕭瑟,　　유신의 한평생이 가장 쓸쓸했지만
暮年詩賦動江關.　　늘그막의 詩賦가 산천을 뒤흔들었다.
(庾信平生最蕭瑟 : 측측평평측평측)

— 두보, 「詠懷古跡五首」(제1수)

群山萬壑赴荊門,　　모든 산과 골짜기 형문으로 향하는데
生長明妃尙有村.　　명비가 나서 자란 그 마을 아직 있다.
一去紫臺連朔漠,　　漢宮을 떠난 후 북방의 사막으로 갔지만
獨留靑塚向黃昏.　　홀로 남은 무덤만이 황혼을 대하고 있다.
畫圖省識東風面,　　봄바람 고운 얼굴 아무렇게나 그렸으니
環珮空歸月夜魂.　　달밤에 돌아온 혼 環珮 소리 부질없다.
千載琵琶作胡語,　　천 년의 비파소리 오랑캐의 음악이지만
分明怨恨曲中論!　　분명한 그 원한은 악곡에서 묻어나리!
(千載琵琶作胡語 : 평측평평측평측)

— 「詠懷古跡五首」(제3수)

征途行色慘風煙,　　여행 길 행색이 바람과 안개에 참담하고
祖帳離聲咽管弦.　　송별의 술자리에선 이별 곡이 흐느낀다.
翠黛不須留五馬,　　여인들은 태수를 붙잡아두어선 안 되니
皇恩只許住三年.　　皇恩은 삼 년을 머물도록 허락했을 뿐이다.
綠藤陰下鋪歌席,　　푸른 등나무 그늘 아래 노래 자리를 펴고
紅藕花中泊伎船.　　붉은 연꽃 사이에 놀이 배를 머물게 하자.
處處回頭盡堪戀,　　돌아보면 곳곳이 모두 정이 배어 있는데
就中難別是湖邊.　　그 중에도 호숫가가 가장 이별하기 어렵다.
(處處回頭盡堪戀 : 측측평평측평측)

— 백거이, 「西湖留別」

龍門樹色暗蒼蒼,　　용문의 나무 빛깔 짙푸르고
伊水東流春恨長.　　이수는 동으로 흐르며 봄의 한이 이어진다.
病馬獨嘶殘夜月,　　병든 말은 새벽달 바라보며 혼자 울고
行人欲渡滿船霜.　　행인은 서리 가득한 배를 타고 건너려 한다.
幾家煙火依邨步,　　마을 나루 옆에 몇 집인가 연기 피어오르고
何處漁歌似故鄉.　　어디선가 뱃노래 들려와 고향인 것만 같다.
山下禪菴老師在,　　산 아래 선승의 암자에 노 禪師가 계시니
願將形役問空王!　　명리에 얽매임이 무엇인지 부처님께 물어보련다.
(山下禪菴老師在 : 평측평평측평측)
—사마예(司馬禮),[239] 「曉過伊水寄龍門僧」

9.4 송인은 당인의 이와 같은 특수형식을 깊이 이해하고 있었다. 더욱이 미련에 사용하는 것의 묘한 점을 송인이 가장 잘 파악하고 있었기 때문에 가장 많이 사용하였으니, 청출어람(青出於藍)이라고 말할 수 있을 정도이다. 다음 예를 보자.

(甲) 수련에 사용한 것

微軀定誰恨,　　평평측평측,
清嘯不知勞.　　평측측평평.
보잘것없는 몸이 도대체 누구를 원망하나?
맑게 울면서 힘들어 할 줄 모른다.

—유창(劉敞),「蟬」

南山半雲雨,　　평평측평측,
天氣雜暄寒.　　평측측평평.
남산에 구름과 비가 반이라서
날씨에 따뜻함과 추위가 섞여 있다.

—유창,「獨行」

---

239) 高棅의 『唐詩品彙』에는 司馬禮로 되어 있지만 일반적으로는 司馬扎이라고 한다.

春風取花去,　　평평측평측,
酬我以淸陰.　　평측측측평평.
봄바람이 꽃을 거두어 가고는
나에게 맑은 그늘을 선사한다.

— 왕안석(王安石), 「牛山春晚卽事」

游人出三峽,　　평평측평측,
楚地盡平川.　　측측측평평.
나들이 나온 사람이 삼협을 나오니
초 땅은 온통 평야로다.

— 소식(蘇軾), 「荊州」

憑高散幽策,　　평평측평측,
綠草滿春坡.　　측측측평평.
높은 데 의지하여 어린 蓍草를 흩뿌리니
푸른 풀이 봄 비탈에 가득하다.

— 서기(徐璣), 「憑高」

危欄散煙鬱,　　평평측평측,
已暮亦登臨.　　측측측평평.
높은 난간에는 안개가 자욱한데
저녁인데도 높이 올라 바라본다.

— 진감지(陳鑑之), 「暮登蓬萊閣」

(칠언의 수구는 운을 다는 것이 많으므로 특수형식이 거의 보이지 않는다.)

(乙) 함련에 사용한 것

山橋斷行路,　　평평측평측,
溪雨漲春田.　　평측측평평.
산의 다리는 다니는 길이 끊겼고
계곡의 비에 봄밭은 물이 불었다.

— 구양수(歐陽修), 「離彭婆値雨」

星辰競搖動,　　평평측평측,
河漢湛虛明.　　평측측평평.
별들은 다투어 반짝이고
은하수는 맑게 빛나고 있다.

—유창,「月夜」

浮雲帝鄕外,　　평평측평측,
落日古城邊.　　측측측평평.
뜬 구름은 황제의 고을 밖에 있고
지는 해는 옛 성곽 가에 있다.

—유창,「臨雨亭」

縱橫一川水,　　**측평측평측**,
高下數家村.　　평측측평평.
종횡으로 치닫는 온 내의 물
높고 낮은 몇 채의 집이 있는 마을.

—왕안석,「卽事」

雲陰下斜谷,　　평평측평측,
雨勢落襃城.　　측측측평평.
먹구름이 사곡으로 내려오더니
비가 세차게 포성에 떨어진다.

—문동(文同),「凝雲榭晚興」

樓臺見新月,　　평평측평측,
燈火上雙橋.　　**평측측평평**.
누대에서 보름달이 보이더니
등불이 쌍교 위로 오른다.

—하주(賀鑄),「秦淮夜泊」

潛魚聚沙窟,　　평평측평측,
墜鳥滑霜林.　　측측측평평.

물속의 고기는 모래 굴에 모여들고
하강하는 새는 서리 내린 숲을 미끄러진다.
　　　　　　　　　　　　　　　　— 진사도(陳師道), 「宿齊河」[240]

人聲隱林杪,　　평평**측**평**측**,
僧舍繞雲根.　　평**측**측평평.
사람 소리는 숲 속으로 잠겨들고
승사는 산 속 구름에 둘러싸여 있다.
　　　　　　　　　　　　　　　— 진사도, 「遊鵲山院」[241]

田園一蚊睫,　　평평**측**평**측**,[242]
書卷百牛腰.　　평**측**측평평.
전원이라곤 모기 속눈썹만 하지만
책은 백 마리 소 허리만큼 많다.
　　　　　　　　　　　　　　　　— 주부(周孚), 「贈蕭光祖」

雲分一山翠,　　평평**측**평**측**,
風與數荷香.　　평**측**측평평.
구름은 온 산의 푸름을 뚜렷하게 해주었고
바람은 연꽃 향기를 보내준다.
　　　　　　　　　　　　　　　— 주자지(周紫芝), 「雨過」

吾行正無定,　　평평**측**평**측**,
魂夢豈忘歸?　　평**측**측평평.[243]
내 갈 길에 정처가 없긴 하지만

---

240) 텍스트에는 '陳師道'가 '陳師通'으로 되어 있는데 誤字이며, '宿濟河'도 '宿齊河'가
　　옳다.
241) 텍스트에는 '鵲山院'이 '鶴山院'으로 되어 있는데, 『後山詩注補箋』에 의거하여 바
　　꾸었다.
242) 텍스트에는 '睫'이 '蜨'으로 되어 있는데, 誤字이다.
243) '忘'은 下平聲(7) '陽'운에 속하여 平聲이다.

꿈속에서도 어찌 돌아갈 것을 잊으랴?

　　　　　　　　　　　— 양만리(楊萬里), 「和仲良春晚卽事」

排雲數峰出,　　평평측평측,
漏日半江明.　　측측측평평.
구름을 밀치고 몇 봉우리 나타나고
햇빛이 새서 강의 반이 밝다.

　　　　　　　　　　　— 양만리, 「明發新塗晴」

奇哉一江水,　　평평측평측,
寫此二更天!　　측측측평평.
기이하구나 강물이여
이 二更의 밤하늘을 그려놓다니!

　　　　　　　　　　　— 양만리, 「宿蘭溪水驛前」

疏影橫斜水淸淺,　　평측평평측평측,
暗香浮動月黃昏.　　측평평측측평평.
맑은 개울물 위로 희미한 그림자 드리우고
그윽한 향기는 황혼의 달빛 속에 번져온다.

　　　　　　　　　　　— 임포(林逋), 「山園小梅」

穩去先應望廬岳,　　측측평평측평측,
暫來誰復見龍泉?　　측평평측측평평.
편안히 가서 먼저 여악을 봐야 하겠고
잠시 오면 누구와 다시 용천을 볼까?

　　　　　　　　　　　— 매요신(梅堯臣), 「送少卿張學士知洪州」

日脚穿雲射洲影,　　측측평평측평측,
槎頭擺子出潭聲.　　평평측측측평평.
햇살이 구름을 뚫고 모래섬에 햇빛 투사하고
뗏목에서 노 저어 못의 소리를 낸다.

　　　　　　　　　　　— 매요신, 「和韓欽聖學士襄陽聞喜亭」

栽種成陰十年事,　　평측평평측평측,
倉皇求買百金無.　　평평평측측평평.244)
나무를 심어 그늘을 이루는 건 십 년의 일인데
황급히 구매하려니 살 돈이 없다.
　　　　　　　　　　　— 소식(蘇軾),「傅堯俞濟源草堂」

雲捧樓臺出天上,　　평측평평측평측,
風飄鐘磬落人間.　　평평평측측평평.
구름이 받쳐 든 누대는 하늘 위로 솟아 있고
바람에 풍경소리 실려와 속세에 떨어진다.
　　　　　　　　　　　— 양반(楊蟠),「甘露上方」

久矣歸心到鄉國,　　측측평평측평측,
依然水宿伴魚舠.　　평평측측측평평.
고향으로 돌아가고픈 마음 오래 되었지만
여전히 물가에서 고깃배 짝하며 잠을 잔다.
　　　　　　　　　　— 소과(蘇過),「偕陳調翁龍山買舟待夜潮發」

晚木聲酣洞庭野,　　측측평평측평측,
晴天影抱岳陽樓.　　평평측측측평평.
동정의 들판에 저물녘의 나무소리 달콤하고
갠 하늘에 햇빛이 악양루를 감싼다.
　　　　　　　　　　　— 진여의(陳與義),「巴邱書事」

到得我來恰君去,　　측측측평측평측,
正當臘後與春前.　　측평측측측평평.
내가 도착하자 마침 그대가 가니
바로 섣달 후이자 봄이 오기 전이다.
　　　　　　　　— 양만리(楊萬里),「辛亥元日送張德茂自建康移帥江陵」

---

244) 텍스트에는 '百金'이 '萬金'으로 되어 있는데, 誤字이다.

仗外諸峰獻松雪,　　측측평평측평측,
霜前一雁度宮雲.　　평평측측측평평.
의장 너머 여러 봉우리는 눈 쌓인 소나무를 바치고
서리 앞의 기러기 한 마리 궁전의 구름을 넘는다.
　　　　　　　　　　　　— 양만리,「赴文德殿聽麻仍拜表」

地僻芳菲鎭長在,　　측측평평**측평측**,
谷寒蜂蝶未全來.　　**측평평**측측평평.
편벽한 곳이라 언제나 화초가 있지만
골짜기가 추워서 벌 나비가 별로 오지 않았다.
　　　　　　　　　　　　　　　— 주희(朱熹),「春谷」

(丙) 경련에 사용한 것

開牕置尊酒,　　평평**측평측**,
看月湧江濤.　　측측측평평.
창문을 열어 술동이를 놓아두고
달을 바라보니 강에 파도가 솟는다.
　　　　　　　　　　　　　　　— 유창(劉敞),「秋晴西樓」

沂水弦歌重曾點,　　**평측평평측평측**,
菑川故舊識平津.　　평평측측측평평.
기수의 현가는 증점을 소중히 했고
치천의 옛 친구는 평진을 알아본다.
　　　　　　　　　　— 소철(蘇轍),「送龔鼎臣諫議移守靑州」

醉任狂風揭茅屋,　　측측평평**측평측**,245)
臥聽殘雪打蓑衣.　　**측평평**측측평평.
취하여 내버려두었더니 광풍에 지붕이 벗겨져

---

245) '揭'는 入聲(6) '月'운에 속한다.

누워서 잔설이 도롱이 때리는 소리를 듣는다.

— 왕정규(王庭珪), 「題郭秀才釣亭」

更着好風墮淸句, 측측측평측평측,
不知何地頓閑愁. 측평평측측평평.
다시 좋은 바람 만나니 맑은 구절 떨어지고
어디서 하릴없는 슬픔이 멈추는지 모르겠다.

— 양만리(楊萬里), 「和昌英叔久雨」

(이 종류가 가장 적다.)

(丁) 미련에 사용한 것

方今聖明代, 평평측평측,
不敢話辭榮. 측측측평평.
지금은 聖君의 밝은 시대이니
감히 사직을 말하지 못하겠다.

— 장영(張詠), 「縣齋秋夕」

東轅有遺恨, 평평측평측,
日日物華淸. 측측측평평.
동쪽으로 출병함에 여한이 있고
날마다 자연경물이 맑기만 하다.

— 송기(宋祁), 「中秋新霽」

思君正怊悵, 평평측평측,
黃葉更翩翩. 평측측평평.
그대를 생각하니 슬픔이 치솟는데
누런 잎이 더욱 바람에 흩날린다.

— 여정(余靖), 「晚至松門僧舍」

依依半荒苑, 평평측평측,

行處獨聞蟬.　　**평측측평평.**

황량해가는 동산에서 머뭇거리며

홀로 가자니 매미 소리 들려온다.

　　　　　　　　　　— 구양수(歐陽修), 「雨後獨行洛北」

悲歡古今事,　　**평평측평측,**

寂寞墮荒城.　　**측측측평평.**246)

슬프고 기뻤던 고금의 일들

황량한 성채에 적막이 내린다.

　　　　　　　　　　— 소순흠(蘇舜欽), 「和解生中秋月」

余非避喧者,　　**평평측평측,**

坐愛遠風淸.　　**측측측평평.**

나는 시끄러움을 피하는 사람이 아니니

멀리서 맑은 바람 부는 것을 좋아하기 때문이다.

　　　　　　　　　　— 매요신(梅堯臣), 「夏日晚霽」

張衡四愁意,　　**평평측평측,**

歷歷起登臨.　　**측측측평평.**

장형이 읊은 「四愁詩」의 뜻이

臺에 올라 바라보니 역력히 인다.

　　　　　　　　　　— 유창(劉敞), 「觀魚臺」

天風拂襟袂,　　**평평측평측,**

縹緲覺身輕.　　**평측측평평.**

바람이 옷깃과 소매를 스치니

휘날려 몸이 가벼움을 느낀다.

　　　　　　　　　　— 주돈이(周敦頤), 「遊大林」

---

246) 이 두 구가 『全宋詩』와 『蘇舜欽集編年校注』에는 "悲歡今古事, 寂寂墮荒城"으로
　　되어 있어서 만약 그렇다면 특수형식의 예가 아니다.

還應笑黃卷,　　평평**측**평**측**,
寂寂守儒官.　　측측측평평.
다시 考課評定 문서를 비웃어야 하리니
쓸쓸히 官學의 교사직을 지킨다.

―사마광(司馬光),「送鄭推官戭赴邠州」

歸來向人說,　　평평**측**평**측**,
疑是武陵源.　　**평측**측평평.
돌아와 사람들에게 말하니
무릉도원인가 의심하였다.

―왕안석(王安石),「卽事」

留連一杯酒,　　평평**측**평**측**,
滿眼欲歸心.　　측측측평평.
한 잔 술을 차마 놓지 못하니
눈 가득히 돌아가고 싶은 마음.

―왕안석,「欲歸」

遙懷寄新月,　　평평**측**평**측**,
又見一稜生.　　측측측평평.
그리움에 멀리 보름달을 부치니
또 다시 멍하니 있는 사람이 보인다.

―문동(文同),「凝雲榭晚興」

誰憐遠遊子,　　평평**측**평**측**,
心旆正搖搖.　　**평측**측평평.247)
누가 멀리 있는 떠돌이를 가엾어 할까?
마음이 깃발처럼 흔들린다.

―하주(賀鑄),「秦淮夜泊」

---

247) 텍스트에는 '旆'가 '旌'으로 되어 있는데, 誤字이다.

제1장 근체시　245

朋從正相遠,　　평평측평측,
梅信爲誰開?　　평측측평평.
함께 따르던 친구 멀리 있으니
매화 소식 있어도 누굴 위해 필까?

—하주,「江夏遇興」

南荒足妖怪,　　평평측평측,
此日謾桃符.　　측측측평평.
남쪽의 황량한 곳에는 요괴가 많아서
이날도 부적을 속이고 말았다.

—당경(唐庚),「除夕」

乾坤滿群盜,　　평평측평측,
何日是歸年?　　평측측평평.
온 세상에 도적들이 가득 차 있으니
언제나 고향으로 돌아갈 수 있을까?

—왕조(汪藻),「己酉亂後」

鸕鷥莫飛去,　　평평측평측,
留此伴新凉.　　평측측평평.
가마우지는 날아가 버리지 않고
이곳에 남아 새로운 서늘함을 동반한다.

—주자지(周紫芝),「雨過」

南階兩三菊,　　평평측평측,
極意作今年.　　측측측평평.
남쪽 섬돌 가의 국화 두세 송이가
정성을 다해 금년을 장식한다.

—여본중(呂本中),「九日晨起」

雲移穩扶杖,　　평평측평측,

燕坐獨焚香.　　측측측평평.
구름 따라 편안히 지팡이에 의지하고
한가히 앉아서 홀로 향을 사른다.

— 진여의(陳與義), 「放慵」

西岡夕陽路,　　평평**측평**측,
不到又經年.　　측측측평평.
석양 아래의 서쪽 산등성이 길
도착하기도 전에 다시 일 년이 지난다.

— 육유(陸游), 「小舟遊西涇」

東風好西去,　　평평**측평**측,
吹淚到泉臺.　　**평측측평**평.
봄바람은 서쪽으로 가기를 좋아하여
눈물을 싣고 황천으로 간다.

— 양만리(楊萬里), 「虞丞相挽詞」

從知爽鳩樂,　　평평**측평**측,
莫作雍門哀.　　측측측평평.[248]
전부터 爽鳩氏의 음악을 알았으니
雍門子周의 슬픈 음악을 짓지 말라.

— 주희(朱熹), 「登定王臺」

端如退之語,　　평평**측평**측,
江遠共蒹葭.　　**평측측평**평.
과연 韓退之의 말과 같아서
강은 멀고 갈대가 함께 한다.

— 왕십붕(王十朋), 「過三叉」

---

248) '雍'이 地名으로 쓰일 때는 去聲(2) '宋'운에 속하여 仄聲이다.

安得乘槎更東去,　　평측평평측평측,
十洲風外弄潺湲!　　측평평측측평평.
어찌하면 뗏목을 타고 더 동쪽으로 나가
十洲의 바람 벗어나 편안히 물놀이 할까!

— 서현(徐鉉),「京口江際弄水」

若許他時作閑伴,　　측측평평측평측,
殷勤爲買釣魚船.　　평평측측측평평.
만약 훗날 한가한 짝이 될 수 있다면
정성껏 우리 위해 낚싯배를 사겠다.

— 서현,「送郝郎中」

副使官閑莫惆悵,　　측측평평측평측,
酒錢猶有撰碑錢.　　측평평측측평평.
부사 벼슬 한직이라고 낙담할 것 없으니
비문이나 써주면 술값이 들어온다.

— 왕우칭(王禹偁),「寒食」

聞說秋來自高尙,　　평측평평측평측,
道裝筇竹鶴成雙.　　측평평측측평평.
듣자니 가을이 오면 절로 고상해진다는데
길에서 죽장을 짚고 서니 학과 쌍을 이뤘다.

— 왕우칭,「寄獻潤州趙舍人」

迴日期君直西掖,　　평측평평측평측,
當階紅藥正開花.　　평평평측측평평.
훗날 그대가 中書省에 근무하기를 기대하니
섬돌 앞 작약이 꽃을 피울 때일 것이다.

— 왕우칭,「送羅著作」

安得君恩許歸去,　　평측평평측평측,

東陵閑種一圍瓜.　　평평평측평평.
어찌하면 임금님께 사직의 허락을 얻어서
전원에서 한가롭게 東陵瓜를 심을 수 있을까?

　　　　　　　　　　　　　　　—왕우칭,「新秋卽事」

幸有微吟可相狎,　　측측평평측평측,
不須檀板共金尊.　　측평평측측평평.
다행히 시 읊으며 서로 친할 수 있으니
노래판과 술자리가 무슨 소용 있으랴!

　　　　　　　　　　　　　—임포(林逋),「山園小梅」

堪笑胡雛亦風味,　　평측평평측평측,
解將聲調角中吹.　　측평평측측평평.
가소롭다 오랑캐 아이도 풍미가 있어서
곡조를 알아 뿔피리를 분다니.

　　　　　　　　　　　　　　　　—임포,「梅花」

我獨空齋掛塵榻,　　측측평평측평측,
遺編時讀子雲書.　　평평평측측평평.
나 홀로 빈 서재에 먼지 낀 걸상을 걸어놓고
그대가 남긴 揚雄의 책 같은 저작을 때때로 읽으리.

　　　　　　　　　　—구양수(歐陽修),「蘇士簿挽歌」

使者徘徊有佳興,　　측측평평측평측,
高吟不減謝宣城.　　평평측측측평평.
사자는 배회하며 고아한 흥취가 있어서
훌륭한 吟唱이 謝宣城에 뒤지지 않는다.

　　　　　　　　　　—매요신(梅堯臣),「和韓欽聖學士」

自笑低心逐年少,　　측측평평측평측,
祗尋前事撚霜毛.　　평평평측측평평.

뜻을 굽히고 젊음을 쫓은 것을 스스로 비웃고
다만 흰 머리 꼬던 지난 일을 찾아본다.

—증공(曾鞏), 「上元」

況是淸明好天氣,　　측측평평측평측,
不妨游衍莫忘歸.　　측평평측측평평.249)
하물며 청명 시절 좋은 날씨라
나들이도 무방하지만 돌아가는 것을 잊지 말라.

—정백자(程伯子), 「郊行卽事」

欲把新詩問遺像,　　측측평평측평측,
病維摩詰更無言!　　측평평측측평평.
새 시를 지어 白居易의 遺像에 물어보아도
병든 유마힐처럼 더욱 아무 말이 없다.

—소식(蘇軾), 「竹閣」

長與東風約今日,　　평측평평측평측,
暗香先返玉梅魂.　　측평평측측평평.
오랫동안 봄바람과 오늘을 약속했는데
암향이 먼저 옥매화의 혼을 돌려준다.

—소식, 「復出東門仍用前韻」

何日蘆軒下雙榻,　　평측평평측평측,
滿持尊酒洗塵機.　　측평평측측평평.
언제나 갈대 가옥에서 쌍 걸상을 내려서
가득 찬 술잔을 들고 속된 생각을 씻을까?

—하주(賀鑄), 「懷寄寇元弼」

萬里歸船弄長笛,　　측측평평측평측,

---

249) ‘忘’은 下平聲(7) ‘陽’운에 속하여 平聲이다.

此心吾與白鷗盟.　　**측**평평측측평평.

만 리 길 귀향선 타고 長笛 불며 돌아가

이 마음 갈매기에게 맹세하련다.

— 황정견(黃庭堅), 「登快閣」

顧藉微官少年事,　　측측평평측평측,²⁵⁰⁾

病來那復一分心!　　**측**평측측측평평.

관직에 연연했던 것은 젊었을 때의 일이라

병든 지금 어찌 다시 관직에 마음을 뺏기랴!

— 한구(韓駒), 「和李上舍冬日書事」

此去騰驤吐虹氣,　　측측평평측평측,

何由來伴老夫閑?　　평평**평**측측평평.

이번에 가면 말을 내달리며 무지개 기운을 토할 테니

무엇 때문에 한가로운 늙은이와 짝할까?

— 장원간(張元幹), 「奉送晁伯南歸金谿」

歲晚無人弔遺跡,　　측측평평**측**평측,

壁間詩在半灰埃.　　**측**평**평**측측평평.

세모에 남긴 자취를 애도하는 사람 없는데

벽에 쓴 시가 반은 재와 먼지에 덮여 있다.

— 주자지(周紫芝), 「凌歊晩眺」

記取晴明果州路,　　측측평평**측**평측,

半天高柳小靑樓.　　**측**평**평**측측평평.

기억난다 밝게 갠 과주로에서

작은 주점에 하늘로 솟은 버드나무가.

— 육유(陸游), 「柳林酒家樓」

---

250) 텍스트에는 '顧'가 '願'으로 되어 있는데, 誤字이다.

歸路迎涼更堪愛,　　평측평평측평측,
摩訶池上月方中.　　평평평측측평평.
귀로에 서늘한 바람 맞으니 더욱 사랑스러운데
摩訶池 위에 달이 한가운데 떠 있다.

—육유,「宴西樓」

却笑飛仙未忘俗,　　측측평평측평측,
金貂猶着侍中冠.　　평평평측측평평.
비선께서 속세를 잊지 못한 것을 비웃나니
여전히 시중의 金貂冠을 쓰고 계시는구려.

—육유,「題丈人觀道院壁」

已把癡頑敵憂患,　　측측평평측평측,
不勞團扇念寒灰.　　측평평측측평평.
이미 어리석음으로 우환을 대적케 했으니
團扇의 수고로움 없이 욕망 없는 마음을 생각한다.

—육유,「余年四十六入峽」

待把衣冠掛神武,　　측측평평측평측,
看渠勳業上凌烟.　　평평평측측평평.
의관을 신무문에 걸기를 기다려서
그의 공훈이 능연각에 오르는 것을 보리라.

—양만리(楊萬里),「辛亥元日送張德茂」

墨客區區感榮遇,　　측측평평측평측,
豈知深意在彝倫!　　측평평측측평평.
文人이 뜻을 얻어 황제의 인정을 받게 되었으니
깊은 뜻이 관리의 선발에 있었음을 어찌 알았으랴!

—여조겸(呂祖謙),「賀車駕幸秘書省」

(이 종류가 가장 많다.)

9.5 이 특수형식을 일반인들은 모두 '요구(拗句)'라고 생각한다(어떤 사람들은 심지어 이것만을 '요'로 간주하고 이것 외에는 '요'라고 일컫지 않는다). '요구(拗救)'를 말하는 사람들은 자연히 이것도 본구자구(本句拗救)로 보아서 복절상자(腹節上字)에 평성을 써야 하는데 측성을 썼으니 그것이 요이고, 복절하자(腹節下字)에는 측성을 써야 하는데 평성을 썼으니 그것이 구라는 것이다. 그러나 '요'의 의미가 '상격(常格)을 위반한 것'이라면 이것을 '요'로 칭해야 하는지는 아직 문제가 있다. 왜냐하면 이런 형식이 앞에서 밝힌 정도로 흔히 보이며, 과거시험에서의 배율조차 이런 형식의 사용을 허용했다면(예를 들어 元稹의 「河鯉登龍門」: "回瞻順流輩, 誰敢望同升(순조롭게 나가는 자들을 쳐다보면, 누가 감히 함께 오를 것을 바라겠는가?)"의 평측은 "평평측평측, 평측측평평"이다), 변격으로 인정하기도 마땅치 않기 때문이다(그래서 부득이 '특수형식'이라고 명명하였다).[251] 따라서 이것을 b식의 또

251) 바로 이 점을 증명하기 위해서 우리는 『唐詩三百首』속의 仄起 오언율시를 가지고 통계를 냈다(왜냐하면 측기 오율의 尾聯 出句라야 平平仄仄仄을 사용할 수 있기 때문이다). 모두 50수의 측기 오율 중에서 尾聯 出句(제7구)에 특수형식을 사용한 것이 25수였다. 그것을 적어 보면 다음과 같다. '今看兩楹奠, 當與夢時同'(唐 玄宗), '無爲在歧路, 兒女共霑巾'(王勃), '無人信高潔, 誰爲表予心?'(駱賓王), '誰能將旗鼓, 一爲取龍城?'(沈佺期), '明朝望鄕處, 應見隴頭梅'(宋之問), '仍憐故鄕水, 萬里送行舟'(李白), '明朝掛帆去, 楓葉落紛紛'(李白), '何時倚虛幌, 雙照淚痕乾'(杜甫), '明朝有封事, 數問夜如何'(杜甫), '無才日衰老, 駐馬望千門'(杜甫), '江村獨歸處, 寂寞養殘生'(杜甫), '襄陽好風日, 留醉與山翁'(王維), '偶然値林叟, 談笑無還期'(王維), '還將兩行淚, 遙寄海西頭'(孟浩然), '溪花與禪意, 相對亦忘言'(劉長卿), '惟憐一燈影, 萬里眼中明'(錢起), '家僮掃夢徑, 昨與故人期'(錢起), '何因不歸去, 淮上對秋山'(韋應物), '寒禽與衰草, 處處伴愁顔'(司空曙), '滄江好烟月, 門係釣魚船'(杜牧), '煩君最相警, 我亦擧家淸'(李商隱), '芳心向春盡, 所得是霑衣'(李商隱), '何當重相見, 樽酒慰愁顔'(溫庭筠, '重'은 上聲으로 읽음), '那堪正飄泊, 明日歲華新'(崔塗), '年年越溪女, 相憶採芙蓉'(杜荀鶴).
   나머지 25수의 미련 출구는 보통형식을 사용했지만, 미련 출구의 頭節上字가 측성이라면 본래 특수형식을 사용하지 않는 것이 원칙이다. 이 점을 고려한다면 다음의 열 가지 예는 보통형식을 사용하지 않을 수 없는 것들이다. '不堪盈手贈, 還寢夢佳期'(張九齡), '忽聞歌古調, 歸思欲霑巾'(杜審言), '聖朝無闕事, 自覺諫書稀'(岑參), '白頭搔更短, 渾欲不勝簪'(杜甫), '寄書長不達, 況是未休兵'(杜甫), '欲投人處宿, 隔水問樵夫'(王維), '坐觀垂釣者, 徒有羨魚情'(孟浩然), '永懷愁不寐, 松月夜窓虛'(孟浩然), '向來吟秀句, 不覺已鳴鴉'(韓翃), '帝鄕明日到, 獨自夢漁樵'(許渾). (王維의 "偶然値林叟"는 이 예에 속하지 않는다. 왜냐하면 이 시는 고풍 식의 율시이기 때문이다. 제32절을

다른 형식으로 인정하여 "평평평측측"과 "평평측평측"의 두 가지 중에서 어느 쪽을 선택할 것인지는 사용자에게 맡기자는 것이다. 하지만 또 다른 관점에서 보면 이것을 '요'라고 할 수도 있다. 근체시의 출구와 대구는 본래 평측상대(平仄相對)이어야 하며, 절주점은 더욱 그렇다. 그런데 출구의 제4자와 대구의 제4자(칠언의 경우에는 제6자)가 모두 평성이라면 상규에 어긋난다고 보아야 하고, 그렇다면 이것을 '요'라고 칭할 수 있는 것이다. 만약 '요'라고 칭해야 한다면 우리는 '특요(特拗)'라고 칭할 것을 제안한다.

9.6 (2) 축류특수형식(丑類特殊形式)은 aB식의 연어(聯語)에서 a식 출구의 복절하자(腹節下字)를 측성으로 바꾸고, 동시에 B식 대구의 복절상자(腹節上字)를 평성으로 바꾼 것이다. 다시 말하면 오언의 경우 다음과 같이 바뀐다.

측측평평측, 평평측측평 ⇨ 측측평측측, 평평평측평.

칠언의 경우에는 다음과 같이 바뀐다.

평평측측평평측, 측측평평측측평 ⇨ 평평측측평측측, 측측평평평측평.

칠언 출구의 제1자·제5자와 오언 출구의 제3자는 측성으로 바뀔 수 있고, 칠언 출구의 제3자와 오언 출구의 제1자는 평성으로 바뀔 수 있다. 또한 칠언 대구의 제1자는 평성으로 바뀔 수 있고, 칠언 대구의 제3자와 오언 대구의 제1자는 측성으로 바뀔 수 있다. 이로부터 보면 이 형

보라.)

50수 미련 출구의 평측을 통계내보면 다음과 같다. 平平仄平仄 24수(48%), 仄平仄仄仄 10수(20%), 平平仄仄仄 8수(16%), 平平平仄仄 7수(14%), 仄平仄平仄 1수(2%). 이로부터 볼 때 이른바 '拗'가 오히려 '正'이어야 해서 우리가 이것을 子類特殊形式이라고 부르는 것도 서술을 위한 방편에 불과하다. ≪附註十五≫

식의 특징은 다만 일곱 글자의 성조에 있는 것이니, 바로 출구 제2자(칠언은 제4자)는 반드시 측성이어야 하고, 마지막 두 자는 반드시 '측측'이어야 하고, 대구 제2자(칠언은 제4자)는 반드시 평성이어야 하고, 마지막 세 자는 반드시 '평측평'이어야 한다. 이렇게 되면 오언의 경우 출구는 다섯 개의 측성자가 있을 수 있지만, 대구는 다섯 개의 평성자가 있어서는 안 된다. 왜냐하면 끝에서 두 번째 글자가 반드시 측성이어야 하고 그렇지 않으면 고풍 식의 '삼평조(三平調)'로 바뀌기 때문이다. (성당 시인에게 어쩌다 그런 경우가 있지만 본받을 게 못 된다.)

9.7 여기서 한 가지 특별히 지적해두어야 할 것이 있는데, 바로 병종요구(丙種拗救 : 孤平拗救)와 축류특수형식이 왕왕 동시에 함께 사용된다는 사실이다. 그렇게 되면 오언의 경우 다음과 같이 변한다.

측측평평측, 평평측측평 ⇨ 측측평측측, 측평평측평.

칠언의 경우에는 다음과 같이 변한다.

평평측측평평측, 측측평평측측평 ⇨ 평평측측평측측, 측측측평평측평.

이제 이들 각각에 대해서 예를 들면 다음과 같다.

(甲) 병종요구와 동용하지 않은 것

有法知不染,　측측평측측,
無言誰敢酬?　평평평측평.
세속에 물들지 않을 방법을 안다지만
말이 없으니 누가 감히 보답하리?

　　　　　　　　　　　　　—배적(裴迪), 「夏日過青龍寺」

行苦神亦秀,　평측평측측,

冷然滌上松.　　　평평평측평.
고행 속에서 정신이 정말 빼어나
물 맑은 계곡 위의 소나무로다.
　　　　　　　　　　　—최흥종(崔興宗),「同王右丞送瑗公南歸」

落日池上酌,　　　측측평측측,
淸風松下來.　　　평평평측평.
해는 지는데 못 가에서 술을 따르니
맑은 바람이 소나무 아래로 불어온다.
　　　　　　　　　　　　—맹호연(孟浩然),「裴司事見尋」

士有不得志,　　　측측측측측,
栖栖吳楚間.　　　평평평측평.
선비가 뜻을 얻지 못하고
영락하여 홀로 吳·楚 사이를 떠돈다.
　　　　　　　　　　　　　　—맹호연,「送友東歸」

送客飛鳥外,　　　측측평측측,
城頭樓最高.　　　평평평측평.
날아가는 새 너머로 나그네를 보내니
성에서는 월성루가 가장 높다.
　　　　　　　　　　—잠삼(岑參),「陝州月城樓送辛判官入秦」

草木歲月晚,　　　측측측측측,
關河霜雪淸.　　　평평평측평.
세모의 초목이 그대와 벗하고
산천은 서리와 눈으로 쓸쓸하리라.
　　　　　　　　　　　　　　—두보,「送遠」

二月頻送客,　　　측측평측측,
東津江欲平.　　　평평평측평.

이월에 자주 나그네를 전송하니
동쪽 나루에 강물이 잔잔해지려 한다.

—두보, 「泛江送客」

孤雁不飮啄,　　평측측측측,
飛鳴聲念群.　　평평평측평.
외로운 기러기 마시지도 쪼지도 않고
날아가며 우는 소리 무리를 생각한다.

—두보, 「孤雁」

藹藹花蕊亂,　　측측평측측,
飛飛蜂蝶多.　　평평평측평.
꽃들이 어지럽게 무성히 피어 있어
벌 나비가 여기저기 날아다닌다.

—두보, 「絶句」

落日風雨至,　　측측평측측,
秋天鴻雁初.　　평평평측평.
해는 지는데 바람과 비 이르고
가을 하늘에는 기러기 보인다.

—고적(高適), 「途中寄徐錄事」

況有臺上月,　　측측평측측,
如聞雲外笙.　　평평평측평.
더구나 누대 위에는 달이 떠있고
구름 밖에서 생황소리 들리는 듯하다.

—유우석(劉禹錫), 「秋日書懷」

南朝四百八十寺,　　평평측측측측측,
多少樓臺煙雨中.　　평측평평평측평.
남조 사백 팔십 곳의 사원

수많은 누대가 안개 비 속에 있다.

　　　　　　　　　　　　　　—두목(杜牧),「江南春絶句」

(乙) 병종요구와 동용한 것

流水如有意,　　평측평측측,
莫禽相與還.　　**측평평측평**.
흐르는 물은 뜻이 있는 듯하고
저녁 새는 함께 보금자리로 돌아간다.

　　　　　　　　　　　　　—왕유(王維),「歸嵩山作」

正月今欲半,　　측측평측측,
陸渾花未開.　　**측평평측평**.
정월도 이제 반이 다 되어 가는데
육혼에는 아직 꽃이 피지 않았다.

　　　　　　　　　　　—잠삼(岑參),「送桂佐下第歸陸渾」

且復傷遠別,　　측측평측측,
不然愁此身.　　**측평평측평**.
또 다시 머나먼 이별에 상심하니
그렇지 않으면 이 몸을 슬퍼하리.

　　　　　　　　　　　　　　—고적,「別劉大校書」

相識仍遠別,　　평측평측측,
欲歸翻旅遊.　　**측평평측평**.
아는 이와 뜻밖에 멀리 이별하니
돌아가려 해도 오히려 여행길이다.

　　　　　　　　　　　　　　—고적,「別韋五」

對酒不覺暝,　　측측측측측,252)
落花盈我衣.　　**측평평측평**.

술을 마주하여 해 지는 줄 몰랐는데
떨어진 꽃잎이 내 옷에 가득하다.

—이백,「自遣」

致此自僻遠,　　측측측측측,[253]
又非珠玉裝.　　측평평측평.
멀리 궁벽한 곳에서 얻은 이 검은
주옥으로 장식된 것도 아니다.

—두보,「蕃劍」

待月月未出,　　측측측측측,
望江江自流.　　측평평측평.
달을 기다려도 달이 떠오르지 않아
강을 바라보니 강물은 절로 흐른다.

—이백,「掛席江山待月有懷」

常恨言語淺,　　평측평측측,
不如人意深.　　측평평측평.
언제나 한하였다 가벼운 말이
깊은 속마음보다 못한 것을.

—유우석,「視刀環歌」

本欲雲雨化,　　측측평측측,
却隨波浪翻.　　측평평측평.
본래 바랐다 구름과 비가 되어
차라리 물결 따라 떠다니기를.

—여온(呂溫),「及第後答潼關主人」

高閣客竟去,　　평측측측측,

---

252) '暝'은 去聲(25) '徑'운에 속하여 측성이다.
253) 텍스트에는 '僻'이 '避'로 되어 있는데, 誤字이다.

小園花亂飛.　　측평평측평.
높은 누각에서 뜻밖에도 객은 떠나고
작은 정원에는 꽃잎이 어지럽게 흩날린다.

— 이상은(李商隱), 「落花」

腸斷未忍掃,　　평측측측측,
眼穿仍欲歸.　　측평평측평.
단장의 슬픔에 차마 쓸지 못하고
뚫어지게 바라보며 그 사람 돌아오길 기다린다.

— 이상은, 「落花」

閒賞步易遠,　　평측측측측,
野吟聲自高.　　측평평측평.
한가히 완상하며 걸으면 멀리 가기 쉬워서
들판에서 읊조리니 소리가 절로 높아진다.

— 허당(許棠), 「野步」

9.8　이런 특수형식은 분명히 고시에서 변화되어 나온 것이기 때문에 오언에 특히 많고 칠언에는 특히 적다. 이런 상황에서 오언 대구 제1자에 즐겨 측성을 쓴 것은 대체로 시인들이 한 구 안에 네 개의 평성이 있는 것을 그다지 좋아하지 않았는데 어차피 제3자에는 평성을 써야 하므로 아예 고평요구(孤平拗救)를 만들어 격조를 더욱 고고하게 하고자 했기 때문이다.

9.9　송인은 축류특수형식에 대해서 자류특수형식과 마찬가지로 당인의 전철을 밟았다. 다만 시대가 다르기 때문에 칠언의 예가 점차 많아졌다. 다음에 예를 들어본다.

(甲) 병종요구와 동용하지 않은 것

野興宜獨往,　　측측평측측,

春愁無定端.　　평평평측평.
野興이 일면 의당 혼자 가야 하고
봄의 슬픔은 정해진 끝이 없다.

— 유창(劉敞), 「獨行」

落日含古意,　　측측평측측,
高臺多遠心.　　평평평측평.
지는 해는 옛 뜻을 품고 있고
높은 누대는 먼 곳 그리는 마음이 많다.

— 유창, 「觀魚臺」

翳翳陂路靜,　　측측평측측,
交交園屋深.　　평평평측평.
초목 우거진 비탈 길 고요하고
화초가 뒤섞인 정원의 집 깊숙하다.

— 왕안석(王安石), 「半山春晚卽事」

水眞綠淨不可唾,　　측평측측측측측,
魚若空行無所依.　　평측평평평측평.
물이 참으로 푸르고 깨끗해 침을 뱉을 수 없고
고기는 의지할 곳 없이 공중을 다니는 것 같다.

— 누약(樓鑰), 「頃遊龍井」

(乙) 병종요구와 동용한 것254)

數里踏亂石,　　측측측측측,
一川環碧峯.　　측평평측평.
몇 리인가 어지럽게 솟은 바위를 밟고 들어가니
온 들판이 푸른 봉우리에 둘러싸여 있다.

— 소순흠(蘇舜欽), 「獨遊輞川」

---

254) 한 개의 예를 보충한다. "一身報國有萬死, 雙鬢向人無再靑."(陸游, 「夜泊水村」) ≪附註十六≫

木落山覺瘦,　　측측평측측,
雨晴天似高.　　측평평측평.
낙엽이 지니 산이 야윈 것 같고
비가 개이니 하늘이 높아 보인다.

—유창(劉敞), 「秋晴西樓」

之子固絶俗,　　평측측측측,
少年甘寂寥.　　측평평측평.
이 사람은 본디 속세와 인연을 끊어서
젊어서부터 적막을 달갑게 여겼다.

—주부(周孚), 「贈蕭光祖」

池面過小雨,　　평측측측측,
樹腰生夕陽.　　측평평측평.
못 표면에 작은 비가 지나가자
나무 허리에 석양이 나타난다.

—주자지(周紫芝), 「雨過」

素月自有約,　　측측측측측,
綠瓜初可嘗.　　측평평측평.
하얀 달은 본래 약속이 있었고
푸른 오이는 이제 맛볼 만하다.

—주자지, 「雨過」

畎畝意不適,　　측측측측측,
出門聊散憂.　　측평평측평.
밭이랑에 뜻이 가지 않아
문을 나서서 잠시 근심을 털어낸다.

—진여의(陳與義), 「晚步」

舞陽去葉纔百里,　　측평측측평측측,

賤子與公俱少年.　　측측측평평측평.
舞陽은 葉縣에서 가면 겨우 백리
못난 나는 그대와 함께 아직 젊은이.

— 황정견(黃庭堅), 「次韻裴仲謀同年」

宦遊何啻路九折,　　측평평측측측측,
歸臥恨無山萬重!　　평측측평평측평.
벼슬길이 어찌 무수히 굽은 길일 뿐이겠는가?
돌아와 누우니 첩첩 산중일 뿐 길이 없구나!

— 육유(陸游), 「桐廬縣泛舟東歸」

馬蹄踐雪六七里,　　측평측측측측측,
山觜有梅三四花.　　평측측평평측평.
말을 타고 육칠 리 눈을 밟고 가니
산부리에 매화 서너 송이가 피어 있다.

— 방악(方岳), 「夢尋梅」

9.10 송인의 경우 축류특수형식과 병종요구를 동용한 것이 동용하지 않은 것보다 훨씬 많은데, 이것은 그들이 당인의 묘용(妙用)을 철저하게 파악했음을 보여준다. 그러나 극소수의 시인은 당인이 남긴 규율을 어쩌다 잊고 오언 대구 제3자에 평성을 쓰지 않기도 했다. 예를 들면 다음과 같다.

雨脚收不盡,　　측측평측측,
斜陽半古城.　　평평측측평.
빗발은 다 그치지 않았는데
석양이 반쯤 고성을 비춘다.

— 매요신(梅堯臣), 「夏日晚霽」

9.11 축류특수형식은 자류특수형식보다 드물게 보이지만 그것의 지

위는 연구해볼 만하다. 축류특수형식은 미련에 쓰이는 경우가 별로 없는데, 이것은 자류특수형식의 경우와 공교롭게도 상반된다. 시인들은 그것을 수구에 놓기를 가장 좋아하였는데, 오언의 경우에 더욱 그러했다. 앞에서 든 당송 시인들의 예를 가지고 통계를 내보면 다음과 같다.

① 수련에 사용된 것은 모두 18예이다.
崔與宗, 孟浩然「裴司事見尋」, 岑參「陝州」,「送桂佐」, 李白, 杜甫「孤雁」,「蕃劍」,「絶句」, 劉禹錫「視刀環」, 高適「途中」, 呂溫「及第」, 李商隱, 許棠, 劉敞「觀魚臺」, 周孚, 周紫芝, 陳與義, 梅堯臣.

② 함련에 사용된 것은 모두 11예이다.
裴迪, 孟浩然「送友東歸」, 王維, 高適「別韋五」, 劉敞「獨行」,「秋晴」, 蘇舜欽, 王安石, 黃庭堅, 方岳, 樓鑰.

③ 경련에 사용된 것은 모두 5예이다.
杜甫「送遠」, 劉禹錫「秋日」, 高適「別劉大」, 李商隱, 陸游.

④ 미련에 사용된 것은 겨우 한 가지 예밖에 없다.
杜牧.

미련에 사용된 것은 두목(杜牧)의 「강남춘절구(江南春絶句)」뿐인데, 이것도 그 이유를 살펴보면 칠언절구라서 수구에 운을 달아야 했고, 따라서 제3구만 측각이므로 이 형식을 제3구에 쓸 수밖에 없었던 것이다. 이로부터 축류특수형식을 미련에 사용하는 것이 적당하지 않음을 알 수 있다.

9.12 요구(拗救)를 말하는 사람들은 자연히 축류특수형식도 일종의 요구(拗救)라고 생각한다. 그들은 이것을 대구상구(對句相救)로 보고 출구의 복절하자(腹節下字)가 요이고, 대구의 복절상자(腹節上字)가 구라고 한다(주의 : 구 안에서 이들의 위치는 같지 않다). 이와 같이 되면 출구와 대구의

복절하자가 모두 측성이 되는데, 그럴 경우 중요한 절주점의 성조가 대를 이루지 못하기 때문에 '요'라고 칭해도 설득력이 있다고 하겠다.

축류특수형식은 결국 자류특수형식처럼 합법적인 지위를 얻지 못했다. 따라서 배율에서는 자류특수형식만 허용하고 축류특수형식은 허용하지 않았다. 왜냐하면 배율의 평측규율은 보통의 율시·절구보다 더욱 엄격했기 때문이다.

9.13 이상에서 서술한 두 가지 특수형식은 모두 "二四六分明"의 구결에 결점이 있음을 증명해준다. 이 구결을 묵수하는 사람은 당인이 발명한 두 가지 '고격조(高格調)'를 희생시키게 될 것이다. 왜냐하면 특수형식에서의 오언 출구 제4자와 칠언 출구 제6자는 모두 '불분명(不分明)'하기 때문이다. 그러나 이 구결을 경시하는 사람이 깊이 있게 연구하지 않는다면 당송 시인들이 이런 곳에서 '불분명'한 것을 보고는 어느 곳에서나 다 '불분명'해도 괜찮다고 생각하여 완전히 시율을 따지지 않게 되는 잘못을 범하게 될 것이다.

9.14 요구(拗救)의 형식은 사람들에게 격조의 고고함을 느끼게 해주는 외에도 시인들에게 조구(造句)상의 자유를 더 많이 느끼게 해주는 장점이 있다. 예를 들어 앞 절에서 든 두보의 "遠在劍南思洛陽"구를 보면 '劍'자가 측성이라 본래는 평측격식에 맞지 않는다. 그렇다고 다른 글자로 바꾸는 것은 대단히 어려운 일이다. 차라리 평성의 '思'자를 사용하여[255] 고평의 결점을 피하는 것이 간편할 것이다. 또한 보통의 숫자 중에서 '三'자와 '千'자만 평성자이고 그 나머지는 '一'부터 '六'까지, '八'부터 '十'까지와 '百'자·'萬'자가 모두 측성자여서[256] 어찌 대장에 불편하지 않겠는가? 그러나 본 절에서 든 자류특수형식의 예 "田園一蚊睫, 書卷百牛腰"에서 '一'이 '百'과 對를 이룰 수 있고,[257] "奇哉一江水,

---

255) '思'는 동사로 사용될 경우 上平聲(4) '支'운에 속하고, 명사로 사용될 경우 去聲(4) '寘'운에 속한다. 여기서는 동사로 사용되었으므로 평성이다.
256) 바로 뒤에 나오듯이 '七'자도 入聲이어서 측성자이다.

寫此二更天"에서 '一'이 '二'와 대를 이룰 수 있는 것이다. 축류특수형식의 예 "馬蹄踐雪六七里, 山觜有梅三四花"에서 '七'이 '四'와 대를 이루어 측 대 측인데도 자연스럽고 조화로우니 이 또한 요구(拗救)의 묘용(妙用)이다. 결론적으로 말해서 시율을 언급할 때는 요구(拗救)를 아울러 언급해야 한다. 이것은 법률상의 '단서(但書)'와 같다. '단서'는 법률의 일부분으로 인정해야 하며, 법률 이외의 것이 결코 아니다. '단서'는 법률의 엄밀성을 증가시키는 것이지, 법률을 말살하는 것이 아니다.

제10절 실대(失對)와 실점(失黏)

10.1 제6절에서 우리는 이미 평측상의 '대(對)'와 '점(黏)'을 언급하였다. 여기서는 '실대'와 '실점'에 대해 상세히 설명하고자 한다('실점'에는 광의와 협의가 있는데, 여기서 가리키는 것은 협의이다. 앞의 제6절을 참조할 것). 먼저 알아야 할 것은 '대'와 '점'의 격률이 성당 이전에는 그다지 엄격하지 않았다는 사실이다. 양자를 비교해보면 '점'이 상대적으로 덜 중요한 지위를 차지하였다. 중당 이후에 이르러서도 어쩌다 부대부점(不對不黏)의 예가 나타난다. '실대'와 '실점'의 '失'자는 후대의 시인들이 말한 것으로, '失'은 '율격에 맞지 않는다'는 뜻인데 당인들은 결코 부대부점의 상황을 그렇게 심각하게 받아들이지 않았다. 이 때문에 일부 시론가들은 '실대'·'실점'이라고 부르지 않고 '요대(拗對)'·'요점(拗黏)'이라고만 칭한다. 이제 이 각각에 대해 서술하고 예를 들어보겠다.

---

257) "田園一蚊睫, 書卷百牛腰"의 평측은 "평평측평측(b), 평측측평평(A)"으로 앞 구가 子類特殊形式이다. 따라서 측성자인 '一'이 측성자인 '百'과 對를 이루었다고 한 것이다.

10.2 (1) 출구와 대구의 제2자가 평측이 대를 이루지 않으면(즉 서로 반대되지 않으면) 실대라고 한다. 본래 원칙적으로 출구와 대구의 평측은 글자마다 서로 대를 이루어야 하는데(제9절에서도 그렇게 말했다), 어째서 여기서는 제2자만을 말하는 것일까? 왜냐하면 제2자를 기준으로 삼아 나머지 각 글자를 미루어 알 수 있기 때문이다. 또한 몇몇 곳은 특수한 원인으로 인해 평측이 반드시 서로 대를 이루지 않는다. 이를테면 이른 바 "一三五不論"이 있고, 특요(特拗)의 복절(腹節)이 있고, 운을 단 수구의 마지막 글자 등등이 있기 때문에 어폐를 모면하기 위해서 제2자만을 말하고 나머지 각 글자는 독자들이 각종 경우에 따라 나누어 판단하면 될 것이다. 실대의 예는 그다지 많지 않아서 여기서도 몇 개만을 들 수 있을 뿐이다.

山路元無雨,　　평측평평측(a)
空翠濕人衣.　　평측측평평(A)
산길에는 원래 비가 없었는데
하늘의 푸름이 사람 옷을 적신다.

— 왕유(王維), 「闕題」

落潮洗漁浦,　　측평측평측(b)
傾荷枕驛樓.　　평평측측평(B)
낙조가 고기잡이 포구를 씻고
기운 연이 역참의 누대를 베고 있다.

— 저광희(儲光羲), 「京口送別王四誼」

澗樹含朝雨,　　측측평평측(a)
山鳥哢餘春.　　평측측평평(A)
계곡의 나무는 아침 비를 머금고 있고
산새는 남은 봄을 노래하며 지저귄다.

— 위응물(韋應物), 「簡盧陟」

兩地俱秋夕,　　측측측평측(a)

相望共星河.　　평측측평평(A)

高梧一葉下,　　평평측측측(b)

空齋歸思多.　　평평평측평(B)

方用憂人瘼,　　평측평평측(a)

況自抱微痾.　　측측측평평(A)

두 곳 다 가을 저녁이라서

서로 바라보며 은하수를 공유한다.

오동나무 높은 데서 잎 하나 떨어지니

빈 방에서 귀향의 생각 간절해진다.

이제 백성들의 질고를 근심했는데

하물며 스스로 작은 병을 안고 있음에랴!

— 위응물,「新秋夜寄諸弟」

且喜河南定,　　측측평평측(a)

不問鄴城圍.　　측측측평평(A)

우선 하남이 평정된 것이 기쁘니

업성의 포위는 물어 볼 것 없다.

— 두보,「憶弟二首」(제2수)

雨頻催發色,　　측평평측측(b)

雲輕不作陰.　　평평측측평(B)

잦은 비가 꽃이 피기를 재촉하고

구름 가벼워 그늘을 만들지 않는다.

— 유우석(劉禹錫),「春有情篇」

從此洛陽社,　　평측측평측(a)

吟詠屬書生.　　평측측평평(A)

이제부터 낙양의 모임에서는

시 음영을 서생에게 맡기겠지.

— 유우석,「送河南皇甫少尹赴絳州」

칠언의 실대는 예를 찾기가 대단히 어렵다. 두보의 몇몇 칠언시가 '요대'로 인정되지만(董文渙, 『聲調四譜』 권12, 8~13면) 그 시들은 모두 고풍식의 율시여서 실대를 고려할 필요가 없었다. 이로부터 보면 당인들이 가능한 한 실대를 피했음을 알 수 있다.

10.3 (2) 앞의 연 대구와 뒤의 연 출구의 제2자가 평측이 서로 같지 않으면 실점이라고 한다. 실점의 예는 꽤 많다.258) 예를 들면 다음과 같다.

10.4 (甲) 오언율시

故鄉杳無際,　측평측평측(b)

日暮且孤征.　측측측평평(A)

川原迷舊國,　평평평측측(b)

道路入邊城.　측측측평평(A)

野戍荒煙斷,　측측평평측(a)

深山古木平.　평평측측평(B)

如何此時恨,　평평측평측(b)

嗷嗷夜猿鳴!　측측측평평(A)

고향은 아득하여 끝이 없고

날은 저무는데 홀로 길을 간다.

내와 들판이 고향과 달라 길을 잃을 듯한데

---

258) 두 개의 예를 보충한다. 李白의 「登金陵鳳凰臺」: "鳳凰臺上鳳凰游, 鳳去臺空江自流. 吳宮花草埋幽徑, 晉代衣冠成古丘. 三山半落青天外, 二水中分白鷺洲. 總爲浮雲能蔽日, 長安不見使人愁"(首聯과 頷聯이 失黏이고, 頷聯과 頸聯이 失黏이다), 杜甫의 「城西陂泛舟」: "青蛾皓齒在樓船, 橫笛短簫悲遠天. 春風自信牙檣動, 遲日徐看錦纜牽. 魚吹細浪搖歌扇, 燕蹴飛花落舞筵. 不有小舟能蕩槳, 百壺那送酒如泉." 仇兆鰲는 "盛唐의 칠언율시는 아직 격률이 엄격하지 않은 곳이 있다. 이 시(「城西陂泛舟」를 가리킴)에서 '橫笛短簫悲遠天'句의 다음 연에는 측성자로 이어야 하는데, 다음 구에서 '春風自信牙檣動'라고 하여 평성자로 이었다('笛'자와 '風'자가 각각 측성자와 평성자여서 失黏임을 가리킴─역주). 李白의 「登金陵鳳凰臺」시도 앞의 네 구가 평측이 조화롭지 않다. 이는 재능 있는 시인이 격률에 속박되지 않은 것이다. 中・晩唐에 이르면 성조가 근엄해져서 이와 같이 常格에서 벗어난 것이 없다"라고 말하였다. ≪附註十七≫

길이 변방의 성으로 들어간다.
야외의 戍樓에는 거친 연기 끊기고
깊은 산 오래된 나무는 아득하다.
어찌하나 이때의 한을
밤에 원숭이가 부르짖으며 울고 있다!
(수련 대구와 함련 출구가 실점이다.)

— 진자앙(陳子昂), 「晚次樂鄕縣」

金天方蕭殺,　　평평평측측(b)
白露始專征.　　측측측평평(A)
王師非樂戰,　　평평평측측(b)
之子愼佳兵.　　평측측평평(A)
海氣侵南部,　　측측평평측(a)
邊風掃北平.　　평평측측평(B)
莫賣盧龍塞,　　측측평평측(a)[259]
歸邀麟閣名!　　평평평측평(B)

가을 하늘이라 바야흐로 스산한데
백로에 비로소 전권을 받고 정벌에 나섰다.
조정의 군대는 전투를 즐기지 않으니
그대들 좋은 병기 사용에 신중하시라.
바다 기운이 남부에 침입하여
변방의 바람이 북평을 휩쓴다.
盧龍塞를 팔아 공을 세우려 하지말고
돌아와 麒麟閣의 명성을 맞이하시게!
(수련 대구와 함련 출구가 실점이고, 경련 대구와 미련 출구가 실점이다.)

— 진자앙, 「送著作佐郎崔融等從梁王東征」[260]

---

259) 텍스트에는 '賣'가 '買'로 되어 있는데, 誤字이다.
260) 텍스트에는 제목이 「送別崔著東征」이라고 되어 있는데, 잘못된 것이다.

10.5 (乙) 오언절구

桂尊迎帝子,　　측평평측측(b)
杜若贈佳人.　　측측측평평(A)
椒漿奠瑤席,　　평평측평측(b)
欲下雲中君.　　측측평평평(A)

아름다운 술잔으로 帝子를 맞고
두약을 가인에게 드린다.
옥돌 자리에 산초 술을 바치니
운중군이 내려오시기를 바란다.

― 왕유, 「椒園」

對酒不覺暝,　　측측측측측(a)
落花盈我衣.　　측평평측평(B)
醉起步溪月,　　측측측평측(a)
鳥還人亦稀.　　측평평측평(B)

술을 마주하여 해 지는 줄 몰랐는데
떨어진 꽃잎이 내 옷에 가득하다.
취해 일어나 시내에 잠긴 달 위를 걷는데
새는 돌아오고 사람은 정말 드물다.

― 이백, 「自遣」

悵然高閣望,　　측평평측측(b)
已掩東城關.　　측측평평평(A)
春風偏送柳,　　평평평측측(b)
夜景欲沈山.　　측측측평평(A)

슬픈 마음에 높은 누각에서 바라보니
이미 동쪽 성의 관문이 닫혔다.
봄바람은 하필 버들 솜을 실어오고
어둠이 내려와 산이 잠기려 한다.

― 위응물(韋應物), 「晚登郡閣」

10.6 （丙）칠언율시

絳幘鷄人報曉籌,　　측측평평측측평(B)

尚衣方進翠雲裘.　　측평평측측평평(A)

九天閶闔開宮殿,　　측평평측평평측(a)

萬國衣冠拜冕旒.　　측측평평측측평(B)

日色纔臨仙掌動,　　측측평평평측측(b)

香煙欲傍袞龍浮.　　평평측측측평평(A)

朝罷須裁五色詔,　　평측평평측측측(b)

佩聲歸向鳳池頭.　　측평평측측평평(A)

붉은 두건 쓴 鷄人이 새벽 시간을 알리니
尚衣가 翠雲裘를 갖다 드린다.261)
대궐의 창합문이 열리자 궁전이 드러나고
만국의 의관이 황제에게 인사드린다.
햇빛이 임하자 承露金人이 움직이고
향긋한 연기를 따라 곤룡포가 떠오른다.
조회가 끝나면 오색의 조서를 처리해야 하니
패옥소리 내며 中書省을 향해 돌아온다.
(경련의 대구와 미련의 출구가 실점이다.)

　　　　　　　— 왕유, 「和賈舍人早朝大明宮之作」262)

仙官欲往九龍潭,　　평평측측측평평(A)263)

旌節朱幡倚石龕　　평측평평측측평(B)

山壓天中半天上,　　평측평평측평측(b)

洞穿江底出江南.　　측평평측측평평(A)

瀑布杉松常帶雨,　　측측평평평측측(b)

夕陽蒼翠忽成嵐　　측평평측측평평(A)

---

261) '尙衣'는 황제의 의복을 관장하는 관리이고, '翠雲裘'는 翠羽로 제작하고 雲彩 무늬
　　가 있는 갖옷을 가리킨다.

262) 텍스트에는 '早朝'가 '早期'로 되어 있는데, 誤字이다.

263) 텍스트에는 '欲往'이 '欲住'로 되어 있는데, 誤字이다.

272　중국시율학 1

借問迎來雙白鶴,　　　측측평평평측측(b)

已曾衡嶽送蘇耽　　　측평평측측평평(A)

尊師께서 구룡담으로 가시고자

지팡이와 붉은 기를 내시고 石閣에 기대셨다.

산은 하늘 위에 우뚝 솟았고,

물구멍은 강바닥을 뚫고 강남으로 나온다.

폭포 때문에 삼나무 소나무는 항상 비를 맞은 듯하고

산의 물기는 석양빛을 받아 아름다운 푸른빛을 띤다.

환영 나온 한 쌍의 백학에게 묻나니

그대들은 전에 衡嶽에서 蘇仙公을 보냈던가?

(함련과 경련이 실점이고, 경련과 미련이 실점이다.)

— 왕유, 「送方尊師歸嵩山」

居延城外獵天驕,　　　평평평측측평평(A)

白草連山野火燒.　　　측측평평측측평(B)

暮雲空磧時驅馬,　　　측평평측평평측(a)264)

秋日平原好射鵰.　　　평측평평측측평(B)

護羌校尉朝乘障,　　　측평측측평평측(a)265)

破虜將軍夜渡遼.　　　측측평평측측평(B)

玉靶角弓珠勒馬,　　　측측측평평측측(b)

漢家將賜霍嫖姚.　　　측평평측측평평(A)

거연성 밖으로 흉노가 침탈하여

戰火로 산야의 풀들이 타오른다.

저녁 구름 드리운 사막에서 수시로 말을 몰고

가을날 평원에서 즐겨 수리를 쏜다.

護羌校尉는 아침에 방어벽을 쌓고

破虜將軍은 밤을 틈타 遼河를 건넌다.

보검과 良弓과 진주로 굴레를 장식한 준마를

---

264) 텍스트는 이 구가 A식이라고 하였는데, a식이 옳다.
265) 텍스트는 이 구가 A식이라고 하였는데, a식이 옳다.

임금님께서 霍去病 장군에게 하사하셨다.

(수련과 함련이 실점이고, 함련과 경련이 실점이다.)

― 왕유, 「出塞作」

今年游寓獨遊秦,	평평평측측평평(A)
愁思看春不當春.	평측평평측측평(B)
上林苑裏花徒發,	측평측측평평측(a)
細柳營中葉漫新.	측측평평측측평(B)
公子南橋應盡興,	평측평평평측측(b)
將軍西第幾留賓?	평평평측측평평(A)
寄語洛陽風日道,	측측측평평측측(b)
明年春色倍還人.	평평평측측평평(A)

금년의 나그네살이는 홀로 長安에 간 것인데
슬픈 생각에 봄을 보아도 봄 같지 않다.
상림원 속의 꽃은 부질없이 피어 있고
세류영 안의 잎은 제멋대로 새롭다.
공자는 남쪽 다리에서 응당 흥을 다했을 것이고
장군은 서쪽 저택에서 몇 번이나 손을 머물게 했을까?
낙양의 풍광에게 말을 부쳐 전하나니
명년의 봄빛을 갑절로 나에게 돌려주게.

(수련과 함련이 실점이고, 경련과 미련이 실점이다.)

― 두심언(杜審言), 「春日京中有懷」

離宮秘苑勝瀛洲,	평평측측측평평(A)
別有仙人洞壑幽.	측측평평측측평(B)
巖邊樹色含風冷,	평평측측평평측(a)
石上泉聲帶雨秋.	측측평평측측평(B)
鳥向歌筵來度曲,	측측평평평측측(b)
雲依帳殿結爲樓.	평평측측측평평(A)
微臣昔忝方明御,	평평측측평평측(a)
今日還陪八駿游.	평측평평측측평(B)

임금님 행궁의 비원은 신선의 영주보다 낫고
따로 선인의 그윽한 동굴과 계곡이 있다.
바위 곁의 나무는 서늘한 바람을 머금고 있고
돌 위를 흐르는 샘물은 가을 비 소리를 낸다.
새들은 잔치 자리에 날아와 곡에 맞추어 노래하고
구름은 임금님 장막에 기대어 누대를 만들었다.
미천한 신하가 전에 어진 임금님을 욕되게 했는데
오늘 또 다시 임금님을 모시고 나들이 나왔다.
(수련과 함련이 실점이다.)

　　　　　　　　　　　　— 송지문(宋之問), 「嵩山石淙侍宴應制」

三蜀澄清郡政閑,　　평측평평측측평(B)

登樓攜酌日躋攀.　　평평평측측평평(A)

頓覺胸懷無俗事,　　측측평평평측측(b)

迴看掌握是人寰.　　평평측측측평평(A)

灘聲曲折涪州水,　　평평측측평평측(a)

雲影低銜富樂山.　　평측평평측측평(B)

行雁南飛似鄉信,　　평측평평측평측(b)

忽然西笑向秦關.　　측평평측측평평(A)

三蜀이 맑고 깨끗하며 군의 행정이 한가하여
날마다 술병을 차고 누각에 올라간다.
가슴속에 속된 일 없음을 갑자기 깨닫고
돌아보니 손에 쥔 것은 인간세상의 일이다.
여울 소리 구불구불한 것은 부주의 물이고
구름 그림자는 낮게 부락산을 머금고 있다.
남으로 날아가는 기러기가 고향 편지 같아
홀연히 서쪽의 秦關을 향해 웃음 짓는다.
(수련과 함련이 실점이다.)

　　　　　　　　　　　— 교림(喬琳), 「綿州越王樓卽事」

梁宋人稀鳥自啼,　　평측평평측측평(B)

登樓一望倍含淒. 평평측측측평평(A)

白骨半隨河水去, 측측측평평측측(b)

黃雲猶傍郡城低. 평평평측측평평(A)

平陂戰地花空落, 평평측측평평측(a)

舊苑春田草未齊. 측측평평측측평(B)

明主頻移虎符守, 평측평평측평측(b)

幾時行縣向黔黎? 측평평측측평평(A)

양주와 송주 사람 드물고 새 혼자 울어

누대에 올라 바라보니 쓸쓸함이 배가된다.

백골이 반쯤은 강물 따라 흘러가고

누런 구름은 郡城 옆으로 낮게 드리웠다.

비탈의 전쟁터에는 꽃이 공연히 떨어지고

옛 동산 봄밭에는 풀들이 헝클어져 있다.

임금님이 방어 진지를 자주 옮기시니

언제나 현으로 백성들이 돌아오려나?

(수련과 함련이 실점이다.)

　　　　　　　　　　—이가우(李嘉祐),「宋州東登望題武陵驛」

淮海維揚一俊人, 평측평평측측평(B)

金章紫綬照青春. 평평측측측평평(A)

指麾能事迴天地, 측평평측평평측(a)

訓練强兵動鬼神. 측측평평측측평(B)

湘西不得歸關羽, 평평측측평평측(a)

河內猶宜借寇恂. 평측평평측측평(B)

朝覲從容問幽仄, 평측평평측평측(b)

勿云江漢有垂綸. 측평평측측평평(A)

그대는 회해 유양 출신의 뛰어난 인재여서

황금 인장과 자색 인끈이 젊은 그대를 비추었다.

그대의 지휘능력은 천지를 되돌릴 수 있고

강병을 훈련시키는 솜씨는 귀신을 놀라게 했다.

상서에서는 관우를 돌아가게 할 수 없었고

하내에서 구순을 더 머물게 한 것이 당연했다.
황제를 알현했을 때 隱士가 있느냐고 물으시면
長江과 漢水에 한 낚시꾼이 있다고는 하지 마오.
(함련과 경련이 실점이다.)

— 두보, 「奉寄章十侍御」

聞道雲安麴米春,	평측평평측측평(B)
纔傾一酸卽醺人.	평평측측측평평(A)
乘舟取醉非難事,	평평측측평평측(a)
下峽消愁定幾巡.	측측평평측측평(B)
長年三老遙憐汝,	평평평측평평측(a)
柂柁開頭捷有神.	측측평평측측평(B)
已辦青錢防雇直,	측측평평평측측(b)
當令美酒入吾脣.	평평측측측평평(A)266)

듣자니 운안에서 빚은 국미춘 술은
한잔만 마셔도 사람을 취하게 한다지.
배를 타고 취하는 건 어려운 일이 아니지만
협곡을 내려가는 슬픔을 풀기 위해 몇 순배 마셔야 한다.
사공과 키잡이도 멀리서 너를 사랑하나니
키를 돌리고 노를 젓는 것이 얼마나 기민한가!
값을 치를 청동전을 이미 준비해놓았으니
맛있는 술이 내 입에 들어가게 해야 하리.
(함련과 경련이 실점이다.)

— 두보, 「撥悶」

竹裏行廚洗玉盤,	측측평평측측평(B)
花邊立馬簇金鞍.	평평측측측평평(A)
非關使者徵求急,	평평측측평평측(a)
自識將軍禮數寬.	측측평평측측평(B)

---

266) '令'은 사역의 뜻으로 쓰일 때 下平聲(8) '庚'운에 속하여 平聲이다.

百年地僻柴門逈,　　측평측측평평측(a)

五月江深草閣寒　　측측평평측측평(B)

看弄漁舟移白日,　　측측평평평측측(b)

老農何有罄交歡.　　측평평측측평평(A)

대숲에 주방을 차리고 옥쟁반을 씻으니
꽃 주변에 말들이 서 있어 금빛 안장이 모였다.
당신이 급히 초빙하려는 것과 상관은 없겠지만
장군의 예우가 후함을 스스로 알고 있다.
늙은 나는 외딴 곳에 살아 사립문이 멀리 있고
오월의 강물 깊고 초당은 아직 춥다.
고기잡이배로 소일하고 있는 것을 보시오
늙은 농부가 무엇으로 마음껏 기쁨을 나눌까?
(함련과 경련이 실점이다.)

— 두보, 「嚴公仲夏枉駕草堂兼攜酒饌」

10.7　(丁) 칠언절구

渭城朝雨浥輕塵,　　측평평측측평평(A)

客舍青青柳色新.　　측측평평측측평(B)

勸君更盡一杯酒,　　측평평측측평측(a)

西出陽關無故人.　　평측평평평측평(B)

위성의 아침 비가 촉촉이 먼지 적셔
객사의 푸른 버들 빛이 더욱 새롭다.
그대에게 술 한 잔을 다시 더 권하니
서쪽으로 양관을 나서면 벗도 없으리.

— 왕유, 「送元二使安西」

胡王知妾不勝悲,　　평평평측측평평(A)[267]

樂府皆傳漢國辭.　　측측평평측측평(B)

---

267) '勝'이 '감당하다'라는 뜻으로 쓰일 때는 下平聲(10) '蒸'운에 속하여 평성이다.

朝來馬上箜篌引,　　　평**평**측측평평측(a)

稍似宮中閑夜時.　　　평측평평평측평(B)

오랑캐 왕들은 明妃를 알고는 슬픔을 이기지 못하고

악부는 모두 한나라 이야기를 전한다.

아침에 말 위에서 타던 공후인 곡이

한가한 밤 궁중에서 타는 악곡과 비슷하다.

　　　　　　　　　　　— 저광희(儲光羲), 「明妃曲」

乘君素舸泛涇西,　　　평평측측평평(A)

宛似雲門對若溪.　　　측**측**평평측측평(B)

且從康樂尋山水,　　　측**평**평측평평측(a)

何必東遊入會稽?　　　평측평평측측평(B)

그대의 배를 타고 涇縣 서쪽의 涇溪로 가니

雲門寺가 若耶溪를 마주한 것과 흡사하다.

康樂 謝靈運이 산수를 찾은 것을 따르는 것이

어찌 반드시 동쪽으로 가 회계로 드는 것이리?

　　　　　　　　　　　—이백, 「與謝良輔遊涇川陵巖寺」

獨憐幽草澗邊生,　　　측평평측측평평(A)

上有黃鸝深樹鳴.　　　측**측**평평평측평(B)

春潮帶雨晚來急,　　　평**평**측측측평측(a)

野渡無人舟自橫.　　　측측평평평측평(B)

개울가의 어린 풀이 유독 마음이 끌리고

머리 위의 꾀꼬리는 나무에 숨어서 운다.

봄 강물 비에 불어 석양녘 흐름 세찬데

나루엔 사람 없고 배만 가로 비껴 있다.

　　　　　　　　　　　— 위응물(韋應物), 「滁州西澗」

近來無奈牡丹何,　　　측평평측측평평(A)

數十千錢買一顆.　　　측**측**평평측측평(B)

今朝始得分明見,　　　평**평**측측평평측(a)

也共戎葵不校多.　　측측평평측측평(B)
요즈음 들어 모란을 어찌할 수 없으니
수만 전을 들여야 한 송이를 산다네.
오늘 아침 비로소 분명히 볼 수 있었는데
접시꽃과 비교해서 크게 다르지 않았다.

— 유혼(柳渾), 「牡丹」

江上年年小雪遲,　　평측평평측측평(B)
年光獨報海榴知.　　평평측측측평평(A)
寂寂山城風日暖,　　측측평평평측측(b)
謝公含笑向南枝.　　측평평측측평평(A)
강가에는 해마다 눈이 늦도록 내려
바다 석류가 홀로 세월을 알려준다.
적적한 산성에 바람과 햇볕 따뜻해지니
謝公이 남쪽 가지를 향해 미소 짓는다.

— 이가우(李嘉祐), 「韋潤州後亭海榴」

山瓶乳酒下靑雲,　　평평측측측평평(A)
氣味濃香幸見分.　　측측평평측측평(B)
鳴鞭走送憐漁父,　　평평측측평평측(a)
洗盞開嘗對馬軍.　　측측평평측측평(B)
靑城山의 乳酒 한 병이 청운에서 내려와
짙은 향과 맛을 운 좋게 나누어 받았다.
어부를 생각하여 말 달려 보내 주셨으니
잔을 씻어 파견 온 기병 앞에서 맛을 본다.

— 두보, 「謝嚴中丞送靑城山道士乳酒一瓶」

漠漠闇苔新雨地,　　측측측평평측측(b)
微微凉露欲秋天.　　평평측측측평평(A)
莫對月明思往事,　　측측측평평측측(b)
損君顔色減君年.　　측평평측측평평(A)

비 지나간 땅에 검은 이끼가 짙게 끼었고
서늘한 이슬 옅게 내려 가을이 오려 한다.
달 밝은 밤 옛일을 생각하면 후회막급이니
그대 얼굴 못쓰게 만들고 수명도 줄였구려.

— 백거이, 「贈內」

10.8 앞에서 든 예를 가지고 보면 오언율시는 실점이 비교적 적고, 칠언율시와 칠언절구는 실점이 비교적 많다. 초당 시인들은 왕왕 실점을 고려하지 않아서 진자앙·송지문·두심언 등에게는 모두 실점의 예가 있다. 성당에 들어서도 왕유와 두보에게는 실점의 시구도 적지 않다(다만 두보의 일부 고풍 식 율시는 일부러 요와 점을 조성한 것이므로 이 예에 두지 않는다). 대략 '점'의 형식은 율시 형성의 시기에 이미 그와 같은 경향이 있었지만 그때는 아직 반드시 지켜야 할 규율은 아니었다. 중당 이후에 들어서 점의 규율이 점차 엄격해졌다. 그러나 실점은 실대처럼 쉽게 감지되는 것이 아니어서 여전히 어쩌다 위반하는 것을 면할 수 없었다(무의식중에 위반했다고 해도 되고 진자앙·송지문·왕유·두보 등이 실점을 고려하지 않은 것을 모방했다고 해도 된다). 송대에 이르러서도 어쩌다 실점의 예를 찾아볼 수 있다.

郊原雨初霽,	평평측평측(b)
春物有餘姸.	평측측평평(A)
古寺滿修竹,	측측측평측(a)
深林聞杜鵑.	평평평측평(B)
睡餘柳花墮,	측평측평측(b)
目眩山櫻然.	측측평평평(A)
西崦有病客,	평평측측측(b)
危坐看香烟.	평측측평평(A)

교외 들판에 비가 갓 개니
봄의 경물이 곱기만 하다.

오래된 절에는 長竹이 가득하고,
깊은 숲에선 두견새 소리 들려온다.
잠에서 깨니 버들 솜이 떨어지고
눈이 어른거려 산 앵두가 불타는 듯하다.
서쪽 창가에 병든 나그네 있어서
꼿꼿이 앉아 향불 연기를 바라본다.
(경련과 미련이 실점이다.)

— 소식(蘇軾), 「遊鶴林招隱」

處士骨相不封侯,　　측측측측측평평(A)
卜居但得林塘幽.　　측평측측평평평(A)
家藏玉牒幾千卷,　　평평측측측평측(a)
手校韋編三十秋.　　측측평평평측평(B)
相知四海孰青眼?　　평평측측측평측(a)
高臥一麾今白頭!　　평측측평평측평(B)
襄陽耆舊節獨苦,　　평평평측평측측(a)[268]
只有龐公不入州.　　측측평평측측평(B)

처사는 골상이 公侯에 봉해질 상이 아니라며
다만 그윽한 숲과 못에 거처를 정하였다.
집에는 귀한 서첩 수천 권이 있고,
손수 삼십 년 동안 易經을 교정했다.
이 세상 아는 이 중에 누가 반갑게 보아줄까?
외직을 맡아 높이 누웠더니 지금 벌써 백발!
양양의 옛 노인 중 처사 홀로 절개가 굳어
오직 龐德公처럼 州에 드나들지 않는다.
(함련과 경련이 실점이고, 경련과 미련이 실점이다.)

— 사일(謝逸), 「寄隱居士」

　그러나 소식과 사일은 이 두 수의 시에서 일부러 요를 추구한 것 같

---

268) 텍스트에는 '節'이 '郎'으로 되어 있는데, 誤字이다.

다. 시 안에 요자(拗字)가 많은데다 삼평조(三平調)도 있고 '二四六'의 요도 있으며, 더구나 사일의 시에는 요대(拗對)도 있다. 이것은 일부러 고풍 식의 율시를 만든 것이므로 상례로 논할 수 없다.269)

10.9 근대(아마도 송대 이후)의 과거시험에서 실대와 실점의 시를 허용하지 않았으므로 점·대는 거의 금과옥조(金科玉條)가 되었다. 결국 이것은 평측격식 안에 포함되었으니, 앞의 제6절을 참고해 보라.

제11절 상미(上尾)

11.1 앞에서 말한 여러 가지 시병(詩病) 중에서 실대는 고평보다 가볍고, 실점은 실대보다 가볍다. 여기서는 또 다른 시병을 하나 말하겠는데, 과거시험에서도 격식에 맞지 않는다고 치지 않았고 일반인들도 주의를 기울이지 않았지만 일부 시론가들에 의해 배척된 것이 있으니 바로 상미이다.270)271)

---

269) 白居易는 일부러 몇몇 失黏과 失對의 시를 쓰고는 齊梁體라고 불렀다. ≪附註十八≫
270) 上尾는 八病 중의 하나이다. 무엇이 八病인지에 대해서는 諸說이 분분하다. 여기서는 仇兆鰲의 견해를 인용하여 그 일단을 보기로 한다.
   仇兆鰲는 말했다. "沈約이 율시의 八病을 표명하여 平頭·上尾·蜂腰·鶴膝 등의 명칭이 있으니 알지 않을 수 없다. 大韻·小韻·正紐·旁紐 같은 것은 그다지 중요한 것이 아니다. 平頭는 前句 앞 2字와 後句 앞 2字의 聲調가 같은 것이다. 예를 들어 古詩 : '今日良宴會, 歡樂難具陳'에서 '今'과 '歡'이 同聲이고, '日'과 '樂'이 同聲이니, 이것이 平頭이다. 또 '朝雲晦初景, 丹池晚飛雪. 飄拔聚還散, 吹揚凝其威'에서 4구의 앞 2字가 모두 평성이니 이것이 平頭이다. 또 周王褒의 시 : '高箱照雲母, 壯馬飾當顱, 單衣火浣布, 利劍水精珠'에서 4구에 네 가지 사물을 疊用하였고 각 사물마다 하나의 虛字(형용사)와 하나의 實字(명사)를 사용하였으니 이 또한 平頭이다. (이 종류는 合掌이다―왕력주) 또 杜摯의 시 : '伊摯爲媵臣, 呂望身操竿, 夷吾困商販, 寧戚對牛歎, 食其處監門, 淮陰饑不餐'에서 古人을 중첩 인용하여 모두 句首에 두었으니 이 또한 平頭이다. (우리는 이것도 合掌이라고 한다.) 上尾는 上句의 尾字와 下句의 尾字에 모두 평성을 쓰는 것으로, 韻이 달라도 성조가 같으면 上尾를 범한 것이다. 예를 들어 古詩 : '西北有高樓, 上與浮雲齊'에서 '樓'와 '齊'가 모두 평성이다. 또 '庭隅有若榴, 綠葉含丹榮'에서 '榴'와 '榮'도 평성이다. 또 제1구의 尾字와 제3구의 尾字에 같은 성조를 잇달아 쓰는 것도 上尾이다. (본서에서 설명한 上尾는 전적으로 이 종류를 가리킨다.) 예를 들어 古詩 : '客從遠方來, 遺我一書札. 上言長相思, 下言久離別'에서 '來'와 '思'가 모두 평성이다. 또 '新制齊紈素, 皎潔如霜雪. 裁爲合歡扇, 團圓似秋月'에서 '素'와 '扇'이 모두 去聲이니 이 또한 上尾를 범한 것이다. 칠율의 예를 들면 杜詩 : '春酒杯濃琥珀薄'과 '誤疑茅堂入江麓'은 둘 다 入聲이고, 王維詩 : '新豊樹裏行人度'와 '聞道甘泉能獻賦'는 去聲 同韻이니 모두 上尾를 범한 것이다. 또 杜甫의 「秋興」시 : '西望瑤池降王母, 東來紫氣滿函關. 雲移雉尾開宮扇, 日繞龍鱗識聖顔'에서 '王母'·'函關'·'宮扇'·'聖顔'이 모두 句尾에 있어 중첩을 면하지 못했으니 이 또한 上尾를 범한 것이다. (이것은 合掌이다—왕력주) '林花著雨胭脂落, 水荇牽風翠帶長, 龍虎新軍深駐輦, 芙蓉別殿漫焚香' 같은 것은 앞 연에서 '落, 長' 두 자를 句尾에 두었고, 뒤 연에서 '深, 漫' 두 자를 앞으로 끌어냈으니 같은 것의 중첩을 범한 것이 아니다('落', '長', '深', '漫' 네 글자 다 형용사 술어로 쓰인 것을 가리킨다—역주). 蔡寬夫의 『詩話』에서 '蜂腰와 鶴膝은 雙聲之變에서 나왔다. 5字句의 首尾가 모두 濁音이고 가운데 한 글자만 淸音이면 양쪽 끝이 크고 가운데가 작으므로 이것이 蜂腰이고, 5字句의 首尾가 모두 淸音이고 가운데 한 글자만 濁音이면 양쪽 끝이 가늘고 가운데가 거칠므로 이것이 鶴膝이다'라고 말하였다. 지금 생각건대, 張衡詩 : '邂逅承際會'는 탁음이 청음을 끼고 있으므로 蜂腰이고, 傅玄詩 : '徵音冠青雲'은 청음이 탁음을 끼고 있으므로 鶴膝이다. (내 생각에 仇兆鰲는 측성을 탁음으로 여기고 평성을 청음으로 여겼는데, 이는 채관부의 原意가 아닌 것 같다.) 舊註에서는 '客從遠方來'와 '上言長相思'를 鶴膝이라고 했는데, 뜻이 분명치 않다. 大韻은 上句 제1자와 下句 제5자가 同韻으로 서로 범하는 것이다. 이를테면 阮籍詩 : '微風照羅袂, 明月耀淸暉'에서 '微'와 '暉'가 同韻인 경우를 가리킨다. 小韻은 上句 제4자와 下句 제1자가 同韻으로 서로 범하는 것이다. 이를테면 '薄帷鑑明月, 淸風吹我襟' 시에서 '淸'과 '明'이 同韻인 경우를 가리킨다. 正紐는 이를테면 '溪, 起, 憩' 세 글자가 한 紐인데, 上句에 '溪'자가 있으면서 下句에 다시 '憩'자를 사용하는 것이다. 庾闡詩 : '朝濟淸溪岸, 夕憩五龍泉'의 경우가 正紐에 해당된다. 旁紐는 이를테면 '長'과 '梁'이 同韻이고 '長'의 上聲이 '丈'인데, 上句의 처음에 '丈'자를 사용하고 下句의 처음에 '梁'자를 사용한다면 이 또한 서로 범하는 것이다. 시에 '丈夫且安坐, 梁塵將欲起'라고 하였으니 이것이 旁紐이다. 칠율의 경우 杜甫詩 : '遠開山岳散江湖'에서 '山'과 '散'이 正紐이고, '丈人才力猶强健'에서 '丈'과 '强'이 旁紐이다." ≪附註十九≫

271) 日僧 空海가 편찬한 『文鏡秘府論』(西卷 "文28種病")에서는 平頭·上尾·蜂腰·鶴膝에 대해 다음과 같이 설명하였다.

　①平頭 : 5언시의 제1자는 제6자와 同聲이 될 수 없고, 제2자는 제7자와 同聲이 될 수 없다. 예를 들어 "芳時淑氣淸, 提壺臺上傾"에서 '芳'과 '提', '時'와 '壺'는 모두 平聲이어서 平頭病을 범한 것이다.

　②上尾 : 5언시의 제5자는 제10자와 同聲이 될 수 없다. 예를 들어 "西北有高樓, 上

11.2 한자에는 모두 평·상·거·입의 네 가지 성조가 있다. 평측격식에서는 평측만을 따지지만 측운시를 짓는 경우에는 여전히 상·거·입을 구분해야 한다. 상성은 상성과 운이 되고, 거성은 거성과 운이 되고, 입성은 입성과 운이 된다. 어쩌다가 상거통압(上去通押)의 예도 있긴 하지만 그것은 변례이다. 이제 앞으로 돌아가 평운시를 말해보자. 평운시는 원칙상 구 안 각 글자의 상·거·입 세 성조를 고려할 필요가 없긴 하지만, 어떤 사람들은 "한 구 안에서 네 성조를 번갈아 사용해야" 예술의 최고봉이라고 생각했다. 이른바 네 성조를 번갈아 사용한다는 것은 한 구의 다섯 글자 또는 일곱 글자 안에 가능한 한 평·상·거·입의 네 가지 성조가 구비되고, 아울러서 번갈아 나타나도록 하는 것이다. 예를 들어 동문환(董文渙)이 『성조사보(聲調四譜)』에서 든 두심언(杜審言)의 시를 보자.

獨有宦游人,	홀로 고향을 떠나 벼슬 사는 사람이
偏驚物候新.	유독 계절의 새로운 변화에 놀란다.
雲霞出海曙,	구름과 놀이 새벽 바다에 나타나고
梅柳渡江春.	매화와 버들이 봄 강을 건너온다.
淑氣催黃鳥,	맑은 기운이 꾀꼬리를 재촉하고
晴光轉綠蘋.	해맑은 빛이 마름을 푸르게 한다.
忽聞歌古調,	갑자기 옛 가락의 노래가 들리니
歸思欲霑巾.	고향 생각에 눈물이 수건을 적시려 한다.

─두심언, 「和晋陵陸丞早春游望」

與浮雲齊"에서 '樓'와 '齊'는 똑같이 平聲이어서 上尾病을 범한 것이다.
　③蜂腰: 5언시의 한 句 안에서 제2자는 제5자와 同聲이 될 수 없다. 예를 들어 "聞君愛我甘, 竊獨自雕飾"에서 제1구의 '君'과 '甘'이 똑같이 平聲이고 제2구의 '獨'과 '飾'이 똑같이 入聲이어서 蜂腰病을 범한 것이다.
　④鶴膝: 5언시의 제5자는 제15자와 同聲이 될 수 없다. 예를 들어 "拔棹金陵渚, 遵流背城闕. 浪蹙飛船影, 山掛垂輪月"에서 제1구의 '渚'와 제3구의 '影'이 똑같이 上聲이어서 鶴膝病을 범한 것이다.

11.2 이 시의 사성(四聲)을 도표로 만들어보면 다음과 같다.

입상거평평, 평평입거평.
평평입상거, 평상거평평.
입거평평상, 평평상입평.
입평평상거, 평거입평평.

제1, 제3, 제5와 제7구는 사성을 모두 갖추었다. 제2구와 제6구는 사성을 모두 갖출 수가 없다. 왜냐하면 제1자에 측성을 쓰면 고평을 범하게 되기 때문이다. 여덟 구 중에 형식이 완전히 같은 것은 하나도 없어서 변화의 묘를 다했다고 말할 수 있다. 만약 칠언시에 이 방법을 적용한다면 더욱 구마다 사성을 다 갖추도록 할 수 있을 것이다. 왜냐하면 칠언은 오언보다 두 글자가 많아서 B식 구가 사성을 다 갖추어도 고평을 범하지 않을 수 있기 때문이다.

11.3 그러나 성조의 조화를 극단적으로 추구하는 것은 시인들에게 일종의 견딜 수 없는 구속감을 주는 것이다. 그런 시는 어쩌다 한 번쯤은 괜찮겠지만 시마다 그렇게 지을 수는 없을 것이다. 다만 '상상' · '거거' · '입입'처럼 성조가 같은 두 개의 측성자를 붙여 쓰는 것을 가능한 한 피하면 될 것이다. 한 구에 사성을 다 갖추는 것은 우연히 그렇게 될 수는 있지만 일부러 추구할 수는 없는 것이라고 말할 수 있겠다.

11.4 사성 번갈아쓰기에 대한 또 하나의 견해는 비교적 현실에 부합된다. 주이준(朱彝尊)은 "두보의 율시는 단구(單句)의 구각(句脚)이 반드시 상 · 거 · 입을 모두 갖추도록 하였다"라고 말했는데, 단구는 출구(出句)를 가리킨다. 만약 수구(首句)에 운을 단다면 구각(句脚)에 평성을 쓰게 되므로 단구 구각에 평 · 상 · 거 · 입이 모두 갖추어지게 된다. 그러나 주이준이 '반드시'라고 말한 것에는 어폐가 있다. 두보의 시는 매 수가 다 그런 것이 아니고, 다수가 그렇다고 말할 수 있을 뿐이다. 다음 예를

보자.

11.5 (甲) 오언율시

尙覺王孫貴(거),　　아직도 왕손이 귀하다는 것을 느끼니
豪家意頗濃.　　　집의 호화로운 분위기가 무척 짙다.
屛開金孔雀(입),　　병풍에는 황금 공작이 펼쳐 있고
褥隱繡芙蓉.　　　요에는 수놓은 부용이 숨어 있다.
且食雙魚美(상),　　맛있는 한 쌍의 물고기를 먹었는데
誰看異味重!　　　갖가지 특이한 맛을 누가 맛보았으리?
門闌多喜色(입),　　문의 난간에는 희색이 만면하니
女壻近乘龍.　　　사위는 용을 탄 사람에 가깝다.

—「李監宅二首」(제1수)

※ 주의 : 수구에 운을 달지 않으면 네 개의 출구 중 두 개의 출구 구각의 성조가 같을 수밖에 없다. 그래도 성조가 같은 구각은 반드시 떨어져 있어야 한다. 이 시 같이 함련 출구 구각에 입성을 사용했으면 경련을 건너 뛰어 미련 출구 구각에 이르러서야 입성을 사용할 수 있다.

一匱功盈尺(입),　　한 광주리의 공으로 한 자를 채우니
三峰意出群.　　　세 봉우리의 뜻이 출중하다.
望中疑在野(상),　　바라보는 중에 들에 있는 듯하고
幽處欲生雲.　　　그윽한 곳에서 구름이 생기려 한다.
慈竹春陰覆(입),　　자죽은 봄날의 그늘이 덮고 있고
香爐曉勢分.　　　향로는 새벽안개의 기세가 흩뜨린다.
惟南將獻壽(거),　　남산이 만수무강을 축원하려는 듯
佳氣日氛氳.　　　아름다운 기운이 날로 왕성해진다.

—「假山」272)

秋水淸無底(상),　　가을 물 맑고 깊어 바닥이 보이지 않는데

---

272) 텍스트에 제목으로 있는 "天寶初南曹小司寇舅……"는 제목이 아니라 시의 序文이다.

蕭然淨客心.	그 청정한 기운이 나그네 마음을 씻어준다.273)
掾曹乘逸興(거),	지방관은 속세를 벗어난 흥취를 느껴서
鞍馬去相尋.	말을 타고 함께 석문을 찾아갔다.
能吏逢聯璧(입),	유능한 관리가 쌍벽을 이루는 짝을 만나니
華筵直一金.	좋은 술자리는 황금 한 근의 가치가 있다.
晚來橫吹好(상),	저녁이 되어 잔치자리의 가락이 좋으니
泓下亦龍吟.	깊은 물밑에서 용도 이에 맞추어 소리낸다.

—「劉九法曹鄭瑕丘石門宴集」

胡馬大宛名(평),	호마는 대원국의 명마여서
鋒稜瘦骨成.	칼날의 모같이 마른 골격을 갖추었다.
竹批雙耳峻(거),	대나무를 깎은 듯 두 귀는 오뚝하고
風入四蹄輕.	바람이 든 듯 네 발굽이 가볍다.
所向無空闊(입),	향하는 곳마다 넓다 할 것 없으니
眞堪託死生.	진실로 생사를 맡길 만하다.
驍騰有如此(상),	용맹하고 날쌔기가 이와 같으니
萬里可橫行.	만 리라도 마음대로 달릴 수 있겠다.

—「房兵曹胡馬詩」

白也詩無敵(입),	이백은 시에 적이 없어서
飄然思不群.	표연하여 생각이 일반사람들과 다르다.
淸新庚開府(상),	청신함은 유개부 庚信이요
俊逸鮑參軍.	준일함은 포참군 鮑照로다.
渭北春天樹(거),	위수 북쪽에는 봄 하늘의 나무
江東日暮雲.	장강 동쪽에는 해질 무렵의 구름.
何時一尊酒(상),	어느 때에나 한 동이의 술로
重與細論文?	다시 함께 자세히 글을 논할까?

—「春日憶李白」

---

273) 텍스트에는 '淨'이 '靜'으로 되어 있는데, 誤字이다.

時出碧雞坊(평),	때때로 벽계방에서 나와
西郊向草堂.	서쪽 교외로 가 초당으로 향한다.
市橋官柳細(거),	시교의 버드나무 가지 가늘고
江路野梅香.	강변길의 들매화 향기롭다.
傍架齊書帙(입),	서가에 다가가 책을 가지런히 하고
看題檢藥囊.	표제를 보면서 약주머니를 점검한다.
無人覺來往(상),	왕래를 생각하는 이 아무도 없어서
疎懶意何長!	해이해진 마음 어찌 그리 유장한가!

—「西郊」

霜露晚凄凄(평),	서리와 이슬 내린 저녁 쓸쓸하기만 한데
高天逐望低.	높은 하늘을 바라보니 멀수록 낮아진다.
遠煙鹽井上(거),	멀리 염정 위로 연기가 피어오르고
斜景雪峰西.	기운 해는 눈 쌓인 봉우리 서쪽에 걸려 있다.
故國猶兵馬(상),	고향은 여전히 전란에 휩싸여 있고
他鄉亦鼓鼙.	타향인 이곳 일대도 북소리 요란하다.
江城今夜客(입),	오늘밤 강 옆의 성에 묵는 나그네는
還與舊烏啼.	까마귀 우는 옛 집으로 돌아가야겠다.

—「出郭」

整履步青蕪(평),	신발을 신고 푸른 잡초 위를 거니니
荒庭日欲晡.	거친 정원은 벌써 날이 저물어간다.
芹泥隨燕觜(상),	풀 진흙은 제비의 부리를 따르고
花蕊上蜂鬚.	꽃가루는 벌의 수염에 묻어 있다.
把酒從衣濕(입),	술을 마시며 옷이 젖도록 내버려두고
吟詩信杖扶.	시를 읊으며 지팡이 가는대로 맡긴다.
敢論才見忌(거),	어찌 감히 재능 있어 미움 받는다고 할까?
實有醉如愚.	이렇게 취한 후처럼 실로 어리석은 것을!

—「徐步」

夜深露氣清(평),	밤이 깊어 이슬기운 맑고 찬데

江月滿江城.　　　　강 위의 달빛이 강변의 성에 가득하다.
浮客轉危坐(상),　　떠도는 나그네가 꼿꼿이 앉는 까닭은
歸舟應獨行.　　　　그대 홀로 돌아가는 배를 타야 하기 때문.
關山同一照(거),　　산 위에 뜬 달이 우리를 함께 비추겠지만
烏鵲自多驚.　　　　나는 의지할 곳 잃은 까마귀처럼 자주 놀라리.274)
欲得淮王術(입),　　회왕의 술책을 배워서 쓰고 싶으니
風吹暈已生.　　　　바람이 불어 이미 달무리가 생겼다.

―「翫月呈漢中王」

11.6　(乙) 칠언율시

臘日常年暖尙遙(평),　납일이면 해마다 따뜻한 날이 멀기만 했는데
今年臘日凍全消.　　금년의 납일에는 얼었던 것이 모두 녹았다.
侵陵雪色還萱草(상),　눈이 녹으면서 원추리가 돌아오고
漏洩春光有柳條.　　봄빛이 새어나와 버들가지가 돋았다.
縱酒欲謀良夜醉(거),　실컷 술을 마시며 좋은 밤에 취해 보고자
還家初散紫宸朝.　　자신전 조회를 마치고 막 집에 돌아오려는데
口脂面藥隨恩澤(입),　폐하의 은혜로 입술 기름과 얼굴 약이 나왔고
翠管銀罌下九宵.　　비취 대통과 은빛 단지가 하늘에서 내려왔다.

―「臘日」

一片花飛減却春(평),　꽃잎 한 조각만 날려도 봄기운이 줄어드는데
風吹萬點正愁人.　　바람에 수없이 날리니 사람을 슬프게 한다.
且看欲盡花經眼(상),　눈앞에서 사라져 가는 꽃잎을 잠시 볼 일이니
莫厭傷多酒入脣.　　술이 입술에 과다하게 들어간다고 싫어하지 말 것이라.
江上小堂巢翡翠(거),　강변의 작은 집에는 비취새가 둥지를 틀고
苑邊高冢臥麒麟.　　동산 옆의 높다란 무덤에는 기린이 누워 있다.
細推物理須行樂(입),　사물의 이치를 들여다보면 모름지기 즐겨야 하니
何用浮名絆此身?　　어찌 헛된 명예로 이 몸을 얽어매리?

―「曲江二首」(제1수)

---

274) 텍스트에는 '烏鵲'이 '鳥鵲'으로 되어 있는데, 誤字이다.

苑外江頭坐不歸(평), 芙蓉苑 밖 曲江 가에 앉아 돌아가지 않으니
水精春殿轉霏微. 곡강 가의 봄 궁전이 어스름에 잠겨든다.
桃花細逐楊花落(입), 복사꽃잎 떨어져 흩날리며 버들 솜을 뒤쫓고
黃鳥時兼白鳥飛. 노란 새가 때때로 흰 새와 함께 날아간다.
縱飮久判人共棄(거), 흠뻑 마셔서 남들이 싫어해도 개의치 않고
懶朝眞與世相違. 조회에 나가기도 싫으니 참으로 세상과 어긋났다.
吏情更覺滄洲遠(상), 관직에 얽매여 은둔지가 먼 것을 더욱 느끼고
老大悲傷未拂衣. 늙었음에도 아직 사직하지 못하여 가슴 아프다.

— 「曲江對酒」

天門日射黃金牓(상), 선정전 문 위의 황금빛 편액에 햇빛 비치고
春殿晴曛赤羽旗. 활짝 개어 봄 궁전의 적우기에 석양빛 든다.
宮草微微承委佩(거), 작은 풀들은 땅에 드리워진 장식물을 받치고
鑪煙細細駐遊絲. 향로의 가는 연기는 떠도는 거미줄을 붙든다.
雲近蓬萊常好色(입), 봉래궁 가까이의 구름은 언제나 좋은 빛이고
雪殘鳷鵲亦多時. 지작관에 남아 있는 눈 또한 오래 되었다.
侍臣緩步歸靑瑣(상), 황제를 모시는 나는 청쇄문으로 천천히 돌아와
退食從容出每遲. 퇴근과 식사가 매번 늦지만 마음은 느긋하다.

— 「宣政殿退朝晩出左掖」

洛城一別四千里(상), 낙양성에서 이별한 후 벌써 사천 리이고
胡騎長驅五六年. 반란군이 중원을 내달린 지 이미 오륙년이다.
草木變衰行劍外(거), 초목이 시들어 변할 때 劍門關 밖으로 갔고
兵戈阻絶老江邊. 전쟁이 귀향길을 막아 錦江 가에서 늙어가리.
思家步月淸宵立(입), 고향 생각에 맑은 밤 달빛 밟으며 서 있고
憶弟看雲白日眠. 동생이 그리워 구름 바라보며 낮에 잠든다.
聞道河陽近乘勝(거), 최근에 아군이 하양에서 승세를 탔다고 하니
司徒急爲破幽燕. 사도가 서둘러 유주와 연주를 격파하기를!

— 「恨別」

錦里先生烏角巾(평), 금리선생은 오각건 차림을 하고

園收芋粟未全貧.　동산에서 토란과 조를 거두니 아주 가난한 것은 아니다.
慣看賓客兒童喜(상),　빈객을 익히 보던 터라 아이는 기뻐하고
得食階除鳥雀馴.　섬돌에서 먹이를 얻으니 새들이 얌전하다.
秋水纔深四五尺(입),　가을 물이야 겨우 네댓 자 깊이이고
野航恰受兩三人.　작은 배는 두세 사람 태우기에 알맞다.
白沙翠竹江村暮(거),　흰 모래 푸른 대나무의 강 마을이 저물 무렵
相對柴門月色新.　사립문을 마주하니 달빛이 새롭다.

─「南鄰」

丞相祠堂何處尋(평)?　승상의 사당을 어디에서 찾을 수 있을까?
錦官城外柏森森.　금관성 밖 잣나무 빽빽한 곳이로다.
映階碧草自春色(입),　섬돌에 비치는 푸른 풀은 절로 봄빛이고
隔葉黃鸝空好音.　잎새 저편 꾀꼬리는 속절없이 지저귄다.
三顧頻煩天下計(거),　세 번이나 찾았던 것은 천하를 위한 계책이었고
兩朝開濟老臣心.　두 조정을 열고 보좌한 것은 老臣의 마음이었다.
出師未捷身先死(상),　출전하여 이기지 못하고 몸이 먼저 죽어서
長使英雄淚滿襟!　길이 영웅들에게 눈물로 옷깃을 가득 적시게 한다.

─「蜀相」

暮倚高樓對雪峰(평),　저녁에 高樓에 기대어 눈 쌓인 봉우리를 마주하니
僧來不語自鳴鐘.　한 스님이 와 말없이 스스로 종을 울린다.
孤城返照紅將斂(상),　외로운 성의 저녁놀이 붉은 빛 사라지려는데
近市浮烟翠且重.　읍 가까이에 떠있는 연기는 푸르고도 짙다.
多病獨愁常闃寂(입),　다병한 나는 늘 홀로 적막하여 슬프기만 한데
故人相見未從容.　친구들을 여유 있게 만나볼 수가 없다.
知君苦思緣詩瘦(거),　그대가 애쓰며 詩想에 골몰하느라 야위었겠지만
太向交遊萬事慵.　교유를 비롯한 만사에 너무 무심한 것 아닌가!

─「暮登四安寺鐘樓寄裴十迪」

11.7 여기에 든 예는 실제의 반에도 미치지 못하는 것이니 이를 통

해 이러한 안배가 결코 우연히 된 것이 아님을 알 수 있다. 두보만 아니라 초당과 성당의 다른 시인들도 왕왕 이와 같았다. 이제 몇 가지 예를 들어 그 일부를 보도록 하자.

11.8 (甲) 오언율시

十五嫁王昌(평),	열다섯 살에 왕창에게 시집을 가서
盈盈入畫堂.	고운 자태로 화려한 집에 들어갔다.
自矜年最少(거),	스스로 나이가 가장 어리다고 자부하고
復倚壻爲郎.	다시 남편인 낭군에게 의지하였다.
舞愛前谿綠(입),	춤은 「前谿綠」을 아끼고
歌憐子夜長.	노래는 「子夜長」을 좋아하였다.
閑來鬪百草(상),	한가할 때면 여러 가지 鬪草를 하느라
度日不成妝.	하루가 가도록 치장할 줄 모른다.

— 최호(崔顥), 「王家少婦」

持衡出帝畿(평),	전권을 지니고 경기 땅을 나서니
星指夜郎飛.	별이 야랑을 가리키며 날아간다.
神女雲迎馬(상),	神女는 구름이 되어 말을 맞고
荊門雨濕衣.	형문엔 비가 내려 옷을 적신다.
聽猿收淚罷(거),	원숭이 소리 들으며 눈물 거두고
繫雁待書稀.	기러기 묶여 있어 오는 편지 드물다.
蠻貊雖殊俗(입),	야만족이 비록 습속은 다르다지만
知君肝膽微.	그대의 간담이 작다는 것을 알 것이다.

— 기무잠(綦毋潜), 「送崔員外黔中監選」

精舍買金開(평),	精舍는 황금을 주고 사서 열었는데
流泉遶砌回.	샘물이 섬돌을 에워싸고 돌아 흐른다.
芰荷薰講席(입),	마름과 연이 說講 자리를 향기롭게 하고
松柏映春臺.	소나무와 잣나무가 봄의 누대에 비친다.

法雨晴飛去(거),　　佛法의 비가 날이 개어 날아가고
天花晝下來.　　　　하늘에서 꽃이 낮에 내려온다.
談玄殊未已(상),　　오묘한 이치를 말함이 아직 끝나지 않았는데
歸騎夕陽催.　　　　석양은 이미 말 타고 돌아갈 것을 재촉한다.
　　　　　　　　　— 맹호연(孟浩然),「題融公蘭若」

八月洞庭秋(평),　　팔월이라 동정호는 가을인데
瀟湘水北流.　　　　소수와 상수는 북쪽으로 흐른다.
還家萬里夢(거),　　만 리 밖 집으로 돌아가는 꿈
爲客五更愁.　　　　나그네 되어 느끼는 오경의 슬픔.
不用開書帙(입),　　서책을 꺼내서 펼 필요 없고
偏宜上酒樓.　　　　차라리 술집에 가는 것이 낫겠다.
故人京洛滿(상),　　옛 친구들은 洛陽에 가득하지만
何日復洞遊?　　　　언제나 다시 함께 나들이할까?
　　　　　　　　　— 장위(張謂),「同王徵君湘中有懷」

11.9 (乙) 칠언율시

玉樓銀牓枕嚴城(평),　玉樓의 은빛 편액이 경계 삼엄한 성을 베고 있고
翠蓋紅旗列禁營.　　　푸른 수레덮개와 붉은 기가 禁軍의 병영에 늘어섰다.
日映層巖圖畵色(입),　햇빛이 층층 바위에 비치니 그림의 빛깔이고
風搖雜樹管絃聲.　　　바람에 여러 나무가 흔들리니 管絃의 소리로다.
水邊重閣含飛動(상),　물가의 층층 누각은 날아갈 듯한 모양을 하고275)
雲裏孤峰類削成.　　　구름 속의 외로운 봉우리는 깎아서 만든 것 같다.
幸覩八龍游閬苑(거),　운 좋게 여덟 마리의 용이 낭원에서 노는 것을 보았으니
無勞萬里訪蓬瀛.　　　힘들이지 않고 만 리 밖 蓬萊와 瀛洲를 찾아갈 수 있겠다.
　　　　　　　　　— 종초객(宗楚客),「奉和幸安樂公主山莊應制」

空山寂歷道心生(평),　인적 없는 산은 정적에 싸여 있어 道心이 생겨나고

---

275) '動'은 上聲(1) '董'운에 속한다.

虛谷迢遙野鳥聲.   빈 골짜기에서는 아득히 들새 소리가 들려온다.
禪室從來塵外賞(상),   선실은 종래부터 세속 밖에서 누리는 것이고
香臺豈是世中情.   佛殿은 어찌 속세의 사람들이 마음에 두겠는가?
雲間東嶺千里出(입),   구름 사이의 동쪽 고개는 천리에 걸쳐 솟아 있고
樹裏南湖一片明.   숲 속의 한 조각 남쪽 호수가 밝게 빛나고 있다.
若使巢由知此意(거),   巢父와 許由가 만약 이 의미를 알게 된다면
不將蘿薜易簪纓.   隱者의 복장을 관복과 바꾸지 않을 것이다.

                     — 장열(張說), 「澠湖山寺」

漢文皇帝有高臺(평),   漢의 문황제에게 높은 누대가 있어서
此日登臨曙色開.   오늘 올라가 내다보니 새벽빛이 열린다.
三晉雲山皆北向(거),   삼진의 구름과 산은 모두가 북쪽을 향했고
二陵風雨自東來.   두 능의 바람과 비는 동쪽에서부터 온다.
關門令尹誰能識(입)?   관문의 영윤을 누가 알아볼 수 있으리?
河上仙翁去不回.   강가의 仙翁은 떠나가서 돌아오지 않는다.
且欲近尋彭澤宰(상),   잠시 가까이 있는 팽택의 현령을 찾아가서
陶然共醉菊花杯.   즐겁게 국화주를 마시고 함께 취하련다.

                     — 최서(崔曙), 「九日登望仙臺呈劉明府」

相國臨戎別帝京(평),   재상이 종군을 위해 서울을 떠나
擁旄持節遠橫行.   부절을 지니고 군대를 통솔하여 멀리 횡행했다.
朝登劍閣雲隨馬(상),   아침에 검각에 오르니 구름이 말을 뒤따르고
夜渡巴江雨洗兵.   밤에 파강을 건너니 비에 병기가 씻긴다.
山花萬朵迎征蓋(상),   수많은 산꽃들이 원정의 수레를 맞이하고
川柳千條拂去旌.   냇가의 버들가지들이 떠나는 깃발을 스친다.
暫到蜀城應計日(입),   촉성에 도착하면 조속히 난을 평정해야 하리니
須知明主待持衡.   영명한 군주께서 재상을 기다림을 아셔야 하리.

                     — 잠삼(岑參), 「奉和杜相公發益州」

將軍少年出武威(평),   장군은 젊은 시절 武威郡에서 나와
入掌銀臺護紫微.   銀臺門을 관장하며 황궁을 지켰다.

平明拂劍朝天去(거),　날 밝으면 검을 차고 황제를 알현하고
薄暮垂鞭醉酒歸.　저녁에는 채찍 늘어뜨리고 술에 취해 돌아갔다.
愛子臨風吹玉笛(입),　사랑하는 자식이 바람 앞에서 퉁소를 불고
美人向月舞羅衣.　미인은 달빛 아래 비단 옷 입고 춤을 추었다.
疇昔豪雄如夢裏(상),　지난날의 호탕한 모습 꿈같이 지나갔지만
相逢且欲醉春暉.　서로 만나면 잠시 봄빛 아래 취하고 싶다.

—이백,「贈郭將軍」

南園春色正相宜(평),　남쪽 정원의 봄빛이 마침 한창이라
大婦同行少婦隨.　맏며느리 동행하고 작은 며느리 뒤따른다.
竹裏登樓人不見(거),　대숲에서 누각에 오르니 사람이 보이지 않고
花間覓路鳥先知.　꽃 사이에서 길을 찾으니 새가 먼저 안다.
櫻桃解結垂簷子(상),　앵두가 열매를 맺어 처마 아래 드리우고
楊柳能低入戶枝.　버들가지는 낮게 드리워 창문에 든다.
山簡醉來歌一曲(입),　산간이 취하여 노래 한 곡을 부르니
參差笑殺郢中兒.　들쭉날쭉하여 영중의 아이를 배꼽 잡게 한다.276)

—장위(張謂),「春園家宴」

(장위의 시는 출구에 상·거·입성을 모두 갖춘 것이 매우 많다.)

11.10 출구의 구각에 상·거·입성을 모두 갖춘 것은 이상적인 형식이다. 최소한 이웃한 두 연 출구의 구각이 같은 성조가 되는 것을 피해야 하는데, 그렇지 못한 것이 바로 상미이다.277)278) 이웃한 두 출구 구

---

276) 여기서 郢中兒는 노래를 잘 부르는 사람을 가리킨다.
277) 仇兆鰲는 『杜詩詳注』에서 李天生의 말을 인용하여 다음과 같이 말했다:"칠율 160수 중에서 오직 4수가 측성자를 중첩 사용하였다. 예를 들어 「江村」시는 '局'과 '物' 2자를 잇달아 사용했는데, 다른 판본을 살펴보면 '多病所須惟藥物'을 '幸有故人分祿米'로 하여 '局'자(입성자―역주)를 중첩시키지 않았다. 「江上値水」시는 '興'과 '釣' 2자를 잇달아 사용했는데, 黃鶴本을 살펴보면 '老去詩篇渾漫興'을 '老去詩篇渾漫與'로 하여 '釣'자(거성자―역주)를 중첩시키지 않았다. 「秋興」시는 '月'과 '黑' 2자를 잇달아 사용했는데, 黃鶴本을 살펴보면 '織女機絲虛夜月'을 '織女機絲虛夜'로 하여 '黑'자(입성자―역주)를 중첩시키지 않았다. 이로부터 '晚節漸於詩律細(만년에 들어 점차 시율이 세밀해졌다)'임을 알 수 있다. 上尾 仄聲을 원래는 서로 범하지 않았던 것이다."

각의 성조가 같으면 그것은 작은 결점이고, 세 개가 같으면 그것은 큰 결점이다. 만약 네 개가 같거나 또는 수구에 운을 달고 나머지 세 출구 구각의 성조가 모두 같으면 그것이 가장 심각한 상미이다. 가장 심각한 상미는 당시에 결코 많이 보이지 않는다. 다음에 몇 가지 예를 들어본다.

11.11 （甲）오언율시

精廬不住子(상),　　　승려의 집에는 자식이 살지 않으니[279]
自有無生鄉.　　　　본래 태어난 고향이 아니다.
過客知何道(상)?　　지나가는 나그네가 무슨 말을 할까?[280]
裴徊雁子堂.　　　　안자당을 배회할 뿐이다.
浮雲歸故嶺(상),　　뜬 구름은 옛 고개로 돌아가고
落月還西方.　　　　지는 달은 서쪽으로 귀환한다.
日夕虛空裏(상),　　해 저무는 하늘에서
時時聞異香.　　　　때때로 기이한 향이 전해진다.

　　　　　　　　— 저광희(儲光羲),「題愼言法師故房」

遙山起眞宇(상),　　멀리 산이 道觀 뒤에 솟아 있고
西向盡花林.　　　　서쪽으로는 모두 꽃과 숲이다.
下見宮殿小(상),　　아래로는 궁전이 자그맣게 보이고
上看廊廡深.　　　　위로는 앞의 곁채가 깊숙하게 보인다.
苑花落池水(상),　　동산에는 꽃잎이 못 물에 떨어지고
天語聞松音.　　　　하늘에선 솔바람 소리가 들려온다.
君子又知我(상),　　군자는 또 내 마음을 알아서
焚香期化心.　　　　향을 사르며 심성의 변화를 기대한다.

　　　　　　　　— 저광희,「石甕亭」

古木無人地(거),　　　나무 오래 되고 사람 없는 곳으로
來尋羽客家.　　　도사의 집을 찾아왔다.
道書堆玉案(거),　　　책상에는 道書가 쌓여 있고
仙帔疊靑霞.　　　신선의 배자는 푸른 놀과 겹친다.
鶴老難知歲(거),　　　학은 늙어서 나이를 알기 어렵고
梅寒未作花.　　　매화는 추위에 아직 꽃이 맺지 않았다.
山中不相見(거),　　　산 속에서 만나지 못했으니
何處化丹砂?　　　어디서 丹藥을 만들고 있을까?

　　　　　　　　　　　— 유장경(劉長卿),「尋洪尊師不遇」

陋巷喜陽和,　　　누추한 골목에서 따뜻한 햇볕을 좋아하고
衰顔對酒歌.　　　노쇠한 얼굴로 술을 마주하고 노래 부른다.
嬾從華髮亂(거),　　　게을러 희끗한 머리 헝클어져도 내버려두고
閑任白雲多.　　　한가히 흰 구름 많아지도록 맡겨 둔다.
郡簡容垂釣(거),　　　郡의 일 간단하여 낚시 줄 드리울 수 있고
家貧學弄梭.　　　집안이 가난하여 베틀 일을 배운다.
門前七里瀨(거),　　　문 앞에 흐르는 칠리뢰를
早晚子陵過.　　　언제나 嚴子陵이 지나오려나?

　　　　　　　　　　　— 유장경,「對酒寄嚴維」

朝隨秋雲陰,　　　아침에 짙게 깔린 가을 구름을 따라
乃至靑松林.　　　푸른 소나무 숲에 이르렀다.
花閣空中遠(상),　　　채색 누각은 멀리 공중에 솟아 있고
方池巖下深.　　　네모난 못은 바위 아래 깊숙하다.281)
竹風亂天語(상),　　　대나무에 바람불어 하늘 시끄럽고
溪響成龍吟.　　　시냇물 울림은 용의 소리를 이룬다.
試問眞君子(상),　　　참된 군자에게 물어보나니
遊山非世心.　　　산에 가는 것은 세속의 마음이 아니다.

　　　　　　　　　　　— 저광희,「題辨覺精舍」

---

281) 텍스트에는 '巖'이 '嚴'으로 되어 있는데, 誤字이다.

11.12 (乙) 칠언율시

明到衡山與洞庭,	앞으로 형산과 동정호에 도착하게 되면
若爲秋月聽猿聲!	가을 달 아래 원숭이 소리를 어찌 들을까!
愁看北渚三湘近(상),	三湘에 가까워지면 北渚를 보기가 슬플 것이고[282]
惡說南風五兩輕.	五兩이 가볍게 남풍을 가리키는 것이 싫으리라.
靑草瘴時過夏口(상),	푸른 풀에 瘴氣 충만할 때 夏口를 지나고[283]
白頭浪裏出湓城.	長江에 흰 파도 출렁일 때 湓城을 떠나겠지.
長沙不久留才子(상),	長沙에 현자를 오래 머물게 할 리 없으니
賈誼何須弔屈平?	賈誼가 辭賦로 屈原을 추모할 필요 없었다.

— 왕유, 「送楊少府貶郴州」

(상미를 말하는 사람은 이 시를 예로 드는 경우가 많다.)

11.13 송대에 이르러서는 사성을 번갈아 쓰는 형식이 대체로 이미 일반인들이 알지 못하는 것이 되었기 때문에 상미의 결점을 지닌 시가 매우 많아져서 이웃한 두 출구 구각의 성조가 같은 예는 이루 다 들 수 없을 정도이다. 네 출구 구각의 성조가 같거나 또는 수구에 운을 달고 나머지 세 출구 구각의 성조가 모두 같은 경우도 적지 않다. 예를 들어 보면 다음과 같다.

11.14 (甲) 오언율시

積石橫成嶺(상),	가로 쌓은 돌들이 고개를 이루었고
行楊密映門.	빽빽이 늘어선 버들이 문에 비친다.
人聲隱林杪(상),	사람 소리는 숲 속으로 잠겨들고
僧舍繞雲根.	승사는 산 속 구름에 둘러싸여 있다.
頓攝塵緣盡(상),	속세의 인연을 끌어당겨 모두 끊으니

---

282) 텍스트에는 '遠'으로 되어 있는데, 『王右丞集箋注』에 의거하여 '近'으로 바꾸었다. '近'이 '遠近'의 뜻으로 사용될 때는 上聲(12) '吻'운에 속한다.
283) 텍스트에는 '瘴'이 '漲'으로 되어 있는데, 誤字이다.

方知象教尊.　　　비로소 불교가 존귀함을 알겠다.
只因羊叔子(상),　　다만 양숙자로 인하여[284]
名字與山存.　　　이름이 산과 함께 보존되어 있다.

　　　　　　　　　　　　　　── 진사도(陳師道),「遊鵲山院」

擲鉢峰前寺(거),　　바리때를 내던진 봉우리 앞의 절
肩輿幾度來.　　　수레를 타고서 여러 번 왔다.
樓臺還舊觀(거),　　누대는 옛 道觀으로 돌아왔고
杉檜撫新栽.　　　삼나무 노송나무를 새로 심어 가꾼다.
湘水堂堂去(거),　　상수는 당당하게 흘러가고
秋山面面開.　　　가을 산은 면면이 열려 있다.
裴徊千古思(거),　　천고의 생각을 품고 배회하니[285]
風壑有餘哀.　　　바람 부는 골짜기에 슬픔이 넘친다.

　　　　　　　　　　　　　　── 장식(張栻),「題福巖」

11.15　(乙) 칠언율시

日長何計到黃昏,　　이 긴 낮에 무슨 수로 황혼을 맞을 수 있을까?
郡僻官閑晝掩門.　　궁벽한 고을이라 관아 한가하여 낮에도 문이 닫혀 있다.
子美集開詩世界(거),　두보의 시집은 시 세계를 새로 열었고
伯陽書見道根源.　　노자의 책은 도의 근원을 밝혀 놓았다.
風飄北院花千片(거),　바람 부는 북쪽 뜰에는 꽃잎이 무수히 흩날리고
月上東樓酒一樽.　　동쪽 누각에 달 떠오르면 술잔을 기울일 뿐.
不是同年來主郡(거),　나이가 같은 그대가 이곳을 맡지 않는다면
此心牢落共誰論.　　의지할 데 없는 이 마음 누구와 이야기 하리!

　　　　　　　　　　　　　　── 왕우칭(王禹偁),「日長簡仲咸」

魚龍曼衍六街呈,　　魚燈과 龍燈이 여섯 거리에 줄줄이 늘어서 있고
金鎖通宵啓玉京.　　밤새도록 서울에는 자물쇠가 열려 있다.

---

284) 텍스트에는 '因'이 '應'으로 되어 있는데, 『後山詩注補箋』에 의거하여 바꾸었다.
285) '思'가 명사로 쓰일 때는 去聲(4) '寘'운에 속한다.

冉冉遊塵生輦道(상), 수레 길에는 먼지가 살포시 피어오르고
遲遲青箭入歌聲. 길게 늘어선 箭竹 소리가 歌聲에 든다.
寶坊月皦龍燈淡(상), 달빛 밝아 사원의 龍燈이 은은하게 빛나고
紫館風微鶴燄平. 바람 잔잔하여 황궁의 촛불이 가지런히 빛난다.
宴罷南端天欲曉(상), 잔치 끝나자 남쪽 끝 하늘이 밝아오려 하는데
迴瞻河漢尙盈盈. 머리 돌려 은하수를 바라보니 아직도 총총하다.
　　　　　　　　—하송(夏竦), 「奉和御製上元觀燈」

繞郭雲烟匝幾重, 성곽을 두른 구름과 안개 겹겹 둘러 있는데
昔人曾此感懷嵩. 옛사람들 일찍이 이곳에서 懷嵩을 느꼈으리.
霜林落後山爭出(입), 숲이 서리에 낙엽 진 후 산이 다투어 나타나고
野菊開時酒正濃. 들판에 국화 필 때라 술이 마침 진하다.
解帶西風飄畫角(입), 허리띠 푸니 가을바람에 뿔피리 소리 실려 오고
倚欄斜日照青松. 난간에 기대서니 석양이 푸른 소나무를 비춘다.
會須乘醉攜佳客(입), 술 취한 틈을 타서 멋진 손님을 대동하고
踏雪來看群玉峰. 눈을 밟고 와서 群玉峰을 보아야 할 것이다.
　　　　　　　　—구양수(歐陽修), 「懷嵩樓新開南軒與郡僚小飮」

月明如晝露華濃, 달이 대낮같이 밝고 이슬 짙은데
錦帳名郎笑語同. 비단 휘장 안의 禮部郎中들 웃음소리 똑같다.
金地夜寒消美酒(상), 寺院에 밤이 추워 맛 좋은 술 마시는데
玉人春困倚東風. 옥 같은 사람은 봄이라 노곤한지 봄바람에 기대섰다.
紅雲燈火浮滄海(상), 붉은 구름과 등불은 창해 위에 떠있고[286]
碧水樓臺浸遠空. 푸른 물과 누대는 먼 하늘에 스며든다.
白髮蹉跎歡喜少(상), 백발이 되어 허송세월하니 기쁜 일 적은데
强顏猶入少年叢. 억지로 환한 낯하고 젊은이들 속에 끼어들었다.
　　　　　　　　—증공(曾鞏), 「錢塘上元夜祥符寺陪呇臣郎中丈燕席」

---

286) 텍스트에는 ‘滄海’가 ‘江海’로 되어 있는데, 誤字이다. 앞의 5. 3에 나와 있는 같은
　　시 참조.

天兵南下此橋江,　황제의 군대가 남하하여 여기서 浮橋를 놓으니
敵國當時指顧降.　적국은 당시 순식간에 항복하고 말았다.
山水豪雄空復在(상),　산수의 웅장함은 부질없이 그대로 있고[287]
君王神武自難雙.　군왕의 위대한 무력은 본래 쌍벽을 이루기 어렵다.
留連落日頻回首(상),　뉘엿뉘엿 지는 태양 아래 자주 머리 돌려 보고
想像遺墟獨倚牕.　남겨진 폐허에서 상상하며 홀로 창에 기대섰다.
卻怪夏陽纔一葦(상),　하양에 겨우 일엽편주인 것이 오히려 괴이쩍으니
漢家何事費鼉缸?　漢 왕실은 어찌하여 항아리를 쳐들었던가?
　　　　　— 왕안석(王安石), 「金陵懷古四首」(제2수)

芳原綠野恣行時,　푸른 풀 우거진 들판을 마음대로 거닐 때
春入遙山碧四圍.　먼 산에도 봄이 찾아와 사방이 다 푸르다.
興逐亂紅穿柳巷(거),　흥이 나 흐드러진 꽃 따라 버들 골목에 들고
困臨流水坐苔磯.　피곤해 물가에 이르러 이끼 낀 바위에 앉는다.
莫辭盞酒十分酔(거),　술잔을 사양 말고 흠뻑 취해야 할 것이니
只恐風花一片飛.　다만 두려운 건 바람에 꽃잎 흩날리는 것이다.
況是清明好天氣(거),　하물며 청명 시절이라 날씨 좋으니
不妨游衍莫忘歸.　돌아가는 것 잊지 말고 마음껏 나들이해도 무방하리.
　　　　　— 정백자(程伯子), 「郊行卽事」

11.16 사성을 번갈아 쓰는 것과 상미의 기피를 일종의 시율로 칠 수는 없을 것이다. 사성을 번갈아 쓰는 것은 몇몇 시인들의 창작 취향으로 인정할 수 있을 뿐이고, 상미의 기피는 기껏해야 기교상 주의해야 할 점으로 인정할 수 있을 뿐이다. 전하는 바에 의하면 '상미'는 심약(沈約)의 이른바 '팔병(八病)'의 하나라고 하지만 당시의 '상미'는 아마도 본 절에서 서술한 의미와 근본적으로 다를 것이다. 『시격(詩格)』에서는 "상미는 제5자와 제10자의 성조가 같은 것을 말한다"라고 하였다. 고시는 평성운의 사용으로 제한되어 있지 않고, 출구도 측각의 사용으로 제한되

---

287) '在'는 '存在'의 뜻으로 쓰일 때 上聲(10) '賄'운에 속한다.

어 있지 않았기 때문에 오언시의 경우 제5자와 제10자가 같은 성조일 가능성이 있다. 만약 이 견해에 따른다면 다음에 열거한 고시십구수의 구는 상미로 인정할 수 있을 것이다.

令德唱高言(평),
識曲聽其眞(평).
훌륭한 덕을 노래한 말씀
아는 이는 그 진리를 듣는다.

—「今日良宴會」

昔爲倡家女(상),
今爲蕩子婦(상).
옛날엔 妓樓의 여인
지금은 탕자의 아내.

—「靑靑河畔草」

人生忽如寄(거),
壽無金石固(거).
인생이란 덧없는 더부살이와 같은 것
수명이 무쇠나 바위처럼 영구하지 않다.

—「驅車上東門」

洛中何鬱鬱(입),
冠帶自相索(입)!
낙양성 안은 어찌나 사람이 많은지
모자와 허리띠가 제풀에 서로 걸린다.

—「靑靑陵上栢」

고시십구수는 오언시의 모범이므로 심약이 이들의 형식을 배척하는 규율을 규정하지는 않았을 것이다. 그러나 이러한 견해에 따른다면 현재의 이른바 '상미'와 심약의 '상미' 사이에 오히려 약간의 닮은 점이 있다. 왜냐하면 둘 다 구각(句脚) 성조의 상동(相同)을 지적하는 데 중점을 두고 있기 때문이다. 다만 근체시의 출구는 측각의 사용으로 제한되어 있고 대구는 평각의 사용으로 제한되어 있어서 수구에 운을 다는 경우 외에는 본래 서로 같을 가능성이 없기 때문에 자연히 "제5자와 제15자의 성조가 같은 것"을 상미로 여기게 되었을 것이다.

제12절 성조의 변별

12.1 당대에는 평·상·거·입의 네 가지 성조가 있었다. 현재 각 지방의 방언은 성조의 가지 수가 일치하지 않지만 한 가지 같은 점이 있는데, 그것은 평성이 이미 음평(陰平)과 양평(陽平)으로 분화된 것이다. 예를 들어 '通'은 음평이고, '同'은 양평이다. 음평과 양평을 상평(上平)과 하평(下平)으로 칭하는 사람도 있는데, 이것과 시운(詩韻)의 상평성(上平聲)·하평성(下平聲)을 혼동해서는 안 된다. 왜냐하면 상평성은 '평성상권(平聲上卷)'의 뜻이고 하평성은 '평성하권(平聲下卷)'의 뜻일 뿐이기 때문이다. 오(吳)·민(閩)·월(粵) 등지의 방언에서는 상·거·입 세 성조도 왕왕 각자 분화되어 음상(陰上)·양상(陽上)·음거(陰去)·양거(陽去)·음입(陰入)·양입(陽入)으로 되었다.[288] 예를 들어 '統'은 음상이고 '動'은 양상이며, '痛'은 음거이고 '洞'은 양거이며, '禿'은 음입이고 '毒'은 양입이다.

---

288) 중국 고대의 平·上·去·入 四聲이 聲母 淸濁의 영향을 받아 聲調가 分化되어 淸聲母의 字는 陰調를 띠게 되었고, 濁聲母의 字는 陽調를 띠게 되었다. 참고로 중국어의 輔音(子音)을 발음할 때 聲帶의 진동을 동반하지 않는 것을 淸音이라고 하고, 성대의 진동을 동반하는 것을 濁音이라고 한다.

12.2 근체시 연구자는 성조의 음양에 대해서는 이해할 필요가 전혀 없고 사성을 구별할 줄 알면 된다. 그러나 사성의 구별도 쉽지 않다. 왜냐하면 당대의 사성을 구별할 줄 알아야 당시를 이해할 수 있기 때문이다. 또한 문언시를 지을 때에도 당대의 사성에 의거하지 않으면 안 된다. 현재 중국 각지의 중국어 방언 중에서 당대의 사성과 완전히 부합하는 성조 계통을 지닌 것은 거의 하나도 없다. 그 중에서도 가장 부합하지 않는 것이 보통화(普通話)이다. 왜냐하면 북방화(北方話)에서는 입성이 이미 평·상·거 세 성조로 들어가 버렸기 때문이다. 예를 들어 북경에서는 '七'과 '妻'가 동음(同音)이고, '石'과 '時'가 동음이고, '尺'과 '恥'가 동음이고, '翼'과 '異'가 동음이다. 서남관화(西南官話)에서는 입성이 이미 양평으로 들어갔다. 예를 들어 '七'과 '齊'가 동음이고, '石'과 '時'가 동음이고, '尺'과 '遲'가 동음이고, '翼'과 '移'가 동음이다. 이런 관계로 북방화 구역 사람들이 입성을 구별해내려면 암기하는 방법밖에 없다.

12.3 오(吳)·민(閩)·월(粤)·상(湘)·객가(客家) 등의 방언은 사성을 구비하고 있지만 각 글자 모두가 당대의 성조에 부합하는 것은 아니다. 그 중 가장 현저한 점은 일부 양상의 글자가 양거로 변한 것이다. 북방화 구역에서도 이 종류의 글자들을 모두 거성으로 읽는다. 따라서 우리가 당시를 읽을 때 이 글자들을 모두 상성으로 돌려보내야 곳곳이 조화를 이룰 수 있다. 다음에 상성에서 거성으로 변한 글자 중에서 비교적 상용되는 글자들을 들어보겠다.

(甲) 절강(浙江)의 몇몇 방언을 제외하고는 거의 전국에서 거성으로 읽는 것.

奉 項 氏 跪 視 似 祀 峙 士 仕 俟 叙 序 緒 聚 父 竪 杜 部 陛 殆 待 怠
盡 盾 愼 但 限 棧 善 件 辯 辨 篆 肇 趙 兆 皓 浩 道 稻 墮 惰 丈 杖 蕩
瀁 杏 幸 幷 負 阜 紂 受 綬 壽(또한 去聲) 後 后 甚 儉 漸 范 範 犯

(乙) 절강의 몇몇 방언 외에 월(粵) 방언에서도 아직 거성으로 읽고 있지 않는 것.

動 重 是 妓 技 婢 市 恃 巨 拒 炬 柱 簿 戶 扈 滬 弟 駭 亥 罪 倍 在 腎 近 旱 緩 斷('絶'의 뜻일 때) 紹 抱 造 禍 坐 社 靜 靖 婦 厚 朕 淡

12.4 본래 근체시를 연구하는 데는 평측을 구별할 줄 알면 그것으로 충분하고 측성자를 다시 상·거·입으로 구별할 필요는 없다. 그러나 측운의 근체시는 상·거·입을 구별해야 한다. 왜냐하면 상성과 거성은 원칙적으로 통압할 수 없고, 더구나 이 둘과 입성은 절대로 상통하지 않는다. 그리고 앞 절에서 언급한 상미(上尾)도 상·거·입 세 성조에 정통하지 않은 사람은 이해할 수 없다. 또한 다음 장에서 고체시를 서술할 때 적지 않은 측운시를 언급할 것이므로 여기서 상·거·입 세 성조를 명확하게 변별하여 다음 장에서 다시 언급하지 않도록 할 필요가 있다.

12.5 글자에 따라서는 당대(唐代)의 성조와 육조(六朝) 이전의 성조가 약간 다른 경우가 있다.[289] 예를 들어 '濟'자는 육조 이전에는 상성으로

---

289) 『叢殘小語』에서 말했다: "시에는 字音의 평측을 借讀하는 경우가 있어서 前人이 사용했던 것이면 그것을 근거로 삼아 운율을 맞출 수 있다. 이제 내가 본 것을 적어보겠다. 杜牧詩: '南朝四百八十寺'(이것은 丑類特殊形式이다─왕력 주), 白居易詩: '紅欄三百九十橋'에서 '十'자는 평성으로 읽는다. 姚合詩: '每月請錢共客分', 白居易詩: '請錢不早朝'('請'자를 평성으로 읽지 않으면 고평을 범하게 된다─왕력 주), '紅樓住請銀鎗', '當時綺季不請錢'에서 '請'자는 평성으로 읽는다. 包佶詩: '曉漱瓊膏冰齒寒'에서 '冰'자는 거성으로 읽는다. 武元衡詩: '惟有白須張司馬, 不言名利尙相從', 白居易詩: '四十著緋軍司馬, 男兒官職未蹉跎', '一爲軍司馬, 三見歲重陽'에서 '司'자는 거성으로 읽는다. (原注: 『容齋隨筆』은 입성으로 읽었고, 『野客叢談』은 『集韻』에 의거하여 거성으로 하였다.) 盧綸詩: '人主人臣是親家'에서 '親'은 거성으로 읽는다. 陸龜蒙詩: '莫把榮枯異, 但知上下包'('但'자를 측성으로 읽으면 孤平을 범하게 된다. 다음 徐鉉詩에서의 '但'도 마찬가지이다─왕력 주), '得失任渠但取樂, 不曾生個是非心', 徐鉉詩: '莫折紅芳樹, 但知盡意看'에서 '但'자는 평성으로 읽는다. 杜甫詩: '恰似東風相欺得(이것은 子類特殊形式 仄仄平平仄平仄이다─왕력 주), 夜來吹折數枝花', 白居易詩: '爲問長安月, 誰敎不相離'에서 '相'자는 입성(거성일 것이다─왕력 주)으로 읽는다. 王建詩: '綠窓紅燈酒初醒'에서 '燈'자는 거성으로 읽는다. 杜甫詩: '會須上番看

만 읽었는데 당 이후에는 상성과 거성을 겸하여 읽었고, '嘆'·'看'·'過'('經過'의 뜻일 때)·'望'('觀望'의 뜻일 때)은 본래 평성뿐이었는데 당 이후에는 거성과 겸하여 읽었다. 현대의 성조(調類290)를 가리킴)는 보통화에 입성이 없고 양상(陽上)의 일부가 양거(陽去)로 혼입된 것을 제외하면 대체로 당대와 같다고 할 수 있다. 여기에도 극소수의 예외가 있긴 하다. 예를 들어 '跳'자는 본래 평성자였는데(두보, 「暫如臨邑」: "鼉吼風奔浪, 魚跳日映山."291)) 현재는 대략 전국 모두에서 거성으로 읽는다. (다만 오어(吳語) '跳蝨(벼룩)'의 '跳'는 여전히 '條'처럼 양평(陽平)으로 읽는다.) 또 '館'자와 '訪'자는 본래 거성에 속했는데, 현재는 모두가 상성으로 읽는다.

12.6 이제 평성과 측성의 구별을 전문적으로 논해보자. 어떤 글자들은 평성과 측성 두 가지 독음(讀音)이 있다. 평성과 측성 두 가지 독음을 지닌 글자들은 다시 대략 두 가지로 구분할 수 있다. (1) 비록 평성과 측성 두 가지 독음을 지니고 있지만 뜻이 변하지 않는 것. 이것은 대략 원래는 평성으로 읽었지만 나중에 구어에서 측성으로 변했는데도(또는

成竹', 獨孤及詩 : '舊日霜毛一番新'에서 '番'자는 거성으로 읽는다. 李商隱詩 : '可惜前朝元菟郡'에서 '菟'자는 거성으로 읽는다. 白居易詩 : '燭淚黏盤累蒲萄', '燕姬酌蒲萄'에서 '蒲'자는 입성으로 읽는다. 李群玉詩 : '紅芳點袈裟'에서 '袈'자는 거성으로 읽는다. 白居易詩 : '金屑琵琶槽', '四弦不似琵琶聲', 張祜詩 : '宮樓一曲琵琶聲', 方干詩 : '語慚不及琵琶槽'에서 '琵'자는 입성으로 읽는다. 獨孤及詩 : '徒言漢水才容刀'에서 '才'자는 거성으로 읽는다. 白居易詩 : '況對東溪野枇杷', 張祜詩 : '生摘枇杷酸'에서 '枇'자는 입성으로 읽는다. 白居易詩 : '金杯翻汚麒麟袍', 李賀詩 : '銀鞴刺麒麟', 李山甫詩 : '志公偏愛麒麟兒'에서 '麒'자는 거성으로 읽는다. 白居易詩 : '三年隨例未量移'에서 '量'자는 평성으로 읽는다. 蘇軾詩 : '聞道已許談其粗', '寂寞閑窗易粗通'에서 '粗'자는 상성으로 읽는다. 陶谷詩 : '尖檐帽子卑凡廝, 短靿靴兒末厭兵'에서 '廝'자는 입성으로 읽는다. 지금 북방에서는 '親家'의 '親'을 거성으로 읽고, 나의 吳 지역에서는 '蒲萄'의 '蒲'와 '枇杷'의 '枇'를 입성으로 읽는다('琵琶'의 '琵'도 입성으로 읽는다—왕력 주). 시인들이 모두 방언을 운율에 넣었기 때문에 四聲이 마침내 定位가 없게 되었다." 《附註二十一》

290) '調類'는 성조의 종류를 가리킨다. 이를테면 唐代의 調類는 平聲·上聲·去聲·入聲의 네 가지이고, 普通話의 調類는 陽平·陰平·上聲·去聲·輕聲의 다섯 가지이다.

291) 이 두 구의 평측은 "仄仄平平仄, 平平仄仄平"이다. 만약 '跳'가 측성이라면 율시의 평측규율에 맞지 않게 된다.

측성과 겸하여 읽게 되었는데도) 시인들이 시를 읊을 때는 오히려 고대의 독법이나 당시의 독법을 임의로 사용하였기 때문이다. (2) 글자는 하나지만 평성이 나타내는 뜻과 측성이 나타내는 뜻이 다른 것. 이것은 대략 육조 이래 지식인들이 성조를 다르게 함으로써 상이한 의미를 나타내기를 좋아했기 때문인데, 가장 중요한 것은 그렇게 함으로써 서로 다른 품사적 성질을 표시한 것이다. 예를 들어 동사로 사용하면 평성으로 읽고, 명사로 사용하면 거성으로 읽는 등등이다. 일부의 글자는 당시에서 성조상의 차이가 그다지 크게 드러나지 않는다. 예를 들어 '食'자는 '飮食'의 뜻일 때 입성으로 읽고 '飼'의 뜻일 때 거성으로 읽는다. '女'와 '語'는 명사일 때 상성으로 읽고 동사일 때 거성으로 읽는다. '善'자는 형용사일 때 상성으로 읽고 동사일 때 거성으로 읽는다. '去'자는 '除去'의 뜻일 때 상성으로 읽고 '離去(떠나가다)'의 뜻일 때 거성으로 읽는다는 등등이다. 그러나 다른 일부의 글자들은 시구에서 그 차이가 분명하여 평성으로 읽어야 할 때 측성으로 읽을 수 없고 측성으로 읽어야 할 때 평성으로 읽을 수 없다.292) 이제 그 각각의 예를 들어보면 다음과 같다.

---

292) 그러나 예외도 있다. 때로는 의미에 따르면 평성으로 읽어야 하는데 시에서는 측성으로 읽거나, 의미에 따르면 측성으로 읽어야 하는데 시에서는 평성으로 읽는 경우가 있다. 예를 들어 杜甫「陪李北海宴歷下亭」: "貴賤俱物役, 從公難重過"에 대해 仇兆鰲註에서 "'重'은 의미에 따르면 평성인데 거성으로 읽는다"라고 하였다. (이 설은 확실하지 않다.『廣韻』'用'韻에 "重은 다시 하는 것이다"라고 하였으니, 바로 거성으로 읽었다.)「陪李金吾花下飮」: "細草偏稱坐, 香醪懶再沽"에 대해 仇兆鰲註에서 "'稱'은 의미에 따르면 거성인데 평성으로 읽는다"라고 하였다.「大曆三年春白帝城放船」: "廷爭酬造化, 樸直乞江湖"에 대해 仇兆鰲註에서 "'爭'은 의미에 따르면 거성인데 평성으로 읽는다"라고 하였다.

때로는 의미에 따르면 상성으로 읽어야 하는데 시에서는 거성으로 읽거나, 의미에 따르면 거성으로 읽어야 하는데 시에서는 상성으로 읽는 경우가 있다. 仇兆鰲는『杜詩詳注』에서 林時對의 말을 인용하여 "古文의 用字는 의미에 따라 독음을 정하여 上下의 '下'는 상성이지만 禮馬下士의 '下'는 거성이다. 杜甫詩:'廣文到官舍, 係馬堂階下', '朝來少試華軒下, 未覺千金滿高價'는 상성을 빌려 거성으로 삼은 것이다. 王維詩:'公子爲嬴停駟馬, 執轡愈恭意愈下'는 거성을 빌려 상성으로 삼은 것이다. 이런 부류가 적지 않아 변별하지 않을 수 없다"라고 하였다. ≪附註二十二≫

12.7 (1) 평성과 측성 두 가지로 읽을 수 있지만 의미가 변하지 않는 것.

(看)·평성의 경우

向國惟看日,　　측측평평측
歸帆但信風.　　평평측측평
일본으로 향할 때 오직 태양을 보고
돌아가는 배는 다만 바람을 믿는다.

— 왕유, 「送秘書晁監還日本國」

·측성(去)의 경우

不嫌野外無供給,　　측평측측평평측
乘興還來看藥欄.　　평측평평측측평
야외에 드릴 것이 없음을 마다하지 않으면
흥을 타고 다시 와서 약초밭을 보시구려.

— 두보, 「有客」293)

(過)·평성의 경우

五歲過人智,　　측측평평측
三天使鶴催.　　평평측측평
다섯 살에 보통 사람의 지혜를 넘어섰고
삼 일에 학으로 하여금 재촉하게 하였다.

— 왕유, 「恭懿太子挽歌」

鴻雁不堪愁裏聽,　　평측측평평측측294)
雲山況是客中過!　　평평측측측평평

---

293) 이 시의 제목이 일반적으로는 「賓至」라고 되어 있다.
294) 텍스트에는 '裏'가 '里'로 되어 있는데, 誤字이다. 또한 '聽'은 여기서 去聲(25) '徑'
운에 속하여 측성자로 사용되었다.

기러기 소리를 슬픔 속에 들을 수 없는데
구름 산이 하물며 나그네 길에 지나감에랴!

— 이기(李頎), 「送魏萬之京」

・측성(去)의 경우

春蕪生楚國,　　평평평측측
古樹過隋朝.　　측측측평평

봄풀이 초나라에 돋아나고
古樹는 수 왕조를 지나왔다.

— 유장경(劉長卿), 「登遷仁樓酬子壻李穆」

涼風新過雁,　　평평평측측
秋雨欲生魚.　　평측측평평

서늘한 바람에 새로 기러기 지나가고
가을비에 물고기 생겨나려고 한다.

— 두보, 「得家書」

(그러나 '과실(過失)'의 뜻일 때는 반드시 거성으로 읽어야 하며, 평성으로 읽
을 수 없다.)

(望)・평성의 경우

諸侯春不貢,　　평평평측측
使者日相望.　　측측측평평

제후들이 봄에 공물을 바치지 않아서
사자들이 잇달아 서로를 바라보게 한다.

— 두보, 「有感五首」(제2수)

鴛鷺差池出建章,　　평측평평측측평
綵旗朱戶蔚相望.　　측평평측측평평

朝官의 행렬이 들쭉날쭉 建章宮에서 나오고
채색 깃발과 붉은 대문이 서로 바라보인다.
　　— 유우석, 「朗州竇員外見示澧州元郎中郡齋贈答長句二篇因而繼和」

紅樓隔雨相望冷,　　평평측측평평측
珠箔飄燈獨自歸.　　평측평평측측평
비 내리는 저쪽의 붉은 누각 바라보지만 사람 없어
주렴처럼 내리는 빗속에 등불 들고 혼자 돌아온다.
　　　　　　　　　　　　　　— 이상은(李商隱), 「春雨」

• 측성(去)의 경우

終日政聲長獨坐,　　평측측평평측측
開門唯望浙江潮.　　평평평측측평평
종일토록 政事堂의 소리 들으며 홀로 앉아 있다가
문을 열고 다만 절강의 조수를 바라본다.
　　　　　　　　　　　　　　— 장적(張籍), 「贈李杭州」

(그러나 '聲望(명망)'의 의미일 때는 반드시 거성으로 읽는다.)

自古相門還出相,　　측측측평평측측
如今人望在巖廊.　　평평평측측평평
자고로 재상의 가문에서 다시 재상이 나오고
지금은 인망이 廟堂과 朝廷에 있다.
　　　　　　　　　　　　　　— 유우석(劉禹錫), 「送李尙書鎭滑州」

(忘) • 평성의 경우

物情尤可見,　　측평평측측
辭客未能忘.　　평측측평평
물정을 더욱 볼 수 있어서

시인을 잊을 수 없다.

─두보, 「寄彭州高十五」

• 측성(去)의 경우

更尋嘉樹傳,　　측평평측측
不忘角弓詩.　　측측측평평
다시 嘉樹의 이야기 있는 左傳을 찾아보고
角弓의 시를 잊지 못한다.

─두보, 「冬日有懷李白」

猶聞蜀父老,　　평평측측측
不忘舜謳歌.　　측측측평평
나는 또한 들었다 촉의 노인들이
순임금의 南風歌를 잊지 못한다고

─두보, 「懷錦水居止二首」(제1수)

(聽) • 평성의 경우

儻憶山陽會,　　측측평평측
悲歌在一聽.　　평평측측평
만약 산양에서 모였던 일을 기억한다면
슬픈 노래는 한번 들어줌에 있답니다.

─두보, 「贈翰林張四學士垍」

• 측성(去)의 경우

海色晴看雨,　　측측평평측
江聲夜聽潮.　　평평측측평
바다는 개었는데 비를 보고
밤에 강의 조수 소리 듣는다.

─조영(祖詠), 「江南旅情」

(그러나 '聽從(따르다, 복종하다)'의 의미일 때는 반드시 거성으로 읽는다—
역주)

(醒)·평성의 경우

酒醒思臥簟,   측평평측측
衣冷欲裝緜.   평측측평평
술이 깨니 대자리에 눕고 싶고
옷이 차가우니 햇솜을 넣고 싶다.

— 두보, 「陪鄭廣文遊何將軍山林」

·측성(上去)의 경우

野樹欹還倚,   측측평평측
秋砧醒却聞.   평평측측평
병들어 그저 들판 나무에 기대어 있고
술이 깬 후 들리는 건 가을 다듬이 소리.

— 두보, 「九日四首」(제3수)

12.8 (2) 평성이 나타내는 의미와 측성이 나타내는 의미가 다른 것.

(中)·평성의 경우: '가운데', '안'의 뜻이다.

今日與君臨水別,   평측측평평측측
可憐春盡宋亭中.   측평평측측평평
오늘 그대와 물가에 임해 이별하려니
宋亭 안에 봄빛 다한 것이 안타깝구나.

— 원진(元稹), 「送孫勝」

·측성(去)의 경우: 적중하다. 동사이며 주로 인신의(引申義)로 쓰인다.

思飄雲物外,　　측평평측측
律中鬼神驚.　　측측측평평

생각이 구름 밖으로 날아오르고
운율이 들어맞아 귀신이 놀랐다.

—두보,「敬贈鄭諫議十韻」

(重)・평성의 경우: '거듭', '중첩'의 뜻이다.

能事聞重譯,　　평측평평측
嘉謨及遠黎.　　평평측측평

능한 일은 거듭 통역해야 하는 곳에도 알려지고
훌륭한 계책은 먼 곳의 백성들에게도 미쳤다.

—두보,「奉贈太常張卿垍二十韻」

淹留迷處所,　　평평평측측
巖岫幾重花.　　평측측평평

오랫동안 머물러 있으니 장소에 흘렸는데
암혈에는 꽃들이 몇 겹으로 피어 있다.

—장손정은(長孫正隱),「晦日宴高氏林亭」

・측성의 경우: ① 상성이면 '무겁다'는 뜻으로 형용사이다.

露重飛難進,　　측측평평측
風多響易沈.　　평평측측평

이슬 무거워 이제는 날 수도 없는 신세
바람이 거세어 소리조차 잦아든다.

—낙빈왕(駱賓王),「在獄詠蟬」

② 거성이면 '매우'・'더욱'의 뜻으로 부사이다.

清流宜映月,　　평평평측측

今夜重吟看.　　평측측평평
물이 맑아 달빛 곱게 비치니
오늘밤은 더욱 읊으며 보리.

— 백거이, 「渡淮」

(雍)·평성의 경우 : '온화하다'는 뜻이다. 예를 들지 않는다.

·측성(上)의 경우 : 주(州) 이름이다.

從知爽鳩樂,　　평평측평측
莫作**雍**門哀.　　측측측평평
전부터 爽鳩氏의 음악을 알았으니
雍門子周의 슬픈 음악을 짓지 말라.

— 주희(朱熹), 「登定王臺」

(從)·평성의 경우 : '비롯하다'는 뜻으로 동사이다.

聲名**從**此大,　　평평평측측
泪沒一朝伸.　　측측측평평
명성은 거기서 비롯하여 커졌고
한참을 침잠해 있다가 하루아침에 몸을 폈다.

— 두보, 「寄李十二白二十韻」

·측성(去)의 경우 : '侍從'의 뜻으로 명사이다.

輔嗣外生還解易,　　측측측평평측측
惠連群**從**總能詩.　　측평평측측평평
王弼과 같은 생질들은 또한 易經을 이해하고
謝惠連과 같은 사촌들은 모두 시에 능하다.

— 이가우(李嘉祐), 「與從弟正字宴」

安邊仍扈從,　평평평측측
莫作後功名.　측측측평평
변경을 안정시키고 다시 황제의 시종이 되셔서
공명을 뒤로 미루는 일일랑 하지 마소서.
　　　　　　　　—두보, 「奉送郭中丞兼太僕卿充隴右節度使三十韻」

　• 그러나 명사로 사용된 '從'이 어쩌다 평성이 되기도 한다.

禁掖朋從改,　평측평평측
微班性命全.　평평측측평
궁정의 친구 시종들이 바뀌었는데
나는 관직이 낮아 목숨을 보전했다.
　　　　　　　　—두보, 「寄岳州賈司馬六丈巴州嚴八使君兩閣老五十韻」

(供)•평성의 경우 : '공급'•'제공'의 뜻이다.

歲時供放逐,　측평평측측
身世付空虛.　평측측평평
쫓겨난 사람에게 제공되는 것은 세월
신세는 마냥 공허하기만 하다.
　　　　　　　　—포길(包佶), 「嶺下臥疾」

　• 측성(去)의 경우 : '진열하다', '배치하다'의 뜻이다.

腹飽山僧供,　측측평평측
頭輕侍婢梳.　평평측측평
산승이 진열해놓으니 배가 부르고
侍婢가 빗겨주니 머리가 가볍다.

　　　　　　　　—포길, 「尙書宗兄使過」

(離)·**평성의 경우** : '이별'의 뜻이다. 예를 들지 않는다.

　·**측성(去)의 경우** : '떠나다', '버리다'의 뜻이다.

放逐寧違性,　　측측평평측
虛空不離禪.　　평평측측평
쫓겨난 것이 어찌 심성을 위배한 것이겠는가?
텅 빈 황야에서도 참선을 그만두지 않는다.
　　　　　　　　　　　　　　　—두보, 「宿贊公房」

(吹)·**평성의 경우** : '(입으로) 불다'는 뜻으로 동사이다.

山路時吹角,　　평측평평측
那堪處處聞.　　측평측측평
산길에서 수시로 뿔피리를 부니
곳곳에서 들리는 것을 어찌 견디나?
　　　　　　　　　　　　　—두보, 「留別賈嚴二閣老」

　·**측성(去)의 경우** : '악곡의 소리', '악대(樂隊)'의 뜻으로 명사이다.

晚來橫吹好,　　측평평측측
泓下亦龍吟.　　평측측평평
저녁이 되어 胡樂의 악곡 소리 좋으니
깊은 물밑에서 용도 또한 소리를 낸다.
　　　　　　　　—두보, 「劉九法曹鄭瑕邱石門宴集」

龍鑣天路遠,　　평평평측측
騎吹禮容全.　　평측측평평
용을 몰고 가도 하늘 길은 먼데
말을 탄 악대의 예절의식 완전하다.
　　　　—유우석, 「文宗元聖昭獻孝皇帝挽歌三首」(제3수)

(騎)‧평성의 경우 : ‘말을 타다’는 뜻으로 동사이다.

殘席喧嘩散,　　평측평평측
歸鞍酩酊騎.　　평평측측평
왁자지껄 떠들며 술자리를 마치고
크게 취하여 돌아가는 말에 오른다.

　　　　　　　　　— 백거이, 「代書詩一百韻寄微之」

‧측성(去)의 경우 : ‘수레와 말’의 뜻으로 명사이다.

坐看南陌騎,　　측평평측측
下聽秦城雞.　　측측평평평
앉아서 남쪽 길의 수레와 말을 보고
내려와 진성의 닭 울음소리 듣는다.

　　　　　　　　　— 왕유, 「靑龍寺曇璧上人兄院集」

藜杖懶迎征騎客,　　평측측평평측측
菊花能醉去官人.　　측평평측측평평
명아주 지팡이는 말 타고 온 객을 반갑게 맞지 않고
국화주는 관직 떠난 사람을 취하게 한다.

　　　　　　　　　— 유장경, 「酬屈突陝」

(爲)‧평성의 경우 : ‘하다’, ‘되다’는 뜻으로 동사이다.

丞相今爲郡,　　평측평평측
應無勞者歌.　　평평측측평295)
승상께서 이제 군수가 되셨으니
응당 위로자의 노래가 없을 것이다.

　　　　　　　　　— 이가우(李嘉祐), 「送岳州司馬弟之任」

---

295) ‘勞’가 ‘위로하다’의 뜻으로 사용되면 去聲(20) ‘號’운에 속한다.

• **측성(去)의 경우** : '때문에', '위하여'의 뜻으로 부사이다.

高情同客醉,　　평평평측측
子夜爲人長.　　측측측평평
깊은 정에 나그네와 함께 취하고
한밤중은 사람 때문에 길다.

　　　　　　　　　　　　　　—이가우, 「冬夜餞相公五叔」

自鋤稀菜甲,　　측평평측측
小摘爲情親.　　측측측평평
직접 가꾼 채소가 드문드문 새 잎이 나왔는데
절친한 손을 위하여 적으나마 땄다.

　　　　　　　　　　　　　　—두보, 「賓至」296)

客愁全爲減,　　측평평측측
捨此復何之?　　측측측평평
客愁가 전적으로 이 때문에 줄었는데
이를 버리면 다시 어디로 가나?

　　　　　　　　　　　　　　—두보, 「後遊」

(施) • 평성의 경우 : '시행'의 뜻이다.

幄幕侵堤布,　　측측평평측
盤筵占地施.　　평평측측평
방죽을 침범하여 천막을 치고
땅을 차지하여 대자리를 깐다.

　　　　　　　　　　　　　　—백거이, 「代書詩一百韻寄微之」

• **측성(去)의 경우** : '베풀다', '회사하다'의 뜻이다.

---

296) 일반적으로는 이 시의 제목이 「有客」으로 되어 있다.

上人飛錫杖,　　측평평측측
檀越施金錢.　　평측측평평
스님은 禪杖을 짚고 허공을 날고
시주는 금전을 희사한다.

— 왕유,「過盧四員外宅看飯僧共題」

石臺置香飯,　　측평측평측
齋後施諸禽.　　평측측평평
오석대에는 향긋한 밥상을 차려놓고
방 뒤에는 여러 마리 새를 풀었다.

— 이기(李頎),「覺公院施鳥石臺」

(治)·평성의 경우 : 동사로 사용된다.

嬾鑷從鬢白,　　평측평평측
休治任眼昏.　　평평측측평
흰 수염 뽑는 것을 게을리 하고
눈이 어두워도 치료하지 않는다.

— 백거이,「晚出西郊」

信美難久佇,　　측측평측측
歸歟從所治.　　평평평측평297)
참으로 아름답지만 오래 서 있을 수 없으니
돌아가 내가 공부하던 바를 따르련다.

— 진관(秦觀),「春日雜興十首」(제6수)298)

·측성(去)의 경우 : 형용사로 사용된다. 예를 들지 않는다.

---

297) 텍스트에는 '所'가 '此'로 되어 있는데, 誤字이다.
298) 이 시가 『淮海集箋注』에는 古詩로 분류되어 있다.

(思)·평성의 경우: 동사로 사용된다.

漢皇思舊邑,　　측평평측측
秦地作新豊.　　평측측평평
한나라 황제는 옛 읍이 그리워서
진 땅에다 신풍읍을 세웠다.

— 저광희(儲光羲), 「新豊作」

·측성(去)의 경우: 명사로 사용된다.

忽聞歌古調,　　측평평측측
歸思欲霑巾.　　평측측평평
갑자기 옛 가락의 노래가 들리니
고향 생각에 눈물이 수건을 적시려 한다.

— 두심언(杜審言), 「和晋陵陸丞早春游望」

風流與才思,　　평평측평측
俱似晋時人.　　측측측평평
풍류와 재능과 사상이
모두 진나라 사람 같다.

— 이가우(李嘉祐), 「送杜士瞻」

秋思抛雲髻,　　평측평평측
腰支勝寶衣.　　평평평측평
심정 처량하여 쪽진 머리 흐트러지고
허리 가늘어 옷을 지탱하지 못한다.

— 두보, 「卽事」

('思'자는 동사일 경우 평성으로 쓰는 것이 정격이고, 명사일 경우 측성으로 쓰는 것이 정격이다. 동사인데 측성으로 쓰거나 명사인데 평성으로 쓰는 것은 모두 예외로 인정해야 한다. 예외는 만당 이후에 나타났다. 예를 들어 吳融, 「

秋日經別墅」: "不勞芳草思王孫(노고 없는 방초가 왕손을 생각한다)"의 평측은 "측평평측측평평"으로 '思'가 동사로 사용되었는데도 측성이다.)

(衣)·평성의 경우 : '의복'의 뜻으로 명사이다. 예를 들지 않는다.

  ·측성(去)의 경우 : '옷을 입다'는 뜻으로 동사이다.

地偏初衣袂,　　측평평측측
山擁更登危.　　평측측평평
외진 곳이라 처음으로 겹옷을 입었고
겹겹 두른 산이라 더욱 높은 곳으로 올랐다.
　　　　　　　　　　—두보, 「雲安九日鄭十八携酒陪諸公宴」

(汙)·평성의 경우 : '더러운 것'의 뜻으로 명사이다. 예를 들지 않는다.

  ·측성(去)의 경우 : '더럽히다', '물들이다'의 뜻이다.

塵汙腰間青鞶綬,　　평측평평평측측
風飄掌上紫遊韁.　　평평측측측평평
먼지가 허리춤의 푸른 인끈을 더럽히고
바람에 손 안의 자주 빛 고삐가 흔들린다.
　　　　　　　　　—유우석, 「秘書崔少監見示墜馬長句因而和之」

(疏)·평성의 경우 : '성기다'는 뜻으로 형용사이다. 당시에서는 주로 '疎'로 써서 명사의 '疏'와 구별하였다.

歲月青松老,　　측측평평측
風霜苦竹疎.　　평평측측평
세월에 푸른 소나무 늙고
바람과 서리에 참대 성기다.
　　　　　　　　　—맹호연(孟浩然), 「尋白鶴岩張子容隱居」

巡簷索共梅花笑,　　평평측측평평측
冷蕊**疏**枝半不禁.　　측측평평측측평
처마를 돌며 찾아서 매화와 함께 웃고
성긴 가지의 찬 꽃잎도 기쁨을 견디지 못한다.

　　　　　　　　— 두보, 「舍弟觀赴藍田取妻子到江陵喜寄三首」(제2수)

・측성(去)의 경우 : '주소(奏疏)'의 뜻으로 명사이다.

奉佛樓禪久,　　측측평평측
辭官上**疏**頻.　　평평측측평
부처를 모시며 禪房에 깃든 지 오래고
관직을 그만두고 소를 자주 올린다.

　　　　　　　　　　　　— 포길(包佶), 「客自江南話」

時應念舊疾,　　평평측측측
書**疏**及滄浪.　　평측측평평[299]
때때로 오랫동안 병들어 있는 나를 생각하고
나의 은거지에 서신 보내주게나.

　　　　　　　　　　— 두보, 「魏十四侍御就弊廬相別」

匡衡抗**疏**功名薄,　　평평측측평평측
劉向傳經心事違.　　평측평평평측평
광형처럼 소를 올렸지만 나의 공명은 박하고
유향처럼 경을 전하고 싶었지만 심사가 어긋났다.

　　　　　　　　　　　　— 두보, 「秋興八首」(제3수)

(分)・평성의 경우 : '갈라지다', '헤어지다'의 뜻으로 동사이다.

適賀一枝新,　　측측측평평
旋驚萬里**分**.　　평평측측평

---

299) '滄浪'의 '浪'은 下平聲(7) '陽'운에 속하여 평성이다.

마침 새 가지 하나를 축하하다가
이내 만 리 길 헤어짐에 놀란다.

― 유장경(劉長卿), 「送孫瑩」

·측성(去)의 경우 : '직분', '본분'의 뜻으로 명사이다. 또한 '추측하다'의 뜻으로 동사이다.

謬知終畫虎,　　측평평측측
微分是醯鷄.　　평측측평평
끝내 호랑이를 그리리라고 잘못 아셨으니
미천한 신분은 초파리였습니다.

― 두보, 「奉贈太常張卿垍二十韻」

不分桃花紅勝錦,　　측측평평평측측
生憎柳絮白於綿.　　평평측측측평평
뜻밖에도 복숭아꽃이 비단보다 더 붉고
얄밉게도 버들개지가 솜보다 더 희다.

― 두보, 「送路六侍御入朝」

(殷)·평성의 경우 : '부유하다', '크다'의 뜻이다. 예를 들지 않는다.

·측성(上)의 경우 : 우레 소리이다.

層閣憑雷殷,　　평측평평측
長空水面文.　　평평측측평
층층 누각에 기대서서 우레 소리를 듣고
끝없는 하늘 아래 수면의 물결을 바라본다.

― 두보, 「江閣對雨有懷行營裴二端公」

(聞) · **평성의 경우** : '듣다'의 뜻으로 동사이다.

岐王宅裏尋常見,　평평측측평평측
崔九堂前幾度聞.　평측평평측측평
기왕의 저택에서 자주 뵈었고
최구의 집 앞에서 여러 번 노래를 들었다.

— 두보, 「江南逢李龜年」

· **측성(去)의 경우** : '명예', '명성'의 뜻으로 명사이다.

家聲同令聞,　　평평평측측
時論以儒稱.　　평측측평평
우리 조부와 그대 조부의 명성이 함께
당시에 큰 학자로 일컬어졌었다.

— 두보, 「寄劉峽州伯華使君四十韻」

(論) · **평성의 경우** : '논하다'의 뜻으로 동사이다.

自有還丹術,　　측측평평측
時論太素初.　　평평측측평
스스로 연단술을 지니고 있고
때때로 천지의 시초를 논한다.

— 왕유, 「贈東嶽焦鍊師」

儻見主人論謫宦,　　측측측평평측측
爾來空有白頭吟.　　측평평측측평평[300]
만약 주인이 좌천된 신하를 논하는 걸 보거든
근래에 부질없이 「白頭吟」 읊고 있다 하시구려.

— 유장경, 「送宇文遷明府赴洪州張觀察追攝豐城令」

---

300) 텍스트에는 '白頭吟'이 '自頭吟'으로 되어 있는데, 誤字이다.

時危當雪恥,　　평평평측측
計大豈空論?　　측측측평평
시절이 위급하니 치욕을 씻어야 하고
계책이 크니 어찌 부질없이 논하리?

— 두보, 「建都」

 · **측성(去)의 경우** : '언론'의 뜻으로 명사이다.

時聞有餘論,　　평평측평측
未怪老夫潛.　　측측측평평
때때로 식견 있는 언론을 듣는데
아직 이 노부를 나무라지 않는다.

— 두보, 「晚晴」

(觀) · 평성의 경우 : '바라보다', '관찰하다'의 뜻으로 동사이다.

郡齋觀政日,　　측평평측측
人馬望鄉情.　　평측측평평
군청에서 정사를 보는 날
사람과 말이 고향을 바라는 마음.

— 이기(李頎), 「奉送漪叔」

 · **측성(去)의 경우** : '사관(寺觀)'의 뜻으로 명사이다.

聲連鳷鵲觀,　　평평평측측
色暗鳳凰原.　　측측측평평
지작관에 소리가 이어지고
봉황원에 빛이 어두워졌다.

— 왕유, 「和陳監四郎秋雨中思從弟據」

百花亭漫漫,　　측평평측측

一柱觀蒼蒼.　　측측측평평
백화정에는 꽃이 흐드러졌고
일주관은 나무 우거져 푸르다.

(冠)·평성의 경우 : '관', '모자'의 뜻으로 명사이다.

羞將短髮還吹帽,　　평평측측평평측
笑倩旁人爲正冠.　　측측평평측측평
머리 성글어 바람에 모자 날리면 민망하여
웃으며 옆 사람에게 모자를 제대로 씌워 달랜다.

—두보, 「九日藍田崔氏莊」

·측성(去)의 경우 : '으뜸가다'의 뜻으로 동사이다.

智謀垂睿想,　　측평평측측
出入冠諸公.　　측측측평평
지모는 황제께서 생각하시게 하니
출입함에 여러 공경들의 으뜸이다.

—두보, 「投贈哥舒開府翰二十韻」

(判)·평성의 경우 : 의미가 오늘날의 '拚(서슴없이 하다)'과 비슷하다. 자전(字典)과 운서(韻書)에는 '判'자에 평성을 기재하지 않았지만 당시에는 분명히 평성의 '判'자가 있다.

縱飮久判人共棄,　　측측측평평측측
嬾朝眞與世相違.　　평평평측측평평
흠뻑 마셔 사람들이 모두 싫어해도 서슴없어진지 오래고
조회 참석도 내키지 않아 참으로 세상물정과 어긋났다.

—두보, 「曲江對酒」

夜聞猛雨判花盡,　　측평측측평평측

寒戀重衾覺夢多.　　평측평평측측평

세차게 내리는 밤비에 꽃은 서슴없이 다 지려하고

추위에 겹이불 그리워 꿈에서 자주 깬다.

— 온정균(溫庭筠),「春日偶作」

　•측성(去)의 경우: '판별하다', '판단하다'의 뜻이다.

到此應常宿,　　측측평평측

相留可判年.　　평평측측평

이곳에 오면 장기간 묵어야 하는데

머무는 것이 한 해로 판별할 수 있다.

—두보,「重過何氏五首」(제5수)

　('判'이 '판별하다'의 뜻일 때는 평성으로 써서는 안 된다. 韋莊의「出關」:
"到處因循緣嗜酒, 一生惆悵爲判花(이르는 곳마다 어물쩍거리는 것은 술을 좋
아하기 때문이고, 일생동안 슬픈 것은 꽃을 판별하기 때문이다)"는 평측이 "측
측평평평측측, 측평평측측측평"이 되어 평측격식에 맞지 않는 것 같다.[301])

　(翰)•평성의 경우: '깃털', '날개'의 뜻이다.

愼爾參籌畵,　　측측평평측

從玆正羽翰.　　평평측측평

그대는 신중하게 계획에 참여하고

지금부터 날개를 바르게 하시구려.

—두보,「送楊六判官使西番」

　•측성(去)의 경우: '필묵', '문장'의 뜻이다.

---

301) 이 두 구는 평측의 정격이 "측측평평평측측(b), 평평측측측평평(A)"인데, 對句 제1자
와 제3자는 甲種 拗와 救로 보면 되지만 제6자는 응당 평성을 써야 하는데도 측성을
썼으므로 평측격식에 맞지 않는다고 말한 것이다.

縱使盧王操翰墨,　　측측평평평측측
劣於漢魏近風騷.　　측평측측측평평
설사 盧照隣·王勃 등이 글을 지은 것이
한·위의 시들이 風騷에 가까운 것보다 못하더라도
—두보, 「戲爲六絶句」(제3수)

(難)•평성의 경우 : '어렵다'의 뜻으로 형용사이다.

臥病荒郊遠,　　측측평평측
通行小徑難.　　평평측측평
멀리 황량한 교외에서 와병 중이라
작은 길을 통행하여 방문하기 어려웠다.
—두보, 「王竟攜酒高亦同過」

•**측성(去)의 경우** : '재난'의 뜻으로 명사이다.

胡羯何多難?　　평측평평측
漁樵寄此生!　　평평측측평
오랑캐들이 얼마나 많은 재난 일으켰는가?
어부와 나무꾼 되어 내 일생을 살아가리.
—두보, 「村夜」

(間)•**평성의 경우** : '중간', '가운데'의 뜻이다.

寒磬虛空裏,　　평측평평측
孤雲起滅間.　　평평측측평
차가운 경쇠소리는 허공에 울리고
외로운 구름은 생성과 소멸 사이에 있다.
— 황보증(皇甫曾), 「奉陪韋中丞」

•**측성(去)의 경우** : '틈', '간격'의 뜻이다.

異人應間出,　　측평평측측
爽氣必殊倫.　　측측측평평

특이한 사람이 응당 틈틈이 나오는 법이니
밝은 기상이 반드시 무리와 다를 것이다.

—두보,「奉贈鮮于京兆二十韻」

(先) · 평성의 경우 : 형용사 또는 부사로 사용된다. 예를 들지 않는다.

　· 측성(去)의 경우 : 부사로만 사용된다.

碧澗雖多雨,　　측측평평측
秋沙先少泥.　　평평측측평

푸른 시내에 비가 많이 내렸지만
가을 모래는 먼저 진흙을 줄인다.

—두보,「到村」

(燕) · 평성의 경우 : 지명(地名)이다.

亂麻屍積衛,　　측평평측측
破竹勢臨燕.　　측측측평평

엉클어진 삼처럼 衛州城 아래 시체가 쌓였고
파죽의 기세로 幽 · 燕 땅에 임박했다.

—두보,「寄岳州賈司馬六丈巴州嚴八使君兩閣老五十韻」

爲問元戎竇車騎,　　평측평평측평측
何時返旆勒燕然?　　평평측측측평평

총사령관 竇車騎에게 묻나니
언제 대장기를 되돌려 연연산에 공을 기록할까?

—유장경(劉長卿),「賦得」

　· 측성(去)의 경우 : '제비'의 뜻이다.

自去自來堂上燕,　　측측측평평측측
相親相近水中鷗.　　평평평측측평평
절로 왔다 절로 가는 것은 들보 위의 제비
서로 친해 가까이하는 것은 물 위의 갈매기.

— 두보, 「江村」

(扇)·평성의 경우: 동사로 사용된다.

同懷扇枕戀,　　평평평측측
獨念倚門愁.　　측측측평평
함께 베개를 부채질하는 그리움을 품고
홀로 걱정되어 문에 기대 슬픔에 잠긴다.

— 왕유, 「送崔三往密州覲省」

·측성(去)의 경우: 명사로 사용된다. 예를 들지 않는다.

(便)·평성의 경우: '안정'의 뜻이다.

不解謝公意,　　측측측평측
翻令靜者便.　　평평측측평
謝靈運 공의 뜻을 이해하지 못하고
오히려 고요한 것을 안정시켰다.

— 유장경, 「臥病喜田九見寄」

多病加淹泊,　　평측평평측
長吟阻靜便.　　평평측측평
다병한 몸이라 체류하는 시일을 증가시키고
장편의 시 읊기가 생활의 안정을 방해한다.

— 두보, 「寄岳州賈司馬六丈巴州嚴八使君兩閣老五十韻」

·**측성(去)의 경우** : '편리하다'의 뜻이다.

輕帆好去便,   평평측측측
吾道付滄洲.   평측측평평
수로가 편리하여 돛단배로 가기 좋으니
나의 갈 길은 신선이 사는 아름다운 곳.

— 두보, 「江漲」

('便'자를 '就'자로 풀이해도 去聲으로 읽는다. 嚴郾, 「賦百舌鳥」: "星未沒
河先報曉, 柳猶黏雪便迎春(별들이 강물에 가라앉기 전에 먼저 새벽을 알리고,
버들은 눈을 붙인 채 봄을 맞는다)"의 평측은 "평측측평평측측, 측평평측측평
평"이다.)

(扁)·**평성의 경우** : '편주(扁舟)'의 뜻으로 명사이다.

古岸扁舟晚,   측측평평측[302]
荒園一徑微.   평평측측평
오래된 물가에 조각배 늦었고
황량한 들에 길 하나 미세하다.

— 장호(張祜), 「晚夏歸別業」

·**측성(上)의 경우** : '납작하다', '편평하다'의 뜻으로 형용사이다.
예를 들지 않는다.

(傳)·**평성의 경우** : '전수하다', '전파하다'의 뜻으로 동사이다.

早聞詩句傳人徧,   측평평측평평측
新得科名到處閑.   평측평평측측평
일찍이 시구가 사람들에게 두루 전해졌다고 들었고

---

302) 텍스트에는 '古岸'이 '古岩'으로 되어 있는데, 誤字이다.

새로 과거의 명성을 얻어서 가는 곳마다 한가롭다.

— 장적(張籍), 「送施肩吾東歸」

•측성(去)의 경우 : '전기(傳記)'의 뜻으로 명사이다.

更尋嘉樹傳,　측평평측측
不忘角弓詩.　측측측평평
다시 嘉樹의 이야기 있는 左傳을 찾아보고
角弓의 시를 잊지 못한다.

— 두보, 「冬日有懷李白」

(旋)•평성의 경우 : '돌다'의 뜻으로 동사이다.

銅梁書遠及,　평평평측측
珠浦使將旋.　평측측평평
멀리서 서신이 銅梁山에 이르렀는데
珠浦의 사자는 곧 돌아갈 것이다.

— 두보, 「廣州段功曹到得楊五長史譚書功曹却歸聊寄此詩」

•측성(去)의 경우 : '즉시'의 뜻으로 부사이다.

林下期難遂,　평측평평측
人間事旋生.　평평측측평
숲 아래서는 기약을 이루기 어렵고
속세에서는 일이 즉시 일어난다.

— 유득인(劉得仁), 「冬夜寄白閣僧」

唯此宮中落旋乾.　평측평평측측평
오직 이 궁중에서는 떨어지면 즉시 마른다.

— 오융(吳融), 「華淸宮」

(일반 字典에는 '旋'자에 측성이 없다. 『廣韻』 거성에는 '旋'자가 있고 '遶 (두르다)'라고 풀이하였는데, 이 뜻 또한 아니다.)

(要)・평성의 경우 : '요청하다'의 뜻이다.

田父**要**皆去,　　평측평평측
鄰家問不違.　　평평측측평303)
농가의 어른들이 요청하면 언제나 갔고
이웃에서 푸짐하게 주어도 사양하지 않았다.

―두보,「寒食」

・측성(去)의 경우 : '필요로 하다', '얻고자 하다'의 뜻이다.

老思筇杖拄,　　측평평측측
冬**要**錦衾眠.　　평측측평평
늙으니 몸을 받쳐줄 지팡이가 생각나고
겨울에는 덮고 잘 비단 이불을 얻고 싶다.

―두보,「送梓州李使君之任」

(調)・평성의 경우 : '조화를 이루다', '어울리다'의 뜻으로 동사이다.

曲房珠翠合,　　측평평측측
深巷管絃**調**.　　평측측평평
내실에는 진주와 비취를 장식한 여인들이 모였고
깊은 골목에는 관악기와 현악기가 조화를 이룬다.

―유장경,「少年行」

・측성(去)의 경우 : '곡조'의 뜻으로 명사이다.

忽聞歌古**調**,　　측평평측측

---

303) 텍스트에는 '問'이 '鬧'로 되어 있으나 의미상 『杜詩詳注』에 의거하여 바꾸었다.

歸思欲霑巾.　　평측측평평

갑자기 옛 가락의 노래가 들리니

고향 생각에 눈물이 수건을 적시려 한다.

— 두심언(杜審言), 「和晋陵陸丞早春游望」

(燒)·평성의 경우 : '불사르다', '태우다'의 뜻으로 동사이다.

居延城外獵天驕,　　평평평측측평평

白草連山野火燒.　　측측평평측측평

거연성 밖으로 흉노가 침탈하여

戰火로 산야의 풀들이 타오른다.

— 왕유, 「出塞作」

·측성(去)의 경우 : '불을 놓아 탄 곳'의 뜻으로 명사이다.

雪助河流急,　　측측평평측

人耕燒色殘.　　평평측측평

눈이 녹아 강물이 세차게 흐르는 것을 돕고

농사를 위해 쥐불 놓은 곳이 검게 남아 있다.

— 허당(許棠), 「登渭南縣樓」

稍聞決決流冰谷,　　평평측측평평측

盡放青青沒燒痕.　　측측평평측측평

얼음 녹아 흐르는 계곡 소리가 졸졸 들려오고

파릇파릇 새싹이 불탄 흔적을 말끔히 지운다.

—소식(蘇軾), 「正月二十日往岐亭郡人潘古郭三人送余于女王城東禪莊院」

(敎)·평성의 경우 : '하게 하다', '시키다'의 뜻으로 동사이다. 속어로
는 '讓'이라고 한다.

但使龍城飛將在,　　측측평평평측측

不教胡馬度陰山.　　측평평측측평평

용성의 비장군 李廣만 있었다면야

오랑캐 군대가 음산을 넘지 못하게 했을 것을.

— 왕창령(王昌齡), 「出塞」

•측성(去)의 경우 : '교화(敎化)'의 뜻으로 명사이다.

頓攝塵緣盡,　　측측평평측

方知象敎尊.　　평평측측평

속세의 인연을 끌어당겨 모두 끊으니

비로소 불교가 존귀함을 알겠다.

— 진사도(陳師道), 「遊鶴山院」

(荷)•평성의 경우 : '연꽃'의 뜻으로 명사이다.

醉把靑荷葉,　　측측평평측

狂遺白接䍦.　　평평측측평

술에 취해 푸른 연잎을 손에 들고

흥에 겨워 하얀 두건을 떨어뜨렸다.

— 두보, 「陪鄭廣文遊何將軍山林十首」(제8수)

•측성(去)의 경우 : '짊어지다', '메다'의 뜻으로 동사이다.

共荷發生同雨露,　　측측측평평측측

不應黃葉久隨風.　　측평평측측평평

비와 이슬처럼 함께 만물을 짊어지고

누런 잎이 오랫동안 바람에 날리도록 해서는 안 되리.

— 황보증(皇甫曾), 「早朝日寄所知」[304]

農事空山裏,　　평측평평측

---

304) 텍스트에는 '朝'가 '期'로 되어 있는데, 誤字이다.

眷言終荷鋤.　측평평측평
빈 산 속에서 농사나 지을까 하고
마침내 호미 메는 것을 돌아본다.

—두보, 「得家書」

(那)・평성의 경우 : '어찌', '어떻게'의 뜻이다.

衰疾那能久?　평측평평측
應無見汝時!　평평측측평
쇠약하고 병들었으니 어찌 오래 견딜까?
응당 너를 볼 때가 없을 것이다.

—두보, 「遣興」

山路時吹角,　평측평평측
那堪處處聞?　평평측측평
산길에서 때때로 뿔피리 부니
곳곳에서 들리는 것을 어찌 견디나?

—두보, 「留別賈嚴二閣老」

・측성(去)의 경우 : '無那' 즉 '無奈(어찌할 수 없다)'의 뜻이다.

更吹羌笛關山月,　측평평측평평측
無那金閨萬里愁.　평측평평측측평
더욱이 오랑캐 피리가 「관산월」을 부니
만 리 밖 규방을 향한 근심을 어쩔 수 없다.

—왕창령, 「從軍行」(제1수)

只言啼鳥堪求侶,　측평평측평평측
無那春風欲送行.　평측평평측측평
새가 짝을 구하는 소리를 차마 들을 수 없다고 말할 뿐
봄바람이 떠나가는 사람 보내려는 것을 어찌할 수 없다.

—고적(高適), 「夜別韋司士」

(頗)·평성의 경우: '치우치다'의 뜻으로 형용사이다. 또한 염파(廉頗)의 '頗'로 인명(人名)이다.

廉頗仍走敵,   평평평측측
魏絳已和戎.   측측측평평
염파는 여전히 적을 도주케 하고
위강은 이미 융과 화친하였다.

  ─두보, 「投贈哥舒開府翰二十韻」

·측성(上)의 경우: '꽤', '어느 정도'의 뜻으로 부사이다.

喧卑方避俗,   평평평측측
疎快頗宜人.   평측측평평
시끄럽고 구차한 속세를 피해야 하니
거칠고 소탈한 나에겐 이곳이 꽤 마땅하다.

  ─두보, 「賓至」

(和)·평성의 경우: '온화하다', '조화롭다', '사이좋게 지내다', '함께'의 뜻으로 형용사·동사·연사(連詞)이다.

陋巷喜陽和,   측측측평평
衰顔對酒歌.   평평측측평
누추한 골목에서 따뜻한 햇볕을 좋아하고
노쇠한 얼굴로 술을 마주하고 노래 부른다.

  ─유장경(劉長卿), 「對酒寄嚴維」

廉頗仍走敵,   평평평측측
魏絳已和戎.   측측측평평
염파는 여전히 적을 도주케 하고
위강은 이미 융과 화친하였다.

  ─두보, 「投贈哥舒開府翰二十韻」

鳥與孤帆遠,　측측평평측
烟和獨樹低.　평평측측평
새와 외로운 돛단배 멀리 있고
안개와 홀로 선 나무 낮게 있다.

— 원함(苑咸),「登潤州城」

• **측성(去)의 경우** : '창화하다'의 뜻으로 동사이다.

多君有知己,　평평측평측
一和郢中吟.　측측측평평
훌륭한 그대에게 지기가 있으니
영중의 멋진 시에 한번 창화한다.

— 고적,「同郭十題楊主簿新廳」

(華)•평성의 경우 : '화려하다', '아름답다'의 뜻이다.

幸蒙祛老疾,　측평평측측
深願駐韶華.　평측측평평
다행히 이 고질병을 떨쳐버릴 수 있어서
아름다운 시절에 머물기를 몹시 원한다.

— 포길(包佶),「抱疾謝李吏部」

• **측성(去)의 경우** : '태화(太華)'의 뜻으로 산 이름이다. 즉 서악(西嶽) 화산(華山)을 가리킨다.

茗蕘太華俯咸京,　평평측측측평평
天外三峰削不成.　평측평평측측평
초요와 華山이 長安을 내려다보고
하늘 밖의 세 봉우리는 깎아서 된 것이 아니다.

— 최호(崔顥),「行經華陰」

半空分太華,　　측평평측측
極目是長安.　　측측측평평
華山이 하늘을 둘로 나누었고
아득히 보이는 곳이 장안이다.

— 허당(許棠),「登渭南縣樓」

(行)・평성의 경우 : '가다', '행하다'의 뜻으로 동사이다.

憶君初得崑山玉,　　측평평측평평측
同向揚州携手行.　　평측평평평측평
그대가 처음으로 곤산의 옥을 얻고
함께 양주를 향해 손을 잡고 갔었지.

— 유우석(劉禹錫),「送李中丞赴楚州」

・측성(去)의 경우 : '덕행(德行)'의 뜻으로 명사이다.

獨行依窮巷,　　측측평평측
全身出亂軍.　　평평측측평
누추한 골목에 살며 덕행이 뛰어났고
혼란에 빠진 군대에서 나와 몸을 보전했다.

— 유장경,「哭魏兼遂」

(王)・평성의 경우 : '제왕'의 뜻이다.

貴主冠浮動,　　측측평평측
親王轡鬧裝.　　평평측측평
존귀한 공주는 관모가 떠서 움직이는 듯하고
왕자는 말고삐가 요란하게 장식되었다.

— 백거이,「渭村退居寄禮部崔侍郎翰林錢舍人詩一百韻」

・측성의 경우 : '패왕(覇王)이 되다', '패권을 잡다', '왕성하다'의

뜻이다.

山水寂寥埋王氣,　　평측측평평측측

風烟蕭颯滿僧憁.　　평평평측측평평

산수가 고요하고 쓸쓸하여 패왕의 기운을 묻고

바람과 안개 쓸쓸히 僧舍의 창문에 가득하다.

— 왕안석(王安石), 「金陵懷古」

(浪)·평성의 경우 : '창랑(滄浪)'의 뜻으로 물 이름이다.

扁舟乘月暫來去,　　평평평측측평측

誰道滄浪吳楚分?　　평측평평평측평

밝은 달 틈타 조각배 타고 잠시 오가니

누가 말했던가 창랑수가 오와 초를 나눈다고?

— 왕창령(王昌齡), 「送李五」

·측성(去)의 경우 : '물결'의 뜻이다.

眼邊江舸何忽促,　　측평평측평평측

未待安流逆浪歸?　　측측평평측측평

눈 밑에 있는 강의 배는 어찌 그리 서둘러서

잠잠해지길 기다리지 않고 물결 거슬러 돌아갈까?

— 두보, 「雨不絶」

(傍)·평성의 경우 : '旁(옆)'과 같다.

借問路傍名利客,　　측측측평평측측

無如此處學長生!　　평평측측측평평

길옆의 명리를 추구하는 나그네에게 묻나니

차라리 여기서 장생을 배우는 것이 낫다오

— 최호(崔顥), 「行經華陰」

‧**측성(去)의 경우** : '기대다', '의지하다'의 뜻이다.

舊犬知愁恨,　　측측평평측
垂頭傍我牀.　　평평측측평
오래 된 개도 슬픔과 한을 아는지
머리를 떨구고 내 침상에 기댄다.

—두보,「得舍弟消息」

(當)‧평성의 경우 : '마땅하다', '해당하다'의 뜻이다.

松門當澗口,　　평평평측측
石路在峰心.　　측측측평평
소나무 문은 시내 입구에 해당하고
돌길은 봉우리 중심부에 있다.

—기무잠(綦毋潛),「登天竺寺」

‧**측성(去)의 경우** : '정당하다', '알맞다', '여기다'의 뜻이다.

今年游寓獨游秦,　　평평평측측평평
愁思看春不當春.　　평측평평측측평
금년의 타향살이는 오직 秦 땅으로 간 것인데
슬픔과 그리움에 봄을 보아도 봄으로 여겨지지 않았다.

—두심언(杜審言),「春日京中有懷」

(强)‧평성의 경우 : '굳세고 힘이 있다'의 뜻이다.

世慮休相撓,　　측측평평측
身謀且自强.　　평평측측평
세상 걱정에 서로를 어지럽히지 말고
스스로 굳세고 힘이 있도록 꾀합시다.

—백거이,「渭村退居寄禮部崔侍郎翰林錢舍人詩一百韻」

•측성(上)의 경우 : '억지로 하다'의 뜻이다.

留連春夜舞,　평평평측측
淚落强裵徊.　측측측평평
미련이 남아 봄밤에 춤을 추고
눈물을 떨구며 억지로 배회한다.

—두보,「鄭駙馬池臺喜遇鄭廣文同飮」

他日一杯難强進,　평측측평평측측
重嗟筋力故山違.　평평평측측평평
훗날 한잔 술도 억지로 권하기 어려울 테니
근력이 딸려 고향산천 어긋날 것에 거듭 탄식한다.

—두보,「十二月一日三首」(제3수)

(長) •평성의 경우 : '길다', '영원하다'의 뜻이다.

孤舟從此去,　평평평측측
客思一何長!　측측측평평
외로운 배가 여기서 떠나가니
나그네 그리움 얼마나 길 것인가!

—저광희(儲光羲),「洛中送人還江東」

•측성(上)의 경우 : '나이가 많다', '연상이다'의 뜻으로 형용사이
다. 또한 '성장하다'의 뜻으로 동사이다.

竹叢身後長,　측평평측측
臺勢雨來傾.　평측측평평
대숲은 상공이 돌아가신 후에 자랐고
누대는 비를 맞아 기울어졌다.

—유우석(劉禹錫),「再經故元九相公宅池上作」

(相)·**평성의 경우** : '서로'의 뜻이다.

非君深意願, 　평평평측측
誰復能相憂? 　평측평평평
그대가 깊이 마음으로 원하는 것은 아니지만
누가 다시 서로를 염려해줄 수 있겠는가?
　　　　　　　　　　　　　— 유장경(劉長卿),「睢陽贈李司倉」

·**측성(去)의 경우** : '재상'의 뜻이다.

自古相門還出相, 　측측측평평측측
如今人望在巖廊. 　평평평측측평평
자고로 재상의 가문에서 다시 재상이 나오고
지금은 인망이 廟堂과 朝廷에 있다.
　　　　　　　　　　　　　— 유우석,「送李尙書鎭滑州」

(正)·**평성의 경우** : '정월(正月)'의 뜻으로 명사이다.

子月過秦正, 　측측측평평
寒雲覆洛城. 　평평측측평
秦 땅에 들어서면 십일월이 정월로 바뀌고
차가운 구름이 낙양성을 뒤덮을 것이다.
　　　　　　　　　　　　　— 이기(李頎),「送相里造入京」

·**측성(去)의 경우** : 형용사 또는 부사로 사용된다.

迴日期君直西掖, 　평측평평측평측
當階紅藥正開花. 　평평평측측평평
훗날 그대가 中書省에서 근무하게 될 때는
섬돌 앞 작약이 마침 꽃을 피울 것이다.
　　　　　　　　　　　　　— 왕우칭(王禹偁),「送羅著作奉使湖湘」

(令) ·평성의 경우 : '하게 하다', '시키다'의 뜻으로 동사이다.

但**令**歸有日,　　측평평측측

不敢怨長沙.　　측측측평평

다만 돌아가는 날이 있게 하여

長沙傳 賈誼를 원망하지 못하게 해야지.

— 심전기(沈佺期), 「度大庾嶺」

唯有貧兼病,　　평측평평측

能**令**親愛疎.　　평평평측평

오직 가난과 질병만이

친애하는 사람들을 소원해지게 할 수 있다.

— 포길(包佶), 「嶺下臥疾」

本賣文爲活,　　측측평평측

翻**令**室倒懸.　　평평측측평

글을 파는 본뜻은 생활을 위한 것인데

오히려 집안을 고난과 위기에 빠뜨렸다.

— 두보, 「聞斛斯六官未歸」

·측성(去)의 경우 : '명령', '현령'의 뜻으로 명사이다.

一旦雄圖盡,　　측측평평측

千秋遺**令**開.　　평평평측평

하루아침에 원대한 포부 다하자

천추에 걸쳐 남긴 명령 열렸다.

— 심전기(沈佺期), 「銅雀臺」

久作潯陽**令**,　　측측평평측

丹墀忽再還.　　평평측측평

오랫동안 잠양의 현령을 지냈는데

갑자기 대궐로 다시 돌아가게 되었다.

— 이가우(李嘉祐), 「留別毘陵諸公」

(興)·평성의 경우 : '일어나다', '흥성하다'의 뜻으로 동사 또는 형용사이다.

服禮求毫髮,　　측측평평측
惟忠忘寢興.　　평평측측평
예를 갖춤에 아주 작은 것까지 추구하고
충성 생각에 자고 일어나는 것도 잊는다.

— 두보, 「贈特進汝陽王二十二韻」

·측성(去)의 경우 : '흥미', '흥취'의 뜻으로 명사이다.

遙憐謝客興,　　평평측측측
佳句又應新.　　평측측평평
멀리서 사씨 나그네의 흥취를 아끼니
아름다운 시구가 다시 새로워졌으리라.

— 이가우, 「送觀歸袁州」

乘興杳然迷出處,　　평측측평평측측
對君疑是泛虛舟.　　측평평측측평평
흥취를 타고 아득하여 나아감도 머무름도 모르겠는데
그대를 대하면 빈 배가 떠있는 것 같다.

— 두보, 「題張氏隱居二首」(제1수)

(勝)·평성의 경우 : '감당하다', '견디다'의 뜻이다.

招要恩屢至,　　평평평측측
崇重力難勝.　　평측측평평
불러주시니 은혜가 여러 차례 이르렀고

높이고 중시하시니 제 힘으로 감당키 어렵습니다.
— 두보, 「贈特進汝陽王二十二韻」

白露堂中細草跡,　　측측평평측측측
紅羅帳裏不勝情.　　평평측측측평평
백로당에는 가는 풀의 흔적이 남아 있어
붉은 비단휘장 안에선 정을 견디지 못한다.
— 왕창령(王昌齡), 「長信秋詞」(제5수)

　• **측성(去)의 경우** : '명승(名勝)', '이기다', '낫다'의 뜻이다.

常愛此中多勝事,　　평측측평평측측
新詩他日佇開緘.　　평평평측측평평
그 가운데 명승지 많음을 늘 좋아했으니
훗날 새 시를 넣은 편지 뜯기를 기다린다.
— 유장경, 「送孫逸歸廬山」

和戎先罷戰,　　평평평측측
知勝霍嫖姚.　　평측측평평
오랑캐와 화친하려면 먼저 전쟁을 끝내야 하는데
그대가 곽표요보다 낫다는 것을 안다.
— 황보증(皇甫曾), 「送和西番使」

亂後誰歸得,　　측측평평측
他鄉勝故鄉.　　평평측측평
난리 후에 누가 돌아갈 수 있을까?
타향이 차라리 고향보다 낫다.
— 두보, 「得舍弟消息」

　'낫다'의 뜻으로 사용되는 '勝'은 본래 측성으로 읽어야 하지만 당송인들은 평성으로 읽는 경우가 많았다. 예를 들면 다음과 같다.

仙家未必能勝此,　　평평측측평평측
何必吹簫向碧空.　　평측평평측측평
신선의 집도 반드시 이곳보다 나을 수는 없는데
하필이면 푸른 하늘 향해 퉁소를 부는가?

　　　　　　　　　　　　　　　— 왕유,「敕借岐王九成宮避暑應敎」

從道人生都是夢,　　平仄平平平仄仄
夢中歡笑亦勝愁.　　仄平平仄仄平平
도를 따르는 인생은 모두가 한갓 꿈이러니
꿈속의 즐거움이라도 역시 슬픔보다 낫다.

　　　　　　　　　　　　　　　— 백거이,「城上夜宴」

(乘) ‧ 평성의 경우 : '타다'의 뜻으로 동사이다.

更欲尋眞去,　　측측평평측
乘船過海潮.　　평평측측평
다시 참된 곳을 찾아가고자
배를 타고 바다를 지나간다.

　　　　　　　　　　　　　　　— 황보증,「贈鑒上人」

　‧ 측성의 경우 : '수레'의 뜻으로 명사이다. 또한 '틈타다'의 뜻으로
동사이다(자전에는 '틈타다'의 뜻일 때는 평성으로 되어 있지만 당인들은 거성으
로 많이 썼다). 예를 들지 않는다.

(稱) ‧ 평성의 경우 : '부르다', '칭찬하다'의 뜻이다.

晩節嬉遊簡,　　측측평평측
平居孝義稱.　　평평측측평
만년에는 즐기고 노는 것을 간소하게 했고
평소에 효와 의로써 칭송을 받으셨다.

　　　　　　　　　　　　　　　— 두보,「贈特進汝陽王二十二韻」

• **측성(去)의 경우** : '어울리다', '적합하다'의 뜻이다.

闇澹緋衫稱老身,　　측측평평측측평
半披半曳出宮門.　　측평측측측평평
빛바랜 붉은 비단적삼이 늙은이에게 어울려
반은 걸치고 반은 끌면서 궁궐 문을 나선다.

─백거이, 「故衫」

(不) • **평성의 경우** : '좀'의 평성처럼 읽으며, '좀'와 뜻이 같다.

石渠甘對圖書老,　　측평평측평평측
關外楊公安穩不?　　평측평평평측평
석거각에서 달갑게 도서를 대하며 늙어 가는데
관문 밖의 양소윤 공은 편안히 있는지?

─유우석, 「和令狐相公言懷寄河中楊少尹」

• **측성의 경우**(본래 거성으로 읽었을 것이나 후세에 입성으로 읽게 되었다)
: 동사 또는 형용사 앞에 놓여 부정을 표시한다. 예를 들지 않는다.

(任) • **평성의 경우** : '견디다'의 뜻이다.

漂泊病難任,　　평측측평평
逢人淚滿襟.　　평평측측평
떠돌아다니는 몸이라 병을 견디기 힘들고
사람을 만나면 눈물이 옷깃에 가득하다.

─정곡(鄭谷), 「江行」

• **측성(去)의 경우** : '따르다', '내맡기다'의 뜻이다. 또한 '임무'의
뜻이다.

魚樂隨情性,　　평측평평측
船行任去留.　　평평측측평
물고기의 즐거움은 성정을 따르고
배의 다님은 가고 머무름에 맡긴다.
　　　　　　　　　—기무잠(綦毋潛),「題沈東美員外山池」

(禁)·평성의 경우 : '견디다'의 뜻으로 '勝'과 같다.

綠尊須盡日,　　측평평측측305)
白髮好禁春.　　측측측평평
푸른 술동이로 날을 다 보내야 하니
백발로 봄을 잘 견디려는 것이다.
　　　　　　　　　—두보,「奉陪鄭駙馬韋曲二首」(제1수)

巡簷索共梅花笑,　　평평측측평평측
冷蕊疎枝半不禁.　　측측평평측측평
처마를 돌며 찾아서 매화와 함께 웃고
성긴 가지의 찬 꽃잎도 기쁨을 견디지 못한다.
　　　　　　　　—두보,「舍弟觀赴藍田取妻子到江陵喜寄三首」(제2수)

·측성(去)의 경우 : '금령(禁令)', '宮禁(황궁)'의 뜻이다.

詔許辭中禁,　　측측평평측
慈顔赴北堂.　　평평측측평
황제께서 황궁을 떠나도록 허락하셔서
그대는 모친을 뵈러 고향으로 가게 되었다.
　　　　　　　　　—두보,「送許八拾遺歸江寧覲省……」

瑞雪凝清禁,　　측측평평측
祥煙冪小松.　　평평측측평

---

305) 텍스트에는 '須'가 '雖'로 되어 있는데, 誤字이다.

상서로운 눈이 맑은 황궁에 맺혀 있고
상서로운 안개가 작은 소나무를 덮었다.

— 왕애(王涯), 「望禁門松雪」

(占)・평성의 경우 : '점치다'의 뜻이다.

舟楫商巖命, 　평측평평측
熊羆渭水占. 　평평측측평
배의 노가 되라고 傅說에게 명하셨고
賢臣을 얻을 것인지 위수에서 점치셨다.

— 왕안석(王安石), 「送鄆州知府宋諫議」

　・측성(去)의 경우 : '점거하다', '차지하다'의 뜻으로, 지금은 '佔'
이라고 한다.

何時占叢竹? 　평평측평측
頭戴小烏巾. 　평측측평평306)
언제나 대나무 숲을 차지하고서
머리에 작고 검은 두건을 쓰고 있으려나?

— 두보, 「奉陪鄭駙馬韋曲二首」(제1수)

小渡漁人占, 　측측평평측
中流縣界分. 　평평측측평
작은 나루는 어부들이 차지하였고
강물 가운데서 현의 경계가 나뉘었다.

— 왕십붕(王十朋), 「宿大冶縣」

不論平地與山尖, 　측평평측측평평
無限風光盡被占. 　평측평평측측측

---

306) 텍스트에는 '小'가 '白'으로 되어 있는데, 誤字이다.

평지와 산꼭대기를 가리지 않고
무한한 풍광이 모두 점거되었다.
(여기서 '占'자를 평성으로 쓴 것은 잘못이다.)

— 나은(羅隱),「蜂」

12.9 이상에서 든 각 글자는 당송시 가운데서 뽑은 것일 뿐으로 완비된 것이라고는 할 수 없다.[307] 이 중에서 평성의 '治'·'論'·'判'·'翰'·'燕'·'便'·'要'·'敎'·頗'·'那'·'浪'·'傍'·'令'·'勝'·'不'·'任'·'禁'과 측성의 '雍'·'從'·'供'·'離'·'吹'·'騎'·'施'·'思'·'衣'·'汗'·'疏'·'分'·'殷'·'聞'·'觀'·'冠'·'間'·'先'·'旋'·'燒'·'和'·'華'·'行'·'王'·'興'·'乘'·'稱'·'占'은 특히 주의해야 한다. 왜냐하면 오늘날의 일반인들은 이 글자들에 대해 이미 오독(誤讀)을 면할 수 없게 되었기 때문이다.

제13절 근체시의 대장

13.1 대장의 규칙에 관해서는 다음 절에서 상세하게 논하기로 하고 여기서는 먼저 초보적인 설명을 하기로 한다. 대장은 명사와 명사가 대를 이루고, 동사와 동사가 대를 이루고, 형용사와 형용사가 대를 이루고, 부사와 부사가 대를 이루기만 하면 된다. 기실 시구(詩句)에서는 명사와

---

307) 두 개의 예를 보충한다. 杜甫「崔少府高齋三十韻」: "泉聲聞復息, 動靜隨所激. 鳥呼藏其身, 有似懼彈射"에 대해 仇兆鰲註에서 "'射'는 독음이 '石'이다"라고 하였다. 이로부터 射箭의 '射'를 입성으로 읽었음을 알 수 있다.「送鄭十八虔貶臺州」: "萬里傷心嚴譴日, 百年垂死中興時"에 대해 仇兆鰲註에서 "'中'은 張仲切이다"라고 한 것에서 中興의 '中'을 거성으로 읽었음을 알 수 있다. ≪附註二十三≫

동사 두 품사만이 주요 성분이 되는데, 그 중에서도 명사는 반드시 명사와 대를 이루어야 하고, 형용사는 때에 따라 동사(특히 자동사)와 같은 종류로 인정되어 서로 대가 될 수 있다. 대장이 정교한지의 여부는 이들 양자가 동일한 최소의 범주에 속해 있는지를 살펴보아야 한다. 이것도 다음 절에서 논하기로 한다.

13.2 근체시의 대장은 율시(律詩)와 배율(排律)에 보이고, 절구(絶句)에서는 대다수가 대장을 사용하지 않았다. 이제 먼저 율시에 대해 말해보자.

13.3 대장은 율시의 필요조건이다. 일반적으로 율시의 대장은 함련과 경련에 사용된다. 바꾸어 말하면 제3구와 제4구가 대장을 이루고, 제5구와 제6구가 대장을 이룬다. 다음에 예를 들어본다.

13.4 (甲) 오언율시

① 수구에 운을 단 것.

風勁角弓鳴,　　바람이 거세어 각궁이 우는데
將軍獵渭城.　　장군이 위성에서 사냥을 한다.
草枯鷹眼疾,　　풀이 말라서 매의 눈 민첩하고
雪盡馬蹄輕.　　눈이 녹아서 말발굽 가볍다.
忽過新豊市,　　홀연히 신풍시를 지나가서는
還歸細柳營.　　순식간에 세류영으로 귀환한다.
迴看射鵰處,　　머리 돌려 수리를 쏘던 곳을 바라보니
千里暮雲平.　　아득히 저녁 구름이 뒤덮여 있다.

(함련) '草'–'雪' : 명사, '枯'–'盡' : 자동사, '鷹眼'–'馬蹄' : 명사사조(名詞
　　　 詞組), '疾'–'輕' : 형용사.

(경련) '忽'–'還' : 부사, '過'–'歸' : 동사, '新豊'–'細柳' : 고유명사, '市'–
　　　 '營' : 명사.

—— 왕유, 「觀獵」

② 수구에 운을 달지 않은 것.

却到番禺日,　　번우로 돌아가게 되면

應傷昔所依.　　옛 추억 때문에 상심하리라.

炎洲百口住,　　남녘땅에 살던 온 집안 식구들 중

故國幾人歸?　　몇 명이나 고향으로 돌아왔을까?

路識梅花在,　　익숙한 옛 길엔 매화가 그대로 있고

家存棣萼稀.　　집에는 앵두꽃이 드물게 피었으리.

獨逢迴雁去,　　돌아가는 기러기를 홀로 만나면

猶作舊行飛.　　여전히 옛 비행 모습 그대로이리.

(함련) ‘炎’–‘故’: 형용사, ‘洲’–‘國’: 명사, ‘百’–‘幾’: 수사(數詞), ‘口’–
　　　 ‘人’: 명사, ‘住’–‘歸’: 동사.

(경련) ‘路’–‘家’: 명사, ‘識’–‘存’: 동사, ‘梅花’–‘棣萼’: 명사사조(名詞詞
　　　 組), ‘在’–‘稀’: 자동사와 형용사.

— 유장경(劉長卿), 「送李秘書却赴南中」

13.5 (乙) 칠언율시

① 수구에 운을 단 것.

高閣朱欄不厭遊,　　높은 누각 붉은 난간은 놀기에 물리지 않고

蒹葭白水遶長洲.　　갈대와 하얀 물이 긴 모래섬을 두르고 있다.

孤雲獨鳥川光暮,　　석양의 시내 위에는 외로운 구름과 새

萬井千山海色秋.　　가을 바다 앞으로는 수많은 우물과 산

淸梵林中人轉靜,　　誦經 소리에 숲 속의 사람들 오히려 조용하고

夕陽城上角偏愁.　　저물녘 성 위의 뿔피리 소리 더욱 구슬프다.

誰憐遠作秦吳別,　　멀리 진과 오의 이별을 누가 안타까워할까?

離恨歸心雙淚流.　　이별의 한과 고향생각에 두 줄기 눈물 흐른다.

(함련) ‘孤’–‘萬’·‘獨’–‘千’: 수사, ‘雲’–‘井’·‘鳥’–‘山’: 명사, ‘川光’–
　　　 ‘海色’: 명사사조, ‘暮’–‘秋’: 형용사로 활용된 명사.

(경련) ‘淸梵’–‘夕陽’: 명사사조, ‘林中’–‘城上’: 명사사조, ‘人’–‘角’: 명사,

'轉'-'偏': 부사, '靜'-'愁': 형용사와 자동사.

— 이가우(李嘉祐), 「同皇甫冉登重玄閣」

② 수구에 운을 달지 않은 것.

舍南舍北皆春水,	집 남쪽과 북쪽에 모두 봄물이 넘실대고
但見群鷗日日來.	보이는 것은 날마다 날아오는 갈매기 떼뿐.
花徑不曾緣客掃,	꽃길은 손님 때문에 쓸어본 적이 없었는데
蓬門今始爲君開.	사립문을 오늘 처음으로 그대 위해 열었다.
盤飱市遠無兼味,	접시의 찬은 시장이 멀어 제대로 갖추지 못했고
樽酒家貧只舊醅.	술통의 술은 집이 가난하여 오래된 것뿐이다.
肯與鄰翁相對飮,	그래도 이웃 노인과 마주하고 드시겠다면
隔籬呼取盡餘杯.	울타리 너머 불러와서 남은 잔을 비우세.

(함련) '花徑'-'蓬門': 명사사조, '不曾'-'今始': 부사사조(副詞詞組), '緣'-'爲': 개사(介詞), '客'-'君': 명사와 대명사, '掃'-'開': 동사.

(경련) '盤飱'-'樽酒': 명사사조, '市'-'家': 명사, '遠'-'貧': 형용사, '無'-'只': 동사(여기서 '只'는 '只有'로 풀이한다), '兼'-'舊': 형용사, '味'-'醅': 명사.

—두보, 「客至」

13.5 이상의 것은 정격이라고 말할 수 있다. 이밖에도 수많은 변격이 있다. 율시의 대장은 적게는 한 연에만 사용할 수도 있고 많게는 네 연 모두에 사용할 수도 있다. 만약 한 연에만 사용한다면 경련에 사용하는데, 이때 함련에는 대장을 사용하지 않는다.[308] 본래 당 이전의 고시

---

308) 이외에도 首聯·頸聯에 對仗을 사용하고 頷聯에는 대장을 사용하지 않은 것이 있다. 두 개의 예를 들어본다. 王勃, 「杜少府之任蜀川」: "城闕輔三秦, 風烟望五津. 與君離別意, 同是宦游人. 海內存知己, 天涯若比鄰. 無爲在歧路, 兒女共霑巾." 杜甫, 「一百五日夜對月」: "無家對寒食, 有淚如金波. 斫却月中桂, 淸光應更多. 仳離放紅蕊, 想象顰靑蛾. 牛女漫愁思, 秋期猶渡河." 仇兆鰲는 『杜詩詳注』에서 『夢溪筆談』을 인용하여 다음과 같이 말했다. "이 시의 함련은 對偶에 구속받지 않아 律體가 아닌 듯하다. 그러나 첫 두 구가 분명한 대장이어서 이를 偸春格이라고 한다. 매화가 봄빛을 훔쳐

는 반드시 대장을 요구하지는 않았다(앞의 머리말 참조). 율시는 비록 대장의 사용을 규정하고 있지만 그래도 일부 시인들은 고법(古法)을 지켜서 어쩌다 함련에는 대장을 사용하지 않기도 했다. 이런 경우는 성당의 오언율시 중에 제법 흔히 보인다. 예를 들면 다음과 같다.

南國有歸舟,　남국에 돌아가는 배가 있어서
荊門泝上流.　상류의 형문으로 거슬러 올라간다.
蒼茫葭菼外,　갈대와 억새 밖으로 끝없이 펼쳐있고
雲水與昭丘.　소구에는 구름 떠있고 물이 흐른다.
檣帶城烏去,　돛대는 성 까마귀를 대동하여 가고
江連暮雨愁.　강은 저녁 비에 이어져 슬픔을 자아낸다.
猿聲不可聽,　원숭이 울음소리를 차마 들을 수 없으니
莫待楚山秋.　초산의 가을을 기다리지 마시게.
(경련) '檣'－'江' : 명사, '帶'－'連' : 동사, '城烏'－'暮雨' : 명사사조, '去'－
　　　'愁' : 동사 (역주)

　　　　　　　　　　　　　　　　　　— 왕유, 「送賀遂員外外甥」

言從石菌閣,　말하기를 석균각에서 시작하여
新下穆陵關.　새로이 목릉관으로 내려간단다.
獨向池陽去,　홀로 지양을 향해 떠나가고
白雲留故山.　흰 구름만 정든 산에 남아 있다.
綻衣秋日裏,　가을 볕 아래서 터진 옷을 깁고
洗鉢古松間.　古松 사이에서 밥그릇을 씻는다.
一施傳心法,　마음을 전하는 비법을 베풀어서
唯將戒定還.　반드시 돌아올 것을 알려주리라.
(경련) '綻'－'洗' : 동사, '衣'－'鉢' : 명사, '秋日'－'古松' : 명사사조, '裏'－
　　　'間' : 방위사 (역주)

　　　　　　　　　　　　　　　　— 왕유, 「同崔興宗送衡岳瑗公南歸」

먼저 피는 것과 같다는 말이다." ≪附註二十四≫

握手一相送,　손을 붙잡고 그대를 전송하려니
心悲安可論.　마음의 슬픔을 어떻게 형언하리?
秋風正蕭索,　가을바람이 마침 쓸쓸하게 불고
客散孟嘗門.　객들은 맹상군의 문에서 흩어진다.
故驛通槐里,　옛 역참은 괴리에 통하고[309]
長亭下槿原.　장정은 근원으로 내려간다.
征西舊旌節,　서쪽을 정벌하던 옛 기와 부절이
從此向河源.　이제 하원으로 향하게 되었다.
(경련) '故驛'－'長亭' : 명사사조, '通'－'下' : 동사, '槐里'－'槿原' : 고유명사
　　(역주)

　　　　　　　　　　　　　— 왕유,「送岐州源長史歸」

待月月未出,　달을 기다리나 아직 떠오르지 않았고
望江江自流.　장강을 바라보니 강물은 절로 흐른다.
倏忽城西郭,　그러다 갑자기 성의 서쪽 외곽 위로
青天懸玉鉤.　푸른 하늘에 옥고리가 걸려 있지 않은가!
素華雖可攬,　하얀 달빛을 비록 잡을 수 있다지만
清景不同游.　맑은 경치를 함께 즐길 벗이 없다.
耿耿金波裏,　밝디 밝은 황금빛 달빛 속에서
空瞻鳷鵲樓.　부질없이 지작루를 바라볼 뿐이다.
(경련) '素華'－'清景' : 명사사조, '雖'－'不' : 부사, '可'－'同' : 부사로 활용
　　된 동사, '攬'－'游' : 동사 (역주)

　　　　　　　　　　　　　— 이백,「挂席江上待月有懷」[310]

翦落梧桐枝,　동잎이 가지에서 자른 듯이 떨어져서
澁湖坐可窺.　옹호의 풍경을 앉아서 볼 수 있다.
雨洗秋山淨,　비에 씻겨 가을 산이 깨끗하고
林光澹碧滋.　숲에 빛이 들어 나무가 푸르고 싱싱하다.

---

309) 텍스트에는 '槐里'가 '槐裏'로 되어 있는데, 誤字이다.
310) 텍스트에는 '江上'이 '江山'으로 되어 있는데, 誤字이다.

水閑明鏡轉,　　물이 잔잔하여 거울이 굴러온 듯하고
雲繞畵屛移.　　구름이 에돌아 그림병풍을 옮겨놓은 듯하다.
千古風流事,　　천고 이래의 풍류스런 일들
名賢共此時.　　명사와 현인들이 이때를 함께 한다.
(경련) '水'―'雲' : 명사, '閑'―'繞' : 동사, '明鏡'―'畵屛' : 명사사조, '轉'―
　　　'移' : 동사 (역주)

　　　　　　　　　　　　　　—이백, 「與賈至舍人於龍興寺翦落梧桐枝望滄湖」

妾命何偏薄!　　소첩의 운명은 어찌 그리 야박한지!
君王去不歸.　　군왕은 가시고 돌아올 줄 모른다.
欲令遙見悔,　　멀리서 뉘우치는 모습 보게 하고자
樓上試春衣.　　누대 위에서 봄옷을 입어본다.
空殿看人入,　　빈 궁전에 사람이 드는 것을 보고
深宮羨鳥飛.　　깊숙한 궁에서 날아가는 새가 부럽다.
翻悲因買賦,　　사마상여의 부를 샀으니 슬픔을 뒤집고자
索鏡照空輝.　　거울을 찾아 비추니 부질없이 빛난다.
(경련) '空殿'―'深宮' : 명사사조, '看'―'羨' : 동사, '人'―'鳥' : 명사, '入'―
　　　'飛' : 동사 (역주)

　　　　　　　　　　　　　　—양굉(梁鍠), 「長門怨」

露井桃花發,　　뚜껑 없는 우물가에 복숭아꽃 피었고
雙雙燕幷飛.　　제비는 쌍쌍이 함께 날아간다.
美人姿態裏,　　미인의 자태에는
春色上羅衣.　　봄빛이 비단 옷에 오른다.
自愛頻開鏡,　　자신을 사랑하여 자주 거울을 열고
時羞欲掩扉.　　수시로 부끄러워 문짝을 닫으려 한다.
不知行路客,　　알지 못한다 길 가는 나그네가
遙惹五香歸.　　멀리서 오향에 이끌려 돌아오는 것을.
(경련) '自'―'時' : 부사, '愛'―'羞' : 동사, '頻'―'欲' : 부사, '開'―'掩' : 동사,
　　　'鏡'―'扉' : 명사 (역주)

　　　　　　　　　　　　　　—양굉, 「艶女詞」

杏梁初照日,　文杏木 들보에 햇빛 비치기 시작하고
碧玉後堂開.　碧玉을 장식한 후당이 열렸다.
憶事臨妝笑,　화장에 임해 지난 일 생각하며 웃고
春嬌滿鏡臺.　청춘의 교태가 경대에 가득하다.
含聲歌扇擧,　노래 소리 머금고 부채를 치켜들고
顧影舞腰迴.　춤추는 그림자 돌아보며 허리를 돌린다.
別有佳期處,　따로 약속한 곳이 있어서
靑樓客夜來.　청루에 손님이 밤에 온다.
(경련) ‘含’－‘顧’ : 동사, ‘聲’－‘影’ : 명사, ‘歌’－‘舞’ : 동사, ‘扇’－‘腰’ : 명사,
　　　‘擧’－‘迴’ : 동사 (역주)

— 양굉, 「狷氏子」

精廬不住子,　僧舍에는 자식이 살지 않으니
自有無生鄕.　본래 태어난 고향이란 없다.
過客知何道,　지나가는 나그네가 무슨 말을 할지 몰라
裴徊雁子堂.　안자당 주위를 배회한다.
浮雲歸故嶺,　뜬구름은 옛 고개로 돌아가고
落月還西方.　지는 달은 서쪽으로 귀환한다.
日夕虛空裏,　해 저무는 허공 속에서
時時聞異香.　때때로 기이한 향기 전해온다.
(경련) ‘浮雲’－‘落月’ : 명사사조, ‘歸’－‘還’ : 동사, ‘故嶺’－‘西方’ : 명사사조
　　　(역주)

— 고적(高適), 「題愼言法師故房」

寒潮信未起,　추위에 조수가 참으로 아직 일지 않아
出浦纜孤舟.　포구를 나와 외로운 배 닻줄을 내렸다.
一夜苦風浪,　밤 내내 풍랑이 고달프게 일어서
自然生旅愁.　자연히 여로의 슬픔이 생겨난다.
吳山遲海月,　오 땅의 산에는 바다의 달이 더디 뜨고
楚火照江流.　초 땅의 불이 흐르는 강물을 비춘다.
欲有知音者,　내 마음 알아주는 자가 있기를 바라지만

異鄉誰可求?　타향에서 누구를 찾을 수 있을까?

(경련) '吳'-'楚' : 고유명사, '山'-'火' : 명사, '遲'-'照' : 동사, '海月'-'江
流' : 명사사조 (역주)

— 저광희(儲光羲), 「寒夜江口泊舟」

泊舟伊川右,　　이천의 오른쪽에 배를 정박하니
正見野人歸.　　들판에 사람 돌아가는 것이 보인다.
日暮春山綠,　　해는 저무는데 봄 산은 푸르고
我心淸且微.　　나의 마음은 맑고 겸허하다.
巖聲風雨度,　비바람이 지나가니 바위가 소리 내고
水氣雲霞飛.　구름이 날아가니 물 기운이 느껴진다.
復有金門客,　　또한 벼슬 높은 객이 있어서
來參蘿薛衣.　　隱士를 찾아가는 데 참여하였다.

(경련) '巖聲'-'水氣' : 명사사조, '風雨'-'雲霞' : 명사사조, '度'-'飛' : 동사
(역주)

— 저광희, 「尋徐山人遇馬舍人」

淸洛日夜漲,　　맑은 洛水가 밤낮으로 물이 불어
微風引孤舟.　　미풍에 외로운 배를 끌고 간다.
離腸便千里,　　이별의 슬픔이 천리를 가고
遠夢生江樓.　　먼 곳의 꿈이 강가 누대에서 인다.
楚國橙橘暗,　초나라는 등자와 귤나무가 어둡고
吳門烟雨愁.　오문은 안개와 비에 슬픔이 인다.
東南具今古,　　동남지방은 고금을 다 갖추었으니
歸望山雲秋.　　가을의 산과 구름 즐기길 바라노라.

(경련) '楚國'-'吳門' : 고유명사, '橙'-'烟' : 명사, '橘'-'雨' : 명사, '暗'-
'愁' : 형용사와 자동사 (역주)

— 왕창령(王昌齡), 「送李擢游江東」

13.6 이상에서 든 예 중에서 왕창령·저광희와 고적의 시는 평측상

고풍 식의 율시라고 인정할 수 있어서 대장의 자유에 있어서도 자연히 손쉽게 고시의 형식을 채용하였다. 왕유·이백과 양굉(梁鍠)의 시는 평측상 이미 근체이지만(어쩌다 丑類特拗 및 孤平拗救가 있다) 대장에 있어서는 여전히 고시의 모방을 좋아하였다. 이와 같은 단련(單聯) 대장의 오언율시는 중당에 이르러서도 자취가 끊어지지 않았다. 다음에 예를 들어본다.

陶君三十七,　　陶淵明은 서른일곱 나이에
挂綬出都門.　　관직을 그만두고 도성 문을 나섰다.
我亦今年去,　　나 역시 금년에 그만두고 간 곳은
商山浙岸村.　　상산 절강 가의 마을이다.
冬修方丈室,　　겨울에는 주지의 방에서 수양하고
春種桔槹園.　　봄에는 두레박 동산에서 씨 뿌린다.
千萬人間事,　　인간세상의 수많은 일들을
從玆不復言.　　이제부터 다시는 말하지 않겠다.
(경련) '冬'－'春' : 명사, '修'－'種' : 동사, '方丈'－'桔槹' : 명사사조, '室'－ '園' : 명사 (역주)

　　　　　　　　　　　　　　　　　　　　　　—원진(元稹), 「歸田」

陶君喜不遇,　　陶君은 뜻을 얻지 못한 것을 좋아하여
予每爲君言.　　나는 언제나 君을 위해 말하였다.
今日東臺去,　　오늘 門下省을 떠나니
澄心在陸渾.　　맑은 마음은 陸渾에 있다
旋抽隨日俸,　　서둘러 날짜에 따른 봉급을 뽑아서
幷買近山園.　　아울러 산 가까이의 동산을 샀다.
千萬崔兼白,　　수천 수만의 최겸백이
殷勤奉主恩.　　정성스럽게 주상의 은혜 받들리라.
(경련) '旋'－'幷' : 부사, '抽'－'買' : 동사, '隨'－'近' : 동사와 동사로 활용된 형용사, '日'－'山' : 명사, '俸'－'園' : 명사 (역주)

　　　　　　　　　　　　　　　　　　　　　　—원진, 「東臺去」

13.7 칠언율시는 함련에 대장을 사용하지 않은 것이 비교적 드물다. 왜냐하면 오언시는 옛것을 모방할 수 있지만 칠언시는 모방할 수 있는 옛것이 없기 때문이다. 그러나 두보는 때때로 칠언시의 함련에 대를 이룬 것 같지만 실은 아닌 구를 즐겨 사용했다.

搖落深知宋玉悲,	낙엽지면 송옥의 슬픔을 깊이 알겠지만
風流儒雅亦吾師.	그의 풍류와 문장도 또한 나의 스승이다.
悵望千秋一灑淚,	아득히 천 년 뒤에 한번 눈물을 뿌리고
蕭條異代不同時.	쓸쓸히 다른 시대라 같은 때가 아니다.
江山故宅空文藻,	강산의 옛집에는 문장이 부질없이 전해지고
雲雨荒臺豈夢思!	高唐의 雲雨 이야기가 어찌 환상이겠는가!
最是楚宮俱泯滅,	이 모두 초궁과 함께 사라지고 없으니
舟人指點至今疑.	뱃사공은 그 자리 가리키며 아직도 의심한다.

(함련) '悵望'과 '蕭條', '千秋'와 '異代', '一灑淚'와 '不同時'가 각각 대를 이루는 것 같지만 실은 '悵望'이 부사와 동사인 데 반해 '蕭條'는 부사어이고, '千'은 수사인 데 반해 '異'는 형용사이고, '一'은 수사인 데 반해 '不'은 부사이어서 대를 이룬다고 할 수 없다. (역주)

— 두보, 「詠懷古跡五首」(제2수)

錦江春色逐人來,	금강의 봄빛이 사람을 쫓아오고
巫峽清秋萬壑哀.	무협은 가을이라 온 골짜기가 슬픔을 자아낸다.
正憶往時嚴僕射,	지난날의 엄복야가 마침 생각나니
共迎車使望鄉臺.	함께 망향대에서 황제의 사신을 맞았었다.
主恩前後三持節,	주상의 은혜로 전후 세 차례 부절을 지녔었고
軍令分明數舉杯.	군령이 분명하여 수차 축배를 들었다.
西蜀地形天下險,	서촉의 지형은 천하의 험준한 요새이니
安危須仗出群材.	이곳의 안위는 출중한 인재에 의존해야 한다.

(함련) '正憶'과 '共迎'이 둘 다 부사와 동사로서 대를 이루고, '嚴僕射'와 '望鄉臺'가 고유명사로서 대를 이루지만, '往時'가 형용사와 명사인 데 반해 '車使'는 명사와 명사여서 정확하게 대를 이룬다고 할 수 없다. (역주)

— 두보, 「諸將五首」(제5수)

이와 같은 함련은 기껏해야 지극히 관대하고 억지로 갖다 붙인 대우라고 말할 수 있을 뿐이어서 경련과 비교해보면 그 정교한 정도가 훨씬 뒤쳐진다.

13.8 이와 같이 한 연만 대장을 이루는 것을 '빈약한 대장[貧的對仗]'이라고 한다면 세 연 이상이 대장을 이루는 것은 '풍족한 대장[富的對仗]'이라고 한다. 대략 보통의 대장만큼 흔히 보이는 '풍족한 대장'은 앞의 세 연이 대장을 이루는 것인데, 이 종류가 '풍족한 대장' 중에서 가장 많다. 오언율시의 경우 앞 세 연에 대장을 사용한 것이 중간의 두 연에 대장을 사용한 것보다 그다지 적지 않은데, 왜냐하면 오언율시는 수구에 운을 달지 않는 경우가 많아 수련에 대우를 조성하기가 쉽기 때문이다. 다음에 예를 들어본다.

> **今歲今宵盡,**　　금년의 오늘밤은 끝나가고
> **明年明日催.**　　내년의 내일이 다가온다.
> 寒隨一夜去,　　겨울은 이 한 밤을 따라 가고
> 春逐五更來.　　봄이 오경에 뒤이어 올 것이다.
> 氣色空中改,　　계절의 기색이 공중에서 바뀌고
> 容顔暗裏回.　　봄의 얼굴이 어둠 속에서 돌아온다.
> 風光人不覺,　　풍광의 변화를 사람들이 느끼지 못하는 사이에
> 已著後園梅.　　이미 후원의 매화가 이를 드러내었다.
> (수련) '今歲'와 '明年', '今宵'와 '明日'이 각각 명사사조로 대를 이루고, '盡'과 '催'가 동사로 대를 이룬다. (역주)
>
> ── 왕인(王諲), 「除夜」

> **忠義三朝許,**　　충성과 신의를 세 분 임금님께 바쳤고
> **威名四海聞.**　　위세와 명성이 온 나라에 알려져 있다.
> 更乘歸魯詔,　　더욱이 魯로 돌아가라는 조서를 받았으니
> 猶憶破胡勳.　　다시금 오랑캐를 격파한 공훈이 생각난다.
> 別路逢霜雨,　　이별의 길에서 서리와 비를 만나고

行營對雪雲.　병영으로 가면서 눈과 구름을 대하겠지.

明朝郭門外,　내일 아침에 성곽 문 밖에서

長揖大將軍.　대장군에게 길이 인사드리리.

(수련) '忠義'와 '威名', '三朝'와 '四海'가 각각 명사사조로 대를 이루고, '許'와 '聞'이 동사로 대를 이룬다. (역주)

— 장위(張謂), 「餞田尙書還兗州」

古岸扁舟晚,　옛 물가에 일엽편주 늦고

荒園一徑微.　황량한 뜰에 길 하나 작다.

鳥啼新果熟,　새는 지저귀고 새 과일 익었지만

花落故人稀.　꽃은 떨어지고 옛 친구들 드물다.

宿潤侵苔甃,　간밤의 물기가 이끼 낀 벽돌담에 들고

斜陽照竹扉.　저무는 햇빛이 대나무 문짝을 비춘다.

相逢盡鄕老,　만나는 사람은 모두가 고향의 노인들

無復話時機.　다시 시기를 말하는 사람이 없다.

(수련) '古'－'荒' : 형용사, '岸'－'園' : 명사, '扁'－'一' : 수사로 활용된 형용사와 수사, '舟'－'徑' : 명사, '晚'－'微' : 형용사로 대를 이룬다. (역주)

— 장우(張祐), 「晚夏歸別業」

恨與前歡隔,　한은 지난날의 기쁨과 거리가 있고

愁因此會同.　슬픔은 이번의 모임 때문에 같다.

跡高芸閣吏,　秘書省의 관리이니 남긴 자취 높고

名散雪樓翁.　雪樓의 늙은이는 명성이 흩어졌다.

城閉三秋雨,　늦가을의 비에 성문은 닫혔고

帆飛一夜風.　밤새의 바람에 돛배는 날아간다.

酒醒鱸膾美,　맛있는 농어회에 술에서 깨어나면

應在竟陵東.　아마도 경릉의 동쪽에 있겠지.

(수련) '恨'－'愁' : 명사, '與'－'因' : 개사(介詞)와 연사(連詞), '前'－'此' : 형용사, '歡'－'會' : 명사, '隔'－'同' : 자동사와 형용사로 대를 이룬다. (역주)

— 허혼(許渾), 「送韓校書」

13.9 칠언율시는 수련이 대장을 이루는 경우가 많지 않다. 왜냐하면 수구에 운을 다는 것이 보통인데 출구에 운을 달면 대장을 만들기가 쉽지 않기 때문이다. 그러나 수구에 운을 달지 않은 칠언율시는 왕왕 대장을 사용하였다.311) 다음에 예를 들어본다.

支離東北風塵際,   동북의 전란에 제각기 흩어져서
漂泊西南天地間.   서남의 천지에서 떠돌아다닌다.
三峽樓臺淹日月,   삼협의 누대에서 오랜 세월 보내고
五溪衣服共雲山.   오계의 옷을 입고 구름과 산을 함께 한다.
羯胡事主終無賴,   오랑캐의 임금 섬김 끝내 교활했으니
詞客哀時且未還.   시인은 때를 슬퍼해 아직 돌아오지 못했다.
庾信平生最蕭瑟,   유신의 한평생이 가장 쓸쓸했으나
暮年詩賦動江關.   늘그막의 시부가 산천을 뒤흔들었다.
(수련) '支離'－'漂泊' : 동사사조(動詞詞組), '東北'－'西南' : 방위사, '風塵'
   －'天地' : 명사사조, '際'－'間' : 명사로 대를 이룬다. (역주)

—두보, 「詠懷古跡五首」(제1수)

霜臺同處軒窓接,   御史臺에 함께 처해 창문이 접해 있었는데
粉署先登語笑疏.   尙書省에 먼저 올라 웃음소리 드물어졌다.
皓月滿簾聽玉漏,   하얀 달 주렴 가득할 때 물시계 소리 들으며
紫泥盈手發天書.   손에 가득 자주 빛 진흙 쥐고 詔書를 낸다.
吟詩淸美招閒客,   시 읊조림 맑고 고와 한가한 객을 부르고
對酒逍遙臥直廬.   술을 마주하고 소요하다 당직소에 눕는다.
榮貴人間難有比,   부귀영화는 세상에서 비하기가 어려운데도

---

311) 仇兆鰲는 다음과 같이 말했다 : "杜甫詩의 칠율은 首句에 운이 없으면 '五夜漏聲催曉箭, 九重春色醉仙桃'처럼 대장을 사용한 것이 많지만, 首句에 운이 없어도 '使君高義驅今古, 流落三年坐劍州'처럼 대장을 사용하지 않은 것도 있다. 首句에 운이 있으면 '丞相祠堂何處尋, 錦官城外柏森森'처럼 대장을 사용하지 않은 것이 많지만, 首句에 운이 있어도 '勳業終歸馬伏波, 功曹非復漢蕭何'처럼 대장을 사용한 것도 있다. 大家의 변화는 마땅하지 않은 것이 없어서 首聯 처리법의 正變을 후인들이 잘 알아야 할 것이다." ≪附註二十五≫

相公離此十年餘.　　상공은 십 년 여를 여기서 떨어져 지내셨다.

(수련) '霜臺'—'粉署' : 명사사조, '同'—'先' : 부사, '處'—'登' : 동사, '軒窗'
　　—'語笑' : 명사사조, '接'—'疎' : 형용사로 대를 이룬다. (역주)

　　　　　　　　　　　　— 요합(姚合),「和令狐員外直夜寄上相公」

13.10 그러나 수구에 운을 단 율시라고 해서 반드시 수련의 대장을
방해하는 것은 아니다. 어쩌다 편리한 경우가 생기면 여전히 대장을 만
들 수 있다. 다음에 예를 들어본다.

銀燭吐靑烟,　　은빛 촛불은 푸른 연기를 토하고
金尊對綺筵.　　금빛 술잔은 화려한 자리를 대한다.
離堂思琴瑟,　　이별의 집에서 두터운 우정을 생각하고
別路繞山川.　　이별의 길은 산천을 두르고 있다.
明月隱高樹,　　밝은 달은 높은 나무 뒤로 숨고
長河沒曉天.　　은하수는 새벽하늘로 사라졌다.
悠悠洛陽去,　　그대가 유유히 낙양을 떠나가면
此會在何年!　　우리의 만남이 언제 다시 있을까!

(수련) '銀燭'—'金尊' : 명사사조, '吐'—'對' : 동사, '靑烟'—'綺筵' : 명사사조
　　로 대를 이룬다. (역주)

　　　　　　　　　　　　— 진자앙(陳子昂),「春夜別友人」

塗芻去國門,　　塗車와 芻靈이 國都의 문을 나가고[312]
秘器出東園.　　훌륭한 棺이 東園에서 나왔다.[313]
太守留金印,　　태수는 황금빛 인장을 남기셨고
夫人罷錦軒.　　부인은 비단 수레를 물리셨다.
旌旗轉衰木,　　태수의 깃발은 파리한 나무로 바뀌었고
簫鼓上寒原.　　피리와 북이 차가운 벌판에 오른다.
墳樹應西靡,　　무덤의 나무가 응당 서쪽으로 쏠리려니

---

312) '塗車'와 '芻靈'은 옛날 영구를 묘지로 보낼 때 사용하던 물건이다.
313) '東園'은 능묘 안의 기물과 葬具를 제조하고 공급하는 것을 관장했던 관서 이름이다.

長思魏闕恩.　　언제나 朝廷의 은혜를 생각했었다.

(수련) ‘塗芻’−‘秘器’ : 명사사조, ‘去’−‘出’ : 동사, ‘國門’−‘東園’ : 명사사조
　　로 대를 이룬다. (역주)

　　　　　　　　　　　　　　　　　　— 왕유, 「故西河郡杜太守挽歌三首」(제3수)

草生官舍似閑居,　　관사에 풀이 돋아 한가한 거처 같고
雪照南窗滿素書.　　눈빛 비치는 남창에는 서적이 가득하다.
貧後始知爲吏拙,　　가난한 후에야 관직이 졸렬함을 알겠고
病來還喜識人疎.　　병들고 나서야 아는 사람 적은 것을 기뻐한다.
靑雲豈有窺梁燕,　　청운이 어찌 들보 위의 제비를 들여다볼 것이며
濁水應無避釣魚.　　탁수라고 물고기 낚시를 피하지 않을 것이다.
不待秋風便歸去,　　가을바람을 기다리지 않고 돌아가리니
紫陽山下是吾廬.　　자양산 아래가 바로 나의 집이라.

(수련) ‘草’−‘雪’ : 명사, ‘生’−‘照’ : 동사, ‘官舍’−‘南窗’ : 명사사조, ‘似’−
　　‘滿’ : 동사, ‘閑居’−‘素書’ : 명사사조로 대를 이룬다. (역주)

　　　　　　　　　　　　　　　　　　— 허혼(許渾), 「姑熟官舍」

望海樓明照曙霞,　　망해루는 새벽 놀 비쳐들어 밝고
護江隄白踏晴沙.　　호강제는 하얘서 맑게 갠 모래를 밟는다.
濤聲夜入伍員廟,　　파도소리가 밤에 오원의 사당에 들어 오고
柳聲春藏蘇小家.　　버들 소리가 봄에 소소의 집에 숨어든다.
紅袖織綾誇柿蔕,　　붉은 소매의 여인은 비단을 짜며 柿蔕綾을 자랑하고
靑旗酤酒趁梨花.　　푸른 깃발의 주점에서는 배꽃 필 때를 틈타 술을 판다.
誰開湖寺西南路?　　누가 호숫가 절의 서남쪽 길을 열었을까?
草綠裙腰一道斜.　　초록빛 좁은 길 하나가 길게 비껴 있다.

(수련) ‘望海樓’−‘護江隄’ : 고유명사, ‘明’−‘白’ : 형용사, ‘照’−‘踏’ : 동사,
　　‘曙霞’−‘晴沙’ : 명사사조로 대를 이룬다. (역주)

　　　　　　　　　　　　　　　　　　— 백거이, 「杭州春望」

13.11 다른 한 종류의 풍족한 대장은 위에서 언급한 것과 정반대로

율시의 수련에 대장을 사용하지 않고 미련에 대장을 사용한 것이다. 이 것도 대장을 이루는 곳이 세 연 이지만 대장의 위치가 서로 다르다. 이 종류의 풍족한 대장은 대단히 드물게 보이는데, 여기서도 두 개의 예만 들어보겠다.

凉風動萬里,　　서늘한 바람이 만 리 강산에 이는데
群盜尙縱橫.　　도적들은 아직도 도처에서 날뛴다.
家遠傳書日,　　머나먼 집에 서신을 전하는 날에
秋來爲客情.　　가을이 와 나그네의 서글픔이 충만하다.
愁窺高鳥過,　　슬픔에 젖어 하늘 높이 날아가는 새를 바라보고
老逐衆人行.　　노쇠한 몸으로 뭇 사람들의 행렬을 따라간다.
始欲投三峽,　　삼협에서 빠져나오고 싶긴 하지만
何由見兩京!　　무슨 수로 東都와 西都를 볼 수 있으리!
(수련) '始'－'何' : 부사, '欲'－'由' : 동사, '投'－'見' : 동사, '三'－'兩' : 수사,
　　　'峽'－'京' : 명사로 대를 이룬다. (역주)

　　　　　　　　　　　　　　　　　　　　　　　　　　—두보, 「悲秋」

劍外忽傳收薊北,　　劍閣 밖에서 갑자기 관군이 계북을 수복했다고 전해와
初聞涕淚滿衣裳.　　처음 듣고는 눈물이 내 옷을 다 적셨다.
却看妻子愁何在?　　그리곤 처자를 돌아보며 "이제 아무 걱정 없다"고 하고
漫卷詩書喜欲狂.　　이것저것 책을 챙기며 미칠 듯 기뻐하였다.
白日放歌須縱酒,　　한낮에 노래 부르며 마음껏 술을 마시고
青春作伴好還鄉.　　이 좋은 봄 짝하여 고향으로 돌아가야지.
卽從巴峽穿巫峽,　　곧바로 파협에서 무협을 뚫고
便下襄陽向洛陽.　　양양으로 내려가 낙양으로 향하리라.
(미련) '卽'－'便' : 부사, '從'－'下' : 동사, '巴峽'－'襄陽' : 고유명사, '穿'－
　　　'向' : 동사, '巫峽'－'洛陽' : 고유명사로 대를 이룬다. (역주)

　　　　　　　　　　　　　　　　　　　　　　　—두보, 「聞官軍收河南河北」

13.12 율시는 본래 산행(散行)의 구(句)를 빌려 끝을 맺기 때문에 마

지막 연에 대장을 이루는 율시는 시인들이 즐겨 사용하는 것이 아니었다. 그러나 왕유에게는 오히려 시 전체에 대장을 사용한 율시가 더러 있다. 다음에 예를 들어본다.

聞道皇華使,	황제의 사신이 출행하게 되어
方隨皂蓋臣.	검은 덮개의 수레를 따라가신다지.
封章通左語,	기밀문서는 이민족의 언어와 통하고
冠冕化文身.	관리의 위엄이 이민족을 교화시키리.
樹色分揚子,	양자강을 경계로 나무 빛이 달라지고
潮聲滿富春.	조수 소리가 부춘에 가득하리라.
遙知辨璧吏,	멀리서 알겠네 옥을 변별할 줄 아는 관리가
恩到泣珠人.	보답할 줄 아는 이민족에게 은혜를 베풀리라는 것을.

(수련) '皇華使'－'皂蓋臣' : 명사사조, (尾聯) '辨璧吏'－'泣珠人' : 명사사조로 대를 이룬다. (역주)

—「送李判官赴東江」

天上去西征,	하늘 위 서쪽으로 정벌을 가
雲中護北平.	雲中의 北平城을 보호하였다.
生擒白馬將,	백마를 탄 적장을 생포하였고
連破黑鵰城.	검은 수리 같은 城을 연파하였다.
忽見芻靈苦,	갑자기 추령을 보니 마음 괴롭고[314]
徒聞竹使榮.	竹使符의 영광 들은 것 부질없다.[315]
空留左氏傳,	좌씨전이 헛되이 남게 되었으니
誰繼卜商名?	누가 복상의 명성을 이을 것인가?

(수련) '天'－'雲' : 명사, '上'－'中' : 방위사, '去'－'護' : 동사, '西'－'北' : 방위사, '征'－'平' : 동사로 대를 이룬다. 그러나 이것은 차대(借對)이고 실제로는 '雲中'과 '北平'은 지명으로 고유명사이다. (역주)

(미련) '空'－'誰' : 부사와 의문대사(疑問代詞),[316] '留'－'繼' : 동사, '左氏'－

---

314) '芻靈'은 짚으로 만든 사람과 말로, 고인들이 영구를 묘지로 보낼 때 쓰던 물건이다.
315) '竹使符'는 지방관리의 印符로, 州郡의 長官을 가리키기도 한다.

'卜商' : 고유명사, '傳'−'名' : 명사로 대를 이룬다. (역주)

―「故西河郡杜太守挽歌三首」(제1수)

忽聞漢詔還冠冕,	갑자기 관직을 그만두라는 漢皇 명령을 듣고
始覺殷王解網羅.	殷王이 그물에서 풀어준 것을 비로소 느꼈다.
日比皇明猶自暗,	태양도 황제의 밝으심에 비하면 오히려 어둡고
天齊聖壽未云多.	황제의 수명이 하늘과 같다고 해도 많은 것이 아니다.
花迎喜氣皆知笑,	꽃은 상서로운 기운을 맞아 모두 웃을 줄 알고
鳥識歡心亦解歌.	새는 기쁜 마음 알아보고 노래 부를 줄 안다.
聞道百城新佩印,	百城에 관직을 새로 내리신다는 소식을 듣고
還來雙闕共鳴珂.	대궐로 돌아와서 함께 관직을 받게 되었다.

(수련) '忽'−'始' : 부사, '聞'−'覺' : 동사, '漢'−'殷' : 고유명사, '詔'−'王' : 명사, '還'−'解' : 동사, '冠冕'−'網羅' : 명사사조로 대를 이룬다. (역주)

(미련) '聞道'−'還來' : 동사사조, '百城'−'雙闕' : 명사사조, '新'−'共' : 부사, '佩印'−'鳴珂' : 동사로 활용된 명사로 대를 이룬다. (역주)

―「旣蒙宥罪旋復拜官」

두보에게도 한 수가 있다.

禹廟空山裏,	텅 빈 산속에 있는 우임금의 사당
秋風落日斜.	가을바람 부는데 석양이 비쳐든다.
荒庭垂橘柚,	황량한 정원에는 귤과 유자 늘어지고
古屋畵龍蛇.	고옥의 담에는 용과 뱀 그려져 있다.
雲氣生虛壁,	사당 뒤 절벽에서는 구름이 피어오르고
江聲走白沙.	흰 모래밭에서는 강물 소리가 내달린다.
早知乘四載,	진작 네 가지 탈것을 다룰 줄 알았기에
疏鑿控三巴.	넓히고 뚫어서 三巴 수역을 통제하였다.

(수련) '禹廟'−'秋風' : 고유명사와 명사사조, '空山'−'落日' : 명사사조, '裏'−'斜' : 명사('斜'는 여기서 형용사로 사용되었지만, '비탈'이라는 뜻을

---

316) 부사와 의문대사는 鄰對의 범주에 속한다. (15.9 참조)

빌려 借對를 이루었음). (역주)

(미련) ‘早’−‘疏’ : 부사로 활용된 형용사와 동사, ‘知’−‘鑿’ : 동사, ‘乘’−‘控’ : 동사, ‘四’−‘三’ : 수사, ‘載’−‘巴’ : 명사와 고유명사로 대를 이룬다. (역주)

— 「禹廟」

13.13 이와 같은 필요 이상의 대장을 후대에는 모방한 사람이 극히 적었다. 다만 주희(朱熹)의 다음 시만이 이 유형에 들어갈 수 있을 것으로 보인다.

寂寞番王後,	番王이 적막해진 후
光華帝子來.	찬란하게 제왕의 자식이 왔다.
千年餘故國,	천 년 여를 버틴 고국이
萬事只空臺.	만사는 끝나고 단지 텅 빈 누대만 남았다.
日月東西見,	해와 달이 동쪽과 서쪽에서 보이고
湖山表裏開.	호수와 산이 안과 밖에서 열렸다.
從知爽鳩樂,	전부터 爽鳩氏의 음악을 알았으니
莫作雍門哀.	雍門子周의 슬픈 음악을 짓지 말라.

(수련) ‘寂寞’−‘光華’ : 형용사사조, ‘番王’−‘帝子’ : 명사사조, ‘後’−‘來’ : 동사로 대를 이루고[317] (尾聯) ‘從’−‘莫’ : 부사, ‘知’−‘作’ : 동사, ‘爽鳩’−‘雍門’ : 고유명사, ‘樂’−‘哀’ : 명사와 명사로 활용된 형용사로 대를 이룬다. (역주)

— 「登定王臺」

13.14 율시의 대장을 이해하고 나면 배율의 대장은 쉽게 이해할 수 있다. 배율도 율시와 마찬가지로 수련과 미련은 대장을 사용하지 않을 수 있다. 그리고 중간에 몇 개의 연이 있건 간에 일률적으로 반드시 대장을 사용해야 한다. 배율은 대개 오언이라 수구에 운을 달지 않은 것이

---

317) ‘後’는 여기서 방위사의 뜻으로 쓰였지만 동사로 활용되기도 하므로 일종의 借對로 볼 수 있다.

많기 때문에 수련도 오언율시와 마찬가지로 대장을 만들기가 쉬워서 심지어는 오언율시의 경우보다 더욱 흔히 보이므로 이것을 정격으로 인정해야 할 것이다. 미련은 끝맺음이기 때문에 대장을 사용한 것이 대단히 드물다. 이제 이 두 가지를 나누어서 예를 들어보겠다.

① 미련을 빼고는 일률적으로 대장을 사용한 것(정례).

嶺外資雄鎭,　　五嶺 이남은 요충지의 자격이 있어서
朝端寵節旄.　　조정은 節度使를 중시하였다.
月卿臨幕府,　　조정의 귀한 관리가 막부에 임하여
星使出詞曹.　　황제의 사자로써 翰林院을 나섰다.
海對羊城闊,　　바다는 양성을 마주하여 넓게 펼쳐있고
山連象郡高.　　산은 상군에 이어져 높이 솟아 있다.
風霜驅瘴癘,　　바람과 서리가 瘴氣와 염병을 몰아내고
忠信涉波濤.　　충성과 신의가 파도를 헤치고 건넌다.
別恨隨流水,　　이별의 슬픔이 흐르는 물을 따르고
交情脫寶刀.　　우리의 우정은 보검을 벗어났다.
有才無不適,　　재능이 있으면 못 갈 곳이 없으니
行矣莫徒勞!　　가서 헛되이 애쓰지 마시게!
(수련) '嶺'－'朝' : 명사, '外'－'端' : 방위사, '資'－'寵' : 동사, '雄鎭'－'節旄'
　　　 : 명사사조로 대를 이룬다. (역주)

　　　　　　　　　　　　　　　 ─고적, 「送柴司戶充劉卿判官之嶺外」

② 수련과 미련 모두에 대장을 사용하지 않은 것(변례).

江城含變態,　　강변 성의 기후는 변화가 많아서
一上一回新.　　오를 때마다 느낌이 새롭다.
天欲今朝雨,　　하늘은 오늘 아침에 비를 내릴 듯하고
山歸萬古春.　　산에는 영겁의 세월에 봄이 돌아왔다.
英雄遺事業,　　영웅 유비는 이곳에 미완의 사업을 남겼고

衰邁久風塵.　　쇠약해가는 나는 오랫동안 풍진에 시달렸다.
取醉他鄉客,　　타향의 나그네라 술로 세월을 보내는데
相逢故國人.　　오늘은 고향에서 온 친구를 만났다.
兵戈猶擁蜀,　　군대와 무기가 여전히 촉 땅을 에워싸고
賦斂強輸秦.　　인민은 억지로 조정에 세금을 납부한다.
不是煩形勝,　　이곳의 빼어난 지형이 싫은 것이 아니라
深慚畏損神.　　나라의 위난이 부끄러워 상심할 것이 두렵다.

　　　　　　　　　　　—두보, 「上白帝城二首」(제1수)

③ 시 전체에 대장을 사용한 것(아주 드문 경우임).

彩仗連宵合,　　채색 베푼 의장이 밤새도록 모여 있고
瓊樓拂曙通.　　화려한 누대는 날이 밝도록 통해 있다.
年光三月裏,　　세월은 어느덧 삼월이라
宮殿百花中.　　궁전에는 온갖 꽃이 피어 있다.
不數秦王日,　　진왕의 날짜를 헤아리지 않고
誰將洛水同?　　누가 낙수와 같게 할 수 있을까?
酒筵嫌落絮,　　술자리는 떨어지는 버들 솜 싫어하고
舞袖怯春風.　　춤추는 여인들은 봄바람을 겁낸다.
天保無爲德,　　하늘은 無爲의 덕을 지키시고
人歡不戰功.　　사람은 싸우지 않는 공을 좋아한다.
仍臨九衢宴,　　다시 번화한 시가의 연회에 임했으니
更達四門聰.　　더욱 사방의 소리를 잘 들을 수 있겠다.
(수련) '彩仗'—'瓊樓': 명사사조, '連'—'拂': 동사, '宵'—'曙': 명사, '合'—
　　　'通': 동사로 대를 이룬다. (역주)
(미련) '仍'—'更': 부사, '臨'—'達': 동사, '九衢'—'四門': 명사사조, '宴'—
　　　'聰': 명사와 명사로 활용된 형용사로 대를 이룬다. (역주)

　　　　　　　　　　　—왕유, 「三月三日勤政樓侍宴應制」

13.15 절구는 율시의 두 연을 절취한 것이어서 수련과 미련을 절취

한 것이라면 대장을 전혀 사용하지 않고, 후반의 두 연을 절취한 것이라
면 앞 연에 대장을 사용하고 뒷 연에는 대장을 사용하지 않으며, 전반의
두 연을 절취한 것이라면 앞 연에 대장을 사용하지 않고 뒷 연에는 대
장을 사용하며, 가운데의 두 연을 절취한 것이라면 전체에 대장을 사용
한다.318) 앞의 제3절에서 이미 상세하게 설명하고 예를 들었으므로 여

---

318) 仇兆鰲는 다음과 같이 말했다: "오언절구는 漢·魏의 樂府에서 시작하여 六朝 때에
   점차 번성했고 唐人에 이르러 더욱 성하였다. 대체로 시작과 끝에 대장을 쓰지 않은
   것은 단숨에 내달아 저절로 首尾를 이루니 이것이 正法이다. 네 구에 모두 대장을 사
   용하면 율시의 가운데 두 연과 같아서 수미가 호응하는 묘를 보기 힘들다. 반드시 王勃
   「贈李十四」시: '亂竹開三徑, 飛花滿四鄰. 從來揚子宅, 別有尙玄人', 岑參(王之渙임
   －왕력주) 「登鸛雀樓」시: '白日依山盡, 黃河入海流. 欲窮千里目, 更上一層樓', 錢起
   「江行」시: '兵火有餘燼, 貧村才數家. 無人爭曉渡, 殘月下寒沙', 令狐楚 「從軍」시:
   '胡風千里驚, 漢月五更明. 縱有還家夢, 猶聞出塞聲'과 같아야 한다. 이 몇 수의 시는
   모두 대장을 이루고 있으면서도 뜻이 물 흐르듯 하여 네 구가 저절로 수미를 이루니
   참으로 가작이다. 杜甫의 「武侯廟」시: '遺廟丹靑落, 空山草木長. 猶聞辭后主, 不復臥
   南陽'은 그 기상이 雄偉하고 언어가 적절하여 諸公의 것보다 더 뛰어나다. '遲日' 한
   수가(杜甫의 절구 '遲日江山麗, 春風花草香'을 가리킨다－왕력주) 學堂의 對句 같을
   뿐이라고 말하지 말라. 대장을 사용한 것으로 시작하여 대장을 사용하지 않은 것으로
   끝맺은 절구로는 盧僎 「南樓望」시: '去國三巴遠, 登樓萬里春. 傷心江上客, 不是故鄕
   人', 李白 「獨坐敬亭山」시: '衆鳥高飛盡, 孤雲獨去閑. 相看兩不厭, 只有敬亭山', 柳
   宗元 「江雪」시: '千山鳥飛絶, 萬徑人蹤滅. 孤舟蓑笠翁, 獨釣寒江雪' 등이 있고, 대장
   을 사용하지 않은 것으로 시작하여 대장을 사용한 것으로 끝맺은 절구로는 駱賓王 「易
   水送別」시: '此地別燕丹, 壯士髮衝冠. 昔時人已沒, 今日水猶寒', 宋之問 「別杜審言」
   시: '臥病人事絶, 嗟君萬里行. 河橋不相送, 江樹遠含情', 孟浩然 「宿建德江」시: '移
   舟泊烟渚, 日暮客愁新. 野曠天低樹, 江淸月照人'('月近人'이 옳다－왕력 주) 등이 있
   다. 杜甫詩 중에 '江碧鳥逾白, 山靑花欲然. 今春看又過, 何日是歸年?'은 雙起單結體
   (대장을 사용한 것으로 시작하여 대장을 사용하지 않은 것으로 끝맺은 절구－역주)이
   고, '江上亦秋色, 火雲終不移. 巫山猶錦樹, 南國且黃鸝'는 單起雙結體이다. 또한 네
   구가 대장을 이룬 것 같지만 사실은 아니어서 특히 高古하게 보이는 것이 있다. 예를
   들어 裴迪 「孟城坳」시: '結廬古城下, 時登古城上. 古城非疇昔, 今人自來往', 太上隱
   者 「答人」시: '偶來松樹下, 高枕石頭眠. 山中無歷日, 寒盡不知年'은 좁은 길을 완전
   히 벗어난 것이다. 杜甫의 시로 '萬國尙戎馬, 故園今若何? 昔歸相識少, 早已戰場多'
   같은 것은 대장을 쓰지 않은 渾成의 작품이다." 또한 仇兆鰲는 楊愼의 말을 인용하여
   다음과 같이 말했다: "절구의 네 구가 모두 대장을 이룬 것으로 두보의 '兩個黃鸝鳴翠
   柳'가 있다. 그러나 서로 連屬되어 있지 않아 율시의 가운데 4구일 뿐이다. 唐人의 절
   구 만 수 중에서 韋應物 '踏閣攀林恨不同, 楚雲滄海思無窮. 數家砧杵秋山下, 一郡荊
   榛寒雨中,', 劉長卿 '寂寂孤鶯啼杏園, 寥寥一犬吠桃源. 落花芳草無尋處, 萬壑千峰獨

기서는 더 언급하지 않는다.

閉門'의 두 수는 절묘하다. 字句가 대를 이루고 있지만 뜻이 일관되어 있다. 그밖에 李嶠 「送司馬承禎還山」: '蓬閣桃源兩地分, 人間海上不相聞. 一朝琴裏悲黃鶴, 何日山頭望白雲?', 柳中庸 「狂人怨」: '歲歲金河復玉關, 朝朝馬策與刀鐶. 三春白雪歸青冢, 萬里黃河繞黑山', 周樸 「邊塞曲」: '一隊風來一隊沙, 有人行處沒人家. 黃河九曲冰先合, 紫塞三春不見花'는 역시 그 다음이다." 仇兆鰲는 말했다: "升庵이 인용한 것은 이 一體이다. 唐人은 여러 법식을 다 갖추고 모두 참고하여 제가의 장점을 취하였다. 대장을 전혀 쓰지 않은 절구는 율시의 首聯과 尾聯을 잘라 쓴 것이다. 예를 들어 李白 「春夜洛城聞笛」: '誰家玉笛暗飛聲? 散入春風花滿城. 此夜曲中聞折柳, 何人不起故園情?', 張繼 「楓橋夜泊」: '月落烏啼霜滿天, 江楓漁火對愁眠. 姑蘇城外寒山寺, 夜半鐘聲到客船' 등이 있다. 두 연에 다 대장을 사용한 것은 율시의 가운데 네 구를 잘라 쓴 것이다. 예를 들어 張仲素 「漢苑行」: '回雁高飛太液池, 新花低發上林枝. 年光到處皆堪賞, 春色人間總未知', 王烈 「塞上曲」: '紅顔歲歲老金微, 砂磧年年臥鐵衣. 白草城中春不入, 黃花戍上雁長飛' 등이 있다. 대장을 사용한 것 같지만 아닌 것으로는 張祜 「胡渭州」: '亭亭孤月照寒舟, 寂寂長江萬里流. 鄕國不知何處是, 雲山漫漫使人愁', 張敬忠 「邊詞」: '五原春色舊來遲, 二月垂楊未挂絲. 即今河畔冰開日, 正是長安花發時' 등이 있다. 대장을 사용하지 않은 것으로 시작하여 대장을 사용한 것으로 끝맺은 절구는 율시의 앞 네 구를 잘라 쓴 것이다. 예를 들어 李白 「上皇西巡歌」: '誰道君王行路難, 六龍西幸萬人歡. 地轉錦江成渭水, 天回玉壘作長安', 李華 「春行寄興」: '宜陽城下草萋萋, 澗水東流復向西. 芳草無人花自落, 春山一路鳥空啼' 등이 있다. 대장을 사용한 것으로 시작하여 대장을 사용하지 않은 것으로 끝맺은 절구는 율시의 뒤 네 구를 잘라 쓴 것이다. 예를 들어 李白 「東魯門泛舟」: '日落沙明天倒開, 波搖石動水縈回. 輕舟泛月尋溪轉, 疑是山陰雪後來', 雍陶 「韋處士郊居」: '滿庭詩景飄紅片, 繞砌琴聲滴暗泉. 門外晩晴秋色老, 萬條寒玉一溪烟' 등이 있다. 한 수 전체에 걸쳐 성률이 근엄하여 한 글자도 위배됨이 없는 것으로는(제1, 제3자가 모두 평측 격식에 따른 것ㅡ왕력주) 白居易 「竹枝詞」: '瞿塘峽口冷烟低, 白帝城頭月向西. 唱到竹枝聲咽處, 寒猿晴鳥一時啼'('竹'자와 '晴'자는 완벽한 성률에서 제외된다ㅡ왕력 주), 賈島 「渡桑乾」: '客舍幷州已十霜, 歸心日夜憶咸陽. 無端更渡桑乾水, 却望幷州是故鄕' 등이 있다. 평측이 조화롭지 않아 칠언고시에 가까운 것으로는 李白 「山中問答」: '問余何意棲碧山, 笑而不答心自閑. 桃花流水杳然去, 別有天地非人間', 韋應物 「滁州西澗」: '獨憐幽草澗邊生, 上有黃鸝深樹鳴. 春潮帶雨晚來急, 野渡無人舟自橫' 등이 있다. 평측이 조화롭지 않으면서 측운을 취한 것으로는 君山 「父老閑吟」: '湘中老人讀黃老, 手援紫藟坐碧草. 春至不知湖水深, 日暮忘却巴嶺道', 李洞 「秀嶺宮」: '春草萋萋春水綠, 野棠開盡飄香玉. 繡嶺宮前鶴髮翁, 猶唱開元太平曲' 등이 있다. 首句에 운각을 취하지 않고 측성으로 평성과 대를 이룬 것으로는 王維 「九日憶兄弟」: '獨在異鄕爲異客, 每逢佳節倍思親. 遙知兄弟登高處, 遍揷茱萸少一人', 「戱題盤石」: '可憐盤石臨泉水, 復有垂楊拂酒杯. 若道春風不解意, 何因吹送落花來?' 등이 있다." ≪附註二十六≫

제14절 대장의 종류

14.1 앞에서 이미 대장의 범주가 좁을수록 더욱 정교한 대장임을 말하였으므로 이제 대장의 범주에 대해 이야기해보자. 시인들은 동사·부사·대명사 등에 대해 상세하게 분류하지 않았다. 형용사에서는 색깔과 숫자(숫자를 형용사로 본다면)만 별도의 종류를 이루었고 다른 것들은 세분하지 않았다. 그러므로 이른바 대장의 범주는 대략 명사의 범주와 같다. 시인들은 명사의 범주에 대해서는 매우 상세하게 나누었다. 같은 종류의 명사끼리 대를 이루면 공대(工對)라고 하고, 그렇지 않으면 관대(寬對)라고 할 수 있다. 그러나 명사의 범주에 대한 명문화된 규정은 없는 것 같고 과거시대(科擧時代)의 몇몇 운서(韻書)에 약간의 부문이 부록으로 실려 있을 뿐이다.[319] 이제 전통의 견해에 대체로 따르면서 약간

---

[319] 『詩韻合璧』下層에 『詩韻集成』이 실려 있고, 中層에 『詞林典腋』이 실려 있고, 上層에 『詩腋』이 실려 있다. 『詞林典腋』과 『詩腋』은 전적으로 對偶의 詞句를 수록하고 아울러 門類를 나누어 시범으로 삼았다. 『詞林典腋』이 분류한 門類는 다음과 같다. 1. 天文門 2. 時令門 3. 地理門 4. 帝后門 5. 職官門 6. 政治門 7. 禮儀門 8. 音樂門 9. 人倫門 10. 人物門 11. 閨閣門 12. 形體門 13. 文事門 14. 武備門 15. 技藝門 16. 外敎門 17. 珍寶門 18. 宮室門 19. 器用門 20. 服飾門 21. 飮食門 22. 菽栗門 23. 布帛門 24. 草木門 25. 花卉門 26. 果品門 27. 飛鳥門 28. 走獸門 29. 鱗介門 30. 昆蟲門. 外編 1. 臺頭對(제왕을 歌頌하는 말을 가리킴) 2. 顔色對 3. 數目對 4. 卦名對 5. 干支對 6. 姓名人物對 7. 虛字對. 『詩腋』이 분류한 門類는 다음과 같다: 1. 帝治部 2. 仕進部 3. 德性部 4. 人倫部 5. 人事部 6. 天文部 7. 時令部 8. 地理部 9. 禮制部 10. 樂律部 11. 文學部 12. 文具部 13. 武備部 14. 武具部 15. 外敎部 16. 形體部 17. 技藝部 18. 宮室部 19. 服飾部 20. 器用部 21. 珍寶部 22. 稼穡部 23. 農桑部 24. 飮食部 25. 草部 26. 木部 27. 花部 28. 果部 29. 禽部 30. 獸部 31. 鱗介部 32. 昆蟲部. 外編 1. 干支 2. 方位 3. 數目 4. 彩色. 그러나 『詞林典腋』과 『詩腋』의 목적은 詞藻 방면에 착안한 것일 뿐, 同門相對라야 정교한 대장임을 규정한 것이 아니다. 만약 전적으로 대장을 가지고 논했다면 분류는 자연 폭이 넓어졌을 것이다. 예를 들어 『詞林典腋』은 '蘭'을 草木門에 넣고 '菊'을 花卉門에 넣었지만(『詩腋』도 같다), '蘭'과 '菊'을 대응시키면 가장 정교한 것이 될 것이다. 이런 연유로 우리는 草木花果를 하나의 門으로 합병시켰다. 이런 방법으로 병합한 결과가 11類 28門이다(人名, 地名, 숫자, 方位, 색깔, 干支, 虛字를 포함함). ≪附註二十七≫

통폐합하여 서술해보면 다음과 같다.

14.2 제1류

(甲) 천문문(天文門)

예자(例字): 天 空 日 月 風 雨 霜 雪 霰 雷 電 虹 霓 霄 雲 霞 靏 氣
烟 星 斗 嵐 陽 照 暉 曛 露 霧 烽 火 陰 颸

예구(例句):

海雲迷驛道,   바다의 구름에 역참 길을 잃었고
江月隱鄉樓.   강 위의 달빛이 고향 누대를 감추었다.

—이백, 「寄淮南友人」

北風隨爽氣,   북풍은 서늘한 기운을 따라 불어오고
南斗避文星.   남두는 그대 文星을 멀리 피한다.

—두보, 「衡州送李大夫七丈勉赴廣州」

渡頭餘落日,   나루에는 저무는 햇빛만이 남아 있고
墟里上孤煙.   마을에선 한 줄기 연기가 피어오른다.

—왕유, 「輞川閑居贈裴秀才迪」

濕濕嶺雲生竹菌,   축축한 고개 구름이 대와 버섯을 나게 하고
冥冥江雨熟楊梅.   자욱한 강 비에 버들과 매화가 자란다.

—왕안석(王安石), 「寄袁州曹伯玉使君」

支枕星河橫醉後,   취한 후 팔 베고 누우니 은하가 가로 놓여 있고
入簾風絮報春深.   바람에 실려 주렴 안에 드는 버들솜은 봄이 깊었음을
                알린다.

—진관(秦觀), 「次韻裴仲謨和何先輩二首」(제2수)

(乙) 시령문(時令門)

예자(例字): 年 歲 月 日 時 刻 世 節 春 夏 秋 冬 晨 夕 朝 晚 午 宵
晝 夜 伏 臘 寒 暑 晦 朔 昏 曉 閏

예구(例句):

酒醒秋簟冷,　술에서 깨어나니 대자리 차갑고
風急夏衣輕.　바람이 세차니 여름옷이 가볍다.

— 원진(元稹),「晚秋」

萬木迎秋序,　수만의 나무들이 가을을 맞이하고
千峰駐晚暉.　수천의 봉우리에 저녁 햇빛이 머문다.

— 이가우(李嘉祐),「至七里灘作」

黍苗期臘酒,　기장 싹으로 섣달 술을 기약하고
霜葉是寒衣.　서리 내린 잎은 겨울옷이다.

— 포하(包何),「江山田家」

送春唯有酒,　봄을 보내는 데는 오직 술이 있고
銷日不過棊.　소일거리에는 바둑만한 것이 없다.

— 백거이(白居易),「官舍閑題」

半夜灰移琯,　한밤중에 재가 옥피리로 옮겨가고
明朝帝御裘.　내일 아침이면 황제가 갖옷을 입으신다.

— 원진,「賦得九月盡」

隔歲鄕書絶,　해가 바뀌도록 집의 편지 끊어졌고
新寒酒病生.　새로운 추위에 술병이 생겼다.

— 장영(張詠),「縣齋秋夕」

雪徑晴猶凍,　눈길은 갠 날에도 얼어 있고
烟江晚不潮.　안개 서린 강은 저녁에도 조수가 들지 않는다.

— 주부(周孚), 「贈蕭光祖」

14.3　제2류

(甲) 지리문(地理門)

예자(例字): 地 土 山 水 江 河 川 湖 海 波 浪 濤 潮 冰 池 洲 渚 林
京 國 郊 潭 渠 橋 鄕 村 關 塞 戍 城 市 道 路 徑 衢 峰
園 苑 圃 墓 墳 巖 崖 石 磴 堤 隴 禁 按 郭 郊 州 縣 邑
郡 鎭 墟 壤 泥 畦 岸 峽 田 谷 島 嶼 浦 溪 境 家 嶺 原
澗 渡 驛 塘 沙 塵 泉 岡 磯

예구(例句):

紅顏歸故國,　젊은 얼굴로 고향에 돌아가고
靑歲歇芳洲.　봄날 방초 우거진 모래섬에서 쉰다.

— 이백, 「寄淮南友人」

野涼侵閉戶,　야외의 서늘한 기운이 닫힌 문 안으로 들어오고
江滿帶維舟.　강물 가득하여 매놓은 배를 띄우고 있다.

— 두보, 「夜雨」

虜騎瞻山哭,　오랑캐 기병은 산을 바라보며 통곡하고
王師拓地飛.　황제의 군대는 나는 듯이 영토를 확장한다.

— 서구고(徐九皐), 「戰城南」

柳堤隨草遠,　버드나무 제방은 풀 따라 멀리 뻗어 있고

麥隴帶桑平.　보리 이랑은 뽕나무를 띠고 평평히 늘어섰다.

　　　　　　　　　　　　　— 범성대(范成大),「將至石湖」

怪松敧岸出,　기괴한 소나무가 언덕에 기대어 솟아 있고
古廟背河開.　옛 사당은 강을 등지고 펼쳐져 있다.

　　　　　　　　　　　　　— 양만리(楊萬里),「過張王廟」

(乙) 궁실문(宮室門)

예자(例字) : 房 宅 廬 舍 樓 臺 堂 齋 宮 室 閤 門 閭 塔 巷 街 牆 垣
　　　　　壁 窗 牖 戶 檻 梁 柱 簷 廊 階 砌 庭 除 倉 庫 壇 籬 扉
　　　　　闕 殿 署 井 欄 楹 寺 觀 廟 店 堞 壘 屯 瓦 甍 館 亭 榭

예구(例句) :

隔牖風驚竹,　창문 너머로 바람에 대나무 놀라고
開門雪滿山.　문을 여니 눈이 산에 가득하다.

　　　　　　　　　　　　　　　— 왕유,「冬晚對雪」

霜引臺烏集,　서리가 누대로 까마귀 모여들게 하고
風驚塔雁飛.　바람에 놀라 탑의 기러기 날아간다.

　　　　　　　　　　　— 장위(張謂),「道林寺送莫侍御」

唯看上砌濕,　다만 섬돌로 습기 올라오는 것이 보이고
不遣入簾深.　주렴 안으로 깊이 들어오지 못하게 한다.

　　　　　　　　　　　— 포하(包何),「賦得隔簾見春雨」

石壇遺鸛羽,　석단에는 황새의 날개가 남아 있고
粉壁剝龍形.　하얀 벽에는 용의 형태가 벗겨졌다.

　　　　　　　　　　　— 조사수(趙師秀),「桐柏觀」

14.4 제3류

(甲) 기물문(器物門)

예자(例字): 舟 船 舫 舠 車 輦 鐘 磬 牀 榻 枕 簟 席 茵 旌 旗 鼓 角
干 戈 刀 劍 弓 箭 槍 槊 戟 弩 燈 檠 鏡 案 座 幌 簾 箔
幃 屏 帷 幄 香 燭 爐 棹 檝 篷 檣 帆 槳 橈 壺 杯 觴 樽
舡 珂 鈴 轡 鞍 鞭 策 繩 甌 釜 箱 篋 尺 盤 盌 盆 缸 鑰
錢 簞 瓢 杓 甕 瓶

예구(例句):

尋花緩轡透迤去,　꽃을 찾아 천천히 말을 몰며 구불구불 가고
帶酒垂鞭蹉蹀來.　술병을 들고 채찍 늘어뜨린 채 터벅터벅 온다.
　　　　　　　　　　　　— 유우석(劉禹錫), 「裴相公大學士見示」

大瓢貯月歸春甕,　큰 표주박으로 달을 담아 봄 단지에 넣어 돌아오고
小杓分江入夜瓶.　작은 국자로 강물을 나누어 밤 병에 넣는다.
　　　　　　　　　　　　— 소식(蘇軾), 「汲江煎茶」

晚色催征棹,　날이 저물어 가는 배를 재촉하는데
斜陽戀去檣.　석양은 사라져 가는 돛대를 아쉬워한다.
　　　　　　　　　　　　— 양만리(楊萬里), 「過張王廟」

前騶驅弩過,　앞선 시종이 쇠뇌를 몰고 지나가고
別境荷戈還.　다른 곳으로 창을 메고 돌아간다.
　　　　　　　　　　　　— 한기(韓琦), 「過故關」

綵樹轉燈珠錯落,　채색 기둥에 등불 두르니 밝은 구슬 반짝이는 듯하고
繡檀迴枕玉雕鎪.　빙 둘러 수놓은 단향목 베게는 옥을 조각한 것 같다.
　　　　　　　　　　　　— 이상은(李商隱), 「富平少侯」

(乙) 의식문(衣飾門)

예자(例字): 衣 裳 襟 袂 裙 裾 巾 冠 帽 環 釵 珮 璫 帶 紋 綬 簪 纓
　　　　　杖 屨 靴 屐 袍 衫 裘 襦 氈 扇 冕 旒 盔 甲

예구(例句):

歌榭白團扇,　　노래하는 정자의 하얀 둥근 부채
舞筵金縷衫.　　춤추는 자리의 금실 적삼.
　　　　　　　　　　　　　　　　　—유우석, 「和汴州令狐相公」

草潤衫襟重,　　풀이 젖어 있어 적삼 옷깃이 무겁고
沙乾屐齒輕.　　모래가 말라 있어 나막신 굽이 가볍다.
　　　　　　　　　　　　　　　　　—백거이(白居易), 「野行」

便留朱紱還鈴閣,　　붉은 인끈 놓아두고 집무실로 돌아왔고
却著靑袍侍玉除.　　다시 청포를 입고 조정에서 황제를 모신다.
　　　　　　　　　　　　　　　　　—백거이, 「初除尙書郎脫刺史緋」

燕山臘雪銷金甲,　　연산의 섣달 눈이 무쇠 갑옷을 녹이고
秦苑秋風脆錦衣.　　진원의 가을바람이 비단 옷을 무르게 한다.
　　　　　　　　　　　　　　　　　—황도(黃滔), 「塞上」

(丙) 음식문(飮食門)

예자(例字): 酒 茶 糕 餠 餳 醪 齋 膾 藥 丹 餐 茗 釀 醅 漿 飯 肴 饌
　　　　　蔬 筍 茱 酎 粥 饘 醢 醯 鹽 脤 胙 羹 湯 脯 蜜

예구(例句):

受脤新梁苑,　　새로운 梁苑에서 祭肉을 받으셨고
和羹舊傅巖.　　傅說의 옛 은거지에서 朝政을 보좌하신다.
　　　　　　　　—유우석, 「和汴州令狐相公到鎭改月偶書所懷二十二韻」

身健却緣餐飯少,　　밥을 적게 먹어서 오히려 몸이 건강하고
詩淸都爲飮茶多.　　모두 차를 많이 마시는 덕에 시가 맑다.
　　　　　　　　　　　　　　—서기(徐璣),「贈徐照」

酒似粥醲知社到,　　술이 죽처럼 진해져 社日이 도래했음을 알겠고
餠如盤大喜秋成.　　떡이 쟁반같이 커서 가을의 수확을 기뻐한다.
　　　　　　　　　　　　　　—육유(陸游),「秋晚閑步」

醞成千日酒,　　천일을 취할 수 있는 술을 빚으니[320]
味敵五雲漿.　　맛이 오운장 같은 美酒에 필적한다.
　　　　　　　　—유우석,「和令狐相公謝大原李侍中寄蒲桃」

14.5　제4류

(甲) 문구문(文具門)(文人의 용품을 포괄함)

예자(例字) : 筆 墨 硯 紙 牋 印 鈐 籖 筒 籌 簽 書 劍 琴 瑟 絃 簫 笛
　　　　　棊 卷 軸 幅 幛 簡 策 冊 翰 毫

예구(例句) :

毫端分馬類,　　붓끝으로 말과 소를 분별하고
墨點辨蛾眉.　　먹 점으로 아미를 변별한다.
　　　　　　　　　　—구양첨(歐陽詹),「早秋登慈恩寺塔」

童心便有愛書癖,　　어린 마음에도 책을 사랑하는 습성이 있었고
手指今餘把筆痕.　　손가락에는 지금도 붓을 잡은 흔적이 남아 있다.
　　　　　　　　　　　—유우석,「送周魯儒赴擧」

---

320) 텍스트에는 '千日'이 '十日'로 되어 있는데, 誤字이다.

靜對揮宸翰,　　조용히 조정의 붓을 움직여 쓰고
閑臨襞彩牋.　　한가히 잘 접힌 채색 편지를 접한다.
　　　　　　　—유우석, 「奉和中書崔舍人八月十五日夜玩月二十韻」

(乙) 문학문(文學門)

예자(例字) : 詩 書 賦 檄 疏 章 句 經 論 集 策 約 文 字 信 緘 詔 令
　　　　　符 籙 旨 敕 篇 編 碑 碣 詞 辭 詠 圖 畵 歌 謠 制 誥 典
　　　　　籍 札

예구(例句) :

舊約鷗能記,　　지난 언약을 갈매기도 기억할 수 있고
新詩鴈不傳.　　새로운 시를 기러기도 전하지 않는다.
　　　　　　　—주부(周孚), 「元日懷陳道人」

匡衡抗疏功名薄,　　광형처럼 소를 올렸지만 나의 공명은 박하기만 하고
劉向傳經心事違.　　유향처럼 경전을 전하고 싶었지만 심사가 어긋났다.
　　　　　　　—두보, 「秋興八首」(제3수)

子美集開詩世界,　　두보의 시집은 시 세계를 새로 열었고
伯陽書見道根源.　　노자의 책은 도의 근원을 밝혀 놓았다.
　　　　　　　—왕우칭(王禹偁), 「日長簡仲咸」

近書無便寄,　　최근에 쓴 편지를 부칠 방법이 없고
新句與誰評?　　새로운 시구를 누구와 더불어 평하나?
　　　　　　　—조사수(趙師秀), 「楊柳塘寄徐照」

燈火詩書如夢寐,　　등불 아래의 시와 서는 꿈만 같고
麒麟圖畵屬浮雲.　　기린의 그림은 뜬구름에 속한다.
　　　　　　　—황정견(黃庭堅), 「次韻外舅謝師厚」

渤海歸人將集去,　발해로 돌아가는 사람이 문집을 가져 갔고
梨園弟子請詞來.　이원의 제자들이 가사를 청해 왔다.
　　　　　　　　　　　— 유우석, 「酬楊司業巨源見寄」

制誥留臺閣,　상서성에 머물러 황제의 詔書를 기초하였고
歌詞入管弦.　가사는 관악기와 현악기로 傳唱되었다.
　　　　　　　　　　　— 유우석, 「酬樂天醉後狂吟十韻」

幾日賦詩秋水寺,　며칠 동안 추수사에서 시를 지었고
經年草詔白雲司.　해를 넘기며 刑部에서 詔書를 기초하였다.
　　　　　　　　　　　— 조하(趙嘏), 「送李蘊赴鄭州」

14.6　제5류

(甲) 초목화과문(草木花果門)

예자(例字) : 樹 木 花 草 蘿 藤 柳 楊 蕉 荇 蓼 菊 桂 枝 條 葉 桃 杏
　　　　　李 梅 蕊 絮 梨 榴 橙 橘 柑 柚 蘆 荻 麥 禾 苔 蘚 藥 蔬
　　　　　蓮 荷 莖 根 竹 篁 梗 蕪 萼 蔕 蘭 蕙 芝 葛 椒 松 柏 菱
　　　　　芡 藻 榆 杉 椿 萱 楸 樗 葭 葦 蒲
예구(例句) :

一川花送客,　온 들판의 꽃이 나그네를 전송하고
二月柳迎春.　이월의 버드나무가 봄을 맞이한다.
　　　　　　　　　　　— 기무잠(綦毋潛), 「送鄭務拜伯父」

餘滴下纖蕊,　섬세한 꽃잎에서 남은 물방울 떨어지고
殘珠墮細枝.　가느다란 가지에서 남은 구슬 떨어진다.
　　　　　　　　　　　— 원진(元稹), 「賦得雨後花」

葦乾雲夢色,　　마른 갈대는 雲夢澤의 빛깔
橘熟洞庭香.　　익은 귤은 洞庭湖의 향기.

—마대(馬戴), 「送客南遊」

新水亂侵靑草路,　　새로 불은 물이 푸른 풀길을 마구 침범하고
殘煙猶傍綠楊邨.　　남은 연기는 여전히 버드나무 촌 곁에 있다.

—옹도(雍陶), 「塞路晚晴」

(乙) 조수충어문(鳥獸蟲魚門)

예자(例字): 馬 牛 鷄 犬 鴻 雀 鯉 鱸 鶴 鷗 貂 狐 魚 蝦 雉 鳳 鶯 燕
　　　　　　鳥 禽 獸 鹿 虎 豹 狼 蛇 龍 狗 鵬 雁 猿 蝶 鴨 鵬 鴉 蟲
　　　　　　蟬 鷗 鳩 鸞 鶻 蚌 龜 鼇 蠅 蚊 烏 駿 驄 鵑 駒 驪 麝 麋
　　　　　　鵠 蟟 豸 獬 蟹 犀 象 蟾 蠶 免 鵲 蛛 蛟 隼 鴛 鷯 鷺 鸛
　　　　　　鵝 梟 鼠 貓 蛾 螳

예구(例句):

聽猿收淚罷,　　원숭이 소리 들으며 눈물 거두고
繫雁待書稀.　　기러기 묶여 있어 오는 편지 드물다.

—기무잠(綦毋潛), 「送崔員外黔中監選」

上山隨老鶴,　　늙은 학을 따라 산에 오르고
接酒待殘鶯.　　남은 꾀꼬리를 기다려 술을 접한다.

—원진, 「獨遊」

自握蛇珠辭白屋,　　스스로 뱀이 준 구슬을 잡고 집을 떠나
欲憑雞卜謁金門.　　닭 점에 의지하여 金馬門을 알현하려 한다.

—유우석(劉禹錫), 「送周魯儒赴擧」

鎖銜金獸連環冷,　　자물쇠 머금은 짐승 고리 차갑고

水滴銅龍晝漏長.　　물방울 떨어지는 용 장식 물시계 소리 낮에 길게 이어
　　　　　　　　　　진다.
— 설봉(薛逢), 「宮詞」

14.7　제6류

(甲) 형체문(形體門)

예자(例字) : 身 心 肌 膚 骨 肉 頭 首 眼 眉 鼻 準 額 顔 面 臉 頰 鬢 鬐
　　　　　耳 目 手 足 肩 腰 腹 臍 膝 脛 胸 背 睛 瞳 影 魂 聲 色 音
　　　　　容 迹 羽 翼 翅 翎 蹄 角 觜 牙 齒 口 脣 毛 爪 翮 鬐

예구(例句) :

江月隨人影,　　강에 뜬 달이 사람 그림자를 따르고
山花趁馬蹄.　　산에 핀 꽃들이 말발굽을 뒤쫓는다.
— 장위(張謂), 「送裴侍御歸上都」

脛弱秋添絮,　　정강이가 허약하여 가을에 솜을 더 넣었고
頭風曉廢梳.　　머리에 바람이 들어 새벽에 빗질을 그만두었다.
— 포길(包佶), 「嶺下臥病寄劉長卿員外」

嬾鑷從鬢白,　　흰 수염 뽑는 것을 게을리 하고
休治任眼昏.　　눈이 어두워도 치료하지 않는다.
— 백거이(白居易), 「晚出西郊」

不逢蕭史休回首,　　소사를 만나지 못하면 머리를 돌리지 말고
莫見洪崖又拍肩.　　홍애가 다시 어깨 치는 것을 보지 말라.
— 이상은(李商隱), 「碧城三首」(제2수)

垂手亂翻雕玉佩,　垂手舞를 추듯이 패옥이 어지럽게 흔들리고
折腰爭舞鬱金裙.　折腰舞를 추듯이 鬱金 치마가 다투어 휘날린다.321)
—이상은,「牡丹」

何處拂胸資蝶粉?　어디서 가슴을 털어 하얀 분을 댈까?
幾時塗額藉蜂黃?　언제 額黃을 마련하여 이마를 칠하나?
—이상은,「酬崔八早梅有贈兼示之作」

初分隆準山河秀,　한번 획을 그어 우뚝한 코를 세우니 산하가 수려하고
再點重瞳日月明.　두 번 점을 찍어 겹 눈동자를 만드니 해와 달이 밝다.
—이원(李遠),「贈寫御容李長史」

(乙) 인사문(人事門)(일부는 동사에서 전성(轉成)된 것임)

예자(例字):功 名 恩 怨 愁 閒 才 情 歌 舞 妝 吟 笑 談 宴 遊 羞 妬
　　　　　言 論 志 道 思 感 榮 寵 愛 憎 語 辭 力 勢 醉 夢 氣 懷
　　　　　意 事 心 性 靈 德 品 行

예구(例句):

言危無繼者,　말이 위험하면 잇는 사람이 없고
道在有明神.　도가 있는 곳에 밝은 정신이 있다.
— 오융(吳融),「旅中送遷客」

羞多轉面語,　부끄러움이 많으면 얼굴을 돌려 말하고
妬極定睛看.　질투가 극에 달하면 눈빛을 바로하고 본다.
— 오융,「春詞」

殘妝添石黛,　화장 흐려지니 눈썹먹을 덧칠하고

---

321) 텍스트에는 '折'이 '招'로 되어 있는데, 의미상『玉谿生詩集箋注』에 의거하여 바꾸
　　었다.

艷舞落金鈿.　요염하게 춤추니 금비녀가 떨어진다.

— 장위(張謂), 「揚州雨中張十七宅觀妓」

諸郎**宴罷銀燈合**,　도령들 연회 끝나니 은빛 등이 모여들고
仙子**遊回璧月斜**.　선녀가 놀이에서 돌아오니 달이 기울었다.

— 위장(韋莊), 「咸通」

避客野鷗如有感,　나그네 피하는 들 갈매기는 느낌이 있는 듯하고
損花微雪似無情.　꽃을 손상시키는 가벼운 눈은 정이 없는 것 같다.

— 한악(韓偓), 「重遊曲江」

五色天書**辭煥爛**,　오색의 황제 조서는 문사가 환히 빛나고
九華春殿**語從容**.　봄의 구화전에서 말이 침착하고 바르다.

— 양거원(楊巨源), 「寄中書同年舍人」

夢繞天山外,　꿈은 하늘가 산 밖으로 맴돌고
愁翻錦字中.　슬픔은 비단에 쓴 글자 속에 날아든다.

— 두공(竇鞏), 「少婦詞」

14.8　제7류

(甲) 인륜문(人倫門)(인품을 포괄함)

예자(例字): 兄 弟 父 母 君 臣 夫 妻 朋 友 翁 姑 子 婦 兒 女 壻 叔
　　　　　伯 伴 侶 聖 賢 仙 佛 鬼 將 相 士 農 侯 王 軍 兵 漁 樵
　　　　　叟 僧 尼 伎 (妓)

예구(例句):

道光先**帝業**,　도덕이 빛을 발한 선제의 위업

義激舊君恩.　　정의가 솟구친 옛 군주의 은혜.

―고적(高適), 「魏鄭公」

錦帳郎官醉,　　비단 휘장 안에서 尚書郎이 취하니
羅衣舞女嬌.　　비단옷을 입은 무희가 교태롭다.

―이백, 「寄王漢陽」

魂應絶地爲才鬼,　　혼백은 이 세상 떠나 才鬼가 되었을 것이고
名與遺編在史臣.　　명성은 남긴 저작과 더불어 史官에 있다.

―육구몽(陸龜蒙), 「和過張祐處士丹陽故居」

名應不朽輕仙骨,　　명성은 불후하여 仙骨을 가볍게 여길 것이고
理到忘機近佛心.　　생각은 세속을 잊어 佛心에 가깝다.

―사공도(司空圖), 「山中」

應傾謝女珠璣篋,　　응당 사녀의 주옥 상자에 기울어질 것이고
盡寫檀郎錦繡篇.　　단랑의 수놓은 비단 같은 詩文을 모두 썼다.

―나은(羅隱), 「七夕」

莊叟靜眠清夢永,　　장노인은 조용히 잠들어 맑은 꿈 계속되고
客兒芳意小詩多.　　객아는 春情에 못 이겨 小詩가 많다.

―은문규(殷文圭), 「題吳中陸龜蒙山齋」

(乙) 대명대(代名對)

예자(例字): 吾 我 余 予 汝 爾 君 子 他 誰 何 孰 或 自 己 相 者 人

　　　※ 주의 : ‘此’자는 보통 형용사에 속하고, 대명사에 속하지 않는다.

예구(例句):

他皆任厚地,　　다른 산들은 모두 두터운 땅에 의지하고 있는데

爾獨近高天.　　너 홀로 높은 하늘에 가깝다.

―두보, 「白鹽山」

枸杞因吾有,　　구기자나무는 나로 인해 자라고 있지만
雞棲奈汝何!　　쥐엄나무 너를 어찌할 수 없구나!

―두보, 「惡樹」

老去爭由我?　　늙어가는 것이 어찌 나로 말미암으랴?
愁來欲泥誰?　　슬픔이 오면 누구에게 하소연하나?

―백거이, 「新秋」

柳條綠日君相憶,　　버들가지가 푸르던 날을 그대는 기억할 것이고
梨葉紅時我始知.　　배나무 잎이 붉을 때 나는 비로소 알게 되었다.

―백거이, 「渭村酬李十二見寄」

別館君孤枕,　　별관에서 그대는 홀로 누워 있고
空庭我閉關.　　빈 정원에서 나는 문을 닫고 있다.

―이상은(李商隱), 「戲贈張書記」

顧我無衣搜藎篋,　　내가 옷이 없음을 보고는 조개풀 상자를 찾았고
泥他酤酒拔金釵.　　그가 술을 사달라고 조르면 금비녀를 뽑았다.

―원진(元稹), 「遣悲懷三首」(제1수)

誰家促席臨低樹?　　뉘 집에서 좌석을 당겨 늘어진 가지에 임하나?
何處橫釵戴小枝?　　어느 곳에서 비녀를 꽂아 작은 가지를 얹을까?

―진도옥(秦韜玉), 「對花」

自要乘風隨羽客,　　스스로 바람을 타고 신선을 따르려는데
誰同種玉驗仙經?　　누구와 함께 옥을 심어 仙經을 징험할까?

―고변(高騈), 「和王昭符進士」

峰直帆相望,　봉우리 곧게 솟아 돛배를 바라보고
沙空鳥自飛.　모래밭 비어 있어 새 혼자 날아간다.
—강위(江爲), 「江行」

14.9　제8류

(甲) 방위대(方位對)

예자(例字) : 東 南 西 北 中 外 裏 邊 前 後 左 右 上 下
예구(例句) :

山合東西瞻使節,　산은 동서로 합쳐져 사절을 바라보고
地分南北任流萍.　땅은 남북으로 나뉘어 부평초 흐르도록 놓아둔다.
—두보, 「嚴中丞枉駕見過」

虜滅南侵跡,　오랑캐는 남침의 자취가 사라졌고
朝分北顧憂.　조정은 북쪽에 대한 근심을 덜었다.
—여온(呂溫), 「奉送范司空赴朔州」

西島落花隨水至,　서쪽 섬의 낙화가 물을 따라 이르고
前山飛鳥出雲來.　앞산의 날아가는 새가 구름 밖으로 나온다.
—구양첨(歐陽詹), 「薛舍人許雨晴到所居」

街西借宅多臨水,　거리 서쪽에 집을 빌리니 대부분 물에 임해 있고
馬上逢人亦說山.　말 위에서 사람을 만나니 역시 산을 이야기한다.
—장적(張籍), 「酬秘書王丞見寄」

晴山煙外翠,　비가 갠 산은 안개 너머로 푸르고
香蕊日邊新.　향긋한 꽃은 햇빛을 받아 새롭다.
—고변(高弁), 「省試春臺晴望」

小書樓下千竿竹,　　소서루 아래의 천 그루 대나무
深火爐前一盞燈.　　심화로 앞의 등잔 하나.

— 두보,[322] 「竹樓宿」

保奭方爲左,　　보석이 바야흐로 왼쪽이 되고
希文自請西.　　희문은 서쪽을 자청하였다.

— 양만리(楊萬里), 「虞丞相挽詞」

(乙) 숫자대

예자(例字) : 一 二 三 四 五 六 七 八 九 十 百 千 萬 兩 雙 孤 獨 數
　　　　　　 幾 半 再 扁(舟) 群 諸 衆

예구(例句) :

近看三歲字,　　가까이는 삼 년 동안 글자를 보았고
遠見百年心.　　멀리는 백 년의 마음을 보았다.

— 장위(張謂), 「寄李侍御」

九門寒漏徹,　　대궐에 차가운 물시계 소리 그치고
萬井曙鐘多.　　수많은 가옥에 새벽 종소리 많다.

— 왕유, 「同崔員外秋宵寓直」

不惜孤舟去,　　외로운 배 떠나가는 것이 애석하지 않으니
其如兩地春.　　그것은 두 곳에 봄이 드는 것과 같다.

— 저광희(儲光羲), 「留別安慶李太守」

舞愛雙飛蝶,　　춤은 나비 쌍쌍이 나는 것이 좋고
歌聞數里鶯.　　노래는 몇 리 밖의 꾀꼬리 소리 듣는다.

— 장적(張籍), 「寒食書事」

---

322) 이 시구는 杜甫의 것이 아니다.

窮泉百死別,　九泉에서 백 번 사별하고
絶域再生歸.　절역에서 두 번 살아 돌아온다.
　　　　　　　　　　—여온(呂溫),「蕃中拘留歲餘」

半簾綠透偎寒竹,　대나무가 다가들어 주렴 안으로 푸름이 들어오고
一榻紅侵墜晚桃.　늦게 복숭아꽃이 떨어져 걸상이 붉게 뒤덮였다.
　　　　　　　　　　—담용지(譚用之),「途次宿友人別墅」

萬卷圖書千戶貴,　만권의 도서는 집집마다 귀중히 여기고
十洲煙景四時和.　十洲 같은 경치는 네 계절 조화롭다.
　　　　　　　　　　—은문규(殷文圭),「題吳中陸龜蒙山齋」

鳥與孤帆遠,　새는 외로운 돛배와 함께 멀리 있고
煙和獨樹低.　안개는 외로운 나무와 함께 낮게 있다.
　　　　　　　　　　—원함(苑咸),「登潤州城」

(丙) 색깔대

예자(例字):紅 黃 白 黑 靑 綠 赤 紫 翠 蒼 藍 碧 朱 丹 緋 赭 金(黃)
　　　　　玉(白) 銀(白) 粉(白) 彩 素 玄 黔 緇 皓
예구(例句):

紅顏棄軒冕,　젊은 나이에 관직의 뜻을 버리고
白首臥松雲.　백발의 몸으로 소나무와 구름 사이에 누웠다.
　　　　　　　　　　—이백,「贈孟浩然」

寒潭映白月,　찬 못에 하얀 달빛 비치고
秋雨上靑苔.　가을비가 푸른 이끼에 오른다.
　　　　　　　　　　—유장경(劉長卿),「遊休禪師雙峰寺」

映階碧草自春色,　　섬돌을 덮은 푸른 풀은 스스로 봄빛을 뽐내고
隔葉黃鸝空好音.　　잎에 가려진 노란 꾀꼬리는 부질없이 곱게 운다.
―두보,「蜀相」

歌榭白團扇,　　노래하는 정자의 하얗고 둥근 부채
舞筵金縷衫.　　춤추는 자리의 금실 적삼.
―유우석(劉禹錫),「和汴州令狐相公」

玉窗抛翠管,　　옥 창문으로 푸른 붓을 버렸고
輕袖掩銀鸞.　　가벼운 소매로 은빛 난새를 가렸다.
―이원(李遠),「觀廉女眞葬」

(丁) 간지대(干支對)

예자(例字): 甲 乙 丙 丁 戊 己 庚 辛 壬 癸 子 丑 寅 卯 辰 巳 午 未
　　　　　申 酉 戌 亥

예구(例句):

不須愁犯卯,　　슬픔이 卯時를 범하도록 해서는 안 되고
且乞醉過申.　　또한 흠뻑 취해 申時가 지나기를 바란다.
―마이(馬異),「暮春醉中寄李干秀才」

寅年籬下多逢虎,　　호랑이해에 울타리 밑에서 호랑이를 많이 만났고
亥日沙頭始賣魚.　　돼지날에 모래섬 가에서 물고기를 팔기 시작한다.
―백거이,「得微之到官後」

14.10 제9류

(甲) 인명대(人名對)

예구(例句):

見逐張征虜,　　이제 征虜將軍 張飛를 뒤쫓고
今思霍冠軍.　　지금 冠軍侯 霍去病을 생각한다.
— 왕유,「送張判官赴河西」

推賢有愧韓安國,　　어진 사람의 천거는 한안국에게 부끄럽고
論舊猶存盛孝章.　　옛사람을 논하면 아직도 성효장이 있다.
— 유우석,「贈同年陳長史員外」

蘭亭讌罷方回去,　　난정에서의 연회 끝나니 郗方回가 돌아가고
雪夜詩成道韞歸.　　눈 내리는 밤에 시가 이루어지니 謝道韞이 돌아간다.
— 이상은(李商隱),「令狐八拾遺綯見招送裴十四歸華州」

世亂共嗟王粲老,　　세상이 어지러워 함께 왕찬이 늙었음을 탄식했고
時危俱受信陵恩.　　위급한 때에 함께 信陵君의 은혜를 입었다.
— 나은(羅隱),「江南寄所知周僕射」

(乙) 지명대(地名對)

예구(例句):

楚水青蓮淨,　　초수의 푸른 연 깨끗하고
吳門白日閑.　　오문의 대낮 한가롭다.
— 장위(張謂),「送青龍一公」

山形如峴首,　　산의 모양이 峴首山 같고

江色似桐廬.   강의 빛깔이 桐廬郡 같다.

— 백거이, 「百花亭」

香積筵承紫泥詔,   香積寺에서의 연회에서 황제의 조서를 받들고
昭陽歌唱碧雲詞.   昭陽宮에서 이별의 정을 담은 碧雲詞를 불렀다.

— 백거이, 「廣宣上人以應制詩見示」

馬穿暮雨荊山遠,   말은 저녁 비를 뚫고 가지만 형주의 산은 멀고
人宿寒燈郢夢長.   사람은 찬 등불 아래 잠드니 영주의 꿈이 길다.

— 이군옥(李群玉), 「送蕭十二校書赴郢州婚姻」

14.11 제10류

(甲) 뜻이 같은 것을 연용(連用)한 자(字)(비슷한 뜻을 지닌 것도 포함한다)

예구(例句) :

楚地勞行役,   초 땅에서는 먼 여행에 고달프고
秦城罷鼓鼙.   진의 성에서는 북소리 그쳤다.

— 장위(張謂), 「送裴侍御歸上都」

誰愛風流高格調,   누가 풍류와 높은 격조를 사랑하는가?
共憐時世儉梳妝.   함께 당시대의 검소한 화장을 아긴다.

— 진도옥(秦韜玉), 「貧女」

世路變陵谷,   벼슬길에서는 구릉과 계곡이 변하고[323]
人情驗友朋.   세상의 인정은 벗을 시험한다.

— 진군옥(秦群玉), 「杜門」

---

323) '陵'과 '谷'은 뜻이 같은 것이 아니라 상반된 것으로 보는 것이 옳다.

伴嗔阿母留賓客,　　여주인에게 짐짓 화를 내어 손님을 머물게 하고
暗爲王孫換綺羅.　　몰래 귀공자가 되어 비단을 바꾼다.

　　　　　　　　　　　　　　　— 한종(韓琮),「題商山店」

(乙) 뜻이 상반된 것을 연용한 자

예구(例句) :

興亡留日月,　　흥하고 망하는 것은 세월에 머물고
今古共紅塵.　　예나 지금이나 홍진을 함께 한다.

　　　　　　　　　　　　　　　—사마예(司馬禮),「登河中鸛雀樓」

逝川前後水,　　개울 따라 물은 앞뒤로 흘러가고
浮世短長生.　　장수와 단명 모두 세상에 덧없다.

　　　　　　　　　　　　　　　— 이군옥(李群玉),「長沙開元寺」

縱橫一川水,　　종횡으로 흐르는 냇물
高下數家村.　　높고 낮은 집 몇 채의 마을.

　　　　　　　　　　　　　　　— 왕안석(王安石),「卽事」

日月東西見,　　해와 달이 동서로 보이고
湖山表裏開.　　호수와 산이 안팎으로 열려 있다.

　　　　　　　　　　　　　　　— 주희(朱熹),「登定王臺」

(丙) 연면자(連緜字)

예구(例句) :

外地見花終寂寞,　　외지에서 꽃을 보니 끝내 적막하고
異鄕聞樂更凄凉.　　타향에서 음악을 들으니 더욱 처량하다.

　　　　　　　　　　　　　　　— 위장(韋莊),「思歸」

薜荔惹煙籠蟋蟀,　　벽려가 안개를 일으켜 귀뚜라미를 가두고
芰荷翻雨潑鴛鴦.　　마름 잎과 연잎이 빗방울을 튕겨 원앙에 뿌린다.
　　　　　　　　　　　　　　　　― 심빈(沈彬), 「秋日」

天際欲銷重慘澹,　　하늘 끝에서 사라지려하니 거듭 참담하고
鏡中閒照正依稀.　　거울로 살며시 비추니 참으로 아련하다.
　　　　　　　　　　　　　　　　― 한종(韓琮), 「霞」

翡翠莫誇饒彩飾,　　비취새는 풍요로운 무늬장식을 자랑하지 말고
鷿鷉須羨好毛衣.　　농병아리는 훌륭한 모피 옷을 부러워해야 한다.
　　　　　　　　　　　　　　― 최각(崔珏), 「和友人鴛鴦之什」

(丁) 중첩자(重疊字)

예구(例句) :

柳陌雖愁風嫋嫋,　　버드나무 길 슬프지만 바람은 산들산들 불고
葱河猶自雪漫漫.　　푸른 강은 유유히 흐르지만 백설이 난무한다.
　　　　　　　　　　　　　　　　― 장갈(章碣), 「春別」

花心露洗腥腥血,　　이슬은 생생한 피 같은 화심을 씻고
水面風披瑟瑟羅.　　바람이 솔솔 불어 수면에 비단을 입힌다.
　　　　　　　　　　　　　― 은문규(殷文圭), 「題吳中陸龜蒙山齋」

處處落花春寂寂,　　곳곳에 꽃 떨어져 봄은 적적한데
時時中酒病厭厭.　　수시로 술에 취해 병이 끊임없다.
　　　　　　　　　　　　　　　　― 유겸(劉兼), 「春日醉眠」

女妓還聞名小小,　　기생은 또한 이름이 소소라고 들었는데
使君誰許喚卿卿?　　태수는 누구에게 경경이라 불러도 좋다고 했는가?
　　　　　　　　　　　　　― 유우석(劉禹錫), 「白舍人自杭州寄新詩」

14.12 제11류

(甲) 부사(형용사에서 전성된 것은 열거하지 않음)

예자(例字) : 忽 漸 纔 乍 已 將 欲 擬 卽 皆 俱 爭(怎) 豈 空 徒 枉 頻
屢 每 亦 却 休 莫 不 未 只 但 惟 尙 又 復 曾 嘗 須 應
宜 合 猶 雖 且 更 可 能 殊 甚 頗 稍 堪 竟 還 頓 渾 漫
轉 翻 浪

예구(例句) :

翠衿渾短盡,　　푸른 깃털은 온통 짧게 잘려나갔고
紅嘴漫多知.　　붉은 부리만 자유롭게 아는 것이 많다.

　　　　　　　　　　　　　　　　　　—두보,「鸚鵡」

艶極翻含怨,　　어여쁨이 지극하면 오히려 원망을 품게 되고
憐多轉自嬌.　　동정이 많으면 도리어 자신에게 빠지게 된다.

　　　　　　　　　　　　　　　　—원진(元稹),「贈雙文」

老去爭由我?　　늙어가는 것이 어찌 나로 말미암으랴?
愁來欲泥誰?　　슬픔이 오면 누구에게 하소연하나?

　　　　　　　　　　　　　　　　　　—백거이,「新秋」

竹葉豈能銷積恨?　대 잎이 어찌 쌓인 한을 녹일 수 있으랴?
丁香空解結同心.　정향은 부질없이 동심결을 풀어버렸다.

　　　　　　　　　　　　　　　—위장(韋莊),「悼亡姬」

彩雉鬪時頻駐馬,　장끼가 싸울 때면 자주 말을 멈추고
酒旗翻處亦留錢.　술집 깃발이 펄럭이면 또한 돈을 썼다.

　　　　　　　　　　　　　—두공(竇鞏),「南陽道中作」

將敲碧落新齋磬,　　허공에 매달린 새 도량의 편경을 두드릴 텐데
却進昭陽舊賜箏.　　지난날 하사받은 쟁을 들고 다시 소양궁으로 들어간다.

— 항사(項斯),「送宮人入道」

陰成杏葉纔通日,　　살구 잎이 그늘을 이루어 겨우 햇빛이 통하고
雨著楊花已汙塵.　　버들 솜에 비가 묻어 이미 흙먼지에 더러워졌다.

— 설능(薛能),「晚春」

(乙) 연사(連詞)와 개사(介詞)

예자(例字) : 與 和 共 同 幷 且 還 於 而 則 于 因 爲 之
예구(例句) :

羌婦語還笑,　　羌婦들은 떠들면서 히히거리고[324]
胡兒行且歌.　　胡兒들은 가면서 노래를 부른다.

— 두보,「日暮」

相車問罷同牛喘,　　상공의 수레는 문안이 끝나자 소와 같이 헐떡이고
大廈成時與燕來.　　큰 건물이 세워졌을 때 제비와 함께 왔다.

— 송기(宋祁),「將到都先獻樞密太尉相公」

鳥與孤帆遠,　　새와 외로운 돛단배 멀리 있고
烟和獨樹低.　　안개와 홀로 선 나무 낮게 있다.

— 원함(苑咸),「登潤州城」

因思桂蠹傷肌骨,　　桂蠹에 대한 미련 때문에 살과 뼈가 상하고[325]
爲憶松鵝損性靈.　　소나무와 거위에 대한 추억 때문에 성령이 손상된다.

— 피일휴(皮日休),「病孔雀」

---

324) 텍스트에는 '笑'가 '哭'으로 되어 있는데, 의미상으로 볼 때 맞지 않아『杜詩詳注』에
　　의거하여 바꾸었다.
325) '桂蠹'는 계수나무에 기생하는 벌레인데, 봉급만을 탐하는 관리를 비유하기도 한다.

(丙) 조사(助詞)

예자(例字) : 也 矣 焉 㢿 哉 歟(與) 乎 耶 爾 然 止 之(대명사 '之'자를 시
인들은 조사로 보았다.)

예구(例句) :

賈傅竟行**矣**,　賈誼 太傅는 끝내 갔고
邵公惟泫**然**.　소공은 다만 눈물을 흘린다.
— 장적(張籍), 「奉和陝州十四翁」

處世心悠**爾**,　세상에 처하여 마음은 가라앉고
干時思索**然**.　時勢에 어긋나 생각이 따분하다.
— 이군옥(李群玉), 「春寒」

光華揚盛**矣**,　빛나는 명성 성대하게 알려지고
霄漢在玆**乎**!　드높은 하늘이 여기에 있도다!
— 고적(高適), 「眞定卽事奉贈韋使君二十八韻」

已**矣**歸黃壤,　그만이로다 흙으로 돌아갔으니
傷**哉**夢白雞!　가슴 아프다 白雞夢을 꾸었으니![326]
— 양만리(楊萬里), 「虞丞相挽詞」

晨趨歡勞**止**,　새벽에 달려가 노고를 한탄하고
夕愒念歸**與**.　저녁에 쉬면서 귀향을 생각한다.
— 양억(楊億), 「受詔修書述懷感事」

14.13 이상에서 나누어 열거한 각 종류에 명확한 경계가 있는 것은
아니다. 예를 들어 '霜'은 천문에 속하지만 '冰'은 지리에 속하니 이와
같은 구분은 과학적 근거를 찾을 수 없는 경우도 있다. 또한 같은 종류

---

326) '白雞夢'은 불길한 조짐을 가리키는 말이다.

가 아닌데도 종종 병칭되는 경우가 있다. '天'과 '地', '雪'과 '冰', '風'과 '浪' 등등은 비록 종류가 다르지만 가장 정교한 대장을 구성한다.

14.14 앞에서 열거한 종류의 순서는 아무렇게나 임의로 배열한 것이 아니다. 문(門)은 다르지만 유(類)가 같은 글자들은 성질이 가장 가깝다. 문(門)도 다르고 유(類)도 다르지만 이웃한 것들은 왕왕 대장으로 사용되기도 한다. 상세한 것은 다음 절에서 설명하겠다.

제15절 대장의 강구와 기피

15.1 대장은 세 종류로 나눌 수 있다. 첫째는 공대(工對)로서 예를 들면 천문(天文)으로 천문과 대하고 인륜(人倫)으로 인륜과 대하는 등등이다. 둘째는 인대(鄰對)로서 예를 들면 천문으로 시령(時令)과 대하고 기물(器物)로 의복(衣服)과 대하는 등등이다. 셋째는 관대(寬對)로서 명사로 명사와 대하고 동사로 동사(심지어 또는 형용사)와 대하는 등등이다. 시인들이 곳마다 다 공대를 사용하지 못하는 데에는 나름대로 수사상의 이유가 있다. 근체시는 평측의 구속을 이미 적지 않게 받는데, 만약 대장에서도 곳마다 정교함을 추구한다면 생각에 융통성의 여지가 없을 것이다. 게다가 정교함을 지나치게 추구하다보면 왕왕 동의상대(同義相對)에 빠지게 된다. 예를 들어 '室'로 '房'과 대하고, '別'로 '離'와 대하고, '懶'로 '慵'과 대하고, '同'으로 '共'과 대하는 등은 두 구의 말이 거의 한 구의 뜻밖에 가지지 못할 것이다. 뜻이 간단한데도 말이 번거롭다면 그것은 시인들이 꺼리는 것이다. 그러므로 공대는 가장 좋은 것이 "글재주가 뛰어난 사람이 문득 좋은 글귀를 생각해내는 것"이고, 그 다음은 의경(意境)을 방해하지 않는다는 조건 아래 가능한 한 정교함을 추구하는

것이다. 이것은 비록 기교에 속하는 문제이지만 형식은 왕왕 기교의 영향을 받게 마련이므로 조금 설명하지 않을 수 없다.

15.2 공대에 관하여 먼저 몇 가지 예를 들어보자. 다음에 드는 예들은 글자마다 정교하다고 할 수 있어서, 앞 절에서 든 것과 같이 한 두 글자만 정교하게 대를 이룬 것과는 다르다.

遶堤龍骨冷,　　제방을 에워싼 용의 뼈 차갑고
拂岸鴨頭香.　　물가에서 타는 오리 머리 향긋하다.
※ 遶-拂 : 동사, 堤-岸 : 명사(지리), 龍-鴨 : 명사(조수충어), 骨-頭 : 명사(형체), 冷-香 : 형용사. (역주)

― 이하(李賀), 「同沈駙馬賦得御溝水」

向月穿鍼易,　　달빛 아래 바늘 꿰는 것은 쉽고
臨風整線難.　　바람 앞에서 실을 가지런히 하기는 어렵다.
※ 向-臨 : 동사, 月-風 : 명사(천문), 穿-整 : 동사, 鍼-線 : 명사(기물), 易-難 : 형용사. (역주)

― 조영(祖詠), 「七夕」

轉來深澗滿,　　돌아들어 와서 깊은 시내 가득하고
分出小池平.　　나뉘어 나와서 작은 못 넘실거린다.
※ 轉-分 : 동사, 來-出 : 동사, 深-小 : 형용사, 澗-池 : 명사(지리), 滿-平 : 형용사. (역주)

― 저광희(儲光羲), 「詠山泉」

東風千嶺樹,　　봄바람이 천 고개 나무에 불고
西日一洲蘋.　　석양이 온 모래섬의 네가래를 비춘다.
※ 東-西 : 방위사(방위), 風-日 : 명사(천문), 千-一 : 숫자, 嶺-洲 : 명사(지리), 樹-蘋 : 명사(초목화과). (역주)

― 우무릉(于武陵), 「南遊有感」

南檐納日冬天暖,　　남쪽 처마는 햇볕을 받아들여 겨울에 따뜻하고
北戶迎風夏月凉.　　북쪽 창문은 바람을 맞아들여 여름에 시원하다.

　※ 南－北 : 방위사(방위), 檐－戶 : 명사(궁실), 納－迎 : 동사, 日－風 : 명사(천문), 冬－夏 : 명사(시령), 天－月 : 명사(천문),327) 暖－凉 : 형용사. (역주)

　　　　　　　　　　　　　　　　— 백거이,「香爐峯下新卜山居」

繞郭荷花三十里,　　성곽을 두른 연꽃이 삼십 리에 이르고
拂城松樹一千株.　　성을 스치는 소나무가 천 그루에 달한다.

　※ 繞－拂 : 동사, 郭－城 : 명사(지리), 荷花－松樹 : 명사사조(초목화과), 三十－一千 : 숫자, 里－株 : 명사(지리와 초목화과). (역주)

　　　　　　　　　　　　　　　　— 백거이,「杭州名勝」

夢兒亭古傳名謝,　　몽아정은 오래되었는데 이름을 謝라고 하고
敎伎樓新道姓蘇.　　교기루는 새것인데 성을 蘇라고 한다.

　※ 夢兒亭－敎伎樓 : 고유명사(지명), 古－新 : 형용사, 傳－道 : 동사, 名－姓 : 명사(인사), 謝－蘇 : 고유명사(인명). (역주)

　　　　　　　　　　　　　　　　— 백거이,「杭州名勝」

雲蓋靑山龍臥處,　　구름이 청산을 덮은 곳이 용이 누워 있는 곳이고328)
日臨丹洞鶴歸時.　　해가 仙境 丹洞에 다다르면 학이 돌아갈 때이다.

　※ 雲－日 ; 명사(천문), 蓋－臨 : 동사, 靑山－丹洞 : 명사사조(지리), 龍－鶴 : 명사(조수충어), 臥－歸 : 동사, 處－時 : 명사(지리와 시령). (역주)

　　　　　　　　　　　　　　　　— 유우석,「麻姑山」

15.3　유(類)와 문(門)이 같은 일부 글자들은(예를 들어 '歌舞'·'聲色'·'心跡'·'老病' 등등) 문장 속에서 종종 대칭을 이루며 사용되는데, 만약 이것들이 대장에 사용되면 가장 정교한 것으로 간주된다. 다음 예를 보자.

---

327) '月'은 여기서 時令의 뜻으로 쓰였지만 天文의 뜻을 차용한 일종의 借對이다.
328) 텍스트에는 '雲'이 '雪'로 되어 있는데, 誤字이다.

雲帶歌聲颺, 구름은 노래 소리 대동하여 날아오르고
風飄舞袖翻. 바람이 불어와 춤추는 소매가 펄럭인다.
　　　　　　　　　　　　　—장위(張謂), 「早春陪崔中丞宴」

鶯聲誘引來花下, 꾀꼬리 소리에 이끌려 꽃 아래로 오고
草色勾留坐水邊. 풀빛이 머물게 하여 물가에 앉는다.
　　　　　　　　　　　　　—백거이, 「春江」

迹避險巇翻失路, 발길이 험준한 곳을 피해 오히려 길을 잃었고
心隨閒澹不因僧. 마음이 조용하고 담박한 것을 따르고 스님에 의지하지
　　　　　　　　않는다.
　　　　　　　　　　　　　—이창부(李昌符), 「秋夜作」

老添新甲子, 늙어가니 나이만 새로 먹고
病減舊容輝. 병으로 용모가 전보다 못해졌다.
　　　　　　　　　　　　　—백거이, 「除夜」

15.4 어떤 글자들은 문(門)이 같지 않을 뿐만 아니라 유(類)도 다르지
만 언제나 대칭을 이루며 사용되기 때문에(예를 들어 '詩酒'··'金玉'··'人
地'··'人物'··'兵馬' 등등) 대장으로 사용되면 이 또한 가장 정교한 대장으
로 간주된다. 다음에 예를 들어본다.

敏捷詩千首, 민첩하여 시는 천 수를 지었고
飄零酒一杯. 영락하여 술 한 잔으로 마음을 달랜다.
　　　　　　　　　　　　　—두보, 「不見」

見酒須相憶, 술을 보거든 나를 잊지 말고
將詩莫浪傳. 내 시는 마구 전하지 마시게.
　　　　—두보, 「泛舟送魏十八倉曹還京因寄岑中允參范郎中季明」

尙憐詩警策,　　여전히 나의 정채로운 시구를 아끼고
猶記酒顚狂.　　아직도 술 취한 뒤의 광기를 기억하겠지.

— 두보, 「戱題寄上漢中王三首」(제3수)

縈迴謝女題詩筆,　　謝道韞의 시 짓는 붓 주위를 맴돌고
點綴陶公漉酒巾.　　陶淵明의 술 거르는 헝겊을 장식한다.

— 유우석(劉禹錫), 「柳絮」

生計抛來詩爲業,　　생계를 내던지고는 시를 본업으로 삼고
家園忘却酒爲鄕.　　집 동산을 잊고는 술을 고향으로 삼았다.

— 백거이, 「送蕭處士遊黔南」

罰金殊往日,　　벌금은 오히려 지난날의 일이고
鳴玉幸同時.　　조정에 출사한 것은 다행히 동시이다.

— 장위(張謂), 「寄崔澧州」

情知點汙投泥玉,　　정은 진흙에 옥을 던져 더럽혀짐을 알고
猶自經營買笑金.　　그래도 스스로를 추슬러 미소를 팔아 황금을 산다.

— 유우석, 「懷妓四首」(제2수)

殘妝添石黛,　　화장 흐려지니 눈썹먹을 덧칠하고
艶舞落金鈿.　　요염하게 춤추니 금비녀가 떨어진다.

— 장위, 「揚州雨中張十七宅觀妓」

草靑臨水地,　　풀이 파릇파릇하게 돋아난 물가의 땅
頭白見花人.　　머리가 하얗게 되어 꽃을 보는 사람.

— 백거이, 「感春」

雖無舒卷隨人意,　　비록 사람 뜻에 따라 펴고 걷을 수는 없지만
自有潺湲濟物功.　　스스로 끊임없이 흘러가 濟物의 공이 있다.

— 나업(羅鄴), 「水簾」

磧迥兵難伏,　자갈밭 아득히 펼쳐 있어 병사들 매복하기 어렵고
天寒馬易收.　날씨가 추워서 말을 거두어들이기 쉽다.
　　　　　　　　　　　　　　　　　　　　　― 장빈(張蠙),「邊將」

15.5 '無'와 '不'은 하나는 동사이고 하나는 부사이지만 둘 다 부정
사이기 때문에 늘 대장으로 사용된다. 그렇게 되면 '無'자 다음에는 명사
가 오고 '不'자 다음에는 동사나 형용사가 오게 되어 사성(詞性)상 서로
대가 되지 않지만 대를 이루는 것으로 간주할 수 있다. 다음 예를 보자.

牛馬行**無**色,　길 위의 소와 말은 형색을 알아보기 어렵게 되었고
蛟龍鬪**不**開.　교룡은 여전히 싸우면서 흩어질 줄 모른다.
　　　　　　　　　　　　　　　　　　　　　―두보,「雨」

無才逐仙隱,　신선을 따라가 숨을 재주도 없지만
不敢恨庖廚.　감히 요리사를 원망하지도 않는다.
　　　　　　　　　　　　　　　　　　　　　―두보,「麂」

無邊落木蕭蕭下,　가없이 펼쳐진 나무들은 우수수 낙엽지고
不盡長江滾滾來.　끝없이 이어진 장강 물은 힘차게 흘러온다.
　　　　　　　　　　　　　　　　　　　　　―두보,「登高」329)

不爨井晨凍,　밥을 짓지 않으니 우물은 아침에 얼어 있고
無衣床夜寒.　옷이 없으니 침상은 밤에 춥다.
　　　　　　　　　　　　　　　　　　　　　―두보,「空囊」

軒墀曾**不**重,　부귀자의 뜰에서 일찍이 중시 받지 못했고
翦伐欲**無**辭.　잘라버린다고 해도 항변할 줄 모른다.
　　　　　　　　　　　　　　　　　　　　　―두보,「苦竹」

---

329) 텍스트에는 이 시의 제목이 「九日」로 되어 있는데, 잘못된 것이다.

15.6 차대(借對)－때로는 시구에서의 뜻으로 글자의 대장을 만들어 보면 그다지 정교하지 않지만 그 글자가 지니고 있는 다른 뜻을 가지고 대가 되는 위치에 있는 글자와 대비시켜보면 제법 정교하거나 대단히 정교한 대장이 되는 경우가 있는데, 그것을 차대라고 한다. 다음 예를 보자.

少年曾任俠,　젊은 나이에는 일찍이 협기에 맡겼었는데
晚節更爲儒.　늘그막의 지조는 더욱 선비가 되었다.
('節'이 여기서 '氣節'의 뜻으로 쓰였지만 '年節'의 뜻을 빌렸다.)
　　　　　　　　　　　　　　　　　　　　　　　—왕유, 「崔錄事」

苜蓿隨天馬,　거여목은 천마를 따르고
葡萄逐漢臣.　포도는 漢의 신하를 뒤쫓는다.
('漢'이 여기서 '漢朝'의 뜻으로 쓰였지만 '星漢'의 뜻을 빌렸다.)
　　　　　　　　　　　　　　　　　　　—왕유, 「送劉司直赴安西」

蒲壘成秦地,　부들 덮인 보루는 진의 땅이 되었고
莎車屬漢家.　莎車國은 한나라에 속하였다.
('莎車'가 여기서 國名으로 쓰였지만 '莎'는 '향부자', '車'는 수레의 뜻을 빌렸다.)330)
　　　　　　　　　　　　　　—왕유, 「送宇文三赴河西充行軍司馬」

白法調狂象,　모든 善法은 狂象에서 나온 것이고
玄言問老龍.　玄言에 대해서는 老子에게 묻는다.
('玄'이 여기서 '玄妙'의 뜻으로 쓰였지만 '검다'는 뜻을 빌렸다.)
　　　　　　　　　—왕유, 「黎拾遺昕裴迪見過秋夜對雨之作」

---

330) 저자는 '蒲壘'와 '莎車'를 借對의 예로 들었지만 일반적으로는 '蒲壘' 대신 '蒲類'로 된 판본을 취하여 國名으로 본다(『王右丞集箋注』 참조). 그럴 경우에는 국명과 국명이 대를 이룬 것이 되어 借對가 아니다.

花迎喜氣皆知笑,　　꽃은 기쁜 기색을 맞이하며 모두 웃을 줄 알고
鳥識歡心亦解歌.　　새는 기쁜 마음 알아보고 또한 노래 부를 줄 안다.
('氣'가 여기서 '空氣'·'運氣'의 뜻으로 쓰였지만 '氣息'의 뜻을 빌렸다.)
　　　　　　　　　　　　　　　　—왕유,「旣蒙有罪旋復拜官」

漫作潛夫論,　　멋대로 潛夫論 같은 문장을 지었고
虛傳幼婦碑.　　헛되이 曹娥碑 식의 문필을 전했다.
('夫'가 여기서 '潛夫論'의 뜻으로 쓰였지만 '夫婦'의 뜻을 빌렸다.)
　　　　　　　　　　　　　　　　—두보,「偶題」

行李淹吾舅,　　보따리 들고 오래 떠돌아다닌 나의 아저씨
誅茅間老翁.　　누추한 초가로 이 늙은 것을 찾아주셨다.
('李'가 여기서 '行李'의 뜻으로 쓰였지만 '桃李'의 뜻을 빌렸다.)
　　　　　　　　　—두보,「巫峽敝廬奉贈侍御四舅別之澧朗」

綵雲蕭史駐,　　蕭史는 채색 구름 타고 와 머물러 있고
文字魯恭留.　　魯恭이 쓴 문자는 지금도 남아 있다.
('文'은 여기서 '文字'의 뜻으로 쓰였지만 '文彩'의 뜻을 빌렸다.)
　　　　　　　　　　　　　—두보,「玉臺觀二首」(제2수)

開筵當九日,　　술자리의 마련은 응당 구일이어야 하니
汎菊外浮雲.　　국화주 너머로 뜬 구름 떠간다.
('日'은 여기서 時令의 뜻으로 쓰였지만 天文의 뜻을 빌렸다.)
　　　　　　　　　　—장위(張謂),「和司空曙九日送人」

酒債尋常行處有,　　술빚이야 으레 가는 곳마다 있는 법이고
人生七十古來稀.　　사람이 칠십을 사는 것은 예부터 드물었다.
('尋常'은 여기서 '으레'의 뜻으로 쓰였지만 팔척(八尺)을 '尋'이라 하고 '尋'
의 두 배를 '常'이라고 하는 뜻을 빌렸다.)
　　　　　　　　　　　　　—두보,「曲江二首」(제2수)

飄零爲**客**久, 영락하여 나그네 된 지 오래되었고
衰老羨**君**還. 늙고 쇠약하여 그대 귀환이 부럽다.
('君'은 여기서 대명사로 쓰였지만 '君臣'의 뜻을 빌렸다.)

— 두보, 「涪江泛舟送韋班歸京」

漢苑風煙吹客夢, 한나라 동산의 바람과 비는 나그네 꿈을 불러일으키고
雲臺洞穴接郊扉. 운대의 동혈은 華州 교외의 거처에 접해 있다.
('漢'은 여기서 '漢朝'의 뜻으로 쓰였지만 '星漢'의 뜻을 빌렸다.)

— 이상은(李商隱), 「令狐八拾遺綯見招送裵十四歸華州」

曾是寂寥**金**燼暗, 일찍이 적막 속에 꺼져 가는 금빛 등잔을 지켰고
斷無消息**石**榴紅. 그대 소식 알 길 없는데 석류화는 붉게 피었다.
('石'은 여기서 '石榴'의 뜻으로 쓰였지만 '土石'의 뜻을 빌렸다.)

— 이상은, 「無題二首」(제1수)

迴日樓臺非**甲**帳, 돌아오던 날 누대에 있는 건 甲帳이 아니고[331]
去時冠劍是**丁**年. 떠날 때의 관과 검은 장정 시절의 것이었다.
('丁'은 여기서 '壯丁'의 뜻으로 쓰였지만 '丙丁'의 뜻을 빌렸다.)

— 온정균(溫庭筠), 「蘇武廟」

直廬久負題紅葉, 숙직처에선 오랫동안 붉은 잎에 시를 쓰지 못했고
出**鎭**何妨擁碧幢. 진지를 나서면 푸른 깃발 매단들 어떠리?
('鎭'은 여기서 '鎭守'의 뜻으로 쓰였지만 '市鎭'의 뜻을 빌렸다.)

— 왕우칭(王禹偁), 「寄獻潤州趙舍人」

15.7 또 한 종류의 차대는 음(音)을 빌리는 것이다. 다음 예를 보자.

偶值乘**籃**舉, 어쩌다 대나무 가마를 타긴 했지만
非關避**白**衣. 흰옷을 피하려한 때문은 아니다.

---

331) '甲帳'은 漢 武帝가 설치한 장막을 가리킨다.

('籃'과 음이 같은 '藍'을 빌려와 '白'과 대를 이루었다.)

─ 왕유, 「酬嚴少尹見過」

籃轝亂鞍馬,　가마가 말을 타는 것보다 어지럽고
緇徒換友朋.　승려가 친구를 대신한다.
('籃'과 음이 같은 '藍'을 빌려와 '緇'와 대를 이루었다.)

─ 백거이, 「山居」

事直皇天在,　일이 곧은 것은 하늘이 계시기 때문이고
歸遲白髮生.　돌아가는 것이 늦어서 흰머리가 나왔다.
('皇'과 음이 같은 '黃'을 빌려와 '白'과 대를 이루었다.)

─ 유장경(劉長卿), 「新安奉送穆諭德歸朝賦得行字」

滄溟恨衰謝,　大海로 가고 싶지만 노쇠하여 사양하고
朱紱負平生.　붉은 인끈 지녀서 평생을 저버렸다.
('滄'과 음이 같은 '蒼'을 빌려와 '朱'와 대를 이루었다.)

─ 두보, 「獨坐」

馬驕珠汗落,　말이 교만하여 구슬 땀 떨어지고
胡舞白蹄斜.　胡人들 춤출 때 모직삿갓 비스듬하다.
('珠'와 음이 같은 '朱'를 빌려와 '白'과 대를 이루었다.)

─ 두보, 「秦州雜詩二十首」(제3수)

野鶴清晨出,　야생의 학은 맑은 새벽에 나오고
山精白日藏.　산의 짐승들은 대낮에 숨어 있다.
('清'과 음이 같은 '青'을 빌려와 '白'과 대를 이루었다.)

─ 두보, 「陪鄭廣文遊何將軍山林十首」(제7수)

寄身且喜滄洲近,　몸을 기탁함에 또한 물가가 가까워 좋고
顧影無如白髮何.　그림자를 돌아보니 백발을 어찌하나!
('滄'과 음이 같은 '蒼'을 빌려와 '白'과 대를 이루었다.)

─ 유장경, 「江州重別薛六柳八二員外」

차음(借音)은 색깔대에 많이 나타나고, 다른 대장에서는 그다지 뚜렷하게 나타나지 않는다.

15.8 본래 글자마다 정교하게 대장을 구사하기는 매우 어렵다. 그래서 각 연에서 태반의 글자가 공대를 이루면 나머지 글자들이 정교하게 대장을 이루지 못하더라도 이미 사람들에게 공대라는 인상을 준다. 더욱이 색깔·숫자와 방위가 정교하게 대장을 이루면 나머지 글자는 따라서 정교하게 보인다. 이것은 자세히 관찰하면 체득해낼 수 있는 것이다.

15.9 인대(鄰對)는 공대에 비해 한 수 뒤지긴 하지만 그래도 정교한 대장에 가까운 면이 있다고 하겠다. 일반적인 인대는 대략 20류로 나눌 수 있다. ① 천문과 시령, ② 천문과 지리, ③ 지리와 궁실, ④ 궁실과 기물, ⑤ 기물과 의식, ⑥ 기물과 문구, ⑦ 의식과 음식, ⑧ 문구와 문학, ⑨ 초목화훼와 조수충어, ⑩ 형체와 인사, ⑪ 인륜과 대명, ⑫ 의문대사 및 '自'·'相' 등의 글자와 부사, ⑬ 방위와 숫자, ⑭ 숫자와 색깔, ⑮ 인명과 지명, ⑯ 동의(同義)와 반의(反義), ⑰ 동의와 연면(連緜), ⑱ 반의와 연면, ⑲ 부사와 연사·개사, ⑳ 연사·개사와 조사. 이제 이 각각에 대하여 예를 들어보겠다.

① 천문과 시령(時令)

年來一**夜**玩,　일 년 동안 한 밤의 완상
君在半**天**看.　그대는 한참을 바라보겠지.
— 구양첨(歐陽詹), 「太原和嚴長官玩月」

曉來江氣連城白,　새벽에 강 기운이 하얗게 성에 이어져 있고
雨後山光滿郭靑.　비온 뒤 산 빛이 파랗게 성곽에 가득 찼다.
— 장적(張籍), 「寄和州劉使君」

② 천문과 지리

山從人面起,　산은 사람 얼굴로부터 솟아 있고
雲傍馬頭生.　구름은 말 머리 옆에서 피어난다.

— 이백, 「送友人入蜀」

陰崖常抱雪,　그늘진 벼랑은 항상 눈이 덮여 있고
枯澗爲生泉.　마른 계곡에서 샘이 솟아난다.

— 왕창령(王昌齡), 「遇薛明府謁聰上人」

③ 지리와 궁실(宮室)

海雲迷驛道,　바다의 구름에 역참 길을 잃었고
江月隱鄕樓.　강 위의 달빛이 고향 누대를 감추었다.

— 이백, 「寄淮南友人」

瑤臺含霧星辰滿,　안개를 머금은 瑤臺는 별들이 가득 차 있고
仙嶠浮空島嶼微.　공중에 떠 있는 신선의 섬은 아득히 멀다.

— 이백, 「送賀監歸四明應制」

④ 궁실과 기물(器物)

虛牖傳寒柝,　빈 창문으로 추운 밤 딱따기 소리 들려오고
孤燈照絶編.　외로운 등불이 찢어진 책을 비춘다.

— 구양첨(歐陽詹), 「除夜長安客舍」

闇澹屛幃故,　그대가 쓰던 병풍과 휘장 암담하고
凄凉枕席秋.　가을 밤 베개와 자리가 처량하다.

— 백거이, 「贈內子」

⑤ 기물과 의식(衣飾)

獨坐親雄劍,　　홀로 앉아 보검을 가까이 하고
哀歌歎短衣.　　슬픈 노래 부르며 짧은 옷을 한탄한다.

— 두보, 「夜」

傅母悲香褓,　　보모는 향긋한 포대기를 안고 슬퍼하고
君家擁畫輪.　　왕실 사람들은 채색 수레를 껴안는다.

— 왕유, 「恭懿太子挽歌五首」(제3수)

卷衣悲畫翟,　　꿩을 수놓은 옷을 접어 넣으며 슬퍼하고
持翣待鳴雞.　　운삽을 들고 닭이 울기를 기다린다.

— 왕유, 「故西河郡杜太守挽歌三首」(제2수)

⑥ 기물과 문구(文具)

得意紫鸞休舞鏡,　　뜻을 얻은 자색 난새는 거울 보고 춤추기를 멈추었고
能言青鳥罷銜牋.　　말을 할 줄 아는 파랑새는 편지 물기를 그만두었다.

— 유우석(劉禹錫), 「懷妓四首」(제1수)

徒令上將揮神筆,　　상장군이 헛되이 신필을 휘두르게 하였고
終見降王走傳車.　　끝내는 항복한 왕이 역참의 수레로 압송되는 것을 보았다.

— 이상은(李商隱), 「籌筆驛」

⑦ 의식(衣飾)과 음식(飲食)

衣縫紕類黃絲絹,　　옷은 노란 견사로 해진 곳을 깁고
飯下腥鹹白小魚.　　밥에는 비리고 짠 白小魚를 놓는다.

— 백거이, 「卽事寄微之」

斷粞作飯終年飽,　　싸라기를 끊어 밥을 지으니 일 년 내내 배부르고
大布裁袍稱意寬.　　거친 광목으로 도포를 지어 입으니 마음에 흡족하다.

— 육유(陸游), 「冬夜讀史有感」

⑧ 문구와 문학

滿紙傳相憶,　　종이 가득히 그리움을 써서 전하고
裁詩怨索居.　　시를 지어 쓸쓸히 지내는 것을 원망한다.
　　　　　　　　　　　　—유우석,「令狐僕射與余投分素深……」

兵書封錦字,　　병서에 아내의 편지를 봉하였고
手詔滿香筒.　　황제가 손수 쓴 詔書가 향통에 가득하다.
　　　　　　　　　　　　　　—장적(張籍),「老將」

⑨ 초목화훼(草木花卉)와 조수충어(鳥獸蟲魚)

鵲辭穿線月,　　까치는 실 꿰는 날에 달을 떠나고
花入曝衣樓.　　꽃은 옷을 말리는 누각에 든다.
　　　　　　　　　　　　　　—이하(李賀),「七夕」

靑菰臨水拔,　　푸른 줄풀은 물가에서 빼어나고
白鳥向山翻.　　하얀 새는 산을 향해 날아간다.
　　　　　　　　　　　　　　—왕유,「輞川閒居」

⑩ 형체(形體)와 인사(人事)

淚逐勸杯下,　　눈물이 권하는 잔을 쫓아 흘러내리고
愁連吹笛生.　　슬픔이 피리를 부는 데 따라 솟구친다.
　　　　　　　　　　　　　　—두보,「泛江送客」

晴郊別岸鄕魂斷,　　맑은 교외 이별의 물가에서 고향 향한 혼백이 끊기고
曉樹啼鳥客夢殘.　　새벽에 나무에서 까마귀 울어 나그네의 꿈 남아 있다.
　　　　　　　　　　　　　　—왕초(王初),「送王秀才」

⑪ 인륜(人倫)과 대명(代名)

魚鼈爲人得,　물고기와 자라는 사람에게 포획되고
蛟龍不自謀.　교룡도 스스로 어쩔 줄 몰라 한다.

―두보, 「江漲」

物外無知己,　속세를 벗어나서는 知己가 없고
人間一癖王.　인간 세상에는 한 癖王이 있다.332)

―노동(盧仝), 「自詠三首」(제3수)

悲君隨燕雀,　슬프다 그대가 제비와 참새를 따라
薄宦走風塵.　말단 관직으로 속세에 떠도는 것이.

―두보, 「贈別何邕」

憐爾解臨池,　네가 못가에서 글씨를 배운다니 기특하고
渠爺未學詩.　그의 아버지는 아직 시를 배우지 않았다.

―왕유, 「戲題示蕭氏外甥」

才士得神秀,　재사께서 총명하고 준수한 사람들을 모이게 하여
書齋聞爾爲.　서재에서 그대들이 연회를 갖는다는 말을 들었다.

―두보, 「和江陵宋大少府暮春雨後同諸公及舍弟宴書齋」

⑫ 의문대사(疑問代詞) 및 '自'·'相' 등의 글자와 부사

誰言斷車騎?　누가 그 분의 생명이 끊어졌다고 말했는가?
空憶盛衣冠!　성대했던 의관이 부질없이 생각난다.

―왕유, 「故太子太師徐公挽歌四首」(제4수)

煙塵怨別唯愁隔,　풍진의 이별을 원망하며 다만 떨어져 있을 것이 슬프고
井邑蕭條誰忍論?　마을이 쓸쓸할 테니 차마 누구와 의논할까?

―이가우(李嘉祐), 「秋曉招隱寺東峰茶宴送內弟」

---

332) '癖王'은 盧仝의 自號이다.

得無中夜舞?　한밤중에 춤을 추는 志士가 없을까보냐?
誰憶大風歌?　누가 漢 高祖의 大風歌를 기억하는가?
　　　　　　　　　　　　—두보,「傷春五首」(제5수)

從容非所羨,　조용한 것은 부러워하는 바가 아니고
辛苦竟何功?　고생은 결국 무슨 공인가?
　　　　　　　　　　　—여온(呂溫),「青海西寄竇三端公」

丹經如不謬,　煉丹術 경전에 오류가 없다면
白髮亦何能?　백발로 또한 무엇을 할 수 있을까?
　　　　　　　　　　　　—이동(李洞),「送人之天台」

戲馬臺荒年自久,　세월이 오래되어 희마대는 거칠어졌고
斬蛇人去事空傳.　뱀을 벤 사람은 가고 고사만 부질없이 전해진다.
　　　　　　　　　　　—하주(賀鑄),「九日登戲馬臺」

莫話故園空矯首,　고향 향해 고개 드는 건 부질없다고 말하지 마오
相逢逆旅足開顏.　客舍에서 서로 만나면 얼굴이 펴지기에 족하다오
　　　　　　　　　　　—장원간(張元幹),「奉送晁伯南歸」

※ 주의 : '自'·'相' 두 글자가 부사처럼 사용된다는 것은 이해하기 쉽다.
'誰'·'何' 등의 글자를 부사로 인정하는 현대어법가는 없지만 중국 시인들은
왕왕 부사와 같이 본다. 이것과 그들이 대명사 '之'자를 조사로 보는 것은 똑같
이 불합리한 것이지만 습관이 그러하니 알지 않을 수 없다.

⑬ 방위와 숫자

爽氣中央滿,　상쾌한 기운이 중앙에 가득하고
清風四面來.　맑은 바람이 사방에서 불어온다.
　　　　　　　　　—여온(呂溫),「道州夏日郡內北橋新亭書懷」

巫峽中心郡,　무협은 군의 중심부에 있고

巴城四面春.　　파성은 사방이 봄이다.

— 백거이, 「感春」

含星動雙闕,　　별을 머금고 대궐 위에서 반짝이고
伴月照邊城.　　달과 함께 변방의 성을 비춘다.

— 두보, 「天河」

夜雪未知東岸綠,　　밤눈은 동쪽 언덕이 푸른 것을 알지 못했고
春風猶放半江晴.　　오히려 봄바람 불어와 강의 반이 개었다.

— 방간(方干), 「叙錢塘異勝」

⑭ 숫자와 색깔

相隨萬里日,　　함께 따르며 만리 밖에서 지냈던 날들
總作白頭翁.　　모두 백발의 늙은이가 되었구려.

— 두보, 「寄賀蘭銛」

⑮ 인명(人名)과 지명(地名)

殷王期負鼎,　　은왕은 임금을 보좌할 신하를 바라시어
汶水起垂竿.　　문수에서 낚시하던 伊尹을 기용하셨다.

— 이백, 「送梁四歸東平」

亡國秦韓代,　　나라가 망한 秦代와 韓代
榮身劉項年.　　신세가 영화로웠던 劉邦과 項羽의 때.

— 서구고(徐九皐), 「詠史」

⑯ 동의(同義)와 반의(反義)

城池經戰陣,　　성의 못은 전쟁의 진영이 지나갔고
人物恨存亡.　　인물은 존망을 한탄한다.

— 장위(張謂), 「別睢陽故人」

省抛雙旆辭榮寵,　　일찍이 쌍 깃발 던져 영예와 총애를 사양했고
遽落丹霄起愛憎.　　갑자기 朝廷에 떨어져 애증을 일으켰다.

　　　　　　　　　　　　　　　　— 이신(李紳),「過鍾陵」

老樹稀疎影,　　오래된 나무의 희미한 그림자
驚禽斷續聲.　　놀란 새의 끊겼다 이어지는 소리.

　　　　　　　　　　　　　　　　— 유창(劉敞),「月夜」

⑰ 동의와 연면(連緜)

池邊轉覺虛無盡,　　못가에서 더욱 끝없이 넓음을 깨닫게 되었고
臺上偏宜酩酊歸.　　누대 위에서 마침 크게 취하여 돌아가게 되었다.

　　　　　　　— 고적(高適),「同陳留崔司戶早春宴蓬池」

一自分襟多歲月,　　한번 헤어진 뒤로 많은 세월이 흘러서
相逢滿眼是凄凉.　　다시 만나니 눈에 가득한 건 처량한 모습.

　　　　　　　— 유우석(劉禹錫),「贈同年陳長史員外」

⑱ 반의와 연면

雁行斷續晴天遠,　　끊어졌다 이어지는 기러기 대열에 갠 하늘 멀고
燕翼參差翠幕斜.　　들쭉날쭉한 제비 날개에 푸른 장막 기울어졌다.

　　　　　　　　　　　　— 유겸(劉兼),「春晚閑望」

鞅掌未能逃物役,　　일이 번거로워 외부의 부림에서 벗어날 수 없고
乾坤何處託身安?　　하늘과 땅 어디에 몸을 편안히 의탁할 수 있을까?

　　　　　　　　　　　　— 공평중(孔平仲),「西行」

⑲ 부사와 연사(連詞) · 개사(介詞)

來往皆茅屋,　　왕래하는 곳은 모두 초가이고

淹留爲稻畦.   오래 머무는 곳은 밭두둑이다.

　　　　　　　　　— 두보, 「自瀼西荊扉且移居東屯茅屋」

聞道故人當邂逅,   옛 친구와 만나게 된다고 들어서
便臨近館爲遲留.   인근의 客舍에 들어가 머물렀다.

　　　　　　　　　— 심구(沈遘), 「過冀州聞介甫送遼使當相遇」

⑳ 연사·개사와 조사(助詞)

暢以沙際鶴,   모래밭 가의 학이 아름답고
兼之雲外山.   아울러 구름 너머에 산이 있다.

　　　　　　　　　　　　— 왕유, 「汎前陂」

15.10 관대(寬對)는 사성(詞性)이 같기만 하면 대장을 이룰 수 있는 것이다. 이제 간단히 몇 가지 예를 들어보겠다.

津人空守纜,   뱃사공은 공연히 닻줄을 지키고
村館復臨川.   마을의 客舍는 다시 냇가에 있다.

　　　　　　　　　— 왕창령(王昌齡), 「沙苑南渡頭」

黃鶯啼就馬,   노란 꾀꼬리 우는데 말에 오르고
白日暗歸林.   하얀 해 어두운데 숲으로 돌아간다.

　　　　　　　　　— 기무잠(綦毋潛), 「送章彝下第」

飲馬魚驚水,   말에게 물을 먹이니 물고기 놀라고
穿花露滴衣.   꽃 사이를 뚫고 이슬이 옷에 떨어진다.

　　　　　　　　　　— 원진(元稹), 「早歸」

下藥遠求新熟酒,   약을 넣으려고 멀리서 새로 익은 술을 구하고
看山多上最高樓.   산을 바라보려고 자주 가장 높은 누대에 오른다.

　　　　　　　　　— 장적(張籍), 「書懷寄王秘書」

15.11 어떤 대장은 언뜻 보기에 관대 같지만 실상은 공대나 인대인데, 왜냐하면 먼저 출구에서 병행어를 사용하여 제법 정교한 대우를 만들고 난 다음에 대구에서도 병행어를 사용하여 제법 정교한 대우를 만들면 자대(自對)이면서 동시에 상대(相對)가 되어 비록 관대이지만 역시 정교한 것이다. 다음 예를 보자.

> 笛聲喧沔鄂,　피리 소리는 沔州와 鄂州에 울려 퍼지고
> 歌曲上雲霄.　노래 곡은 구름과 하늘 위로 솟아오른다.
> ('沔'과 '鄂'이 지명으로 대를 이루고, '雲'과 '霄'가 천문으로 대를 이룬다.)
> ———이백, 「寄王漢陽」

> 草木盡能酬雨露,　초목은 모두 비와 이슬에 보답할 수 있지만
> 榮枯安敢問乾坤!　번영과 영락은 어찌 감히 하늘과 땅에 물으랴!
> ('草'와 '木'이 대를 이루고, '雨'와 '露'가 대를 이루고, '榮'과 '枯'가 대를 이루고, '乾'과 '坤'이 대를 이룬다.)
> ———왕유, 「重酬苑郞中」

> 江山遙去國,　강과 산 멀리 고향을 떠나갔고
> 妻子獨還家.　아내와 자식 홀로 집으로 돌아온다.
> ('江'과 '山'이 대를 이루고, '妻'와 '子'가 대를 이룬다.)
> ———고적, 「送張瑤貶五谿尉」

> 風煙今令節,　바람과 안개 날리는 지금의 重陽佳節
> 臺閣古雄州.　누대와 누각은 옛날 중요했던 주의 것.
> ———구양첨(歐陽詹), 「九日廣陵同陳十五先輩登高」

> 暫輟洪鑪觀劍戟,　잠시 큰 화로를 놓고 검과 창을 바라보고
> 還將大筆注春秋.　돌아와 큰 붓으로 春秋에 주석을 달리라.
> ———유우석, 「奉和裴侍中將赴漢南留別坐上諸公」

骨肉淸成瘦,　　뼈와 살이 맑아서 수척하고
萵蔓老覺膻.　　상추 덩굴도 늙으니 누리게 느껴진다.

　　　　　　　　　　　　　—노동(盧仝), 「自詠三首」(제1수)

楚宮臘對荊門水,　　초궁에서 섣달에 형문으로 흘러가는 강물을 대하고
白帝雲像碧海春.　　백제성의 구름은 푸른 바다의 봄을 훔쳐온 듯하다.
('楚宮'이 '荊門'과 대를 이루고, '白帝'가 '碧海'와 대를 이룬다.)

　　　　　　　　　　　　　—두보, 「奉送蜀州柏二別駕……」

人稀地僻醫巫少,　　사람 드물고 땅 후미져 의사와 무당은 적고
夏旱秋霖瘴瘧多.　　여름에 가물고 가을에 장마 져 瘴氣와 학질이 많다.
('人稀'가 '地僻'과 대를 이루고, '夏旱'과 '秋霖'이 대를 이루고, '醫'가 '巫'
와 대를 이루고, '瘴'이 '瘧'과 대를 이룬다.)

　　　　　　　　　　　　　—백거이, 「得微之到官後書」

　　앞에서　서술한　동의자상대(同義字相對)·반의자상대(反義字相對)·동의
반의상대(同義反義相對)는 모두가 이 종류이다. 병행어(幷行語)와 연면자상
대(連緜字相對)도 이 종류와 성질이 비슷하다. 다음 예를 보자.

魚龍潛凍水,　　물고기와 용은 언 물속에 잠겨 있고
蟋蟀有哀音.　　귀뚜라미는 슬픈 소리를 내고 있다.

　　　　　　　　　　　　　—유창(劉敞), 「觀魚臺」

이밖에도 이 종류로 인정할 수 있는 차대(借對)가 있다.
다음 예를 보자.

萬里鳴刁斗,　　만 리에 걸쳐 조두가 울리고[333]
三軍出井陘.　　삼군이 정형에서 나온다.

---

333) '刁斗'는 옛날 行軍에 사용하던 도구이다. 낮에는 취사도구로 사용하고 밤에는 야경
　　을 돌 때 이것을 쳤다고 한다.

('井陘'은 지명이다. 그러나 '陘'자에 '阪(비탈)'의 뜻이 있으므로 '井'과 '陘'이 스스로 대를 이루고, 이것을 빌려서 '刁'·'斗' 병행어와 대장을 만들었다.)

— 왕유, 「送趙都督赴代州」

15.12 대련(對聯: 喜聯·輓聯·楹聯·春聯 등)은 원칙적으로 공대(차대와 '詩'·'酒' 부류의 대립어 포함)를 사용해야 하며, 인대는 그다지 사용할 수 없고 더욱이 관대는 사용할 수 없다. 그러나 상련(上聯)에서 구중자대(句中自對)를 만들었다면 하련(下聯)에서도 구중자대를 만들어야 해서 그럴 경우 상련과 하련 사이에는 공대를 추구할 필요가 없다. 예를 들어 전인이 「난정서(蘭亭序)」에서 집자(集字)한 한 폭의 대련(對聯)을 보자.

淸氣若蘭, 虛懷當竹;　　맑은 기운 난초 같고, 비운 마음 대와 같다.
樂情在水, 靜趣同山.　　즐거운 마음 물에 있고, 고요한 정취 산과 같다.
('蘭'과 '竹'이 工對를 이루고 '水'와 '山'이 공대를 이루고 있어서, '蘭'과 '水' 및 '竹'과 '山'은 공대를 추구할 필요가 없다.)

심지어 상련과 하련 사이에 거의 완전히 대장을 이루지 않는 것 같아도 구중자대가 일종의 공대이기만 하면 전련(全聯)을 공대로 인정할 수 있다. 예를 들어 「난정서」에서 집자한 다른 한 폭의 대련을 보자.

流水長亭, 春風靜宇;　　물이 흐르는 長亭, 봄바람 부는 고요한 집.
幽蘭一室, 修竹萬山.　　방안에는 그윽한 난초, 만 산에는 長竹.
('幽蘭'과 '修竹'이 공대를 이루고, '長'과 '靜' 및 '一'과 '萬'이 공대를 이룬다. '水'와 '風'이 준공대(準工對)를 이루고, '室'과 '山'이 인대이지만 숫자와 어울려 있어서 제법 공대스럽다. '流'자는 동사가 형용사로 활용된 것이고, '春'자는 명사가 형용사로 활용된 것이다. 대장이 다소 정교함을 잃었지만 집자한 연어(聯語)이기 때문에 약간 관대한 기준을 따를 수 있다.)

15.13 그러나 시구에는 정교하지 않은 대장도 없지 않다. 때로는

정교한 대장과 고아한 시의(詩意)를 양립시킬 수 없을 때 시인들은 대장을 희생시켜서라도 시의를 보존하였다. 다음 예를 보자.

幾度聽雞過白日,　　몇 번이나 닭 울음소리 들으며 낮을 보냈고
亦曾騎馬詠紅裙.　　또한 일찍이 말을 타고 붉은 치마를 읊었다.
'幾'와 '亦'은 의문대사와 부사로 대를 이루지만 '度'와 '曾'은 명사(量詞)와 부사로 대가 되지 않는다. (역주)

— 백거이, 「寄殷協律」

逐北自諳深磧路,　　북쪽으로 자신이 잘 아는 깊은 자갈길을 쫓아갔고
長嘶誰念靜邊功!　　길게 우니 누가 변방을 잠재운 공을 생각해주리!
'逐'과 '長'은 동사와 부사로 활용된 형용사이고 '北'과 '嘶'는 방위사와 동사로 대가 되지 않는다. (역주)

— 저사종(儲嗣宗), 「驄馬曲」

塵埃一別楊朱路,　　양주로에서 먼지 속에 일단 이별하니
風月三年宋玉墻.　　송옥의 담에서 삼 년 동안 풍월을 읊었다.

— 당언겸(唐彦謙), 「離鸞」

吾道憑溫酒,　　내 삶의 방식은 따뜻한 술에 의지하여
時晴付擁鑪.　　날이 개면 술독을 끌어안고 지낸다.

— 당경(唐庚), 「除夕」

15.14 상반구(上半句) 또는 앞쪽 네 글자에 대장을 사용하고 하반구(下半句) 또는 마지막 글자에 대장을 사용하지 않은 경우가 비교적 흔히 보이는데, 이것은 분명히 운자(韻字)의 영향을 받은 것이다. 왜냐하면 압운을 하려면 부득이 대장을 희생시켜야 하는 때가 있기 때문이다. 다음 예를 보자.

不待金門詔,　　金馬門의 詔書를 기다리지 않고

空持寶劍遊.　부질없이 보검을 들고 돌아다녔다.

—이백,「寄淮南友人」

夜久應搖珮,　밤이 깊으니 응당 패옥이 흔들리고
天高響不來.　하늘이 높아서 소리가 오지 않는다.

— 양굉(梁鍠),「七夕汎舟」

幾年同在此,　몇 년을 함께 이곳에 있었는데
今日各驅馳.　오늘 뿔뿔이 말을 몰아 달리게 되었다.

— 장적(張籍),「送友生遊峽中」

遙知楊柳是門處,　멀리 버들 늘어진 곳이 대문임을 알겠는데,
似隔芙蓉無路通.　연꽃이 가로막아 통하는 길이 없는 듯하다.

— 유위(劉威),「遊東湖」

箸撥冷灰書悶字,　젓가락으로 식은 재를 밀어 '悶'자를 쓰고
枕陪寒席帶愁眠.　찬 자리에 베개를 놓고 슬픔 속에 잠을 청한다.

—내붕(來鵬),「除夜書懷」

앞에 인용된 저사종·당언겸·이백·양굉·장적·유위의 시구는 모두가 함련에 사용된 것이다. 제13절에서 말했듯이 함련에는 어쩌다 대장을 사용하지 않을 수도 있는데, 그렇다면 대장이 약간 불충분한 정도는 별로 문제가 되지 않을 것이다. 수련의 경우는 본래 대장을 사용하지 않는 것이 정례인 만큼 대장을 사용한다면 충분히 강구하지 않아도 괜찮을 것이다. 다음 예를 보자.

中宵天色淨,　한밤중이라 하늘 빛 깨끗하고
片月出滄洲.　조각달이 물가에서 떠오른다.

— 구양첨(歐陽詹),「旅次舟中對月寄姜公」

文章千古事,　시를 짓는 것은 천고에 남을 일이지만
得失寸心知.　그 득실은 나의 마음만이 알고 있다.

— 두보, 「偶題」

昔人已乘黃鶴去,　옛 선인은 이미 황학 타고 가버리고
此地空餘黃鶴樓.　이 땅에는 그저 황학루만 남아 있다.

— 최호(崔顥), 「黃鶴樓」

鸞飛遠樹棲何處?　난새는 먼 나무로 날아가 어디에 깃들까?
鳳得新巢想稱心.　봉새는 새 둥지를 얻고 마음 맞는 짝을 생각한다.

— 유우석(劉禹錫), 「懷妓四首」(제2수)

15.15 만약 수구에 운을 단다면 수련에 두 개의 운각이 있게 되므로 대장을 만들기가 더욱 쉽지 않을 것이다. 그렇기 때문에 대장을 사용하는 때에도 반은 대를 이루고 반은 대를 이루지 않는 경우가 더욱 흔히 보인다. 다음 예를 보자.

子月過秦正,　秦 땅에 들어서면 십일월이 정월로 바뀌고
寒雲覆洛城.　차가운 구름이 낙양성을 뒤덮을 것이다.

— 이기(李頎), 「送相里造入京」

西寺碧雲端,　서쪽 절은 푸른 구름 끝에 있고
東溟白雪團.　동쪽 바다는 둥근 백설이 내린다.

— 구양첨(歐陽詹), 「太原和嚴長官」

君遊丹陛已三遷,　그대가 조정으로 간 후 이미 세 번 자리를 옮겼고
我泛滄浪欲二年.　나는 창랑에 배를 띄우고 지낸 지 이 년이 되려 한다.

— 백거이, 「夜宿江浦聞元八改官」

天幕沈沈淑氣溫,　하늘에 장막이 자욱하여 맑은 기운 따뜻하고

雨絲輕軟墜雲根.　　빗줄기는 가볍고 연하게 구름에서 떨어진다.
　　　　　　　　　　　— 한기(韓琦), 「次韻和子淵學士春雨」

15.16 대장은 물론 마주보는 글자끼리 대를 이루는 것이 정례이다
(이를테면 제2자는 제2자와 대를 이루고, 제4자는 제4자와 대를 이룬다). 그러나 시
인들은 어쩌다 일종의 착종대(錯綜對)를 사용하기도 한다. 이것은 위치에
얽매이지 않고 뒤바뀌고 엇섞여서 대장을 이루는 것이다. 예를 들면 다
음과 같다.

　　　於今腐草無螢火,　　지금은 풀이 썩어 반딧불도 사라졌고
　　　終古垂楊有暮鴉.　　변함없는 수양버들엔 저녁 까마귀 있다.
　　　('螢'과 '鴉'가 대를 이루고, '火'와 '暮'가 대를 이룬다.)
　　　　　　　　　　　　— 이상은(李商隱), 「隋宮」

　　　裙拖六幅湘江水,　　치마는 여섯 폭의 상강수를 끌어온 듯하고
　　　鬢聳巫山一段雲.　　머리는 무산의 구름 한 단이 솟은 것 같다.
　　　('六幅'이 '一段'과 대를 이루고, '湘江'이 '巫山'과 대를 이룬다.)
　　　　　　　　　　　　— 이군옥(李群玉), 「杜丞相筵中贈美人」

　　이와 같은 대장은 왕왕 평측을 맞추기 위한 것이다. 만약 「수궁(隋宮)」
의 시구를 "於今腐草無火螢, 終古垂楊有暮鴉"으로 썼다면 '火螢'이 말
이 되지 않을 뿐만 아니라 평측도 어울리지 않는다. 마찬가지로 "裙拖
六幅湘江水, 鬢聳一段巫山雲"으로 썼다면 의미상으로 정교한 대장이고
문리(文理)상으로도 잘 통하겠지만 평측이 어울리지 않기 때문에 순서를
뒤바꾸지 않을 수 없다.

　　15.17 앞에서 말한 것은 분명한 착종대(錯綜對)인데, 이외에도 일종
의 어렴풋한 착종대가 있다. 수련에는 대장을 사용하지 않아도 되므로
많은 시인들이 대장을 사용하지 않았다. 그러나 엇섞이며 변화하는 가

운데 여전히 왕왕 대를 이루는 듯하지만 대가 아닌 글자를 사용하기도
하였다. 이것은 시인들의 수사비결인 듯해서 이를 언급한 사람을 아직
보지 못하였다. 다음 예를 보자.

朝來又得東川信,　　아침에 다시 東川에서 온 편지를 받았는데
欲取春初發梓州.　　초봄에 梓州를 출발하려 한다고 한다.
('朝'와 '春'이 대를 이루고, '東川'과 '梓州'가 대를 이룬다.)
　　　　　　　　　　　　　　　　　— 백거이, 「得行簡書聞欲下峽」

歸鞍白雲外,　　돌아가는 말은 흰 구름 너머에 있고
繚繞出前山.　　빙글빙글 돌아 앞산을 벗어난다.
('外'로 '前'과 대를 이루게 했다.)
　　　　　　　　　　　　　　　　　— 원함(苑咸), 「留別王維」

禪宮分兩地,　　선궁이 땅을 두 곳으로 나누고
釋子一爲心.　　승려는 마음을 하나로 모은다.
('兩'으로 '一'과 대를 이루게 했다.)
　　　　　　　　　　　　　　　　　— 저광희(儲光義), 「題虯上人房」

江上巍巍萬歲樓,　　강가에 우뚝 솟아 있는 만세루
不知經歷幾千秋.　　몇 천 년을 버텨왔는지 모른다.
('萬'으로 '千'과 대를 이루게 했다.)
　　　　　　　　　　　　　　　　　— 왕창령(王昌齡), 「萬歲樓」

不獨避霜雪,　　서리와 눈을 피하기 위해서 뿐만 아니라
其如儔侶稀.　　벗들이 드문 것을 어찌할 수 없기 때문이다.
('霜雪'로 '儔侶'와 대를 이루게 했다.)
　　　　　　　　　　　　　　　　　— 두보, 「歸燕」

上方鳴夕磬,　　절에서 저녁에 편경이 울리니

林下一僧還.　숲 아래서 한 승려가 돌아온다.
('上'으로 '下'와 대를 이루게 했다.)

$\qquad\qquad\qquad\qquad$ ── 유우석(劉禹錫),「宿北山禪寺蘭若」

江海相逢少,　강과 바다 격해 있어 만날 일 드물고
東南別處長.　동과 남으로 떨어져 있어 이별이 길다.
('逢'으로 '別'과 대를 이루게 했다.)

$\qquad\qquad\qquad\qquad$ ── 유우석,「江州留別薛六柳八二員外」

十里雲邊寺,　십리 길 구름 가의 절에
重驅千騎來.　다시 千騎를 몰고 왔다.
('十'으로 '千'과 대를 이루게 했다.)

$\qquad\qquad\qquad\qquad$ ── 송기(宋祁),「再遊海雲寺作」

綠髮郞潛不記年,　푸른 머리의 사나이 은거하여 해를 기억 못하지만
却尋丹竈味靈篇.　그래도 煉丹의 부뚜막을 찾아 道敎 經文을 맛본다.
('綠'으로 '丹'과 대를 이루게 했다.)

$\qquad\qquad\qquad\qquad$ ── 양억(楊億),「寄靈仙觀舒職方學士」

方瞳玄髮粉闈郞,　모난 눈동자 검은 머리의 상서성 사나이
絳闕齋心奉紫皇.　조정에서 잡념을 버리고 황제를 받든다.
('玄'으로 '絳'과 대를 이루게 하고, '粉'으로 '紫'와 대를 이루게 했다.)

$\qquad\qquad\qquad\qquad$ ── 전유연(錢惟演),「寄靈仙觀舒職方學士」

天入虛樓寄百層,　하늘에 든 빈 누대는 백층을 의탁하였고
四方遙謝此登臨.　사방 멀리 이렇게 올라 바라보는 것에 감사한다.
('百'으로 '四'와 대를 이루게 했다.)

$\qquad\qquad\qquad\qquad$ ── 송기,「擬杜子美峽中意」

神兵十萬忽乘秋,　황제의 군대 십만이 갑자기 가을을 틈타
西磧妖氛一夕收.　서쪽 사막의 요사스런 기운을 하루저녁에 제거했다.

('十'으로 '一'과 대를 이루게 했다.)

— 왕규(王珪), 「聞種諤脂米山大捷」

覇祖孤身取二江,　창업주들은 홀몸으로 강남땅을 취했건만
子孫多以百城降.　자손들은 대부분 모든 성을 내주고 항복했다.
('二'로 '百'과 대를 이루게 했다.)

— 왕안석(王安石), 「金陵懷古」

孤城縱目盡南東,　외로운 성에서 한껏 남동쪽을 바라보니
山轉溪回翠萬重.　산 굽이치고 시내 돌아들어 첩첩이 푸르다.
('孤'로 '萬'과 대를 이루게 했다.)

— 팽여려(彭汝礪), 「城上」

汴水日馳三百里,　변수는 하루에 삼백 리를 달려서
扁舟東下更開帆.　조각배 동쪽으로 내려가며 다시 돛을 폈다.
('三百'으로 '扁'과 대를 이루게 했다.)

— 한구(韓駒), 「夜泊寧陵」

15.18 보통의 대장은 모두 병행의 두 가지 사물이다. 원칙대로 말하면 그들의 지위는 서로 바꿀 수 있다. 즉 출구를 대구로 바꾸고 대구를 출구로 바꾸어도 의미는 마찬가지이다. 그러나 대장에 따라서는 출구와 대구가 하나의 의미로 이어져 내려가 위치를 바꿀 수 없는 것이 있는데, 이를 유수대(流水對)라고 한다. 다음 예를 보자.

一從歸白社,　은거지 白社로 돌아온 뒤로는[334]
不復到靑門.　다시는 靑門에 가지 않는다.[335]

— 왕유, 「輞川閒居」

---

334) 白社는 낙양성 동쪽에 있는 곳으로 은거지를 가리킨다. 晉의 董京이 이곳에 은거했었다고 한다.
335) 靑門은 長安城 東門으로, 여기서는 長安을 가리킨다.

承恩不在貌,　은총을 받는 것은 용모에 달려 있지 않은데
教妾若爲容?　소첩더러 무슨 화장을 하란 말인가?
　　　　　　　　　　—두순학(杜荀鶴),「春宮怨」

聞道故人當邂逅,　옛 친구와 만나게 된다고 들어서
便臨近館爲遲留.　인근의 客舍에 들어가 머물렀다.
　　　　　　　　—심구(沈遘),「過冀州聞介甫送遼使當相遇」

鳳凰詔下雖霑命,　조서가 내려와 봉황이 명령을 받았지만
鸚鵡才高却累身.　앵무새가 재주가 높아 오히려 몸에 누가 되었다.
　　　　　　　　　—기당부(紀唐夫),「送溫庭筠尉方城」[336]

　　15.19　이상에서 설명한 대장은 모두 출구와 대구가 대를 이루는 것이다. 이외에도 이와는 다른 대장이 두 가지 더 있다. 한 가지는 앞 연의 출구와 뒷 연의 출구가 대를 이루고 대구 역시 대구와 대를 이루는 것인데, 그와 같은 대장을 격구대(隔句對)라고 한다.『중원음운(中原音韻)』에서는 곡(曲)을 논할 때 이를 선면대(扇面對)라고 칭하였다. 격구대는 대단히 드물어서 여기서도 한 가지 예만 들 수 있겠다.

縹緲巫山女,　멀고 어렴풋한 무산의 여인
歸來七八年.　돌아온 지 칠팔 년이 되었다.
殷勤湘水曲,　정이 깊게 담긴 상수곡을
留在十三絃.　열세 줄에 남겨놓았다.
苦調吟還出,　쓰디쓴 가락을 다시 읊어내며
深情咽不傳.　깊은 정은 목이 메어 전하지 않는다.
萬重雲水思,　구름과 물에 대한 만 겹의 그리움을
今夜月明前.　오늘밤 밝은 달빛 아래 전하는가보다.
('縹緲'와 '殷勤'이 대를 이루고, '巫山'과 '湘水'가 대를 이루고, '七八'과

‘十三’이 대를 이룬다.)

— 백거이, 「夜聞箏中彈瀟湘送神曲感舊」

15.20 다른 한 가지는 한 구 안에서 스스로 대를 이루고 다른 구와는 다시 대를 이루지 않는 것이다. 이와 같은 구중자대(句中自對)는 동의(同義)와 반의(反義)의 글자를 이어서 쓰는 것과는 조금 다르다. 이것은 적어도 두 글자가 다른 두 글자와 대를 이루어야 한다. 오언구라면 왕왕 앞의 두 글자가 뒤의 세 글자와 對를 이루고, 칠언구라면 왕왕 앞의 네 글자가 뒤의 세 글자와 대를 이룬다. 그렇게 되면 비록 글자 수에서는 같지 않지만 의미에서는 오히려 제법 정교한 대장이 된다. 물론 이와 같은 구중자대의 방법은 수련의 출구 또는 대구에만 쓸 수 있다. 그러나 이것은 시인들이 가장 애용하는 형식이다. 때때로 이것이 착종대(錯綜對)와 배합되면(앞에서 예로 든 彭汝礪의 「城上」 같은 것) 더욱 색다른 맛이 있게 보인다.[337] 다음 예를 보자.

細草綠汀洲,　가는 풀 돋아난 푸른 모래섬
王孫耐薄遊.　왕손이 오랫동안 자유롭게 유람한다.
(‘細草’와 ‘綠汀洲’가 대를 이룬다.)

— 이가우(李嘉祐), 「送王牧往吉州謁王使君叔」

虜近人行少,　오랑캐가 가까이 있어 사람 다니는 것이 드문데
憐君獨出城.　군왕을 사랑하여 홀로 성을 나선다.
(‘虜近’과 ‘人行少’가 대를 이룬다.)

— 이가우, 「送從姪端之東都」

---

337) 句中自對는 때때로 兩句互對와 배합된다. 杜甫 「送李八秘書赴相公幕」: “南極一星朝北斗, 五雲多處是三臺”에 대해 仇兆鰲는 註에서 “‘南, 北’과 ‘三, 五’는 句中自對이고, ‘一星, 多處’는 兩句互對로서 詩法의 변화를 보여주었다”라고 하였다. ≪附註二十八≫

憐君孤壟寄雙峰,　　그대의 외로운 무덤을 쌍봉에 맡긴 것이 안타깝고
埋骨窮泉復幾重!　　그대의 뼈를 九泉에 묻었으니 또한 몇 겹인가!
('孤壟'과 '雙峰'이 대를 이룬다.)

　　　　　　　　　　　　─ 유장경(劉長卿),「雙峰下哭故人李宥」

白雪樓中一望鄉,　　백설루에서 고향 쪽을 바라보니
靑山簇簇水茫茫.　　청산은 빽빽하고 물은 아득하다.
('靑山簇簇'과 '水茫茫'이 대를 이룬다.)

　　　　　　　　　　　　　　　─ 백거이,「登郢州白雪樓」

山吐晴嵐水放光,　　산은 해맑은 산바람을 토하고 물 반짝이는데
辛夷花白柳梢黃.　　목련꽃 하얗고 버드나무 가지 끝 노랗다.
('山吐晴嵐'과 '水放光'이 대를 이루고, '辛夷花白'과 '柳梢黃'이 대를 이룬다.)

　　　　　　　　　　　　　　　　　─ 백거이,「代春贈」

能文好飲老蕭郎,　　문장에 능하고 술 좋아하는 늙은 소처사
身似浮雲鬢似霜.　　몸은 뜬 구름 같고 머리는 서리 같다.
('能文'과 '好飮'이 대를 이루고, '身似浮雲'과 '鬢似霜'이 대를 이룬다.)

　　　　　　　　　　　　　　　─ 백거이,「送蕭處士遊黔南」

※ 주의 : 구중자대는 같은 글자를 피하지 않는다.

三伐漁陽再渡遼,　　세 번 漁陽을 정벌하고 두 번 遼로 건너갔으며
騂弓在臂劍橫腰.　　팽팽한 활은 팔에 들고 검은 허리에 찼다.
('三伐漁陽'과 '再渡遼'가 대를 이루고, '騂弓在臂'와 '劍橫腰'가 대를 이룬다.)

　　　　　　　　　　　　　　　　─ 왕애(王涯),「塞下曲」

　　15.21　　대장에는 일종의 기피사항이 있는데, 합장(合掌)이라고 한
다.338) 합장은 시문(詩文)의 대우에서 의미가 같은 현상인데, 사실상 동

---

338) 合掌을 仇兆鰲는 上尾의 일종으로 간주했다. 그는 "또 杜甫의「秋興」시 : '西望瑤池
降王母, 東來紫氣滿函關. 雲移雉尾開宮扇, 日繞龍鱗識聖顏'에서 '王母'·'函關'·

의사(同義詞)로 대를 이루는 것을 가리킨다. 전체 대련(對聯)에 모두 동의사를 사용한 경우는 드물다. 우리도 완전 합장의 예는 찾아내기 어려웠다. 그러나 합장에 가까운 예는 있다. 그것은 바로 『문심조룡(文心雕龍)』에서 '정대(正對)'라고 말한 것이다. 『문심조룡』에서는 "반대(反對)는 사리가 상반되면서 취지가 합치되는 것이고, 정대(正對)는 사건이 다르면서 의미가 합치되는 것이다"[339)]라고 말하였는데, 이른바 "사건이 다르면서 의미가 합치된다"는 것은 전고(典故)가 다르지만 의미는 같다는 말이다. 이에 대해 저자는 장재(張載)의 「칠애시(七哀詩)」: "漢祖想粉楡, 光武思白水(漢 高祖는 고향의 粉楡社를 생각하고, 光武帝는 고향의 白水縣을 그리워한다)"를 예로 들었다. 「칠애시」가 율시는 아니지만 이 두 구절을 뒤바꿔놓으면 어느 정도 율시 같은 구절이 되어서 이것을 빌려 문제를 설명할 수 있다. 시구의 대장은 바로 이런 상황을 피해야 한다. 『문심조룡』에서는 "반대가 우수하고 정대가 열등하다"[340)]라고 말하였다. 정대가 부정된만큼 합장은 더욱 부정되어야 할 것이다. 기윤(紀昀)이 『문심조룡』을 평하면서 "『정묘집(丁卯集)』과 『완화집(浣花集)』의 시격(詩格)이 낮은 것은 다만 정대(正對)가 많기 때문이다"(『정묘집』은 許渾의 시집이고, 『완화집』은 韋莊

'宮扇'・'聖顔'이 모두 句尾에 있어 중첩을 면하지 못했으니 이 또한 上尾를 범한 것이다. '林花著雨胭脂落, 水荇牽風翠帶長, 龍虎新軍深駐輦, 芙蓉別殿漫焚香' 같은 것은 앞 연에서 '落, 長' 두 자를 句尾에 두었고, 뒤 연에서 '深, 漫' 두 자를 앞으로 끌어냈으니 같은 것의 중첩을 범한 것이 아니다"라고 말하였다. 이것에 따르면 합장에는 두 종류가 있다. 上聯과 下聯이 같은 것을 범하는 것과 前聯과 後聯이 같은 것을 범하는 것이다. 그런데 仇兆鰲는 합장이라고 하지 않고 上尾라고 하였다. 그러나 이 경우 上尾라는 용어는 적당하지 않다. 왜냐하면 성조가 같은 것을 범해야 상미라고 하고, 詞性이 같은 것을 범하면 합장이라고 해야 하기 때문이다. 『紅樓夢』76회 中秋聯詩의 서술 장면에서 林黛玉이 한 연을 말하여 "人向廣寒奔, 犯斗邀牛女"라고 하자 湘雲도 달을 바라보다 머리를 끄덕이고는 "乘槎訪帝孫, 盈虛輪莫定"이라고 읊으니 黛玉이 "對句가 좋지 않아. 合掌이야"라고 말했다. 이것은 '牛女'와 '帝孫'의 의미 중복을 지적한 것이다. 합장은 同義詞 相對를 가리키는 것이지, 上聯의 대장방식과 下聯의 대장방식이 완전히 같은 것을 가리키는 것이 아니다. ≪附註二十九≫

339) "反對者, 理殊趣合者也; 正對者, 事異義同者也."(『文心雕龍』「麗辭」)
340) "反對爲優, 正對爲劣."(『文心雕龍』「麗辭」)

의 시집이다)라고 하였다. 기윤의 이 말은 대략 허혼과 위장에게 합장에 가까운 시구가 적지 않게 있음을 가리킨 것이라고 하겠다.

15.22 앞 연의 대장 방식과 뒷 연의 대장 방식이 완전히 같은 것도 시인들이 극력 피하는 것이다. 대장에 있어서 두 연이 유사한 것을 피하는 것은 평측에 있어서 실점(失黏)을 피하는 것과 비슷하다(제10절 참조). 왜냐하면 모두가 형식상의 중복과 단조로움을 피하는 것이기 때문이다. 대장의 유사함은 시인들이 극력 피하는 형식이기 때문에 그들이 이것을 위반하는 경우는 거의 없다. 여기서도 두 연의 대장이 유사하다고 억지로 인정할 수 있는 예를 하나 들 수 있을 뿐이다.

> 西野芳菲路,   서쪽 들판의 화초가 우거진 길을
> 春風正可尋.   봄바람 따라 마침 찾을 수 있었다.
> **山城依曲渚,**   산성은 구불구불한 물가에 접해 있고
> **古渡入修林.**   오래된 나루는 울창한 숲에 이어진다.
> **長日多飛絮,**   긴긴 낮에 떠다니는 버들 솜 많고
> **遊人愛綠陰.**   나들이 나온 사람들은 녹음을 좋아한다.
> 晚來歌吹起,   어스름에 노래와 피리소리 시작되니
> 惟覺畫堂深.   다만 채색한 집이 깊숙함을 느낀다.
>
> — 서기(徐璣),「春日遊張提擧園池」

중간 두 연의 매 구절 제1자와 제2자 '山城'·'古渡'·'長日'·'遊人'은 모두 명사사조(名詞詞組)이고, '曲渚'·'修林'·'飛絮'·'綠陰'도 모두 명사사조이며, 제3자 '依'·'入'·'愛'는 모두 동사이고, '多'자는 형용사여서 '愛'자와의 대장이 정교하지 못하다. 따라서 대장이 유사한 것의 예로 칠 수 있겠다.

15.23 이와는 다른 한 가지 경우는 표면적으로 유사한 것 같지만 실제로는 결코 유사하지 않은 것이다. 다음 예를 보자.

江漢思歸客,	長江과 漢水에서 고향 그리는 나그네
乾坤一腐儒.	하늘과 땅 사이에 한 케케묵은 선비.
片雲天共遠,	한 조각 구름은 하늘과 함께 멀리 있고
永夜月同孤.	기나긴 밤은 달과 같이 외롭다.
落日心猶壯,	해 저물어가니 마음 외려 꿋꿋해지고,
秋風病欲疎.	가을바람에 병이 다시 나아질 듯하다.
古來存老馬,	예로부터 늙은 말을 내치지 않았으니
不必取長途.	먼 길을 달릴 능력을 취하는 것만은 아니리.

—두보, 「江漢」

중간의 두 연에서 매 구절 제1자와 제2자 '片雲'·'永夜'·'落日'·
'秋風'은 모두 명사사조이고, 제3자 '天'·'月'·'心'·'病'은 모두 명사
이고, 제4자 '共'·'同'·'猶'·'欲'은 모두 부사이고('共'·'同'은 여기서 부
사성을 띠고 있다), 제5자 '遠'·'孤'·'壯'·'疎'는 모두 형용사여서 매우
유사해 보인다. 그러나 '片雲天共遠'은 '片雲共天遠'의 도치로 보아야
하고, '永夜月同孤'는 '永夜同月孤'의 도치로 보아야 하기 때문에 함련
과 경련의 대장은 결코 유사한 것이 아니다.[341] 그렇긴 하지만 초학자
는 이런 형식을 그래도 피하는 것이 좋겠다.

15.24 어떤 의미는 본래 유사하기 쉬워서 형식에서 변화를 구해야
한다. 이를테면 제5절에서 예로 든 백거이의 「대서시일백운기미지(代書
詩一百韻寄微之)」에 그와 같은 구절이 몇 군데 있다.

高上慈恩塔,	높이 자은사 탑에 올라갔는가 하면
幽尋皇子陂.	살며시 황자의 언덕을 찾기도 하였다.

唐昌玉蕊會,	唐昌觀에 玉蕊花 필 때 서로 만났고

---

341) "片雲天共遠, 永夜月同孤"의 두 구를 도치로 보지 않고 "片雲天共我遠, 永夜月同我
孤"에서 '我'가 생략된 것으로 보고 "한 조각 구름은 하늘 아래 나와 함께 (고향에서)
멀리 떨어져 있고, 기나긴 밤에 달은 나와 마찬가지로 외롭다"의 뜻으로 새기기도 한다.

崇敬牡丹期.	崇敬寺에 모란꽃 필 때 함께 기약했다.

笑勸迂辛酒,	웃으며 어수룩한 辛立度에게 술을 권하고
閑吟短李詩.	한가히 키가 작은 李紳의 시를 읊었다.

儒風愛敦質,	劉敦質은 선비의 풍도가 있어 좋았고
佛理賞玄師.	庾玄師가 佛理를 말하면 들을 만하였다.[342]

'慈恩塔'·'皇子陂'·'唐昌觀'과 '崇敬寺'는 네 개의 지명이고, '辛立度'(迂辛)·'李紳'(短李)·'劉敦質'과 '庾玄師'는 네 개의 인명이다. 이렇게 된 경우에 하나라도 조심하지 않으면 대장이 유사해질 가능성이 있다. 그래서 백거이는 이것들을 뒤섞어 변화토록 하였는데, 이것이 그의 기교가 남보다 뛰어난 점이다.

15.25 시인들이 기피하는 것이 하나 더 있는데, 바로 동자상대(同字相對)이다. 고체시에는 그와 같은 기피가 없다. 근체시에서는 통상 어떻게든 방법을 써서 이를 피하고, 심지어 같은 글자가 출구와 대구에 나타나는 것을 피한다. 그러나 몇몇 시인은 어쩌다 이 기피사항을 문제삼지 않기도 했다. 다음 예를 보자.

一指指應法,	손가락 하나마다 법도에 따르니
一聲聲爽神.	소리 하나마다 정신이 상쾌하다.

— 상건(常建), 「聽琴秋夜贈寇尊師」

汝書猶在壁,	네 글씨는 여전히 벽에 걸려 있지만
汝妾已辭房.	네 첩은 이미 집을 떠났다.

— 두보, 「得舍弟消息」

이것은 대장에 있어서의 동자기피(同字忌避)에 관한 것이다. 다른 방면

---

342) 텍스트에는 '賞'이 '尙'으로 되어 있는데, 誤字이다.

의 동자기피에 대해서는 다음에 기회가 있으면 다시 언급하겠다.

제16절 오언 근체시의 구식(상)-간단구(簡單句)

16.1 구식(句式)의 분석은 한편으로 대장 방면에서 더욱 깊은 이해를 얻게 해주고, 다른 한편으로는 어법 방면에서 초보적인 관찰을 할 수 있게 해준다. 근체시의 구식 방면에서는 전적으로 대장의 구절을 뽑아 설명하려고 한다. 왜냐하면 대장을 이루는 두 구절이 서로 대조가 되어 사성(詞性)을 더욱 잘 드러내줄 수 있기 때문이다. 다음에 먼저 몇 가지 범례를 밝혀 둔다.

①구식은 성당의 것을 주로 하고 가끔 중·만당의 것으로 보충한다. 성당 중에서도 두보와 왕유의 시를 제일 많이 채택하였는데, 대략 그들의 근체시 전부를 참고하였다.

②편폭을 줄이기 위해 시인의 이름과 편명(篇名)을 모두 줄여 썼다. 이를테면 두보(杜甫)는 '甫'로 약칭하였고, 왕유(王維)는 '維'로 약칭하였고, 이기(李頎)는 '頎'로 약칭하였고, 기무잠(綦毋潛)은 '潛'으로 약칭하였고, 왕창령(王昌齡)은 '齡'으로 약칭하였고, 저광희(儲光羲)는 '羲'로 약칭하였고, 유장경(劉長卿)은 '卿'으로 약칭하였고, 장위(張謂)는 '謂'로 약칭하였고, 이가우(李嘉祐)는 '祐'로 약칭하였고, 맹호연(孟浩然)은 '浩'로 약칭하였고, 이백(李白)은 '白'으로 약칭하였고, 포하(包何)는 '何'로 약칭하였고, 백거이(白居易)는 '易'로 약칭하였고, 원진(元稹)은 '稹'으로 약칭하였다. 다만 상건(常建)은 약칭하지 않았는데 왕건(王建)과 혼동될 수 있기 때문이다. 편명은 최다 4자까지 썼고, 그 이상은 모두 생략하였다.

③사성(詞性)의 표시는 다음과 같이 하였다.

N-명사	B-고유명사
S-대명사	T-방위사
F-형용사	C-색깔
Q-숫자	V-동사, 계사(繫詞)343)
D-부사	P-연사(連詞)·개사(介詞)
NN-평행명사(平行名詞)	NR-첩자명사(疊字名詞)
BB-평행고유명사(平行固有名詞)	BX-쌍음고유명사(雙音固有名詞)
BXX-삼음고유명사(三音固有名詞)	FF-평행형용사
FX-연면형용사(連緜形容詞)	FR-첩자형용사(疊字形容詞)
VV-평행동사	DD-체식부사(遞節副詞)
(NF)-형용사로 활용된 명사	(NV)-동사로 활용된 명사
(ND)-부사로 활용된 명사	(BF)-형용사로 활용된 고유명사
(FV)-동사로 활용된 형용사	(FD)-부사로 활용된 형용사
(CN)-명사로 활용된 색깔자	(VN)-명사로 활용된 동사
(VF)-형용사로 활용된 동사	(VD)-부사로 활용된 동사
(VP)-개사로 활용된 동사	

④사성을 표시하는 로마자는 대문자와 소문자 두 종류로 나누어진다. 대문자는 그것이 구절 속에서 주된 지위를 차지함을 표시하고, 소문자는 부차적인 지위를 차지함을 표시한다. 대부분의 경우에 소문자는 대문자의 수식어이다. 예를 들면 다음과 같다.

nN-앞의 명사가 뒤의 명사를 수식한다. (예 : 秋花)
fN-형용사가 명사를 수식한다. (예 : 故驛)
Nt-명사가 방위사에 의해 수식된다. (예 : 山中)
dF-부사가 형용사를 수식한다. (예 : 不平)
dV-부사가 동사를 수식한다. (예 : 不見)

---

343) 여기서 繫詞는 판단사 '是'를 가리킨다.

때로는 몇 개의 사(詞)가 차례로 수식하여 가장 주된 사(詞)만 대문자로 쓰게 된다. 다음 예를 보자.

> fnNN-형용사가 명사를 수식하고, 그렇게 구성된 사조(詞組)가 다시 뒤의 평행명사를 수식한다. 예 : '舊國雲山(고향의 구름과 산)'
> (nf)nN-형용사로 활용된 명사가 다른 명사를 수식하고, 그렇게 구성된 사조가 다시 뒤의 명사를 수식한다. 예 : '秋蟲聲(가을벌레의 소리)'

⑤주어와 술어 사이, 주동사와 목적어 사이, 방위어 또는 시간어와 주어 또는 동사 사이에 짧은 선을 그어놓았다. 다음의 제17절에서는 문장형식 또는 술어형식과 다른 문장형식 또는 술어형식 또는 부수성분 사이에 모두 긴 선을 그어놓았다. 제18절에서는 본 절과 제17절의 방법을 따르는 한편 때때로 사조와 사조 사이에도 짧은 선을 그어놓았다.

⑥사성이 잘 맞지 않는 것에는 글자 바깥에 괄호를 쳤다.

⑦본서에서 사용한 어법상의 용어는 대부분 저자의 『중국현대어법(中國現代語法)』을 따랐다.

16.2 본 절에서는 먼저 간단구(簡單句)의 구식(句式)을 분석하고자 한다.

(1) 앞의 네 글자가 명사어이고(名詞詞組의 약칭, 이하 같음) 마지막 글자가 형용사 또는 자동사인 경우.

1.1　제3자·제4자가 평행어인 것.

　1.1.a.　　fnNN-V

舊國雲山在, 新年風景餘.

고향의 구름과 산 그대로 있고, 새해의 풍경 여유롭다.

(庾, 「送人歸」)

1.2 제3자·제4자가 평행어가 아닌 것.

1.2.a1.　fnfN-F

野寺殘僧少, 山園細路高.

들판 절에 남아 있는 중이 적고, 산 동산에 가느다란 길이 높다.

(甫, 「山寺」)

1.2.a2.　(bf)n(nf)N-F

鄖國稻苗秀, 楚人菰米肥.

운나라의 벼 싹이 패었고, 초인의 줄 열매 통통하다.

(維, 「送友人」)

1.2.a3.　fn(bf)N-V

孤嶂秦碑在, 荒城魯殿餘.

외로운 봉우리엔 진나라의 비석이 남아 있고, 황량한 성에는 魯共王의 전각이 남아 있다.

(甫, 「登兗州」)

1.2.b.　fnf(或 vf)N-F

大漠孤煙直, 長河落日圓.

큰 사막에 외로운 연기가 곧고, 긴 강에 지는 해가 둥글다.

(維, 「使至塞上」)

1.2.c.　cn(vf)N-F

綠林行客少, 赤壁住人稀.

푸른 숲에는 다니는 객이 적고, 적벽에는 사는 사람이 드물다.

(卿, 「送和州」)

1.2.d1.　qnf(或 nf)N-F

九門寒漏徹, 萬戶曙鐘多.

아홉 문에 차가운 물시계 소리가 그치고, 만 호에 새벽 종소리가 많다.

(維, 「同崔員外」)

百頃風潭(上), 千章夏木淸.
백 이랑 넓이의 바람 부는 못가, 천 그루의 여름 나무 맑다.

(甫, 「陪鄭廣文」)

1.2.d2.　qn(bf)N-F

兩行秦樹直, 萬點蜀山尖.
두 줄의 진 땅 나무들이 곧고, 만 점의 촉 땅 산이 뾰족하다.

(甫, 「送張二十」)

(2) 앞의 세 글자가 명사어인데, 그 중의 제1자가 명사 또는 형용사이고 제2자·제3자가 각기 명사인 경우.

2.1.a1.　(nf)nN-dV

秋蟲聲不去, 暮雀意何如?
가을의 벌레소리 가시지 않아, 저녁의 참새 마음 어떠할까?

(甫, 「除架」)

金錯囊從罄, 銀壺酒易賒.
동전 주머니는 비어 가는데, 은 단지의 술은 외상으로 사기 어렵다.

(甫, 「對雪」)

2.1.a2.　fnN-dV

淑女詩長在, (夫)人法尙存.
숙녀의 시는 길이 남아 있고, 부인의 법은 여전히 존재한다.

(維, 「故南陽」)

2.1.b.　nnN-dV

條鏇光堪摘, 軒楹勢可呼.
끈과 갈이틀의 반짝임은 떼어낼 수 있을 것 같고, 처마와 기둥 사이에 있는 형세는 불러도 될 듯하다.

(甫, 「畫鷹」)[344]

2.1.c. nx(或 bx)N-dV(或 F)

司隷章初覩, 南陽氣已新.[345]

司隷[346]의 典章을 처음 목도하니, 南陽의 기상이 이미 새롭다.

(甫, 「自京竄至」)[347]

銅梁書遠及, 珠浦使將還.[348]

동량으로 편지가 멀리서 왔고, 주포로 사자는 돌아가려 한다.

(甫, 「廣州段」)

(3) 앞의 세 글자가 명사어인데, 그 중의 제2자가 방위사인 경우.

3.1.a. ntN-V-N

牀上書連屋, 階前樹拂雲.

평상 위의 책이 지붕에까지 이어졌고, 섬돌 앞의 나무는 구름에 스친다.

(甫, 「陪鄭廣文」)

(4) 앞의 세 글자가 명사어인데, 그 중의 제1자가 숫자인 경우.

4.1 뒤의 두 글자가 동사어(동사 앞에 수식어가 있는 것. 이하 같음)인 것.

4.1.a. qnN-dV(或 F)

萬里春應盡, 三江鴈亦稀.

만리에 봄은 응당 다하였고, 삼강에 기러기 역시 드물다.

(維, 「送友人」)

---

344) 텍스트에는 이 시의 제목이 「房兵曹」라고 되어 있는데, 착오이다.
345) 텍스트에는 '巳'가 '始'로 되어 있는데, 誤字이다.
346) '司隷'는 司隷校尉를 지낸 後漢 光武帝를 가리킨다.
347) 텍스트에는 이 시의 제목이 「喜達行在」라고 되어 있는데, 이 시의 원 제목이 「自京 竄至鳳翔喜達行在所」여서 여기서는 앞의 4자를 제목으로 삼았다.
348) 여기서 ' 銅梁'과 '珠浦'는 각각 '遠及'과 '將還'의 목적어로 기능하므로 句式을 BX-N-dV→로 보는 것이 좋을 듯하다.

4.2 뒤의 두 글자가 목적어를 대동한 동사인 것.

4.2.a.   qnN-V-N
一匱功盈尺, 三峰意出群.
한 광주리의 공으로 한 자를 채우니, 세 봉우리의 뜻이 출중하다.

(甫, 「假山」)[349]

(5) 앞의 두 글자와 마지막 두 글자가 각기 명사어 또는 쌍음명사(雙音名詞)이고, 가운데의 한 글자가 동사인 경우.

5.1 명사어가 평행어가 아닌 것.

5.1.a1.   fN-V-fN
圓荷浮小葉, 細麥落輕花.
둥근 연은 작은 잎을 띄우고, 가는 보리는 가벼운 꽃을 떨어뜨린다.

(甫, 「爲農」)

異花開絶域, 滋蔓匝淸池.
기이한 꽃이 먼 고장에 피었고, 무성한 덩굴이 맑은 못을 둘렀다.

(甫, 「陪鄭廣文」)

寒更傳曉箭, 淸鏡覽衰顔.
차가운 밤은 새벽을 알리는 물시계 화살을 전하고, 맑은 거울은 노쇠한 얼굴을 비춘다.

(維, 「冬晚對」)

5.1.a2.   nN-V-nN
芹泥隨燕觜, 花蕊上蜂鬚.
풀 진흙은 제비의 부리를 따르고, 꽃가루는 벌의 수염에 묻어 있다.

(甫, 「徐步」)

---

349) 텍스트에는 이 시의 제목이 「天寶初」라고 되어 있는데, 이것은 「假山」시 서문의 첫 세 글자이다.

5.1.a3.   fN-V-nN

故驛通槐里, 長亭下槿原.

옛 역참은 홰나무 마을로 통하고, 장정은 무궁화 들판으로 내려간다.[350]

(維, 「送岐州」)

震雷翻幕燕, 驟雨落河魚.

천둥소리는 장막의 제비 날아오르게 하고, 소나기는 강의 물고기 잠겨들게 한다.

(甫, 「對雨書懷」)

5.1.a4.   nN-V-fN

蟬聲集古寺, 鳥影度寒塘.

매미 소리는 옛 절에 모이고, 새 그림자는 찬 못을 건넌다.

(甫, 「和裴迪」)

夕陽薰細草, 江色映疎簾.

석양은 가느다란 풀을 향기롭게 하고, 강 빛은 성긴 발에 비친다.

(甫, 「晚晴」)

天風隨斷柳, 客淚落淸笳.

하늘의 바람은 끊어진 버들을 따르고, 나그네 눈물은 맑은 호드기에 떨어진다.

(甫, 「遣懷」)

漁舟膠凍浦, 獵火燒寒原.

고기잡이배는 언 포구에 붙어 있고, 사냥 불은 찬 들판을 태운다.

(維, 「酬虞部」)

5.1.a5.   (vf)N-V-fN

祖席依寒草, 行車起暮塵.

---

350) ‘槐里’와 ‘槿原’을 『王右丞集箋注』에서는 각각 地名으로 보았다. 그렇다면 이 둘은 각각 nN이 아니라 BX이다.

餞別의 자리는 찬 풀에 놓여 있고, 가는 수레는 저녁 먼지를 일으킨다.

(維, 「送孫二」)

5.1.b1.　bN-V-nN

漢女輸橦布, 巴人訟芋田.

한의 여인은 동포를 실어 나르고, 파인들은 토란 밭을 가지고 다툰다.

(維, 「送梓州」)

5.1.b2.　(vf)N-V-bN

征蓬出漢塞, 歸鴈入胡天.

멀리 가는 사람은 한의 요새를 떠나고, 돌아가는 기러기는 胡天에 든다.

(維, 「使至塞上」)

5.1.c.　nN-V-f(CN)

塞柳行疎翠, 山梨結小紅.

변새의 버들은 성긴 비취빛을 띠고 줄지어 있고, 산배는 작고 붉은 열매를 맺었다.

(甫, 「雨晴」)

5.1.d1.　qN-V-fN

五馬驚窮巷, 雙童逐老身.

다섯 마리 말은 궁벽한 마을에 놀라고, 두 아이는 늙은 몸을 쫓아온다.

(維, 「鄭果州」)

5.1.d2.　qN-V-bN

四愁連漢水, 百口寄隨人.

네 슬픔이 한수에 이어지고351) 백 식구를 隨州 사람에게 맡겼다.

(維, 「送丘爲」)

5.1.e1.　nN-V-qN

---

351) '四愁'는 여기서 張衡이 「四愁」시에서 드러낸 憂國憂民의 마음을 가리킨다.

烽火連三月, 家書抵萬金.

전쟁을 알리는 봉화가 여러 달 계속되니, 집의 편지는 만금에 값하리만큼 귀하다.

(甫, 「春望」)

5.1.e2.　(vf)N-V-qN

降虜兼千帳, 居人有萬家.

귀화한 이족들은 천 개의 천막이 이어졌고, 한족 거주민은 만 가구의 집이 있다.

(甫, 「秦州雜詩」)

5.1.f1.　fN-V-cN

名園依綠水, 野竹上青霄.

이름난 정원은 푸른 물에 기대어 있고, 들판의 대나무는 푸른 하늘로 솟아 있다.

(甫, 「陪鄭廣文」)

5.1.f2.　nN-V-cN

江蓮搖白羽, 天棘蔓青絲.352)

강물의 연꽃은 하얀 깃 부채를 흔들고, 天門冬은 푸른 실을 뻗치고 있다.

(甫, 「巳上人」)

仙仗離丹極, 妖星照玉除.

천자의 의장이 대궐을 떠난 것은, 요망한 별이 궁전 계단을 비추어서이다.

(甫, 「收京」)

5.1.g.　cN-V-f(或 nf)N

青錢買野竹, 白幘岸江皐.

푸른 동전으로 들판의 대밭을 사고, 흰 두건을 뒤로 젖히고 강가에 우뚝 선다.

(甫, 「北鄰」)

---

352) 텍스트에는 '蔓'이 '夢'으로 되어 있는데, 뜻이 어울리지 않아 『杜詩詳注』에 의거하여 바꾸었다.

5.1.h.　　(nf 或 bf)N-V-tN

春城回北斗, 郢樹發南枝.

봄 성에 북두성이 돌아왔으니, 영 땅의 나무는 남쪽 가지가 돋았겠지.

(甫, 「元日寄韋」)

5.1.i.　　fN-(FV)-nN

疎鐘淸月殿, 幽梵靜花臺.

성긴 종소리가 달빛 드는 전각을 맑게 하고, 그윽한 범패 소리가 꽃 누대를 고요하게 한다.

(義, 「苑外至」)

驟雨淸秋夜, 金波耿玉繩.

소나기가 가을밤을 맑게 하여, 황금 달빛이 옥승성을 빛나게 한다.

(甫, 「江邊星月」)

5.2　앞의 명사어가 평행어인 것

5.2.a1.　　NN-V-nN

煙塵犯雪嶺, 鼓角動江城.

연기와 먼지가 눈 덮인 고개에 침입했고, 북과 호각 소리가 강가 성에 진동한다.[353]

(甫, 「歲暮」)

5.2.a2.　　NN-V-fN

封章通左語, 冠冕化文身.

기밀문서는 이민족의 언어와 통하고, 관리의 위엄이 이민족을 교화시키리.

(維, 「送李判官」)

5.2.b.　　NN-V-tN

冠冕通南極, 文章落上臺.

---

353) ‘雪嶺’은 일반적으로 松州 嘉城縣 동쪽에 있는 산 이름으로 본다. 그렇다면 ‘雪嶺’
은 nN이 아니라 BX이다.

관모 쓰고 남쪽 끝으로 가게 되었으니, 碑文은 재상께서 지어주셨다지.

(甫,「送翰林」)

5.3 뒤의 명사어가 평행어인 것

5.3.a1.　fN-V-NN

淸溪入雲木, 白首臥茅茨.

맑은 시내가 구름과 나무에 들고, 흰 머리 노인은 초가에 누워 있다.

(頎,「送盧逸人」)

5.3.a2.　nN-V-NN

魚賤請詩賦, 橦布作衣裳.

布目紙에 시와 부를 청하고, 동포로 의상을 만든다.

(維,「送李員外」)

5.3.b.　nN-V-(FN VN)X

客禮容疎放, 官曹許接聯.

손님의 예로 서툴고 방자함도 받아주시어, 관청에서 만나 뵐 수 있게 되었다.

(甫,「奉贈嚴八」)

5.4 앞의 명사가 연면자(連縣字) 또는 쌍음(雙音) 고유명사인 것.

5.4.a1.　NX-V-fN

鸕鶿窺淺井, 蚯蚓上深堂.

가마우지는 얕은 우물을 들여다보고, 지렁이는 깊숙한 대청에 오른다.

(甫,「秦州雜詩」)

5.4.a2.　NX-V-nN

苜蓿隨天馬, 葡萄逐漢臣.

거여목은 천마를 따르고, 포도는 漢의 신하를 뒤쫓는다.

(維,「送劉司直」)

麝香眠石竹, 鸚鵡啄金桃.

사향노루는 석죽 위에서 잠들고, 앵무는 금도를 쪼아 먹는다.

(甫, 「山寺」)

5.4.a3.   BX-V-fN

賈誼辭明主, 蕭何識故侯.

가의는 영명한 군주를 떠났고, 소하는 옛 東陵侯를 알아보았다.

(卿, 「送李使君」)

5.5   뒤의 명사가 동의자(同義字) 또는 연면자(連緜字)인 것.

5.5.a.   bN-V-NX

羌女輕烽燧, 胡兒制駱駝.

강녀는 봉화 연기를 경시하고, 호아는 낙타를 제어한다.

(甫, 「寓目」)

5.5.b.   nN-V-(Vn 或 Fn)X

天意存傾覆, 神工接混茫.

하늘의 뜻은 배의 전복을 일깨우고, 신의 솜씨인 암초는 끝없이 넓은 물에 접해 있다.

(甫, 「灩澦堆」)

5.6   앞의 명사어가 시간 또는 방위를 표시하는 것.

5.6.a.   fn-V-f(或 nf)N

春日垂霜鬢, 天隅把繡衣.

봄날에 서리 내린 머리를 드리우고, 하늘 모퉁이에서 수 옷 입은 그대를 잡는다.

(甫, 「送何侍御」)

5.6.b.   fn-V-NX

今日知消息, 他鄉(且舊居).

오늘에야 소식을 알게 되었다, 타향에서 그럭저럭 옛집에 살고 있음을.

(甫, 「得家書」)

5.7 뒤의 명사어가 방위를 표시하는 것.

5.7.a.   NN-V-bx

鐃吹喧京口, 風波(下洞庭).

징과 피리소리 경구에 시끄럽고, 바람과 물결은 동정으로 내려간다.

(維, 「送邢桂州」)

(6) 앞의 두 글자와 마지막 두 글자가 각기 명사어이고 중간의 한 글자가 형용어인 경우.

6.1 앞의 두 글자가 방위를 표시하고 마지막 두 글자가 도치된 주어인 것.

6.1.a.   (nf)n-F←NN

春日繁魚鳥, 江天足芰荷.

봄날이라 물고기와 새가 많고, 강 하늘 아래 마름과 연이 풍부하다.

(甫, 「暮春陪李」)

6.1.b.   nt-F←NN

天上多鴻雁, 池中足鯉魚.

하늘 위에는 기러기가 많고, 못 속에는 잉어가 풍족하다.

(甫, 「寄高」)

6.2 앞의 두 글자가 주어이고, 마지막 두 글자가 방위를 표시하는 것.

6.2.a.   nN-F-nt

雲嶂寬江左, (春耕破瀼西).

구름 덮인 산은 강 왼쪽에서 평평해지고, 봄 농사로는 양서에서 흙을 일군다.

(甫, 「卜居」)

(7) 앞의 두 글자가 명사어이고 뒤의 세 글자가 부사·동사 및 목적어인 경우.

7.1 앞의 두 글자가 주어인 것.

7.1.a.　　BB-dV-B

黃綺終辭漢, 巢由不見堯.

商山四皓는 한 고조의 부름을 끝내 사양하였고, 巢父와 許由는 요임금을 보려 하지 않았다.

(甫, 「朝雨」)

7.1.b1.　　fN-d(或 fd)V-N

瘦地翻宜粟, 陽坡可種瓜.

척박한 땅은 오히려 조를 심기에 알맞고, 양지바른 비탈은 오이를 심을 수 있다.

(甫, 「秦州雜詩」)

美花多映竹, 好鳥不歸山.

예쁜 꽃은 대나무에 많이 비치고, 좋은 새는 산으로 돌아가지 않는다.

(甫, 「奉陪鄭駙」)

遠水非無浪, 他鄉自有春.

먼 곳의 물도 물결이 없는 것이 아니고, 타향에도 절로 봄이 있다.

(甫, 「郪城西原」)

7.1.b2.　　nN-dV-N

津人空守纜, 村館復臨川.

뱃사공은 공연히 닻줄을 지키고, 마을의 客舍는 다시 냇가에 있다.

(齡, 「沙苑南」)

7.1.c.　　cN-dV-N

靑山空有淚, 白月豈知心!

청산은 부질없이 눈물이 있고, 하얀 달이 어찌 사람 마음을 알랴!

(卿, 「赴新安」)

綠尊須盡日,[354] 白髮好禁春!

푸른 술동이로 날을 다 보내야 하니, 백발로 봄을 잘 견디려는 것이다.

(甫,「奉酬鄭駙」)

7.1.d.　　fN-(nd)V-N

老馬夜知道, 蒼鷹秋着人.

늙은 말은 밤에 길을 알고, 푸른 매는 가을에 사람에게 내려앉는다.

(甫,「觀安西兵」)

7.2　앞의 두 글자가 시간 또는 방위를 표시하는 것.

7.2.a.　　f(或 q)n-dV-N

一秋常苦雨, 今日始無雲.[355]

가을 내내 늘 궂은 비 내렸는데, 오늘에야 비로소 구름이 걷혔다.

(甫,「留別賈嚴」)

7.2.b.　　nn-(nd)V-N

幣幕宵聯事, 壇場曉降神.

장막에서 밤에 함께 일을 보고, 단을 쌓은 마당에는 새벽에 신이 내려온다.

(義,「登風伯壇」)

(8) 앞의 두 글자가 명사어이고, 중간의 한 글자가 동사이고, 마지막 두 글자가 부사어인 경우.[356]

8.1.a.　　f(或 vf)N-V-pt

過客來自北, 大軍居在西.

과객은 북쪽에서 왔고, 대군은 서쪽에 주둔하고 있다.

(義,「留別」)

---

354) 텍스트에는 '須'가 '雖'로 되어 있는데, 의미상 『杜詩詳注』에 의거하여 바꾸었다.
355) 唐代人의 관념을 가지고 본다면 이 예문은 f(或 q)n-d(V 생략)-fN으로 분석하는 것이 더 나을 것이다.
356) 동사술어 뒤의 부사어를 요즈음은 보통 보어라고 한다.

(9) 앞의 두 글자가 명사어이고, 중간의 한 글자가 도치된 동사이고(보통은 개사로 본다), 마지막 두 글자가 목적어를 대동한 동사인 경우.

9.1.a.　　(nf)n←(vp)-V-N
鳩形將刻杖, 龜殼用支牀.
비둘기 모양을 지팡이 끝에 새기고, 거북 껍질은 평상을 받치는 데 쓴다.

(維, 「春日上方」)

(10) 앞의 두 글자가 명사어이고, 뒤의 세 글자가 쌍부사 및 동사인 경우.

10.1　앞의 두 글자가 주어인 것.

10.1.a.　　nN-ddV
茅屋還堪賦, 桃源自可尋.
초가에서도 시를 읊을 수 있고, 도원은 스스로 찾을 수 있다.

(甫, 「春日江村」)

10.1.b.　　bN-ddV
杜酒偏勞勸, 張梨不外求.
杜康의 술을 기어코 힘껏 권하고, 張公의 배를 밖에서 구하지 않는다.

(甫, 「題張氏」)

10.1.c.　　fN-(vd 或 fd)dV
細草稱偏坐, 香醪嬾再酤.
부드러운 풀은 특히 앉기에 적당하여, 향긋한 막걸리도 다시 사오고 싶지 않다.

(甫, 「陪李金吾」)

10.1.d.　　cN-ddV
白髮終難變, 黃金不可成.
백발은 끝내 변하기 어렵고, 황금은 이룰 수 없다.

(維, 「秋夜獨坐」)

10.2 앞의 두 글자가 방위어인 것.

10.2.a. nt(或 nn)-ddV
谷口舊相得, 濠梁同見招.

곡구와는 예부터 서로 마음이 맞아서, 濠水 다리에 함께 초대받았다.

(甫, 「陪鄭廣文」)

(11) 앞의 두 글자가 명사어이고, 뒤의 세 글자가 부사 및 쌍동사, 또는 쌍형용사, 또는 연면자(連緜字)인 경우.

11.1.a. nN-dVV
徑石相縈帶, 川雲自去留.

길의 바위들은 서로 얽혀 있고, 계곡의 구름은 스스로 가고 멈춘다.

(甫, 「遊修覺寺」)

11.1.b. NN-dFF(或 FX)
道路時通塞, 江山日寂寥.

도로는 수시로 통하거나 막히고, 강산은 날마다 적막하고 쓸쓸하다.

(甫, 「歸夢」)

(12) 앞의 두 글자가 명사어이고, 중간의 두 글자가 방위어 또는 시간어이고, 마지막 글자가 동사 또는 형용사인 경우.

12.1 제4자가 방위사인 것.

12.1.a. fN-nt-V
明月松間照, 清泉石上流.

밝은 달빛이 소나무 사이로 비쳐들고, 맑은 샘물이 바위 위로 흘러간다.

(維, 「山居秋暝」)

12.1.b. bN-nt-V
戎鞭腰下揷, 羌笛雪中吹.

융의 채찍이 허리 아래에 꽂혀 있고, 강적을 눈 속에서 분다.

(頎, 「塞下曲」)

12.1.c.　nN-nt-F

吏人橋下少, 秋水席邊多.

관리들은 다리 아래에 적고, 가을 물은 자리 가에 많다.

(甫, 「章梓州」)

12.2　제4자가 보통명사인 것.

12.2.a1.　nN-fn-V

野鶴淸晨出, 山精白日藏.

야생의 학은 맑은 새벽에 나오고, 산의 짐승들은 대낮에 숨어 있다.

(甫, 「陪鄭廣文」)

12.2.a2.　fN-fn-V

老樹空庭得, 淸渠一邑傳.

늙은 나무는 빈 뜰에서 생기를 얻고, 맑은 도랑은 온 읍에 전해진다.

(甫, 「秦州雜詩」)

12.2.b1.　nN-fn-F

江雲何夜盡? 蜀雨幾時乾?357)

장강 위의 구름은 어느 밤에나 걷힐까? 촉 땅의 비는 언제나 그칠까?

(甫, 「重簡王」)

12.2.b2.　fN-fn-F

叢篁低地碧, 高柳半天靑.

떨기 진 대나무는 낮은 땅에서 푸르고, 키 큰 버들은 공중에서 파랗다.

(甫, 「秦州雜詩」)

---

357) '蜀'이 고유명사이므로 이 구의 句式은 bN-fn-F이다.

12.2.c.　　NN-fn-F(或 V)

市朝今日異, 喪亂幾時休!

저자와 조정은 오늘 달라졌다지만, 죽음과 난리는 어느 때 멎으랴!

(甫,「晩行口號」)

(13) 앞의 두 글자가 방위어 또는 시간어이고, 중간의 한 글자가 주어
인 경우.

13.1　마지막 두 글자가 목적어를 대동한 동사인 것.

13.1.a.　　(nf)n-N-V-N

塞門風落木, 客舍雨連山.

변새의 관문에는 바람이 나무를 낙엽지게 하고, 객사에는 비가 산으로 이어
진다.

(甫,「秦州雜詩」)

13.1.b.　　fn-N-V-N

暫時花戴雪, 幾處葉沈波.

잠시 꽃이 눈을 얹었고, 여기저기에서 잎이 물결에 잠긴다.

(甫,「蒹葭」)

13.2　마지막 두 글자가 동사어인 것.

13.2.a.　　fn-N-dV

故園花自發, 春日鳥還飛.

고향 동산에는 꽃이 스스로 피고, 봄날이면 새가 다시 날아오겠지.

(甫,「憶弟」)

13.3　마지막 두 글자가 평행형용사인 것.

13.3.a.　　fn-N-FF

今朝雲細薄, 昨夜月淸圓.

오늘 아침에 구름이 가늘며 얇고, 간밤에는 달이 맑고 둥글었다.

(甫,「舟中」)

13.4 마지막 두 글자가 첩자(疊字)인 것.

13.4.a.　f(或 nf)n-N-FR

霽潭鱣發發, 春草鹿呦呦.

맑게 갠 연못에는 잉어가 뛰놀고, 봄풀 사이에서 사슴이 울고 있다.

(甫,「題張氏」)

青溪花淡淡, 春郭水泠泠.

푸른 시냇가에 꽃이 맑고, 봄 성곽에 물이 졸졸 흐른다.

(甫,「行次鹽亭」)

(14) 앞의 두 글자가 방위어 또는 시간어이고, 중간의 두 글자가 주어인 경우.

14.1 마지막 글자가 동사인 것.

14.1.a.　nt-nN-V

雨中山果落, 燈下草蟲鳴.

빗속에 산의 열매가 떨어지고, 등불 밑에서 풀벌레가 운다.

(維,「秋夜獨坐」)

14.1.b.　nt-bN-V

城上胡笳奏, 山邊漢節歸.

성 위에는 胡笳가 연주되고, 산기슭에는 한의 사절이 돌아온다.

(甫,「秦州雜詩」)

14.2 마지막 글자가 형용사인 것.

14.2.a.　nt-nN-F

郭外秋聲急, 城邊月色殘.

성곽 밖에서는 가을 소리 급하고, 성곽 가에는 달빛이 남아 있다.

(齡,「和振上人」)

天上秋期近, 人間月影清.
하늘에는 가을이 가깝고, 인간 세상에는 달그림자가 맑다.

(甫,「月」)

14.2.b.　nt-qN-F
窗中三楚盡, 林上九江平.
창문 속에서 세 초지방이 다하고, 숲 밖으로 아홉 강이 평평하다.

(維,「登辨覺寺」)

(15) 앞의 두 글자가 방위어 또는 시간어이고, 중간의 한 글자가 부사인 경우.

15.1　마지막 두 글자가 목적어를 대동한 동사인 것.
15.1.a.　nt(或 nf)-dV-N
歲晚仍分袂, 江邊更轉蓬.
한 해가 저무니 거듭 소매를 나누고(헤어지고), 강변에는 다시 쑥대가 구른다.

(甫,「寄賀蘭銛」)

15.1.b1.　nn-dV-N
路衢惟見哭, 城市不聞歌.
거리에는 오직 통곡하는 사람뿐이고, 성의 저자에는 노래 소리 들리지 않는다.

(甫,「征夫」)

15.1.b2.　nn-(nd 或 sd)V-N
天地日流血, 朝廷誰請纓?
천지는 날마다 피를 흘리니, 조정에서 누가 갓끈을 청할까?

(甫,「歲暮」)

15.2　마지막 두 글자가 연면자(連緜字)인 것.
15.2.a.　nt-d-FX

客裏何遷次! 江邊正寂寥!

나그네 신세 얼마나 궁박한가! 강변은 참으로 적막하고 쓸쓸하다.

(甫, 「王十五」)

(16) 앞의 두 글자가 도치된 목적어인 경우.

16.1 중간의 두 글자가 주어인 것.

16.1.a1. nN-nN-V→

柳色春山映, 梨花夕鳥藏.

버들 빛을 봄 산이 비추고, 배꽃에 저녁 새가 숨어 있다.

(維, 「春日上方」)

16.1.a2. fN-nN-V→

慈竹春陰覆, 香爐曉勢分.

자죽은 봄날의 그늘이 덮고 있고 , 향로는 새벽안개의 기세가 흩뜨린다.

(甫, 「假山」)

16.1.b. bN-qN-V→

楚塞三湘接, 荊門九派通.

楚塞에는 세 상수가 인접해 있고, 荊州에는 아홉 지류가 통한다.

(維, 「漢江臨汎」)

16.1.c. fN-BX-V→

綵雲蕭史駐, 文字魯恭留.

채색 구름은 소사가 머물고, 문자는 노공이 남겼다.

(甫, 「玉臺觀」)

16.1.d. NX-NN-V→

靈壽君王賜, 彫胡弟子炊.

지팡이는 군왕께서 하사한 것이고, 菰米로 제자가 밥을 짓는다.

(維, 「慕容承」)

16.2 중간의 두 글자가 관계어인 것.

16.2.a. BX-cn-V→

方朔金門召, 班姬赤輦迎.

東方朔은 金馬門에서 부르고, 班倢仔는 붉은 수레로 맞이한다.

(維, 「早朝」)

16.3 중간의 한 글자가 주어인 것.

16.3.a. fN-N-dV→

神魚人不見, 福地語眞傳.

신령한 물고기를 사람들이 보진 못하나, 복된 땅이라는 말이 참으로 전해진다.

(甫, 「秦州雜詩」)

(17) 제1자가 명사이고, 제2자가 동사이고, 뒤의 세 글자가 목적어인 경우.

17.1 뒤의 세 글자가 보통명사인 것.

17.1.a1. N-V-bnN

窓臨汴河水, 門渡楚人船.

창은 변하의 물에 임해 있고, 문은 초인의 배로 건너온다.

(維, 「千塔主人」)

17.1.a2. N-V-bxN

手持平子賦, 目送老萊衣.

손에는 張平子의 부를 들었고, 눈으로는 老萊子의 옷을 보낸다.

(維, 「送錢少府」)

17.1.b. N-V-cnN

帆映丹陽郭, 楓攢赤岸村.

돛배는 단양의 성곽에 비치고, 단풍나무는 적안의 마을에 모여 있다.

(維, 「送封太守」)

17.2 제4자가 방위사인 것.

17.2.a.   N-V-ntN
猿護窓前樹, 泉澆谷後田.

원숭이는 창문 앞의 나무를 보호하고, 샘은 골짜기 뒤의 밭에 물을 댄다.

(卿,「初到碧澗」)

17.3 제3자·제4자가 평행어 또는 連緜字인 것.

17.3.a.   N-V-nnN
雨滅龍蛇火, 春生鴻雁天.

비가 용과 뱀의 불을 소멸시켰고, 봄이 기러기 하늘을 소생시켰다.

(齡,「寒食」)

17.3.b.   N-V-ff(或 vv)N
船爭先後渡, 岸激去來波.

배는 먼저 건너려고 다투고, 물가는 오가는 물결이 친다.

(羲,「官莊池」)

17.3.c.   N-V-fxN
篷隔蒼茫雨, 波連演漾田.

거룻배는 아득히 내리는 비를 격해 있고, 물결은 넘실거리는 밭에 이어져 있다.

(齡,「沙苑南」)

(18) 제1자가 명사이고, 제2자가 자동사 또는 형용사이고, 마지막 세 글자가 방위어인 경우.

18.1 마지막 글자가 방위사인 것.

18.1.a.   N-V-fnt
日出寒山外, 江流宿霧中.

해는 차가운 산 밖에서 나오고, 강은 간밤의 안개 속으로 흐른다.

(甫,「客亭」)

18.1.b.　N-F-qnt

影靜千官裏, 心蘇七校前.

뭇 관원들 속에서 그림자 고요하고, 일곱 校尉 앞에서 마음이 살아났다.

(甫, 「自京竄至」)

18.2　마지막 글자가 보통명사인 것.

18.2.a1.　N-F-bxx

雲薄翠微寺, 天淸黃子陂.

구름은 취미사에서 얇고, 하늘은 황자피에서 맑다.

(甫, 「重過何氏」)

18.2.a2.　N-F-bxn

樹綠天津道, 山明伊水陽.

나무는 천진의 가도에 푸르고, 산은 이수의 북쪽에 밝다.

(羲, 「洛中送人」)

(19) 제1자가 명사이고, 중간의 두 글자가 동사어이고, 마지막 두 글자가 목적어인 경우.

19.1　마지막 두 글자가 평행명사인 것.

19.1.a.　N-dV-NN

手自移蒲柳, 家纔(足)稻粱.

손수 버들을 옮겨 심으셨고, 집안은 겨우 양식이 족하다.

(甫, 「重過何氏」)

19.2　마지막 두 글자가 평행명사가 아닌 것.

19.2.a.　N-dV-cN

味豈同金菊, 香宜配綠葵.

맛이 어찌 금국과 같을까? 향이 마땅히 녹규와 짝을 이룬다.

(甫, 「佐還山後」)

19.2.b.　　S-dV-fN
他皆任厚地, 爾獨近高天.

다른 산들은 모두 두터운 땅에 의지하고 있는데, 너 홀로 높은 하늘에 가깝다.

(甫, 「白鹽山」)

19.2.c.　　S-d(NV)-fN
子能渠細石, 吾亦沼淸泉.

그대는 잔 돌로 도랑을 쌓을 수 있었고, 나도 맑은 샘으로 못에 물을 댔다.

(甫, 「自瀼西」)

(20) 앞의 두 글자가 목적어를 대동한 동사이고, 뒤의 세 글자가 방위 어인 경우.

20.1　마지막 글자가 방위사인 것.

20.1.a.　　V-N-nnt
養拙干戈際, 全生麋鹿(群).

전쟁의 시기에 졸박함을 기르고, 사슴이 무리를 이룬 곳에서 생명을 보전한다.

(甫, 「暮春題瀼」)

20.2　마지막 글자가 보통명사인 것.

20.2.a.　　V-N-bnn
繫舟蠻井路,[358]　卜宅楚村墟.

만 땅의 물가에 배를 묶어놓고, 초 땅의 마을 빈터에 집을 지었다.

(甫, 「秋野」)

20.2.b.　　V-N-qnn
側身千里道, 寄食一家村.

천 리 길을 몸을 숨기며 다니고, 외딴 집에서 밥을 얻어먹기도 했다지.

(甫, 「得舍弟消息」)

---

358) 텍스트에는 '舟'가 '身'으로 되어 있는데, 誤字이다.

(21) 앞의 두 글자가 동사어이고, 뒤의 세 글자가 방위어인 경우.

21.1.a.　d(或 fd)V-fnt
微升古塞外, 已隱暮雲端.

옛 변새 밖에서 조금 떠오르더니, 어느새 저녁구름 끝에 숨었다.

(甫,「初月」)

(22) 앞의 두 글자가 동사어이고, 뒤의 세 글자가 목적어인 경우.

22.1　제4자가 방위사인 것.

22.1.a.　dV-ntN
時倚檐前樹, 遠看原上村.

때때로 처마 앞 나무에 기대어, 멀리 들판 위의 마을을 바라본다.

(維,「輞川閑居」)

22.2　중간의 두 글자가 명사어 또는 고유명사인 것.

22.2.a.　dV-bxN
忽過新豊市, 還歸細柳營.

홀연히 신풍시를 지나가서는, 순식간에 세류영으로 귀환한다.

(維,「觀獵」)

猶瞻太白雪, 喜遇武功天.

그래도 태백의 눈을 보게 되었고, 기쁘게도 무공의 하늘을 만났다.

(甫,「自京竄至」)

22.2.b.　dV-cn(FN)
只益丹心苦, 能添白髮明.

단지 붉은 마음에 고통만 더하고, 백발에 밝음만 더해줄 수 있다.

(甫,「月」)

22.2.c.　(vd)V-(nf)nN

坐開(桑落)酒, 來把菊花枝.

이내 상락주를 개봉하고는, 바로 국화 가지를 손에 쥔다.

(甫,「九日楊奉」)

22.3　중간의 한 글자가 형용사이고, 마지막 두 글자가 명사어인 것.

22.3.a.　dV-f(vf)N

但添新戰骨, 不返舊征魂.

다만 새로운 전사자의 뼈만 첨가될 뿐, 원정나간 옛 혼백은 돌아오지 않는다.

(甫,「東樓」)

22.4　중간의 두 글자가 평행어인 것.

22.4.a.　dV-nnN

浪傳烏鵲喜,359) 深負鶺鴒詩.

까마귀와 까치는 기쁨을 속절없이 전하고, 할미새를 노래한 시의 뜻을 깊이 저버렸다.

(甫,「得舍弟消息」)

22.4.b.　dV-ff(或 vv)N

忽聞哀痛詔, 又下聖明朝.

홀연히 듣건대 애통해하는 조서가, 또 성스럽고 밝은 조정에 내렸단다.

(甫,「收京」)

可惜歡娛地, 都非少壯時.

안타깝게도 이 기쁨과 즐거움의 땅에 온 것이, 모두 젊었을 때가 아니다.

(甫,「可惜」)

(23) 앞의 두 글자가 평행동사이고, 뒤의 세 글자가 목적어인 경우.

---

359) '烏鵲喜'가 '까마귀와 까치의 기쁨'이라는 수식구조가 아니고 '까마귀와 까치가 기쁨을'이라는 주어와 목적어이므로 이 구의 의미상의 구조는 dV-NN-N이다.

23.1.a.　VV-nnN

翻動神仙窟, 封題鳥獸形.

신선의 동굴을 이리저리 뒤져서, 조수 모양을 선택하여 봉하고 서명했다.

(甫, 「路逢襄陽」)

(24) 앞의 세 글자가 동사어이고, 뒤의 두 글자가 목적어인 경우.

24.1.a.　ddV-cN

一從歸白社, 不復到青門.

은거지 白社로 돌아온 뒤로는, 다시는 青門에 가지 않는다.

(維, 「輞川閑居」)

(25) 앞의 두 글자가 첩자(疊字)이고, 뒤의 세 글자가 목적어를 대동한 동사인 경우.

25.1.a1.　NR-V-cN

人人傷白首, 處處接金杯.

사람마다 머리 하얀 늙은이를 동정하여, 도처에서 금 술잔을 대접한다.

(甫, 「登白馬潭」)

25.1.a2.　NR(或 FR)-V-fN

家家養烏鬼, 頓頓食黃魚.

집집마다 돼지를 기르고,360) 끼니마다 조기를 먹는다.

(甫, 「戲作」)

時時開暗室, 故故滿青天.

수시로 어두운 방을 밝혀주고, 언제나 푸른 하늘에 빛이 가득하다.

(甫, 「月」)

---

360) ‘烏鬼’가 무엇인지는 여러 가지 설이 있어서 확실치 않다.

年年非故物, 處處是窮途.

해마다 목격하는 건 옛것이 아니고, 다다르는 곳마다 곤궁한 길이다.

(甫, 「地隅」)

(26) 앞의 두 글자가 첩자(疊字) 또는 연면자이고, 주어가 첩자 뒤에 있는 경우.

26.1 뒤의 세 글자가 명사어 및 동사 또는 형용사인 것.

26.1.a.   fr-f(或 nf)N-V(或 F)

湛湛長江去, 冥冥細雨來.

맑고 밝게 긴 강은 흘러가고, 자욱하게 가는 비 내린다.

(甫, 「梅雨」)

冉冉柳枝碧, 娟娟花蕊紅.

하늘하늘 버들가지 푸르고, 아름답게 꽃잎 붉다.

(甫, 「奉答岑參」)

蕭蕭古塞冷, 漠漠秋雲低.

쓸쓸히 옛 요새 차갑고, 빽빽이 가을 구름 낮다.

(甫, 「秦州雜詩」)

霏霏雲氣重, 閃閃浪花翻.

짙게 구름 기운 무겁고, 반짝반짝 물보라가 용솟음친다.

(甫, 「望兜率寺」)

26.1.b.   fx-nN-F

葳蕤秋葉少, 隱映野雲多.

채소가 무성하여 가을의 마른 잎 드물고, 은은히 비치는 들판의 구름 많다.

(甫, 「佐還山後」)

26.1.c.   fr-NN-F

藹藹花蕊亂, 飛飛蜂蝶多.

꽃들이 어지럽게 무성히 피어 있어, 벌 나비가 여기저기 날아다닌다.

(甫, 「絶句」)

26.2 뒤의 세 글자가 명사 및 목적어를 대동한 동사인 것.

26.2.a.   fr-N-V-N

淅淅風生砌, 團團日隱墻.

솔솔 바람이 섬돌에서 일고, 둥근 해는 담 아래로 숨는다.

(甫, 「薄遊」)

翳翳月沈霧, 輝輝星近樓.

흐릿하게 달은 안개 속에 잠기고, 반짝반짝 별은 누각에 다가온다.

(甫, 「不寐」)

26.3 뒤의 세 글자가 명사·부사 및 형용사 또는 동사인 것.

26.3.a.   fr-N-dF(或 V)

寂寂春將晚, 欣欣物自私.

살며시 봄은 저물어가고, 싱그럽게 초목은 스스로를 뽐낸다.

(甫, 「江亭」)

(27) 제3자·제4자가 첩자이고, 주어가 첩자 앞에 있는 경우.

27.1 첩자가 명사가 중첩된 것.

27.1.a1.   nN-nr-V

砧響家家發, 樵聲箇箇同.

다듬이소리 집집마다 울려오고, 나무꾼노래 곳곳이 같다.

(甫, 「秋野」)

27.1.a2.   nN-nr-F

農務村村急, 春流岸岸深.

농사가 마을마다 급하고, 봄물의 흐름은 물가마다 깊다.

(甫,「春日江村」)

27.1.b.　NN-nr-F
櫸柳枝枝弱, 枇杷樹樹香.
느티나무와 버들은 가지마다 하늘거리고, 비파나무는 나무마다 향기롭다.

(甫,「田舍」)

27.2　첩자(疊字)가 형용사가 중첩된 것.
27.2.a.　nN-fr-F
野日荒荒白, 春流泯泯淸.
들판의 해는 희미하게 하얗고, 봄물의 흐름은 깨끗하게 맑다.

(甫,「漫成」)

(28) 마지막 두 글자가 첩자이고, 그것이 수식하는 동사 또는 형용사의 뒤에 있는 경우.

28.1　첩자가 동사를 수식하는 것.
28.1.a1.　nN-V-fr
城烏啼眇眇, 野鷺宿娟娟.
성 위의 까마귀 조그맣게 울고, 들판의 해오라기 얌전하게 잠이 들었다.

(甫,「舟月對驛」)

28.1.a2.　fN-V-fr
朔風鳴淅淅, 寒雨下霏霏.
북풍은 쏴아 하며 소리 내고, 찬비는 부슬부슬 내린다.

(甫,「雨」)

28.2　첩자가 형용사를 수식하는 것.
28.2.a.　nN-F-fr
汀煙輕冉冉, 竹日靜暉暉.

모래섬에는 안개가 모락모락 가볍고, 대나무에는 햇빛이 찬란하게 고요하다.

(甫, 「寒食」)

(29) 마지막 두 글자가 첩자이고, 도치되어 그 앞의 목적어를 수식하는 경우.

29.1.a. N-V-Nfr

風吹花片片, 春動水茫茫.

바람이 조각조각 꽃잎에 불고, 봄이 끝없이 펼쳐진 물을 움직인다.

(甫, 「城上」)

16.3 위에서 든 오언 근체시 간단구(簡單句)의 구식(句式)은 모두 합쳐서 29개의 대류(大類), 60개의 소류(小類), 108개의 대목(大目), 135개의 세목(細目)이다.

제17절 오언 근체시의 구식(중) — 복잡구(複雜句)

17.1 본 절에서 분석할 구식은 복잡구이다. 이른바 복잡구란 대체로 말해서 두 개 이상의 술어를 갖춘 구절이다. 그 가운데 하나의 문장형식 또는 술어형식은 완전하고, 거기에 다시 다른 문장형식 또는 술어형식이 덧붙거나 내포된다. 심지어 다만 간단한 한 개의 동사 또는 형용사가 덧붙었을 뿐이지만, 그것이 문장형식 또는 술어형식 외에 다른 하나의 술어로 간주된다면 그것들이 조성한 구절도 일종의 복잡구로 간주한다.

17.2 이제 다음과 같이 복잡구의 구식을 분석한다. (일련번호는 31부터 시작한다.)

(31) 앞의 네 글자가 문장형식이고, 마지막 글자가 술어인 경우.

31.1 제1자가 주어인 것.

31.1.a. N-V-nN－F

鶴巢松樹遍, 人訪蓽門稀.

학이 소나무에 둥지를 튼 것이 가득하고, 사람들이 사립문에 찾아오는 것이 드물다.

(維, 「山居卽事」)

31.1.b. (CN)-V-nN－F

紅入桃花嫩, 靑歸柳葉新.

붉음은 도화에 들어와 예쁘고, 푸름은 버들잎으로 돌아와 새롭다.

(甫, 「奉酬李」)

31.2 앞의 두 글자가 주어인 것.

31.2.a1. fN-V-N－F

寒蟲臨砌默, 淸吹裊燈頻.

가을벌레는 섬돌에 임하여 침묵하고, 맑은 피리소리는 등불을 하늘거리게 함이 잦다.

(常建, 「聽琴」)

細葛含風軟, 香羅疊雪輕.

가는 갈포는 바람을 머금어 부드럽고, 향긋한 비단은 눈이 쌓이는 듯 가볍다.

(甫, 「端午日」)

遠水兼天淨, 孤城隱霧深.

멀리 있는 물은 하늘에 이어져 맑고, 외로운 성은 안개에 숨은 것이 깊다.

(甫, 「野望」)

31.2.a2. fN-V-N－V

大風吹地轉, 高浪蹴天浮.

큰 바람이 땅에 불어 돌아들고, 높은 파도는 하늘을 차고 떠오른다.

(甫,「江漲」)

31.2.a3.　nN-V-N－F
石角鉤衣破, 藤枝刺眼新.
돌 모서리가 옷을 당기어 찢고, 등나무 가지는 눈을 찌를 듯 새롭다.

(甫,「奉陪鄭駙」)

樓雪融城濕, 宮雲去殿低.
누각의 눈이 성에서 녹아 축축하고, 궁전 위의 구름이 궁전으로 다가가 낮다.

(甫,「晚出左掖」)

樓雲籠樹小, 湖日落船明.
누대의 구름이 나무를 덮은 것이 작고, 호수의 햇빛이 배에 떨어져 밝다.

(甫,「送段功曹」)

31.2.a4.　nN-V-N－C
雪嶺界天白, 錦城曛日黃.
설령은 하늘에 맞닿아 하얗고, 금성은 석양빛을 받아 노랗다.

(甫,「懷錦水」)

31.2.b.　NN-V-N－F
枕簟入林僻, 茶瓜留客遲.
목침과 대자리 들고 숲으로 든 것이 깊고, 차와 오이로 객을 머물게 한 것이 오래다.

(甫,「巳上人」)

31.2.c.　NN-FF(或 VV)－F
舟楫欹斜疾, 魚龍偃臥高.
배와 노는 기울어진 것이 심하고, 물고기와 용은 누운 것이 높다.

(甫,「渡江」)

31.3 앞의 세 글자가 주어인 것.

31.3.a. (nf)nN-V-F
鼎湖龍去遠, 銀海雁飛深.
정호의 용은 사라진 것이 아득하고, 은해의 기러기는 나는 것이 깊숙하다.
(甫,「驪山」)

(32) 앞의 네 글자가 술어형식이고, 마지막 글자가 술어인 경우.

32.1 앞의 두 글자가 방위어인 것.

32.1.a. nt-V-N-F
塞上傳光小, 雲邊落點殘.
변새에 불빛 전해지는 것이 작고, 구름 가에 그림자 남기는 것이 희미하다.
(甫,「夕烽」)

32.1.b. nt-dV-F
雲裏相呼疾, 沙邊自宿稀.
구름 속에서 서로 부르는 것이 급하고, 모래 가에서 스스로 묵는 것이 드물다.
(甫,「歸雁」)

32.2 앞의 두 글자가 동사어인 것.

32.2.a. dV-nN-F
稍通絹幕霽, 遠帶玉繩稀.
조금씩 생초 장막으로 통하며 개었고, 멀리 옥승성을 띤 것이 희미하다.
(甫,「夜宿西閣」)

32.3 앞의 두 글자가 연면자(連縣字) 또는 첩자(疊字)인 것.

32.3.a. fx-V-N-V
遲迴度隴怯, 浩蕩入關愁.
머뭇머뭇 隴山을 넘는 것이 겁나고, 정처 없이 隴關에 드는 것이 슬프다.
(甫,「秦州雜詩」)

32.3.b.　fr-V-N-F

微微向日薄, 脈脈去人遙.

조금씩 햇빛을 받아 얇게 녹으니, 희미해진 채 사람으로부터 멀어진다.

(甫, 「又雪」)

(33) 앞의 네 글자가 도치된 술어형식이고, 마지막 글자가 술어인 경우.

33.1.a.　bN←(fd 或 nd)V-F

蜀星陰見少, 江雨夜聞多.

촉의 별은 하늘이 흐려 보이는 경우가 적고, 江城의 비는 밤에 들리는 경우가 많다.

(甫, 「散愁」)

(34) 앞의 네 글자가 쌍술어형식이고, 마지막 글자가 술어인 경우.

34.1.a.　VN-VN-F

隨風隔幔小、帶雨傍林微.

바람 따라 천막 밖에서 작고, 비 기운을 띠고 숲 옆에서 희미하게 빛난다.

(甫, 「螢火」)

(35) 앞의 세 글자가 문장형식인 경우.

35.1　제3자가 형용사이고, 마지막 두 글자가 부사 및 동사 또는 형용사인 것.

35.1.a1.　nN-F-(fd)V

菱蔓弱難定, 楊花輕易飛.

마름덩굴은 약해서 고정되어 있기 어렵고, 버들 솜은 가벼워서 날기 쉽다.

(維, 「歸輞川作」)

35.1.a2.　fN-F-d(或 fd)V

翠柏苦猶食, 明霞高可餐.

푸른 잣은 쓰지만 먹을 수 있고, 밝은 놀은 높이 있어도 먹을 수 있다.

(甫,「空囊」)

35.1.b. NN-F-d(或 fd)V(或 F)

茅茨疎易濕, 雲霧密難開.

초가지붕이 성글어 젖기 쉽고, 운무가 빽빽하여 열기 어렵다.

(甫,「梅雨」)

35.1.c. NN-F-d(或 fd)C

江湖深更白, 松竹遠微青.

강과 호수는 깊어서 더욱 희고, 소나무와 대나무는 멀어서 조금 푸르다.

(甫,「泊松滋」)

35.2 제3자가 형용사이고, 마지막 두 글자가 목적어를 대동한 동사인 것.

35.2.a1. nN-F-V-N

檐雨亂淋幔, 山雲低度墙.

처마의 비는 어지럽게 휘장에 뿌려지고, 산 구름은 나지막이 담을 넘는다.

(甫,「秦州雜詩」)

碾渦深沒馬, 藤蔓曲藏蛇.

맷돌의 소용돌이 깊어서 말을 빠뜨리고, 등나무 덩굴 굽어서 뱀을 감추었다.

(甫,「陪鄭廣文」)

35.2.a2. fN-F-V-N

幽花欹滿樹, 小水細通池.

어린 꽃은 비스듬히 나뭇가지에 가득하고, 작은 물 가느다랗게 못으로 통한다.

(甫,「過南鄰」)

35.2.b. tN-F-V-N

南山晴有雪, 東陌霽無塵.

남쪽 산은 날이 개어 눈이 있고, 동쪽 길은 비가 그쳐 먼지가 없다.

(義, 「秦中送人」)

35.3 제3자가 동사이고, 마지막 두 글자가 부사 및 동사 또는 형용사인 경우.

35.3.a.　nN-V-dV

田父要皆去, 鄰翁問不違.[361]

농가의 어른들이 요청하면 언제나 갔고, 이웃에서 푸짐하게 주어도 사양하지 않았다.

(甫, 「寒食」)

35.3.b1.　nN-V-dF

稻米炊能白, 秋葵煮復新.

햅쌀로 밥을 지으니 이처럼 하얗고, 아욱을 삶으니 또한 신선하다.

(甫, 「茅堂檢校」)

35.3.b2.　cN-V-dF

朱李沈不冷, 彫胡炊屢新.

붉은 오얏은 물에 담가도 차지지 않고, 줄 열매로 밥을 지으면 자주 새로 해야 한다.[362]

(甫, 「熱」)

(36) 앞의 세 글자가 불완전한 문장형식이고, 뒤의 두 글자가 문장형식을 이루면서 그 목적어가 되는 경우.

36.1.a.　nN-V-N-F

海鷗知吏傲, 砂鶴見人衰.

바다 갈매기가 관리의 오만함을 알고, 모래밭의 학이 사람이 노쇠한 것을 본다.

(卿, 「酬張夏」)

---

361) 텍스트에는 '問'이 '鬧'로 되어 있으나 의미상 『杜詩詳注』에 의거하여 바꾸었다.
362) 여기서 '新'은 '新炊'의 뜻이므로 (FV)이다.

(37) 앞의 두 글자와 뒤의 세 글자가 각기 문장형식인 경우.

37.1 뒤의 세 글자가 술사(述詞)를 대동한 주종(主從)명사어인 것.

37.1.a1. N-F-nN-F
草枯鷹眼疾, 雪盡馬蹄輕.
풀이 말라서 매의 눈 민첩하고, 눈이 녹아서 말발굽 가볍다.

(維, 「觀獵」)

花濃春寺靜, 竹細野池幽.
꽃빛깔 진한데 봄 사원 고요하고, 대나무 가느다래 들판의 못 그윽하다.

(甫, 「上牛頭寺」)

地卑荒野大, 天遠暮江遲.
땅이 낮아 거친 들판 광활하고, 하늘이 멀어 저녁 강 더디 흐른다.

(甫, 「遣興」)

風靜夜潮滿, 城高寒氣昏.
바람 고요하여 밤의 조수 가득 찼고, 성이 높아 찬 공기 어둑하다.

(齡, 「宿京江口」)

水靜樓陰直, 山昏塞日斜.363)
물 고요하여 누대 그림자 곧바르고, 산 어두워 변새의 해 비스듬하다.

(甫, 「遣懷」)

37.1.a2. N(或 VN)-F-(vf)N-V(或 F)
樹凉征馬去, 路暝歸人愁.
나무 서늘하여 멀리 가는 말 떠나고, 길 어두워 돌아가는 사람 슬프다.

(義, 「仲夏餞魏」)

---

363) 텍스트에는 '靜'이 '淨'으로 되어 있는데, 誤字이다.

興闌啼鳥換, 坐久落花多.
홍이 다하니 지저귀는 새 바뀌고, 앉아 있는 것이 오래니 낙화가 많다.

(維, 「從岐王」)

37.1.a3.　N-F(或 V)-cN-F(或 V)
雨急青楓暮, 雲深黑水遙.
비가 세차서 푸른 단풍 어둡고, 구름이 깊어 흑수는 아득히 멀다.

(甫, 「歸夢」)

馬驕珠汗落,[364] 胡舞白蹄斜.
말이 교만하여 구슬 땀 떨어지고, 胡人들 춤출 때 모직삿갓 비스듬하다.

(甫, 「秦州雜詩」)

37.1.a4.　(VN)-F-cN-V
事直皇天在, 歸遲白髮生.
일이 곧은 것은 하늘이 계시기 때문이고, 돌아가는 것이 늦어서 흰머리 나왔다.

(卿, 「新安奉送」)

37.1.b.　N-V-qN-F
竹批雙耳峻, 風入四蹄輕.
대나무를 깎은 듯 두 귀는 오뚝하고, 바람이 든 듯 네 발굽이 가볍다.

(甫, 「房兵曹」)

37.2　뒤의 세 글자가 술사(述詞)를 대동한 등립(等立)명사어인 것.
37.2.a.　N-F-NN-F(或 V)
地迥山河靜, 天長雲樹微.
땅이 멀어 산과 강 고요하고, 하늘이 아득하여 구름과 나무 조그많다.

(維, 「送崔興宗」)

---

364) '珠'가 명사이므로 이 구의 句式은 N-F-nN-V이다.

國破山河在, 城春草木深.
國都는 파괴되었지만 산하가 그대로 있어, 도성에 봄이 오니 초목이 무성하다.

(甫,「春望」)

士苦形骸黑, 林疎鳥獸稀.365)
사병들 고생스러워 몰골이 새카맣고, 숲이 성글어 조수가 드물다.

(甫,「秦州雜詩」)

37.2.b.　　N-V−NN-C
日落江湖白, 潮來天地靑.
해 떨어지니 강과 호수 하얗고, 조수가 밀려오니 천지가 푸르다.

(維,「送邢桂州」)

37.3　뒤의 세 글자가 명사 및 목적어를 대동한 동사인 것.
37.3.a.　　N-F−N-V-N
夜久潮侵岸, 天寒月近城.
밤이 오래니 조수가 강변에 침입하고, 하늘이 차니 달이 성에 다가온다.

(常建,「泊舟盱眙」)

山虛風落石, 樓靜月侵門.
산이 비어 바람이 돌을 떨어뜨리고, 누각이 조용하여 달빛이 문에 침입한다.

(甫,「西閣夜」)

37.3.b.　　N-V−N-V-N
瓢棄尊無綠, 爐存火似紅.
표주박이 버려진 것은 술독에 푸른 술 없어서이고, 화로가 남겨진 것은 불이 붉게 타는 듯해서이다.

(甫,「對雪」)

---

365) 텍스트에는 '林'이 '旌'으로 되어 있는데, 내용상 『杜詩詳注』에 의거하여 바꾸었다.

37.4 뒤의 세 글자가 명사 부사 및 동사 또는 형용사인 것.

37.4.a1. N-F-N-dV
葉稀風更落, 山逈日初沈.
잎 드문데 바람이 다시 떨어뜨리고, 산이 먼데 해가 이제 막 가라앉는다.

(甫,「野望」)

地僻秋將盡, 山高客未歸.
땅이 후미져서 가을이 끝나가고, 산이 높아서 나그네 아직 돌아가지 않았다.

(甫,「秦州雜詩」)

37.4.a2. N-F-N-dF
光細弦豈上? 影斜輪未安.
빛이 가느다라니 어찌 상현달인가? 밝은 형체 기울어져 月輪이 안정되지 못하였다.

(甫,「初月」)

37.4.b. N-V-N-dV(或 F)
水流心不競, 雲在意俱遲.
물이 흘러가지만 내 마음은 다투지 않고, 구름이 있어서 마음도 함께 느긋하다.

(甫,「江亭」)

(38) 앞의 두 글자가 문장형식이고, 뒤의 세 글자가 술어형식인 경우.

38.1 뒤의 세 글자가 명사어를 대동한 동사인 것.

38.1.a1. N-F(或 V)-V-nN
路斷因春水, 山深隔暝煙.
길이 끊긴 것은 봄물 때문이고, 산이 깊은 것은 자욱한 안개가 가로막았기 때문이다.

(義,「送人尋裴」)

樹密當山徑, 江深隔寺門.

나무가 빽빽하여 산길을 차단하였고, 강물이 깊어 절 문을 가로막았다.

(甫,「望兜率寺」)

客醉揮金椀, 詩成得繡袍.
객은 취하여 금 술잔을 휘두르고, 시가 이루어져 수놓은 도포를 얻는다.

(甫,「崔駙馬」)

38.1.a2.　N-V－V-fN

驥病思偏秣, 鷹愁怕苦籠.
천리마는 병들어 양질의 꼴을 생각하고, 매는 슬퍼서 견고한 새장을 두려워
한다.

(甫,「敬簡王」)

眼穿看(落)日, 心死着寒灰.
눈이 뚫어지도록 지는 해를 바라보고, 마음이 죽어 찬 재를 붙인 듯하다.

(甫,「自京竄至」)

38.1.a3.　N-F－V-(vf)N

野凉侵閉戶, 江滿帶維舟.
야외의 서늘함이 닫힌 문에 침입하고, 강물이 가득하여 밧줄로 맨 배를 데리
고 있다.

(甫,「夜雨」)

38.1.b.　　N-F－V-NN

計拙無衣食, 途窮仗友生.
생계가 졸렬하여 의식이 없고, 처지가 곤궁하여 벗들에게 의지한다.

(甫,「客夜」)

38.2　뒤의 세 글자가 술어형식 같지만 실은 문장형식이 도치된 것.

38.2.a.　　N-V-V←f(vf 或 nf)N

竹喧歸浣女, 蓮動下漁舟.

대숲 왁자하니 빨래하던 여인들이 돌아오는가 보고, 연잎 흔들리니 고깃배가
내려가는가 보다.

(維, 「山居秋暝」)

38.3 뒤의 세 글자가 동사 명사 및 방위사인 것.

38.3.a.　N(或 FN)-V(或 F)－V-Nt

老至居人下, 春歸在客先.

노년에 이르러도 남의 밑에 있게 되고, 봄이 돌아가는 것은 나그네보다 먼저
이다.

(卿, 「新年作」)

雨來霑席上, 風急打船頭.

비가 와서 자리 위를 적시고, 바람이 급하여 뱃머리를 때린다.

(甫, 「陪諸貴公」)

38.4 뒤의 세 글자가 첩자(疊字) 및 형용사인 것.

38.4.a.　N-V－frF

雨洗娟娟淨, 風吹細細香.

비가 씻어서 아름답게 깨끗하고, 바람이 불어와 갈피마다 향기롭다.

(甫, 「嚴鄭公宅」)

38.5 뒤의 세 글자가 술어형식을 대동한 동사인 것.

38.5.a.　N-F－V-VN

郡簡容垂釣, 家貧學弄梭.

고을이 단출하여 낚싯줄 드리우는 것이 허용되고, 집이 가난하여 베 짜는 것
을 배웠다.

(卿, 「對酒」)

38.5.b.　N-V－V-VN

酒醒思臥簟, 衣冷欲裝緜.

술이 깨니 대자리에 눕고 싶고, 옷이 차가우니 햇솜을 넣고 싶다.

(甫,「陪鄭廣文」)

38.6 뒤의 세 글자가 부사 동사 및 명사인 것.

38.6.a.　N-V-dV-N

錫飛常近鶴, 杯度不驚鷗.

錫杖을 날리며 늘 학을 가까이하고, 木杯로 물을 건너며 갈매기를 놀라게 하지 않는다.

(甫,「題玄武」)

38.6.b1.　N-F-dV-N

劍寒空有氣, 松老欲無心.

검은 차가워 부질없이 光氣가 있고, 솔은 늙어서 무심하려 한다.

(卿,「酬張夏」)

38.6.b2.　N-F-dV-(VN)

途窮那免哭? 身老不禁愁.

길이 막혔으니 어떻게 통곡을 면할까? 몸이 늙어 슬픔을 금할 수 없다.

(甫,「暮秋將歸」)

38.7 뒤의 세 글자가 동사 부사 및 동사인 것.

38.7.a.　N-F-V-dV

花密藏難見, 枝高聽轉新.

꽃 빽빽하여 숨으면 보기 어렵고, 가지가 높아 들으면 오히려 새롭다.

(甫,「百舌」)

38.8 뒤의 세 글자가 동사 개사 및 명사인 것.

38.8.a.　N-V(或 F)-V-pN

客病留因藥, 春深買爲花.

나그네가 병들어 약초 때문에 머물러 있고, 봄이 깊어 꽃 때문에 사들였다.

(甫,「小園」)

(39) 앞의 두 글자가 문장형식 같이 보이지만 실은 동사와 목적어의 도치이고, 뒤의 세 글자가 문장형식인 경우.

39.1.a.　N←V−nN-F

飯抄雲子白, 瓜嚼水精寒.

밥은 雲母같이 하얀 것을 뜨고, 오이는 수정같이 차가운 것을 씹는다.

(甫, 「與鄠縣」)

(40) 앞의 두 글자와 마지막 두 글자가 각기 문장형식을 이루며, 중간의 글자가 동사이고 뒤의 문장형식이 그 목적어인 경우.

40.1.a.　N-F−V-NF

樂極傷頭白, 更長愛燭紅.

즐거움이 지극하면 머리가 세는 것에 상심하게 되고, 밤이 길면 촛불이 붉은 것을 좋아하게 된다.

(甫, 「酬孟雲卿」)

(41) 앞의 두 글자가 문장형식이고 중간의 두 글자가 술어형식이며 마지막 글자는 형용사인데, 앞의 술어형식과 결합하여 체계식(遞繫式)[366] 구조를 이루는 경우.

41.1.a.　N-V−VN-F

鵬集占書久, 鸞回刻篆新.

鵬鳥가 모여들어 讖書로 점친 지 오래고, 난새가 돌아와 篆書를 새긴 것이 새롭다.

(卿, 「朱放」)

---

366) 보통의 문장은 술어가 주어의 뒤에 놓이는 1차의 연계만을 가진다. 그러나 때로는 한 문장이 두 차례의 연계를 지녀서 1차 연계의 술어 가운데 일부분 또는 전부가 다시 2차 연계의 주어로 사용되는 문장구조를 말한다.

(42) 앞의 두 글자가 목적어를 대동한 동사이고, 뒤의 세 글자가 문장 형식인 경우.

42.1 뒤의 세 글자가 명사·동사·목적어인 것.

42.1.a. V-N−N-V-N

感時花濺淚, 恨別鳥驚心.

시절을 느끼어 꽃만 보아도 눈물을 뿌리고, 이별을 한하여 새 소리만 들어도 가슴 놀란다.

(甫, 「春望」)

步屧風吹面, 看松露滴身.

골짜기를 걸으니 바람이 얼굴에 불고, 소나무를 쳐다보니 이슬이 몸에 떨어진다.

(甫, 「東屯北崦」)

對門藤蓋瓦, 映竹水穿沙.

문을 마주하고 등나무 가지는 지붕의 기와를 덮었고, 대나무를 비치며 물은 모래를 뚫고 지나간다.

(甫, 「秦州雜詩」)

42.2 뒤의 세 글자가 주종명사어 및 술사(述詞)인 것.

42.2.a1. V-N−nN-V

入村樵路引, 嘗果栗圓開.367)

산촌으로 들어가려니 나무꾼 길이 인도하고, 밤을 맛보게 하려고 둥근 껍질을 까준다.

(甫, 「野望因過」)

42.2.a2. V-N−cN-V

戀闕丹心破, 霑衣皓首啼.

---

367) 텍스트에는 '圓'이 '圍'으로 되어 있는데, 誤字이다.

대궐의 임금님을 사모하여 단심은 부서지고, 옷을 적시며 백발의 노인은 운다.

(甫,「散愁」)

42.2.b1.　V-N－fN-F

抱葉寒蟬靜, 歸山獨鳥遲.[368]

잎에 싸인 채 가을 매미 조용하고, 산으로 돌아오는 데 새 한 마리 늦다.

(甫,「秦州雜詩」)

42.2.b2.　V-N－cN-F

爲客黃金盡, 還家白髮新.

나그네 되어 황금은 다 떨어졌고, 집으로 돌아오니 백발이 새롭다.

(維,「送丘爲」)

42.2.b3.　V-N－qN-F

立馬千山暮, 迴舟一水香.

말을 세우니 천산이 저녁 빛이고, 배를 돌리니 온 물이 향기롭다.

(甫,「數陪李」)

42.3 뒤의 세 글자가 등립(等立)명사어 또는 쌍음사 및 술사(述詞)인 것.

42.3.a.　　V-N－NN-F(或 V)

對酒山河滿, 移舟草樹迴.

술을 대하니 산과 강이 가득하고, 배를 옮겨가니 풀과 나무가 돌아온다.

(維,「奉和聖製」)

42.3.b.　　V-N－NX-F

綴席茱萸好, 浮舟菡萏衰.

술자리를 장식하니 수유가 아름답고, 배를 띄우니 연꽃이 시들었다.

(甫,「九日曲江」)

42.4 뒤의 세 글자가 명사 부사 및 동사 또는 형용사인 것.

---

368) 텍스트에는 '歸山獨鳥遲'가 '獨山歸鳥遲'로 되어 있는데, 잘못된 것이다.

42.4.a.　V-N－N-dV(或 F)

有海人寧渡? 無春雁不迴!

바다가 있으니 사람이 어찌 건널까? 봄이 없으니 기러기가 돌아오지 않는다.

(維,「過始皇墓」)

入河蟾不沒, 搗藥兎長生.

강물에 들어가도 두꺼비는 사라지지 않고, 약초를 찧으니 토끼는 장생한다.

(甫,「月」)

用材身復起, 覿聖眼猶明.

인재를 등용하니 몸 다시 일어나고, 임금님을 뵈오니 눈 다시 밝아진다.

(卿,「新安奉送」)

42.4.b.　V-N－N-(nd)F

(不爨)井晨凍, 無衣床夜寒.

밥을 짓지 않으니 우물은 아침에 얼어 있고, 옷이 없으니 침상은 밤에 춥다.

(甫,「空囊」)

(43) 앞의 두 글자가 동사어이고, 뒤의 세 글자가 문장형식인 경우.

43.1　중간의 두 글자가 명사어이고, 마지막 글자가 술사(述詞)인 것.
43.1.a.　dV－fN-V(或 F)

欲棲群鳥亂, 未去小童催.[369]

둥지로 돌아가려고 뭇 새들 소란스럽고, 가지 않으니 어린아이가 재촉한다.

(甫,「晚晴吳郎」)

43.2　뒤의 세 글자가 첩자(疊字)형용어를 대동한 명사인 것.
43.2.a.　dV－N-FR

欲歸春淼淼, 未去草萋萋.

---

369) 텍스트에는 '棲'가 '歸'로 되어 있는데, 誤字이다.

돌아가려니 봄물이 아득하고, 떠나기도 전에 풀이 무성하다.

(維,「送張五諲」)

獨行風裊裊, 相去水茫茫.
홀로 가니 바람이 산들거리고, 서로 멀어지니 물이 아득하다.

(卿,「江州留別」)

(44) 앞의 두 글자가 보어를 대동한 동사이고, 뒤의 세 글자가 문장형
식 또는 술어형식인 경우.

44.1.a.   Vd-fN-F
轉來深澗滿, 分出小池平.
돌아오니 깊은 계곡 물 가득 차고, 나뉘어 나오니 작은 못 넘실거린다.

(羲,「詠山泉」)

(45) 앞의 두 글자가 목적어를 대동한 동사이고, 뒤의 세 글자가 술어
형식인 경우.

45.1 뒤의 세 글자가 동사 및 명사어인 것.
45.1.a1.   V-N－V-bN
藏書聞禹穴, 讀記憶仇池.
장서는 우혈이 있다고 들었고, 전기를 읽으니 구지가 생각난다.

(甫,「秦州雜詩」)

45.1.a2.   V-N－V-nN
忘身辭鳳闕, 報國取龍庭.
자신을 잊고 임금님 계신 대궐을 떠나고, 나라에 보답하고자 용정을 취한다.

(維,「送趙都督」)

灑酒澆芻狗, 焚香拜木人.

술을 뿌려 짚으로 만든 개에게 주고, 향을 살라 나무인형에게 절한다.

(維, 「凉州郊外」)

有客過茅宇, 呼童正葛巾.
귀한 손이 초가를 찾아와서, 아이를 불러 갈포 두건을 바로 한다.

(甫, 「有客」[370])

45.1.a3.　V-N-V-fN

烹葵邀上客, 看竹到貧家.
아욱을 삶아 귀빈을 초대하니, 대를 보면서 가난한 집에 온다.

(維, 「晩春」)

事姑稱孝婦, 生子繼先賢.
시어머니를 섬겨서 효성스런 며느리로 불리고, 아들을 낳아 앞선 현인을 잇는다.

(頎, 「達奚吏部」)

45.1.b.　V-N-V-qN

下輦迴三象, 題碑任六龍.
수레에서 내려 해와 달과 별을 되돌리고, 비문을 써서 육룡에게 맡긴다.

(齡, 「駕幸河東」)

45.1.c.　V-N-V-cN

傳燈無白日, 布地有黃金.
등불이 항상 켜 있어 낮이 따로 없고, 바닥에 깐 것은 황금이다.

(甫, 「望牛頭寺」)

45.2　뒤의 세 글자가 술어형식 같지만 실은 문장형식이 도치된 것.

45.2.a.　V-N-V←nN

盍簪喧櫪馬, 列炬散林鴉.

---

370) 텍스트에는 이 시의 제목이 「賓至」로 되어 있는데, 잘못된 것이다.

비녀 꽂은 이들이 모이니 마구간의 말들이 시끄럽고, 횃불을 늘어놓으니 숲의 까마귀들이 흩어진다.

(甫, 「杜位宅」)

45.3 뒤의 세 글자가 쌍음(雙音) 고유명사를 대동한 동사인 것.

45.3.a.   V-N-V-BX

揚舲發夏口, 按節向吳門.

작은 배를 띄워 하구를 출발하고, 박자를 맞춰가며 오문으로 향한다.

(維, 「送封太守」)

45.4 뒤의 세 글자가 동사를 대동한 방위어인 것.

45.4.a.   V-N-nt-V

退朝花底散, 歸院柳邊迷.

조회에서 물러나 꽃 아래서 흩어지고, 문하성으로 돌아오다 버들 가에서 망설인다.

(甫, 「晚出左掖」)

45.5 뒤의 세 글자가 부사 동사 및 명사인 것.

45.5.a.   V-N-dV-N

徇祿仍懷橘, 看山免採薇.

봉급을 좇지만 여전히 귤을 마음에 품고, 산을 바라볼 뿐 고사리 캐는 것을 면했다.

(維, 「留別錢起」)

好武審論命, 封侯不計年.

무예를 좋아하니 어찌 목숨을 돌보랴? 제후를 봉하는 데는 나이를 따지지 않는다.

(甫, 「送人從軍」)

曬藥能無婦, 應門幸有兒.

약초를 말리는 데 어찌 아내의 도움이 없으랴? 대문에 응답하는 데는 다행히 아이가 있다.

(甫, 「秦州雜詩」)

45.6 뒤의 세 글자가 쌍부사 및 동사인 것.

45.6.a. V-N-ddV

見酒須相憶, 將詩莫浪傳.

술을 보거든 나를 잊지 말고, 내 시는 마구 전하지 마시게.

(甫, 「泛舟送魏」[371])

玩雪勞相訪, 看山正獨吟.

눈을 완상하며 애써 그대를 찾아가고, 산을 보며 마침 홀로 읊조린다.

(卿, 「酬張夏」)

45.6.b. V-N-(vd)dV

同調嗟誰惜? 論文笑自知!

재능이 같지만 안타깝게도 누가 애석해하겠는가? 시문을 논하면 우습게도 자신만이 알아줄 뿐이다.

(甫, 「贈畢四」)

45.7 뒤의 세 글자가 연면자 및 형용사인 것.

45.7.a. V-N-fx-C

種竹交加翠, 栽桃爛熳紅.[372]

대나무를 심었더니 푸름이 엇섞이고, 복숭아를 심었더니 붉음이 흐드러진다.

(甫, 「春日江村」)

45.8 뒤의 세 글자가 첩자(疊字) 및 동사 또는 형용사인 것.

45.8.a. V-N-nr-V(或 F)

---

371) 텍스트에는 이 시의 제목이 「泛江送魏」로 되어 있는데, 이 시의 원 제목이 「泛舟送魏十八倉曹還京因寄岑中允參范郎中季明」여서 「泛舟送魏」로 바꾸었다.
372) 텍스트에는 '熳'이 '縵'으로 되어 있는데, 誤字이다.

吹帽時時落, 維舟日日孤.
모자에 불어와 수시로 떨어지고, 배를 묶어두었더니 날마다 외롭다.

(甫,「纜船苦風」)

45.9 뒤의 세 글자가 부사 및 첩자인 것.

45.9.a.　V-N－d-fr
入空纔漠漠, 灑逈已紛紛.
공중에 들어가 비로소 **빽빽**해지더니, 멀리서 이미 마구 퍼붓는다.

(甫,「喜雨」)

(46) 앞의 두 글자가 목적어를 대동한 동사이고, 중간의 두 글자가 술어형식이고, 마지막 글자가 형용어인 경우.

46.1.a.　V-N－VN-F
有猿揮淚盡, 無犬附書頻.
원숭이 있지만 눈물 다 뿌려 이미 말랐고, 黃耳犬은 없는데 편지 부칠 일 빈번하다.

(甫,「雨晴」)

問法看書妄, 觀身向酒慵.
佛法을 물으니 책을 보는 것이 허망하고, 자신을 성찰하니 술이 내키지 않는다.

(甫,「謁眞諦寺」)

轉蓬行地遠, 攀桂仰天高.
쑥대가 구르듯이 멀리 고향을 떠나와, 계수나무에 올라 높이 하늘을 쳐다본다.

(甫,「八月十五」)

(47) 앞의 두 글자가 목적어를 대동한 동사이고, 중간의 한 글자가 동사이고, 마지막 두 글자가 문장형식인 경우.

47.1.a1.　V-N−V-NV

催客聞山響, 歸房逐水流.

객을 재촉하여 산울림을 듣고, 승방으로 돌아와 흐르는 물소리를 쫓는다.

(維,「過感化寺」)

47.1.a2.　V-N−V-NF

煖酒嫌衣薄, 瞻風候雨晴.

술을 데우는 것은 옷이 얇은 것을 꺼려서이고, 바람을 보는 것은 비가 개려는
지 살피려는 것이다.

(頎,「送相里造」)

把酒從衣濕, 吟詩信杖(扶).

술을 마시며 옷이 젖도록 내버려두고, 시를 읊으며 지팡이 가는대로 맡긴다.

(甫,「徐步」)

(48) 앞의 두 글자가 부사 및 형용사 또는 동사이고, 중간의 한 글자
가 동사이고, 마지막 두 글자가 문장형식인 경우.

48.1.a.　　dF(或 V)−V-NV

過懶從衣結, 頻遊任履穿.

지나치게 게을러 옷을 여기 저기 깁도록 놓아두고, 자주 돌아다녀 신이 뚫어
지도록 내버려둔다.

(甫,「春日江村」)

(49) 앞의 두 글자가 부사 및 형용사이고, 뒤의 세 글자가 술어형식인
경우.

49.1.a.　　dF−V-nN

重碧拈春酒, 輕紅擘(荔枝).373)

---

373) 여기서 ‘重碧’은 표면적으로는 부사와 형용사로 쓰였지만 사실은 술 이름이고 ‘輕紅’

짙푸른 봄술을 집어 올리고, 붉으스름한 여지를 깐다.

(甫, 「宴戎州」)

(50) 앞의 두 글자와 뒤의 세 글자가 각기 동사어인 경우.

50.1.a.　dV-ddV
早朝方暫挂, 晩沐復(來)簪.

일찍 조회에 가며 잠시 걸어두었다가, 느지막이 머리 감고 다시 쓴다.

(維, 「酬賀四」)

(51) 앞의 두 글자가 동사어이고, 뒤의 세 글자가 목적어를 대동한 동사인 경우.

51.1　뒤의 세 글자가 명사어를 대동한 동사인 것.

51.1.a1.　dV-V-nN
正愁聞塞笛, 獨立見江船.

마침 슬픔에 잠겨 있는데 변새의 피리소리 들려와, 홀로 서서 강 위의 배를 바라본다.

(甫, 「一室」)

51.1.a2.　dV-V-fN
獨坐親雄劍, 哀歌歎短衣.

홀로 앉아 보검을 가까이 하고, 슬픈 노래 부르며 짧은 옷을 한탄한다.

(甫, 「夜」)

51.1.b.　(vd)V-V-cN
迸出依靑嶂, 攢生伴綠池.

솟아나와 푸른 산봉우리에 의지하고, 모여서 나와 푸른 못과 짝한다.

(頎, 「籬筍」)

도 여지를 가리킨다.

51.2 뒤의 세 글자가 술어형식을 목적어로 갖는 동사인 것.

51.2.a.   (nd)V-V-VN

春遊歡有客, 夕寢賦無衣.

봄에 나들이하며 객이 있음을 기뻐하고, 저녁에 누워 옷이 없음을 노래한다.

(義, 「漢陽卽事」)

(52) 앞의 두 글자가 평행형용어이고, 뒤의 세 글자가 문장형식인 경우.

52.1.a.   FF-S-dV

艱難人不見, 隱見爾如知.

험하여 사람은 보지 못하는데, 사라졌다 나타났다 하니 너는 기지가 있는 것 같다.

(甫, 「猿」)

52.1.b.   FF-N-dV

留滯才難盡, 艱危氣益增.

타향에 머물러 있으니 재능을 펼치기 어렵지만, 고달프고 위태로운 때에 의기는 더욱 솟는다.

(甫, 「泊岳陽」)

(53) 앞의 두 글자가 평행형용어이고, 중간의 한 글자가 동사이고, 마지막 두 글자가 동사어인 경우.

53.1.a.   FF-V-dV

薄劣慚眞隱, 幽偏得自怡.

재능이 모자란 것이니 참된 은둔에 부끄럽고, 사는 곳이 그윽하고 외져서 스스로의 즐거움을 얻는다.

(甫, 「獨酌」)

(54) 앞의 두 글자가 평행형용어 또는 연면자(連縣字)이고, 중간의 두

글자가 술어형식이고, 마지막 글자가 형용사 또는 동사인 경우.

54.1.a.　　FF(或 FX)-VN-F(或 V)

飄零爲客久, 衰老羨君還.374)

영락하여 나그네 된 지 오래되었고, 늙고 쇠약하여 그대 귀환이 부럽다.

(甫, 「涪江泛舟」)

(55) 제1자가 동사 또는 형용사이고, 뒤의 네 글자가 부사 및 목적어를 대동한 동사인 경우.

55.1.a.　　V-dV-NX

賞應歌杕杜, 歸及獻櫻桃.

상을 줄 때는 응당 체두의 노래 부르는 법, 돌아온 것이 앵두를 바칠 때에 미치리라.

(甫, 「收京」)

55.1.b.　　V(或 F)-dV-nN

靜應連虎穴, 喧已去人群.

조용하려면 응당 호랑이굴에 인접해야 하고, 시끄러워 이미 사람 무리를 떠났다.

(甫, 「題柏大」)

(56) 제1자가 형용사 또는 동사이고, 뒤의 네 글자가 목적어를 대동한 동사인 경우.

56.1.a.　　F(或 V)-V-cnN

束比靑芻色, 圓齊玉箸頭.

염교 다발은 방금 벤 푸른 풀빛에 비견되고, 둥글기는 옥 젓가락 끝과 같다.

(甫, 「秋日阮」)

---

374) 텍스트에는 '衰老'가 '貧病'으로 되어 있는데, 앞의 15. 6에 나와 있는 예문과 같게 하기 위하여 바꾸었다.

滑憶彫胡飯, 香聞錦帶羹.

윤기 흐르니 줄 열매 밥이 생각나고, 향긋하니 순채국이 코를 찌른다.

(甫,「江閣臥病」)

(57) 제1자가 형용어이고, 제2자가 동사이며, 마지막 세 글자가 문장형
식으로서 앞 동사의 목적어가 되는 경우.

57.1 제3자·제4자가 등립(等立)명사어인 것.

57.1.a1. C‑V‑NNV

青惜峯巒過, 黃知橘柚來.

푸르니 봉우리와 산이 지나가는 것이 아쉽고, 노라니 귤과 유자가 다가옴을
알겠다.

(甫,「放船」)

57.1.a2. F‑V‑NNF

壯惜身名晚, 衰慚應接多.

장대한 뜻을 지녔지만 공명이 늦어 안타깝고, 노쇠했는데도 응접이 많아 부
끄럽다.

(甫,「將曉」)

老恥妻孥(笑), 貧嗟出入勞.

늙으니 처자가 비웃는 것이 부끄럽고, 가난하니 출입이 고생스러워 탄식한다.

(甫,「赴靑城縣」)

57.2 제3자·제4자가 주종명사어인 것.

57.2.a. F(或 V)‑V‑fNV

愁窺高鳥過, 老逐衆人行.

슬픔에 젖어 하늘 높이 날아가는 새를 바라보고, 노쇠한 몸으로 뭇 사람들의
행렬을 따라간다.

(甫,「悲秋」)

57.2.b1.　F－V-cNF

嬾從華髮亂, 閑任白雲多.

게을러 희끗한 머리 헝클어져도 내버려두고, 한가히 흰 구름 많아지도록 맡
겨 둔다.

(卿,「對酒」)

57.2.b2.　F－V-f(或 vf)NF

脆添生菜美, 陰益食簞凉.

부드러워 날 채소의 맛을 보태고, 그늘져서 밥 광주리의 서늘함을 더한다.

(甫,「陪鄭廣文」)

(58) 제1자가 형용어이고, 중간의 세 글자가 술어형식이고, 마지막 글
자가 동사 또는 형용사인 경우.

58.1.a.　F－V(nf)n-V(或 F)

靜分巖響答, 散逐海潮還.

고요하여 바위 울림에 나뉘어 답하고, 흩어져 바다 조수를 쫓다가 돌아온다.

(卿,「秋夜北山」)

爽合風襟靜, 高當淚臉懸.

환하게 겉옷에 내려와 고요하고, 높이 눈물 괸 뺨을 비추며 걸려 있다.

(甫,「月」)

(59) 제1자가 도치된 목적어이고, 중간의 세 글자가 술어형식이고, 마
지막 글자가 주동사인 경우.

59.1.a.　N－vbx-V→

藥倩韓康賣, 門容尙子過.

약초는 한강에게 의뢰하여 팔고, 문은 상자의 허락을 받고 지나간다.

(維,「遊李山人」375))

59.1.b. N-vqn-V→

門看五柳識, 年算六身知.

대문은 다섯 버드나무를 보고 알겠고, 나이는 二首六身을 셈하여 알겠다.[376]

(維,「慕容承」)

(60) 앞의 네 글자가 술어형식이고, 마지막 글자가 주동사인 경우.

60.1.a. VV-NN-V

尋覓詩章在, 思量歲月驚.

詩篇을 찾으니 있고, 세월을 생각하니 놀랍다.

(稹,「遣行」)

(61) 앞 문장형식의 동사가 뒤의 문장형식을 목적어로 갖는 경우.

61.1.a. NN-V-NV(或 F)

文章憎命達, 魑魅喜人過.

문장은 운명이 좋은 것을 증오하고, 도깨비는 사람이 지나가는 것을 좋아한다.

(甫,「天末懷李」)

(62) 동사어가 뒤의 문장형식을 목적어로 갖는 경우.

62.1 이 문장형식이 명사어 및 술어인 것.

62.1.a. dV-nNF(或 V)

應愁江樹遠, (怯)見野亭荒.

응당 강의 나무가 멀어서 슬플 것이고, 들의 정자가 황량하여 보기가 겁난다.

(甫,「寄邛州」)

---

375) 텍스트에는 이 시의 제목이 「送李山人」으로 되어 있는데, 이 시의 원 제목이 「遊李山人所居因題屋壁」이어서 「遊李山人」으로 바꾸었다.

376) '二首六身'은 '亥'字를 가리키며 73세의 隱語이다. 二首六身을 셈하면 26,660日이 되어 73년이 된다는 것이다. 후에는 노령을 비유하는 말로 사용되었다.

但恐天河落, 寧辭酒醆空.

다만 은하수가 지는 것이 두려울 뿐, 어찌 술잔 비우는 것을 사양하랴?

(甫,「酬孟雲卿」)

62.1.b. dV-NNF
莫取金湯固, 長令宇宙新.

金城湯池의 견고함을 취하지 마시고, 늘 천하가 새로워지도록 하소서.

(甫,「有感」)

62.2 이 문장형식이 명사 부사 및 형용사 또는 동사인 것.

62.2.a. dV-NdF
已恨親皆遠, 誰憐友復稀!

가족들이 모두 멀리 있어 이미 한스러운데, 벗들이 또 드문 것을 누가 가엾어 하랴!

(維,「送崔興宗」)

62.2.b. dV-Nd(NV)
寧問春將夏! 誰憐西復東!

봄이 장차 여름이 되느냐고 어찌 물을까! 서쪽에서 다시 동쪽으로 간다고 누가 동정하랴!

(維,「愚公谷」)

(63) 동사어가 뒤의 술어형식을 목적어로 갖는 경우.

63.1 마지막 두 글자가 명사어인 것.

63.1.a. dV-VfN
自顧無長策, 空知返舊林.

스스로 장구한 계책이 없음을 돌아보고, 그저 옛 숲으로 돌아갈 줄 알 뿐이다.

(維,「酬張少府」)

63.2 마지막 두 글자가 쌍음사인 것.

63.2.a.　dV-VBX

共傳收庾信, 不比得陳琳.

유신을 거두어 들였다고 모두들 전하고, 진림을 얻은 것에 견주지 않는다.

(甫, 「奉贈王」)

(64) 동사가 뒤의 술어형식을 목적어로 갖는 경우.

64.1 마지막 세 글자가 명사어인 것.

64.1.a.　V-VfnN

乞爲寒水玉, 願作冷秋菰.

찬 물의 옥이 되라고 애원하고, 서늘한 가을의 줄이 되라고 원한다.

(甫, 「熱」)

64.2 마지막 두 글자가 명사어인 것.

64.2.a.　V-Vf(或 dV)NN

喜無多屋宇, 幸不礙雲山.

집이 많지 않아 기쁘고, 구름과 산을 가리지 않아 다행이다.

(甫, 「茅堂檢校」)

(65) 문장형식이 형용성의 문장형식을 내포하는 경우.

65.1 주어의 지위에 있는 것을 내포한 것.

65.1.a.　cnv-N-F

紫崖奔處黑, **白鳥去邊**明.

보라 빛 벼랑이 솟은 곳은 어둡고, 하얀 새 날아간 저쪽은 밝다.

(甫, 「雨四首」)

65.2 목적어의 지위에 있는 것을 내포한 것.

65.2.a.　(CN)←V-nvN

綠垂風折筍, 紅綻雨肥梅.

푸름을 드리운 것은 바람에 굽은 죽순이고, 붉음을 터뜨린 것은 비에 살찐 매실이다.

(甫,「陪鄭廣文」)

(66) 문장형식이 형용성의 술어형식을 내포하는 경우.

66.1 주어의 지위에 있는 것을 내포한 것.

66.1.a.　vn-cN-F

登俎黃甘重, 支床錦石圓.

도마에 오른 노란 귤은 묵직하고, 침상을 받친 채색 돌은 둥글다.

(甫,「季秋江村」)

66.2 목적어의 지위에 있는 것을 내포한 것.

66.2.a.　N-V-vnN

野流行地日, 江入度山雲.

들판에는 땅을 운행하는 햇빛이 흐르고, 강에는 산을 넘은 구름이 든다.

(甫,「江閣對雨」)

神交作賦客, 力盡望鄕臺.

정신은 부를 짓는 나그네 司馬相如와 통하고, 근력은 망향대에서 소진되었다.

(甫,「雲山」)

犬迎曾宿客,377) 鴉護落巢兒.

개는 전에 묵었던 손님을 맞고, 까마귀는 둥지에서 깨어난 새끼를 돌본다.

(甫,「重過何氏」378))

---

377) 텍스트에는 '曾宿'이 '憎閑'으로 되어 있는데, 誤字이다. 이 경우의 句式은 N-V-d(vf)N이다.

378) 텍스트에는 이 시의 제목이 「陪鄭廣文」으로 되어 있는데, 잘못된 것이다. 이 두 구절은 「重過何氏五首」중의 제2수에 나온다.

月明**垂葉**露, 雲逐**渡溪**風.

달빛은 잎 끝에 맺힌 이슬에서 빛나고, 구름은 시내를 넘는 바람을 뒤쫓는다.

(甫, 「秦州雜詩」)

66.3 목적어의 지위에 있는 것을 내포하는 듯이 보이지만 실은 주어의 지위에 있는 것을 내포하며, 주어가 도치된 것.

66.3.a. n-F←vnN

夜足**霑沙**雨, 春多**逆水**風.

밤에는 모래언덕을 적시는 비가 족하고, 봄에는 물을 거슬러 부는 바람이 많다.

(甫, 「老病」)

(67) 문장형식이 형용성의 동사어 또는 형용사어를 내포하는 경우.

67.1 주어의 지위에 있는 것을 내포한 것.

67.1.a. (fd)vcN-V(或 F)

舊採黃花剩, **新梳**白髮微.

전에 뽑아놓은 국화는 남고, 새로 빗은 백발은 얼마 되지 않는다.

(甫, 「九日諸人」)

67.2 목적어의 지위에 있는 것을 내포한 것.

67.2.a. dV-df(或 v)N

不堪**垂老**鬢, 還對**欲分**襟.379)

늙어가는 백발을 견딜 수 없는데, 또한 헤어지려는 옷깃을 마주하였다.

(甫, 「夏日楊」)

(68) 문장형식이 부사성의 문장형식을 내포하는 경우.

68.1.a. NN-nv-F(或 V)

書劍**身同**廢, 烟霞**吏共**閑.

---

379) 텍스트에는 '襟'이 '心'으로 되어 있는데, 誤字이다.

책과 검은 몸과 같이 소용없게 되었고, 안개와 놀은 관리와 함께 한가롭다.

(卿, 「偶然作」)

68.1.b.　fN-nv-F

片雲天共遠, 永夜月同孤.

한 조각 구름은 하늘과 함께 멀리 있고, 기나긴 밤은 달과 같이 외롭다.

(甫, 「江漢」)

(69) 문장형식이 두 글자의 부사성 술어형식을 내포하는 경우.

69.1 주어가 명사어인 것.

69.1.a1.　nN-vn-V(或 F)

竹杖交頭拄, 柴扉隔徑開.

대 지팡이는 머리에 닿게끔 떠받치고, 사립문은 길 건너에 열려 있다.

(甫, 「晚晴吳郎」)

渚蒲隨地有, 村徑逐門成.

물가의 부들은 땅을 따라 있고, 마을의 길은 문을 따라 만들어진다.

(甫, 「漫成」)

玉袖迎風幷, 金壺隱浪偏.

옥 소매는 바람을 맞으며 나란하고, 금 단지는 물결에 가려져 치우쳐 있다.

(甫, 「數陪李」)

江水帶冰綠, 桃花隨雨飛.

강물은 얼음을 띠고서 푸르고, 복사꽃은 비를 따라 날아간다.

(義, 「漢陽卽事」)

樓角臨風逈, 城陰帶雨昏.

누대의 처마 끝은 바람에 임하여 멀고, 성의 음지는 비를 띠고서 어둡다.

(甫, 「東樓」)

69.1.a2.   (vf)N-vn-V

牧童望村去, 獵犬隨人還.

목동은 마을 바라보며 가고, 사냥개는 사람을 따라 돌아온다.

(維,「淇上田園」)

69.1.b1.   cN-vn-V

靑菰臨水拔, 白鳥向山翻.

푸른 줄풀은 물가에서 빼어나고, 하얀 새는 산을 향해 날아간다.

(維,「輞川閒居」)

紫鱗衝岸躍, 蒼隼護巢歸.

자주 빛 물고기는 물가에 부딪치며 뛰어오르고, 푸른 매는 둥지를 지키려고 돌아간다.

(甫,「重題鄭氏」)

69.1.b2.   cN-v(vn)-V

白雲迴望合, 靑靄入看無.

흰 구름은 빙 둘러보니 함께 모이고, 푸른 안개는 들어가서 보니 사라지고 없다.

(維,「終南山」)

69.2 주어가 평행형용어인 것.

69.2.a.   FF-vn-F

淸切兼秋遠, 威儀對月閑.

맑고 절실함은 가을과 함께 멀고, 위엄 있는 거동은 달을 대하며 한가롭다.

(卿,「秋夜北山」)

69.3 주어가 한 글자의 명사인 것.

69.3.a.   N-vn-VV(或 FF)

色因林向背, 行逐地高卑.

빛깔은 숲 때문에 마주하거나 등지고, 가는 것은 땅을 따라 높거나 낮아진다.

(頎,「籬笋」)

(70) 문장형식이 세 글자의 부사성 술어형식을 내포하는 경우.

70.1 주어가 명사인 것.

70.1.a1. N-v(nf)n-V
檣帶城烏去, 江連暮雨愁.

돛배는 성의 까마귀를 대동하고 떠나가고, 강은 저녁 비에 이어져 슬픔을 자아낸다.

(維, 「送賀遂」)

70.1.a2. N-vfn-F
露從今夜白, 月是故鄕明.

이슬은 오늘밤부터 하얗게 변하고, 달은 고향에서도 똑같이 밝으리라.

(甫, 「月夜憶」)

70.1.b. N-vtn-V(或 F)
風連西極動, 月過北庭寒.

바람은 서역 먼 곳에 이어져 휘몰아치고, 달빛은 북정을 지나며 차다.

(甫, 「秦州雜詩」)

70.1.c. N-vcn-V(或 F)
山臨靑塞斷, 江向白雲平.

산은 푸른 변새에 임하여 끊어졌고, 강은 흰 구름 향하여 평평하다.

(維, 「送嚴秀才」)

70.1.d. N-vqn-V(或 F)
星臨萬戶動, 月傍九霄多.

별은 수많은 집에 임하여 반짝이고, 달빛은 대궐 옆에 많다.

(甫, 「春宿左省」)

詔從三殿去, 碑到百蠻開.

조서는 삼전을 통과하여 가고, 비문은 만족이 사는 곳에 이르러 모습을 보이리.

(甫,「送翰林」)

70.1.e.　N-v(vf)n-V

淚逐勸杯下, 愁連吹笛生.

눈물이 권하는 술잔을 따라 흘러내리고, 슬픔이 부는 피리에 이어 솟는다.

(甫,「泛江送客」)

70.2　주어가 동사 또는 형용사인 것.

70.2.a.　(VN 或 FN)-v(nf)n-F

聽臨關月苦, 淸入海風微.

듣는 것은 關山의 달에 임하여 고통스럽고, 맑음은 바닷바람에 들어 미약하다.

(齡,「胡笳曲」)

(71) 술어형식이 형용성의 문장형식을 내포하는 경우.

71.1.a.　(vd)V-nf(或 v)N

行到水窮處, 坐看雲起時.

걸어서 물길이 끝나는 곳에 이르고, 앉아서 구름이 피어오르는 것을 바라본다.

(維,「終南別業」)

(72) 술어형식이 형용성의 술어형식을 내포하는 경우.

72.1.a1.　(fd)V-vnN

細動迎風燕, 輕搖逐浪鷗.

미세하게 바람 맞는 제비를 움직이게 하고, 가볍게 물결 쫓는 갈매기를 흔들리게 한다.

(甫,「江漲」)

72.1.a2.　dV-vnN

自失論文友, 空知賣酒壚.

스스로 시문을 논할 벗을 잃었고, 부질없이 술파는 주막을 알았다.

(甫, 「贈高式顔」)

(73) 술어형식이 부사성의 술어형식을 내포하는 경우.

73.1.a1.　d-vfn-V
幸因腐草出, 敢近太陽飛!

다행히 썩은 풀로 인해 나왔고, 감히 태양에 다가가려 날다니!

(甫, 「螢火」)

73.1.a2.　d-v(nf)n-V
每候山櫻發, 時同海燕歸.

언제나 산 앵두를 기다려 피고, 때때로 바다제비와 함께 돌아온다.

(維, 「送錢少府」)

(74) 앞의 두 글자가 명사어이고, 중간의 한 글자가 동사이고, 마지막 두 글자가 문장형식인 경우.

74.1.a.　nN-V-N-V
石室無人到, 繩床見虎眠.

석실에는 사람이 오지 않고, 간이의자에서 호랑이가 자는 것을 본다.

(齡, 「遇薛明府」)

(75) 앞의 두 글자가 명사어이고, 중간의 한 글자가 동사이고, 마지막 두 글자가 평행동사인 경우.

75.1.a.　NN-V-VV
藥餌憎加減, 門庭悶掃除.

약은 가감하여 먹기가 싫고, 대문과 뜰은 소제하기가 내키지 않는다.

(甫, 「秋淸」)

(76) 앞의 두 글자가 명사어이고, 중간의 한 글자가 동사이고, 마지막 두 글자가 술어형식인 경우.

76.1.a.　nN-V-V-N
松風吹解帶, 山月照彈琴.
솔바람이 불어와 허리띠를 풀고, 산 위의 달빛 아래 거문고를 탄다.

(維,「酬張少府」)

岸花飛送客, 檣燕語留人.
물가의 꽃은 흩날리며 나그네를 전송하고, 돛 위의 제비는 지저귀며 사람을 머물게 한다.

(甫,「發潭州」)

羽人飛奏樂, 天女跪焚香.
飛仙은 날아가며 음악을 연주하고, 天上의 神女는 무릎 꿇고 향을 사른다.

(維,「過福禪師」)

(77) 앞의 두 글자가 명사어이고, 뒤의 세 글자가 쌍술어인 경우.

77.1.a.　bN-V-dV
羌婦語還笑,[380] 胡兒行且歌.
羌婦들은 떠들면서 히히거리고, 胡兒들은 가면서 노래를 부른다.

(甫,「日暮」)

(78) 앞의 두 글자가 방위어 또는 시간어이고, 중간의 한 글자가 동사 또는 형용사이고, 마지막 두 글자가 목적어를 대동한 동사인 경우.

78.1.a.　nt-F(或 V)-V-N
塵中老盡力, 歲晚病傷心.

---

380) 텍스트에는 '笑'가 '哭'으로 되어 있는데, 의미상으로 볼 때 맞지 않아 『杜詩詳注』에 의거하여 바꾸었다.

먼지 속에서 늙도록 힘을 다하고, 늙으막에 병이 들어 내 마음을 아프게 한다.
(甫, 「病馬」)

(79) 앞의 두 글자가 부사어이고, 중간의 두 글자가 보어를 대동한 동사이고, 마지막 글자가 형용사인 경우.

79.1.a.   dd-Vd-F
已應春得細, 頗(覺)寄來遲.
아마도 정세하게 찧어야 하기 때문에, 늦게 부치는 것이라고 자못 느껴진다.
(甫, 「佐還山後」)

17.3 위에서 든 오언 근체시 복잡구(複雜句)의 구식(句式)은 모두 합쳐서 49개의 대류(大類), 89개의 소류(小類), 123개의 대목(大目), 150개의 세목(細目)이다.

제18절 오언 근체시의 구식(하) — 불완전구(不完全句)

18.1 본 절에서 분석하려는 것은 불완전구이다. 이른바 불완전구란 만약에 그것이 복잡구라면 그 중의 일부분에 술사(述詞)가 없는 것이고, 만약에 그것이 간단구라면 전체 구에 술사가 없는 것을 말한다. 본래 판단구(判斷句)에서는(이를테면 "書生鄒魯客, 才子洛陽人(서생은 추로의 나그네이고, 재자는 낙양 사람이다)" 같은 것) 술사가 없어도 완전한 문장으로 간주할 수 있지만 분류의 편의상 이것도 본 절에 귀속시켰다.
18.2 이제 다음과 같이 불완전구의 구식을 분석한다(일련번호는 81부터 시작한다).

(81) 앞의 두 글자가 명사어이고, 뒤의 세 글자가 문장형식인 경우.

81.1 뒤의 세 글자가 술사를 대동한 명사어인 것.

81.1.a.　nN−bN-F(或 NF)

秋風楚竹冷, 夜雪鞏梅春.[381]

가을바람 쓸쓸하여 초 땅의 대나무 차가울 것이고, 밤 눈 속에서 鞏縣의 매화는 봄을 피울 것이다.

(甫,「送孟十二」)

81.1.b.　nN−fN-V(或 F)

雪岸叢梅發, 春泥百草生.[382]

눈 덮인 언덕에 떨기 진 매화가 피었고, 봄의 진흙땅에 온갖 풀이 돋았다.

(甫,「陪裴使君」)

暮鐘寒鳥聚, 秋雨病僧閑.

저녁 종소리에 추위 속의 새들 모이고, 가을비에 병든 스님 한가롭다.

(易,「旅次景空」)

81.1.c.　nN−cN-F

世交黃葉散, 鄉路白雲重.

대대로 이어온 사귐인데 누런 낙엽 흩어지고, 고향 길에 흰 구름 겹겹이다.

(卿,「和州留別」)

81.1.d.　nN−nN-F

春浪櫂聲急, 夕陽花影殘.

봄 물결에 노 젓는 소리 급해지고, 석양 아래 꽃 그림자 희미해진다.

(易,「渡淮」)

---

381) 이것은 "秋風(蕭瑟)楚竹冷, 夜雪(下)鞏梅春." 정도로 앞의 두 글자 뒤에 述詞가 생략된 것으로 볼 수 있다.

382) 이 경우는 '雪岸'과 '春泥'를 각각 '叢梅發'과 '百草生'의 장소로 보아 (1)처럼 nnfN-V로 분석할 수 있다.

81.1.e.　　fN−nN-F

香霧雲鬟濕, 清輝玉臂寒.

향긋한 밤안개에 구름 같은 머리가 젖고, 맑은 달빛 아래 옥 같은 팔이 차갑겠지.

(甫,「月夜」)

81.1.f.　　fN-qN-F

平地一川穩, 高山四面同.

평지는 하나의 들판으로 평온하고, 높은 산은 사방이 같은 모습이다.

(甫,「自瀼西」)

81.1.g.　　nN−NN-F(或 NF)

江雨銘旌濕, 湖風井徑秋.

강변의 비에 명정이 젖었고, 호숫가의 바람에 그대 가시는 길 쓸쓸하다.

(甫,「重題」)

81.1.h.　　fN−NN-F

遲日江山麗, 春風花草香.

나른한 날 강산이 아름답고, 봄바람에 화초가 향기롭다.

(甫,「絶句」)

81.1.i.　　NN−NN-F

草木歲月晚, 關河霜雪淸.

풀과 나무에 세월이 저물고, 산하는 서리와 눈이 맑다.

(甫,「送遠」)

81.1.j.　　NN−nN-F

苔蘚山門古, 丹靑野殿空.

이끼 긴 산의 절은 오래되었고, 벽화가 그려진 들의 佛殿은 비었다.

(甫,「秦州雜詩」)

81.1.k.　NN−tN-F

天地西江遠, 星辰北斗深.

하늘과 땅 아래 서강은 멀리 있고, 수많은 별 들 중에 북극성은 아득하다.

(甫,「夏日楊」)

81.2　뒤의 세 글자가 연면자(連緜字)를 대동한 명사인 것.

81.2.a.　NN−N-FX

江山城宛轉, 棟宇客裵徊.

강산 속에서 성벽은 구불구불하고, 집 아래서 나그네는 배회한다.

(甫,「上白帝城」)

81.3　뒤의 세 글자가 명사 부사 및 술사(述詞)인 것.

81.3.a.　f(或 vf)N−N-dV(或 F)

落景陰猶合, 微風韻可聽.

석양 아래 그늘이 오히려 합쳐지고, 미풍이 불면 소리가 들을 만하다.

(甫,「高柟」)

歸客村非遠, 殘樽席更移.[383]

돌아갈 객은 마을이 멀지 않으니, 남은 술잔 비우고 자리를 다시 옮기세.

(甫,「過南鄰」)

81.3.b.　NN−N-dV(或 F)

兵革身將老, 關河信不通.

전란이 계속되어 몸은 늙어가고, 산하가 끊어져 서신이 통하지 않는다.

(甫,「登牛頭山」)

冰雪鶯難至,[384] 春(寒)花較遲.

얼음과 눈이 덮여 꾀꼬리가 오기 어렵고, 봄이 추워 꽃이 비교적 늦다.

(甫,「人日」)

---

383) 텍스트에는 '席'이 '夕'으로 되어 있는데, 誤字이다.
384) 텍스트에는 '鶯'이 '鷹'으로 되어 있는데, 誤字이다.

81.4 뒤의 세 글자가 명사 및 목적어를 대동한 동사인 것.

81.4.a.　nN-N-V-N

塞俗人無井, 山田飯有沙.

변새의 습속은 사람에게 우물이 없고, 산 속의 밭이라 밥에 모래가 섞여 있다.

(甫,「溪上」)

(82) 앞의 두 글자가 명사어이고, 뒤의 세 글자가 술어형식인 경우.

82.1 뒤의 세 글자가 두 글자의 목적어를 대동한 동사인 것.

82.1.a.　NN-V-BX

羽翼懷商老, 文思憶帝堯.

보필에는 商山의 노인을 마음에 품고, 문재와 도덕에는 요임금을 생각한다.

(甫,「收京」)

82.1.b1.　nN-V-nN

江閣嫌津柳, 風帆數驛亭.

강가 누각에서 나루의 버들을 원망하고, 돛배를 바라보며 驛亭의 수를 손꼽아본다.

(甫,「喜觀卽到」)

82.1.b2.　nN-(FV)-nN

澗花輕粉色, 山月少燈光.

계곡의 꽃은 미인을 가볍게 여기고, 산위에 뜬 달은 등불 빛을 작게 여긴다.

(維,「從岐王夜」)

82.1.c.　nN-V-f(或 sf)N

客情投異縣, 詩態憶吾曹.

나그네 심정에 다른 현으로 뛰어들었지만, 시 짓는 모습은 나의 그대들을 생각한다오.

(甫,「赴靑城」)

82.1.d.　c(或 f)N-V-f(或 sf)N

白髮煩多酒, 明星憶此筵.

백발의 몸이 잦은 술잔으로 수고를 끼치지만, 밝은 별도 이 자리를 기억해주리.

(甫,「春夜峽州」)

82.1.e.　NN-F←(vf)N

烟塵多戰鼓, 風浪少行舟.

연기와 먼지 일어 전쟁의 북소리 잦고, 바람과 물결 일어 다니는 배 드물다.

(甫,「搖落」)

82.1.f.　nN-V-qN

秋風散千騎, 寒雨泊孤舟.

가을바람에 수많은 말 탄 이들이 흩어지고, 찬비에 외로운 배가 정박한다.

(卿,「送李使君」)

82.2　뒤의 세 글자가 부사 동사 및 목적어인 것.

82.2.a.　NN-dV-N

勳業頻看鏡, 行藏獨倚樓.

공을 이루지 못해 자주 거울을 보고, 出仕와 隱居를 정하지 못해 홀로 누대에 기댄다.

(甫,「江上」)

社稷堪流涕, 安危(在)運籌.

사직을 생각하니 눈물이 흐를 만하고, 나라의 안위는 책략을 지닌 현인에 달려 있다.

(甫,「西閣口號」)

82.2.b.　f(或 nf)N-(fd)V-N

白骨新交戰, 雲臺舊拓邊.

백골이 된 사람들이 새로 교전한 곳은, 운대의 공신들이 옛날 변방을 개척한 땅이다.

(甫,「有感」)

82.3 뒤의 세 글자가 쌍부사 및 동사인 것.

    82.3.a.   NN-ddV

    江山且相見, 戎馬未安居.

    강산 속에서 잠시 서로 보았지만, 전란 속에서 아직 편안히 살지 못한다.

(甫,「逢唐興」)

82.4 뒤의 세 글자가 술어형식을 목적어로 지닌 동사인 것.

    82.4.a.   nN-V-VN

    池水觀爲政, 廚烟覺遠庖.

    못의 물을 통해 정치를 행함을 살피고, 주방의 연기를 보니 주방을 멀리함을 알겠다.

(甫,「題新津」)

82.5   뒤의 세 글자가 문장형식을 목적어로 지닌 동사인 것.

    82.5.a.   n(或 N)N-V-NF

    世路知交薄, 門庭畏客頻.

    인생역정에서 교제의 각박함을 알고 있기에, 집안에 손님이 잦은 것을 두려워한다.

(甫,「從驛次」)

(83) 앞의 세 글자가 문장형식이고, 뒤의 두 글자가 명사어인 경우.

    83.1.a.   f(或 nf)N-V(或 F)-fN

    泉聲咽危石, 日色冷靑松.

    샘 소리는 거대한 바위에서 오열하고, 햇빛은 푸른 소나무에서 차갑다.

(維,「過香積寺」)

    亂雲低薄暮, 急雪舞迴風.

    어지러운 구름 해거름에 나지막하더니, 급한 눈보라 돌개바람에 춤춘다.

(甫, 對雪」)

荊扉深蔓草, 土銼冷疎煙.[385]

사립문에는 덩굴풀이 우거져 있고, 부뚜막에는 연기가 없어 차갑다.

(甫,「聞斛斯六」)

83.1.b.　　NN-F-nN

烟霜凄野日, 秔稻熟天風.

안개와 서리는 들판의 해에 흐릿하고, 벼는 하늘 바람에 익어간다.

(甫,「自瀼西」)

(84) 앞의 두 글자가 문장형식이고, 뒤의 세 글자가 명사어인 경우.

84.1　뒤의 세 글자가 명사어가 명사를 수식하는 것.

84.1.a.　　N-F(或 V)-fnN

藥殘他日裹, 花發去年叢.

약은 지난 날 싸고 다녔던 주머니에서 비어가는데, 꽃은 작년의 떨기를 다시 피웠다.

(甫,「老病」)

84.2　뒤의 세 글자가 술어형식이 명사를 수식하는 것.

84.2.a.　　N-F-vnN

竹深留客處, 荷淨納凉時.

대나무 우거져 손을 머물게 하는 곳이고, 연꽃 깨끗하여 더위를 식히는 때이다.

(甫,「陪諸貴公」)

84.3　뒤의 세 글자가 첩자(疊字)가 명사를 수식하는 것.

84.3.a.　　N-F-frN

花遠重重樹, 雲輕處處山.

꽃은 무수한 나무들 속에서 멀고, 구름은 곳곳의 산 위에서 가볍다.

(甫,「涪江泛舟」[386])

---

385) 텍스트에는 '煙'이 '鐘'으로 되어 있는데, 誤字이다.

(85) 앞의 두 글자가 술어형식이고, 뒤의 세 글자가 명사어인 경우.

85.1 뒤의 세 글자가 주종명사어인 것.

85.1.a.　V-N-(nf)nN
聞詩鸞渚客, 獻賦鳳樓人.
난새 물가의 나그네가 시를 듣고, 봉루의 사람이 부를 바친다.

(維, 「故太子」)

經心石鏡月, 到面雪山風.
석경의 달이 마음에 떠오르고, 설산의 바람이 얼굴에 불어온다.

(甫, 「春日江村」)

85.1.b.　V-N-fnN
卷簾殘月影, (高)枕遠江聲.
주렴을 걷으니 조각달 빛이 스며들고, 베개를 높이니 먼 강물 소리 들려온다.

(甫, 「客夜」)

85.1.c.　V-N-qnN
挾轂雙官騎, 應門五尺僮.
수레를 양 옆에서 호위한 것은 두 왕실 기병이고, 대문에서 응대한 사람은 오 척 동자이다.

(維, 「訓慕容」)

85.1.d.　V-N-ntN
畏人江北草, 旅食漢西雲.
사람이 두려워 강북의 초야에서 살고, 寄食하면서 양서의 구름 가까이 있다.

(甫, 「暮春題瀼」)

無名江上草,[387] 隨意嶺頭雲.

---

386) 텍스트에는 이 시의 제목이 「流江泛月」로 되어 있는데, 이 시의 원 제목이 「涪江泛舟送韋班歸京」이어서 바꾸었다.

이름 없는 것은 강가의 풀이고, 뜻에 따르는 것은 고개 끝의 구름이다.

(甫, 「南楚」)

85.2 뒤의 세 글자가 고유명사인 것.

85.2.a. V-N-BXX

能畵毛延壽, 投壺郭(舍人).

그림에 능한 사람은 모두 모연수 같고, 투호를 하는 사람은 모두 곽사인 같다.

(甫, 「能畵」)

愛酒晉山簡, 能詩何(水曹).

술을 좋아하기는 진의 산간과 같고, 시에 능하기는 何遜과 같다.

(甫, 「北鄰」)

(86) 앞의 두 글자가 동사어이고, 뒤의 세 글자가 명사어인 경우.

86.1.a. dV-fnN

(取醉)他鄕客, 相逢故國人.

타향의 나그네라 술로 세월을 보내는데, 오늘은 고향에서 온 친구를 만났다.

(甫, 「上白帝城」)

(87) 앞의 두 글자가 형용어이고, 뒤의 세 글자가 수량어를 대동한 명사인 경우.

87.1.a. FF(或 FX)-N·qn

敏捷詩千首, 飄零酒一杯.

민첩하여 시는 천 수를 지었고, 영락하여 술 한 잔으로 마음을 달랜다.

(甫, 「不見」)

(88) 앞의 두 글자가 동의자(同義字)이고, 가운데 글자가 형용사이고,

---

387) 텍스트에는 '名'이 '命'으로 되어 있는데, 誤字이다.

마지막 두 글자가 명사어인 경우.

88.1.a.　　FF(或 NN)-F-NN
英雄(遺)事業,[388] 衰邁久風塵.

영웅은 이곳에 미완의 사업을 남겼고, 쇠약해가는 나는 오랫동안 풍진에 시달렸다.

(甫,「上白帝城」)

(89) 앞의 두 글자가 평행형용어·연면자 또는 첩자이고, 뒤의 세 글자가 명사어인 경우.

89.1　뒤의 세 글자가 관작(官爵)을 대동한 고유명사인 것.
89.1.a.　　FF-bNX
清新庾開府, 俊逸鮑參軍.

청신함은 유개부요, 준일함은 포참군이다.

(甫,「春日憶李白」)

喪亂秦公子, 悲凉楚大夫.

동란에 헤매니 진공자의 신세요, 슬프고 처량하니 초대부의 형상이다.

(甫,「地隅」)

89.2　뒤의 세 글자가 평행어가 명사를 수식하는 것.
89.2.a.　　FX-ff(或 vv)N
欻翕炎蒸景, 飄颻征戍人.

갑자기 찌는 듯한 더위를 만나서, 멀리 변방을 지키는 군사를 생각한다.

(甫,「熱」)

89.3　뒤의 세 글자가 동사어가 명사를 수식하는 것.

---

388) 텍스트에는 '遺'가 '餘'로 되어 있는데, 13. 14에 나오는 예문에 따라 바꾸었다.

89.3.a.   FX-(fd)vN

牟落新燒棧, 蒼茫舊築壇.

부서져 쓸쓸한 것은 새로 불태운 잔도, 황급히 출정한 사람은 예전의 장군.

(甫. 「王命」)

89.4 뒤의 세 글자가 방위어가 명사를 수식하는 것.

89.4.a.   FR-ntN

寥寥丘中想, 渺渺湖上心.

쓸쓸한 것은 언덕에서의 생각, 아득한 것은 호숫가의 마음.

(常建, 「燕居」)

(90) 앞의 두 글자가 주어이고, 뒤의 세 글자가 형용성의 술어로서 동사가 없는 경우.

90.1.a.   NN-qqN

關塞三千里, 煙花一萬重.

관문과 요새는 삼천리 떨어져 있고, 안개와 꽃이 만 겹으로 가로놓여 있다.

(甫, 「傷春」)

90.1.b.   nN-qqN

鳥道一千里, 猿聲十二時.

새나 다니는 길이 천리에 걸쳐 있고, 원숭이 소리가 종일토록 들리겠지.

(維, 「送楊長史」)

(91) 앞의 두 글자가 주어이고, 뒤의 세 글자가 방위어 또는 시간어로서 동사가 없는 경우.

91.1.a1.   NN-nNt

山河天眼裏, 世界法身中.

산하는 天眼 속에 있고,[389] 세계는 佛身 안에 있다.

(維, 「夏日過」)

91.1.a2.　NN-fNt

弟妹悲歌裏, 乾坤醉眼中.

아우와 누이는 悲歌로 그리움을 전하고, 하늘과 땅은 취한 눈으로 대할 수밖에 없다.

(甫,「九日登」)

畎畝孤城外, 江村亂水中.

밭은 외로운 성 밖에 흩어져 있고, 강마을은 어지럽게 흘러가는 물 가운데에 있다.

(甫,「向夕」)

91.1.b.　NN-cNt

鄉園碧雲外, 兄弟渌江頭.

고향 동산은 푸른 구름 너머에 있고, 형제는 맑은 강 상류에 있다.

(常建,「江行」)

91.1.c1.　nN-nNt

帝鄉愁緒外, 春色淚痕邊.

황제의 마을은 근심 너머에 있고, 봄빛은 눈물자국 가에 있다.

(甫,「泛舟送魏」)

漢節梅花外, 春城海水邊.

한의 부절을 지니고 梅嶺 이남으로 가고, 봄 성은 바닷가에 있다.

(甫,「廣州段」)

91.1.c2.　nN-f(或 vf)Nt

秋花危石底, 晚景臥鐘邊.

가을꽃은 거대한 바위 밑에 피어 있고, 석양은 버려진 종 옆을 비춘다.

(甫,「秦州雜詩」)

---

389) '天眼'은 불교에서 말하는 五眼 중의 하나로, 六道·遠近·上下·前後·內外 및 미래를 투시할 수 있다고 한다.

田舍淸江上, 柴門古道旁.
농가는 맑은 강가에 있고, 사립문은 옛길 옆에 있다.

(甫, 「田舍」)

野寺垂楊裏, 春畦亂水間.
들판의 절은 수양버들 속에 있고, 봄밭은 어지럽게 흘러가는 물 사이에 있다.

(甫, 「奉陪鄭」)

夷界荒山頂,[390] 蕃州積雪邊.
한족과 이족의 경계는 황량한 산정이고, 邊界의 州는 눈 쌓인 산기슭에 있다.

(甫, 「西山」)

91.1.c3.　fN-nNt

遠烟鹽井上, 斜景雪峰西.
멀리 안개가 소금우물 상공을 덮었고, 저무는 해가 눈 쌓인 봉우리 서쪽에 걸려 있다.

(甫, 「出郭」)

91.1.d.　qN-nNt

九江春草外, 三峽暮帆前.
구강은 봄풀 너머에서 손짓하고, 삼협은 저녁 배 앞에서 맞이한다.

(甫, 「遊子」)

91.1.e.　cN-fNt

白鹽危嶠北, 赤甲古城東.
백염산 높은 봉우리 북쪽에 있고, 적갑산 옛 성의 동쪽에 있다.

(甫, 「自瀼西」)

91.1.f.　cN-cNt

金刹靑楓外, 朱樓白水邊.

---

390) 텍스트에는 '夷'가 '彝'로 되어 있는데, 誤字이다.

사찰은 푸른 단풍 너머에 있고, 驛館은 하얀 물가에 있다.

(甫, 「舟月對驛」)

91.1.g.　f(或 nf)N-qNt

春池百子外, 芳樹萬年(餘).

봄 못은 주렁주렁 열린 과일 너머에 있고, 아름다운 나무는 만 년이 더 되었다.

(維, 「和尹諫議」)

91.1.h.　7nN-qNt

皇興三極北, 身事五湖南.

황제의 수레는 동·남·서 삼극의 북쪽에 있고, 나의 행방은 오호의 남쪽에 있다.

(甫, 「樓上」)

91.1.i.　bN-tNt

巫峽西江外, 秦城北斗邊.

무협은 錦江 너머에 있고, 長安은 북두성 가에 있다.

(甫, 「歷歷」)

岷嶺南蠻北, 徐關東海西.

민령은 남만의 북쪽에 있고, 서관은 동해의 서쪽에 있다.

(甫, 「送舍弟穎」391))

(92) 앞의 두 글자가 주어이고, 뒤의 세 글자가 동위어로서 술사가 없는 경우.

92.1.a.　nN-bb(或 bx)N

書生鄒魯客, 才子洛陽人.

---

391) 텍스트에는 이 시의 제목이 「送舍弟頻」으로 되어 있는데, 원 제목이 「送舍弟穎赴齊州三首」여서 바꾸었다.

서생은 추로의 나그네이고, 재자는 낙양 사람이다.

(維, 「送孫二」)

(93) 앞의 두 글자가 방위어 또는 시간어이고, 뒤의 세 글자가 명사어인 경우.

93.1   앞의 두 글자가 방위어인 것.
93.1.a.   nt-qfN
空外一鶩鳥, 河間雙白鷗.
공중 저 멀리는 한 마리의 맹금, 강 사이에는 한 쌍의 흰 갈매기.

(甫, 「獨立」)

93.1.b.   fn-nnN
故國風雲氣, 高堂戰伐塵.
옛 國都는 여전히 풍운의 기운 감돌고, 높다란 집은 전란의 풍진에 덮여 있다.

(甫, 「中夜」)

93.2   앞의 두 글자가 시간어인 것.
93.2.a.   dd-cnN
伊昔黃花酒, 如今白髮翁.
예전의 국화주 그대로인데, 이제 백발의 늙은이가 되었다.

(甫, 「九日登」)

93.2.b.   fn-btN
今日江南老, 他時渭北童.
지금 장강 남쪽에서 늙어가지만, 전에는 위수 북쪽의 아이였다.

(甫, 「社日」)

(94) 앞의 두 글자와 뒤의 세 글자가 각기 명사어이면서, 의미상 관련이 있는 경우.

94.1 앞의 두 글자가 등립명사어인 것.

94.1.a.　　NN …… bxN

松柏邙山路,[392] 風花白帝城.

소나무와 잣나무 늘어선 망산의 길, 바람과 꽃 가득한 백제성.

(甫, 「熟食日」)

94.1.b.　　NN …… ntN

日月籠中鳥, 乾坤水上萍.

해와 달은 새장 속의 새 같고, 하늘과 땅은 물 위의 부평초 같다.

(甫, 「衡州送李」)

烟火軍中幕, 牛羊嶺上村.

연기와 불 피어오르는 군중의 막사, 소와 양 뛰노는 고개 위의 마을.

(甫, 「秦州雜詩」)

94.1.c.　　NN …… f(或 vf)nN

鳥雀荒村暮, 雲霞過客情.

새들이 지저귀는 황량한 마을의 저녁, 구름과 놀 바라보는 과객의 마음.

(甫, 「滕王亭子」)

94.1.d.　　NN …… qnN

乾坤萬里眼, 時序百年心.

하늘과 땅은 만 리를 바라보는 눈을 이끌고, 계절의 변화는 백 년의 마음을 움직인다.

(甫, 「春日江村」)

94.1.e.　　NN …… q-nN

身世雙蓬鬢, 乾坤一草亭.

신세는 두 줄기 쑥대 같은 귀밑머리, 하늘과 땅 아래 하나의 초가.

(甫, 「暮春題瀼」)

---

392) 텍스트에는 '邙山'이 '邛山'으로 되어 있는데, 『杜詩詳注』에 의거하여 바꾸었다.

94.1.f.　　NN …… fxN

藻鏡留連客, 江山憔悴人.

품평 받는 외지에 머무는 나그네, 강산의 초췌한 사람.

(甫, 「送孟十二」)

94.1.g.　　NN(或 NX) …… qnN

行李千金贈, 衣冠八尺身.393)

먼 길 떠나는 사람이 받은 천금의 선물, 의관을 갖추어 입은 팔 척의 장신.

(甫, 「奉寄李」)

94.2　앞의 두 글자가 주종명사어인 것.

94.2.a1.　nN …… fnN

澗水空山道, 柴門老樹村.

흐르는 시냇물과 텅 빈 산길, 사립문과 늙은 나무 서 있는 마을.

(甫, 「憶幼子」)

(生還)今日事, 間道暫時人.

살아 돌아온 것은 오늘의 일, 샛길에서는 잠시 목숨을 부지하고 있는 사람.

(甫, 「自京竄至」)

94.2.a2.　nN …… (nf)nN

漁浦南陵郭, 人家春穀谿.

고기잡이 포구는 남릉성 밖에 있고, 인가는 춘곡계 옆에 있다.394)

(維, 「送張五諲」)

94.2.b.　　fN …… fbN

高鳥長淮水, 平蕪故郢城.

높이 뜬 새는 긴 회수 위를 날고, 평평한 황무지는 옛날의 영성이다.

(維, 「送方城」)

---

393) 텍스트에는 ‘八尺’이 ‘百尺’으로 되어 있는데, 誤字이다.
394) ‘南陵’과 ‘春穀’은 둘 다 縣의 이름으로 고유명사이다.

94.2.c.　　f(或 nf)N …… cnN

群公蒼玉珮, 天子翠雲裘.

諸公은 푸른 옥의 패를 띠고 있고, 천자는 푸른 구름무늬의 갖옷을 입었다.

(甫,「更題」)

94.2.d.　　cN …… qnN

白牓千家邑, 清秋萬估船.395)

편액이 반짝이는 수천 가구의 마을, 맑은 가을철 무수한 상인들의 배.

(甫,「白鹽山」)

94.2.e.　　nN …… qnN

秋聲萬戶竹, 寒色五陵松.

가을 소리를 내는 만호의 대나무, 찬 빛이 감도는 오릉의 소나무.

(頎,「望秦川」)

94.2.f.　　qN …… qnN

五湖三畝宅, 萬里一(歸)人.

오호 옆 세 이랑의 집, 만 리 길 떠나는 한 돌아가는 사람.

(維,「送丘爲」)

(95) 부사 뒤에 술사가 없는 경우.

95.1　앞의 두 글자와 마지막 두 글자가 각기 등립명사어인 것.

95.1.a.　　NN-d-BB

江山(有)巴蜀, 棟宇自齊梁.396)

강산의 빼어남은 파촉이 있고, 건물은 제량 때부터 있었다.

(甫,「上兜率寺」)

---

395) 텍스트에는 '估'가 '古'로 되어 있는데, 의미상 『杜詩詳注』에 의거하여 바꾸었다.
396) 이 예문은 "棟宇自齊梁"의 '自'를 부사가 동사로 활용된 것으로 간주하여 NN-V-BB
　　의 句式으로 보는 것이 좋을 듯하다.

95.1.b.　　NN-d-NN

(幽薊餘)蛇豕, 乾坤尙虎狼.

幽州와 薊州에는 뱀과 돼지가 남아 있고, 하늘과 땅에는 여전히 범과 이리가
날뛴다.

(甫,「有感」)

**95.2　앞의 두 글자가 주종명사어이고, 마지막 두 글자가 등립명사어
인 것.**

95.2.a.　　fN-d-NN

故國猶兵馬, 他鄕亦鼓鼙.

고향은 여전히 병마가 날뛰고, 타향도 역시 북소리 요란하다.

(甫,「送遠」)

老年常道路, 遲日復山川.

노년인데도 늘 도로 위에 있고, 봄날 다시 산천을 헤맨다.

(甫,「行次古城」)

白帝空祠廟, 孤雲自(往來).

백제산에는 텅 빈 사당이 남아 있고, 외로운 구름이 스스로 왕래한다.

(甫,「上白帝城」)

95.2.b.　　(vf)N-d-NN

生理(何)顔面, 憂端且歲時!

사는 게 이래서야 무슨 면목이 있으랴, 근심이 또 일 년 사시인 것을!

(甫,「得舍弟消息」)

**95.3　앞의 두 글자가 등립명사어이고, 마지막 두 글자가 주종명사어
인 것.**

95.3.a.　　NN-d-fN

風月自淸夜, 江山(非)故園.

바람과 달은 스스로 맑은 밤을 장식하지만, 이곳의 강산은 고향 동산이 아니다.

(甫,「日暮」)

95.4 앞의 두 글자와 마지막 두 글자가 모두 주종명사어인 것.

95.4.a.　b(或 nf)N-d-fN

秦地應新月, 龍池(滿)舊宮.

진 땅에는 새로운 보름달이 떴겠고, 용지는 옛 궁전에서 넘실거리겠지.

(甫,「洞房」)

95.4.b.　f(或 nf, vf)N-d-nN

古墙猶竹色, 虛閣自鐘聲.

옛 담은 여전히 대나무 빛이고, 빈 누각은 저절로 종소리 들린다.

(甫,「滕王亭子」)

95.4.c.　qN-d-nN

萬象皆春氣, 孤槎自客星.

만물은 모두 봄기운을 띠었고, 외로운 뗏목은 절로 나그네 별이 된다.

(甫,「宿白沙驛」)

95.5 앞의 두 글자가 명사어이고, 마지막 두 글자가 방위어인 것.

95.5.a.　qN-d-Nt

諸姑今海畔, 兩弟亦山東.

여러 고모는 지금 바닷가에 사시고, 두 아우 역시 산동에 있다.

(甫,「送舍弟穎」)

95.6 앞의 두 글자가 명사어이고, 마지막 두 글자가 첩자인 것.

95.6.a.　nN-d-NR

匣琴虛夜夜, 手板自朝朝.

문갑 속의 거문고는 밤마다 헛되이 보내고, 수판을 들고 아침마다 스스로 바쁘겠지.

(甫,「西閣三度」)

95.7 앞의 두 글자가 문장형식이고, 마지막 두 글자가 등립명사어
인 것.

95.7.a.　N-V-d-NN

興來還杖屨, 目斷更雲沙.

흥이 나면 역시 지팡이 짚으며 걷고, 시선이 끊긴 곳에 다시 구름과 모래밭
보인다.

(甫, 「祠南夕望」)

95.7.b.　N-F-d-NN

日長唯鳥雀, 春遠獨柴荊.

낮은 긴데 새만이 찾아오고, 봄은 멀리 가려는데 홀로 사립문에 서 있다.

(甫, 「春遠」)

95.8 앞의 두 글자가 문장형식이고, 마지막 두 글자가 주종명사어인 것.

95.8.a1.　N-V-d-nN

蟻浮仍臘味,[397] 鷗泛已春聲.

포말이 떠올라 섣달 술의 맛을 지녔고, 갈매기가 떠서 이미 봄 소리를 낸다.

(甫, 「正月三日」)

95.8.a2.　N-V-d-fN

鷄鳴還曙色, 鷺浴自晴川.

닭이 우니 다시 새벽빛이 밝아오고, 백로가 목욕하니 개울이 절로 맑게 갠다.

(甫, 「江邊星月」)

燕入(非)旁舍, 鷗歸祇故池.

제비가 날아든 것은 다른 집이 아니고, 갈매기가 돌아온 곳은 바로 옛 못이다.

(甫, 「過故斛斯」)

95.8.b.　N-F-d-nN

---

397) 텍스트에는 '臘'이 '蠟'으로 되어 있는데, 誤字이다.

城峻(隨)天壁,398) 樓高更女墻.

성이 험준한 것은 절벽을 따라 지어서이고, 누대가 높은데 다시 성가퀴가 있다.

(甫, 「上白帝城」)

95.9 앞의 두 글자가 명사어이고, 마지막 두 글자가 문장형식인 경우.
95.9.a.　cN-d-N-F

赤眉猶世亂, 靑眼亦途窮.

赤眉軍 때문에 여전히 세상이 어지러워, 靑眼視하여도 역시 갈 길이 막혔다.

(甫, 「巫峽敝廬」)

95.10 앞의 두 글자가 술어형식이고, 마지막 두 글자가 명사어인 것.
95.10.a.　V-N-d-cN

卷簾惟白水, 隱几亦靑山.

주렴을 걷으면 오직 맑은 물이고, 책상에 기대어도 푸른 산뿐이다.

(甫, 「悶」)

買薪猶白帝, 鳴櫓已(沙頭).

땔감을 산 곳은 그래도 백제성이건만, 노 소리 울리면 이미 沙頭市이리라.399)

(甫, 「送王十六」)

95.11 앞의 두 글자가 술어형식이고, 마지막 두 글자가 방위어인 것.
95.11.a.　V-N-d-Nt

看花雖郭內, 倚杖卽溪邊.

꽃을 보는 곳은 비록 성곽 안이지만, 지팡이에 의지하면 바로 시냇가란다.

(甫, 「倚杖」)

(96) 전체가 다 명사어이고, 마지막 글자가 방위사 또는 시간사인 경우.

---

398) 텍스트에는 '壁'이 '馬'로 되어 있는데, 誤字이다.
399) '白帝'와 '沙頭'는 고유명사이므로 'cN'이 아니라 'BX'이다.

96.1 앞의 네 글자가 문장형식인 것.

96.1.a.　　NN-VV-T

朝野歡娛後, 乾坤震蕩中.

조야가 함께 즐긴 후에, 천지가 진동하는 난리 속에 떨어졌다.

(甫,「寄賀蘭銛」)

96.1.b.　　nN-dV-N

江水長流地, 山雲薄(暮)時.

강물이 길게 흐르는 땅, 산 위의 구름이 저물녘에 들 때.

(甫,「薄暮」)

96.1.c.　　nN-V-N-N

姹女臨波日, 神光照夜年.

丹砂가 물결에 임하던 날이, 신비한 빛이 밤을 비추던 해였다.

(甫,「覆舟」)

96.2 앞의 두 글자가 관계어이고, 중간의 두 글자가 술어형식인 것.

96.2.a.　　nt-V-N-N

峽中爲客(恨), 江上憶君時.

골짜기 안에서 나그네 된 것을 원망하고, 강가에서 그대 그리는 때.

(甫,「寄杜位」)

96.2.b.　　nn-V-N(或 S)-N

風塵逢我地, 江漢哭君時.

풍진 속에서 나를 만난 땅, 江陵에서 그대 위해 통곡하는 때.

(甫,「哭李常侍」)

風塵爲客日, 江海送君(情).

풍진 속에서 나그네 되는 날, 강과 바다로 그대를 보내는 마음.

(甫,「送元二」)

96.2.c.   ff-tV-N

老病南征日, (君恩)北望(心).

늙고 병든 몸을 이끌고 남쪽으로 떠나는 날, 임금님 은혜에 북쪽을 바라보는
마음.

(甫,「南征」)

(97) 전체가 다 명사어이고, 마지막 글자가 방위사나 시간사가 아닌
경우.

97.1 앞의 네 글자가 문장형식인 것.

　　97.1.a.   f(或 vf)N-V-N-N

辯士安邊策, 元戎決勝威.

謀士는 변방을 안정시킬 계책을 내고, 장수는 승리를 거둘 위엄을 보이리.

(甫,「西山」)

97.2 앞의 두 글자가 방위어이고, 중간의 두 글자가 술어형식인 것.

　　97.2.a.   nt-vn-N

牀前磨鏡客, 樹下灌園人.

우물가 난간 앞에서 거울을 가는 나그네, 나무 밑에서 정원에 물주는 사람.

(維,「鄭果州」)

**97.3 앞의 두 글자가 시간어 또는 방위어이고, 중간의 두 글자가 동
사어인 것.**

　　97.3.a.   f(或 nf)n-(fd)V-N

秋日新霑影, 寒江舊落聲.

가을날 새로 햇빛을 적시고, 찬 강에 예부터의 빗소리를 떨군다.

(甫,「雨」)

97.4 앞의 두 글자가 첩자형용어이고, 중간의 두 글자가 동사어인 것.

　　97.4.a.   fr-dv-N

急急能鳴雁, 輕輕不下鷗.

급히 날아가며 잘 우는 기러기, 가볍게 날며 내려오지 않는 갈매기.

(甫, 「白帝城樓」)

97.5 앞의 두 글자가 수량어이고, 중간의 두 글자가 등립명사어인 것.

97.5.a.　qN-nnN

八年身世夢, 一種水風聲.

팔 년에 걸친 신세의 꿈, 한 가지 물과 바람의 소리.

(稹, 「遣行」)

97.6 앞의 두 글자가 수량어이고, 중간의 두 글자가 방위어인 것.

97.6.a.　qN-f(或 nf)nN

數杯巫峽酒, 百丈內江船.

몇 잔의 무협에서 빚은 술, 백 장 높이의 내강을 왕래할 배.

(甫, 「送十五弟」)

97.6.b.　qN-ntN

萬里橋南宅, 百花潭北莊.

만 리 떨어진 다리 남쪽의 집, 백화가 만발한 못 북쪽의 장원.

(甫, 「懷錦水」)

97.7 앞의 두 글자가 방위어이고, 중간의 두 글자가 수량어인 것.

97.7.a.　tN-qnN

北斗三更席, 西江萬里船.

북두성은 삼경의 술자리를 비추고, 서쪽 강변에는 만 리 길 떠날 배가 있다.

(甫, 「春夜峽州」)

97.7.b.　Nt-qnN

山中一夜雨, 樹杪百重泉.

산중에는 밤 내내 내리는 비, 나무 끝에 보이는 백 겹의 샘.

(維, 「送梓州」)

97.8 앞의 두 글자가 방위어이고, 중간의 두 글자가 시간어인 것.
  97.8.a.   Bt-(nf)nN
渭北春天樹, 江東日暮雲.
위수 북쪽은 봄 하늘의 나무, 장강 동쪽은 해질 무렵의 구름.

(甫, 「春日憶李」)

97.9 앞의 두 글자가 명사어이고, 중간의 두 글자가 방위어인 것.
  97.9.a.   cN-ntN
白花簷外朶, 青柳檻前梢.
흰 꽃은 처마 너머로 봉오리를 맺었고, 푸른 버들은 난간 앞에서 가지 끝을 하늘거린다.

(甫, 「題新津」)

97.10 앞의 두 글자가 시간어이고, 뒤의 세 글자가 고유명사인 것.
  97.10.a.   fN-BXX
今日潘懷縣, 同時陸浚儀.
오늘 반회현[潘岳]께서, 육준의[陸雲]와 때를 같이 하셨다.[400]

(甫, 「九日楊奉」)

97.11 앞의 두 글자가 명사어이고, 중간의 두 글자가 고유명사인 것.
  97.11.a.   b(或 nf)N-bxN
晉室丹陽尹, 公孫白帝城.
진 왕실에서 단양윤을 지냈던 곳, 公孫述이 백제성을 차지했던 곳.

(甫, 「送元二」)

97.12 앞의 네 글자가 쌍주종명사어인 것.
  97.12.a.   fn-fn-N
細草微風岸, 危檣獨夜舟.
가는 풀 위로 미풍이 부는 강가, 높은 돛 세우고 홀로 가는 밤배.

(甫, 「旅夜書懷」)

---

400) '同時'는 'fN'이 아니라 'VN'으로, 동사와 그 빈어로 보아야 한다.

18.3 위에서 든 오언 근체시 불완전구의 구식은 모두 합쳐서 17개의 대류(大類), 54개의 소류(小類), 109개의 대목(大目), 115개의 세목(細目)이다. 불완전구는 근체시 특유의 구법(句法)이라고 할 수 있는 것으로, 고체시에는 일반적으로 이와 같은 구법이 없으며, 산문에도 일반적으로 이와 같은 구법이 없다.

18.4 이상의 제16 · 17 · 18절에서 서술한 오언 근체시의 구식은 모두 합쳐서 95개의 대류, 203개의 소류, 340개의 대목, 400개의 세목이다. 물론 이와 같은 분류가 모든 구식을 다 포괄할 수는 없다. 그러나 세목과 대목은 전당시(全唐詩)를 대상으로 분석할 수 있는 구식의 숫자와 차이가 난다고 하더라도, 소류는 차이가 많지 않고 대류는 거의 차이가 나지 않으리라고 확신한다.

18.5 대체로 말해서 한 세목에 같이 속하는 것은 대장으로 사용할 수 있고, 한 대목에 같이 속하는 것도 억지로나마 대를 이룰 수 있다(대목과 세목을 나누지 않은 것은 당연히 한 세목에 같이 속하는 것으로 본다). 율시에서 함련과 경련 두 연의 대장 방식이 한 세목 또는 대목에 같이 속하는 것은 응당 합장(合掌)으로 본다. 시인들에게는 집구(集句)라는 일종의 특수한 작시법이 있는데, 바로 고인(古人)의 시구(詩句)를 모아서 시를 만드는 것이다(전하기로는 왕안석에게서 시작되었다고 한다). 집구가 율시라면 대장의 부분은 동일한 세목이나 동일한 대목의 시구를 사용해야지 그렇지 않으면 정교하지 않은 것이 된다는 데 주의해야 한다. 만약 전인의 시구 수천 개를 분석하여 앞에 제시된 분류방식에 따라 분류한다면 유희에 가까운 집구시(集句詩)를 짓는 것이 그다지 어려운 일은 아닐 것이다.

18.6 의미상의 절주가 시구상의 절주와 반드시 부합하는 것은 아니다. 이른바 의미상의 절주는 산문의 절주이기도 하다. 이를테면 하나의 오언구에서 만약 이것을 산문구로 간주한다면 절주는 마땅히 의미상의 절주이어야 한다. 만약 시구를 짓는다면 절주는 마땅히 시구상의 절주이어야 한다. 오언 근체시의 절주는 "2 2 1"이다. 그러나 의미상의 절주

는 종종 "2 2 1"이 아니라 "2 1 2"·"1 1 3"·"1 3 1"·"2 3"·"3 2"·"4 1"·"1 4" 등등으로 다양하다. 이제 상술한 95대류의 오언시구를 의미상의 절주에 따라 분석하여 예를 들면 다음과 같다.

(甲) 2 1 2—5. 6. 8. 28. 38. 7-8. 47. 48. 61. 75. 76. 77. 78.
　　蟬聲—集—古寺, 鳥影—度—寒塘. (5)
　　매미 소리는 옛 절에 모이고, 새 그림자는 찬 못을 건넌다.

　　城烏—啼—眇眇, 野鷺—宿—娟娟. (28)
　　성 위의 까마귀 조그맣게 울고, 들판의 해오라기 얌전하게 잠이 들었다.

　　花密——藏—難見, 枝高——聽—轉新. (38-7)
　　꽃 빽빽하여 숨으면 보기 어렵고, 가지가 높아 들으면 오히려 새롭다.

　　催客——聞—山響, 歸房——逐—水流. (47)
　　객을 재촉하여 산울림을 듣고, 승방으로 돌아와 흐르는 물소리를 쫓는다.

　　文章—憎—命達, 魑魅—喜—人過. (61)
　　문장은 운명이 좋은 것을 증오하고, 도깨비는 사람이 지나가는 것을 좋아한다.

　　藥餌—憎—加減, 門庭—悶—掃除. (75)
　　약은 가감하여 먹기가 싫고, 대문과 뜰은 소제하기가 내키지 않는다.

　　岸花—飛—送客, 檣燕—語—留人. (76)
　　물가의 꽃은 나그네를 전송하려고 흩날리고, 돛 위의 제비는 사람을 머물게 하려고 지저귄다.

　　塵中—老—盡力, 歲晚—病—傷心. (78)
　　먼지 속에서 늙도록 힘을 다하고, 늙으막에 병이 들어 내 마음을 아프게 한다.

(乙) 2 2 1—12. 16. 26. ₁. 27. 33. 34. 41. 46. 54. 69. ₁₋₂. 74.

明月―松間―照, 清泉―石上―流. (12)
밝은 달빛이 소나무 사이로 비쳐들고, 맑은 샘물이 바위 위로 흘러간다.

湛湛―長江―去, 冥冥―細雨―來. (26-1)
맑고 밝게 긴 강은 흘러가고, 자욱하게 가는 비 내린다.

蜀星―陰見―少, 江雨―夜聞―多. (33)
촉의 별은 하늘이 흐려 보이는 경우가 적고, 江城의 비는 밤에 들리는 경우가 많다.

隨風―隔幔―小, 帶雨―傍林―微. (34)
바람 따라 천막 밖에서 작고, 비 기운을 띠고 숲 옆에서 희미하게 빛난다.

鵬集――占書―久, 鸞回――刻篆―新. (41)
鵬鳥가 모여들어 識書로 점친 지 오래고, 난새가 돌아와 篆書를 새긴 것이 새롭다.

有猿――揮淚―盡, 無犬――附書―頻. (46)
원숭이 있지만 눈물 다 뿌려 이미 말랐고, 黃耳犬은 없는데 편지 부칠 일 빈번하다.

牧童―望村―去, 獵犬―隨人―還. (69-1)
목동은 마을 바라보며 가고, 사냥개는 사람을 따라 돌아온다.

石室―無人―到, 繩床―見虎―眠. (74)
석실에는 사람이 오지 않고, 간이의자에서 호랑이가 자는 것을 본다.

(丙) 1 2 2―69. ₃.

色―因林―向背, 行―逐地―高卑.

빛깔은 숲 때문에 마주하거나 등지고, 가는 것은 땅을 따라 높거나 낮다.

(頎, 「籬笋」)

(丁) 1 3 1—59. 70. 73.

門—看五柳—識, 年—算六身—知. (59)
대문은 다섯 버드나무를 보고 알겠고, 나이는 二首六身을 셈하여 알겠다.

山—臨青塞—斷,[401] 江—向白雲—平. (70)
산은 푸른 변새에 임하여 끊어졌고, 강은 흰 구름 향하여 평평하다.

幸—因腐草—出, 敢—近太陽—飛! (73)
다행히 썩은 풀로 인해 나왔고, 감히 태양에 다가가려 날다니!

(戊) 1 1 3—17. 18. 57. 65. 2. 66. 2-3.

猿—護—窓前樹, 泉—澆—谷後田. (17)
원숭이는 창문 앞의 나무를 보호하고, 샘은 골짜기 뒤의 밭에 물을 댄다.

雲—薄—翠微寺, 天—清—黃子陂. (18)
구름은 취미사에서 얇고, 하늘은 황자피에서 맑다.

老——恥—妻孥笑, 貧——嗟—出入勞. (57)
늙으니 처자가 비웃는 것이 부끄럽고, 가난하니 출입이 고생스러워 탄식한다.

綠—垂—風折筍, 紅—綻—雨肥梅. (65-2)
푸름을 드리운 것은 바람에 굽은 죽순이고, 붉음을 터뜨린 것은 비에 살찐 매실이다.

犬—迎—曾宿客,[402] 鴉—護—落巢兒. (66-2)

---

401) 텍스트에는 '斷'이 '動'으로 되어 있는데, 誤字이다.
402) 텍스트에는 '曾宿'이 '憎閑'으로 되어 있는데, 誤字이다.

개는 전에 묵었던 손님을 맞고, 까마귀는 둥지에서 깨어난 새끼를 돌본다.

(己) 2 3—7. 9. 10. 11. 13. 14. 15. 20. 21. 22. 23. 25. 26. 2-3. 29. 37. 38. 1-6. 39. 40. 42. 43. 44. 45. 49. 50. 51. 52. 53. 62. 63. 67. 2. 68. 71. 72. 79. 81. 82. 84. 85. 86. 87. 88. 89. 90. 91. 92. 93. 94. 95. 97. 2-12.

黃綺―終辭漢, 巢由―不見堯. (7)
商山四皓는 한 고조의 부름을 끝내 사양하였고, 巢父와 許由는 요임금을 보려 하지 않았다.

俓石―相縈帶, 川雲―自去留. (11)
길의 바위들은 서로 얽혀 있고, 계곡의 구름은 스스로 가고 멈춘다.

側身―千里道, 寄食――家村. (20)
천 리 길을 몸을 숨기며 다니고, 외딴 집에서 밥을 얻어먹기도 했다지.

家家―養烏鬼, 頓頓―食黃魚. (25)
집집마다 돼지를 기르고, 끼니마다 조기를 먹는다.

淅淅―風生砌, 團團―日隱墻. (26-2)
솔솔 바람이 섬돌에서 일고, 둥근 해는 담 아래로 숨는다.

風吹―花片片, 春動―水茫茫. (29)
바람이 조각조각 꽃잎에 불고, 봄이 끝없이 펼쳐진 물을 움직인다.

草枯――鷹眼疾, 雪盡――馬蹄輕. (37)
풀이 말라서 매의 눈 민첩하고, 눈이 녹아서 말발굽 가볍다.

劍寒――空有氣, 松老――欲無心. (38-6)
검은 차가워 부질없이 光氣가 있고, 솔은 늙어서 무심하려 한다.

欲棲──群鳥亂, 未去──小童催. (43)
둥지로 돌아가려고 뭇 새들 소란스럽고, 가지 않으니 어린아이가 재촉한다.

玩雪──勞相訪, 看山──正獨吟. (45-6)
눈을 완상하며 애써 그대를 찾아가고, 산을 보며 마침 홀로 읊조린다.

春遊──歡有客, 夕寢──賦無衣. (51)
봄에 나들이하며 객이 있음을 기뻐하고, 저녁에 누워 옷이 없음을 노래한다.

留滯──才難盡, 艱危──氣益增. (52)
타향에 머물러 있으니 재능을 펼치기 어렵지만, 고달프고 위태로운 때에 의기는
더욱 솟는다.

已恨──親皆遠, 誰憐──友復稀! (62)
가족들이 모두 멀리 있어 이미 한스러운데, 벗들이 또 드문 것을 누가 가엾어
하랴!

不堪─垂老鬢, 還對─欲分襟.[403] (67-2)
늙어 드리운 백발을 견딜 수 없는데, 또한 헤어지려는 옷깃을 마주하였다.

片雲─天共遠, 永夜─月同孤. (68)
한 조각 구름은 하늘과 함께 멀리 있고, 기나긴 밤은 달과 같이 외롭다.

已應─春得細, 頗覺─寄來遲. (79)
아마도 정세하게 짫어야 하기 때문에, 늦게 부치는 것이라고 자못 느껴진다.

暮鐘──寒鳥聚, 秋雨──病僧閑. (81)
저녁 종소리에 추위 속의 새들 모이고, 가을비에 병든 스님 한가롭다.

---

403) 텍스트에는 '襟'이 '心'으로 되어 있는데, 誤字이다.

花遠──重重樹, 雲輕──處處山. (84)
꽃은 무수한 나무들 속에서 멀고, 구름은 곳곳의 산 위에서 가볍다.

遠烟─鹽井上, 斜景─雪峰西. (91)
멀리 안개가 소금우물 상공을 덮었고, 저무는 해가 설봉 서쪽에 걸려 있다.

書生─鄒魯客, 才子─洛陽人. (92)
서생은 추로의 나그네이고, 재자는 낙양 사람이다.

高鳥─長淮水, 平蕪─故郢城. (94-2)
높이 뜬 새는 긴 회수 위를 날고, 평평한 황무지는 옛날의 영성이다.

故國─猶兵馬, 他鄉─亦鼓鼙. (95-2)
고향은 여전히 병마가 날뛰고, 타향도 역시 북소리 요란하다.

山中──夜雨, 樹杪──百重泉. (97-7)
산중에는 밤 내내 내리는 비, 나무 끝에 보이는 백 겹의 샘.

(庚) 3 2─2. 3. 4. 24. 35. 36. 83.
淑女詩─長在, 夫人法─尚存.[404] (2)
숙녀의 시는 길이 남아 있고, 부인의 법은 여전히 존재한다.

一從歸─白社, 不復到─靑門. (24)
은거지 白社로 돌아온 뒤로는, 다시는 靑門에 가지 않는다.

茅茨疎──易濕, 雲霧密──難開. (35)
초가지붕이 성글어 젖기 쉽고, 운무가 빽빽하여 열기 어렵다.

海鷗知──吏傲, 砂鶴見──人衰. (36)

---

404) 텍스트에는 '法'이 '德'으로 되어 있는데, 誤字이다.

바다 갈매기가 관리의 오만함을 알고, 모래밭의 학이 사람이 노쇠한 것을 본다.

泉聲咽──危石, 日色冷──靑松. (83)
샘 소리는 거대한 바위에서 오열하고, 햇빛은 푸른 소나무에서 차갑다.

(辛) 4 1—1. 31. 32. 60. 65. 1. 66. 1. 67. 1. 96. 97. 1. 12.
郇國稻苗─秀, 楚人菰米─肥. (1)
운나라의 벼 싹이 패었고, 초인의 줄 열매 통통하다.

鶴巢松樹──遍, 人訪蓽門──稀. (31)
학이 소나무에 둥지를 튼 것이 가득하고, 사람들이 사립문에 찾아오는 것이
드물다.

尋覓詩章──在, 思量歲月──驚. (60)
詩篇을 찾으니 있고, 세월을 생각하니 놀랍다.

紫崖奔處─黑, 白鳥去邊─明. (65-1)
보라 빛 벼랑이 솟은 곳은 어둡고, 하얀 새 날아간 저쪽은 밝다.

登俎黃甘─重, 支床錦石─圓. (66-1)
도마에 오른 노란 귤은 묵직하고, 침상을 받친 채색 돌은 둥글다.

舊採黃花─剩, 新梳白髮─微. (67-1)
전에 뽑아놓은 국화는 남고, 새로 빗은 백발은 얼마 되지 않는다.

姹女臨波─日, 神光照夜─年. (96)
丹砂가 물결에 임하던 날이, 신비한 빛이 밤을 비추던 해였다.

辯士安邊──策, 元戎決勝──威. (97-1)
謀士는 변방을 안정시킬 계책을 내고, 장수는 승리를 거둘 위엄을 보이리.

(壬) 1 4—19. 55. 56. 64.

味—豈同金菊, 香—宜配綠葵. (19)
맛이 어찌 금국과 같을까? 향이 마땅히 녹규와 짝을 이룬다.

靜—應連虎穴, 喧—已去人群. (55)
조용하려면 응당 호랑이굴에 인접해야 하고, 시끄러워 이미 사람 무리를 떠났다.

束—比青芻色, 圓—齊玉箸頭. (56)
염교 다발은 방금 벤 푸른 풀빛에 비견되고, 둥글기는 옥 젓가락 끝과 같다.

喜—無多屋宇, 幸—不礙雲山. (64)
집이 많지 않아 기쁘고, 구름과 산을 가리지 않아 다행이다.

18.7 이상에서 열거한 의미상의 절주는 다수가 그렇게 분석할 수 있다는 것이지 반드시 그렇게 분석된다는 것은 아니다. 예를 들어 "欲歸——群鳥亂"은 "欲歸——群鳥—亂"으로도 분석할 수 있고, "鶴巢松樹——遍"은 "鶴—巢—松—樹——遍"으로도 분석할 수 있고, "泉聲咽——危石"은 "泉聲—咽——危石"으로도 분석할 수 있고, "味—豈同金菊"은 "味—豈同—金菊"으로도 분석할 수 있을 것이다.

18.8 (己)류가 가장 많은 것은 "2 3"의 절주가 시구상의 "2 2 1" 절주와 매우 가까워서 시율상의 각절(脚節)을 복절(腹節)과 합병하면 "2 3"이 되기 때문이다. (乙)류는 시율상의 절주와 완전히 부합하는데도 오히려 수가 적은 것은 마지막 글자가 스스로 한 절을 이루어 형용사 또는 자동사밖에 사용할 수 없어서 범위가 본래 좁기 때문이다. 다만 (辛)류 중의 상당수 구식을 (乙)류에 귀속시킬 수도 있으므로 수가 적다고 할 수 없다. (甲)류는 종류상 많아 보이지 않지만 응용 방면에서는 오히려 흔히 보인다. 이를테면 (5)류는 "주어-동사-목적어"로 두 글자가 주어

이고 두 글자가 목적어이고 중간의 한 글자가 동사여서 형식상 대단히 정연하기 때문에 시인들이 즐겨 이 형식을 사용한다.

18.9 때때로 시인들은 대장에 있어서 반드시 의미 절주의 대를 요구하지 않고 자면(字面)상으로만 대가 되면 무방하다고 여긴다. 다음 예를 보자.

空谷歸人少, 靑山背日寒.
텅 빈 골짜기에 돌아오는 사람 적고, 청산은 해를 등지고 있어서 차다.
(출구는 "綠林行客少"에 비견되어 (1)류에 속하지만, 대구는 "白鳥向山翻"에 비견되어 (69)류에 속한다. 즉 fn(vf)N-F 대 cN-vn-F가 되어 서로 부합하지 않는다.)

(維, 「酬比部」)

本賣文爲活, 翻令室倒懸.
글을 파는 본뜻은 생활을 위한 것인데, 오히려 집안을 고난과 위기에 빠뜨렸다.
(출구는 비견할 만한 것이 없고, 대구는 억지로 "誰憐友復稀"에 비견할 수 있어서 (62)류에 속한다. 즉 d−VN-V-N 대 dV−N-(vd)V가 되어 서로 부합하지 않는다.)

(甫, 「聞斛斯六」)

幸結白花了, 寧辭靑蔓除.
다행히 흰 꽃이 열매를 맺었으니, 어찌 푸른 덩굴 제거하는 것을 그만두랴?
(출구는 비견할 만한 것이 없고, 대구는 억지로 "寧辭酒醆空"에 비견할 수 있어서 (62)류에 속한다. 즉 (fd)V-cN-V 대 dV−cN-V가 되어 서로 부합하지 않는다.)

(甫, 「除架」)

그러나 이와 같은 경우가 많은 것은 아니다. 그러므로 원칙적으로는 여전히 다음과 같이 말할 수 있다. 대장의 출구와 대구는 의미상의 절주가 반드시 같아야 한다.

제19절 칠언 근체시의 구식

19.1 칠언은 평측상 오언의 연장이고, 의미상으로도 오언의 연장으로 볼 수 있다. 대다수의 칠언 시구는 오언으로 줄일 수 있고, 의미상으로도 별다른 변화가 없다. 다만 칠언의 경우 기세가 더욱 막힘이 없고, 의미가 더욱 충족될 뿐이다. 물론 시인들이 먼저 오언구를 짓고 난 다음에 두 글자를 첨가해서 칠언을 만드는 것은 아니다. 그러나 오언을 골자로 하여 거기에 윤식을 가한다고 가정해도 무방할 것이다. 그렇게 하면 설명상 적지 않은 편리함이 있을 수 있다. 이 설명 방법에 따라 말한다면 오언이 칠언으로 변하는 데는 다음의 일곱 가지 방식이 가장 보편적이다.

(甲) 주어 앞에 두 글자의 수식어를 첨가하는 방식

南川稉稻花侵縣, 西嶺雲霞色滿堂.
남쪽 들판의 벼는 꽃이 현을 침입했고, 서쪽 고개의 구름과 놀은 빛이 집안에 가득하다.

(祐, 「寄綦毋三」)

萬里寒光生積雪, 三邊曙色動行旌.
만 리의 찬 빛이 쌓인 눈에서 나고, 삼변의 새벽빛이 행차의 깃발에 반짝인다.

(祐, 「望薊門」)

隔岸春雲邀翰墨, 傍簷垂柳報芳菲.
건너편 언덕의 봄 구름은 붓과 먹을 재촉하고, 처마 옆의 늘어진 버들은 아름다운 화초를 알린다.

(適, 「同陳留」)

護羌校尉朝乘障,[405] 破虜將軍夜渡遼.

護羌校尉는 아침에 방어벽을 쌓고, 破虜將軍은 밤을 틈타 遼河를 건넌다.

(維, 「出塞作」)

(乙) 앞에 방위어 또는 시간어를 첨가하는 방식

林下水聲喧語笑, 巖間樹色隱房櫳.
숲의 물소리가 담소 소리에 섞여 들고, 바위 사이 나무 빛이 창안으로 잠겨든다.

(維, 「敕借岐王」)

帳裏殘燈纔去焰, 爐中香氣盡成灰.
휘장 안 꺼져 가는 등불은 이제 화염이 사라지고, 향로 안의 향기도 모두 재가 되었다.

(浩, 「除夜有懷」)

平明拂劍朝天去, 薄暮垂鞭醉酒歸.
날 밝으면 검을 차고 황제를 알현하고, 저녁에는 채찍 늘어뜨리고 술에 취해 돌아갔다.

(白, 「贈郭將軍」)

他時幹蠱聲名著, 今日懸弧宴樂酣.
전에는 일을 잘 처리하여 명성이 알려졌고, 지금은 득남하여 잔치가 한창이다.

(何, 「相里使君」)

(丙) 주어 및 동사의 앞에 각기 수식어를 삽입하는 방식

早鴈初辭舊關塞, 秋風先入古城池.
이른 기러기가 옛 관새를 막 하직하니, 가을바람이 먼저 옛 성과 해자에 든다.

(卿, 「聞虜沔州」)

素浪遙疑八谿水, 淸楓忽似萬年枝.

---

405) 텍스트에는 '朝'가 '初'로 되어 있는데, 誤字이다.

흰 물결을 멀리서 보니 팔계수인 듯하고, 맑은 단풍은 문득 만년지인 것 같다.

(祐, 「江湖秋思」)

野棠自發空臨水, 江燕初歸不見人.
들 해당화는 혼자 피어 부질없이 물가에 있고, 강 제비는 갓 돌아왔는데 사람이 보이지 않는다.

(祐, 「自蘇臺至」)

(丁) 동사 및 목적어의 앞에 각기 수식어를 삽입하는 방식

晨搖玉珮趨金殿, 夕奉天書拜瑣闈.
아침엔 옥패를 흔들며 궁전으로 달려가고, 저녁엔 황제의 조서를 받들고 궁정에 절한다.

(維, 「酬郭給事」)

曲引古堤臨凍浦, 斜分遠岸近枯楊.
구불구불 옛 제방을 이끌어 언 포구에 임했고, 비스듬히 먼 물가를 나누어 마른 버들을 가까이에 두었다.

(浩, 「등萬歲樓」)

(戊) 앞 또는 중간에 부사어 또는 부사성에 가까운 동사어 또는 술어형식을 끼워 넣는 방식

鴻雁不堪愁裏聽, 雲山況是客中過!
기러기 우는 소리를 슬픔 속에 들을 수 없고, 구름 덮인 산을 나그네 되어 어찌 지나랴!

(頎, 「送魏萬」)

歲久豈堪塵自入, 夜長應待月相隨.
세월이 오래니 먼지가 절로 드는 것을 견딜 수 없고, 밤이 기니 달이 뒤따르는 것을 기다려야 하리.

(卿, 「見故人李」)

幸有香茶留稚子, 不堪秋草送王孫.

다행히 향긋한 차가 있어 아이를 머물게 했지만, 가을 풀 시들어 가는데 왕손 보내는 것을 견딜 수 없다.

(祐, 「秋曉招隱」)

豈如玉殿生三秀, 詎有銅池出五雲.

어찌 玉殿에서 芝草가 나는 것만 하랴! 어찌 銅池에서 오색구름이 피어오르는 것만 하랴!

(維, 「大同殿柱」)

讜言昨嘆離天聽, 新象今聞入縣圖.

곧은 말을 하늘이 듣지 못하는 것을 어제 탄식했고, 새로운 징조가 縣圖에 들었음을 오늘 들었다.

(潛, 「經陸補闕」)

水近偏逢寒氣早, 山深常見日光遲.

물이 가까워 하필 한기를 일찍 만나고, 산이 깊어 언제나 해가 늦게 뜬다.

(謂, 「辰陽卽事」)

雙鷗爲底無心狎, 白髮從他繞鬢生.

한 쌍의 갈매기는 무엇 때문에 가까이 할 마음이 없을까? 백발이 그로부터 살쩍을 돌며 생겼다.

(祐, 「承恩量移」)

(己) 앞에 동사어를 첨가하여 뒤의 다섯 자로 이루어진 문장형식을 목적어로 삼는 방식

豈厭尙平婚嫁早, 却嫌陶令去官遲.

尙子平이 혼인을 서두른 것을 어찌 싫어하랴? 오히려 陶淵明이 관직을 떠난 것이 늦음을 아쉬워한다.

(維, 「早秋山中」)

漸看春逼芙蓉枕, 頓覺寒銷竹葉杯.

부용 베개로 봄이 다가옴을 점차 보고, 죽엽 잔으로 추위가 사라짐을 갑자기 느낀다.

(浩, 「除夜有懷」)

獨憐一雁飛南海, 却羨雙溪解北流.

한 마리 기러기 남해로 날아감을 홀로 아쉬워하고, 두 줄기 시내가 북쪽으로 흘러갈 줄 아는 것을 오히려 부러워한다.

(白, 「寄崔侍御」)

遙想雙眉待人畵, 行看五馬送潮歸.

두 눈썹은 사람이 그려주길 기다린다는 것을 멀리서 생각하고, 태수가 물러가는 조수를 바라보다 돌아오는 것을 또 보게 된다.

(祐, 「送鄭正則」)

自嘆馬卿還帶病, 還嗟李廣未封侯.

마경이 아직도 병이 있음을 스스로 한탄하고, 이광이 아직 제후에 봉해지지 않은 것을 또한 탄식한다.

(祐, 「送馬將軍」)

(庚) 앞 또는 중간에 첩자형용어 또는 연면자를 첨가하는 방식

漠漠水田飛白鷺, 陰陰夏木囀黃鸝.

벼 빽빽한 논 위로 백로가 날아가고, 울창한 여름 나무 속에서 꾀꼬리가 지저귄다.

(維, 「積雨輞川」)

紛紛花發門空閉, 寂寂鶯啼日更遲.

어지럽게 꽃은 피었지만 문은 한가히 닫혀 있고, 적막 속에 꾀꼬리 우니 날 더욱 나른하다.

(祐, 「赴南中」)

冉冉修篁依戶牖, 迢迢列宿映樓臺.

살랑살랑 긴 대나무들이 창가에 기대어 있고, 아득히 늘어선 별들이 누대에 비친다.

(何, 「同閻伯均」)

年年喜見山長在, 日日悲看水獨流.

해마다 산이 늘 그대로 있음을 기쁨 속에 보고, 날마다 물이 홀로 흘러감을 슬픔 속에 바라본다.

(齡, 「萬歲樓」)

行人杳杳看西月, 歸馬蕭蕭向北風.

행인은 아득히 서쪽으로 지는 달을 바라보고, 돌아가는 말은 쓸쓸히 북풍을 향해 운다.

(卿, 「送李錄事」)

蕭條已入寒空靜, 颯沓仍隨秋雨飛.

쓸쓸히 이미 찬 하늘에 들어 고요해지고, 빠르게 거듭 가을비 따라 날아간다.

(頎, 「宿瑩公禪」)

19.2 이상에서 든 각 예는 칠언 속에서 두 글자를 빼어버린 후에도 글 뜻이 여전히 통할 수 있을뿐더러 원 뜻과 그다지 차이가 나지 않는다. 그렇다고 모든 칠언시구가 다 그런 것은 아니다. 때로는 평행의 명사·동사·형용사·첩자·연면자 등이 모두 한 단사(單詞)의 용도밖에 없다고 여겨지고, 동사를 대동한 주어·목적어를 대동한 동사·동사어도 한 동사의 용도로 여겨지고, 명사어도 한 명사의 용도로 여겨져서 두 글자를 합쳐서 한 글자로 하면 여전히 오언의 확충으로 볼 수 있다. 다음 예를 보자.

'心憐'稚齒'鳴環去, '身愧'衰顏'對玉難.

어린애가 패옥을 울리며 가는 것이 사랑스럽고, 노쇠하여 준수한 청년을 대하기가 어려운 것이 부끄럽다.

(卿,「送子壻」)

'黃花''裏露'開沙岸, '白鳥''銜魚'上釣磯.
국화는 이슬을 머금고 모래 언덕에 피어 있고, 백조는 물고기를 물고 낚시터에 오른다.

(卿,「靑溪口」)

'愛子''臨風'吹玉笛, '美人''向月'舞羅衣.
사랑하는 자식이 바람 앞에서 옥피리를 불고, 미인이 달빛 아래 비단 옷을 입고 춤춘다.

(白,「贈郭將軍」)

'遠岫''依依'如送客, '平田''渺渺'獨傷春.
먼 산봉우리도 아쉬워하며 나그네를 전송하는 듯하고, 평평한 밭 아득하여 홀로 봄에 상심한다.

(祐,「自蘇臺至」)

'山臨''睥睨'恒多雨, '地接''瀟湘'畏及秋.
산이 성가퀴에 임해 있어 항상 비가 많고, 땅이 소상에 접해 있어 가을 오는 것이 두렵다.

(祐,「暮春宜陽」)

'細雨''濕衣'看不見, '閑花''落地'聽無聲.
가랑비가 옷을 적셔도 보이지는 않고, 들꽃은 땅에 떨어져도 소리가 들리지 않는다.

(祐,「送嚴員外」)

19.3 이 이치가 분명해지면 칠언 근체시의 구식에 대해 오언의 구

식처럼 상세하게 분석할 필요가 없을 것이다. 사실상 칠언의 구식을 오언처럼 분석한다면 그 종류와 편폭은 필경 오언보다 몇 배 더 증가할 것이다. 한편 각각의 오언 구식은 모두 부연하여 칠언이 될 수 있음을 알아야 한다. 설사 그와 같은 예가 없다고 하더라도 그와 같을 가능성이 있는 것이다.

19.4 다음에는 전적으로 두보의 칠언율시를 가지고 분석해 보겠다. 이를 위해 대장이 정교한 시구를 선택하려고 노력하였다. 그래야 분석이 더욱 편리할 것이기 때문이다. 일련번호는 로마숫자를 사용하여 오언의 구식에서 사용한 아라비아숫자와 구별하였다.

(I) 오언의 제1류를 확충한 것

I.1.　　　fn(nf)N-F-(sd)V(뒤에 대명사 및 동사를 첨가한 것)
永夜角聲悲**自語**, 中天月色好**誰看**?
긴긴 밤 뿔피리소리 슬픈 것이 혼잣말 같고, 중천에 걸린 달빛 좋지만 누가 차마 볼까?

(「宿府」)

비교：大漠孤烟直, 長河落日圓.
큰 사막에 외로운 연기가 곧고, 긴 강에 지는 해가 둥글다.

(維,「使至塞上」)

I.2.　　　cnfN-frF(제5자・제6자에 첩자 부사를 삽입한 것)
碧窗宿霧濛濛濕, 朱栱浮雲**細細輕**.
푸른 창에는 간밤의 안개가 뿌옇게 젖어 있고, 붉은 두공에는 뜬구름이 미세하게 가볍다.

(「江陵節度」)

비교：綠林行客少, 赤壁住人稀.
푸른 숲에는 다니는 객이 적고, 적벽에는 사는 사람이 드물다.

(卿,「送和州」)

(II) 오언의 제2류를 확충한 것.

II.1.　　　nt-(nf)nN-dF(앞에 방위어를 첨가한 것)

沙上草閣柳新暗, 城邊野池蓮欲紅.

모래섬 위 초각의 버들 빛이 새로이 진해졌고, 성 옆 들판 못의 연꽃이 붉어
지려 한다.

(「暮春」)

비교 : 司隷章初覩, 南陽氣始新.

司隷[406]의 典章을 처음 목도하니, 南陽의 기상이 이미 새롭다.

(甫, 「自京竄至」)

II.2.　　　qn-nnN-FF(或 VV)(앞에 수식성의 명사어를 첨가한 것)

五更鼓角聲悲壯, 三峽星河影動搖.

오경의 북소리 뿔피리소리 비장하고, 삼협의 은하수 빛이 반짝인다.

(「閣夜」)

II.3.　　　fn(或 dv)-fnN-VV(或 FX)(앞에 원인을 표시하는 명사어 또는
동사어를 첨가한 것)

厚祿故人書斷絶, 恒饑稚子色凄涼.

후한 봉급 때문에 벗은 서신을 끊었고, 늘 굶주려서 아이는 안색이 처량하다.

(「狂夫」)

(III) 오언의 제5류를 확충한 것.

III.1.fr(或 nr)-f(或 vf)N-V-fN(앞에 첩자형용어를 첨가한 것)

娟娟戲蝶過閑幔, 片片輕鷗上急湍.

예쁘게 나는 나비가 한가한 휘장을 지나가고, 한 조각 깃털 같이 가벼운 갈매
기가 세차게 흐르는 여울 위로 올라간다.

(「小寒食」)

---

406) '司隷'는 司隷校尉를 지낸 後漢 光武帝를 가리킨다.

비교: 異花開絶域, 滋蔓匝淸池.

기이한 꽃이 먼 고장에 피었고, 무성한 덩굴이 맑은 못을 둘렀다.

(甫, 「陪鄭廣文」)

III.2.q(或 s)n-nN-V-fN(앞에 수식성의 명사어를 첨가한 것)

萬里秋風吹錦水, 誰家別淚濕羅衣?

만 리에 걸친 가을바람이 금수에 불고, 누구네 집 이별의 눈물이 비단옷을 적시나?

(「黃草」)

비교: 天風隨斷柳, 客淚墮淸笳.

하늘의 바람은 끊어진 버들을 따르고, 나그네 눈물은 맑은 호드기에 떨어진다.

(甫, 「遣懷」)

III.3.(nf)n-fN-V-(vf)N(앞에 예속을 표시하는 명사어를 첨가한 것)

畫省香爐違伏枕, 山樓粉堞隱悲笳.

화성의 향로는 몸이 아파 어긋나고, 산루의 분첩은 슬픈 피리소리 속에 사라져 간다.

(「秋興」)

비교: 寒更傳曉箭, 淸鏡覽衰顔.

차가운 밤은 새벽을 알리는 물시계 화살 소리를 전하고, 맑은 거울은 노쇠한 얼굴을 비춘다.

(維, 「冬晩對」)

III.4.qn-nN-V-nN(앞에 숫자를 대동한 명사어를 첨가한 것)

五夜漏聲催曉箭, 九重春色醉仙桃.

오경의 물시계소리는 새벽을 알리는 물시계 화살을 재촉하고, 구중궁궐의 봄빛은 복사꽃을 발그레 취하게 했다.

(「奉和賈至」)

비교 : 蟬聲集古寺, 鳥影度寒塘.

매미 소리는 옛 절에 모이고, 새 그림자는 찬 못을 건넌다.

(甫,「和裴迪」)

III.5.nN-frV-fN(제3자·제4자에 疊字를 삽입한 것)

宮草微微承委佩, 爐烟細細駐遊絲.

궁궐의 풀은 조용히 드리워진 佩帶를 받쳐 들고, 향로의 연기는 가늘어 떠도는 거미줄을 머물게 한다.

(「宣政殿退」)

비교 : 夕陽薰細草, 江色映疎簾.

석양은 가느다란 풀을 향기롭게 하고, 강 빛은 성긴 발에 비친다.

(甫,「晚晴」)

III.6.dv-(vf)N-V-fN(앞에 수식성의 동사어를 첨가한 것)

暫止飛烏將數子, 頻來語燕定新巢.

까마귀는 새끼들 데리고 날아와 잠시 머물고, 제비는 수시로 날아와 새 둥지 지을 곳을 상의한다.

(「堂成」)

비교 : 祖席依寒草, 行車起暮塵.

餞別의 자리는 찬 풀에 놓여 있고, 가는 수레는 저녁 먼지를 일으킨다.

(維,「送孫二」)

III.7.fN-dd-V(或 F)-qN(제3자·제4자에 부사어를 삽입한 것)

新松恨不高千尺, 惡竹應須斬萬竿.

새로 심은 소나무는 안타깝게도 높이가 천 자가 되지 않으니, 못난 대나무는 만 그루를 베어내야 하리.

(「將赴成都」)

비교 : 秋風散千騎, 寒雨泊孤舟.

가을바람에 수많은 말 탄 이들이 흩어지고, 찬비에 외로운 배가 정박한다.

(卿, 「送李使君」)

III.8.bN-dd-V-cN(제3자・제4자에 부사어를 삽입한 것)

巫峽忽如瞻華岳, 蜀江猶似見黃河.

무협은 갑자기 화악을 쳐다보는 것 같고, 촉강은 마치 황하를 보는 것 같다.

(「覽物」)

비교 : 江蓮搖白羽, 天棘蔓青絲.[407]

강물의 연꽃은 하얀 깃 부채를 흔들고, 天門冬은 푸른 실을 뻗치고 있다.

(甫, 「巳上人」)

III.9.nF(或 V)-cN-V-Nt(앞에 문장형식을 첨가하여 시령을 표시하는 것)

天寒白鶴歸華表, 日落蒼龍見水中.

날씨 추운데 백학이 華表柱로 돌아온 것 같고, 해질 무렵 창룡이 물속에 보이는 듯하다.

(「陪李七」)

비교 : 青錢買野竹, 白幘岸江皐.

푸른 동전으로 들판의 대밭을 사고, 흰 두건 뒤로 젖히고 강가에 우뚝 선다.

(甫, 「北鄰」)

III.10.   q(或 c)N-dd-V-BX(제3자・제4자에 부사어를 삽입한 것)

扁舟不獨如張翰, 白帽還應似管寧.

조각배가 다만 장한과 같을 뿐 아니라, 흰 모자도 또한 관녕과 같으리.

(「嚴中丞」)

III.11.   Nt-dd-V-BX(제3자・제4자에 부사어를 삽입한 것)

湘西不得歸關羽, 河內猶宜借寇恂.

---

407) 텍스트에는 '蔓'이 '夢'으로 되어 있는데, 뜻이 어울리지 않아 『杜詩詳注』에 의거하여 바꾸었다.

상서에서 관우를 돌아가게 해서는 안 되었고, 하내에서 구순을 요청한 것은
오히려 마땅하다.

(「奉寄章十」)

III.12.　　(nf 或 vf)n-NN-V(或 F)-nN(앞에 수식성의 명사어를 첨가한 것)
織女機絲虛月夜, 石鯨鱗甲動秋風.
직녀의 베틀 실은 달밤에 멈추었고, 돌고래 비늘껍질은 가을바람에 움직일 터.

(「秋興」)

비교 : 煙塵犯雪嶺, 鼓角動江城.
연기와 먼지가 눈 덮인 고개에 침입했고, 북과 호각 소리가 강가 성에 진동한다.

(甫, 「歲暮」)

III.13.a.　　fN-fN-V-cN(제1자·제3자에 각기 형용사를 삽입한 것)
朱簾繡柱圍黃鶴, 錦纜牙檣起白鷗.
주렴과 채색 기둥은 황학이 둘러쌌고, 비단닻줄 상아돛대는 백구를 날아오르
게 했지.

(「秋興」)

III.13.b.　　fN-fN-V-fN(제1자·제3자에 각기 형용사를 삽입한 것)
靑袍白馬有何意? 金谷銅駝非故鄕.
청포와 백마에 무슨 뜻이 있었을까? 금곡과 동타는 고향의 모습이 아니다.

(「至後」)

III.13.c.　　nN-nN-V-nN(제1자·제3자에 각기 형용성의 명사를 삽입한 것)
書籤藥裹封蛛網, 野店山橋送馬蹄.
서적과 약주머니는 거미줄에 덮였고, 들판 가게와 산 다리만이 말발굽을 전
송하리.

(「將赴成都」)

III.14.　　fn-NN-V-BX(앞에 시간이나 지점을 표시하는 명사어를 첨가한 것)

今日朝廷須汲黯, 中原將帥憶廉頗.

금일의 조정은 급암이 필요하고, 중원의 장수는 염파를 생각한다.

(「奉寄高」)

III.15.　dV-NN-V-fN(앞에 동사어를 첨가하여 뒤의 다섯 글자를 목적어로 삼은 것)

休怪兒童延俗客, 不敎鵝鴨惱比鄰.[408]

아이가 속된 객 들이는 것을 나무라지 말고, 거위와 오리가 이웃을 괴롭히지 않도록 하리.

(「將赴成都」)

復有樓臺銜暮景, 不勞鐘鼓報新晴.

다시 누대가 저녁 햇빛 머금고 있으니, 종소리 북소리로 날이 갤 것을 알릴 필요 없다.

(「院中晩晴」)

비교: 封章通左語, 冠冕化文身.

기밀문서는 이민족의 언어와 통하고, 관리의 위엄이 이민족을 교화시키리.

(維, 「送李判官」)

III.16.　NN-nf-V-fN(제3자 · 제4자에 원인을 표시하는 문장형식을 삽입한 것)

盤飧市遠無兼味, 樽酒家貧(只)舊醅.

접시의 찬은 시장이 멀어 맛있는 걸 차리지 못했고, 술통의 술은 집이 가난하여 오래된 것뿐일세.

(「客至」)

III.17.　NN-dd(或 v)-V-fN(제3자 · 제4자에 부사어를 삽입한 것)

簾戶每宜通乳燕,[409] 兒童莫信打慈鴉.

발을 걷어 올려 새끼 기르는 제비가 늘 통행하게 하고, 아이가 마구 자애로운

---

408) 텍스트에는 '惱'가 '闇'로 되어 있는데, 誤字이다.
409) 텍스트에는 '通'이 '亂'으로 되어 있는데, 誤字이다.

까마귀를 때리지 못하게 한다.

(「題桃樹」)

III.18.　　dv-NN-V-Nt(앞에 부사성의 동사어를 첨가한 것)
豈有文章驚海內? 漫勞車馬駐江干!
어찌 세상을 놀라게 할 글이 있으리오? 괜히 수고스럽게 거마를 강가에 멈추셨구려.

(「賓至」410))

III.19.　　nt-fN-V-NX(앞에 수식성의 방위어를 첨가한 것)
江上小堂巢翡翠, 苑邊高冢臥麒麟.
강가 작은 집에는 비취새가 집을 짓고, 宮苑 옆 높은 무덤에는 기린이 누워 있다.

(「曲江」)

III.20.　　bt(或 bn)-nN-V-NN(앞에 수식성의 방위어 또는 명사어를 첨가한 것)
秦中驛使無消息, 蜀道兵戈有是非.
조정의 사신은 아직 소식이 없지만, 촉 땅의 병란은 시비를 가려야 한다.

(「黃草」)

III.21.　　qn-NN-V-NN(앞에 숫자를 대동한 명사어를 첨가한 것)
三峽樓臺淹日月, 五溪衣服共雲山.
삼협의 누대에서 오랜 세월 보내고, 오계의 옷을 입은 사람들과 구름 산을 함께 하였다.

(「詠懷古跡」)

III.22.　　(nf)n-qn-V-NN(앞에 관계어를 첨가한 것)
野哭千家聞戰伐, 夷歌幾處起漁樵.411)

---

410) 텍스트에는 제목이 「有客」으로 되어 있는데, 일반적으로 「賓至」라고 한다.
411) 텍스트에는 '千'이 '幾'로, '幾'가 '數'로 되어 있지만 1.4에 나와 있는 것이 일반적이어서 일치시키기 위해 바꾸었다(『杜詩詳注』 참조).

들판의 수많은 통곡소리에 섞여 전쟁소리 들리고, 변방의 가락 속에 어디선 가 어부와 나무꾼의 노래 실려 온다.

(「閣夜」)

(IV) 오언의 제7류를 확충한 것.

IV.1.　　nN-vn-dV-N(제3자・제4자에 원인을 표시하는 술어형식을 삽입한 것)

岸容待臘將舒柳, 山意衝寒欲放梅.

강변은 섣달을 기다려 버들을 싹틔우려 하고, 산은 추위를 견디며 매화를 피 우려 한다.

(「小至」)

비교:津人空守纜, 村館復臨川.

뱃사공은 공연히 닻줄을 지키고, 마을의 客舍는 다시 냇가에 있다.

(齡,「沙苑南」)

IV.2.　　fN-fx-dV-N(제3자・제4자에 연면자를 삽입한 것)

亂波分披已打岸, 弱雲狼藉不禁風.

어지러운 파도는 종횡으로 강벽을 때리고, 약한 구름은 이리저리 흩어져 바 람을 막지 못한다.

(「江雨有懷」)

비교:美花多映竹, 好鳥不歸山.

예쁜 꽃은 대나무에 많이 비치고, 좋은 새는 산으로 돌아가지 않는다.

(甫,「奉陪鄭駙」)

IV.3.　　(nf)n-cN-dV-N(앞에 수식성의 명사어를 첨가한 것)

沙村白雪仍含凍, 江縣紅梅已放春.

모랫가 마을의 백설은 아직도 한기를 머금고 있지만, 강가 마을의 홍매는 벌 써 봄빛을 띠고 있다.

(「留別公安」)

비교 : 綠尊須盡日,[412] 白髮好禁春!

푸른 술동이로 날을 다 보내야 하니, 백발로 봄을 잘 견디려는 것이다.

(甫, 「奉陪鄭」)

IV.4.　　　dV−BX-dV-N(앞에 동사어를 첨가하여 뒤의 문장형식을 목적어로 삼은 것)

但見文翁能化俗, 焉知李廣不封侯!

다만 문옹처럼 풍속을 바꿀 수 있음만 보고, 이광처럼 제후에 봉해지지 않았음을 어찌 알랴!

(「將赴荊南」)

遂有馮夷(來)擊鼓, 始知嬴女善吹簫.

마침내 풍이가 와서 북을 쳤고, 영녀가 퉁소를 잘 분다는 것을 비로소 알았다.

(「玉臺觀」)

IV.5.　　　bN-dV-qn-N(제5자 · 제6자에 수량어를 삽입한 것)

楚天不斷四時雨, 巫峽常吹千里風.

초 땅의 하늘은 네 계절 비가 그치지 않고, 무협에는 늘 천리에 걸쳐 바람이 분다.

(「暮春」)

(V) 오언의 제10류를 확충한 것.

V.1.　　　nn(或 nt)-nN-ddV(앞에 수식성의 명사어를 첨가한 것)

朝廷袞職雖多預, 天下軍儲不自供.

조정의 요직에 비록 많이 참여시켰지만, 각지의 군량미는 자급자족하지 못한다.

(「諸將」)

비교 : 茅屋還堪賦, 桃源自可尋.

---

412) 텍스트에는 '須'가 '雖'로 되어 있는데, 의미상 『杜詩詳注』에 의거하여 바꾸었다.

초가에서도 시를 읊을 수 있고, 도원은 스스로 찾을 수 있다.

(甫, 「春日江村」)

V.2.　　　bn-fN-ddV(或 F)(앞에 명사어를 첨가한 것)

嶢關險路今虛遠, 禹鑿寒江正穩流.

요관의 험한 길은 지금 부질없이 멀기만 한데, 우임금이 파놓은 찬 강이 마침 고요히 흐른다.

(「舍弟觀」)

V.3.　　　bn-NN-ddV(제1자·제2자가 오언의 제1자에 해당되고, 제3자·제4자가 오언의 제2자에 해당되는 것)

'胡童'結束'還難有, '楚女'腰肢'亦可憐. (下句는 '楚腰亦可憐'과 같다.)

호동의 옷차림은 여전히 보기 힘든 것이고, 초녀의 허리는 역시 사랑스럽다.

(「清明」)

V.4.　　　bx-BX-ddV(앞에 수식어로 쓰이는 지명을 첨가한 것)

陳留阮瑀誰(爭長)? 京兆田郞早見招.

진류의 완우는 누가 뛰어남을 다투겠는가? 경조의 전랑이 일찍이 그를 불렀다.

(「贈田九」)

(VI) 오언의 제11류를 확충한 것.

VI.1.　　　qq-NX-dVV(앞에 숫자를 첨가한 것)

無數蜻蜓齊上下, 一雙鸂鶒對沈浮.

무수한 잠자리가 일제히 오르내리고, 한 쌍의 물새가 짝지어 물 속에 잠겼다 떴다 한다.

(「卜居」)

비교 : 徑石相縈帶, 川雲自去留.

길의 바위들은 서로 얽혀 있고, 계곡의 구름은 스스로 가고 멈춘다.

(甫, 「遊修覺寺」)

VI.2.　　　dV−NN-dVV(或 FF)(앞에 동사어를 첨가하여 뒤의 문장형식을
　　　목적어로 삼은 것)
但使閭閻還揖讓, **敢論**松竹久荒蕪!
　다만 그곳의 民風이 다시 禮로 돌아가게 할 수 있다면, 어찌 감히 송죽이 오
랫동안 황폐해질 것을 따지겠는가!

(「將赴成都」)

비교 : 道路時通塞, 江山日寂寥.
　도로는 수시로 통하거나 막히고, 강산은 날마다 적막하고 쓸쓸하다.

(甫, 「歸夢」)

VI.3.　　　fn-nN-dFR(앞에 수식성의 명사어를 첨가한 것)
信宿漁人還汎汎, **清秋**燕子故飛飛.
　이틀 밤을 지낸 어부들은 다시 배를 띄우고, 맑은 가을 제비는 여전히 날고
난다.

(「秋興」)

VI.4.　　　fN-fN-(nd)FR(제1자 · 제3자에 형용사를 삽입한 것)
小院迴廊**春**寂寂, **浴**鳧飛鷺**晚**悠悠.
　작은 정원의 회랑은 봄에 적적하고, 물장난하는 오리와 나는 백로는 저녁에
한가롭다.

(「涪城縣」)

(VII) 오언의 제12류를 확충한 것.

VII.1.　　　fn-BX-fn(或 vn)-V(앞에 수식성의 명사어를 첨가한 것)
多病馬卿無日起, **窮途**阮籍幾時醒![413]
　다병한 司馬相如는 일어나는 날이 없고, 길이 막힌 완적은 언제나 깨어나려나!

(「卽事」)

---

413) 텍스트에는 '醒'이 '休'로 되어 있는데, 誤字이다.

제1장 근체시　567

비교: 市朝今日異, 喪亂幾時休!

저자와 조정은 오늘 달라졌다지만, 죽음과 난리는 어느 때 멎으랴!

(甫, 「晚行口號」)

(VIII) 오언의 제14류를 확충한 것.

VIII.1.　　dV－nt-NN-F(앞에 동사어를 첨가하여 뒤의 문장형식을 목적어로 삼은 것)

忽驚屋裏琴書冷, 復亂簷邊星宿稀.

갑자기 집안의 차가운 거문고와 서적에 놀라는데, 다시 처맛가의 희미한 별빛을 교란한다.

(「見螢火」)

비교: 郭外秋聲急, 城邊月色殘.

성곽 밖에서는 가을 소리 급하고, 성곽 가에는 달빛이 남아 있다.

(齡, 「和振上人」)

(IX) 오언의 제16류를 확충한 것.

IX.1.　　fN-fx-fN-V(제3자 · 제4자에 연면자를 삽입한 것)

大水淼茫炎海接, 奇峰硉兀火雲升.

큰 강물에 광활한 남해가 접해 있고, 기이한 봉우리에 우뚝 솟은 붉은 구름 올라간다.

(「多病執熱」)

비교: 柳色春山映, 梨花夕鳥藏.

버들 빛에 봄 산이 비치고, 배꽃에 저녁 새가 숨어 있다.

(維, 「春日上方」)

(X) 오언의 제17류를 확충한 것.

X.1.　　　b(或 c)n-N-V-b(或 c)nN(앞에 수식성의 명사어를 첨가한 것)

楚宮臘對荊門水, 白帝雲偸碧海春.

초궁에서 섣달에 형문으로 흘러가는 강물을 대하고, 백제성의 구름은 푸른 바다의 봄을 훔쳐온 듯하다.

(「奉送蜀州」)

비교: 窗臨汴河水, 門渡楚人船.

창문은 변하의 물에 임해 있고, 문은 초인의 배로 건너온다.

(維, 「千塔主人」)

X.2.　　　V-N-dV-bxN(제1자에 동사를 삽입하고, 제3자에 부사를 삽입한 것)

卜築應同蔣詡徑, 爲園須似邵平瓜.

집을 지으면 응당 장후의 三徑과 같이 하고, 밭을 일구면 모름지기 소평의 오이와 같게 하리.

(「舍弟觀」)

비교: 手持平子賦, 目送老萊衣.

손에는 張平子의 부를 들었고, 눈으로는 老萊子의 옷을 보낸다.

(維, 「送錢少府」)

X.3.　　　fN-V(vd 或 fd)-nxN(제1자에 형용사를 삽입하고, 제4자에 부사성의 보어를 삽입한 것)

香稻啄餘鸚鵡粒, 碧梧棲老鳳凰枝.

향도는 앵무가 그 쌀알을 쪼다 남겼고, 벽오동은 봉황이 그 가지에 길이 깃들었다.

(「秋興」)

X.4.　　　nN-dV-qnN(제2자에 명사를 삽입하고, 제3자에 부사를 삽입한 것)

雷聲忽送千峰雨, 花氣渾如百和香.

우레 소리가 갑자기 천 봉우리에 비를 보내오고, 꽃향기는 완전히 백화향과 같다.

(「卽事」)

X.5.　　(nf)n-N-V-cnN(앞에 방위어를 첨가한 것)

天門日射黃金牓, 春殿晴曛赤羽旗.

선정전 문 위의 황금빛 편액에 햇빛 비치고, 활짝 개어 봄 궁전의 적우기에 석양빛 든다.

(「宣政殿」)

비교 : 帆映丹陽郭, 楓攢赤岸村.

돛배는 단양의 성곽에 비치고, 단풍나무는 적안의 마을에 모여 있다.

(維, 「送封太守」)

X.6.　　fN-dV-cnN(제1자에 형용사를 삽입하고, 제3자에 부사를 삽입한 것)

浮雲不負靑春色, 細雨何孤白帝城?

뜬구름은 파란 봄빛을 저버리지 않았고, 가랑비도 백제성을 언제 저버렸던가?

(「崔評事」)

X.7.　　(nf)N-dV(或 FV)-nNX(제1자에 형용사를 삽입하고, 제3자에 부사를 삽입한 것)

宛馬總肥春苜蓿, (將軍)只數漢嫖姚.

大宛의 말이 모두 봄의 거여목으로 살찌게 되니, 장군은 단지 한나라의 표요를 헤아린다.

(「贈田九」)

X.8.　　(nf)N-dV(或 F)-qqN(제1자에 형용사를 삽입하고, 제3자에 부사를 삽입한 것)

秋水纔深四五尺, 野航恰受兩三人.

가을 물이야 겨우 네댓 자 깊이이고, 작은 배는 두세 사람 태우기에 알맞다.

(「南隣」)

(XI) 오언의 제18류를 확충한 것.

XI.1.　　(nf)n-N-V-fnt(앞에 시간 또는 방위를 표시하는 명사어를 첨가한 것)

春日鶯啼修竹裏, **仙家**犬吠白雲間.

봄날의 꾀꼬리는 길게 자란 대숲 속에서 울고, 仙家의 개는 흰 구름 사이에서 짖는다.

(「滕王亭子」)

비교: 日出寒山外, 江流宿霧中.

해는 차가운 산 밖에서 나오고, 강은 간밤의 안개 속으로 흐른다.

(甫, 「客亭」)

XI.2.   (nf)nN-V-fnt(앞에 수식성의 명사어를 첨가한 것)

漁人網集澄潭下, **賈客**船隨返照(來).

어부의 그물은 맑은 못 아래로 던져지고, 장삿배는 낙조를 따라 돌아온다.

(「野老」)

(XII) 오언의 제22류를 확충한 것.

XII.1.   dV－dV-bxN(앞에 동사어를 첨가하여 뒤의 술어형식을 목적어로 삼은 것)

豈謂盡煩回紇馬? **翻(然)**遠救朔方兵.

어찌 회흘의 군마를 누차 번거롭게 해가며, 오히려 멀리 朔方軍을 구원하라 했는가?

(「諸將」)

비교: 忽過新豊市, 還歸細柳營.

홀연히 신풍시를 지나가서는, 순식간에 세류영으로 귀환한다.

(維, 「觀獵」)

XII.2.   nt-dV-bxN(앞에 방위어를 첨가한 것)

籬邊(老却)陶潛菊, **江上**徒逢袁紹杯.[414]

---

414) 이 예문에서 앞 구절의 '老却'은 'dV'가 아니라 'Vd'로서, '徒逢'과 錯綜對를 이루고 있다.

울타리 가에서 시들은 것은 도잠의 국화일 테고, 강가에서 원소의 술잔을 맞을 마음이 없다.

(「秋盡」)

비교 : 猶瞻太白雪, 喜遇武功天.
그래도 태백의 눈을 보게 되었고, 기쁘게 무공의 하늘을 만났다.

(甫, 「自京竄至」)

XII.3.　　nn-dV-(nf)nN(앞에 관계어를 첨가한 것)
畵圖省識春風面, 環珮空歸月夜魂.
봄바람 고운 얼굴 아무렇게나 그렸으니, 달밤에 돌아온 혼 環珮 소리 부질없다.

(「詠懷古跡」)

(XIII) 오언의 제23류를 확충한 것.

XIII.1.　　fn-VV-cnN(앞에 시간 또는 방위를 표시하는 명사어를 첨가한 것)
曉漏追趨靑瑣闥, 晴窗檢點白雲篇.
새벽 물시계 소리에 중서성 문으로 급히 쫓아가고, 맑게 갠 창가에서 백운편을 점검한다.

(「贈獻納使」)

비교 : 翻動神仙窟, 封題鳥獸形.
신선의 동굴을 이리저리 뒤져서, 조수 모양을 선택하여 봉하고 서명했다.

(甫, 「路逢襄陽」)

(XIV) 오언의 제27류를 확충한 것.

XIV.1.　　vn(或 dv)-fN-fr-V(앞에 부사어를 첨가한 것)
無邊落木蕭蕭下, 不盡長江滾滾來.
가없이 낙엽은 쓸쓸히 떨어지고, 끝없이 장강은 힘차게 흘러온다.

(「登高」)

비교 : 野日荒荒白, 春流泯泯淸.

들판의 해는 희미하게 하얗고, 봄물의 흐름은 깨끗하게 맑다.

(甫,「漫成」)

XIV.2.　　vn-NX-fr-V(앞에 수식성의 술어형식을 첨가한 것)

穿花蛺蝶深深見, 點水蜻蜓款款飛.

꽃 사이를 나는 나비는 사라졌다 보였다 하고, 물에 닿았다 나는 잠자리는 느릿느릿 난다.

(「曲江」)

(XV) 오언의 제31류를 확충한 것.

XV.1.　　N-V-NN−dv(或 fn)-F(제5자 · 제6자에 부사성의 동사어 또는 명사어를 삽입한 것)

風飄律呂相和切, 月傍關山幾處明.

바람은 피리소리를 싣고 와 심금을 울리며 절실하고, 달은 관산에 기대어 곳곳이 밝다.

(「吹笛」)

비교 : 鶴巢松樹遍, 人訪蓽門稀.[415]

학이 소나무에 둥지를 튼 것이 가득하고, 사람들이 사립문에 찾아오는 것이 드물다.

(維,「山居卽事」)

(XVI) 오언의 제37류를 확충한 것.

XVI.1.　　nN-FR-fN-F(제1자에 형용성의 명사를 삽입하고, 제3자 · 제4자의 첩자가 하나의 형용사에 해당되는 것)

雲石'熒熒'高葉曙, 風江'颯颯'亂帆秋.

---

415) 텍스트에는 '蓽'이 '華'로 되어 있는데, 誤字이다.

구름 덮인 바위 빛나며 높은 나뭇잎 새벽빛 받고, 바람 부는 강 쏴아 하며 어지러운 돛 가을에 펄럭인다.

(「簡吳郎」)

비교 : 花濃春寺靜, 竹細野池幽.
꽃빛깔 진한데 봄 사원 고요하고, 대나무 가느다래 들판의 못 그윽하다.

(甫, 「上牛頭寺」)

XVI.2.　　nN-V-N-fN-V(或 F) (제1자에 형용성의 명사를 삽입하고, 제4자에 목적어를 삽입하여 그 앞의 동사와 함께 앞에 있는 문장형식의 술어가 된 것)

林花'着雨'(燕脂)落, 水荇'牽風'翠帶長.
숲의 꽃에 빗물이 묻으니 연지가 떨어진 듯하고, 물풀이 바람에 끌리니 푸른 띠를 길게 늘어뜨린 것 같다.

(「曲江對雨」)

비교 : 雨急靑楓暮, 雲深黑水遙.
비가 세차서 푸른 단풍 어둡고, 구름이 깊어 흑수는 아득히 멀다.

(甫, 「歸夢」)

XVI.3.　　NX-dV-nN-V (제1자·제2자가 쌍음명사로 하나의 명사에 해당되고, 제3자에 부사를 삽입한 것)

'麒麟'不動爐煙上, '孔雀'徐開扇影還.
기린 향로 꼼짝 않고 연기만 피어오르는데, 공작 깃 부채 서서히 열려 그림자 둘러섰다.

(「至日遣興」)

비교 : 樹涼征馬去, 路暝歸人愁
나무 서늘하여 멀리 가는 말 떠나고, 길 어두워 돌아가는 사람 슬프다.

(羲, 「仲夏餞魏」)

XVI.4.　　cn-N-F-nN-V(或 F) (앞에 수식성의 명사어를 첨가한 것)

黃牛峽靜灘聲轉, **白馬**江寒樹影稀.

황우협 고요하여 여울소리 돌아들고, 백마강 차서 나무그림자 드물다.

(「送韓十四」)

비교 : 草枯鷹眼疾, 雪盡馬蹄輕.

풀이 말라서 매의 눈 민첩하고, 눈이 녹아서 말발굽 가볍다.

(維, 「觀獵」)

XVI.5. N-V-dV-bN-F(제3자·제4자에 동사어를 삽입하여 뒤의 문장 형식을 목적어로 삼은 것)

胡來**不覺**潼關隘, 龍起**猶聞**晋水淸.

오랑캐가 왔는데도 동관이 험하다고 느끼지 못했고, 용이 일어나 다시 진수가 맑아졌다고 들었다.

(「諸將」)

XVI.6. nn-N-F-NN-V(或 F)(앞에 관계어를 첨가한 것)

旌旗日暖龍蛇動, **宮殿**風微燕雀高.

깃발은 날 따뜻하여 용과 뱀이 움직이고, 궁전은 바람이 약해 제비와 참새가 높이 난다.

(「奉和賈至」)

비교 : 地逈山河靜, 天長雲樹微.

땅이 멀어 산과 강 고요하고, 하늘이 아득하여 구름과 나무 조그맣다.

(維, 「送崔興宗」)

XVI.7. NN-FX-NN-F(或 V)(제1자·제2자가 평행명사로서 하나의 명사와 같고, 제3자·제4자가 연면자로서 하나의 형용사와 같은 것)

'風塵''荏苒'音書絶, '關塞''蕭條'(行)路難.

전란이 계속되어 고향소식 끊겼고, 관새는 스산하여 고향 가는 길 험난하다.

(「宿府」)

XVI.8.　　(nf)n-N-F(或 V)−N-dV(앞에 수식성의 명사어를 첨가한 것)
桃花氣暖眼自醉, 春渚日落夢相牽.
복사꽃 날씨 따뜻하여 눈이 절로 감기고, 봄 물가 해 떨어지니 꿈이 이곳을
맴돈다.

(「晝夢」)

(XVII) 오언의 제38류를 확충한 것.

XVII.1.　　nN-FR−V-f(혹 vf)N(제1자에 형용서의 명사를 삽입하고, 제3
　　　　　자·제4자가 첩자로서 하나의 형용사와 같은 것)
宮草‘微微’承委佩, 爐烟‘細細’駐遊絲.
궁초는 조용히 드리워진 佩帶를 받쳐 들고, 향로의 연기는 가늘어 떠도는 거
미줄을 머물게 한다.

(「宣政殿退」)

비교 : 路斷因春水, 山深隔暝煙.
길이 끊긴 것은 봄물 때문이고, 산이 깊은 것은 자욱한 안개가 가로막았기 때
문이다.

(義,「送人尋裴」)

XVII.2.a.　nN-V-N−V-cN(제1자에 형용성의 명사를 삽입하고, 제4자에 목
　　　　　적어를 삽입하여 그 앞의 동사와 함께 앞에 있는 문장형식의 술어가 된
　　　　　것)
旅雁‘上雲’歸紫塞, 家人‘鑽火’用青楓.
길 떠나는 기러기는 구름 위로 올라가 아득한 변새로 돌아가고, 집안사람은
불을 취함에 푸른 단풍을 사용한다.

(「清明」)

비교 : 客醉揮金椀, 詩成得繡袍.
객은 취하여 금 술잔을 휘두르고, 시가 이루어져 수놓은 도포를 얻는다.

(甫,「崔駙馬」)

XVII.2.b. nN-V-N-V-fN(앞의 방식과 대략 같다)

舍人'退食'收封事, 宮女'開函'近御筵.

사인은 물러나와 식사하며 봉한 상주문을 거두고, 궁녀는 함을 열고 御座에 다가간다.

(「贈獻納使」)

XVII.2.c. fN-V-N-V-(nf 或 vf)N(제1자에 형용사를 삽입하고, 나머지는 앞의 방식과 대략 같다)

老妻'畵紙'爲棋局, 稚子'敲鍼'作釣鉤.

늙은 아내는 종이에 줄을 그어 바둑판을 만들고, 어린 아들은 바늘을 두들겨 낚싯바늘을 만든다.

(「江村」)

XVII.2.d. (vf)N-V-N-V-nN(제1자에 형용성의 동사를 삽입하고, 나머지는 앞의 방식과 대략 같다)

返照'入江'翻石壁, 歸雲'擁樹'失山村.

석양빛이 강에 들어 석벽에 번득이고, 돌아가는 구름이 숲을 감싸 산촌이 안 보인다.

(「返照」)

비교 : 樹密當山徑, 江深隔寺門.

나무가 빽빽하여 산길을 차단하였고, 강물이 깊어 절문을 가로 막았다.

(甫, 「望兜率寺」)

XVII.3. NN-FF(或 VV)-V-Nt(제1자·제2자가 평행명사로서 하나의 명사와 같고, 제3자·제4자가 동의자(同義字)로서 하나의 형용사 또는 동사와 같은 것)

'草木'變衰'行劍外, '兵戈''阻絶'老江邊.

초목이 시들어 갈 때 劍門關 밖으로 갔고, 전란으로 길이 끊겨 錦江 가에서 늙어가리.

(「恨別」)

XVII.4. qN-FF(或 VV)-dV-N(제1자에 **숫자를 삽입**하고, 제3자·제4자
가 동의자인 것)

萬事'糾紛'猶絶粒, 一官'羈絆'實藏身.

온갖 일에 시달려도 밥 지을 쌀 없고, 말단관직에 매여 있는 것은 몸을 숨기
기 위한 것.

(「寄常徵君」)

비교: 錫飛常近鶴, 杯度不驚鷗.

錫杖를 날리며 늘 학을 가까이하고, 木杯로 물을 건너며 갈매기를 놀라게 하
지 않는다.

(甫, 「題玄武」)

XVII.5. N-F-fr-dV-N(제3자·제4자에 첩자부사어를 삽입한 것)

世亂鬱鬱久爲客, 路難悠悠常傍人.

세상이 어지러워 울적하니 오랫동안 나그네 되었고, 길이 험해 근심 속에 늘
남에게 의지한다.

(「九日」)

비교: 途窮那免哭? 身老不禁愁.

길이 막혔으니 어떻게 통곡을 면할까? 몸이 늙어 슬픔을 금할 수 없다.

(甫, 「暮秋將歸」)

XVII.6. f(或 nf)N-V-N-(fd 或 vd)V-N(제1자에 형용사를 삽입하고, 제4
자에 목적어를 삽입한 것)

晴雲'滿戶'團傾蓋, 秋水'浮階'溜決渠.

맑게 갠 구름이 문에 가득 차 수레덮개가 모인 듯하고, 가을 물이 섬돌 위를
세차게 흘러 도랑이 터진 듯하다.

(「題柏學士」)

(XVIII) 오언의 제42류를 확충한 것.

XVIII.1. V-N-qN-V-fN(제3자에 숫자를 삽입하고, 제5자에 형용사를 삽입한 것)

刺繡五紋添弱線, 吹葭六琯動浮灰.

자수에 오색무늬는 약한 침선을 첨가하고, 갈대를 부니 여섯 律管에서 뜬 재가 움직인다.

(「小至」)

비교: 對門藤蓋瓦, 映竹水穿沙.

문을 마주하고 등나무 가지는 지붕의 기와를 덮었고, 대나무를 비치며 물은 모래를 뚫고 지나간다.

(甫, 「秦州雜詩」)

XVIII.2.　V-N－V-N－fn-V(앞에 관계를 표시하는 술어형식을 첨가한 것)

思家步月淸宵立, 憶弟看雲白日眠.

고향 그리워 달빛 밟으며 맑은 밤에 서 있고, 동생 생각에 구름 바라보며 낮에 잠든다.

(「恨別」)

XVIII.3.　N-V-qN-f(或 nf)N-V(제1자에 주어를 삽입하고, 제3자에 숫자를 삽입한 것)

'香飄'合殿'春風轉, '花覆'千官'淑景移.

향기가 넓은 궁전에 떠다니며 봄바람에 돌아들고, 꽃나무 그늘이 온 관리를 덮어서 맑은 그림자 이동한다.

(「紫宸殿」)

XVIII.4.　V-N－cn-qN-F(제3자·제4자에 도치된 주어를 삽입한 것)

含風翠壁孤雲細, 背日丹楓萬木稠.

바람 머금은 푸른 벽 사이에는 외로운 구름 가늘고, 해 등진 단풍은 만 그루 빽빽하다.

(「涪城縣」)

비교: 立馬千山暮, 迴舟一水香.

말을 세우니 천산이 저녁 빛이고, 배를 돌리니 온 물이 향기롭다.

(甫, 「數陪李」)

XVIII.5. BX-V-N-NN-F(앞에 주어를 첨가한 것)

匡衡抗疏功名薄, 劉向傳經心事違.

광형처럼 소를 올렸지만 나의 공명은 박하고, 유향처럼 경을 전하고 싶었지
만 심사가 어긋났다.

(「秋興」)

비교 : 對酒山河滿, 移舟草樹迴.

술을 대하니 산과 강이 가득하고, 배를 옮겨가니 풀과 나무가 돌아온다.

(維,「奉和聖製」)

XVIII.6. fN-V-N-N-FR(앞에 주어를 첨가한 것)

客子入門月皎皎, 誰家搗練風凄凄?

나그네가 문에 들어서니 달빛 교교하고, 뉘 집에서 다듬이질하는데 바람 쓸
쓸할까?

(「暮歸」)

(XIX) 오언의 제43류를 확충한 것.

XIX.1. dV-bN-(vf)N-V(제3자·제4자에 목적어를 삽입한 것)

欲辭巴徼啼鶯合, 遠下荊門去鷁催.

파 땅을 떠나려는데 꾀꼬리는 함께 울고, 멀리 형문을 내려가라고 익조 배가
재촉한다.

(「奉待嚴」)

비교 : 欲歸群鳥亂, 未去小童催.

돌아가려니 뭇 새들 소란스럽고, 가지 않으니 어린아이가 재촉한다.

(甫,「晩晴」)

(XX) 오언의 제44류를 확충한 것.

XX.1.   dd-Vd-V-nN(앞에 부사어를 첨가한 것)

幸不折來傷歲暮, **若爲**看去亂鄕愁.

다행히 매화 가지를 꺾어 보내지 않아 세모에 가슴 아프지 않았는데, 만약 보았다면 향수에 마음이 어지러웠으리.

(「和裵迪」)

(XXI) 오언의 제45류를 확충한 것.

XXI.1.   N-V-nN-V-nN(제1자에 주어를 삽입하고, 제3자에 형용성의 명사를 삽입한 것)

雲移雉尾開宮扇, **日繞**龍鱗識聖顔.

구름처럼 꿩 꼬리 이동하니 궁전의 깃 부채 열리고, 햇빛이 용 비늘 둘러싼 듯 성스러운 얼굴 알아보았다.

(「秋興」)

비교: 忘身辭鳳闕, 報國取龍庭.

자신을 잊고 임금님 계신 대궐을 떠나고, 나라에 보답하고자 용정을 취한다.

(維, 「送趙都督」)

XXI.2.   (nd 或 fd)V-fN-V-fN(제1자에 부사를 삽입하고, 제3자에 형용사를 삽입한 것)

晝引老妻乘小艇, **晴看**稚子浴淸江.

낮에 아내를 데리고 작은 배를 타고서, 활짝 개어 아이들이 맑은 강에서 멱 감는 것을 바라본다.

(「進艇」)

비교: 事姑稱孝婦, 生子繼先賢.

시어머니를 섬겨서 효성스런 며느리로 불리고, 아들을 낳아 앞선 현인을 잇는다.

(順, 「達奚吏部」)

XXI.3.　　V-N−nt-V-cN(제3자·제4자에 시간어를 삽입한 것)

杖藜雪後臨丹壑, 鳴玉朝來散紫宸.

지팡이 짚고 눈 내린 후 붉은 골짜기에 임하니, 옥패 울리며 아침에 조정에서 나올 때 나는 소리가 난다.

(「冬至」)

비교: 傳燈無白日, 布地有黃金

등불이 항상 켜 있어 낮이 따로 없고, 바닥에 깐 것은 황금이다.

(甫, 「望牛頭寺」)

XXI.4.　　VV-nN−V-f(CN)(제1자·제2자가 평행동사로서 하나의 동사와 같고, 제3자에 형용성의 명사를 삽입한 것)

'寵光'蕙葉與多碧, '點注'桃花舒小紅.

은총을 입은 혜초 잎은 푸름을 더하였고, 빗방울을 흠뻑 머금은 복사꽃은 살짝 붉은 꽃망울을 터뜨렸다.

(「江雨有懷」)

XXI.5.　　VN-VN−V-f(FN)(앞의 네 글자가 쌍술어형식인 것)

仗鉞襄帷瞻具美, 投壺散帙有餘淸.

軍事와 民政 모두에 훌륭함을 보았고, 투호와 책 읽기에 여유 있는 맑음이 있다.

(「江陵節度」)

XXI.6.　　nt-V-N−V-NN(앞에 방위어를 첨가한 것)

舟中得病移衾枕, 洞口經春長薜蘿.

배에서 병을 얻어 잠자리를 옮겼고, 西閣 입구는 봄을 지나면서 벽라가 우거졌다.

(「峽中覽物」)

XXI.7.　　dV-NN−V-NN(제1자에 부사를 삽입하고, 제3자·제4자가 동의자인 것)

數問'舟航'留製作, 長開'篋笥'擬心神.

수차 배 떠날 시기를 물으며 贈詩를 남겼고, 늘 함을 열어 시를 보며 마음을 헤아렸다.

(「留別公安」)

XXI.8.　　(td)V-bN-f←NN(제1자에 부사를 삽입하고, 제3자에 고유명사를 삽입한 것)
南渡桂水闕舟楫, 北歸秦川多鼓鼙.
남으로 계수를 건너려니 배를 빌릴 돈이 없고, 북으로 진천에 돌아가려니 전쟁의 북소리 잦다.

(「暮歸」)

XXI.9.　　S-dV-N-V-NN(제1자에 대명사를 삽입하고, 제2자에 부사를 삽입한 것)
我已無家尋弟妹, 君今(何)處訪庭闈.
나는 이미 아우와 누이들 찾을 집이 없는데, 그대는 지금 어디서 부모님 계신 집을 찾으려는가?

(「送韓十四」)

XXI.10.　　V-N-nn-dV-N(제3자ㆍ제4자에 관계어를 삽입한 것)
側身天地更懷古, 迴首風塵甘息機.
몸 기울여 천지간에 살아가니 더욱 옛날이 그립고, 고개 돌려 풍진을 바라보니 은거를 달게 여긴다.

(「將赴成都」)

비교: 徇祿仍懷橘, 看山免採薇.
봉급을 좇지만 여전히 귤을 마음에 품고, 산을 바라볼 뿐 고사리 캐는 것을 면했다.

(維,「留別錢起」)

XXI.11.　　qn-V-N-dV-N(앞에 숫자를 대동한 명사어를 첨가한 것)
萬里悲秋常作客, 百年多病獨登臺.
만 리 타향에서 가을을 슬퍼하며 늘 나그네 신세인데, 평생 병 많은 몸이 홀로 대에 오른다.

(「登高」)

비교: 曬藥能無婦, 應門幸有兒.

약초를 말리는데 어찌 아내의 도움이 없으랴? 대문에 응답하는 데는 다행히 아이가 있다.

(甫, 「秦州雜詩」)

XXI.12.　fr-V-N-(qd 或 td)V-N(앞에 疊字부사어를 첨가한 것)

寂寂繫舟雙下淚, 悠悠伏枕左書空.

적적하게 정박한 배에서 두 줄기 눈물 흘리고, 근심 속에 병상에서 왼손으로 허공에 글을 쓴다.

(「淸明」)

XXI.13.　V-N-dV-qnN(제5자 · 제6자에 수식성의 명사어를 삽입한 것)

聽猿實下三聲淚, 奉使虛隨八月槎.

원숭이 울음소리 세 번이면 정말 눈물 나는데, 사신 받들어 팔월의 떼를 따르려던 꿈은 어그러졌다.

(「秋興」)

비교: 好武甯論命, 封侯不計年.

무예를 좋아하니 어찌 목숨을 돌보랴? 봉후가 되는 데는 나이를 따지지 않는다.

(甫, 「送人從軍」)

XXI.14.　dV-NN-ddV(제1자에 부사를 삽입하고, 제3자 · 제4자가 평행명사인 것)

久存'膠漆'應難幷, 一辱'泥塗'遂晚收.

오랫동안 아교와 옻칠 같은 우정 지닌 것은 비견할 데 없을 것인데, 한 번 진창에 빠지니 결국 수확이 없게 되었다.

(「長沙送李」)

비교: 玩雪勞相訪, 看山正獨吟.

눈을 완상하며 애써 그대를 찾아가고, 산을 보며 마침 홀로 읊조린다.

(卿, 「酬張夏」)

(XXII) 오언의 제46류를 확충한 것.

XXII.1.　　N-V-nN−VN-F
波漂菰米沈雲黑, 露冷蓮房墜粉紅.

물결에 줄 열매 뜨니 검은 구름이 잠긴 듯하고, 이슬이 연방을 차갑게 하여 분홍 꽃잎을 떨어뜨렸다.

(「秋興」)

비교: 問法看書妄, 觀身向酒慵.

佛法을 물으니 책을 보는 것이 허망하고, 자신을 성찰하니 술이 내키지 않는다.

(甫, 「謁眞諦寺」)

(XXIII) 오언의 제59류를 확충한 것.

XXIII.1.　　f(혹 nf)n-N−Vnt-V→(앞에 관계어를 첨가한 것)
春水船如天上坐, 老年花似霧中看.

봄물에 배는 천상에 앉아 있는 것 같고, 늙으니 꽃은 안개 속에서 보는 듯하다.

(「小寒食」)

(XXIV) 오언의 제62류를 확충한 것.

XXIV.1.　　f(或 nf)n-dV−nNV(앞에 관계어를 첨가한 것)
春風自信牙檣動, 遲日徐看錦纜牽.

봄바람에 상아돛대 움직이도록 그대로 맡겨두고, 봄날에 비단 닻줄 끌리는 것을 천천히 바라본다.

(「城西陂泛」)

비교: 但恐天河落, 寧辭酒盞空.

다만 은하수가 지는 것이 두렵고, 어찌 술잔 비우는 것을 사양하랴?

(甫, 「酬孟雲卿」)

XXIV.2.　nv-dV-nNV(앞에 문장형식을 첨가한 것)

石出倒聽楓葉下, 櫓搖背指菊花開.

바위 솟아 오히려 단풍잎 떨어지는 소리 들리고, 노 저어 뒤로 국화 핀 것 가리킨다.

(「送李八」)

비교 : 應愁江樹遠, 怯見野亭荒.

응당 강의 나무가 멀어서 슬플 것이고, 들의 정자가 황량하여 보기가 겁난다.

(甫, 「寄邛州」)

(XXV) 오언의 제64류를 확충한 것.

XXV.1.　V-V-(nf)n-cnN(제3자 · 제4자에 관계어를 삽입한 것)

思霑道暍黃梅雨, 敢望宮恩玉井冰.

도로가 무더워 장마 비에 적셔지길 바라지만, 皇恩으로 옥정의 얼음 하사받길 어찌 바라랴?

(「多病執熱」)

비교 : 乞爲寒水玉, 願作冷秋菰.

찬 물의 옥이 되라고 애원하고, 서늘한 가을의 줄이 되라고 원한다.

(甫, 「熱」)

(XXVI) 오언의 제66류를 확충한 것.

XXVI.1.　v-S-(fd)V-vnN(제1자에 동사를 삽입하고, 제3자에 부사성의 형용사를 삽입한 것)

顧我老非題柱客, 知君才是濟川功.

나를 돌아보니 늙어서 기둥에 결심을 쓴 사마상여 같은 나그네가 아니고, 그대를 아나니 재능이 임금을 보좌하는 공을 이루었다.

(「陪李七」)

비교: 神交作賦客, 力盡望鄕臺.

정신은 부를 짓는 나그네 司馬相如와 통하고, 근력은 망향대에서 소진되었다.

(甫, 「雲山」)

(XXVII) 오언의 제69류를 확충한 것.

XXVII.1.　fr-nN-vn-V(앞에 첩자를 첨가한 것)

靑靑竹筍迎船出, 白白江魚入饌來.

파란 죽순이 배를 맞아 솟고, 하얀 물고기가 반찬으로 나온다.

(「送王十五」)

XXVII.2.　nN-dd-vn-V(제3자·제4자에 부사어를 삽입한 것)

花徑不曾緣客掃, 蓬門今始爲君開.

꽃길은 손님 때문에 쓸어본 적이 없었는데, 사립문을 오늘 처음으로 그대 위해 열었다.

(「客至」)

비교: 竹杖交頭拄, 柴扉隔徑開.

대 지팡이는 머리에 닿게끔 떠받치고, 사립문은 길 건너에 열려 있다.

(甫, 「晚晴吳郞」)

XXVII.3.　fN-fN-vn-F(앞의 네 글자가 쌍명사어인 것)

淸江錦石傷心麗, 嫩蕊濃花滿目斑.

맑은 강 비단 바위는 상심의 고운 빛을 드러내고, 어린 꽃잎 무성한 꽃은 눈 가득히 알록달록하다.

(「滕王亭子」)

비교: 白雲迴望合, 靑靄入看無.

흰 구름은 빙 둘러보니 함께 모이고, 푸른 안개는 들어가서 보니 사라지고 없다.

(維, 「終南山」)

XXVII.4. nt-NN-vn-V(或 F)(앞에 방위어를 첨가한 것)

江間波浪兼天湧, 塞上風雲接地陰.

강물의 파도는 하늘에 합칠 듯 용솟음치고, 변새의 바람은 땅에 닿을 듯 음산하다.

(「秋興」)

비교: 江水帶冰綠, 桃花隨雨飛.

강물은 얼음을 띠고서 푸르고, 도화는 비를 따라 날아간다.

(義, 「漢陽卽事」)

(XXVIII) 오언의 제70류를 확충한 것.

XXVIII.1. nN-dvfn-V(제1자에 형용성의 명사를 삽입하고, 제3자에 부사를 삽입한 것)

江鸛巧當幽徑浴, 鄰雞還過短墻來.

강가의 황새는 멋지게 그윽한 길 마주하여 썼고, 이웃집 닭은 또 낮은 담을 넘어 온다.

(「王十七」)

비교: 檣帶城烏去, 江連暮雨愁.

돛배는 성의 까마귀를 대동하고 떠나가고, 강은 저녁 비에 이어져 슬픔을 자아낸다.

(維, 「送賀遂」)

XXVIII.2. f(或 nf)N-dvfn-V(제1자·제2자가 명사어로서 하나의 명사에 해당되고, 제3자에 부사를 삽입한 것)

'桃花'細逐楊花落, '黃鳥'時兼白鳥飛.

복사꽃은 가볍게 버들솜 따라 떨어지고, 황조는 때때로 백조와 함께 난다.

(「曲江對雨」)

비교: 山臨靑塞斷, 江向白雲平.

산은 푸른 변새에 임하여 끊어졌고, 강은 흰 구름 향하여 평평하다.

(維, 「送嚴秀才」)

XXVIII.3. cN-dvqn-V(或 F)(제1자에 형용사를 삽입하고, 제3자에 부사를 삽입한 것)
藍水遠從千澗落, 玉山高幷兩峰寒.
푸른 물은 멀리 천의 계곡에서 떨어지고, 옥산은 높이 두 봉우리와 함께 차다.

「九日藍田」)

비교 : 星臨萬戶動, 月傍九霄多.
별은 수많은 집에 임하여 반짝이고, 달빛은 대궐 옆에 많다.

(甫, 「春宿左省」)

(XXIX) 오언의 제77류를 확충한 것.

XXIX.1. fn-(vf)N-F-dF(或 V)(앞에 수식성의 명사어를 첨가한 것)
孤城返照紅將斂, 近市浮烟翠且重.
외로운 성의 저녁놀은 붉은 기운이 사라져 가고, 저자 가까이의 안개는 푸르며 짙다.

「暮登四安」)

비교 : 羌婦語還笑,[416] 胡兒行且歌.
羌婦들은 떠들면서 히히거리고, 胡兒들은 가면서 노래를 부른다.

(甫, 「日暮」)

XXIX.2. qN-FF-dFF(제3자·제4자와 제6자·제7자가 각기 평행어인 것)
二儀'清濁'還'高下', 三伏'炎蒸'(定)'有無'.
천지의 청탁과 높낮이가 확연히 드러나고, 삼복의 찌는 더위가 정녕 있는 것인가?

(「又作此奉」[417])

---

416) 텍스트에는 '笑'가 '哭'으로 되어 있는데, 의미상으로 볼 때 맞지 않아 『杜詩詳注』에 의거하여 바꾸었다.
417) 텍스트에는 제목이 「又作此章」으로 되어 있는데, 이 시의 원 제목이 「又作此奉衛王」이어서 바꾸었다.

(XXX) 오언의 제81류를 확충한 것.

XXX.1.　vn-NN-NN-V(或 F)(앞에 수식성의 술어형식을 첨가한 것)
直北關山金鼓振, 征西車馬羽書馳.[418]

바로 북녘 관산에는 징과 북소리가 진동하고, 서쪽을 정벌하러 가는 수레와 말은 羽書를 급히 보내겠지.

(「秋興」)

비교 : 草木歲月晚, 關河霜雪淸.

초목은 세월이 늦고, 산하는 서리와 눈이 맑다.

(甫, 「送遠」)

XXX.2.　fN-fN-NN-V(或 F)(앞의 네 글자가 쌍명사어인 것)
高江急峽雷霆鬪, 翠木蒼藤日月昏.

높은 강물 급한 협곡에서 우레와 다투는 듯 소리 울리고, 푸른 나무와 등걸에 햇빛 어둡다.

(「白帝」)

비교 : 遲日江山麗, 春風花草香.

나른한 날 강산이 아름답고, 봄바람에 화초가 향기롭다.

(甫, 「絶句」)

XXX.3.　NN-dd-N-V-N(제3자·제4자에 부사어를 삽입한 것)
干戈況復塵隨眼! 鬢髮還應雪滿頭!

전란에 하물며 또한 풍진이 눈앞을 가림에랴! 머리 또한 눈이 뒤덮은 것 같다!

(「寄杜位」)

(XXXI) 오언의 제84류를 확충한 것.

XXXI.1.　fN-(qd)V-fnN(제1자에 형용사를 삽입하고, 제3자에 부사를 삽입한 것)

---

418) 텍스트에는 '馳'가 '遲'로 되어 있는데, 『杜詩詳注』에 의거하여 바꾸었다.

叢菊兩開他日淚, 孤舟一繫故園心.

국화더미 두 차례 피어나니 지난날의 눈물 흘러나오고, 외로운 배 한결같이 매여 있어 고향생각 절실하다.

(「秋興」)

비교: 藥殘他日裹, 花發去年叢.

약은 지난 날 싸고 다녔던 주머니에서 비어가는데, 꽃은 작년의 떨기를 다시 피웠다.

(甫, 「老病」)

(XXXII) 오언의 제91류를 확충한 것.

XXXII.1. cN-vv(或 ff)-fNt(제3자·제4자에 평행동사 또는 평행형용어를 삽입한 것)
翠華想像空山裏, 玉殿虛無野寺中.

先主의 깃발이 빈 산 속에 펄럭이는 듯하고, 옥전은 들판의 절 안에 없는 듯이 솟아 있다.

(「詠懷古跡」)

비교: 田舍淸江上, 柴門古道旁.

농가는 맑은 강가에 있고, 사립문은 옛길 옆에 있다.

(甫, 「田舍」)

XXXII.2. NV-NN-cNt(앞에 문장형식을 첨가한 것)
時危兵甲黃塵裏, 日短江湖白髮前.

시절이 위태로워 전란이 황진 속에 있고, 해는 짧아지는데 강호는 백발 앞에 있다.

(「公安送韋」)

비교: 金刹靑楓外, 朱樓白水邊.

사찰은 푸른 단풍 너머에 있고, 驛館은 하얀 물가에 있다.

(甫, 「舟月對驛」)

XXXII.3. b(或 f)n-NN-NNt(앞에 수식성의 명사어를 첨가한 것)
秦城樓閣烟花裏, 漢主山河錦繡中.
진성의 누각은 안개 덮인 꽃 속에 솟아 있고, 한 황제의 산하는 비단 수에 덮
여 있다.

「清明」

故鄕門巷荊棘底, 中原君臣豺虎邊.
고향의 문과 골목은 형극으로 덮였고, 중원의 군신은 이리와 범 옆에 있다.

「畫夢」

(XXXIII) 오언의 제95류를 확충한 것.

XXXIII.1. nn-fN-d-NN(앞에 관계어를 첨가한 것)
江山故宅空文藻, 雲雨荒臺豈夢思!
강산의 옛집에는 문장이 부질없이 전해지고, 高唐의 雲雨 이야기가 어찌 환
상이겠는가!

「詠懷古跡」

비교 : 故國猶兵馬, 他鄕亦鼓鼙.
고향은 여전히 병마가 날뛰고, 타향도 역시 북소리 요란하다.

(甫, 「送遠」)

(XXXIV) 오언의 제97류를 확충한 것.

XXXIV.1. vn-vn-vn-N(앞의 여섯 글자가 평행의 세 술어형식인 것)
舍舟策馬論兵地, 拖玉腰金報主身.
배를 떠나 말을 채찍질하며 군대를 논하는 땅으로 북상하여, 금과 옥을 허리
에 차고 군주에 보답하는 몸이 되리.

「季夏送」

비교:辯士安邊策, 元戎決勝威.
謀士는 변방을 안정시킬 계책을 내고, 장수는 승리를 거둘 위엄을 보이리.

(甫, 「西山」)

XXXIV.2. dv-dv-nt-N(앞의 네 글자가 쌍동사어인 것)
自去自來梁上燕, **相親相近**水中鷗.
절로 왔다 절로 가는 것은 들보 위의 제비, 서로 친해 가까이하는 것은 물 위의 갈매기.

(「江村」)

19.5 이상에서 서술한 칠언의 구식은 그 종류를 통계 낼 수 없다. 왜냐하면 실제로 가능한 종류는 이보다 여러 배 더 많을 것이기 때문이다. 이러한 분석은 이로부터 다른 것들을 미루어 알 수 있도록 한 것일 따름이다.

제20절 근체시의 어법(상)

20.1 고시(古詩)의 어법은 본래 산문의 어법과 대체로 같다. 그러다 근체시에 이르러서야 점차 산문과 달라졌다. 그렇게 된 원인에는 대체로 세 가지가 있다. 첫째, 얼마 되지 않는 5자 또는 7자 속에 풍부하게 상상을 전개하려면 간결에 힘쓰지 않을 수 없다. 따라서 생략해도 어의(語意)에 영향을 미치지 않을 수 있는 글자는 종종 생략한다. 둘째, 운각(韻脚)의 구속을 받기 때문에 때로는 단어의 위치를 이동하지 않을 수 없다. 셋째, 대장(對仗)이 있는 관계로 사성(詞性)이 서로 뒷받침되어 변성(變性)의 사(詞)를 운용하기에 매우 편리하기 때문에 시인에 따라서는 이 관

계를 빌려서 '경구(警句)'를 만들어내기도 한다. 예를 들어 한유(韓愈)의 "暖風抽宿麥, 淸雨捲歸旗(따뜻한 바람이 겨울 지낸 보리를 싹트게 하고, 맑은 비가 돌아가는 깃발을 말아 올리게 한다)"에서 '抽'와 '捲'은 모두 이른바 사동사(使動詞 : 혹은 致動이라고 칭한다)이다. 왜냐하면 따뜻한 바람이 있기 때문에 겨울을 지낸 보리가 모두 싹을 트게 하였고, 맑은 비가 있기 때문에 돌아가는 깃발이 모두 말아 올려지게 한 것이다. 이와 같은 구법(句法)은 산문에서는 거의 사용되지 않는다. 만약 산문에 시의 구법을 사용했다면 그것은 시의 격조로 문장을 지었다고 볼 수 있다.

20.2 이제 근체시의 어법을 서술함에 있어서 원칙적으로 시와 산문에 공통되는 어법은 이야기하지 않겠다. 만약 산문에도 있는 결구(結構)를 언급한다면 그것은 같은 것으로부터 다른 것을 구하는 것으로서 시와 산문의 대동소이한 점을 지적하고자 함이다.

20.3 먼저 지적하고자 하는 것은 시의 의미상의 절주가 산문의 절주와 왕왕 다르다는 점이다. 근체시와 변체문의 관계는 매우 깊지만 변체문은 주로 네 자·여섯 자를 구로 하여(이른바 '四六'), 근체시의 다섯 자·일곱 자와 한 글자씩 차이가 나기 때문에 의미상의 절주가 같기 어렵다. 산문의 절주와 가장 다른 시구의 예를 들면 다음과 같은 것들이다.

賞──應歌杕杜, 歸──及獻櫻桃.
상을 줄 때는 응당 체두의 노래 부르는 법, 돌아온 것이 앵두를 바칠 때에 미치리라.

(甫, 「收京」)

尋覓詩章──在, 思量歲月──驚.
詩篇을 찾으니 있고, 세월을 생각하니 놀랍다.

(稹, 「遣行」)

永夜角聲悲──自語, 中天月色好──誰看?

긴긴 밤 뿔피리소리 슬픈 것이 혼잣말 같고, 중천에 걸린 달빛 좋지만 누가 차마 볼까?

(甫,「宿府」)

春水——船如天上坐, 老年——花似霧中看.
봄물에 배는 천상에 앉아 있는 것 같고, 늙으니 꽃은 안개 속에서 보는 듯하다.

(甫,「小寒食」)

琴書酒－伴－皆抛我, 雪月花－時－最憶君.
거문고와 책과 술친구들은 다 나를 버려, 눈과 달과 꽃필 때 그대가 가장 생각난다.

(易,「寄殷協律」)

藥——將雞犬—雲中試, 琴——許魚龍－月下聽.
약은 닭과 개에게 구름 속에서 시험하게 하고, 거문고는 물고기와 용에게 달빛 아래 듣게 한다.

(高駢,「和王昭符」)

20.4 다음으로, 근체시의 각종 어법상의 특징을 23개의 항목으로 나누어 설명하겠다.

1) 사(詞)의 변성(變性)

20.5 사의 변성은 본래 산문 속에 있는 것이다. 그러나 산문에서는 대명사 또는 연사·개사를 이용하여 사의 변성을 형성한다. 예를 들어 "友其士之仁者(선비 중의 어진 자를 벗한다)"·"人潔己以進(사람은 자신을 깨끗이 하여 나아간다)"·"博我以文(글로써 나를 넓힌다)"·"修文德以來之(문화의 힘을 발휘하여 그들을 따라오게 한다)"·"靡衣玉食以館於上者(좋은 옷과 음

식으로써 위에 거처하는 사람" 등등이 근체시에는 모두 없는 표현 방법이다. 내가 전에 『중국문법학초탐(中國文法學初探)』에서 말했듯이(59면) 변구(騈句)를 이용하여 사의 변성이 더욱 드러나도록 하는 것이 있는데, 그것은 산문에서 사용하는 수많은 방법 중의 하나일 뿐이며 또한 주된 방법도 아니다. 그러나 근체시에서는 사의 변성이 주된 방법으로 변했으며, 대략 유일한 방법이라고 말할 수 있다. 이제 여섯 종류로 나누어 예를 들어보면 다음과 같다.

(1) 명사를 동사로 활용한 것

子能渠細石, 吾亦沼清泉.
그대는 잔 돌로 도랑을 쌓을 수 있었고, 나도 맑은 샘으로 못에 물을 댔다.

(19.2.c.)

寧問春將夏! 誰憐西復東!
봄이 장차 여름이 되느냐고 어찌 물을까! 서쪽에서 다시 동쪽으로 간다고 누가 동정하랴!

(62.2.b.)

(2) 명사를 형용사로 활용한 것

雲霞出海曙, 梅柳渡江春.
구름과 놀이 새벽 바다에 나타나고, 매화와 버들이 봄 강을 건너온다.
— 두심언(杜審言), 「和晋陵陸丞早春游望」

孤雲獨鳥川光暮,419) 萬井千山海色秋.
석양의 시내 위에는 외로운 구름과 새, 가을 바다 앞으로는 수많은 웅덩이와 산.
— 이가우(李嘉祐), 「同皇甫冉登重玄閣」

---

419) 텍스트에는 '川光'이 '千山'으로 되어 있는데, 誤字이다.

('春'・'秋' 등의 글자가 형용사로 사용되는 경우는 산문에서 거의 보이지 않는다.)

(3) 동사를 형용사로 활용한 것

祖席依寒草, 行車起暮塵.

餞別의 자리는 찬 풀에 놓여 있고, 떠나가는 수레는 저녁 먼지를 일으킨다.

(5.1.a5.)

淚逐勸杯下, 愁連吹笛生.

눈물이 권하는 술잔을 따라 흘러내리고, 슬픔이 부는 피리에 이어 솟는다.

(70.1.e.)

(4) 형용사를 동사로 활용한 것

(a) 사동(使動): 목적어가 가리키는 사물이 그와 같은 속성을 갖게 한 것.

疎鐘淸月殿, 幽梵靜花臺.

성긴 종소리가 달빛 드는 전각을 맑게 하고, 그윽한 범패 소리가 꽃 누대를 고요하게 한다.

(5.1.I.)

驟雨淸秋夜, 金波耿玉繩.

소나기가 가을밤을 맑게 하여, 황금 달빛이 옥승성을 빛나게 한다.

(5.1.I.)

(b) 의동(意動): 사람이 어떤 사물에게 그와 같은 속성이 있다고 여기는 것.

澗花輕粉色, 山月少燈光.

계곡의 꽃은 미인을 가볍게 여기고, 산 위에 뜬 달은 등불 빛을 작게 여긴다.

(82.1.b2.)

(5) 자동사를 타동사로 활용한 것(使動)

感時花濺淚, 恨別鳥驚心. (花使淚濺, 鳥使心驚.)
시절을 느끼어 꽃만 보아도 눈물을 뿌리고, 이별을 한하여 새 소리만 들어도
가슴 놀란다.

(42.1.a.)

(6) 동사를 부사로 활용한 것

同調嗟誰惜? 論文笑自知!
재능이 같지만 안타깝게도 누가 애석해하겠는가? 시문을 논하면 우습게도 자
신만이 알아줄 뿐이다.

(45.6.b.)

迸出依靑嶂, 攢生伴綠池.
솟아나와 푸른 산봉우리에 의지하고, 모여서 나와 푸른 못과 짝한다.

(51.1.b.)

(동사가 부사로 활용될 수 있기 때문에 동사가 부사와 대장을 이룰 수 있다.
정신행위를 표시하는 동사의 경우는 더욱 그렇다. 예를 들어 두보 「自京竄至」
: "猶瞻太白雪, 喜遇武功天(그래도 태백의 눈을 보게 되었고, 기쁘게 무공의 하
늘을 만났다)"; 「吹笛」: "胡騎中宵堪北走, 武陵一曲想南征(오랑캐 기병이 한
밤중에 북으로 도망가겠고, 무릉의 한 곡조여서 南征이 생각난다)" 등이 있다.)

2) 도치법

20.6 고대의 산문에도 도치법이 있지만 대다수는 조건이 있는 도치
이다. 이를테면 부정어나 의문어 속에서 대명사가 목적어로 사용되었을
때 반드시 목적어를 동사 앞에 놓아야 하고("不我遐棄(나를 멀리 버리지 않

는다"·"吾誰欺(내가 누구를 속이는가?)"). 또한 목적어를 도치한 후 목적어와 동사 사이에 반드시 '是'자를 첨가해야 한다("戎狄是膺, 荊舒是懲(융적은 끌어안고, 형서는 응징한다)"). 엄격히 말해서 기왕에 조건이 있는 것이라면 어떤 조건 아래에서는 그렇게 해야 정칙(正則)이어서 도치라고 볼 수 없다. 아무런 조건도 없는 도치라야 진정한 도치이다. 근체시에서는 대장의 뒷받침에 의지하여 진정한 도치가 산문보다 훨씬 많고 훨씬 마음대로이다. 이제 다섯 종류로 나누어 예를 들어보면 다음과 같다.

(1) 주어 도치

春日繁魚鳥, 江天足芰荷. (江天芰荷足, 春日魚鳥繁.)
봄날이라 물고기와 새가 많고, 강 하늘에 마름과 연이 풍부하다.

(6.1.a.)

夜足霑沙雨, 春多逆水風. (夜則霑沙之雨足, 春則逆水之風多.)
밤에는 모래언덕을 적시는 비가 족하고, 봄에는 물을 거슬러 부는 바람이 많다.

(66.3.)

竹喧歸浣女, 蓮動下漁舟. (蓮動漁舟下, 竹喧浣女歸.)
대숲 왁자하니 빨래하던 여인들 돌아오는가 보고, 연잎 흔들리니 고깃배 내려가는가 보다.

(38.2.)

盍簪喧櫪馬, 列炬散林鴉. (列炬林鴉散, 盍簪櫪馬喧.)
비녀 꽂은 이들이 모이니 마구간의 말들이 시끄럽고, 횃불을 늘어놓으니 숲의 까마귀들이 흩어진다.

(45.2.)

(2) 목적어 도치

楚塞三湘接, 荊門九派通. (三湘接楚塞, 九派通荊門.)
楚塞는 세 상수에 인접해 있고, 荊州는 아홉 지류에 통한다.

(16.1.b.)

柳色春山映, 梨花夕鳥藏. (春山映柳色, 夕鳥藏梨花.)
버들 빛을 봄 산이 비추고, 배꽃에 저녁 새가 숨어 있다.

(16.1.a.)

方朔金門召, 班姬赤輦迎. (迎班姬以赤輦, 召方朔於金門.)
東方朔은 金馬門에서 부르고, 班倢伃는 붉은 수레로 맞이한다.

(16.2.)

神魚人不見, 福地語眞傳. (語眞傳福地, 人不見神魚.)
神魚는 사람이 보지 못하였고, 福地는 말이 참으로 전한다.

(16.3.)

飯抄雲子白, 瓜嚼水精寒.
밥은 雲母같이 하얀 것을 뜨고, 오이는 수정같이 차가운 것을 씹는다.

(39.1.)

(3) 주어와 목적어 둘 다 도치

綠垂風折筍, 紅綻雨肥梅. (風折之筍垂綠, 雨肥之梅綻紅.)
푸름을 드리운 것은 바람에 굽은 죽순이고, 붉음을 터뜨린 것은 비에 살찐 매실이다.

(65.2.)

(4) 주어 도치, 목적어 일부분 도치

香稻啄餘鸚鵡粒, 碧梧棲老鳳凰枝. (鸚鵡啄餘香稻粒, 鳳凰棲老碧梧枝.)

향도는 앵무가 그 쌀알을 쪼다 남겼고, 벽오동은 봉황이 그 가지에 길이 깃들
었다.

(X.3.)

(5) 개사(介詞)성의 동사 도치

鳩形**將**刻杖, 龜殼**用**支牀. (將鳩形刻杖, 用龜殼支牀.)
비둘기 모양을 지팡이 끝에 새기고, 거북 껍질을 평상을 받치는 데 쓴다.

(9.1.)

片雲天**共**遠, 永夜月**同**孤. (片雲共天遠, 永夜同月孤.)
한 조각 구름은 하늘과 함께 멀리 있고, 기나긴 밤은 달과 같이 외롭다.

(68.1.b.)

書劍身**同**廢, 烟霞吏**共**閑. (書劍同身廢, 烟霞共吏閑.)
책과 검은 몸과 같이 소용없게 되었고, 안개와 놀은 관리와 함께 한가롭다.

(68.1.a.)

20.7 (1) (2) (3)의 여러 예는 분명히 운각 때문이다. 만약 도치하지
않았다면 압운을 위해 운각을 바꾸어야 했을 것이다. (5)의 제1예와 제2
예는 평측 때문이다. 만약 "將鳩形刻杖, 用龜殼支牀"과 "片雲共天遠,
永夜同月孤"로 지었다면 '실대(失對)'의 결점을 드러냈을 것이다. 나머지
두 개의 예는 일부러 도치시킨 것이다. "書劍同身廢, 烟霞共吏閑"은 운
각과 평측 모두 지장이 없다. 그런데도 도치를 한 까닭은 다만 그렇게
해야 더욱 시구답기 때문이다. "鸚鵡啄餘香稻粒, 鳳凰棲老碧梧枝"도
마찬가지로 지장이 없다. 그러나 도치를 하고 나니 특히 새롭게 느껴져
서 평범함에 떨어지지 않았다. "鸚鵡粒"과 "鳳凰枝"는 이해할 수 있을
것도 같고 없을 것도 같은 데에 묘미가 있다. 쪼다 남은 것은 보통의 향
도(香稻)가 아니라 앵무의 낟알이고, 길이 깃든 곳은 보통의 벽오(碧梧)가

아니라 봉황의 가지이다. 두보의 이 두 구의 시와 그의 "綠垂風折筍, 紅綻雨肥梅" 및 왕유의 "竹喧歸浣女, 蓮動下漁舟"는 모두 경구(警句)로 볼 수 있다. 이런 것은 모두 훌륭한 솜씨를 지닌 사람이 어쩌다 얻는 것이지, 애써 모방하여 얻을 수 있는 것이 아니다.

3) 생략법

20.8 산문에도 생략이 있지만 근체시에서는 생략이 더욱 심하고 더욱 흔히 나타난다. 이제 종류를 나누어 예를 들고 평론을 가해 보겠다.

20.9 (1) 성명의 일부를 생략한 것.

> **魯連**功未報.
> 魯仲連은 아직 공을 알리지 못했다.
>
> ─ 왕유(王維), 「送崔三」

> **方朔**金門召.
> 東方朔은 金馬門에서 부른다.
>
> (16.2.)

> 多病**馬卿**無日起.
> 다병한 司馬長卿은 일어나는 날이 없다.
>
> (Ⅶ.1.)

성명의 일부를 생략하는 것은 종종 평행어의 가지런함을 위해서이다. 예를 들어 반고(班固)와 사마천(司馬遷)은 줄여서 '班馬'라고 하는데, '班司馬'라고 하면 읽기가 편하지 않기 때문이다. 두보(杜甫)가 사마장경(司

馬長卿을 완적(阮籍)과 대를 이루려고 하니 생략하여 '馬卿'으로 할 수밖에 없었던 것이다. 복성(複姓)의 사람은 종종 생략되어 단성(單姓)이 된다. 제갈량(諸葛亮)만은 '葛亮'으로 줄이는 경우가 거의 없고 '諸葛'로만 줄이는데, 이는 습관이 그렇게 만든 것이다.

20.10 (2) '於'자를 생략한 것.

明月松間照, 清泉石上流. (明月照於松間, 清泉流於石上.)
밝은 달빛이 소나무 사이로 비추고, 맑은 샘물이 바위 위로 흐른다.

(12.1.a.)

老樹空庭得, 清渠一邑傳. (老樹得於空庭, 清渠傳於一邑.)
늙은 나무는 빈 뜰에서 생기를 얻고, 맑은 도랑은 온 읍에 전해진다.

(12.2.)

日出寒山外, 江流宿霧中. (日出於寒山之外, 江流於宿霧之中.)
해는 차가운 산 밖에서 나오고, 강은 간밤의 안개 속으로 흐른다.

(18.1.)

養拙干戈際, 全生麋鹿群. (養拙於干戈之際, 全生於麋鹿之群.)
전쟁의 시기에 졸박함을 기르고, 사슴이 무리를 이룬 곳에서 생명을 보전한다.

(20.1.)

草木變衰行劍外, 兵戈阻絶老江邊. (行於劍閣之外, 老於長江之邊.)[420]
초목이 시들어 변할 때 劍門關 밖으로 갔고, 전쟁이 귀향길을 막아 錦江 가에서 늙어가리.

— 두보, 「恨別」

---

420) '老江邊'에서 '江'은 일반적으로 錦江을 가리킨다(『杜詩詳注』 참조).

君恩深漢帝, 且莫上空虛. (君恩深於漢帝之恩.)
임금의 은혜가 漢 文帝보다 깊으니, 허공으로 오르지 마시게.

— 왕유, 「和尹諫議」

20.11 산문에서도 이런 곳의 '於'자는 필요하지 않다. 그러므로 여기서의 '於'자 생략은 편리상 그렇게 말했을 뿐이다. 여기에는 또한 어순[詞序]의 문제가 있다. 예를 들어 "明月松間照"같은 구는 산문의 어법에 따르면 동사가 방위사 앞에 놓여야 한다(明月照松間). 그러나 시구의 어법에 따르면 전치(前置)와 후치(後置) 모두 된다. 또한 "老樹空庭得" 같은 구는 '得'이 의미상 피동이기 때문에 산문에서는 '於'자를 생략할 수 없다(老樹得於空庭). 그러나 시구에서는 동사가 후치일 수밖에 없고, 전치는 안 된다.

20.12 시구에서의 몇몇 방위어는 결코 '於'자의 생략이라고 볼 수 없는데, 왜냐하면 산문으로 번역할 때 '於'자가 필요하지 않고 방위어를 주어 앞으로 옮겨 놓으면 되기 때문이다.

吏人橋下少, 秋水席邊多. (橋下吏人少, 席邊秋水多.)
관리들은 다리 아래에 적고, 가을 물은 자리 가에 많다.

(12.1.c.)

叢篁低地碧, 高柳半天靑. (低地叢篁碧, 半天高柳靑.)
떨기 진 대나무는 낮은 땅에서 푸르고, 키 큰 버들은 높은 하늘에서 파랗다.

(12.2.b2.)

이것은 전적으로 평측의 문제라기보다는 시의 격조의 문제이다. 또한 시의 격조에 따라서는 산문으로 번역하기 어려운 것도 있다. 다음 예를 보자.

退朝花底散, 歸院柳邊迷.

조회에서 물러나 꽃 아래서 흩어지고, 문하성으로 돌아오다 버들 가에서 망설인다.

(45.4.)

20.13 (3) '則'자를 생략한 것.

賞應歌杕杜, 歸及獻櫻桃. (賞則應歌杕杜, 歸則及獻櫻桃.)

상을 줄 때는 응당 체두의 노래 부르는 법, 돌아온 것이 앵두를 바칠 때에 미치리라.

(55.1.a.)

靜應連虎穴, 喧已去人群.

조용하려면 응당 호랑이굴에 인접해야 하고, 시끄러워 이미 사람 무리를 떠났다.

(55.1.b.)

滑憶彫胡飯, 香聞錦帶羹.

윤기 흐르니 줄 열매 밥이 생각나고, 향긋하니 순채국이 코를 찌른다.
(이 두 구는 도치로 볼 수도 있다. "憶彫胡飯之滑, 聞錦帶羹之香.")

(56.1.)

靑惜峯巒過, 黃知橘柚來. ('逢'靑則惜峯巒之過, '見'黃則知橘柚之來.)

푸르니 봉우리와 산이 지나가는 것이 아쉽고, 노라니 귤과 유자가 다가옴을 알겠다.

(57.1.a1.)

壯惜身名晚, 衰慚應接多.

장대한 뜻을 지녔지만 공명이 늦어 안타깝고, 노쇠했는데도 응접이 많아 부끄럽다.

(57.1.a2.)

老恥妻拏笑, 貧嗟出入勞. (老則恥妻拏之笑, 貧則嗟出入之勞.)
늙으니 처자가 비웃는 것이 부끄럽고, 가난하니 출입이 고생스러워 탄식한다.

(57.1.a2.)

嬾從華髮亂, 閑任白雲多.
게을러 희끗한 머리 헝클어져도 내버려두고, 한가히 흰 구름 많아지도록 맡겨 둔다.

(57.2.b1.)

脆添生菜美, 陰益食簞涼. (其脆則添生菜之美, 其陰則益食簞之涼.)
부드러움은 날 채소의 맛을 보태고, 그늘은 밥 광주리의 서늘함을 더한다.

(57.2.b2.)

靜分巖響答, 散逐海潮還. (靜則分巖響之答, 散則逐海潮而還.)
고요하여 바위 울림에 나뉘어 답하고, 흩어져 바다 조수를 쫓다가 돌아온다.

(58.1.)

20.14 (4) '而'자를 생략한 것.

菱蔓弱難定, 楊花輕易飛. (菱蔓弱而難定, 楊花輕而易飛.)
마름덩굴은 약해서 고정되어 있기 어렵고, 버들 솜은 가벼워서 날기 쉽다.

(35.1.)

南山晴有雪, 東陌霽無塵. (南山晴而有雪, 東陌霽而無塵.)
남쪽 산은 날이 개어 눈이 있고, 동쪽 길은 비가 그쳐 먼지가 없다.

(35.2.b.)

田父要皆去, 鄰翁問不違. (田父要而皆去, 鄰翁問而不違.)
농가의 어른들이 요청하면 언제나 갔고, 이웃에서 푸짐하게 주어도 사양하지 않았다.

(35.3.)

尋覓詩章在, 思量歲月驚. (尋覓詩章而在, 思量歲月而驚.)
詩篇을 찾으니 있고, 세월을 생각하니 놀랍다.

(60.1.)

羌婦語還笑,[421] 胡兒行且歌. (羌婦語而還笑, 胡兒行而且歌.)
羌婦들은 떠들면서 히히거리고, 胡兒들은 가면서 노래를 부른다.

(77.1.)

塵中老盡力, 歲晚病傷心. (塵中老而盡力, 歲晚病而傷心.)
먼지 속에서 늙었지만 힘을 다하고, 세모에 병이 들어 내 마음을 아프게 한다.

(78.1.)

이것은 거의 완전히 의미상의 절주 문제이다. 산문에서는 우수(偶數)
의 결구(結構)를 좋아하기 때문에 '而'자를 첨가하고, 시구에서는 기수(奇
數)의 결구를 좋아하기 때문에 '而'자를 필요로 하지 않는다. 다시 말해
서 시구는 가능한 한 연사·개사를 피하기 때문에 '而'·'於' 등의 글자
를 거의 사용하지 않는다.

20.15 (5) '是'자를 생략한 것.

今日江南老, 他時渭北童. (當年是渭北之童, 今日是江南之老.)
지금 장강 남쪽에서 늙어가지만, 전에는 위수 북쪽의 아이였다.

(93.2.b.)

伊昔黃花酒, 如今白髮翁. (伊昔飮黃花之酒, 如今是白髮之翁.)
예전의 국화주 그대로인데, 이제 백발의 늙은이가 되었다.

(93.2.a.)

---

421) 텍스트에는 '笑'가 '哭'으로 되어 있는데, 의미상으로 볼 때 맞지 않아 『杜詩詳注』에
    의거하여 바꾸었다.

이것은 주어를 생략한 판단문이다. 판단문은 본래 '是'자를 사용하지
않을 수 있다(제21절 처음을 참조할 것).

20.16 (6) '有'자를 생략한 것.

故國風雲氣, 高堂戰伐塵. (故國有風雲之氣, 高堂有戰伐之塵.)
옛 國都는 여전히 풍운의 기운 감돌고, 높다란 집은 전란의 풍진에 덮여 있다.

(93.1.b.)

空外一鷙鳥, 河間雙白鷗. (空外有一鷙鳥, 河間有雙白鷗.)
공중 저 멀리는 한 마리의 맹금, 강 사이에는 한 쌍의 흰 갈매기.

(93.1.a.)

袖中吳郡新詩本, 襟上杭州舊酒痕. (袖中有吳郡新詩本, 襟上有杭州舊酒痕.)
소매 속에는 吳郡의 새로운 詩本이 들었고, 옷깃에는 杭州에서 묻은 술자국
이 남아 있다.

—백거이, 「故衫」

비록 '有'자의 생략으로 볼 수 있긴 하지만, 이런 구들은 오히려 묘사
문(描寫文)과 성질이 비슷하다(다음 절 제1단을 참조할 것).

20.17 (7) 보통동사를 생략한 것.

故國猶兵馬, 他鄉亦鼓鼙. (故國猶遭兵馬, 他鄉亦聞鼓鼙.)
고향은 여전히 병마가 날뛰고, 타향도 역시 북소리 요란하다.

(95.2.a.)

古墻猶竹色, 虛閣自鐘聲. (古墻猶存竹色, 虛閣自送鐘聲.)
옛 담은 여전히 대나무 빛이고, 빈 누각은 저절로 종소리 들린다.

(95.4.b.)

萬象皆春氣, 孤槎自客星. (萬象皆呈春氣, 孤槎自載客星.)
만물이 모두 봄기운을 띠었고, 외로운 뗏목은 객성으로부터 온다.

(95.4.c.)

諸姑今海畔, 兩弟亦山東. (諸姑今在海畔, 兩弟亦在山東.)
여러 고모는 지금 바닷가에 사시고, 두 아우 역시 산동에 있다.

(95.5.a.)

看花雖郭內, 倚杖卽溪邊. (看花雖在郭內, 倚杖卽至溪邊.)
꽃을 보는 곳은 비록 성곽 안이지만, 지팡이에 의지하면 시냇가에 이른다.

(95.11.)

20.18 산문에서는 판단문의 부사만이 직접 판단어와 연결될 수 있고("皆兄弟也(모두 형제이다)"·"豈虛語哉(어찌 빈말이겠는가)"), 서술문의 부사는 절대로 목적어와 연결되어 동사를 생략할 수 없다. 앞의 여러 예 중에서 "萬象皆春氣(만물이 모두 봄기운을 띠었다)" 한 구만이 산문의 어법에 따라 그나마 통할 수 있는데, 왜냐하면 판단문으로 보고 "萬象皆是春氣"로 번역할 수 있기 때문이다. 그 나머지 각 구는 그대로 산문에 들여놓는다면 모두 난해한 문장이 될 것이다.

20.19 생략된 동사가 무엇인지는 확정하기 매우 어렵다. 예를 들어 "故國猶兵馬"는 "猶患"·"猶有" 등으로도 번역할 수 있는 것이어서 반드시 "猶遭"로 번역해야 하는 것은 아니다. 그러나 시구의 대의(大意)는 쉽게 추측할 수 있어서 시인도 대의의 표현으로 만족했을 것이다.

20.20 (8) 술어를 생략한 것.

春浪櫂聲急, 夕陽花影殘. (春浪方生, 櫂聲遂急; 夕陽轉淡, 花影漸殘.)
봄 물결에 노 젓는 소리 급해지고, 석양 아래 꽃 그림자 희미해진다.

(81.1.d.)

香霧雲鬟濕, 淸輝玉臂寒. (香霧初濃, 雲鬟以濕; 淸輝旣滿, 玉臂亦寒.)

향긋한 밤안개에 구름 같은 머리가 젖고, 맑은 달빛 아래 옥 같은 팔이 차갑겠지.

(81.1.e.)

遲日江山麗, 春風花草香. (遲日輝輝, 江山益麗; 春風習習, 花草彌香.)

나른한 날 강산이 아름답고, 봄바람에 화초가 향기롭다.

(81.1.h.)

落景陰猶合, 微風韻可聽. (落景雖斜, 濃陰猶合; 微風徐播, 淸韻可聽.)

석양 아래 그늘이 오히려 합쳐지고, 미풍이 불면 소리가 들을 만하다.

(81.3.a.)

江閣嫌津柳, 風帆數驛亭. (江閣久憑, 嫌津柳之礙目; 風帆漸近, 數驛亭以慰心.)

강가 누각에서 나루의 버들을 원망하고, 돛배를 바라보며 驛亭의 수를 손꼽아본다.

(82.1.b.)

勳業頻看鏡, 行藏獨倚樓. (勳業尙賖, 頻看鏡以自惕; 行藏未定, 獨倚樓而深思.)

공을 이루지 못해 자주 거울을 보고, 出仕와 隱居를 정하지 못해 홀로 누대에 기댄다.

(82.2.a.)

池水觀爲政, 廚烟覺遠庖. (池水靜涵, 藉觀爲政之術; 廚烟遙裊, 深覺遠庖之仁.)

못의 물을 통해 정치를 행함을 살피고, 주방의 연기를 보니 주방을 멀리함을 알겠다.

(82.4.)

泉聲咽危石, 日色冷青松. (危石阻水泉聲咽, 靑松蔽空日色冷.)
샘 소리는 거대한 바위에서 오열하고, 햇빛은 푸른 소나무에서 차갑다.

(83.1.a.)

烟霜凄野日, 秔稻熟天風. (天風頻吹秔稻熟, 野日澹照烟霜凄.)
안개와 서리는 들판의 해에 흐릿하고, 벼는 하늘 바람에 익어간다.

(83.1.b.)

三秋木落半年客, 滿地月明何處砧? (滿地月明, 何處之砧入耳? 三秋木落, 半年之客驚心!)
가을 내내 낙엽은 지고 반년의 나그네 되어, 온 땅에 달 밝은데 어디서 들려오는 다듬이소리인가?

— 설능(薛能), 「秋夜旅懷」

卷簾殘月影, 高枕遠江聲. (卷簾而殘月之影逺入, 高枕而遠江之聲可聞.)
주렴을 걷으니 조각달 빛이 스며들고, 베개를 높이니 먼 강물 소리 들려온다.

(85.1.b.)

烟火軍中幕, 牛羊嶺上村. (烟火衝寒, 隱約見軍中之幕, 牛羊歸晩, 依稀認嶺上之村.)
연기와 불 피어오르는 군중의 막사, 소와 양 뛰노는 고개 위의 마을.

(94.1.b.)

乾坤萬里眼, 時序百年心. (時序遷流, 百年之心已碎; 乾坤浩蕩, 萬里之眼徒勞.)
하늘과 땅은 만 리를 바라보는 눈을 이끌고, 계절의 변화는 백 년의 마음을 움직인다.

(94.1.d.)

高鳥長淮水, 平蕪故郢城. (高鳥百尋, 群度長淮之水; 平蕪數里, 環攢故郢之城.)

높이 뜬 새는 긴 회수 위를 날고, 평평한 황무지는 옛날의 영성이다.

(94.2.b.)

秋聲萬戶竹, 寒色五陵松. (萬戶竹鳴, 秋聲颯颯; 五陵松黯, 寒色凄凄.)
가을 소리를 내는 만호의 대나무, 찬 빛이 감도는 오릉의 소나무.

(94.2.e.)

叢菊兩開他日淚, 孤舟一繫故園心. (叢菊兩開, 他日之淚未乾; 孤舟一繫,
故園之心彌切.)
국화더미 두 차례 피어나니 지난날의 눈물 흘러나오고, 외로운 배 한결같이
매여 있어 고향생각 절실하다.

(XXXI.1.)

20.21 이상의 것들이 반드시 모두 술어를 생략한 것은 아니며, 번
역된 산문이 반드시 모두 정확한 것도 아니다. 그러나 적어도 문장의 한
중요한 부분이 생략되었다고 보아야 할 것이다. 이런 표현이 산문에 나
타났다면 그야말로 말이 되지 않지만, 시구에서는 허용되며 심지어 시
의 특수한 격조로 보인다.

20.22 "春浪櫂聲急"과 "大漠孤烟直"을 같은 종류로 보아서는 안
된다. 왜냐하면 후자는 '大漠'이 '孤烟'을 수식하고[大漠的孤烟], 전자는
'春浪'이 '櫂聲'을 수식하는 것이 아니기 때문이다. 또한 "微風韻可聽(미
풍이 불면 소리가 들을 만하다)"과 "秋蟲聲不去(가을의 벌레소리 가시지 않는다)"
를 함께 논해서도 안 된다. 왜냐하면 후자의 뜻은 "秋蟲的聲"이지만 전
자는 "微風的韻"이 아니기 때문이다(다만 栟樹에 바람이 불어 일어나는 소리
일 뿐이다. 왜냐하면 시의 제목이 「高栟」이기 때문이다). 또 "江閣嫌津柳(강가 누
각에서 나루의 버들을 원망한다)"와 "煙塵犯雪嶺(연기와 먼지가 눈 덮인 고개에
침입했다)"을 함께 견주거나 "勳業頻看鏡(공을 이루지 못해 자주 거울을 본다)"
과 "巢由不見堯(巢父와 許由는 요임금을 보려 하지 않았다)"를 함께 견주거나

"池水觀爲政(못의 물을 통해 정치를 행함을 살핀다)"과 "山月照彈琴(산 위의 달은 거문고 타는 것을 비춘다)"을 함께 견주어서는 안 된다. 왜냐하면 후자는 앞 두 자가 뒤 세 자의 주어이지만 전자는 앞 두 자가 뒤 세 자의 주어가 아니기 때문이다. 또한 "泉聲咽危石(샘 소리는 거대한 바위에서 오열한다)"과 "鳥影度寒塘(새 그림자는 찬 못을 건넌다)"를 함께 견주어서는 안 된다. 왜냐하면 후자의 '寒塘'은 '度'의 목적어지만, 전자의 '危石'은 '咽'의 목적어가 아니기 때문이다. 총괄하여 말하면 후자들은 간단구(簡單句)이고 전자들은 복잡구(複雜句)이다. 후자들은 산문에 흔히 보이는 구이지만 전자들은 산문에 거의 보이지 않는 구이다.

20.23 (9) 가능식(可能式)의 생략. 바로 '能'자를 생략하는 것이다.

> 杏壇住僻雖宜病, 芸閣官微不救貧. (芸閣官微, 不能救貧.)
> 행단은 편벽된 곳이라 병드는 게 당연하지만, 秘書省의 관직 낮아 가난을 구제할 수 없다.
>
> ─백거이, 「春中與盧四」

> 多年柏巖住, 不記柏巖名. (尙不能記柏巖之名.)
> 다년간 백암에 살았지만, 백암의 이름을 기억하지 못한다.
>
> ─주하(周賀), 「柏巖禪師」

20.24 (10) 평행어의 생략.

> 雖然長按曲, 不飮不曾聽. (不曾飮, 不曾聽.)
> 비록 늘 곡을 연주하지만, 일찍이 마시지 않고 듣지 않았다.
>
> ─이곽(李廓),[422] 「少年行」

---

422) 텍스트에는 '李廓'이 '李郭'으로 되어 있는데, 誤字이다.

心知洛下閑才子, 不作詩魔卽酒顚. (不作詩魔, 卽作酒顚.)

낙양의 한가한 재자들을 마음으로 아니, 홀린 듯 시를 짓지 않으면 술에 빠졌으리.

— 유우석(劉禹錫), 「春日書懷」

上呑巴蜀控瀟湘, 怒似連山靜鏡光. (上呑巴蜀, 下控瀟湘; 怒似連山, 靜似鏡光.)

위로는 파촉을 삼키고 아래로는 소상을 제압하며, 노하면 연이은 산과 같고 고요하면 거울 빛과 같다.

— 두목(杜牧), 「西江懷古」

莫厭瀟湘少人處, 水多菰米岸莓苔. (水多菰米, 岸多莓苔.)

소상에 사람 사는 곳이 적다고 싫어 마시오, 물에는 줄 열매가 많고 언덕에는 이끼가 많다오

— 두목, 「早雁」

평행어의 생략이 서양 글에서는 제법 흔히 나타나지만 중국어 산문에서는 거의 보이지 않는다. 시구(詩句)는 글자 수가 기수(奇數)에 속하여 평행어를 만들기 불편하기 때문에 생략법을 이용한 것이다.

20.25 (11) 헐후(歇後). 마지막의 한 글자(또는 몇 글자)를 숨기는 것을 헐후라고 한다.

耳聞英主提三尺, 眼見愚民盜一抔. (提三尺劍, 盜一抔土.)

귀로는 영명한 군주가 삼척검을 들었다고 들었는데, 눈으로는 어리석은 백성이 한 움큼의 흙을 훔치는 것을 본다.

— 당언겸(唐彦謙), 「長陵」

헐후어(歇後語)는 산문에 드물게 보일 뿐만 아니라 시구에도 매우 드물게 보이므로 우연히 나타난 예외로 인정하여 모방하지 말아야 할 것

이다.

4) 비유법

20.26 산문에서의 비유는 종종 '如'·'似' 같은 글자를 사용하지만,
시구에서는 대개 숨기고 쓰지 않는다.

粉片妝梅朵, 金絲刷柳條. (梅朵似粉片妝成, 柳條如金絲刷就.)
분편으로 화장한 것 같은 매화 잎, 금실로 닦은 것 같은 버들가지.
　　　　　　　　　　　　　　　　　　　　　　　　　— 백거이, 「新春江次」

鴨頭新綠水, 雁齒小紅橋. (新綠水似鴨頭, 小紅橋如雁齒.)
오리 머리같이 푸른 신록수, 기러기 대열처럼 가지런한 소홍교
　　　　　　　　　　　　　　　　　　　　　　　　— 백거이, 「新春江次」

山茗粉含鷹觜嫩, 海榴紅綻錦窠勻. (山茗之芽, 有如鷹觜; 海榴之朵, 宛若
錦窠.)
산의 차잎은 분을 머금고 어려 매의 부리 같고, 바다석류는 붉은 꽃망울을 터
뜨려 고르기가 비단 보금자리 같다.
　　　　　　　　　　　　　　　　　　　　　— 원진(元稹), 「早春登龍山」

山名天竺堆靑黛, 湖號錢塘瀉綠油. (天竺如堆靑黛, 錢塘如瀉綠油.)
산명은 천축인데 푸른 먹을 쌓은 것 같고, 호수명은 전당인데 푸른 기름을 부
은 듯하다.
　　　　　　　　　　　　　　　　　　　　　　　　— 백거이, 「答客問杭州」

酒徒漂落風前燕, 詩社飄零霜後桐. (酒徒漂落, 有如風前之燕; 詩社飄零,
恰似霜後之桐.)
술친구는 바람 앞의 제비처럼 떠돌고, 시 모임은 서리 후의 오동처럼 시들해

졌다.

— 소순흠(蘇舜欽),「滄浪懷貫之」

위치를 가지고 말해보면 비유는 세 종류로 나눌 수 있다. 첫째는 전치식(前置式)이다. 예를 들면 앞에 제시된 '粉片'・'金絲'・'鴨頭'・'雁齒' 등이 여기에 속한다. 둘째는 중치식(中置式)이다. 예를 들면 앞에 제시된 '鷹觜'・'錦窠' 등이 여기에 속한다. 셋째는 후치식(後置式)이다. 예를 들면 앞에 제시된 '風前燕'・'霜後桐' 등이 여기에 속한다.

5) 관계어(關係語)[423]

20.27　산문에도 관계어가 있지만 대체로 '江上'・'山中'과 같이 방위사를 지닌 방위어나 '今日'・'明年'과 같이 소수의 시간어에 국한된다. 시구(詩句)에서 관계어의 범위는 비교적 넓어서 방위 또는 시간을 표시하는 일체의 명사어가 모두 관계어로 사용될 수 있을 뿐만 아니라, 심지어 방위 또는 시간을 표시하지 않는 명사어도 갖가지 관계를 표시하기 위해 사용될 수 있다(이를테면 방식・인과 등). 또한 명사어뿐만 아니라 술어형식과 문장형식도 이러한 용도로 사용될 수 있다.

20.28　산문에서 관계어는 본래 아무런 조건이나 전제 없이 문장에 삽입될 수 있어서 결코 개사(介詞)가 필요한 것은 아니다. 시구는 이보다 한술 더 떠 개사를 전혀 사용하지 않는다. 앞에서 '於'자를 생략한 구식을 생략법에 귀속시켜 서술했으니, 여기에서는 '於'자와 전혀 무관한 관

---

423) 어떤 명사(또는 명사구)가 동사와 직접 연계를 맺으면서 文頭나 文尾에 놓여 시간, 처소, 범위를 표시하거나 행위의 의존 도구 및 행위의 유래 등을 표시할 때, 그 명사(또는 명사구)가 놓인 위치를 關係位라 칭하고, 그와 같은 위치에 있는 명사(또는 명사구)를 關係語라고 한다. 그러나 저자의 이 개념은 현재 중국어 어법에서 별로 통용되지 않고 있다.

계어를 서술해보겠다.

(1) 명사어를 관계어로 사용한 것

路衢惟見哭, 城市不聞歌.
거리에는 오직 통곡하는 사람뿐이고, 성의 저자에는 노래 소리 들리지 않는다.

(15.1.b1.)

樹綠天津道, 山明伊水陽.
나무는 천진의 가도에 푸르고, 산은 이수의 북쪽에 밝다.

(18.2.a2.)

朝下人爭看,[424] 香街意氣歸.
궁전 밑에서 사람들 다투어 보니, 향긋한 거리를 의기양양하여 돌아간다.

— 이곽(李廓), 「少年行」

羽翼懷商老, 文思憶帝堯.
보필에는 商山의 노인을 마음에 품고, 문재와 도덕에는 요임금을 생각한다.

(82.1.a.)

客情投異縣, 詩態憶吾曹.
나그네 심정에 다른 현으로 뛰어들었지만, 시 짓는 모습은 나의 그대들을 생각한다오

(82.1.c.)

白髮煩多酒, 明星憶此筵.
백발의 몸이 잦은 술잔으로 수고를 끼치지만, 밝은 별도 이 자리를 기억해주리.[425]

(82.1.d.)

---

424) 텍스트에는 '爭'이 '曾'으로 되어 있는데, 誤字이다.
425) '白髮'과 '明星'은 관계어로 보지 않는 것이 일반적이다.

烟塵多戰鼓, 風浪少行舟.

연기와 먼지 일어 전쟁의 북소리 잦고, 바람과 물결 일어 다니는 배 드물다.

(82.1.e.)

秋風散千騎, 寒雨泊孤舟.

가을바람에 수많은 말 탄 이들이 흩어지고, 찬비에 외로운 배가 정박한다.

(82.1.f.)

白骨新交戰, 雲臺舊拓邊.

백골이 된 사람들이 새로 교전한 곳은, 운대의 공신들이 옛날 변방을 개척한 땅이다.

('羽翼'구부터 여기까지는 관계술어형식 또는 관계문장형식의 생략으로 볼 수도 있다.)

(82.2.b.)

曉漏追趨青瑣闥, 晴窗檢點白雲篇.

새벽 물시계 소리에 중서성 문으로 급히 쫓아가고, 맑게 갠 창가에서 백운편을 점검한다.

(XIII.1.)

詞賦擅名來已久, 烟霄得路去何遲!

사부로 이름을 날린 지 이미 오래 되었고, 높은 지위에서 길을 얻었으니 가는 것이 얼마나 더딘가!

── 백거이, 「和談校書」

獨憑朱檻立凌晨, 山色初明水色新.

홀로 붉은 난간에 기대어 새벽에 서니, 산색은 밝기 시작하고 물빛 새롭다.

── 백거이, 「庚樓曉望」

秋含磧杵搗斜陽, 笛引西風顯氣凉.

가을에 다듬이돌과 방망이를 갖고 석양에 다듬이질하고, 피리로 가을바람 끌어들이니 청신한 기운이 차다.

— 심빈(沈彬), 「秋日」

關西木落夜霜凝, 烏帽閑尋紫閣僧.
관서에 낙엽지고 밤에 서리 맺히는데, 검은 모자 쓰고 한가히 자각의 스님을 찾아간다.426)

— 이영(李郢), 「長安夜訪」

畵圖省識東風面, 環珮空歸月夜魂.
봄바람 고운 얼굴 아무렇게나 그렸으니, 달밤에 돌아온 혼 環珮 소리 부질없다.

(XII.3.)

春風自信牙檣動, 遲日徐看錦纜牽.
봄바람에 상아돛대 움직이도록 그대로 맡겨두고, 봄날에 비단 닻줄 끌리는 것을 천천히 바라본다.

(XXIV.1.)

春水船如天上坐, 老年花似霧中看.
봄물에 배는 천상에 앉아 있는 것 같고, 늙으니 꽃은 안개 속에서 보는 듯하다.

(XXIII.1.)

思霑道暍黃梅雨, 敢望宮恩玉井冰.
도로가 무더워 장마 비에 적셔지길 바라지만, 皇恩으로 옥정의 얼음 하사받길 어찌 바라랴?

(XXV.1.)

瀟湘瘴霧加餐飯, 灩澦驚波穩泊舟.
소상의 장기와 안개 속에서도 식사 잘하고, 염여의 놀란 파도 속에서도 안전하게 배를 대시게.

---

426) '紫閣'은 여기서 隱士의 거처를 가리킨다.

('畫圖'구부터 여기까지는 관계술어형식 또는 관계문장형식의 생략으로 볼 수도 있다.)

— 백거이, 「得行簡書」

(2) 문장형식을 관계어로 사용한 것

盤飱市遠無兼味, 樽酒家貧只舊醅.
접시의 찬은 시장이 멀어 맛있는 걸 차리지 못했고, 술통의 술은 집이 가난하여 오래된 것뿐일세.

(III.16.)

이상의 각 예에서 장소를 표시한 관계어로는 '路衢'·'天津道'·'雲臺'·'晴窗'·'煙霄' 등등이 있고, 시령(時令)을 표시한 관계어로는 '秋風'·'曉漏'·'凌晨'·'斜陽' 등등이 있고, 인과(因果)를 표시한 것으로는 '白髮'·'煙塵'·'春風'·'春水'·'瀟湘瘴霧'·'市遠' 등등이 있고, 관계를 귀속시키기 불편한 것으로는 '羽翼'·'客情'·'白骨'·'宮恩' 등등이 있다. 이 결구들은 모두 산문에서 보기 힘든 것들이다.

6) 판단구와 묘사구

20.29 여기서 서술하려는 판단구와 묘사구는 산문과는 다른 형식이다. 시에서 판단구는 많이 보이지 않는다. 묘사구는 많긴 하지만 "野寺殘僧少(들판 절에 남아 있는 중이 적다)"처럼 산문의 어법과 완전히 같은 것은 여기서 서술하지 않겠다.

(1) 판단구

書生鄒魯客, 才子洛陽人. (書生乃鄒魯之客, 才子乃洛陽之人.)

서생은 추로의 나그네이고, 재자는 낙양 사람이다.

(92.1.a.)

功名畫地餠, 歲月下江船. (功名, 畫地之餠也; 歲月, 下江之船也.)
공명은 땅에 그린 떡이고, 세월은 강을 내려가는 배이다.

— 주부(周孚), 「元日懷陳道人」

산문에서의 판단문은 다수가 '也'자로 끝을 맺고, 어쩌다 '乃'·'是' 등의 글자를 주어와 판단어 사이에 둔다. '也'자를 사용하지 않고 또한 '乃'·'是' 등의 자도 사용하지 않은 것은 드물게 보인다. 그러나 시에서의 판단구는 오히려 이를 상규(常規)로 한다. 이 또한 시가 산문과 다른 점이다.

(2) 묘사구

關塞三千里, 煙花一萬重.
관문과 요새는 삼천리 떨어져 있고, 안개와 꽃이 만 겹으로 가로놓여 있다.

(90.1.a.)

鳥道一千里, 猿聲十二時.
새나 다니는 길이 천리에 걸쳐 있고, 원숭이 소리가 종일토록 들리겠지.

(90.1.b.)

鄕園碧雲外, 兄弟淥江頭.
고향 동산은 푸른 구름 너머에 있고, 형제는 맑은 강 상류에 있다.

(91.1.b.)

岷嶺南蠻北, 徐關東海西.
민령은 남만의 북쪽에 있고, 서관은 동해의 서쪽에 있다.

(91.1.I.)

故鄉門巷荊棘底, 中原君臣豺虎邊.

고향의 문과 골목은 형극으로 덮였고, 중원의 군신은 이리와 범 옆에 있다.

(XXXII.3.)

風月萬家河兩岸, 笙歌一曲郡西樓.

바람과 달빛 아래 만가가 강 양쪽 언덕에 있고, 생황노래 한 곡이 군의 서루에서 들려온다.

— 백거이, 「城上夜宴」

앞의 두 예를 묘사구로 보는 데는 아무런 문제가 없다. 왜냐하면 주어 뒤에 놓인 것이 일종의 극도(極度)형용어여서 형용사의 용도와 같기 때문이다. 나머지 네 예는 동사 하나가 생략된 것 같고, 생략된 동사가 '在'자일 것이라고 쉽게 추측할 수 있어서 서술구처럼 느껴진다. 그러나 이들이 말하고자 한 것은 행위나 사건이 아니라 상황이기 때문에 역시 묘사구로 보아야 할 것이다.

7) 체계식(遞繫式)[427]

20.30　체계식은 일종의 특수한 형식으로(王力, 『中國現代語法』 제14절을 참조할 것) 대략 당대(唐代)에 들어서서야 보편적으로 응용되었고, 먼저 시구에 출현하였다.

鶴巢松樹遍, 人訪蓽門稀.

학이 소나무에 둥지를 튼 것이 가득하고, 사람들이 사립문에 찾아오는 것이 드물다.

---

427) 보통의 문장은 술어를 주어의 뒤에 연계하는 1차의 연계만을 갖는다. 그러나 때로는 한 문장이 2차의 연계를 포함하여 1차 연계의 술어부분에서 일부 또는 전부가 다시 2차 연계의 주어로 겸용되는데, 그와 같은 문장구조를 저자는 체계식이라고 명명하였다.

('鶴巢松樹'와 '人訪蓽門'이 문장형식이고, '遍'과 '稀'가 다시 '巢松樹'와 '訪蓽門'의 형용어여서 '巢得遍'·'訪得稀'라고 말하는 것과 같다.)

(31.1.a.)

蜀星陰見少, 江雨夜聞多. (見得少, 聞得多.)
촉의 별은 하늘이 흐려 보이는 경우가 적고, 江城의 비는 밤에 들리는 경우가 많다.

(33.1.a.)

有猿揮淚盡, 無犬附書頻.
원숭이 있지만 눈물 다 뿌려 이미 말랐고, 黃耳犬은 없는데 편지 부칠 일 빈번하다.
("揮淚揮到盡, 附書附得頻"이 되어 모두 체계식이다. '有猿'과 '無犬'은 체계의 결구와 무관하다.)

(46.1.a.)

飄零爲客久, 衰老羨君還.[428]
영락하여 나그네 된지 오래되었고, 늙고 쇠약하여 그대 귀환이 부럽다.
(출구는 술어를 주어로 삼았고 대구는 목적어를 주어로 삼아서 양자가 함께 체계식에 속하지만 약간 다르다.)

(54.1.a.)

石室無人到, 繩床見虎眠.
석실에는 사람이 오지 않고, 간이의자에서 호랑이가 자는 것을 본다.
(이와 같은 체계식은 내원이 비교적 오래되었다.)

(74.1.a.)

已應春得細, 頗覺寄來遲.

---

428) 텍스트에는 '衰老'가 '貧病'으로 되어 있는데, 앞의 15. 6에 나와 있는 예문과 같게 하기 위하여 바꾸었다.

아마도 정세하게 찧어야 하기 때문에, 늦게 부치는 것이라고 자못 느껴진다. (이와 같은 체계식의 탄생이 가장 늦어서 현대의 체계식과 똑같다. '寄來遲'는 '寄得遲'와 같다.)

(79.1.a.)

8) 사성식(使成式)[429]

20.31 사성식도 신흥의 형식으로(王力, 『중국현대어법(中國現代語法)』 제11절을 참조할 것) 대략 한대(漢代)에 기원하여 당대(唐代)에 들어서서 보편적으로 응용되었으며 일반적으로 시구에만 사용되었다. 사성식의 내원은 다음과 같은 형식에서 비롯된 것 같다.

大風吹地轉, 高浪蹴天浮. (大風把地吹轉了, 高浪把天蹴浮了.)
큰 바람이 땅에 불어 돌아들고, 높은 파도는 하늘을 차고 떠오른다.

(31.2.a2.)

石角鉤衣破. (石角把衣鉤破了.)
돌 모서리가 옷을 당기어 찢었다.

(31.2.a3.)

樓雲籠樹小. (樓雲把樹籠小了.)
누대의 구름이 나무를 덮은 것이 작다.

(31.2.a3.)

다음과 같은 형식도 아마 내원 중의 하나일 것이다.

---

429) 형식상으로는 타동사에 형용사 또는 자동사를 붙인 것들이며, 의미상으로는 행위와 그 결과를 하나의 동사성 구로 표시해내는 것이다. 지금의 일반적인 어법분석에 의하면 술어가 타동사인 결과보어 구문과 추향보어 구문을 사성식으로 본 것이다.

松風吹解帶. (松風把帶吹解了.)
솔바람이 불어와 허리띠를 풀었다.

(76.1.a.)

그러나 진정으로 현대의 사성식과 같은 것은 '來'·'去'·'出' 등의 자를 보어로 한 것이다.

轉來深澗滿, **分出**小池平.
돌아오니 깊은 계곡 물 가득 차고, 나뉘어 나오니 작은 못 넘실거린다.

(44.1.)

幸不**折來**傷歲暮, 若爲**看去**亂鄉愁.
다행히 매화 가지를 꺾어 보내지 않아 세모에 가슴 아프지 않았는데, 만약 보았다면 향수에 마음이 어지러웠으리.

(XX.1.)

형용사 또는 다른 동사를 보어로 한 것은 성당 이전에는 드물게 보이는데, 다만 두보의 "香稻**啄**餘鸚鵡粒, 碧梧**棲老**鳳凰枝(향도는 앵무가 그 쌀알을 쪼다 남겼고, 벽오동은 봉황이 그 가지에 길이 깃들었다)"는 사성식으로 볼 수 있다. 만당 이후 사성식은 점차 많이 나타났다. 예를 들면 다음과 같다.

却羨浮雲與飛鳥, 因風**吹去**又**吹還**.
오히려 뜬구름과 나는 새가 부러우니, 바람 따라 오고 가기 때문이다.

— 이빈(李頻), 「春日思歸」

惟將道業爲芳餌, **釣得**高名直到今.
오직 美德을 좋은 먹이로 삼았으니, 고상한 명성을 낚아 곧장 지금에 이르렀다.

— 방간(方干), 「題嚴子陵詞」

肌膚銷盡雪霜色, 羅綺點成苔蘚斑.

피부는 눈같이 흰색이 다 사라졌고, 비단옷은 이끼가 끼어 얼룩이 졌다.

— 엄언(嚴郾), 「望夫石」

庭鑠荒蕪獨夜吟, 西風吹動故山心.

뜰은 잡초가 우거져 홀로 밤에 시를 읊고, 가을바람이 불어 고향생각을 일으

킨다.

— 설능(薛能), 「秋夜旅懷」

趁朝雞喚起, 殘夢馬馱行.

아침을 틈타 닭은 울어 사람을 일으키는데, 꿈이 덜 깬 말은 짐을 싣고 간다.

— 왕우칭(王禹偁), 「五更睡」

9) 처치식(處置式)[430]

20.32 처치식은 사성식보다 더욱 나중에 나와서 중당 이전에는 출
현한 적이 없는 것 같다. 만당에 이르러 이군옥(李群玉)의 "未把彩毫還郭
璞(채색 붓을 아직 곽박에게 돌려주지 않았다)", 방간(方干)의 "應把清風遺子孫
(응당 청풍을 자손에게 물려주어야 하리)" 등이 비로소 진정한 처치식이다(王
力, 『중국어법이론(中國語法理論)』 제12절을 참조할 것).

---

430) 형식상으로는 介詞 성질의 동사 '把'를 사용하여 목적어를 동사 앞으로 옮겨놓는 것
이며, 의미상으로는 주로 목적을 가진 어떤 행위, 즉 처치를 표시하는 작용을 한다.

제21절 근체시의 어법(중)

10) 피동식

21.1 의미상의 피동은 옛날부터 존재했다. 시구는 글자 수의 제한 때문에 동사 뒤에 목적어를 지닐 수 없는 경우가 많아서 자동사의 사용이 특히 많은데, 의미상의 피동사도 목적어를 뒤에 대동할 필요가 없으므로 종종 자동사와 대장을 이룬다. 다음 예를 보자.

> 城上胡笳奏, 山邊漢節歸.
> 성 위에는 胡笳가 연주되고, 산기슭에는 한의 사절이 돌아온다.
>
> (14.1.b.)

> 竹杖交頭拄, 柴扉隔徑開.
> 대 지팡이는 머리에 닿게끔 떠받치고, 사립문은 길 건너에 열려 있다.
>
> (69.1.a1.)

때로는 형용사와도 대장을 이룬다. 다음 예를 보자.

> 司隷章初覩, 南陽氣始新.
> 司隷의 典章을 처음 목도하니, 南陽의 기상이 이미 새롭다.
>
> (2.1.c.)

> 金錯囊從罄, 銀壺酒易賒.
> 동전 주머니는 비어 가는데, 은 단지의 술은 외상으로 사기 어렵다.
>
> (2.1.a1.)

심지어 타동사의 능동식(能動式)과 대장을 이루고, 피동사 뒤에 방위어

또는 주사자(主事者)를 덧붙여 능동식 타동사의 목적어 위치에 해당될
수 있게 하였다. 다음 예를 보자.

靑錢買野竹, 白幘岸江皋.
푸른 동전으로 들판의 대밭을 사고, 흰 두건을 뒤로 젖히고 강가에 우뚝
선다.
(대구를 능동식으로 바꾸면 "岸白幘於江皋"가 될 것이다.)

(5.1.g.)

可憐衝雨客, 來訪阻風人.
가련하다 비를 무릅쓰고 찾아온 객이여, 바람에 저지당한 사람을 방문했구나.
― 백거이(白居易), 「風雨中尋李十一」

물론 피동사와 피동사가 대장을 이룬 예도 있다.

條鏇光堪摘, 軒楹勢可呼.
끈과 갈이틀의 반짝임은 떼어낼 수 있을 것 같고, 처마와 기둥 사이에 있는
형세는 불러도 될 듯하다.

(2.1.b.)

茅屋還堪賦, 桃源自可尋.
초가에서도 시를 읊을 수 있고, 도원은 스스로 찾을 수 있다.

(10.1.a.)

杜酒偏勞勸, 張梨不外求.
杜康의 술을 기어코 힘껏 권하고, 張公의 배를 밖에서 구하지 않는다.

(10.1.b.)

그러나 어떤 형식에서는 도대체 피동식인지 아니면 능동식의 도치인
지 구별이 쉽지 않다. 다음 예를 보자.

方朔金門召, 班姬赤輦迎.

東方朔은 金馬門에서 부르고, 班倢伃는 붉은 수레로 맞이한다.

("方朔被召於金門, 班姬被迎以赤輦"으로 볼 수도 있고, "於金門召方朔, 以
赤輦迎班姬"로 볼 수도 있다.)

(16.2.a.)

門看五柳識, 年算六身知.

대문은 다섯 버드나무를 보고 알겠고, 나이는 二首六身을 셈하여 알겠다.

("門因看五柳而被識, 年因算六身而被知"로 볼 수도 있고, "因看五柳而識
門, 因算六身而知年"으로 볼 수도 있다.)

(59.1.b.)

21.2 어쨌든 이것들은 모두 신흥의 피동식과 형식상 차이가 많다.
신흥의 피동식은 '被'자를 사용하여 나타내는데, 완전한 피동식이 『세설
신어(世說新語)』에 처음 보이고 당시(唐詩)에서도 이미 종종 이런 형식을
사용하였다. 다음 예를 보자.

拙被林泉滯, 生逢酒賦欺.

졸렬하여 궁벽한 林泉에 체류하고, 살아서는 술과 시에 기만당하였다.

—두보, 「夔府書懷」

可憐妍艶正當時, 剛被春風一夜吹.

가련하게도 아름다움이 절정에 달했을 때, 바로 봄바람에 의해 한 밤에 흩날
린다.

— 방간(方干), 「惜花」

11) 안단식(按斷式)[431]

21.3 (1) 본구안단(本句按斷)

途窮那免哭?
길이 막혔으니 어떻게 통곡을 면할까?

(38.6.b2.)

好武寧論命?
무예를 좋아하니 어찌 목숨을 돌보랴?

(45.5.a.)

(2) 쌍구안단(雙句按斷)

承恩不在貌, 教妾若爲容?
은총을 받는 것이 용모에 달려 있지 않은데, 소첩더러 무슨 화장을 하란 말인가?

— 두순학(杜荀鶴),「春宮怨」

安得心源處處安, 何勞終日望林巒?
어찌해야 마음속이 곳마다 편안할 수 있을까? 종일 숲과 산 바라보는 것이 무슨 힘이 드는가?

— 원진(元稹),「放言」

(3) 도치된 안단식

何況歸山後, 而今已似仙! (而今已似仙矣, 何況歸山之後乎?)

---

431) 按斷式은 王力 특유의 어법용어로서, 논거[按]에 해당되는 부분이 앞에 나오고, 결론[斷]에 해당되는 부분이 뒤에 나오는 통사구조를 가진 형식을 가리킨다. 按斷式은 중국어 특유의 문형 가운데 하나로, 그 중요한 특징은 일반적으로 논거 부분과 결론 부분 사이에 어떤 접속사도 사용하지 않는다는 점이다.

하물며 산으로 돌아간 뒤에랴! 지금 이미 신선 같거늘.

— 유득인(劉得仁), 「訪曲江胡處士」

12) 신설식(申說式)[432]

21.4 (1) 본구신설(本句申說)

浦乾潮未應, 堤濕凍初銷.

물가가 마르니 조수는 응하지 않고, 제방이 젖으니 얼음이 사라지기 시작한다.

— 백거이, 「新春江次」

沙明連浦月, 帆白滿船霜.

모래가 밝으니 포구의 달에 이어지고, 돛이 하야니 온 배가 서리 빛이다.

— 백거이, 「夜泊旅望」

酷憐風月爲多情.

바람과 달을 끔찍이 사랑하니 다정하다.

— 장필(張泌), 「寄人」

燕臺基壞穴龍蛇.

연대의 기초가 무너지니 용과 뱀의 구멍이 되었다.

— 설능(薛能), 「送人歸上黨」

(2) 대구신설(對句申說)

春江不可渡, 二月已風濤.

---

432) 먼저 어떤 상황이나 사건을 서술하고 나서 뒤에 그 이유를 상세하게 설명하는 통사 구조를 가진 형식을 가리킨다.

봄 강을 건널 수 없으니, 이월인데도 벌써 바람과 파도가 세차다.

—두보, 「渡江」

莫向黔中路, 令人到欲迷.
貴州 가는 길로 들어서지 말 것이니, 사람을 혼미함에 이르게 할 것이오

—이가우(李嘉祐), 「送上官侍御」

莫怪珂聲碎, 春來五馬驕.
패옥소리 요란하다고 나무라지 말 것이니, 봄이 오면 다섯 마리 말이 우쭐댄
다오

—백거이, 「新春江次」

春歸定得意, 花送到東中.
봄이 돌아오면 정녕 뜻을 얻을 것이니, 꽃이 동중으로 보내질 것이오

—이가우, 「送張惟儉」

楊公莫訝淸無業, 家有驪珠不復貧.
양공은 가업 없이 청빈함을 의아해하지 말 것이니, 집에 여주가 있어서 더 이
상 가난하지 않다오[433]

—원진, 「贈嚴童子」

13) 원인식

21.5 (1) 본구인과(本句因果)

草枯鷹眼疾, 雪盡馬蹄輕.
풀이 말라서 매의 눈 민첩하고, 눈이 녹아서 말발굽 가볍다.

(37.1.a.)

---

433) '驪珠'는 여기서 진귀한 사람을 비유하였다.

日落江湖白, 潮來天地靑.

해 떨어지니 강과 호수 하얗고, 조수가 밀려오니 천지가 푸르다.

(37.2.b.)

計拙無衣食, 途窮仗友生.

생계가 졸렬하여 의식이 없고, 처지가 곤궁하여 벗들에게 의지한다.

(38.1.b.)

雨洗娟娟淨, 風吹細細香.

비가 씻어서 아름답게 깨끗하고, 바람이 불어와 갈피마다 향기롭다.

(38.4.a.)

菱蔓弱難定, 楊花輕易飛.

마름덩굴은 약해서 고정되어 있기 어렵고, 버들 솜은 가벼워서 날기 쉽다.

(35.1.a1.)

風憐宿露攢芳久, 燕得新泥拂戶忙.

바람이 간밤의 이슬을 아껴 오래도록 방초에 모아놓았고, 제비는 새 진흙을 얻어서 문을 스치며 바삐 드나든다.

— 원진, 「淸都春霽」

看盡好花春臥穩, 醉殘紅日夜吟多.

좋은 꽃 실컷 보니 봄날 잠자리가 편하고, 붉은 해 지는 속에 취하니 밤에 많이 읊었다.

— 담용지(譚用之), 「山中春曉」

(2) 쌍구인과(雙句因果)

相思不可見, 嘆息損朱顔.

그리워도 볼 수 없어서, 탄식 속에 붉은 얼굴 야위었다.

— 이백, 「寄從弟宣州長史昭」

皇家不易將, 此去未應還.

황가에서 장군을 바꾸지 않으니, 이번에 가면 바로 돌아오지 못하리라.

— 이가우(李嘉祐), 「送韋侍御湖南幕府」

漢水楚客千萬里, 天涯此別恨無窮.

한수의 초객은 천리만리 떨어진 것이니, 하늘 끝의 이 이별에 한이 끝이 없다.

— 유장경(劉長卿), 「送李錄事兄」

謝傳知憐景氣新, 許尋高寺望江春.

謝靈雲이 경치가 새로운 걸 애호했다고 하여, 高寺를 찾아 봄 강을 바라보기로 했다.

— 원진, 「早春登龍山」

14) 시간수식

21.6 (1) 본구(本句)의 시간수식

興罷各分袂.

흥이 다하면 각자 헤어진다.

— 이백, 「廣陵贈別」

未別已霑裳.

헤어지기도 전에 이미 눈물이 옷을 적셨다.

— 이가우, 「九日送人」

欲歸春淼淼, 未去草萋萋.

돌아가려니 봄물이 아득하고, 떠나기도 전에 풀이 무성하다.

(43.2.a.)

武陵花謝憶諸郞.

무릉에 꽃이 지니 여러 분이 생각난다.

—원진, 「淸都春霽」

十年流落賦歸鴻.

십 년 떠돌이 생활에 돌아가는 기러기를 읊는다.

—담용지, 「感懷示所知」

星未沒河先報曉, 柳猶粘雪便迎春.

별이 사라지기 전에 강이 먼저 새벽을 알리고, 버들은 눈이 붙은 채 봄을 맞는다.

—엄운(嚴惲), 「賦百舌鳥」

(2) 출구(出句)의 시간수식

思歸未可得, 書此謝情人.

돌아가고 싶어도 가지 못하여, 이 시를 써서 정든 사람을 보낸다.

—이백, 「送郄昻謫巴中」

魯連功未報,[434] 且莫蹈滄洲.

魯仲連이 아직 공을 알리지 못했으니, 창주를 밟고 있지 마시게.[435]

—왕유(王維), 「送崔三往密州覲省」

(3) 대구(對句)의 시간수식(즉 도치)

狎客淪亡麗華死, 他年江令獨來時.

친한 벗 사라지고 여화는 죽었으니, 전에 강령이 혼자 왔을 때라네.

—왕환(王渙), 「惆悵詩」

---

434) 텍스트에는 '未'가 '夫'로 되어 있는데, 誤字이다.

435) '滄洲'는 은거지를 가리킨다. 이 구절은 아직 할 일이 있으니 은거하지 말라는 뜻이다.

15) 조건식

21.7 (1) 본구조건(本句條件)

安得心源處處安.
어찌해야 마음속이 곳마다 편안할 수 있을까?

— 원진(元稹), 「放言」

(2) 출구조건(出句條件)

欲知除老病, 唯有學無生.436)
生老病死의 고통에서 벗어날 길을 알려면, 오직 無生의 佛理를 배워야 한다.

— 왕유, 「秋夜獨坐」

不向新安去, 那知江路長?
신안으로 가지 않는다면, 어떻게 강 길이 먼 것을 알까?

— 유장경, 「送康判官往新安」

如逢渭川獵, 猶可帝王師.
文王의 渭水 수렵을 만날 수 있다면, 아직 제왕의 스승이 될 수 있으리.

— 이백, 「贈錢徵君少陽」

若道平分四時氣, 南枝爲底發春偏?
네 계절의 기운을 공평히 분배하는 것이라면, 남쪽 가지는 어찌하여 봄빛을 편중하여 받는가?

— 유장경, 「歲日見新曆」

君王若問妾顔色, 莫道不如宮裏時.
군왕께서 소첩의 안색을 물으시거든, 궁에 있을 때만 못하다고는 말하지

---

436) 텍스트에는 '無生'이 '長生'으로 되어 있는데, 誤字이다.

마세요.

— 백거이, 「王昭君」

16) 용허식(容許式 : 讓步式)

21.8 (1) 본구의 용허

國破山河在.
國都는 파괴되었지만 산하는 그대로 있다.

(37.2.a.)

雲雨雖亡日月新.
운우는 비록 없어졌지만 해와 달이 새롭다.

— 정전(鄭畋), 「馬嵬坡」

(2) 출구의 용허

天下兵雖滿, 春光日自濃.
천하는 전란으로 가득 차 있지만, 봄빛은 나날이 절로 짙어간다.

— 두보, 「傷春」

杏壇住僻雖宜病, 芸閣官微不救貧.
행단은 편벽된 곳이라 병드는 게 당연하지만, 秘書省의 관직 낮아 가난을 구제할 수 없다.

— 백거이, 「春中與盧四」

鳳皇詔下雖霑命, 鸚鵡才高却累身.
황제의 조서가 내렸으니 비록 명을 받지만, 앵무의 재주 높음이 오히려 몸에 누를 끼친다.

— 기당부(紀唐夫), 「贈溫庭筠」

柳陌雖愁風嫋嫋, 葱河猶自雪漫漫.

버들 길에 살랑살랑 바람 불어 슬프지만, 총하는 오히려 눈이 어지럽게 내릴 것이다.

— 장갈(章碣), 「春別」

21.9 이상에서 예로 든 안단식부터 용허식까지는 의미의 절주에 있어서 약간 차이가 있는 것 외에는 대체로 산문의 어법과 동일하다. 그러나 도치의 안단식과 도치의 시간수식은 산문에 없는 것이다. 그 원인을 살펴보면 운각의 구속을 받아서 어쩔 수 없이 도치를 한 것이다.

17) 문장이 명사어로 전성된 것

21.10 산문에서는 주어가 없을지언정 술어가 없을 수는 없다. 그러나 시구에서는 종종 술어가 없고, 단지 하나의 명사사조(名詞詞組)가 한 구가 되기도 한다. 이런 명사사조가 표면적으로 문장 같아 보이지 않는 경우가 있지만 실은 술어 전체를 주어 앞으로 도치시킨 것이다. 이제 종류를 나누어 예를 들어 보겠다.

(1) 앞의 두 글자가 술어형식인 것

聞詩鸞渚客, 獻賦鳳樓人.

시를 듣는 난새 물가의 나그네, 부를 바치는 봉루의 사람.

("鳳樓人獻賦, 鸞渚客聞詩"라고 말한 것과 같다.)

(85.1.a.)

經心石鏡月, 到面雪山風.

마음에 떠오르는 석경의 달, 얼굴에 불어오는 설산의 바람.

("雪山風到面, 石鏡月經心"이라고 말한 것과 같다.)

(85.1.a.)

挾轂雙官騎, 應門五尺僮.

수레를 양 옆에서 호위한 것은 두 왕실 기병이고, 대문에서 응대한 사람은 오 척 동자이다.

("雙官騎挾轂, 五尺僮應門"이라고 말한 것과 같다.)

(85.1.c.)

無名江上草, 隨意嶺頭雲.

이름 없는 것은 강가의 풀이고, 뜻에 따르는 것은 고개 끝의 구름이다.

("嶺頭雲隨意, 江上草無名"이라고 말한 것과 같다.)

(85.1.d.)

(2) 앞의 두 글자가 동사어인 것

相逢故國人.

만난 것은 고향에서 온 친구.

("故國人相逢"이라고 말한 것과 같다.)

(86.1.a.)

(3) 앞의 두 글자가 연면자 또는 첩자묘사어인 것

欻翕炎蒸景, 飄颻征戍人.

갑자기 찌는 듯한 더위를 만나서, 멀리 변방을 지키는 군사를 생각한다.

("炎蒸景欻翕, 征戍人飄颻"라고 말한 것과 같다.)

(89.2.a.)

牢落新燒棧, 蒼茫舊築壇.

부서져 쓸쓸한 것은 새로 불태운 잔도, 황급히 출정한 사람은 예전의 장군.

("新燒棧牢落, 舊築壇蒼茫"이라고 말한 것과 같다.)

(89.3.)

寥寥丘中想, 渺渺湖上心.

쓸쓸한 것은 언덕에서의 생각, 아득한 것은 호숫가의 마음.
("湖上心渺渺, 丘中想寥寥"라고 말한 것과 같다.)

(89.4.)

疎疎籬落娟娟月, **寂寂軒窗淡淡風**.
성긴 울타리 너머의 아름다운 달, 고요한 창에 부는 맑은 바람.
("軒窗寂寂風淡淡, 籬落疎疎月娟娟"이라고 말한 것과 같다.)

— 장도흡(張道洽), 「詠梅」

急急能鳴雁, 輕輕不下鷗.
급히 날아가며 잘 우는 기러기, 가볍게 날며 내려오지 않는 갈매기.
("能鳴雁急急, 不下鷗輕輕"이라고 말한 것과 같다.)

(97.4.)

마지막 종류는 시가에서 내원이 매우 오래되어, 『시경(詩經)』에 이미
"喓喓草蟲, 趯趯阜螽(베짱이는 울고, 메뚜기는 뛰논다)" 같은 구가 있고, 「고
시십구수(古詩十九首)」에도 "迢迢牽牛星, 皎皎河漢女(멀고 아득한 견우성, 밝
고 또렷한 직녀성)" 같은 구가 있다. 그러나 산문에는 이런 문장이 여전히
사용되지 않는다.

18) 명사어

21.11 여기서 서술하는 것이야말로 진정한 명사어이다.[437] 대략 세
종류로 나눌 수 있는데, 예를 들고 설명을 가하겠다.

---

437) 杜甫 「更題」시 : "群公蒼玉佩, 天子翠雲裘"에 대해 仇兆鰲는 『杜詩詳注』에서 黃生
의 말을 인용하여 "제5, 6구에는 虛字를 쓰지 않았는데, 이런 것을 實裝句라고 한다"라
고 하였다. 내 생각에 이른바 虛字는 동사를 가리키고, 實字는 명사를 가리킨다. 實裝
句는 句 안에 명사성 詞組만 있고 동사가 없는 것을 말한 것으로, 바로 본서의 명사어
를 가리킨다. ≪附註三十≫

21.12 (1) 시간과 지점을 표시하는 명사어

江水長流**地**, 山雲薄暮**時**.
강물이 길게 흐르는 땅, 산 위의 구름이 저물녘에 들 때.

(96.1.b.)

風塵逢我**地**, 江漢哭君**時**.
풍진 속에서 나를 만난 땅, 江陵에서 그대 위해 통곡하는 때.

(96.2.b.)

姹女臨波**日**, 神光照夜**年**.
丹砂가 물결에 임하던 날이, 신비한 빛이 밤을 비추던 해였다.

(96.1.c.)

朝野歡娛**後**, 乾坤震蕩**中**.
조야가 함께 즐긴 후에, 천지가 진동하는 난리 속에 떨어졌다.

(96.1.a.)

失寵故姬歸院**夜**, 沒蕃老將上樓**時**.
총애를 잃은 옛 여인이 뜰로 돌아가는 밤, 오랑캐를 격파한 노 장군이 누대에 오를 때.

— 백거이(白居易), 「中秋月」

天上玉書傳詔**夜**, 陣前金甲受降**時**.
천상에서 옥서가 내려와 조서를 전하는 밤, 진지 앞에서 무쇠갑옷을 입고 항복을 받는 때.

— 이영(李郢), 「上裴相公」

이와 같은 결구는 마지막 글자를 제거하면 하나의 문장으로 바뀐다 (주어가 있는 것 또는 주어가 생략된 것). 기실 마지막 글자를 제거해도 시의

(詩意)를 별로 손상시키지 않아서, 때로는 단지 다섯 글자 또는 일곱 글자를 채우기 위해서이거나 운각을 맞추기 위해서일 뿐이다. '時'·'中' 등의 글자를 운자(韻字)로 동원하는 데 관해서는 다음 절을 참고하기 바란다.

21.13 (2) 보통명사어

辯士安邊策, 元戎決勝威.
謀士는 변방을 안정시킬 계책을 내고, 장수는 승리를 거둘 위엄을 보이리.
(97.1.)

秋日新霑影, 寒江舊落聲.
가을날 새로 햇빛을 적시고, 찬 강에 옛날부터 빗소리를 떨군다.
(97.3.)

渭北春天樹, 江東日暮雲.
위수 북쪽은 봄 하늘의 나무, 장강 동쪽은 해질 무렵의 구름.
(97.8.)

今日潘懷縣, 同時陸浚儀.
오늘 반회현[潘岳]께서, 육준의[陸雲]와 때를 같이 하셨다.
(97.10)

晋室丹陽尹, 公孫白帝城.
진 왕실에서 단양윤을 지냈던 곳, 公孫述이 백제성을 차지했던 곳.
(97.11.)

細草微風岸, 危檣獨夜舟.
가는 풀 위로 미풍이 부는 강가, 높은 돛 세우고 홀로 가는 밤배.
(97.12.)

十歲佩觿嬌稚子, 八行飛札老成人.

열 살에 뿔송곳을 찬 귀여운 어린아이, 팔행의 종이에 일필휘지하여 편지를 쓰는 노련한 사람.

— 원진(元稹), 「贈嚴童子」

이와 같은 결구는 어떤 것은 주어만 있는 것으로 볼 수 있고, 어떤 것은 목적어만 있는 것으로 볼 수 있고, 어떤 것은 표어(表語 : 판단문에서 '是'자를 제외한 나머지 술어)[438]만 있는 것으로 볼 수 있어서 결국 시의(詩意)를 어떻게 보느냐에 따라 번역이 결정된다. 예를 들어 제4예는 "諸賓客都是今日的潘岳, 同時的陸雲(여러 빈객은 모두 금일의 반악이요, 동시대의 육운이다)"로 번역할 수도 있다. 나머지 예도 이와 비슷하다.

21.14 (3) 묘사문에 가까운 명사어

能畫毛延壽, 投壺郭舍人.
그림에 능한 사람은 모두 모연수 같고, 투호를 하는 사람은 모두 곽사인 같다.

(85.2.)

愛酒晋山簡, 能詩何水曹.
술을 좋아하기는 진의 산간과 같고, 시에 능하기는 何遜과 같다.

(85.2.)

清新庾開府, 俊逸鮑參軍.
시의 청신함은 庾信 같고, 준일함은 鮑照 같다.

(89.1.)

喪亂秦公子, 悲涼楚大夫.
동란을 당한 것이 진공자와 같고, 슬프고 처량하니 초대부와 같다.

(89.1.)

---

438) '表語'는 王力의 독특한 어법 용어로, 일반적으로는 '是'의 목적어[賓語]라고 한다.

八年身世夢, 一種水風聲.

신세의 꿈은 이미 팔 년이고, 물과 바람의 소리는 다만 한 가지이다.

(97.5)

數杯巫峽酒, 百丈內江船.

무협의 술은 몇 잔, 내강의 배는 백 장.

(97.6.)

牀前磨鏡客, 樹下灌園人.

우물가 난간 앞에서 거울을 가는 나그네, 나무 밑에서 정원에 물주는 사람.

(97.2.)

山中一夜雨, 樹杪百重泉.

산중에는 밤 내내 내리는 비, 나무 끝에 보이는 백 겹의 샘.

(97.7.b.)

北斗三更席, 西江萬里船.

북두성은 삼경의 술자리를 비추고, 서쪽 강변에는 만 리 길 떠날 배가 있다.

(97.7.a.)

白花簷外朵, 青柳檻前梢.

흰 꽃은 처마 너머로 봉오리를 맺었고, 푸른 버들은 난간 앞에서 가지 끝을 하늘거린다.

(97.9.)

寒澗渡頭芳草色, 新梅嶺外鷓鴣聲.

찬 계곡 나루터 위의 방초 빛, 매화 새로 핀 고개 너머의 자고새 소리.

— 이영(李郢), 「送劉客」

　앞의 여섯 예는 제17류(문장형식이 명사어로 전성된 것)에 가깝고, 뒤의 다섯 예는 제3류의 제5항('有'자를 생략한 것)에 가깝다. 그러나 완전히 같지

는 않기 때문에 이곳에 귀속시켰다. 적어도 이것들은 형식상 명사어로
볼 수 있다.

19) 기타 특수어법

21.15 기타 특수어법은 어떤 한 종류에 귀속시키기 쉽지 않다. 이
제 우선 제17·18·19 세 절의 일련번호에 따라 나누어 서술하고 토론
해보겠다.

(31) 이 종류의 몇몇 술어형식은 부사성을 띠고 있어서 방식을 표시하
는 데 사용되지만, 모두가 체계식(遞繫式) 또는 사성식(使成式)은 아니다.
그러나 이들이 체계식 또는 사성식과 대장을 이루기 때문에 이들을 같
은 종류에 귀속시킨다. 다음 예를 보자.

> 寒蟲臨砌默, 淸吹裊燈頻.
> 가을벌레는 섬돌에 임하여 침묵하고, 맑은 피리소리는 등불을 하늘거리게 함
> 이 잦다.
> (가을벌레가 섬돌에 임하여 침묵한 것은 방식 수식이고, 맑은 피리소리가 등
> 불을 하늘거리게 함이 잦은 것은 체계식이다.)
>
> (31.2.a1.)

> 石角鉤衣破, 藤枝刺眼新.
> 돌 모서리가 옷을 당기어 찢고, 등나무 가지는 눈을 찌를 듯 새롭다.
> (돌 모서리가 옷을 당기어 찢은 것은 사성식이고, 등나무 가지가 눈을 찌를
> 듯 새로운 것은 방식 수식이다.)
>
> (31.2.a3.)

> 樓雲籠樹小, 湖日落船明.
> 누대의 구름이 나무를 덮은 것이 작고, 호수의 햇빛이 배에 떨어져 밝다.

(누대의 구름이 나무를 덮은 것이 작은 것은 사성식이고, 호수의 햇빛이 배에 떨어져 밝은 것은 방식 수식이다.)

(31.2.a3.)

舟楫欹斜疾, 魚龍偃臥高.

배와 노는 기울어진 것이 심하고, 물고기와 용은 누운 것이 높다.

(배와 노가 기울어진 것이 심한 것은 방식 수식이고,439) 물고기와 용이 누운 것이 높은 것은 체계식이다. "微微向日薄, 脈脈去人遙(미미한 것이 햇빛 아래 얇고, 말없이 사람에게서 떨어진 것이 멀다)"도 방식 수식과 체계식이 대장을 이룬 것이다.)

(31.2.c.)

출구와 대구가 모두 방식 수식인 것도 있다. 다음에 예를 든다.

隨風隔幔小, 帶雨傍林微.

바람 따라 천막 밖에서 작고, 비 기운을 띠고 숲 옆에서 희미하게 빛난다.

(34.)

사성식과 체계식이 대장을 이룬 것도 있다. 다음에 예를 든다.

樓雪融城濕, 宮雲去殿低.

누각의 눈이 성에서 녹아 축축하고, 궁전 위의 구름이 궁전으로 다가가 낮다.

(누각의 눈이 성에서 녹아 축축한 것은 사성식이고, 궁전 위의 구름이 궁전으로 다가가 낮은 것은 체계식이다.)

(31.2.a3.)

---

439) 저자가 이 구절을 방식 수식으로 본 것은 "배가 기울어질듯이 빠르다"의 뜻으로 새겼기 때문인데, 「渡江」시의 전문을 통해 볼 때 "거센 풍랑으로 인해 배가 제대로 떠있질 못하고 심하게 기울어져 있다"는 표현이므로 그렇다면 방식 수식이 아닌 遞繫式이다.

이밖에도 일종의 시간 수식에 가까우면서 동시에 원인식에 가까운 구도 있다.

> 紅入桃花嫩, 靑歸柳葉新.
> 붉음은 도화에 들어와 예쁘고, 푸름은 버들잎으로 돌아와 새롭다.
>
> (31.1.b.)

또한 일종의 적루식(積累式)에 가까운 구도 있다.

> 遲迴度隴怯, 浩蕩入關愁.
> 머뭇머뭇 隴山을 넘는 것이 겁나고, 정처 없이 隴關에 드는 것이 슬프다.
>
> (32.3.a.)

(38.8) 이 종류의 "客病留因藥, 春深買爲花(나그네가 병들어 약초 때문에 머물러 있고, 봄이 깊어 꽃 때문에 사들였다)"는 매우 기이한 결구이다. '客病'은 '留'의 원인이고, '春深'은 '買'의 시절이다. 그러면서도 '因藥'과 '爲花'가 또한 모두 원인을 표시한다.

(69) 이 종류의 대다수는 방식 수식이다. "江水帶冰綠, 桃花隨雨飛(강물은 얼음을 띠고서 푸르고, 도화는 비를 따라 날아간다)" 같은 구는 산문과 비슷하다. 다만 세 가지 형식만이 제법 특별하다. 다음 예를 보자.

> 白雲迴望合, 靑靄入看無.
> 흰 구름은 빙 둘러보니 함께 모이고, 푸른 안개는 들어가서 보니 사라지고 없다.
> ('望'과 '看'은 동사가 명사로 활용된 것인데, 산문에는 드물게 보이는 것이다.)
>
> (69.1.b2.)

> 淸切兼秋遠, 威儀對月閑.
> 맑고 절실함은 가을과 함께 멀고, 위엄 있는 거동은 달을 대하며 한가롭다.
> ('淸切'은 평행형용사가 주어로 사용된 것인데, 이 역시 산문에는 드물게 보

이는 것이다.)

(69.2.)

色因林向背, 行逐地高卑.
빛깔은 숲 때문에 마주하거나 등지고, 가는 것은 땅을 따라 높거나 낮아진다.
(이것은 산문의 어법에 비교적 가까운데, 다만 절주가 다르다. 또한 '高卑'는
평행형용사가 동사로 사용되어 이 역시 특별하다. 이 두 구는 위의 해석과는
달리 "빛깔은 숲의 향배에 기인하고, 가는 것은 땅의 높낮이에 따른다"로 볼 수
도 있는데, 그렇게 되면 간단구로 바뀐다.)

(69.3.)

(70) 이 종류는 대다수가 방식 수식으로, "檣帶城烏去, 江連暮雨愁(돛
배는 성의 까마귀를 대동하고 떠나가고, 강은 저녁 비에 이어져 슬픔을 자아낸다)"
같은 것이 그 예이다. 그러나 "露從今夜白, 月是故鄉明(이슬은 오늘밤부터
하얗게 변하고, 달은 고향에서도 똑같이 밝으리라)"과 같이 시간 수식과 장소
수식도 있다. 이들은 모두 산문 어법 속에 있는 것이다(다만 '是故鄉'의
'是'자는 매우 특별하다). 다만 다음의 한 결구는 특별하게 보인다.

聽臨關月苦, 淸入海風微.
듣는 것은 關山의 달에 임하여 고통스럽고, 맑음은 바닷바람에 들어 미약하다.

(70.2.)

'聽'은 동사이고 '淸'은 형용사인데 모두 주어로 사용되었다. 이것은
산문에서 드물게 보이는 것이다.
(75) 이 종류의 "藥餌慵加減, 門庭悶掃除(약은 가감하여 먹기가 싫고, 대문
과 뜰은 소제하기가 내키지 않는다)"도 매우 특별한 것이다. 본래 "藥餌加減"
과 "門庭掃除"는 그다지 특별한 것이 아니고, 다만 "加減藥餌"와 "掃除
門庭"을 도치한 것이다. 특별한 것은 정신행위를 표시하는 동사를 중간
에 삽입한 것이다.

(76) 이 종류에는 세 가지 상이한 결구가 있다. "松風吹解帶(솔바람 불어와 허리띠를 풀었다)"는 사성식으로 앞에서 이미 서술하였다. "山月照彈琴(산 위의 달은 거문고 타는 것을 비춘다)"은 술어형식을 목적어로 삼은 것이다. 다음의 두 예는 동사를 부사로 사용한 것이다.

岸花飛送客, 檣燕語留人.
물가의 꽃은 흩날리며 나그네를 전송하고, 돛 위의 제비는 지저귀며 사람을 머물게 한다.

羽人飛奏樂, 天女跪焚香.
飛仙은 날아가며 음악을 연주하고, 天上의 神女는 무릎 꿇고 향을 사른다.

이런 형식도 산문에 있는 것이지만 산문에서는 이런 경우에 종종 "羽人飛而奏樂, 天女跪而焚香"처럼 '而'를 첨가한다.

(87) 이 종류의 "敏捷詩千首, 飄零酒一杯(민첩하여 시는 천 수를 지었고, 영락하여 술 한 잔으로 마음을 달랜다)"는 생략된 말이 너무 많기 때문에 특별해진 경우이다. 이 두 구의 의미는 대략 "민첩하기 때문에 천 수의 시를 지었고, 영락했기 때문에 술 한 잔을 마신다"이다.

(88) 이 종류의 "衰邁久風塵(쇠약해가는 나는 오랫동안 풍진에 시달렸다)"은 '久'자가 매우 기이한 것 같지만 실은 형용사가 동사로 활용된 것으로, "久於風塵" 또는 "久歷風塵"의 뜻이다.

(XXVII.3.) 이 종류의 "清江錦石傷心麗, 嫩蕊濃花滿目斑(맑은 강 비단 바위는 상심의 고운 빛을 드러내고, 어린 꽃잎 무성한 꽃은 눈 가득히 알록달록하다)"에서 '傷心'과 '滿目'은 모두 일종의 방식 수식이다. "錦石傷心麗"를 "藤枝刺眼新(등나무 가지는 눈을 찌를 듯 새롭다)"과 대비시켜보면 이들의 결구가 같다는 것을 알 수 있다.

20) 시 중의 허자(虛字)

21.16 여기서 말하는 허자는 전적으로 몇몇 의문사・부사 및 어기사를 가리킨다. 어떤 의문사(또는 反詰詞)는 근체시에만 보이고 고체시 및 고대 산문에는 거의 보이지 않는다. 다음 예를 보자.

寧戚飯牛成**底事**? 陸通歌鳳亦無端!
영척은 소를 먹여서 무슨 일을 이루었나? 육통이 봉황을 노래한 것도 공염불이 되었다!

— 원진(元稹),「放言」

見說白楊堪作柱, **爭敎**紅粉不成灰?
백양이 기둥이 될 만큼 자랐다고 하니, 어찌 꽃다운 얼굴이 재가 되지 않을 수 있으랴?

— 백거이(白居易),「燕子樓」

衰疾**那**能久? 應無見汝時!
쇠약하고 병들었으니 어찌 오래 견딜까? 응당 너를 볼 때가 없을 것이다!

— 두보(杜甫),「遣興」

君歸與訪移家處, **若箇**峯頭最較幽?
그대 돌아가 함께 집을 옮긴 곳을 방문한다면, 어느 봉우리가 가장 그윽할까?

— 장적(張籍),「胡山人歸王屋」

承恩不在貌, 敎妾**若**爲容?
은총을 받는 것이 용모에 달려 있지 않은데, 소첩더러 무슨 화장을 하란 말인가?

— 두순학(杜荀鶴),「春宮怨」

몇몇 부사 또는 부사어들도 근체시에 이르러서야 비로소 나타났다. 다음 예를 보자.

不分桃花紅勝錦, 生憎柳絮白於綿.

뜻밖에도 복숭아꽃이 비단보다 더 붉고, 얄밉게도 버들개지가 솜보다 더 희다.

　　　　　　　　　　　　　　　　　　　— 두보, 「送路六侍御入朝」

自領閑司了無事, 得來君處喜相留.

스스로 한가한 관리가 되어 전혀 일이 없는지라, 그대 거처에 오게 되니 기꺼이 머물렀다.

　　　　　　　　　　　　　　　　　　　— 장적, 「贈王秘書」

却看妻子愁何在? 漫卷詩書喜欲狂.

그리곤 처자를 돌아보며 "이제 아무 걱정 없다"고 하고, 이것저것 책을 챙기며 미칠 듯 기뻐하였다.

　　　　　　　　　　　　　　　　　　　— 두보, 「聞官軍收河南河北」

白頭搔更短, 渾欲不勝簪.

흰 머리는 긁을수록 자꾸 빠져서, 도무지 비녀를 감당하지 못하려 한다.

　　　　　　　　　　　　　　　　　　　— 두보, 「春望」

耐可機心息, 其如羽檄何!

원컨대 속세를 향한 마음이 없어져야 하지만, 깃털 꽂은 긴급문서를 어찌하나!

　　　　　　　　　　　　　　　　— 유장경(劉長卿), 「赴宣州」440)

可能三徑草, 歸路老更迷!

어떻게 삼경의 풀을 벨 수 있을까? 돌아갈 길은 늙을수록 찾기 어렵다!

　　　　　　　　　　　　　　　　　— 섭몽득(葉夢得), 「懷西山」

强欲從君無那老, 將因臥病解朝衣.

억지로 그대를 따르려도 늙어 감을 어쩔 수 없어, 병 때문에 관복을 벗게 될

---

440) 텍스트에는 '宣州'가 '宜州'로 되어 있는데, 이 시의 원 제목이 「赴宣州使院夜宴寂上人房留辭前蘇州韋使君」이어서 바꾸었다.

걸세.

— 왕유(王維), 「酬郭給事」

遮莫江頭柳色遮, 日濃鸎睡一枝斜.
강변을 버들 빛이 가리고 있다 해도, 햇빛 짙어 꾀꼬리 잠든 탓에 가지 하나 기울었다.

— 정곡(鄭谷), 「曲江紅杏」

經過自愛惜, 取次莫論兵.
이곳을 지날 때 스스로를 아껴야 하니, 멋대로 전쟁을 논하지 마시게.

— 두보, 「送元二適江左」

他年待掛衣冠後, 乘興扁舟取次居.
훗날 사직하여 의관을 걸어놓은 뒤에, 신나게 편주를 타고 와 마음껏 거처하리.

— 왕십붕(王十朋), 「題湖邊莊」

21.17 이 의문사와 부사들은 대략 모두 당시의 구어였을 것으로, 시인이 이들을 가져다 시구에 넣었을 것이다. 이외에 어떤 부사들은 산문에 흔히 보이긴 하지만 근체시에서의 용법이 사뭇 다르다. 이를테면 정도수식부사 '太'·'最' 등은 산문에서는 묘사문에만 쓰일 수 있는 까닭에(대부분 형용사 앞에 놓는다), 다음의 두 예가 산문에 나타났다면 난해했을 것이다.

知君苦思緣詩瘦, 太向交遊萬事慵.
그대가 애쓰며 詩想에 골몰하느라 야위었겠지만, 교유를 비롯한 만사에 너무 무심한 것 아닌가!

— 두보, 「暮登四安寺鐘樓寄裴十迪」

雲路何人見高志? 最看西面赤闌前.
벼슬길에서 누가 높은 뜻을 보일까? 서쪽의 붉은 난간 앞을 보는 것이 가장 좋으리.

— 은요번(殷堯藩), 「和趙相公」

21.18 또 어떤 부사들은 압운 때문에 구말(句末)에 놓여서 그 뒤에 피수식어를 둘 수 없는 경우가 있다. 이는 산문의 어법에서 허용되지 않는 것이다. 시구에서는 '曾'·'皆'·'僉' 등 소수의 글자만은 특별히 구말에 놓일 수 있는데, 그 이유는 대체로 이 글자들이 속한 운이 착운(窄韻) 또는 험운(險韻)이기 때문이다. 다음 예를 보자.

幽尋得此地, 詎有一人曾? (詎有一人曾幽尋得此地?)
그윽한 곳을 찾아 이곳을 얻은 자가, 일찍이 한 사람이라도 있었던가?

— 왕유, 「韋給事山居」

竦足良甘分, 排衙苦未曾. (所苦者未曾排衙耳.)
공손히 서 있는 것은 참으로 달게 여기지만, 도열은 괴롭게도 일찍이 해본 적이 없다.

— 원진(元稹), 「紀懷贈李六」

進律朝章舊, 疏恩物議僉. (物議僉同.)
朝廷의 典章이 낡아 새 법을 바쳤더니, 은총은 멀어지고 뭇 사람의 의론도 모두 그러했다.

— 왕안석(王安石), 「送鄆州知府宋諫議」

21.19 어기사는 대체로 산문과 같지만 시구에는 가능한 한 사용하지 않는다. 그렇긴 하지만 상호 비교해보면 '哉'자가 가장 많이 보이고, '乎'·'歟'·'耶'·'也'·'矣' 등이 가장 적게 보인다. 다음 예를 보자.

客意長東北, 齊州安在哉?
나그네 마음은 늘 동북을 향하건만, 제주는 어디에 있단 말인가?

— 두보, 「送舍弟穎」

因君振嘉藻, 江楚氣雄哉!

그대가 아름다운 시구를 떨치는 걸 보니, 장강의 초 땅에 기상이 웅건하구나!

— 맹호연(孟浩然), 「與張折衝游耆闍寺」

強策駑駘懷故國, 浮雲千里思悠哉!

둔한 말을 채찍질하며 고향을 그리지만, 뜬구름이 천리를 덮어 그리움만 끝이 없다!

— 하주(賀鑄), 「海陵西樓寓目」

光華揚盛矣, 霄漢在兹乎!

빛나는 명예가 비상하여 성대하구나, 하늘이 여기에 있도다!

— 고적(高適), 「眞定卽事」

借問白頭翁, 垂綸幾年也?

계제에 백두옹에게 묻나니, 낚싯줄 드리운 게 몇 년입니까?

— 왕창령(王昌齡), 「題灞池」

(마지막 예는 고체(古體) 측운절구(仄韻絶句)에서 뽑은 것이다.)

21) 10자구와 14자구

21.20 오언시는 다섯 자가 한 구이고, 칠언시는 일곱 자가 한 구라는 것은 단지 절주 상으로 말하는 것이지만 동시에 일반적인 논법이기도 하다. 그러나 어법의 관점에서 보면 이른바 보통의 한 구는 때때로 두 개 또는 세 개의 문장형식을 포함하기도 한다(제17절과 제19절을 참조할 것). 뒤집어 말하면 이른바 보통의 두 구가 어법상으로는 단지 한 구로 인정되기도 하는 것이다. 이 후자의 경우가 여기서 말하는 10자구와 14자구를 구성한다.

여기서 우리는 복합구를 제쳐두고 언급하지 않겠다. 첫째 이유는 안단식(按斷式)·신설식(申說式)·시간수식·조건식·용허식(容許式) 등의 복합구에 대해 앞에서 이미 언급했기 때문이다. 둘째 이유는 복합구 중의 두 부분은 각자 독립성이 제법 풍부하여 만약 '如'·'若'·'雖' 등의 글자가 없다면 두 개의 독립된 구와 거의 차이가 없기 때문이다. 여기서 분석하는 것은 단지 간단구(簡單句)·포잉구(包孕句)441)와 체계식(遞繫式) 및 특수한 신설식(申說式)이다.

(1) 출구가 주어이고, 대구가 술어인 것

征西舊旌節, 從此向河源.
서쪽을 정벌하던 옛 깃발과 부절이, 이제 하원으로 향하게 되었다.
　　　　　　　　　　　　　　　　　　— 왕유(王維), 「送岐州源長史歸」

風流與才思, 俱似晋時人.
풍류와 재능과 사상이, 모두 진나라 사람 같다.
　　　　　　　　　　　　　　　　　　— 이가우(李嘉祐), 「送杜士瞻楚州覲省」

少睡多愁客, 中宵起望鄕.
많은 슬픔으로 잠 못 이루는 나그네가, 한밤중에 일어나 고향을 바라본다.
　　　　　　　　　　　　　　　　　　— 백거이(白居易), 「夜泊旅望」

與余同病者, 對此合傷神.
나와 같은 불행을 겪은 사람이, 이를 대하고 함께 마음 아파한다.
　　　　　　　　　　　　　　　　　　— 당언겸(唐彦謙), 「上巳寄韓公」

客亭門外柳, 折盡向南枝.
객정 문밖의 버드나무는, 남쪽으로 뻗은 가지가 모두 꺾였다.
　　　　　　　　　　　　　　　　　　— 장적(張籍), 「薊北旅思」

---

441) 包孕句는 동사의 목적어가 주어와 술어로 이루어진 것을 말한다.

(마지막 예는 피동식이다.)

(2) 출구가 목적어이고, 대구는 목적어가 없는 술어형식 또는 문장형식인 것

春山數畝地, 歸去帶經鋤.

봄 산의 몇 이랑 땅으로, 경서와 호미를 끼고 돌아가겠다.

— 유장경(劉長卿), 「送張判官罷使東歸」

從來疎懶性, 應祗有僧知.

예전부터의 소탈하고 게으른 성격을, 응당 스님만이 알리.

— 장적(張籍), 「晚秋閑居」

吳娘暮雨蕭蕭曲, 自別江南更不聞.

저녁 비에 오낭이 타는 쓸쓸한 곡을, 강남을 떠난 이래로 더욱 듣지 못하겠다.

— 백거이(白居易), 「寄殷協律」

(3) 출구가 시간어 또는 방위어이고, 대구는 그것이 수식하는 술어형식 또는 문장형식인 것

向晚青山下, 誰家祭水神?

저녁 무렵 청산 아래, 누구네 집에서 수신에게 제사를 지내나?

— 장적, 「江南春」

明日重陽節, 無人上古城.

내일은 중양절인데, 고성에 오르는 사람이 없다.

— 장적, 「送遠客」

嚴子千年後, 何人釣舊灘?

엄자가 천 년이 지난 후, 누가 옛 물가에서 낚시를 할까?

— 유장경, 「送顧長」

千里滄波上, 孤舟不可尋.
천리 푸른 물결 위에서, 외로운 배를 찾을 수 없다.
　　　　　　　　　　　　　　　—유장경,「送行軍張司馬」

祈門官罷後, 負笈向桃源.
기문은 관직에서 물러난 후, 책을 등에 지고 도화원으로 향했다.
　　　　　　　　　　　　　　—이가우,「送韋邕少府歸鐘山」

秋日平原路, 蟲鳴桑葉飛.
가을날 평원의 길에서, 벌레는 울고 뽕잎은 낙엽 져 흩날린다.
　　　　　　　　　　　　　　　—이가우,「送從弟歸河朔」

故園今夜裏, 應念未歸人.
고향에서는 오늘밤, 돌아오지 않은 사람을 생각하리라.
　　　　　　　　　　　　　　　　　—백거이,「客中守歲」

悠悠滄海畔, 十載避黃巾.
아득하고 푸른 바닷가에서, 십 년 동안 도적들을 피했다.
　　　　　　　　　　　　　　　　—백거이,「江樓望歸」

鄕里親情相見日, 一時携酒賀高堂.
마을에서 친척들을 찾아뵙는 날, 바로 술을 들고 가 부모님께 축하드리리.
　　　　　　　　　　　　　　　　—장적,「送李餘及第」

昨日韓家後園裏, 看花猶似未分明.
어제 한씨 댁 후원에서, 꽃을 보았는데 분명치 않은 것 같았다.
　　　　　　　　　　　　　　　　　—장적,「患眼」

燕子樓中霜月夜, 秋來只爲一人長.
달빛 하얀 연자루의 밤, 가을이 오니 한 사람 때문에 길기만하다.
　　　　　　　　　　　　　　　　—백거이,「燕子樓」

三百年來庾樓上, 曾經多少望鄉人?
삼백 년 동안 유루 위에서, 일찍이 고향을 바라보던 사람이 얼마나 될까?
— 백거이, 「庾樓曉望」

(4) 출구의 앞 두 글자가 부사어이고 뒤의 세 글자가 방식수식이며, 대구는 그것이 수식하는 술어형식인 것

方將與農圃, 藝植老丘園.
장차 농사에 참여하여, 심고 재배하며 구릉의 園林에서 늙으리.
— 왕유, 「寄荊州張丞相」

(5) 출구의 앞 한 글자가 부사이고 뒤 네 글자가 방식수식인 것

獨將湖上月, 相送去還歸.
홀로 호수 위의 달을 따라, 귀환하는 그대를 전송한다.
— 유장경, 「南湖送徐二十七」

猶將亂流影, 來此傍簷楹.
오히려 어지럽게 흐르는 빛을 발하며, 이곳 처마기둥 옆으로 왔다.
— 이가우, 「詠螢」

更向桑乾北, 擒生問磧名.
다시 상건의 북쪽을 향해, 산 채로 잡아 사막의 이름을 묻는다.
— 장적, 「漁陽將」

(6) 출구의 앞 두 글자가 동사어이고, 나머지 여덟 자 또는 열두 자가 목적어인 것

不知楊伯起, 早晩向關西.
알 수 없다 양백기 같은 그대가, 언제 관서로 들어갈 수 있을지를.
— 이백, 「口號贈陽徵君」[442]

遙知用兵處, 多在八公山.

멀리서 알겠다 용병처가, 주로 팔공산에 있음을.

— 유장경, 「奉陪使君西庭」

應憐釣臺石, 閑却爲浮名.

응당 아쉬워하리 낚시하던 바위가, 헛된 명성 때문에 한가해진 것을.

— 유장경, 「送嚴維尉諸曁」

可憐絳縣劉明府, 猶解頻頻寄遠書.

사랑스럽다 강현의 유명부가, 오히려 자주 멀리서 편지 부칠 줄 아는 것이.

— 장적, 「答劉明府」

始知爲客苦, 不及在家貧.

비로소 알겠다 나그네 생활이 고달파서, 가난한 채 집에 있음만 못하다는 것을.
(이것은 이른바 '유수대(流水對)'이다. 제15절을 참조할 것).

— 백거이, 「客中守歲」

所嗟水路無三百, 官繫何因得再遊!

 안타까운 것은 물길이 삼백 리도 안 되지만, 관직에 매여 다시 갈 구실이 없는 것이다.

— 백거이, 「答客問杭州」

(7) 출구의 앞 한 글자가 동사이고, 나머지 아홉 자 또는 열세 자가 목적어인 것

知君喜初服, 祗愛此身閑.

 알고 있네 그대가 관리가 되기 전의 복장을 좋아하고, 다만 이 몸의 한가함을 사랑한다는 것을.

— 유장경, 「送薛承矩秩滿北遊」

知君日清靜, 無事掩重關.

---

442) 텍스트에는 제목이 「口號贈徵君鴻」으로 되어 있는데, 잘못된 것이다.

알고 있네 그대가 매일 맑고 고요하게, 일 없이 이중문을 닫고 지냄을.

　　　　　　　　　　　　　　　 ─ 이가우(李嘉祐), 「送陸士倫宰義興」

(8) 출구의 앞 두 글자가 부사어이고 뒤의 세 자 또는 다섯 자가 주어이며, 대구는 술어인 것

從此辭鄕淚, 雙垂不復收.
이제부터 고향을 하직한 눈물이, 두 줄기 흘러내려 다시 거두지 못한다.

　　　　　　　　　　　　　　　　　　　　　 ─ 이가우, 「登秦嶺」

從來天竺法, 到此幾人傳?
종래의 천축 佛法이, 지금에 이르러 몇 사람이 전할까?

　　　　　　　　　　　　　　　　　　　　　　　 ─ 장적, 「律僧」

明年塞北諸蕃落, 應建生祠請立碑.
내년에는 변새 북쪽의 여러 외족 부락이, 산 사람의 사당과 공덕비 세우기를 청할 것이오

　　　　　　　　　　　　　　　　　 ─ 장적, 「送裴相公赴鎭太原」

(9) 출구의 앞 두 글자가 부사어이고, 뒤의 세 글자가 방위어인 것

豈堪滄海畔, 爲客十年來!
어찌 견딜까 푸른 바닷가에서, 나그네 생활 십 년이구나!

　　　　　　　　　　　　　　　　　　　　　 ─ 유장경, 「早春」

(10) 출구의 앞 두 글자가 동사어이고 뒤의 세 자 또는 다섯 자가 방위어 또는 시간어이며, 대구는 목적어인 것

遙知向前路, 擲果定盈車.
멀리서 알겠다 앞으로 가는 길에서, 과일을 던져 수레에 가득 차리라는 것을.

　　　　　　　　　　　　　　　 ─ 이백, 「送族弟凝之滁求婚崔氏」

想見函關路, 行人去亦稀.
생각해보면 函谷關 길에는, 행인이 다니는 것도 드물겠지.

— 유장경, 「送友人西上」

借問迴心後, 賢愚去幾何?
여쭙나니 마음을 돌린 후에, 현명한 사람과 어리석은 사람들 얼마나 떠났나요?

— 유장경, 「贈普門上人」

誰知二十餘年後, 來作客曹相替人!
누가 알까 이십여 년 후에는, 나그네들이 와서 그 사람을 대신할 줄을!

— 장적(張籍), 「贈主客劉郎中」

(11) 열 자 또는 열네 자의 체계식(遞繫式)

須令外國使, 知飲月氏頭.
반드시 외국의 사신들이 월지왕의 머리를 술잔으로 만들 수 있음을 알게 하시게.

— 왕유(王維), 「送平澹然判官」

莫使滄浪叟, 長歌笑爾容.
창랑의 늙은이로 하여금 길게 노래 부르며 그대 모습을 비웃게 하지 마시게.

— 유장경(劉長卿), 「洞庭驛逢郴州使」

能使南人敬, 修持香火緣.
남인들이 공경하며 같은 불교인으로서의 인연을 견지하게 할 수 있으리.

— 이가우(李嘉祐), 「送弘志上人歸湖州」

自有東籬菊, 年年解作花.
해마다 꽃을 피울 줄 아는 동쪽 울타리의 국화가 절로 있다.

— 유장경, 「過湖南羊處士別業」

唯有郡齋窗裏岫, 朝朝空對謝玄暉.

다만 아침마다 보이지 않는 謝脁를 마주할 군청 서재 창문 속의 산봉우리가
있다.

— 유장경, 「送柳使君赴袁州」[443]

(앞의 세 예가 한 종류이고, 뒤의 두 예가 한 종류이다.)

(12) 신설식(申說式)의 피신설(被申說) 부분이 두 글자뿐이고, 나머지 여 덟 자 또는 열두 자가 신설(申說) 부분인 것

羨爾無拘束, 沙鷗獨不猜.
그대가 부럽다 아무 구속이 없고, 모래섬의 갈매기도 유독 의심하지 않으니.
— 유장경, 「喜李翰自越至」

羨君靑瑣裏, 幷冕入爐烟.
그대가 부럽다 황궁 안에서, 면류관과 함께 궁정에 들어가니.
— 이가우, 「元日無衣冠入朝」

(13) 기어(寄語)

爲報陶明府 : "裁書莫厭貧".
도명부에게 알린다. "편지를 쓰며 가난을 싫어하지 마시게."
— 이가우, 「贈衛南長官赴任」

爲問征行將 : "誰封定遠侯?"
원정 나가는 장군에게 묻는다. "누가 定遠侯에 봉해집니까?"
— 장적, 「送遠使」

借問炎州客 : "天南幾日行?"
염주의 나그네에게 묻는다. "하늘 남쪽에 언제 가십니까?"
— 장적, 「送蠻客」

---

443) 텍스트에는 '柳使君'이 '劉使君'으로 되어 있는데, 誤字이다.

君見漁船時借問: "前洲幾路入烟花?"

그대가 어선을 보았을 때 물었다. "앞의 모래섬 어느 길이 안개 어린 꽃에 들지요?

— 유장경, 「上巳日越中與鮑侍郎泛舟耶溪」

爲問元戎竇車騎: "何時返斾勒燕然?"

총수 두거기에게 물었다. "언제 대장기를 되돌려 燕然山에 공적을 새기나요?"

— 유장경, 「賦得」

更向同來詩客道: "明年到此莫過時!"

다시 함께 온 시객에게 말했다. "내년에 이곳에 올 때는 때를 놓치지 마시게!"

— 장적, 「唐昌觀看花」

漢使却回憑寄語: "黃金何日贖蛾眉?"

한의 사신이 다시 돌아와 말을 전한다. "언제 황금으로 아름다운 여인을 보상합니까?

— 백거이, 「王昭君」

歸來笑問諸從事: "占得閑行有幾人?"

돌아와 웃으며 여러 종사에게 묻는다. "한가한 행차를 할 수 있는 사람이 몇이나 됩니까?

— 원진(元稹), 「早春登龍山」

"昔年舊宅今誰住?" 君過西塘與問人.

"지난날의 옛집에 지금 누가 사나요?" 그대가 서쪽 못을 지나며 사람에게 물었다.

— 장적, 「寄陸暢」

(마지막 예는 도치된 시구이다.)

22) 주운(湊韻)

21.21 주운은 압운의 어려움 때문에 어떤 글자를 억지로 끌어다가 운각으로 사용하는 것인데, 이런 글자는 시의 의미상으로는 군더더기여서 필요한 것이 아니다. 주운은 시가(詩家)의 금기여서 명가(名家)의 시에는 주운의 현상이 거의 없다. 그러나 몇몇 글자는 시구 중의 용법이 종종 주운에 가까운데, 방위를 표시하는 '中'자와 시간을 표시하는 '時'·'初'자 등이 그렇다. 성당 시대에는 이 몇 글자가 주운인 경우가 매우 드물었다. 다음 예를 보자.

> 律變滄江外, 年加白髮中.
> 창강 밖에서 절기가 바뀌니, 백발 중에 나이가 보태졌다.
> ― 유장경(劉長卿), 「歲日作」

> 綠竹放侵行逕裏, 靑山常對卷簾時.
> 푸른 대가 뻗어 다니는 길을 침범하고, 주렴 걷어 올리면 청산이 늘 마주한다.
> ― 이가우(李嘉祐), 「赴南中留別」

> 正月喧鶯末, 玆辰放鷁初.[444]
> 꾀꼬리 지저귀는 정월 말, 이 좋은 때에 비로소 배를 띄우련다.
> ("玆辰初放鷁(이 좋은 시절 초에 배를 띄우련다)"으로 풀 수도 있다.)
> ― 두보, 「將別巫峽」

그러나 다음과 같은 예들은 이미 '時'자와 '初'자가 군더더기로 느껴지게 한다.

> 峽中爲客恨, 江上憶君時.

---

444) 텍스트에는 '辰'이 '晨'으로 되어 있는데, 誤字이다.

협곡 안에서 나그네로 지내는 슬픔에, 강가에서 그대를 생각한다.

—두보, 「寄杜位」

行到水窮處, 坐看雲起時.
물길이 없어지는 곳까지 걸어가, 앉아서 구름이 피어오르는 것을 본다.

—왕유, 「終南別業」

林深留客處, 荷淨納凉時.
숲 깊어 객을 머물게 한 곳은, 연꽃 깨끗하여 더위를 식혀 준다.

—두보, 「陪諸貴公」

試待盤渦歇, 方期解纜初.
소용돌이 멈추기를 기다려 보다가, 그때 닻줄 풀기를 기약하자.

—두보, 「寄李十四員外布」

南征爲客久, 西候別君初.
남쪽으로 와 나그네 된지 오래인데, 가을날 그대와 이별하게 되었다.

—두보, 「秋日荊南送石首薛明府」

중・만당 이후에 이르러서는 '中'・'時'・'初' 등의 글자가 더욱 빈번히 군더더기에 가까워져서 그것이 이미 시의 습관법처럼 되어 비록 명가라도 피하지 못했다. 이제 각각을 나누어 예를 들면 다음과 같다.

①'中'자—'中'자는 동사 뒤에 사용되어 그와 같은 동작이 어떤 사물 안에서 발생함을 표시하는 것 같다. 그러나 이와 같은 어법은 산문에서 허용되지 않는 것이다. '中'자를 제거해도 시의(詩意)는 변하지 않는다. 다음 예를 보자.

分憂餘刃又從公, 白羽胡床嘯詠中.
걱정을 나누고 넉넉한 일 처리 또한 공을 따르고, 白羽扇 들고 胡床에 앉아 읊조린다.

— 유우석(劉禹錫),「酬竇員外郡齋」

滄浪獨步亦無悰, 聊上危臺四望中.
　창랑정을 혼자 걸어도 즐거움이라곤 없어, 잠시 높은 누대에 올라 사방을 바라본다.

— 소순흠(蘇舜欽),「滄浪懷貫之」

　②'時'자—몇몇 '時'자는 제거해도 시의가 변하지 않는다. 다음 예를 보자.

蟬噪芳意盡, 鴈來愁望時.
　매미소리 시끄럽고 꽃기운 사라지더니, 기러기 찾아와 슬픔 속에 바라본다.
— 유우석,「秋日書懷寄白賓客」

廢苑杏花在, 行人愁對時.
　황폐해진 동산에 살구꽃 그대로 있어, 행인이 마주하고 슬퍼한다.
— 장적(張籍),「古苑杏花」

曉色荒城下, 相看秋草時.
　새벽에 황량한 성 아래에서, 서로 가을 풀을 바라본다.
—장적,「襄國別友」

峽裏聞猿叫, 山頭見月時.
　골짜기에서 원숭이의 절규를 듣고, 산꼭대기에서 달을 바라본다.
—장적,「送友生遊峽中」

　③'初'자—운각(韻脚)의 '初'자는 종종 '時'자로만 풀이되며, 때로는 군더더기에 가깝다. 다음 예를 보자.

翔鸞闕下謝恩初, 通籍由來在石渠.

翔鸞閣 대궐 아래에서 성은에 감사하고, 대궐 출입증은 처음부터 石渠閣에 있었다.

— 유우석, 「蒙恩轉儀曹郞」

漢家丞相重徵後, 梁苑仁風一變初.

한가의 승상이 거듭 발탁된 후, 양원의 인풍이 완전히 변했다.

— 유우석, 「令狐相公見示河中楊少尹贈答」

況憶同懷者, 寒庭月上初.

하물며 같은 마음 품은 사람 그리는데, 차가운 뜰에 달이 떠오름에랴!

— 장적(張籍), 「寒食夜寄姚侍郞」

太極垂裳日, 中原偃革初.

天宮에서 無爲의 정치를 행하는 날이, 중원에 전쟁이 그치는 때이다.

— 양억(楊億), 「奉詔修書述懷感事」

畦稻霜成後, 宮橙露飽初.

밭두둑의 벼에 서리가 내리면, 궁궐의 등자나무가 이슬을 흠뻑 머금을 때이다.

— 송기(宋祁), 「九日侍宴太淸殿」

麟臺高柳識琱輿, 共記中興幸省初.

비서성 옆 큰 버드나무가 옥 수레를 알아보고, 중흥의 비서성 방문을 함께 기록한다.

— 여조겸(呂祖謙), 「賀車駕幸秘書省」

23) 도자(倒字)

21.22 시에서의 도자 역시 운각 또는 평측을 맞추기 위해서 나타나

는 현상이다. 다음 예를 보자.

時難年荒世業空, **弟兄**羈旅各**西東**.
시절이 어렵고 기근이 들어 가업이 헛되니, 형제가 각기 동서로 흩어져 타향에 묶여 있다.
('弟兄'은 습관상 '兄弟'라고 해야 하는데 평측을 맞추기 위해서 도치하였고, '西東'은 습관상 '東西'라고 해야 하는데 운각을 맞추기 위해서 도치하였다.)
— 백거이, 「自河南經亂」

孤城縱目盡**南東**,[445] 山轉溪回翠萬重.
외로운 성에서 눈을 크게 뜨고 남동을 바라보니, 산과 계곡 돌아들며 푸름이 만 겹을 둘러쌌다.
— 팽여려(彭汝礪), 「城上」

徒勞望**牛斗**, 無計鏟龍泉.
공연히 斗宿와 牛宿 사이를 바라볼 뿐, 용천검을 발굴할 방법이 없다.
('牛斗'는 습관상 '斗牛'라고 해야 하지만 평측을 맞추기 위해서 도치하였다.)
— 두보, 「所思」

他鄉唯表弟, **還往**莫辭遙.
타향이라 오직 사촌동생 너뿐이니, 왕래함에 멀다고 사양일랑 말게.
('還往'은 습관상 '往還'이라고 해야 하지만 평측을 맞추기 위해서 도치하였다.)
— 두보, 「王十五司馬弟出郭相訪」

淸宵陪讌話, 美景從**遊遨**.
맑은 밤 연회에서 모시고 대화하고, 아름다운 경치를 함께 즐겼다.
('遊遨'는 습관상 '遨遊'라고 해야 하는데 운각을 맞추기 위해서 도치하였다.)
— 백거이, 「寄獻北都留守裴令公」

---

445) '南東'을 중국인들은 습관적으로 '東南'이라고 한다.

南館星郎東道主, 搖鞭休問**路行難**.

接待主를 맡은 남쪽 관사의 郞官이여, 채찍 휘두르며 달려온 먼 길에 어려움은 없었냐고 묻지 마시오

('行路難'은 본래 성어(成語)인데 '路行難'이라고 한 것은 평측을 맞추기 위한 것이다.)

— 왕초(王初), 「送王秀才」

21.23 중국어의 습관에 의하면 형용사는 반드시 그것이 수식하는 명사의 앞에 놓이게 되어 있다. 그러나 시구에서는 평측 또는 운각을 맞추기 위해 형용사가 명사 뒤에 놓이는 경우도 있다. 다음 예를 보자.

欲獻**文狂**簡, 徒煩**思鬱**陶.

고원하고 소탈한 글을 바치려고 했지만, 다만 울적한 생각에 시달릴 뿐이다.

(원의(原意)는 "欲獻狂簡之文, 徒煩鬱陶之思"인데, 운각과 평측 때문에 도치하였다.)

— 백거이(白居易), 「寄獻北都留守裴令公」

盤燒天竺**春筍肥**, 琴倚洞庭**秋石瘦**.

소반에는 천축의 살찐 봄 죽순을 익힌 것이 들어 있고, 거문고는 동정의 마른 가을 바위에 기대 놓았다.

(원의는 "…… 肥春筍 …… 瘦秋石"인데, 압운 때문에 도치하였다. 이 시는 본래 고풍인데, 성률과 격조가 모두 금체(今體)와 비슷하여 여기에 실었다.)

— 육구몽(陸龜蒙), 「丁隱君歌」

제22절 근체시의 어법(하)

22.1 본 절에서는 전적으로 근체시에서 기피하는 피자(避字)에 대하여 설명하고자 한다. 피자는 세 종류로 나눌 수 있다.

첫째 중운(重韻)을 피한다.

둘째 중자(重字)를 피한다.

셋째 제자(題字)를 피한다.

이제 이 각각에 대해 서술해 보겠다.

22.2 (甲) 중운(重韻)을 피한다.

한 편의 시에서 운각으로 사용된 글자는 중복할 수 없다. 중복하게 되면 중운의 결점을 범하게 된다. 고체시와 근체시를 막론하고 중운은 언제나 피해야 한다. 따라서 중운을 범한 시는 거의 보이지 않는다. 그러나 한 글자에 두 가지 뜻이 있으면 두 글자로 간주할 수 있어서 한 편의 시에 두 개의 운각으로 사용해도 중운을 범한 것으로 치지 않는다. 이와 같은 경우는 배율(排律)에만 보이는데, 왜냐하면 배율에는 사용된 글자가 많아서 동자(同字)의 운각이 거리가 멀리 떨어져 있다면 사람들에게 중운을 범했다는 느낌을 주지 않을 수 있기 때문이다. 배율은 사용해야 하는 운자(韻字)가 적지 않아서 이와 같이 융통성을 발휘할 수 있는 것도 운자의 부족을 다소 메워줄 수 있을 것이다. 다음 예를 보자.

......

紫微留北闕,	中書令은 북쪽 궁궐에 머물러 있고
綠野寄東皐.	綠野堂은 동쪽 언덕에 기대어 있다.
忽憶前時會,	갑자기 지난번의 만남이 생각나는데
多慚下客叨.	아래 손님으로서 떠든 것이 매우 부끄러웠다.
清宵陪讌話,	맑은 밤 연회에서 모시고 대화하고

美景從游遨.	아름다운 경치를 함께 즐겼다.
花月還同賞,	꽃과 달을 여전히 함께 감상하고
琴詩雅自操.	거문고와 시를 우아하게 스스로 다루었다.446)
朱弦拂宮徵,	붉은 현을 퉁기며 악곡을 타고
洪筆振風騷.	커다란 붓을 휘둘러 시를 썼다.
近竹開方丈,	대숲 가까이 암자가 열려 있고
依林架桔槹.	숲 옆으로 두레박틀이 걸려 있다.
春池八九曲,	봄 못은 여덟아홉 굽이이고
畫舫兩三艘.	채색한 배는 두세 척이다.
徑滑苔黏屨,	길이 미끄러워 이끼가 신에 붙고
潭深水沒篙.	못이 깊어 물에 상앗대가 잠긴다.
綠絲縈岸柳,	푸른 가지가 물가의 버들을 얽었고
紅粉映樓桃.	분홍의 복사꽃 빛이 누대에 비친다.
爲穆先陳醴,	穆生을 위하여 먼저 단술을 놓고
招劉共藉糟.	劉夢得을 불러 함께 지게미를 놓는다.
舞鬟金翡翠,	무희의 머리는 금 비취를 장식했고
歌頸玉蟠蟉.	歌妓의 목은 옥 굼벵이 같다.
盛德終難退,	성대한 덕은 끝내 물러나기 어렵고
明時豈易遭.	태평성대를 어찌 쉽게 만나리?
公雖慕張范,	공이 張良과 范蠡를 흠모하지만
帝未舍伊皐.	황제는 아직 伊尹과 皐陶를 버리시지 않았다.
······	

('東皐'의 '皐'는 '물가의 땅'이라는 뜻이지만 '伊皐'의 '皐'는 인명(皐陶를 가리킴)이어서 뜻이 다르다.)

— 백거이(白居易), 「寄獻北都留守裴令公」

藥溉分窠數,	약초는 보금자리 수를 나누어 물을 대고
籬栽備幼沖.	울타리는 어린애를 대비하여 쳐두었다.
種莎憐見葉,	향부자를 심은 것은 잎을 보고 싶어서이고

---

446) 텍스트에는 '詩'가 '書'로 되어 있는데, 誤字이다.

護筍冀成筒.　죽순을 보호하는 것은 대통을 만들고 싶어서이다.

有夢多爲蝶,　꿈을 꾸면 주로 나비가 되고

因搜定作熊.　찾으면 반드시 곰이 된다.

漂沈隨壞芥,　떠돌고 가라앉는 것은 썩은 겨자씨를 따르고

榮茂委蒼穹.　영광과 풍족은 푸른 하늘에 맡긴다.

震動風千變,　진동하면 바람 따라 수없이 변하고

晴和鶴一沖.　화창하면 학이 하늘로 치솟는다.

丁寧搴芳侶,　꽃을 따는 친구에게 재삼 부탁하니

須識未開叢.　떨기가 아직 피지 않은 것을 식별해야 하네.

('鶴一沖'의 '沖'은 '沖天'의 '沖'으로 '狖'이라고도 하여 '幼沖'의 '沖'과는
뜻이 다르다. 원문에서 '幼沖'의 '沖'은 '冲'으로 되어 있어서 왼쪽 편방이 ' 冫'
이지만, 기실 '沖'은 '沖'의 속자(俗字)이다. 따라서 두 글자가 비록 동형(同形)
이지만 중운을 범했다고 치지는 않는다.)

—원진(元稹), 「春」

22.3　(乙) 중자(重字)를 피한다.

중자는 한 수의 시 안에 중복하여 쓰인 글자를 말한다.447) 그러나 당
연히 중복될 수밖에 없는 첩자(疊字) 외에도 다음의 두 가지 경우는 굳이
피할 필요가 없다.

a. 한 구 안에서는 중자를 피하지 않는다. 예를 들면 다음과 같다.

---

447) 근체시에서 가장 좋은 것은 重字를 사용하지 않는 것이다(疊字는 이 예에 속하지 않
음). 이는 對仗에 同字를 사용하지 않을 뿐만 아니라 한 편의 시 안에서 글자를 중복하
여 사용하지 않는다는 말이다. 仇兆鰲는『杜詩詳注』에서 胡應麟의 말을 인용하여 다
음과 같이 말했다: "王維가 「早朝」시에서 '宮室'자를 5번 썼고, 「出塞」시에서 '馬'자를
2번 썼고, 「郴州」시에서 地名字를 6번 썼다. 비록 그의 시가 언어가 산뜻하고 독보적
이긴 하지만 번잡함을 면할 수 없다. 高適과 岑參은 이런 것이 없지만 神氣와 韻味가
떨어진다. 이 두 가지 장점을 겸한 것은 오직 두보에게 보인다. 그러나 170수 중에 예
리한 것과 둔탁한 것이 섞여 있고 正과 變이 함께 나오니 후대의 독자들도 이를 잘 분
별해야 할 것이다." ≪附註三十一≫

聞道高陽會, 愚公谷正愚.

들었다네 高陽池에서의 모임은, 우공의 골짜기라 바로 어리석은 사람들의 모임이라고

— 왕유, 「過崔駙馬山池」

亂後誰歸得? 他鄉勝故鄉!

난리 후에 누가 돌아갈 수 있을까? 타향이 고향보다 나은데!

— 두보, 「得舍弟消息」

夢歸歸未得,[448] 不用楚辭招.

꿈속에서 아직 돌아가지 못했으니, 초사로 혼을 불러도 소용이 없다.

— 두보, 「歸夢」

東望望春春可憐, 更逢晴日柳含烟.

동으로 望春宮을 바라보니 봄이 사랑스러운데, 더욱이 갠 날 안개 머금은 버들을 만났다.

— 소정(蘇頲), 「奉和春日幸望春宮」

浣花流水水西頭, 主人爲卜林塘幽.

浣花溪 흐르는 물 서쪽, 그윽한 숲 못 옆에 주인이 나를 위해 초당을 마련해 주었다.

— 두보, 「卜居」

今年游寓獨游秦, 愁思看春不當春.

금년의 나그네살이는 홀로 長安에 간 것인데, 슬픈 생각에 봄을 보아도 봄 같지 않다.

— 두심언(杜審言), 「春日京中有懷」

爲人性僻耽佳句, 語不驚人死不休!

---

448) 『杜詩詳注』에는 '夢歸'가 '夢魂'으로 되어 있다. 그 경우에는 重字가 아니다.

나의 성벽이 가구를 탐하여, 시어가 남을 놀라게 하지 않으면 죽어서도 그만
두지 않으리.

　　　　　　　　　　　　　　　　　　　— 두보, 「江上値水如海勢聊短述」

　　偶向東湖更**向東**, 數聲雞犬翠微中.
　　우연히 동호로 향하다 더욱 동으로 가니, 푸른 숲 속에서 닭 우는 소리와 개
짖는 소리가 들렸다.

　　　　　　　　　　　　　　　　— 유위(劉威), 「遊東湖黃處士園林」

　　二月已破**三月**來, 漸老逢春能幾迴?
　　이월이 벌써 끝나고 삼월이 왔으니, 늙어가며 몇 번이나 봄을 만날 수 있을까?

　　　　　　　　　　　　　　　　　　　　　　— 두보, 「絶句漫興」

　　이와 같은 현상이 율시의 중간 두 연에 나타나거나 중간의 두 연이
아니더라도 대장을 사용한 곳에 나타난다면 중자의 대장으로 바뀐다.
다음 예를 보자.

　　欲問**義心**義, 遙知**空**病**空**.
　　義心의 뜻을 물으려 했는데, 멀리서 空病 또한 헛됨을 알겠다.

　　　　　　　　　　　　　　　　— 왕유(王維), 「夏日過青龍寺謁操禪師」

　　芳草復**芳草**, **斷腸**還**斷腸**.
　　방초에 이어 다시 방초가 펼쳐지니, 단장의 슬픔이 다시 단장의 슬픔으로 이
어진다.

　　　　　　　　　　　　　　　　— 두목(杜牧), 「池州春送前進士蒯希逸」

　　一閣見**一郡**, **亂流**仍**亂山**.
　　한 누각에서 한 군이 다 보이니, 물길이 어지럽게 갈라지고 산이 어지럽게 이
어져 있다.

　　　　　　　　　　　　　　　　　　— 설능(薛能), 「題開元寺閣」

南京久客耕南畝, 北望傷神坐北窗.

남경의 오래된 나그네가 남쪽 밭에서 경작하다가, 북창에 앉아 북쪽의 고향을 바라보니 마음이 아프다.[449]

—두보, 「進艇」

卽從巴峽穿巫峽, 便下襄陽向洛陽.

곧바로 파협에서 무협을 뚫고, 양양으로 내려가 낙양으로 향하리라.

—두보, 「聞官軍收河南河北」

桃花細逐楊花落, 黃鳥時兼白鳥飛.

복사꽃잎 떨어져 흩날리며 버들 솜을 뒤쫓고, 노란 새가 때때로 흰 새와 함께 날아간다.

—두보, 「曲江對酒」

行樂及時時已晚, 對酒當歌歌不成.

나들이는 때가 있는데 때 이미 늦었고, 술잔 앞에서 노래 부르려 해도 노래가 안 된다.

—두목, 「招李郢」

※ 주의 : 중자구(重字句)는 반드시 중자구(重字句)와 대를 이루어야 하며, 그렇지 않으면 대장이 성립하지 않는다.

b. 수련 또는 미련의 출구와 대구에 중자를 사용하여 연결을 표시할 수 있다.

1. 출구의 마지막 글자와 대구의 첫 글자가 중자로 연결된 것.

故人南郡去, 去索作碑錢.

옛 친구가 남군으로 갔는데, 비문 지어준 돈을 받으러 갔다.

—두보, 「聞斛斯六官未歸」

---

449) 여기서 南京은 成都를 가리킨다.

淸商欲盡奏, 奏苦血霑衣.450)

슬픈 商聲의 곡조를 다 불어가니, 그 쓰라림에 피눈물이 옷을 적신다.

—두보, 「秋笛」

樂遊原上望, 望盡帝都春.

낙유원 위에서 바라보니, 帝都의 봄이 다 바라보인다.

— 유득인(劉得仁), 「樂遊原春望」

夜入楚家烟, 烟中人未眠.

밤에 드니 楚家는 안개에 잠겼는데, 안개 속에서 사람은 잠들지 못하고 있다.

— 항사(項斯), 「夜泊淮陰」

22.4 "夢歸歸未得"과 "故人南郡去, 去索作碑錢"을 비교해보고, 다시 "東望望春春可憐"과 "樂遊原上望, 望盡帝都春"을 비교해보자. 그러고 나서 "浣花流水水西頭"와 "夜入楚家烟, 烟中人未眠"을 비교해보면 이와 같은 쌍구(雙句) 중자(重字)는 단구(單句) 중자(重字)의 연장임을 느낄 수 있을 것이다. 후대에 전적으로 연환구(連環句)를 사용하는 일종의 유희에 가까운 시가 있는데, 연주시(連珠詩)라고 부르며 연환체(連環體)라고도 칭한다. 예를 들어 모두 네 수로 이루어진 조시(組詩)에서 제1수의 말구(末句)가 제2수의 수구(首句)와 중복되고, 제2수의 말구가 제3수의 수구와 중복되고, 제3수의 말구가 제4수의 수구와 중복되고, 제4수의 말구가 다시 제1수의 수구와 중복되는 중구법(重句法)도 이와 같은 중자법(重字法)에서 왔다고 말할 수 있다.

2. 출구의 한두 글자가 대구의 한두 글자와 같지만 서로 이어져 있지는 않은 것.

---

450) 텍스트에는 '苦'가 '若'으로 되어 있는데, 誤字이다.

五湖千萬里, 況復五湖西!

오호도 천리만리 떨어져 있는데, 하물며 다시 오호의 서쪽임에랴!

— 왕유(王維), 「送張五諲歸宣城」

劉郎已恨蓬山遠, 更隔蓬山一萬重.

유랑은 이미 봉산이 먼 것을 원망하는데, 더욱이 봉산 가는 길이 만 첩 산중임에랴!

— 이상은(李商隱), 「無題」

22.5 이것 역시 단구(單句) 중자(重字)의 연장으로 볼 수 있다. "他鄉勝故鄉"이나 "偶向東湖更向東"과 이 두 개의 예를 서로 비교해보면 그 이치를 깨달을 수 있을 것이다.

22.6 이로부터 볼 때 중자(重字)를 피하는 것은 다음의 두 가지 경우에 국한된다. (1) 율시의 중간 두 연에서 출구의 글자는 대구의 글자와 중복될 수 없다. (2) 연이 서로 다른 경우에는 가능한 한 중복을 피한다. 첫 번째 경우에 대해서는 제15절 마지막에서 이미 언급했으므로 여기서는 두 번째 경우에 대해서만 이야기하겠다.

22.7 대체로 말해서 시인들은 중자(重字)를 피하는 데 주의를 기울였다. 예를 들어 두보의 시에는 중자의 경우가 매우 드물다(물론 연이 서로 다른 경우의 글자들을 두고 말한 것이다). 두시(杜詩)에서는 중자의 예를 하나만 들 수 있을 뿐이다.

一片花飛減却春,　　　꽃잎 한 조각만 날려도 봄기운이 줄어드는데
風吹萬點正愁人.　　　바람에 수없이 날리니 사람을 슬프게 한다.
且看欲盡花經眼,　　　눈앞에서 사라져 가는 꽃잎을 잠시 볼 일이니
莫厭傷多酒入脣.　　　술이 입술에 과다하게 들어간다고 싫어하지 말 것이라.
江上小堂巢翡翠,　　　강변의 작은 집에는 비취새가 둥지를 틀고
苑邊高冢臥麒麟.　　　동산 옆의 높다란 무덤에는 기린이 누워 있다.
細推物理須行樂,　　　사물의 이치를 들여다보면 모름지기 즐겨야 하니

何用浮名絆此身? 어찌 헛된 명예로 이 몸을 얽어매리?

(수련 출구의 '花'자와 함련 출구의 '花'자가 중복되었다. 경련 대구의 '苑邊'
이 어떤 판본에는 '花邊'으로 되어 있는데, 그렇다면 한 번 더 중복된 것이다.)
— 「曲江二首」(제1수)

22.8 그러나 중자(重字)에 주의를 기울이지 않은 시인도 있다. 예를
들어 왕유의 시집에는 중자를 사용한 시가 적지 않게 보인다. 예를 들면
다음과 같다.

所思竟何在? 그리운 사람은 도대체 어디에 있을까?
悵望深荊門. 너무나 애달파서 형문을 바라본다.
擧世無相識, 온 세상에 나를 알아주는 사람 없어서
終身思舊恩. 종신토록 옛 은혜를 잊지 못한다.
方將與農圃, 장차 농사에 참여하여
藝植老丘園. 심고 재배하며 구릉의 園林에서 늙으리.
目盡南飛鴈, 남쪽으로 날아가는 기러기를 끝없이 바라보지만
何由寄一言. 무슨 방법으로 한 마디 말을 전할 수 있을까?
— 「寄荊州張丞相」

柳暗百花明, 버들잎 짙고 온갖 꽃 선명하여
春深五鳳城. 오봉성에 봄이 깊어간다.
城烏睥睨曉, 까마귀는 성가퀴 위에서 새벽을 맞고
宮井轆轤聲. 궁정 우물에선 두레박 소리 들린다.
方朔金門召, 東方朔은 金馬門에서 부르고
班姬赤輦迎. 班婕妤는 붉은 수레로 맞이한다.
仍聞遣方士, 다시금 方士를 파견한다고 하니
東海訪蓬瀛. 동해로 蓬萊와 瀛洲를 찾아가야겠다.
— 「早朝」

憐君不得意, 뜻을 이루지 못한 그대가 가여운데

況復柳條春!　　하물며 다시 버들가지 푸른 봄임에랴!
爲客黃金盡,　　나그네 생활에 돈은 다 떨어지고
還家白髮新.　　집에 돌아가려니 백발만 새로 났다.
五湖三畝宅,　　오호 변 세 이랑의 밭이 있는 집
萬里一歸人.　　만 리 길을 돌아가야 할 한 사람.
知爾不能薦,　　그대를 알고도 천거하지 못하니
羞稱獻納臣.　　충언을 진헌하는 신하라 칭하기에 부끄럽소
　　　　　　　　　　　　　　　　　―「送丘爲落第歸山東」

送君從此去,　　이곳을 떠나는 그대를 보내려니
轉覺故人稀.　　갑자기 옛 친구가 거의 없게 되었다.
徒御猶迴首,　　수레 모는 이들은 머리 돌려 바라보고
田園方掩扉.　　전원은 이제 사립문을 닫으려 한다.
出門當旅食,　　문을 나서면 나그네가 되는 것이니
中路授寒衣.　　여행길에서 겨울옷을 받아야 하리.
江漢風流地,　　장강과 한수는 풍류 있는 땅이니
遊人何歲歸?　　여행 떠난 사람이 언제 돌아올까?
　　　　　　　　　　　　　　　　　―「送崔九興宗遊蜀」

萬壑樹參天,　　만 골짜기는 나무가 하늘로 솟아 있고
千山響杜鵑.　　천 산에는 두견새 소리가 울린다.
山中一夜雨,　　산중에는 밤 내내 내리는 비
樹杪百重泉.　　나무 끝에 보이는 백 겹의 샘.
漢女輸橦布,　　한의 여인은 동포를 실어 나르고
巴人訟芋田.　　파인들은 토란 밭을 가지고 다툰다.
文翁翻教授,　　문옹의 반복적인 교수를 거쳤으니
敢不倚先賢.　　어찌 선현의 전철을 따르지 않겠는가?451)
　　　　　　　　　　　　　　　　　―「送梓州李使君」

---

451) 텍스트에는 '敢不'이 '不敢'으로 되어 있는데, 잘못된 것이다.

世上皆如夢,　　세상살이 모두 꿈과 같아서
狂來止自歌.　　멋대로 와서는 혼자 노래 부른다.
問年松柏老,　　오래된 소나무 잣나무의 나이를 묻고
有地竹林多.　　땅에는 넓은 대숲이 있다.
藥倩韓康賣,　　약초는 한강에게 의뢰하여 팔고
門容尙子過.　　문은 상자의 허락을 받고 지나간다.
翻嫌枕席上,　　오히려 침석에 오르는 것이 싫으니
無那白雲何.　　저 흰 구름을 어찌할 수 없다.
　　　　　　　　　　　　　　—「遊李山人所居因題屋壁」

端居不出戶,　　평상시 거처하며 문을 나서지 않으니
滿目望雲山.　　눈 가득히 구름 덮인 산을 바라본다.
落日鳥邊下,　　석양은 돌아가는 새들 옆에서 져가고
秋原人外閑.　　가을 들판은 사람 보이지 않아 한가롭다.
遙知遠林際,　　멀리서 알겠다 먼 숲가에서는
不見此簷間.　　이곳의 처마가 보이지 않는다는 것을.
好客多乘月,　　좋은 객이 달밤을 틈타 많이 올 것이니
應門莫上關.　　응당 대문을 닫지 말아야 할 것이다.
　　　　　　　　　　　　　　—「登裴秀才迪小臺」

何幸含香奉至尊!　　향을 머금고 지존을 받드니 얼마나 다행인가!
多慚未報主人恩.　　아직 주인의 은혜에 보답하지 못해 매우 부끄럽다.
草木盡能酬雨露,　　초목은 모두 비와 이슬에 보답할 수 있지만
榮枯安敢問乾坤?　　번영과 영락은 어찌 감히 하늘과 땅에 물으랴!
仙郎有意憐同舍,　　郎中은 동료를 아껴줄 마음이 있지만
丞相無私斷掃門.　　승상은 공평무사하여 대문 앞을 쓰는 것도 금한다.
揚子解嘲徒自遣,　　揚雄의 「解嘲」는 다만 스스로를 달랜 것이고
馮唐已老復何論?　　풍당이 이미 늙었으니 다시 무엇을 논하리?
　　　　　　　　　　　　　　—「重酬苑郎中」

居延城外獵天驕,　　거연성 밖으로 흉노가 침탈하여

白草連山野火燒.　戰火로 산야의 풀들이 타오른다.
暮雲空磧時驅馬,　저녁 구름 드리운 사막에서 수시로 말을 몰고
秋日平原好射鵰.　가을날 평원에서 즐겨 수리를 쏜다.
護羌校尉朝乘障,　護羌校尉는 아침에 방어벽을 쌓고
破虜將軍夜渡遼.　破虜將軍은 밤을 틈타 遼河를 건넌다.
玉靶角弓珠勒馬,　보검과 良弓과 진주로 굴레를 장식한 준마를
漢家將賜霍嫖姚.　임금님께서 霍去病 장군에게 하사하셨다.
(함련 출구의 '馬'자와 미련 출구의 '馬'자가 중복되었다. 경련 대구 '將軍'의
'將'과 미련 대구 '將賜'의 '將'은 의미가 달라서 중복으로 볼 필요가 없다.)

—「出塞作」

無才不敢累明時,　재능 없어 감히 淸明한 시절에 누를 끼칠 수 없어서
思向東谿守故籬.　동쪽 계곡으로 가 고향 울타리를 지키고 싶다.
豈厭尙平婚嫁早,　尙子平이 혼인을 서두른 것을 어찌 싫어하랴?
却嫌陶令去官遲.　오히려 陶淵明이 관직을 떠난 것이 늦음을 아쉬워한다.
草間蛩響臨秋急,　풀 사이의 귀뚜라미 소리는 가을이 다가왔음을 알리고
山裏蟬聲薄暮悲.　산속의 매미소리는 저녁이 가까워지며 슬프다.
寂寞柴門人不到,　적막한 사립문에 사람은 이르지 않고
空林獨與白雲期.　텅 빈 숲에서 홀로 흰 구름과 기약한다.

—「早秋山中作」

上蘭門外草萋萋,　상란문 밖으로 봄풀은 무성하고
未央宮中花裏栖.　미앙궁 안 꽃 속에 머물고 있다.
亦有相隨過御苑,　명을 따라 궁정의 화원으로 온 것도 있지만
不知若箇向金堤.　어느 것이 견고한 둑으로 향했는지 모르겠다.
入春解作千般語,　봄이 되자 수천 가지 소리를 낼 줄 알지만
拂曙能先百鳥啼.　먼동이 트며 온갖 새보다 먼저 지저귄다.
萬戶千門應覺曉,　수많은 집들은 백설조 소리에 새벽이 왔음을 알 텐데
建章何必聽鳴雞?　건장궁은 어찌 반드시 닭 울음소리를 들어야 하는가?

—「聽百舌鳥」

22.9 이로부터 볼 때 중자(重字)를 피하는 것은 기껏해야 일종의 기교라고 말할 수 있을 뿐이고, 일종의 규율이라고는 할 수 없다. 그러나 율시의 중간 두 연은 대장 때문에 제한이 엄격해서 중자를 사용할 수 없다. 다시 말해서 함련과 경련의 20자 중에 첩자(疊字) 외에는 글자를 중복하여 사용할 수 없다. 다음에 예로 든 왕유의 시는 함련에 대장을 사용하지 않았으므로 예외로 볼 수 있다.

門前洛陽客,	낙양의 나그네가 문 앞에 와서는
下馬拂征衣.	말에서 내려 옷의 먼지를 턴다.
不枉故人駕,	누추한 곳을 마다 않고 옛 친구가 왔다네
平生多掩扉.	평생 동안 주로 사립문이 닫혀 있었는데.
行人返深巷,	행인은 깊숙한 골목으로 돌아와 귀가하고
積雪帶餘暉.	쌓인 눈은 석양빛을 띠고 있다.
早歲同袍者,	지난날 우리와 같은 옷을 입었던 자들은
高車何處歸?	으리으리한 수레를 타고 어디로 갔는가?

—「喜祖三至留宿」

22.10 뜻이 같지 않으면 중운(重韻)으로 치지 않는 이치에 따라 같은 글자도 뜻이 같지 않으면 중자(重字)로 볼 수 없다. 다음 예를 보자.

橫吹雜繁笳,	횡취곡이 번다한 피리 소리에 섞여 있고
邊風捲塞沙.	변새의 바람이 모래먼지를 말아 올린다.
還聞田司馬,	田廣明 司馬 이야기를 다시 듣고
更逐李輕車.	李蔡 輕車將軍을 더욱 뒤따르게 되었다.
蒲墟成秦地,	부들 덮인 보루는 진의 땅이 되었고
莎車屬漢家.	莎車國은 한나라에 속하였다.
當令犬戎國,	응당 犬戎國으로 하여금
朝聘學昆邪.	昆邪를 찾아가 배우도록 해야 하리.

('輕車'는 보통명사어인 반면에 '莎車'는 국명(國名)이다.)

—왕유, 「送宇文三赴河西」

束薪已零落,	오이 시렁의 잎들은 이미 떨어졌고
瓠葉轉蕭疎.	표주박 잎도 시들어 얼마 남지 않았다.
幸結白花了,	다행히 흰 꽃이 열매를 맺었으니
寧辭靑蔓除.	어찌 푸른 덩굴 제거하는 것을 그만두랴?
秋蟲聲不去,	가을의 벌레소리 가시지 않아
暮雀意何如?	저녁의 참새 마음 어떠할까?
寒事今牢落,	이제 겨울로 접어들어 쓸쓸한 모습을 보니
人生亦有初.	인생도 이 같이 처음과 끝의 盛衰가 있다.

('零落'은 동의자(同義字)이지만 '牢落'은 연면자(連緜字)이다.)

—두보, 「除架」

22.11 배율(排律)은 글자 수가 많기 때문에 중자(重字)를 피하기가 더욱 어렵다. 두보의 경우만 해도 율시에서는 가능한 한 중자를 피했지만 배율에서는 크게 개의치 않았다. 예를 들어 「上韋左相二十韻」에서는 '此'자를 두 번 썼고 '才'자를 두 번 썼다. 또 「贈特進汝陽王二十韻」에서는 '不'자를 두 번 썼고 '天'자를 두 번 썼다. 이로부터 배율에서는 반드시 동자(同字) 사용을 피해야 하는 것은 아님을 알 수 있다.

22.12 (丙) 제자(題字)를 피한다.

제자를 피하는 것에 대해 이야기하기 전에 먼저 시의 제목에 대해 이야기해보자. 고시(古詩)도 선진(先秦)의 고문(古文)과 마찬가지로 제목이 없었다. 『시경』은 말할 필요도 없고, 고시십구수도 제목이 없기는 마찬가지이다. 두보에게도 어쩌다 제목이 없는 시가 있는데, 다만 제목을 비워두는 대신에 시의 맨 앞 두 글자를 제목으로 삼았다. 이를테면 「숙석(宿昔)」・「능화(能畵)」・「역력(歷歷)」・「제봉(提封)」 등이 그렇다. 또한 「절구(絶句)」・「우제(偶題)」 등의 제목도 제목이 없는 것과 같다. 아예 「무제(無題)」를 제목으로 한 것은 이상은(李商隱)에게서 시작되었다. 다만 이상은의 「벽성(碧城)」・「금슬(錦瑟)」 등의 시는 맨 앞의 두 글자를 제목으로 삼은 것이어서 두보의 「숙석(宿昔)」·「능화(能畫)」와 마찬가지이다.

22.13 시에 제목이 없을 수 있는 만큼 제자(題字)를 피하는 문제를 언급할 필요는 없을 것이다. 그러나 제자를 피하는 기풍이 후대의 영물시(詠物詩)에서 비롯되었다. 이른바 영물시는 일물(一物) 또는 일사(一事)를 제목으로 택한 것인데, 회인시(懷人詩)도 아니고 그렇다고 즉사시(卽事詩)도 아니다. 이런 작품이 성당 이전에도 있었는데, 예를 들면 두보에게 「우(雨)」·「월(月)」·「운(雲)」·「뢰(雷)」 등의 영물시가 있다. 그러나 당시에는 제자를 피하는 기풍이 없었고, 오히려 수련 또는 함련에 제목을 밝히기를 좋아하였다. 예를 들어 두보의 영우시(詠雨詩)를 보자.

微雨不滑道,　　비가 조금 내려 길도 미끄럽지 않고
斷雲疎復行.　　조각구름이 드문드문 다시 떠간다.
紫崖奔處黑,　　보라 빛 벼랑이 솟은 곳은 어둡고
白鳥去邊明.　　하얀 새 날아간 저쪽은 밝다.
秋日新霑影,　　가을날 새로 햇빛을 적시고
寒江舊落聲.　　찬 강에 예부터의 빗소리를 떨군다.
柴扉臨野碓,　　사립문이 들의 물방아에 가까워서
半得搗香秔.　　향긋한 벼를 찧는 소리가 들려온다.

　　　　　　　　　　　　　　　　—「雨四首」(제1수)

江雨舊無時,　　강 비는 예나 지금이나 정해진 때가 없어서
天晴忽散絲.　　활짝 갰다가는 갑자기 실 비를 흩뜨린다.
暮秋霑物冷,　　만추 시절이라 비에 젖은 만물이 차가운데
今日過雲遲.　　오늘은 지나가는 비구름이 느릿느릿하다.
上馬回休出,　　말에 올랐다가 되돌아와 나가지 않고서
看鷗坐不辭.　　꼼짝도 않고 앉아서 갈매기를 바라본다.
高軒當灩澦,　　높다란 초가가 灩澦堆를 마주하고 있어서
潤色靜書帷.　　물기어린 빛이 서재의 휘장에 고요히 든다.

　　　　　　　　　　　　　　　　—「雨四首」(제2수)

物色歲將晏,　　한 해가 저물어 만물은 쇠미해 가는데
天隅人未歸.　　하늘 모퉁이의 사람은 돌아가지 못하고 있다.
朔風鳴淅淅,　　북풍은 쏴아 소리 내며 불어 닥치고
寒雨下霏霏.　　차가운 비는 부슬부슬 내린다.
多病久加飯,　　다병하여 오래 전부터 밥을 더 먹고
衰容新授衣.　　쇠약한 몸이라 겨울옷을 새로 마련하였다.
時危覺凋喪,　　시절이 위급하여 의기소침한데
故舊短書稀.　　옛 친구들의 짧은 편지마저 드물어졌다.
　　　　　　　　　　　　　　　　　　　　―「雨四首」(제3수)

楚雨石苔滋,　　초 땅의 비에 바위의 이끼는 자라건만
京華消息遲.　　서울 소식은 아직도 들려오지 않는다.
山寒青兕叫,　　차가운 산에서는 무소가 울부짖고
江晚白鷗饑.　　저무는 강에는 굶주린 백구가 배회한다.
神女花鈿落,　　빗방울은 신녀가 꽃 비녀를 떨어뜨리는 것 같고
鮫人織杼悲.　　빗소리는 교인이 베를 짜며 내는 슬픈 소리 같다.
繁憂不自整,　　수많은 우수를 스스로 정리해낼 수 없는데
終日灑如絲.　　찬 비가 종일토록 엉클어진 실처럼 뿌려댄다.
　　　　　　　　　　　　　　　　　　　　―「雨四首」(제4수)

小雨晨光內,　　작은 비가 새벽빛을 띠고서
初來葉上聞.　　처음 내리는 소리가 잎에서 들린다.
霧交纔灑地,　　안개와 섞여 방금 땅에 뿌려지더니
風逆旋隨雲.　　바람에 거슬러 다시 구름을 따른다.
暫起柴荊色,　　잠깐 사이에 나무 빛깔을 싱그럽게 하고
輕霑鳥獸群.　　가볍게 새와 짐승들을 적셔준다.
麝香山一半,　　저 멀리 사향산이 반쯤만 보였는데
亭午未全分.　　정오에도 모습을 완전히 드러내지 않는다.
　　　　　　　　　　　　　　　　　　　　―「晨雨」

小雨夜復密,　　가랑비가 밤에 갈수록 빽빽이 내리고

迴風吹早秋.　　이른 가을인데도 회오리바람이 불어댄다.
野凉侵閉戶,　　야외의 서늘한 기운이 닫힌 문 안으로 들어오고
江滿帶維舟.　　강물 가득하여 매놓은 배를 띄우고 있다.
通籍恨多病,　　대궐을 출입하던 몸이 한스럽게도 다병하여
爲郞忝薄遊.　　郞官에 올랐던 몸이 정처 없이 사방을 떠돈다.
天寒出巫峽,　　날씨가 차가울 때 무협을 출발하여
醉別仲宣樓.　　취하여 仲宣樓를 떠나 북상하련다.

　　　　　　　　　　　　　　　　　　　―「夜雨」

22.14　그러나 두보에게도 제목의 글자를 포함하지 않은 영물시가
소수 있다. 예를 들면 다음과 같다.

滿目飛明鏡,　　눈 가득히 하늘에 밝은 거울이 날아가니
歸心折大刀.　　돌아가고픈 마음이 큰 칼을 자를 듯하다.
轉蓬行地遠,　　쑥대가 구르듯이 고향 떠난 것이 멀고
攀桂仰天高.　　계수나무에 올라 하늘을 쳐다보니 높다.
水路疑霜雪,　　수로는 서리와 눈이 맺혀 있는 것 같고
林棲見羽毛.　　숲 속에는 둥지를 튼 새들이 보인다.
此時瞻白兔,　　이때에 달 속의 흰 토끼를 바라보니
直欲數秋毫.　　그야말로 몸의 털을 셀 수 있을 듯하다.

　　　　　　　　　　　　　　　―「八月十五夜月二首」(제1수)

稍下巫山峽,　　차츰차츰 무협으로 내려왔지만
猶銜白帝城.　　여전히 백제성을 머금고 있다.
氣沈全浦暗,　　서쪽으로 가라앉자 온 포구가 어둡고
輪仄半樓明.　　기운 月輪 아래로 城樓만 반쯤 환하다.
刁斗皆催曉,　　사방의 조두 소리가 새벽을 재촉하니
蟾蜍且自淸.　　달 속의 두꺼비가 잠시 스스로 맑다.
張弓倚殘魄,　　지는 달빛 아래 활을 당기는 군사는
不獨漢家營.　　다만 漢 왕조의 군영만이 아니리.

　　　　　　　　　　　　　　　―「八月十五夜月二首」(제2수)

舊挹金波爽,	간밤에도 금빛 月波를 두 손에 가득 떠서
皆傳玉露秋.	모두 가을의 흰 이슬방울에 전하였다.
關山隨地闊,	山河는 대지를 따라 활짝 펼쳐져 있고
河漢近人流.	은하수는 사람 가까이에서 흘러간다.
谷口樵歸唱,	계곡 입구에서 나무꾼은 노래 부르며 돌아오고
孤城笛起愁.	외로운 성의 피리 소리는 슬픔을 자아낸다.
巴童渾不寢,	巴童은 도무지 잠들 줄 모르는지
半夜有行舟.	한밤중인데도 뱃놀이를 즐기고 있다.

——「十六夜翫月」

22.15 제자를 포함하지 않은 영물시는 성당 시기에 몇 수가 더 있다. 다음 예를 보자.

閨女求天女,	규방의 여인이 하늘의 여인을 구하여
更闌意未闌.	밤 시각은 끝나가지만 뜻은 끝나지 않았다.
玉庭開粉席,	아름다운 정원에 화장할 자리를 마련하고
羅袖捧金盤.	비단 소매로 황금 쟁반을 받쳐 들었다.
向月穿鍼易,	달빛 아래 바늘 꿰는 것은 쉽고
臨風整線難.	바람 앞에서 실을 가지런히 하기는 어렵다.
不知誰得巧,	누가 교묘한 솜씨를 얻었는지 알 수 없어
明旦試相看.	내일 아침에 서로 살펴보아야 하겠다.

——조영(祖詠),「七夕」

映水光難定,	물에 비치는 빛은 고정시키기 어렵고
陵虛體自輕.	허공을 넘는 몸체가 저절로 가볍다.
夜風吹不滅,	밤에 바람이 불어도 꺼지지 않고
秋露洗猶明.	가을 이슬에 씻겨도 오히려 밝다.
向燭仍分焰,	촛불을 향해도 여전히 불꽃을 나누고
投書更有情.	책에 던져지면 더욱 정이 있어 보인다.
猶將流亂影,	오히려 어지럽게 흐르는 빛을 발하며

來此傍簷楹.　　이곳 처마기둥 옆으로 왔다.

— 이가우(李嘉祐),「詠螢」

22.16 비교해보면 두보의 시는 아직 순수한 영물시로 칠 수 없다. 왜냐하면 그 안에는 그의 개인적인 신세가 담겨 있기 때문이다. 이를테면 '灔澦'·'楚雨'·'巫峽'·'白帝'·'巴童' 등의 글자는 모두가 보통의 '비'와 '달'을 가리키는 것이 아니라 두보 자신이 본 비와 달이니 그렇다면 '즉사(卽事)'이지 순수한 영물이 아니다. 조영(祖詠)과 이가우(李嘉祐)의 이 두 시에 이르러서야 진정한 영물시라고 할 수 있다. 진정한 영물시는 제자를 피하는 것이 원칙이다. 이것이 성당 이전에는 아마도 무의식적이었겠지만 중·만당 이후에 이르러서는 일종의 습관법이 되었다. 중·만당 이후에는 영물시가 점차 유행하게 되어 짓는 사람도 많아졌다. 예를 들면 다음과 같다.

萬里清光不可思,　　만 리를 비추는 맑은 빛은 스스로 생각할 수 없지만
添愁益恨繞天涯.　　슬픔과 한을 증가시켜 하늘 끝을 에워싼다.
誰人隴外久征戍?　　누가 隴山 밖에서 오래도록 변방을 지킬까?
何處庭前新別離?　　어느 곳 뜰 앞에서 새로이 이별을 할까?
失寵故姬歸院夜,　　총애를 잃은 옛 여인이 뜰로 돌아가는 밤
沒蕃老將上樓時.　　오랑캐를 격파한 노 장군이 누대에 오를 때.
照他幾許人腸斷?　　얼마나 많은 애끊는 사람을 비추었을까?
玉兔銀蟾遠不知!　　옥토끼와 은 두꺼비는 멀어서 알지 못 하리!

— 백거이(白居易),「中秋月」

四面垂條密,　　사방으로 늘어진 가지 빽빽하여
浮陰入夏清.　　그늘이 여름에 접어드니 맑다.
綠攢傷手刺,　　초록이 모인 곳에 가시가 있고
紅墮斷腸英.　　붉은 꽃잎 떨어지니 애가 끊긴다.
粉著蜂鬚膩,　　꽃가루 묻은 벌 수염이 윤기 나고

光凝蝶翅明. 　빛이 맺혀 있는 나비 날개가 환하다.
雨中看亦好, 　비 내리는 중에 보아도 아름다운데
況復値初晴! 　하물며 비가 갓 개였을 때임에랴!

　　　　　　　　　　— 주경여(朱慶餘), 「薔薇」

搖搖歌扇擧, 　노래 부르며 흔들흔들 부채를 드니
悄悄舞衣輕. 　춤추는 옷이 소리도 없이 가볍다.
引笛秋臨塞, 　피리를 끌고 가을에 변새에 임하여
吹沙夜繞城. 　모래를 날리며 밤에 성을 에워싼다.
向峰迴雁影, 　봉우리를 향하며 기러기 그림자를 되돌리고
出峽送猿聲. 　협곡을 나서며 원숭이 울음소리를 보내온다.
何似琴中奏, 　거문고 연주 중의 무엇과 같을까?
依依別帶情. 　아쉬워하는 것이 따로 정을 띠고 있다.

　　　　　　　　　　— 장호(張祜), 「詠風」

池上與橋邊, 　못 가와 다리 주변에서
難忘復可憐. 　잊기 어렵고 또한 사랑스럽다.
簾開最明夜, 　가장 밝은 밤 주렴을 걷으니
簟卷已凉天. 　이미 날씨 서늘해 자리를 걷었다.
流處水花急, 　빛이 흐르는 곳에 물보라 급하고
吐時雲葉鮮. 　빛을 토할 때는 구름조각 드물다.
姮娥無粉黛, 　항아는 분과 눈썹먹이 없는데도
只是逞嬋娟. 　다만 그 아름다움을 뽐내고 있다.

　　　　　　　　　　— 이상은(李商隱), 「月」

飛來繡戶陰, 　채색 창 그늘로 날아와서는
穿過畵樓深. 　누각 깊숙이 뚫고 지나간다.
重傅秦臺粉, 　秦臺의 분을 거듭 바르고
輕塗漢殿金. 　漢 궁전의 금빛을 살짝 칠한다.
相兼唯柳絮, 　어울리는 것은 버들 솜뿐이고
所得是花心. 　얻는 것은 꽃의 마음이란다.

可要凌孤客,　어찌 외로운 나그네에게 다가와
邀爲子夜吟.　맞이하여 子夜歌를 불러 주리오?

─이상은, 「蝶」

錦幃初卷衛夫人,　비단휘장 걷어 올리니 위부인이 드러나고
繡被猶堆越鄂君.　수 이불은 아직 월악군을 감싸고 있다.
垂手亂翻雕玉佩,　垂手舞를 추듯이 패옥이 어지럽게 흔들리고452)
折腰爭舞鬱金裙.　折腰舞를 추듯이 鬱金 치마가 다투어 휘날린다.
石家蠟燭何曾剪,　石崇 댁의 촛불처럼 심지를 잘라낼 필요 없고
荀令香爐可待熏.　荀令君의 향로를 기다려 향을 쪼일 필요 없다.
我是夢中傳彩筆,　나는 江淹처럼 꿈속에서 彩筆을 전해 받아
欲書花葉寄朝雲.　모란 꽃잎에 시를 써서 朝雲에게 부치련다.

─이상은, 「牡丹」

永巷長年怨綺羅,　긴 세월 유폐되어 비단옷을 원망하며 흘린 눈물
離情終日思風波.　이별의 정으로 종일 풍파 속의 님 그리며 흘린 눈물.
湘江竹上痕無限,　상강의 대 위에 뿌린 눈물 흔적 끝이 없고
峴首碑前灑幾多.　현수산 비 앞에서 눈물을 얼마나 뿌렸던가?
人去紫臺秋入塞,　王昭君이 자대를 떠나 가을에 변새로 들며 흘린 눈물
兵殘楚帳夜聞歌.　패전 후 초의 군영에서 밤에 楚歌를 들으며 흘린 눈물.
朝來灞水橋邊問,　그러나 아침에 파수의 다리 가에서 물어보니
未抵靑袍送玉珂.　청포 입은 내가 고관을 보내며 흘린 눈물에는 못 미친
　　　　　　　　단다.

─이상은, 「淚」

刺莖澹蕩綠,　곧은 줄기는 화창하게 푸르고
花片參差紅.　꽃잎은 들쭉날쭉하면서 붉다.
吳歌秋水冷,　강남의 노래에 가을 물은 차고
湘廟夜雲空.　밤 구름 아래 상수의 사당은 비어 있다.

---

452) 텍스트에는 '佩'가 '案'으로 되어 있는데, 誤字이다.

濃艷香露裏,　향긋한 이슬이 맺힌 농염한 자태
美人清鏡中.　맑은 거울에 비친 미인의 모습.
南樓未歸客,　남쪽 누각의 객은 돌아가지 않고
一夕練塘東.　저녁 내내 練塘 동쪽에 머물러 있다.

　　　　　　　　　　　　　　　　— 온정균(溫庭筠), 「芙蓉」

早晚辭沙漠,　조만간 사막을 떠나서
南來處處飛.　남으로 오느라 곳곳을 날겠지.
關山多雨雪,　산하에는 비와 눈이 많고
風水損毛衣.　바람과 비에 깃털이 상하리라.
碧海魂應斷,　푸른 바다에서 혼은 끊어지고
紅樓信自稀.　붉은 누각의 편지 절로 드물리.
不知矰繳外,　알 수 없다 주살을 벗어나서
留得幾行歸?　몇이나 살아남아 돌아오려는지.

　　　　　　　　　　　　　　　　— 이원(李遠), 「詠雁」

桃時杏日不爭濃,　복숭아와 살구 필 때 농염을 다투지 않고
葉帳陰成始放紅.　잎의 장막이 그늘을 이루면 붉은 꽃 피운다.
曉艷遠分金掌露,　새벽의 예쁜 꽃이 멀리 金掌의 이슬을 나누어 받고
暮香深惹玉堂風.　저녁 향기가 깊숙이 玉堂의 바람을 일으킨다.453)
名移蘭杜十年後,　명성이 난초와 두약으로 옮겨간 지 십 년 후
貴擅笙歌百醉中.　생황 노래 들으며 취하는 중에 귀함을 독차지하였다.
如夢如仙忽零落,　꿈같고 신선 같다가 갑자기 떨어지니
暮霞何處綠屛空.　푸른 병풍 비었는데 저녁놀은 어디에 있는가?
(함련 대구에 ‘暮香’을 쓰고 미련 대구에 ‘暮霞’를 써서 중자를 피하지 않았다.)
　　　　　　　　　　　　　　　　— 한종(韓琮), 「牡丹」

陰雲拂地散絲輕,　먹구름이 가볍게 실비를 흩뜨리며 땅을 쓸더니
長得爲霖濟物名.　장마 비가 되어 온갖 생명을 구제한다.

---

453) 5. 3에도 이 시가 나오는데 ‘暮香’이 ‘暮春’으로 되어 있다.

夜浦漲歸天塹闊,　밤 포구에 물이 불어 넓은 長江으로 돌아가고
春風灑入御溝平.　봄바람이 쏟아 넣어 궁궐 도랑이 넘실거린다.
軒車幾處歸頻濕?　귀한 수레가 돌아갈 때 몇 군데나 젖었을까?
羅綺何人去欲驚?　비단옷 입은 어느 귀인이 가면서 놀라려나?
不及流他荷葉上,　다른 연잎 위로 흘러가기 전에
似珠無數轉分明.　무수한 구슬이 눈앞에 분명하다.

— 한종,「雨」

應是行雲未擬歸,　필경 구름이 아직 돌아가지 않고는
變成春態媚晴暉.　봄 모습으로 변하여 맑은 빛에 교태부리는 것이리.
深如綺色斜分閣,　비단 빛같이 깊게 들어와 비스듬히 누각을 나누고
碎似花光散滿衣.　꽃 빛처럼 부서지고 흩어져 옷에 가득하다.
天際欲銷重慘澹,　하늘가에서 사라지려고 더욱 어둠침침해지고
鏡中閑照正依稀.　거울 속에 한가히 비추니 희미하기만 하다.
曉來何處低臨水,　아침에 어디선가 나지막이 물에 다가와
無限鴛鴦妒不飛.　끝이 없자 원앙이 시기하여 날아갈 줄 모른다.

— 한종,「霞」

翠鬣紅衣舞夕暉,　비취 갈기에 붉은 옷 입고 석양 아래 춤추니
水禽情似此禽稀.　물새들 중에 감정이 이 새 같은 것은 드물다.
暫分烟島猶回首,　잠시 안개 섬으로 날아가느라 헤어지면 이내 머리 돌
려 바라보고
只渡寒塘亦并飛.　다만 차가운 못을 건널 때에도 나란히 날아간다.
映霧乍迷珠殿瓦,　안개 속으로 비치는 珠殿 위의 鴛鴦瓦에 연연해하고
逐梭齊上玉人機.　베틀 북을 따라 함께 玉人의 직기 위에 오른다.
採蓮無限蘭橈女,　연 따는 아가씨 무한한 정 담고 노 저어 돌아오다
笑指中流羨爾歸.　물 위로 날아오르는 너희들을 미소로 가리키며 부러워
한다.

— 최각(崔珏),「和友人鴛鴦之什三首」(제1수)

寂寂春塘烟晚時,　고요한 봄 못에 저녁 안개 피어오를 때

兩心和影共依依.　두 마음 그림자와 어울려 함께 사모한다.
溪頭日暖眠沙穩,　시냇가에 날 따뜻하면 모래 위에서 편안히 잠들고
渡口風寒浴浪稀.　나루에 바람 차면 물결에 장난치는 모습 보기 어렵다.
翡翠莫誇饒彩飾,　물총새는 무늬 장식 풍부하다고 자랑 말고
鷺鵜須羨好毛衣.　농병아리는 좋은 털옷을 부러워해야 할 것이다.
蘭深芷密無人見,　난초와 지초 깊고 빽빽하여 보는 사람 없는데
相逐相呼何處歸?　서로 따르고 서로 부르며 어디로 돌아가는가?
　　　　　　　—최각,「和友人鴛鴦之什三首」(제2수)

舞鶴翔鸞俱別離,　춤추는 학과 비상하는 난새는 모두 짝과 헤어졌는데
可憐生死兩相隨.　사랑스럽게도 생사를 둘이 함께 하는구나.
紅絲毳落眠汀處,　물가 잠든 곳에서 붉은 실과 솜털이 떨어지고
白雪花成蹙浪時.　물결이 일렁일 때는 하얀 눈꽃이 만들어진다.
琴上只聞交頸語,　거문고에는 목을 엇걸고 속삭이는 소리만 들리고
窗前空展共飛詩.　창 앞에는 부질없이 함께 날며 만드는 시가 펼쳐진다.
何如相見長相對,　서로 보며 언제나 짝을 이루어 지내니 어떠한가?
肯羨人間多所思?　인간 세상에 그리움 많은 것을 어찌 부러워하랴?
　　　　　　　—최각,「和友人鴛鴦之什三首」(제3수)

烏鵲橋成上界通,　오작교가 이루어지니 천상계가 통하고
千秋靈會此宵同.　천 년을 통한 마음 이 밤을 함께 지낸다.
雲收喜氣星樓曉,　星樓가 밝아오니 구름이 상서로운 기운 거두고
香拂輕塵玉殿空.　玉殿은 텅 비었는데 향이 가볍게 먼지를 스친다.
翠輦不行青草路,　푸른 풀 돋은 길에는 비취 수레가 다니지 않고
金鑾徒候白楡風.　금방울만 공연히 흰 느릅나무에 부는 바람을 기다린다.
綵盤花閣無窮意,　규방에서 채색 실 소반을 받쳐 든 끝없는 뜻은
只在遊絲一縷中.　다만 떠도는 거미줄 한 가닥 속에 있다.
　　　　　　　—유위(劉威),「七夕」

暖戲烟蕪錦翼齊,　따뜻할 때 안개 낀 잡초에서 비단 날개를 나란히 하여 놀고

品流應得近山雞. 　모양새를 구분하자면 응당 산닭에 가깝다.
雨昏青草湖邊過, 　저녁에 비는 내리는데 청초호변을 지나가고
花落黃陵廟裏啼. 　황릉묘에 꽃은 지는데 슬피 지저귄다.
遊子乍聞征袖濕, 　나그네가 갑자기 듣고는 눈물에 소매가 젖고
佳人纔唱翠眉低. 　가인은 노래를 부르며 푸른 눈썹을 찌푸린다.
相呼相應湘江上, 　상강 가에서 서로 부르고 응답하는데
苦竹叢深春日西. 　고죽 숲 깊은 곳에 봄 해가 저물어간다.

　　　　　　　　　　　　　　　　─정곡(鄭谷), 「鷓鴣」

肖翹雖振羽, 　작은 날것이 비록 날갯짓을 하여도
戚促盡疑冰. 　생명이 촉박하여 얼음이 무엇인지 모른다.
風助流還急, 　바람이 도와 급히 날아갔다가 돌아오고
煙遮點暫凝. 　안개에 막혀 점점이 잠시 엉긴다.
不須輕列宿, 　늘어선 별들을 가볍게 여기지 말 것이니
纔可擬孤燈. 　비로소 외로운 등불로 헤아린다.
莫倚隋家事, 　수 왕조의 일에 의지하지 말 것이니
曾煩下詔徵. 　일찍이 번거롭게 모아들이도록 조서를 내렸다.

　　　　　　　　　　　　　　　　─육구몽(陸龜蒙), 「螢」

祗憑風作使, 　다만 바람에 기대어 사신이 되고454)
全仗柳爲都. 　전적으로 버들에 의지해 도읍을 삼는다.
一腹淸何甚! 　배 전체 맑기가 얼마나 대단한가!
雙翎薄更無! 　양 날개는 더할 나위 없이 얇구나!
伴貂金置影, 　담비와 짝하여 황금에 모습을 남기고
幷雀畫成圖. 　참새와 함께 그려져 그림을 이룬다.455)
恐是千年恨, 　아마도 천 년의 한이 있어서
偏令落日呼. 　하필 해질 녘에 저리 우는가보다.

　　　　　　　　　　　　　　　　─육구몽, 「蟬」

---

454) 텍스트에는 '憑'이 '應'으로 되어 있는데, 誤字이다.
455) 텍스트에는 '幷'이 '映'으로 되어 있는데, 誤字이다.

倚牆當戶自橫陳,　담에 기대어 문 앞에서 스스로 가로 펼치고

致得貧家似不貧.　가난한 집에 이르러 가난하지 않게 보이게 한다.

外布芳菲雖笑日,　밖으로 향긋한 꽃을 벌려 해를 향해 웃지만

中含芒刺欲傷人.　속에는 가시를 머금어 사람을 찌르려고 한다.

淸香往往生遙吹,　맑은 향기가 왕왕 멀리서 불어오고

狂蔓看看及四鄰.　덩굴이 순식간에 마구 뻗어 사방 이웃에 이른다.

遇有客來堪玩處,　어쩌다 객이 와서 놀만한 곳에

一端晴綺照煙新.　반 필의 해맑은 비단이 안개 속에 빛을 받아 새롭다.

—육구몽, 「薔薇」

絡角星河菡萏天,　안개 낀 角宿와 연꽃 핀 날의 은하수

一家歡笑設紅筵.　집안에선 환소하며 붉은 대자리를 깐다.

應傾謝女珠璣篋,　사녀는 구슬상자를 기울여 열고

盡寫檀郞錦繡篇.　단랑에게 비단에 수놓을 시를 써달라고 한다.

香帳簇成排窈窕,　향긋한 휘장을 제작하여 아름답게 배치하고

金針穿罷拜嬋娟.　바늘에 실을 다 꿰고는 직녀에게 인사한다.

銅壺漏報天將曉,　물시계가 벌써 날이 밝아 옴을 알리니

惆悵佳期又一年.　슬픔 속에 다시 일 년 후를 기약한다.

—나은(羅隱), 「七夕」

灞岸晴來送別頻,　灞水 가에 날이 개어 송별이 잦은데

相偎相倚不勝春.　서로 기대고 의지하며 춘정을 이기지 못한다.

自家飛絮猶無定,　자신의 버들 솜도 흩날리면 정처가 없는데

爭把長條絆得人?　어떻게 긴 가지로 사람을 붙들어둘 수 있을까?

—나은, 「柳」

不論平地與山尖,　평지와 산꼭대기를 따질 것 없이

無限風光盡被占.　무한한 풍광을 모두 독차지하였다.

采得百花成蜜後,　온갖 꽃을 찾아다니며 꿀을 모으니

爲誰辛苦爲誰甛?　누구 위해 고생하고 누구를 달콤하게 하는가?

—나은, 「蜂」

落盡春紅始着花,　　봄꽃이 다 떨어진 후에 비로소 꽃망울을 맺고
花時比屋事豪奢.　　꽃이 피면 집집마다 그 호사스러움을 즐긴다.
買栽池館恐無地,　　못과 객사에 사다 심어 빈 땅이 없는 듯하지만
看到子孫能幾家?　　자손에 이르도록 볼 수 있는 집이 몇이나 될까?
門倚長衢攢繡軛,　　네거리 가의 문에서는 수놓은 멍에를 모아놓은 듯하고
幄籠輕日護香霞.　　휘장으로 가벼운 해를 덮어 향긋한 놀을 감싸는 듯하다.
歌鐘滿座爭歡賞,　　자리 가득 풍악 울리며 다투어 즐겁게 감상하니
肯信流年鬢有華?　　세월이 흘러 머리가 희끗희끗 세리라고 어찌 믿겠는가?

　　　　　　　　　　　　　　　　　　　　　—나업(羅鄴), 「牡丹」

江間碧霽淨煙波,　　날이 개어 강물 푸르고 안개 긴 물결 깨끗한데
錦翅雙飛去又過.　　비단 날개로 쌍쌍이 날며 갔다가 다시 돌아온다.
一種鳥憐名字好,　　이름이 좋아 사람들이 아끼는 새라지만
都緣人恨別離多.　　다만 이별이 많아서 사람들이 한스러워 한다.
暖依牛渚汀莎媚,　　따뜻하여 우저에 기대면 물가의 향부자처럼 예쁘고
夕宿龍池禁漏和.　　저녁에 용지에 묵으면 궁중의 물시계 소리와 어울린다.
相對若教秦女見,　　마주한 모습을 秦女가 보게 된다면
便須攜向鳳凰窠.　　반드시 봉황의 보금자리로 데려가리.

　　　　　　　　　　　　　　　　　　　　　　　　—나업, 「鴛鴦」

杳杳有時當永恨,　　어둠 속에서 기나긴 한에 잠겨 있을 때
依依何處照閑眠?　　하늘거리며 어디서 한가히 잠든 이를 비추나?
靜臨客枕愁寒雨,　　조용히 나그네 베갯머리에서 찬비에 슬퍼하고
遠逐魚篷耿暝烟.　　멀리 고기잡이배를 쫓으며 어둠 속의 안개를 비춘다.
纖影乍欹還自立,　　가느다란 빛이 잠시 기울었다간 다시 바로 서고
冷花時結不成圓.　　찬 불꽃을 수시로 맺지만 원을 이루지는 않는다.
銷魂猶憶江樓夜,　　슬픔에 잠긴 이는 아직도 강루의 밤을 생각하는데
曾對離觴賦短篇.　　일찍이 이별의 술잔 마주하고 짧은 시를 읊었었지.

　　　　　　　　　　　　　　　　　　　　　—목수(穆修), 「燈」

映空初作繭絲微,　　하늘에서 처음 내릴 때는 견사처럼 가늘더니

掠地俄成箭鏃飛.　　땅에 다가서니 갑자기 화살이 되어 퍼붓는다.
紙帳光暹饒曉夢,　　창호지 안으로 빛이 늦어 새벽꿈을 계속 꾸고
銅爐香潤覆春衣.　　구리 화로를 향긋이 피워 봄옷을 말린다.
池魚鱍鱍隨溝出,　　못의 고기는 꼬리를 팔딱이며 도랑 따라 나가고
梁燕翩翩接翅歸.　　들보의 제비는 경쾌하게 날며 잇달아 돌아온다.
惟有落花吹不去,　　오직 낙화만이 바람 불어도 떠나가지 못하고
數枝紅溼自相依.　　가지에 달린 꽃도 젖어서 서로 기대어 있다.

　　　　　　　　　　　　　　　　— 육유(陸游),「雨」

　　22.17　이와 같은 영물시(詠物詩)는 대략 수수께끼와 같아서 제목이 답이고 시의 내용이 문제인 셈이다. 사실상 제목을 없앤 영물시를 지으면 확실히 사람들로 하여금 시의 내용에만 의거해서 제목을 추측해내도록 할 수 있다. 고인(古人)을 제목으로 하는 영고시(詠古詩)도 왕왕 이와 같이 제자(題字)를 피하는 방식을 채용한다. 또한 '시종(詩鐘)'456)이라고 하는 일종의 문인유희(文人遊戲)가 있다. 그 중의 한 종류인 '분영격(分詠格)'은 대장을 이루는 두 구만이 있고 매 구는 각기 하나의 사물이나 사건을 음영하는데, 제목을 범하지 않도록 주의해야 한다. 이것도 영물시로부터 진화되어 나온 것이다.

---

456) 詩鐘은 일종의 문자유희이다. 그 방법은 임의로 의미가 전혀 다른 두 개의 詞를 취하여 글자를 끼워 넣거나 나누어 읊어서 오언시 또는 칠언시 두 구를 짓는 것인데, 자연스럽고 대장이 잘된 것을 으뜸으로 친다.